ENTRE PÉTALAS & ESPINHOS

Diretor-geral
Alessandro Gerardi

Gerente editorial
Marcia Batista

Produção editorial
Letícia Nakamura
Raquel F. Abranches
Victoria Viana

Tradução
Débora Isidoro

Preparação
Ricardo Franzin

Revisão
Nathalia Ferrarezi
Gabriele Fernandes

Arte
Barbara Garoli
Renato Klisman

Design de capa
Renato Klisman

Diagramação
Nadine Christine

Mapa
Tom Roberts

Dados Internacionais de Catalogação na Publicação (CIP)
Angélica Ilacqua CRB-8/7057

H413e Helen, Elizabeth
Entre pétalas e espinhos / Elizabeth Helen ; tradução de Débora Isidoro.
-- São Paulo : Universo dos Livros, 2025.
560 p. : il. (Série Feras &Príncipes ; vol. 3)

ISBN 978-65-5609-835-7
Título original: *Forged by malice*

1. Ficção canadense 2. Literatura erótica 3. Literatura fantástica
I. Título II. Isidoro, Débora III. Série

25-3222 CDD 813

Índices para catálogo sistemático:
1. Ficção canadense

Universo dos Livros Editora Ltda.
Avenida Ordem e Progresso, 157 — 8º andar — Conj. 803
CEP 01141-030 — Barra Funda — São Paulo/SP
Telefone: (11) 3392-3336
www.universodoslivros.com.br
e-mail: editor@universodoslivros.com.br

ELIZABETH HELEN

ENTRE PÉTALAS & ESPINHOS

SÉRIE

FERAS & PRÍNCIPES

LIVRO 3

São Paulo

2025

Grupo Editorial
UNIVERSO DOS LIVROS

Para Felix,
um amigo leal, maravilhoso parceiro
de escrita e um verdadeiro príncipe
entre os homens.

Chalé dos O'Connell
Marina
ORCA COVE

Roseira
Floresta da Sarça
Livraria Goela
da Gaivota
Poussin Hunting
Lodge
Rua Principal
Salgueiro
Loja de presentes
de Orca Cove
Lago Villeneuve
Pequena biblioteca
de Rosalina

O SUPERIOR
Floresta da Brasa
FORTALEZA CORAÇÃO DO CARVALHO
Santuário da Ninfa
Coliseu do Sol
FORTALEZA SOLTIDE
Areias Suadela
Passagem Equinóci
O VALE FEÉRICO

Grande Abismo
Ponte do Vácuo
FORTALEZA
LOBOMANDO
Abadia
da Rainha
CASTELÁRVORE
Monte
Lumidor
FORTALEZA JARDIM
DO MARTELO
Floresta
Pradomor
Lago Sylvanita
O INFERIOR

Entre pétalas e espinhos é o terceiro livro da série Feras & Príncipes. É um romance que questiona a necessidade de escolher e termina em um impasse do tipo "infelizes para sempre". Há conteúdo sexual explícito (H/M, H/H, HHMH) e temas adultos, sendo direcionado ao público maior de dezoito anos.

Alertas de gatilho: violência fantástica e sanguinolenta, morte de um pai, menções de abuso físico e emocional em relacionamento anterior, abuso físico e emocional de pai ou mãe contra filho adulto, tentativa de agressão sexual de um personagem principal, mutilação física de um personagem principal.

PARTE 1

ABSOLVIÇÃO

Prólogo

Isidora sabia que os monstros estavam a caminho. Não por causa da visão da fumaça acima da neblina ou das árvores caídas nem mesmo em razão dos uivos que vinham da trilha da montanha.

Não. Era o cheiro. Um fedor horrível brotava das entranhas do Inferior; algo parecido com legumes empapados e podres. A presença do monstro envolvia o Monte Lumidor em uma nuvem de podridão. Isidora sabia que, se as criaturas desgraçadas fizessem a travessia, nenhuma planta cresceria mais.

Ela cobriu a boca com a echarpe e inspirou através do tecido, amenizando um pouco o cheiro. A echarpe ainda guardava o perfume de sua mãe, que envolvera os seus ombros com a manta após a despedida apressada quando Isidora partiu.

— Pedimos ajuda antes, como muitos outros. Não há nada que possam fazer.

Isidora saíra assim mesmo, pois precisava fazer alguma coisa. Tinha que tentar. Pelo povoado, pela mãe e pelo irmão pequeno. Porque, certamente, dessa vez os Altos Sacerdotes a ouviriam. Ouviriam quando ela explicasse que havia monstros em sua soleira.

Um passo após o outro, e não se atrevia a olhar para trás a fim de verificar se havia fumaça sobre o povoado.

Pedrinhas lisas deslizavam sob suas botas cobertas de lama; o solo estava molhado por causa da chuva da noite anterior. Uma névoa úmida se espalhava entre as árvores com a aproximação da noite. Isidora continuou andando. O cheiro de podridão diminuíra e ela inspirou profundamente, sentindo o ar mais rarefeito à medida que subia.

E, então, lá estava, perfurando a neblina como a ponta de uma espada: o Mosteiro da Terra da Rainha. De perto, era muito maior. Arcos de metal preto pareciam atravessar o céu. Mas aqui, na frente do mosteiro, ela se sentia pequena diante da porta imensa, mais de cinco vezes mais alta do que ela e cravejada de parafusos de ferro.

Não tinha subido até ali, porém, para se intimidar por uma porta. Isidora respirou fundo e bateu. Teve a impressão de que o som saíra muito baixo, mas, após um momento, a porta se abriu.

Do outro lado, surgiu uma mulher vestindo um longo traje branco e dourado, com um capuz encobrindo o rosto.

— Preciso ver os Altos Sacerdotes — Isidora anunciou, subindo o tom de voz. — Preciso da ajuda deles.

A mulher com as longas vestes a convidou a entrar.

— Venha comigo.

Isidora pensou que entrar naquele lugar não era diferente de entrar na boca de uma fera terrível. Uma fera feita de metal e vidro, em vez de carne e osso.

Dois membros do Exército da Rainha guardavam a porta, armados com lanças, um de cada lado. Mas eles olhavam para dentro, na direção de uma escada e um estranho dispositivo no centro do aposento. Vários outros feéricos vestidos de dourado e branco, como a mulher, caminhavam pelo hall de entrada.

— Por aqui — a mulher disse, abrindo um estranho portão de metal.

Isidora a seguiu até uma salinha circular, parecida com uma gaiola de metal retorcido. A mulher fechou a porta, deu um tapinha na lateral do próprio nariz e um sorriso divertido surgiu em seu rosto.

— Bem, não vai querer subir a escada, não é?

A mulher traçou uma runa na porta e toda a gaiola chacoalhou, antes de disparar para o alto. Isidora sentiu o estômago despencar e tentou se segurar nas laterais.

Com uma risada melodiosa, a mulher disse:

— Acho que fiz essa mesma cara na primeira vez que viajei nisto. Não era muito mais velha que você.

Isidora fez um esforço para recuperar o fôlego. Do lado de fora, metal polido passava assobiando, depois sentiu uma rajada de vento quando metade da gaiola foi exposta ao mundo. Ela avistou a montanha e o ponto radiante da capital encravada ao lado dela. Florendel...

— Que bela vista — disse a mulher, removendo o capuz.

Ela era bonita. Jovem, com os cabelos castanhos curtos e encaracolados repousando atrás de delicadas orelhas pontudas. Mas foram os olhos que fizeram Isidora encará-la, tão azuis quanto o rio à meia-noite.

— Você é uma princesa?

A mulher riu de novo.

— Não, eu faço parte dos Acólitos Dourados. Adoramos a luz do Superior.

— Ah, sim. — É claro que era isso. Não restava mais nenhuma princesa no Reino da Primavera.

— Qual é o seu nome?

— Isidora.

— Bonito — respondeu a acólita. — Um nome muito altivo.

— Era o nome da falecida Alta Princesa. — Isidora obrigou-se a soltar as mãos da saia. A Alta Princesa Isidora não teria apertado as saias de medo. — E o seu?

— Wrenley.

— Gosto do seu nome também — Isidora disse.

Wrenley abaixou o braço e segurou sua mão trêmula.

O ar frio que entrava por um dos lados desapareceu e a gaiola novamente foi cercada de metal, enquanto subia mais e mais. Uma pequena lamparina pendia do teto, balançando de um lado para o outro e projetando um anel de luz alaranjada. Alguma coisa brilhou no pescoço da acólita.

Wrenley notou o olhar.

— Temos permissão para manter uma coisa de nossa vida anterior, antes de decidirmos nos dedicar ao Superior. — Ela apontou para o colar de conchas em seu pescoço.

— É lindo — Isidora disse, deixando um dedo deslizar pela concha mais bonita, de coloração dourada.

— Meu pai era vendedor de flores no Reino do Verão e me trazia uma concha de presente toda vez que voltava para casa.

O ar frio soprou o cabelo de Wrenley para trás, e Isidora viu que só havia nuvens de um lado da gaiola. Tinham subido muito. Sentia a pressão nos ouvidos.

— Estamos quase chegando — disse Wrenley.

Alguma coisa cintilou diante dos olhos de Isidora, um raio do lado de fora. Ela sufocou um grito e cambaleou, quase caindo contra as pernas de Wrenley. O que foi aquilo? Um pássaro…

Mas pássaros não gritam.

Wrenley disse apenas:

— Acho que o destino a trouxe no dia de hoje por uma razão. — A gaiola parou com um solavanco. — Dê um passo para trás.

Isidora obedeceu. Um líquido denso e brilhante se acumulou na gaiola antes de pingar por entre as grades. Wrenley cobriu o cabelo com o capuz e empurrou o portão. Saltou para não pisar no líquido.

Era sangue, mais preto do que vermelho, e Isidora acompanhou o rastro até um canto daquela nova sala, onde viu um corpo caído, um corpo em vestes douradas.

As vestes douradas de um Alto Sacerdote. O medo oprimiu o seu peito. Aqueles a quem viera pedir ajuda não puderam ajudar nem a si mesmos.

— Há alguém aqui querendo vê-la — disse Wrenley.

Aquelas palavras atraíram Isidora para dentro da sala, e ela soube que estavam no ponto mais alto do mosteiro. Janelas com vitrais emolduravam a sala circular, e uma delas estava quebrada. Cacos vermelhos, azuis e verdes cobriam o chão.

O movimento descendente que parecia um raio do lado de fora da gaiola... Aquilo também tinha sido um Alto Sacerdote.

Acólitos vestidos de branco e dourado se curvavam no centro da sala, onde havia três sombras em pé. Sombras de metal escuro e mantos pretos tremulando.

Wrenley afagou o ombro de Isidora e ocupou um lugar vazio no círculo diante da janela quebrada, tornando-se tão anônima quanto todos os outros Acólitos Dourados que orbitavam as sombras.

E Isidora estava basicamente sozinha.

Seus olhos foram do Alto Sacerdote sem vida no chão para a janela quebrada. Cinco Altos Sacerdotes comandavam aquele mosteiro desde que ela podia se lembrar. Desde que qualquer um podia se lembrar...

Mas agora eles estavam mortos.

Ela deu um passo à frente, incapaz de evitar o sangue, e sentiu a umidade penetrar as botas gastas.

— Vim pedir ajuda. Goblins estão invadindo o meu povoado.

As sombras ondularam e uma se destacou das outras: uma armadura completa, preta como a capa que ele usava, ornada com um sinistro capacete em forma de cabeça de pássaro.

Isidora era filha do Vale Feérico. Conhecia a magia. Mas, para ela, mágico era o Ancião Miguel curando o ferimento em seu joelho ou sua mãe cantando para as plantações, para que crescessem. Magia era uma flor que ela havia recuperado depois de seu irmãozinho quebrar o caule acidentalmente.

Isidora nunca havia sentido a magia como agora. Ela inundava a sala, arrepiava a pele e apitava nos ouvidos. Arfante, tentava puxar um ar que não conseguia levar aos pulmões.

A silhueta avançou, segurando um imenso martelo com as mãos enluvadas. Então, ajoelhou-se diante dela. Ao ser envolvida por sua sombra, ela sentiu como se a noite caísse.

— Não precisa mais se preocupar, criança. — A voz soou profunda ao reverberar sob o capacete. — A era da estase está chegando ao fim. Os que têm poder para proteger não vão mais se esconder e se encolher, enquanto os cidadãos de Primavera são aterrorizados.

O capacete da silhueta tinha o formato de uma coruja, e ela disse:

— Você é um príncipe. — Dessa vez, não era uma pergunta. Reconhecia o capacete. Ele era o segundo filho, o Príncipe da Primavera. De repente, Isidora não sentia mais medo.

— Primeiro, vamos libertar os povoados das montanhas das criaturas errantes. — O Príncipe Kairyn se levantou e acenou com o capacete para a janela quebrada, um gesto estranhamente reminiscente do animal que sua máscara representava. Os movimentos rápidos e curtos de uma coruja. — Depois, já passou da hora de eu ir visitar meu pai, o regente, e sua guarda.

— Vai mesmo nos salvar? — Isidora perguntou.

— Vou salvar todos de Primavera. Mas, para isso, vou precisar de uma ajudinha. — Ele mantinha o olhar cravado na janela quebrada, na direção da capital. — Diga, criança, já ouviu um rouxinol cantar?

1

Rosalina

— Marigold! O bule de chá! — eu grito, equilibrando as xícaras, os pratos e os pires que ameaçam cair de minhas mãos.

Marigold atravessa a cozinha correndo e seu avental florido tremula. Ela pega o bule de chá um instante antes de ele se espatifar no chão de pedra.

Só tenho um segundo para suspirar e depositar delicadamente os utensílios de mesa em uma gaveta, antes de o castelo começar a tremer de novo.

Não é a primeira vez, mas certamente é a pior.

— Preciso de um balde! — Astrid grita ao entrar correndo na cozinha de Castelárvore. — Uma parte do teto do hall de entrada cedeu e a chuva está entrando!

Uma veia pulsa em minha cabeça.

— Onde estão os príncipes? Deveriam ter voltado hoje.

Faz seis semanas que saímos do Reino do Outono, e tenho a sensação de que lutar contra zumbis de gelo, quase ser devorada por meu predestinado e descobrir que sou uma feérica detentora de magia foi muito mais fácil do que tentar administrar o castelo.

Farron tem dividido seu tempo entre Castelárvore e o Outono. Ele está ajudando o pai a assumir o posto de administrador depois da morte trágica da mãe, a Princesa Niamh. Com a traição de Perth Quellos — e o fato preocupante de ele ter fugido da prisão —, Kel viu-se obrigado a voltar ao Inverno. Sei que ele tem evitado qualquer liderança real de seu reino natal desde a maldição, há mais de vinte e cinco anos, mas não tive a impressão de que ele voltava apenas por necessidade. Não... Algo mudara nele, e agora uma determinação substituía a habitual apatia.

A Espada da Proteção continuava abandonada embaixo da cama, mas voltar ao seu reino é um bom começo.

Astrid pega o balde e Marigold a segue em direção à entrada. Eu suspiro e vou atrás delas.

Luz cinzenta entra pelas janelas, e a chuva invade o castelo por aquelas que foram quebradas. Se não são pedaços de parede esfarelando, são janelas quebrando, portas se soltando das dobradiças, pilhas de livros desabando na biblioteca ou pedras estilhaçando e virando pó nas fontes quentes.

Faz duas semanas que estamos apenas os funcionários e eu aqui em Castelárvore. Talvez influenciado por Farron e Kel, Dayton aproveitara a oportunidade para voltar ao seu reino e dar uma olhada na irmã mais nova, a regente.

E, apesar da preocupação de Ezryn com a falta de comunicação da Primavera, ele não voltou. Em vez disso, disse que tínhamos ficado longe de Castelárvore por muito tempo, e a sarça devia estar fora de controle e cheia de goblins.

Ele deveria permanecer atento a Castelárvore — e a mim — na ausência dos outros príncipes, mas não o vi por aqui nenhuma vez.

Não posso deixar de me perguntar se ele está evitando voltar para casa.

Ou talvez esteja me evitando. E Dayton esteja também.

Afinal, Farron e Kel encontraram seus amores predestinados.

Eles me encontraram.

A sarça invade o hall de entrada — um tormento conhecido, proporcionado pelo Príncipe dos Espinhos. Sua magia está drenando a força de Castelárvore, mas até os espinhos de Caspian estão secos, frágeis. Decido criar mais espinhos com meus braceletes, em vez de ajudar a tampar os buracos. Eles cobrem do chão ao teto, prendendo novamente os pedaços soltos de casca de árvore e pedra à estrutura da parede.

Ramos furiosos se projetam dos meus pulsos.

— Os príncipes deveriam ter voltado hoje!

Assim que as palavras saem da minha boca, alguma coisa vibra dentro do meu peito. Um calor que é como fogo, uma sensação que ilumina e ferve ao mesmo tempo. A porta de Castelárvore se abre e uma brisa gelada entra, trazendo consigo o perfume de folhas de bordo e um pomar de macieiras.

E ali, em pé, está Farron, Alto Príncipe do Outono. Meu amor predestinado.

O nome dele sai da minha boca como um suspiro reverente e corro em sua direção, mas paro ao ouvir um estalo. Uma fissura se abre na pedra sob os meus pés e cambaleio.

Mas Farron está ali, tomando-me nos braços e girando, até eu estar novamente estável e segura em seu abraço. Por um momento, eu me perco no âmbar suave de seus olhos, em como o seu rosto se ilumina quando ele olha para mim, antes de me puxar para um beijo.

Nosso beijo é faminto, urgente. Minhas unhas arranham sua nuca quando tento me aproximar. O gosto dele me conforta e eletriza. Por um segundo, penso que não me importaria se o castelo inteiro desabasse à nossa volta, desde que eu pudesse permanecer em seus braços.

Mas, então, ele ergue a cabeça, estende uma das mãos e uma ventania afasta um pedaço do teto que caía sobre nós. Ele me tira do caminho dos escombros.

— E eu pensando que você ficaria entediada com todos nos fora.

— Ah, andei mudando um pouco a decoração, sabe como é. — Roço o contorno de seu queixo com os dedos, torcendo para que o toque possa transmitir o quanto preciso dele, algo que palavras nunca poderiam expressar. — Achei que o castelo ficaria mais bonito com esses pedaços enormes de parede arrancados da estrutura.

A chuva entra pelo buraco mais recente.

— Astrid, precisamos de mais baldes — aviso.

Farron toca a ponta saliente da minha orelha. É uma região tão sensível que não consigo evitar um arrepio.

— Desculpe, fiquei fora por tempo demais. — Ele olha em volta. — Cadê o Ezryn? Pensei que ele ficaria de olho em tudo por aqui enquanto estivéssemos longe.

O espelho ao lado da porta tremula com uma luz iridescente e sinto outro arrepio.

— Você conhece o Ez — respondo, virando-me para ver quem chega pelo espelho. — Quando vai para a Sarça, ele se esquece completamente de nós.

Nesse momento, o castelo geme de novo. Um grande lustre preso ao teto se desprende e despenca, ameaçando nos atingir. A forma cintilante que emerge do espelho salta para a frente e joga Farron e eu no chão, tirando-nos do caminho do lustre.

Respiro fundo e encaro Farron, que está ao meu lado de olhos arregalados. Olhamos ao mesmo tempo para Dayton, em cima de nós. Sua pele está dourada e o cabelo ondulado tem cheiro de mar e sal.

Ele sorri para nós.

— Como alguém poderia se esquecer de vocês dois?

Minha boca seca de repente e pisco várias vezes, como se ele pudesse desaparecer do nada. *Lindo.* Essa é a única palavra em que minha mente é capaz de pensar no momento. Não houve um dia em que eu não tenha pensado na tarde que nós três passamos juntos na véspera da batalha...

Uma noite que nunca mais repetimos.

— Balde! Eu trouxe o balde! — Astrid grita, correndo e balançando o recipiente de metal.

Farron e eu ficamos em pé com a ajuda de Dayton, que pega o balde de Astrid e o posiciona sob a goteira.

— Você chegou bem na hora — diz Marigold, cruzando os braços. — O castelo está caindo aos pedaços, e a pobre Rosalina foi deixada sozinha para resolver tudo!

Astrid para ao lado de Marigold e imita a sua postura, cruzando os braços e projetando o quadril para um lado.

— Mas ela está se saindo muito bem sozinha, obrigada.

Por mais que eu quisesse que os príncipes voltassem a Castelárvore, sei como é importante que eles passem algum tempo em seus reinos, ajudando o povo. Especialmente Dayton. A menos que encontre o seu amor predestinado, ele nunca vai quebrar a maldição e liberar o verdadeiro potencial de sua magia. E isso... isso é o mais importante.

— Pensei que Ez estivesse... — Dayton começa, mas para e dá um pulo para trás. — Vamos precisar de um balde maior!

A chuva que caía pelo telhado já tinha enchido o que estava ali. Eu poderia disparar espinhos dos meus braceletes para remendar o telhado, mas os príncipes não sabem do acordo que fiz com Caspian. Eles pensam que os braceletes são só acessórios.

Caspian. O Príncipe dos Espinhos. Eu tinha certeza de que ele mostraria a sua face traidora e emoldurada por cabelos perfeitos em Castelárvore enquanto os príncipes estivessem fora, especialmente depois que descobriu que eu peguei de volta o livro que ele tinha roubado de Farron. Mas até ele está me evitando. E a sarça que Caspian plantou em cada brecha de Castelárvore parece tão doente quanto o próprio castelo.

Espero que ele esteja bem.

O pensamento surge de forma espontânea, e balanço a cabeça imediatamente. São os espinhos dele que estão causando tudo isso...

Mas, nesse caso, por que os espinhos também estão morrendo?

Olho para o buraco no teto. A chuva respinga em meu rosto e escorre até a ponta do nariz. Tento invocar os meus espinhos, sem usar os braceletes de Caspian ou a sarça que ele espalhou pelo castelo, só os meus, os que cresceram da minha magia. Mas é inútil. Só consegui duas vezes: primeiro, no Inferior; depois, quando criei espinhos dourados que me ajudaram a resgatar meus príncipes e derrotar o monstro que Lucas se tornara.

O poder que me ajudou a perceber o que realmente sou. Feérica.

Um estalo de magia ecoa no ar, e, de repente, a chuva se cristaliza em um cajado mortal de gelo.

Keldarion surge do espelho e, com uma luz intensa nos olhos azuis, examina o estado do castelo. Seu cajado de gelo cai no chão e derruba o balde.

— Foi para isso que veio, Kel? — Dayton arqueia uma sobrancelha. — Porque, se eu quisesse água espalhada pelo chão, não teria posto o balde ali.

Kel só mostra os dentes para ele, antes de olhar para mim. Perco o fôlego. Aquele sentimento que havia dominado o meu coração quando vi Farron explode de novo, mas é diferente: não é fogo, mas o brilho da lua refletido em um lago congelado, o cintilar das estrelas lutando contra a escuridão de um céu encoberto pela tempestade. O fantasma de um sentimento, agora que conheço a verdadeira profundidade do que estou perdendo.

Como sempre, tenho que lutar contra o impulso de correr para ele e perguntar se sentiu a minha falta tanto quanto senti a dele. Mas faço um esforço e resisto à urgência. Ofereço um sorriso tenso e um aceno de cabeça, e a expressão dele endurece.

— Em nome dos sete reinos, o que está acontecendo aqui? — ele grunhe.

Os sete reinos passam por minha cabeça: Inverno, Primavera, Verão, Outono, o Inferior, o Superior e, é claro, nossa casa aqui na Sarça.

Farron mantém uma orelha colada ao corrimão da escada, enquanto bate na madeira com o nó dos dedos.

— Faz muito tempo que não reunimos a nossa magia. Castelárvore não se mantém em pé sem nós.

A voz de Keldarion é um rosnado ríspido.

— Onde está Ezryn?

Nesse momento, a porta se abre. Não para outro reino, mas para o mundo real fora de Castelárvore: a Sarça. Ezryn surge como uma sombra, a capa tremulando ao vento forte, a armadura de metal molhada e brilhante. As botas cobertas de lama pisam firme no chão quando ele entra.

Inclinando o capacete, ele analisa o castelo e todos nós, como Keldarion fizera um pouco antes. Depois, o visor escuro fica de frente para mim. É muito estranho — faz quase um ano desde que vi Ezryn pela primeira vez, e agora consigo ler o capacete com a mesma clareza que leio qualquer expressão.

Ou melhor, eu o sinto. Apreensão.

Culpa.

Fiquei bem sozinha, penso, mesmo sabendo que ele não pode me ouvir.

E é verdade.

Mas isso não significa que não pensei nele sozinho lá fora, na Sarça, tendo apenas os goblins como companhia. Não significa que não havia tentado entender o que ele procurava, quando podia ter ficado em casa com os criados que o adoravam, comigo, e eu teria...

Teria aproveitado esse tempo para aprender mais sobre o Alto Príncipe da Primavera, mesmo que fosse só mais uma coisa.

Minha mão toca a pele lisa do meu pulso, um pedaço de mim onde antes existia uma cicatriz horrível.

Ezryn deixa de olhar para mim e encara cada um dos príncipes.

— Senti uma perturbação. Vim assim que...

— Uma perturbação? — Dayton dá risada. — É, o castelo caindo aos pedaços é uma ligeira perturbação.

Kel se aproxima de Ezryn.

— Você devia estar cuidando do castelo e de Rosalina.

— A Sarça estava apodrecendo. E eu sabia que Rosalina seria capaz de cuidar de si mesma — Ezryn responde com um grunhido baixo.

— E fui — confirmo. — Porém, agora que estão aqui, podemos fazer alguma coisa, por favor?

Kel se dirige à escada a passos rápidos.

— Para a Torre Alta.

Respiro ofegante enquanto sigo os quatro príncipes. Sei que eles precisam canalizar a sua magia para Castelárvore. Sei que isso os esgota.

E sei que posso ajudar.

Já ajudei antes, na noite em que soube da maldição da Feiticeira. No entanto, Kel ficara tão furioso que nem me atrevi a tentar de novo quando eles estavam fora.

Em vez disso, usei os meus braceletes de espinhos para reforçar as diferentes áreas do castelo. Enquanto subimos as escadas, seria capaz de apostar que os príncipes não conseguem nem discernir quais espinhos são meus e quais são de Caspian.

O pensamento me incomoda.

Farron é o primeiro a entrar na Torre Alta. As rosas ocupam o meio do espaço. A dele está cheia de vida e cor; as outras três, caídas e murchas. Espinhos dourados crescem em torno da rosa dele, enquanto o resto do cômodo é coberto de espinhos roxos.

— Temos que entregar o máximo que pudermos — Farron avisa, ajoelhando-se ao lado das flores. — Não economizem!

O castelo estremece quando os outros se ajoelham ao lado dele. Pó e pedaços de pedra caem como chuva no chão. Diferentemente da última vez que os vi fazendo isso, agora posso *sentir*. Meu sangue feérico canta nas veias, e meu corpo se acende como grama seca tocada pelo fogo.

O corpo de cada príncipe brilha. As flores se empertigam um pouco, os caules tentam se endireitar. Mais magia... Elas precisam de mais magia.

Lentamente, eu me ajoelho e toco uma das rosas douradas.

— Ajude-os — sussurro para a flor, para mim mesma. — Dê força a eles.

Fecho os olhos e sinto aquela corrente no peito; é mais do que magia. O castelo pode desmoronar, as sarças podem cair, mas, por ora, neste momento, estamos juntos. Nós cinco. Pensar nisso fortalece o meu coração, e eu transmito essa força para eles.

Não sei se ficamos assim por um minuto ou uma hora, mas, quando abro os olhos lentamente, vejo Kel, Ez, Day e Farc encostados na pedra, fisicamente exaustos.

O castelo parou de tremer e as flores estão em pé, firmes.

Quantas vezes mais seremos capazes de devolver a vida a Castelárvore?

Eu me levanto e avanço cambaleando, com as pernas trêmulas e fracas. Farron me puxa para perto de si.

— Viram? — Dayton sorri, e noto o suor escorrendo de sua testa. — Não temos com que nos preocupar.

Kel sufoca uma risadinha.

— É claro que o Príncipe do Verão diria isso.

— Ele está certo. — Paro por um momento e olho para cada um deles. — Resolvemos o problema e agora estamos juntos. — Meu coração se alegra com esse pensamento. — Estamos todos em casa de novo.

Um silêncio constrangedor invade a Torre Alta, e percebo que todos evitam me encarar.

— O que foi? — eu me irrito.

— Lamento, Rosa — Farron resmunga, beijando o meu ombro. — Só voltei para uma visita rápida. Tenho que retornar ao Outono e ajudar o meu pai por mais algum tempo.

Sinto a dor como uma facada no peito. Olho para Kel. Seus olhos de fogo e gelo estão cravados no chão.

— O Inverno ainda não tem um novo regente. Preciso cuidar dos preparativos. Presagelada espera meu retorno em breve.

— Ah — sussurro. Volto-me para Ez, mas ele está olhando para fora por uma janela. Nem me dou ao trabalho de perguntar. Como Kel sempre diz, Ezryn odeia permanência.

— Acho que vamos ter que nos juntar para manter Marigold fora de confusão. — Dayton sorri para mim com aquela expressão característica, mas vejo o sofrimento em seus olhos.

Sei que ele também teria de voltar ao Verão.

Porque, a despeito de quanto eu tente me enganar com essa ideia de que nosso lugar é aqui, todos juntos, não pode ser assim. Nunca vai ser.

Como Castelárvore, meu coração está se esfarelando. A diferença é que não há magia em todos os reinos que seja capaz de juntar os pedaços de novo.

2

Rosalina

A biblioteca finalmente volta a ser um lar para mim, agora que Farron retornou. Olho para o meu predestinado, que está estudando as anotações que fiz em sua ausência. Massageio sua perna com um pé por baixo da mesa. Pela curva sutil de um lado da boca, deduzo que ele está fazendo um esforço enorme para me ignorar.

— Como foi sua viagem ao Outono? — pergunto.

Ele tira o olhar das anotações.

— Foi boa. Meu pai está se adaptando bem ao novo papel de administrador. — Farron ainda sofre muito com a perda da mãe na luta que travamos para proteger o Outono. Ele tem se mantido ocupado. Nós dois o temos feito. Logo que voltamos para Castelárvore, antes de ele se sentir pronto para retornar ao seu reino, passamos muitas noites nesta biblioteca. No início, nós nos permitimos descansar, ler até meia-noite e nos perder em histórias sem tentar decifrar cada palavra. Adormecíamos diante do fogo sem a preocupação de ele se transformar em uma fera.

Depois, passamos a elaborar um livro de memórias em homenagem à sua mãe, uma coisa pequena e pessoal, anotando cada detalhe de que ele conseguisse se recordar do tempo que passara com ela. Por causa da dilapidação continuada de Castelárvore, da maldição ativa em Dayton e Ezryn, com Kel se recusando a quebrar a sua, porém, havia uma urgência tácita para voltarmos a trabalhar.

— O povo está esperançoso — Farron continua, segurando meu tornozelo embaixo da mesa. — Todo mundo em casa fala sobre você.

— Sobre mim?

— Você salvou o Reino do Outono, Rosalina. — Ele apoia meu pé em seu colo e tira meu sapato para massageá-lo. — Não fui eu nem Kel, Ez ou Day. *Você* salvou todos nós.

Fecho os olhos e a lembrança ressurge: os quatro príncipes dominados pela magia do mal da chama verde, então eu explodo em uma projeção de rosas e espinhos dourados.

— Todo o meu reino sabe o que você fez — diz Farron. — Eles a chamam de *A Rosa Dourada.*

— A Rosa Dourada — repito, levando a mão ao colar instintivamente.

— E você? — Farron puxa minha outra perna para o colo. — Como vai a sua pesquisa?

— Você se lembra do livro que encontrei? Não é um texto comum. Há trechos escritos na caligrafia da Rainha. — Sinto uma pontada de culpa. Não mencionei que o livro novo que havia encontrado era, na verdade, o livro que Caspian roubara do amieiro sagrado no Reino do Outono... e que eu depois roubei de Caspian.

Vou contar para Farron. Só não encontrei o momento certo ainda.

— A Rainha era realmente fascinada por humanos — continuo, tentando não me distrair com quanto é fascinante estar tão perto dele de novo.

— Fiquei muito fascinado com uma certa humana. — Farron se inclina e desliza o dedo pela ponta da minha orelha. Porque não sou humana. Não inteiramente, pelo menos. — Como vai a prática de magia?

— As chamas aparecem com facilidade. Só incendiei dois vestidos!

Farron tinha explicado que um vínculo predestinado amplifica qualquer magia que se tenha. Na minha batalha com Lucas, descobri que posso invocar chamas brancas. E, é claro, há o caso estranho de conseguir manipular os espinhos, tanto os de Caspian quanto os dos meus braceletes.

— Que bom que não foi esse vestido. — Farron olha diretamente para o meu peito.

— Ei, a gente devia estar pesquisando. — Cutuco a barriga dele com o pé.

Ele sorri para mim com uma expressão cheia de malícia e desliza a mão por minha coxa.

— É claro, amorzinho. Por isso está olhando para mim *daquele* jeito desde que chegamos aqui.

— Não sei do que está falando. — Olho para ele com ar inocente.

Quando sua mão acaricia a minha coxa e sobe ainda mais, os dedos roçando em minha entrada úmida sem nada a cobri-la, porém, ele descobre a verdade.

Sua risada rouca faz meu coração flutuar. Então, ele se move com a velocidade e a força de um príncipe feérico e me toma nos braços. Eu o beijo, devoro a sua boca e a invado com a língua.

Só tenho um momento antes de ele me deitar de costas sobre a mesa. O Príncipe do Outono apoia as mãos, uma de cada lado da minha cabeça, e se debruça sobre mim, com uma mecha de cabelo castanho caindo sobre a testa e a luz amarelada do lobo predador atrás dos olhos.

— Se queria tanto uma foda, era só ter pedido.

Praticamente derreto com esse comentário e me contorço sobre a mesa, desesperada para senti-lo entre as pernas.

— Talvez seja só a minha *sedução selvagem* assumindo o controle.

Farron solta uma risada, abre o cinto com uma das mãos e escorrega a outra para baixo da minha saia, para massagear o meu clitóris.

— Só encontramos duas referências a isso, e elas me assustaram nas duas vezes.

Os músculos da minha vagina se contraem. Estou pronta para ele. *Sedução selvagem*... Durante a nossa pesquisa, encontramos poucas menções a esse fenômeno de acasalamento: um estado breve e sazonal de desejo incontrolável, um frenesi que domina casais predestinados, caso eles não tenham consumado o vínculo há algum tempo. Pode ser um mito, porque, felizmente, não aconteceu entre mim e Kel. É possível que só ocorra com casais que aceitaram o seu vínculo predestinado.

— Acho que estamos conseguindo escapar disso — brinco, movendo o quadril contra a fricção maravilhosa da mão dele.

— Faz apenas seis semanas que parei de me transformar em um lobo monstruoso à noite e vou tirar todo o proveito disso.

Com o vaivém entre o seu reino e Castelárvore, permanecemos juntos durante cada momento que ele passa em casa, às vezes no quarto dele, às vezes no meu. Nunca é o suficiente para mim.

E parece que para ele também não.

Meu amor predestinado abaixa as calças e, sem nem tirar a camisa, abre as minhas pernas e me penetra fundo com o seu pau comprido.

Uma onda de êxtase arrebenta dentro de mim, e Farron começa a entrar e sair com uma sofreguidão angustiante. Gemendo baixinho, mergulho no prazer. Papéis voam de cima da mesa e flutuam à nossa volta a cada movimento que fazemos.

— Farron! — Tento me agarrar à mesa enquanto grito o nome do meu predestinado, que continua metendo. A biblioteca da Ala Outonal gira lá no alto em uma gloriosa espiral de folhas em tons de laranja e vermelho.

— Estrelas, que saudade de você. — Farron se inclina e me beija. Suspiro junto dele, inspirando seu delicioso aroma de fumaça de madeira e maçãs. — Nunca vou me fartar de você.

Passo os dedos pelo seu cabelo e digo:

— Eu entendo. Mas queria realmente mostrar a você as minhas anotações.

— Mais tarde, amorzinho. — Farron sorri, desamarra meu corpete e passa a mão em meus seios doloridos, antes de erguer o corpo e me penetrar de novo, preenchendo-me tão completamente que começo a gritar.

— Deuses, que delícia.

Uma sensação de formigamento desliza por minha pele e um calor desabrocha em meu ventre. Inclino a cabeça e vejo Ezryn. A julgar por sua pose, apoiado na estante de livros com as pernas cruzadas, não acredito que tenha acabado de chegar.

O que será que pensa de nós, ao me ver deitada sobre a mesa com a saia erguida, os seios à mostra e balançando, e Farron seminu me penetrando como um animal selvagem? Mas pensar nisso não me constrange. Não. Meu corpo todo se incendeia com uma necessidade desesperada, e fico tonta quando penso que ele nos observa. Farron segue a direção do meu olhar e, por causa de nosso vínculo, sei que sente a mesma coisa.

— Ela não é absolutamente perfeita, Ez? — Farron arfa. — Olhe só para ela.

— Estou olhando — Ezryn responde. — Ponha as pernas dela sobre os seus ombros.

— O que... — começo, mas paro de falar quando Ezryn se aproxima de nós a passos firmes, decididos.

— Você vai conseguir penetrar ainda mais fundo — ele grunhe.

Farron segura minhas pernas e as coloca sobre os ombros, puxando-me para a beirada da mesa. Meu grito se transforma em gemido quando sinto o pau dele ainda mais fundo dentro de mim.

— Isso, Rosa — Farron geme, e juro que ouço um gemido igual brotando do peito de Ezryn.

Procuro desesperada algumas palavras em meio à sensação de euforia.

— Como sabe disso, Homem de Lata? Você sempre se esconde atrás do metal.

— É só o capacete que não pode ser removido — ele retruca com simplicidade. — O resto pode.

Abro bem os olhos e o ciúme me domina quando penso nele com outra pessoa. Mesmo sabendo que já aconteceu, é claro. Dou um gritinho involuntário quando essa nova posição me faz escorregar para mais perto da beirada da mesa.

Ezryn segura os meus ombros e me mantém no lugar, suas mãos enluvadas e ásperas próximas de meus seios expostos.

Sei que ele não é meu, não como Farron ou Kel. Não posso ter o Príncipe da Primavera, mas ainda peço:

— Ezryn, me toque.

Suas mãos me apertam e ele fica em silêncio por um momento devastador.

— Porra — Ezryn resmunga. Depois, tira as luvas, e vejo de relance as mãos grandes, morenas. Uma delas segura o meu seio e o aperta com firmeza, antes de beliscar o mamilo com o indicador e o polegar. A outra mão desliza quase reverente por um lado do meu pescoço, antes de segurar o meu cabelo.

— Deuses. — Farron morde os lábios e nos observa. Ele segura as minhas pernas contra o peito. — Assim, Ez?

Ezryn levanta a cabeça.

— Estou aqui. Não precisa mais se segurar.

— Você está se segurando? — reajo.

— Só um pouco. — Ele sorri com sarcasmo. — Não quero machucá-la.

— Ela não é uma humana delicada. — Ezryn puxa o meu cabelo, como se quisesse provar o que dissera. — É uma feérica poderosa. Já nos mostrou isso.

— O que acha, Rosa? Pronta? — Farron pergunta.

— Sim. Sim, Farron.

Ele sai completamente de mim antes de me penetrar novamente. E a velocidade... Quase nem consigo compreender, é como um borrão que projeta meu corpo para uma nova altitude.

Grito sem me importar se alguém vai ouvir e tento me segurar, mas minhas mãos suadas escorregam pela armadura de Ezryn.

— Gosta disso, Pétala? — Ezryn me levanta e apoia minhas costas em seu peito, fazendo de mim um V entre os dois. — Gosta de ter a boceta invadida?

Lágrimas de prazer escorrem por meu rosto e sinto meus músculos internos se contraindo, contraindo, contraindo.

— Responda — ordena Farron, com a autoridade de um Alto Príncipe. Ele toca fundo em lugares que eu nem sabia que poderiam ser tocados. Sinto minhas paredes internas comprimindo o seu pau.

— Sim, sim, eu gosto — balbucio. — Farron, Ez, eu...

— Goze para nós. — Ezryn abaixa a cabeça até encostá-la em meu ombro, e sinto a pressão fria do capacete em minha bochecha.

O orgasmo explode dentro de mim, fazendo meu corpo todo vibrar. Sinto o alívio de Farron dentro de mim, bem no fundo.

Ezryn segura o meu corpo trêmulo enquanto me recupero da explosão. Ele me deita sobre a mesa com delicadeza e afasta os cabelos que cobrem a minha testa.

— Não está feliz por ter vindo à nossa procura? — pergunto com um tom sonhador.

— Muito — ele responde.

— Por que está aqui, Ez? — Farron pergunta, vestindo as calças. — Não que eu esteja reclamando.

— Parto para Primavera amanhã — Ezryn anuncia. Ele olha para Farron e bagunça o seu cabelo. — Eu te espero no campo de treinamento hoje à tarde. Temos tempo para mais uma aula. Vamos ver se você aprende algo de magia tão depressa quanto aprendeu a satisfazer a nossa garota.

3

Keldarion

Tudo bem, esse é o último lugar onde eu esperava encontrá-lo. Respiro fundo. O ar no Santuário da Rainha é parado e cheira a mofo. A pequena capela fica atrás de Castelárvore e não foi usada desde que nós quatro assumimos o comando por aqui.

Alguma coisa, no entanto, conduziu-me por esses corredores esquecidos enquanto eu procurava por Ezryn.

E, é claro, eu o encontro ajoelhado diante do altar da Rainha, uma estátua de pedra de uma mulher sem rosto com uma das mãos erguidas para o céu e a outra apontando para a terra.

Era uma prática comum passar momentos silenciosos de meditação no Santuário, oferecer gratidão pelas alegrias da vida ou lançar preocupações ao vazio. Embora a Rainha tenha criado o Vale, ela também o havia abandonado quinhentos anos atrás. Minha gratidão e minhas preocupações são tão ouvidas por ela quanto pela lápide de pedra esculpida em sua memória.

O Santuário é um espaço simples, pequeno e estreito, em comparação aos outros amplos aposentos de Castelárvore. Paredes e chão de madeira, teto coberto de galhos pesados com folhas verdes e hera descendo dos ramos. Seria bonito, não fosse pelos espinhos e pelos destroços espalhados por ali.

Quatro janelas gigantescas com vitrais deixam entrar uma luminosidade multicolorida. A chuva finalmente passou.

Eu me ajoelho ao lado de Ezryn e abaixo a cabeça diante da estátua.

Ezryn inclina o capacete para mim.

— Não precisa me fazer companhia. Sei o que sente pela Rainha.

— Não o vejo aqui há décadas. Talvez tenha se lembrado de alguma coisa que eu esqueci.

— Infelizmente, não. — Ezryn apoia-se sobre os calcanhares. A luz dos vitrais pinta sua armadura de vermelho, azul, amarelo, verde e roxo. A espiral de cores me encanta. Não é sempre que tenho a oportunidade de ver Ezryn banhado em luz. — A Rainha continua em silêncio, como sempre.

— E por que justamente agora veio atrás dela em busca de sabedoria, depois de todos esses anos? — Arqueio uma sobrancelha.

Ezryn se levanta e me dá as costas.

— Parto amanhã para Primavera.

Eu sabia que essa decisão estava próxima. Ezryn não tinha notícias do pai, Príncipe Thalionor, o regente, há meses. Nem Thalionor nem o irmão de Ezryn compareceram ao funeral da Princesa Niamh.

Percebo como isso ainda pesa sobre ele. E entendo.

Para homens como nós, olhar para o passado é muito mais difícil do que correr às cegas para o futuro.

Eu me levanto e apoio uma das mãos em seu ombro. Uma luminosidade azulada ilumina meus dedos.

— Entendo. Mande lembranças ao seu pai por mim. Eu o acompanharia, se não precisasse voltar ao Inverno.

Ezryn olha para mim por cima do ombro e me vejo no reflexo de seu visor escuro.

— Quanto tempo vai passar fora?

— Canalizamos uma grande porção de magia para Castelárvore. Essa força deve se sustentar por várias semanas. Deve ser tempo suficiente...

— Keldarion, quanto tempo vai passar fora? — Ezryn repete em voz baixa.

Abaixo a mão. Que feérico maldito. Meus pensamentos são como um pergaminho aberto para ele. Não consigo encará-lo, por isso, volto-me para o rosto de pedra da Rainha.

— Concedi liderança temporária a Eirik Vargsaxa, enquanto procuro uma solução permanente. Depois da traição de Perth, sei que preciso deixar o comando de Presagelada nas mãos de alguém completamente confiável.

— Talvez não haja mais necessidade de um regente — Ezryn sugere com um tom contido. — Se quebrar a maldição...

— Essa opção está fora de questão. — Pensar nisso é suficiente para acelerar o sangue em minhas veias.

Desde o momento em que aquela mulher fatídica entrou em Castelárvore, a magia da Feiticeira tem sido mais do que uma maldição; tem sido um tormento, um sofrimento infinito que transforma cada inspiração minha em uma luta entre a agonia e os poucos momentos de fraqueza em que me entrego a ela.

Rosalina.

A feérica disfarçada em um corpo humano. Minha visão da estátua de pedra fica turva. *Entendo por que os nossos destinos são assim. Mas o dela?*

Imaginara que o vínculo dela com Farron aliviaria um pouco da culpa em meu peito, mas, em vez disso, só piorou o meu sofrimento. Como é fácil, como é simples para ele tomá-la nos braços, sentir o seu cheiro, prometer a ela que vai estar ao seu lado.

E como é difícil, para mim, combater cada instinto.

Para complicar a situação, o príncipe é o predestinado do meu amor predestinado. Sempre tive uma profunda afeição por Farron, mas agora ele é outro coração que tenho que proteger a todo custo.

A teia emaranhada na qual o acordo me enredou vai prendê-los também.

A menos que eu faça alguma coisa.

— Vai voltar para Presagelada, então? — Ezryn pergunta.

— Não. Vou atravessar as Terras Áridas de Anelkrol…

— Kel…

— Até chegar ao Grande Abismo. Tenho negócios na Ponte do Vácuo.

Ezryn me gira, obrigando-me a encarar o seu capacete.

— Que negócios pode ter lá? Aquele lugar é um poço de desespero.

— E a Guarda das Profundezas é a única coisa que impede esse desespero de se espalhar pelo restante do Inverno — respondo. — É o lar do meu último familiar vivo.

Ez sufoca uma risadinha irônica.

— Você não vê Irahn há anos. Quellos foi mais um tio para você do que Irahn jamais teria sido.

— Quellos era um traidor. Ele pôs as próprias ambições acima da lei, acima do bem do povo. Irahn pode ser… excêntrico, mas ele amava a minha mãe e dedicou sua vida à defesa do reino.

— Então, seu plano é fazer de Irahn o novo regente? — Ezryn inclina o capacete.

— Por enquanto, pelo menos.

Percebo que Ezryn está avaliando a minha decisão, a julgar pelo tempo que leva para reagir. Isso é incomum. Ele nunca concordou com uma decisão minha desde que nos conhecemos.

É surpreendente que tenha acatado a maioria delas.

Finalmente, ouço sua voz baixa e reverberante.

— Não é uma decisão fácil, Kel. Seu tio manteve o Grande Abismo protegido nas últimas duas décadas. Foi por isso que você nomeou Quellos regente. Além disso, Irahn não faz parte da sociedade civilizada há anos.

Aceno com uma das mãos e sem muito empenho.

— O Inverno adoeceu com as políticas de Quellos sendo postas em prática por tanto tempo. Irahn pode ser o regente de que o Inverno precisa.

— *Você* é o regente de que o Inverno precisa.

Caminho em direção à porta e passo por um feixe de luz vermelha, que se derrama sobre o meu cabelo, minha pele, banhando-me de sangue brilhante.

— Eu sou a perdição do Inverno.

Ezryn solta o ar com um sopro pesado.

— Se fizer de Irahn o regente, o que vai ser do Vácuo? Você deixaria a Guarda das Profundezas sem um responsável.

— Não, eu não faria isso — contesto. Minhas mãos se fecham. — Se tudo correr como eu pretendo na integração de Irahn como o novo regente, ficarei no Vácuo como responsável.

Um silêncio pesado invade a sala. Quero que ele grite. Quero que me ataque.

Mas eu sabia que este seria o resultado mais provável: silêncio.

— Você não pode estar dizendo o que acho que está dizendo, Kel — ele sussurra.

É minha vez de respirar fundo.

— Estou. Irahn tem o meu sangue. Se ele aceitar o posto de regente e provar que é um líder digno, vou passar a Bênção do Inverno para ele e abdicar do poder como Alto Príncipe.

Um raio estala lá fora e as nuvens se acumulam de novo.

— Não posso acreditar nisso — ele protesta, e o sussurro se torna um rosnado. — A Espada da Proteção pertence a *você*. Seu pai escolheu *você* para herdar a Bênção que era dele, não Irahn. Você nasceu para levar paz ao Inverno!

— Eu não nasci para coisa nenhuma. Se estiver com Irahn, pelo menos a Bênção não será prejudicada por essa maldição.

— Uma maldição que você não precisa suportar! — Ezryn se aproxima de mim e empurra o meu peito. Ah, sim, aí está. A raiva. Com isso eu consigo lidar.

Mas Ezryn não me empurra de novo. Em vez disso, ele segura meu rosto, e sinto a aspereza das luvas no meu queixo.

— Deixe-me ajudá-lo, Kel. Deixe-me fazer justiça com Caspian. Ele terá um fim rápido e esse acordo se rompe para sempre. Vou ao Inferior por você, ele nem sentiria dor. Posso libertar você, o Inverno e Rosalina...

Seguro os pulsos de Ezryn e afasto as suas mãos do meu rosto.

— Não posso permitir que faça isso.

— Bah! — Ele me empurra, passa por mim e dá um soco no batente da porta. — Você sabe que repassar a Bênção equivale a abrir mão dela para sempre. Não há como devolvê-la sem colocar a sua vida em grande risco.

— Eu entendo.

— Então, é isso. Você vai deixar Castelárvore. Vai deixar Rosalina. Vai *nos* deixar. — Ezryn apoia o corpo contra o batente. — Tudo para proteger o traidor.

Fecho os olhos, tentando combater a emoção que ameaça me consumir. Não é raiva. E, pela primeira vez, não é nem culpa.

É só uma tristeza por não haver outro jeito de proteger aqueles que amo.

Eu me aproximo dele. Abraço os ombros de Ezryn e ele cai sobre mim. Sua respiração é pesada, irregular.

— Isso é o que fazemos, Ez. Um pelo outro. Por ela. Deixamos claro que, a despeito de quantas vezes tropecemos nesse caminho traiçoeiro, nossa determinação permanecerá intacta para sempre. Sempre que cairmos, vamos nos levantar outra vez. Você me ouviu, irmão?

— Sim — ele sussurra. — Vamos nos levantar.

Eu o abraço com força.

— Agora, vá para Primavera. Restabeleça a ordem verdadeira. Encontre o seu amor predestinado e rompa a maldição. Apodere-se do destino glorioso que espera por você.

4

Rosalina

Minha mão segura o arco com firmeza, mas não consigo estabilizar as batidas do coração. Inspiro profundamente pelo nariz, puxo a corda e sinto a tensão aumentar. Meu foco se reduz ao alvo, um goblin de palha com um círculo preto pintado no peito.

Quando lanço a flecha, o tempo perde velocidade e, por um momento, penso que finalmente vou acertar em cheio. Mas, então, a flecha sai do curso e acerta a parede de madeira de Castelárvore.

— Droga — resmungo, baixando o arco e limpando o suor da testa. Todo lugar da Ala Veranil precisa ser tão quente? Olho em volta para descobrir se mais alguém testemunhou o meu fracasso.

O salão de treinamento é grande. Um dos lados é delimitado por Castelárvore — pela linda casca da árvore e pelos seus espinhos sinuosos — e o outro é aberto, com a Sarça e as colinas visíveis ao longe por entre os galhos. Raios de luz do sol se derramam sobre o chão arenoso.

Ezryn e Farron estão sentados de pernas cruzadas em um canto, frente a frente. Farron mantém as mãos abertas voltadas para o alto, Ezryn posiciona as suas acima delas, sem tocá-las. Ele está ensinando a arte da cura para Farron. A magia inata do Reino do Outono é o fogo; a do Reino da Primavera, o rejuvenescimento. Farron ensinou Ezryn a dominar o fogo no Reino do Outono e agora Ezryn está retribuindo com o seu conhecimento.

Olho para eles e, por um momento, entendo por que a Rainha construiu este castelo com um pedaço de cada reino. Quatro governantes juntos com acesso a seus respectivos lares. Unidos somos mais fortes.

Ouço um estrondo perto da estante das armas e me viro a tempo de ver Dayton tropeçando no meio delas. As armas ficam expostas em apoios de madeira, uma coleção de espadas, lanças, arcos e estojos de flechas decoradas com penas.

Dayton me fez experimentar todas essas armas, mas gosto mais do arco.

— Por que ninguém me disse que havia uma festa na Ala Veranil?

— Está atrasado — aviso com um tom seco. — Astrid me falou que o avisou já faz meia hora.

As palavras saem enroladas de sua boca, seus movimentos são incertos. Quanto ele bebeu desde que chegou a Castelárvore para estar nesse estado de embriaguez?

Dayton semicerra os olhos e sorri.

— Hum, a área de treinamento ficou ótima com a adição de mais algumas penas à decoração.

Faço uma careta ao olhar para a coleção de flechas exposta na parede distante. Minha primeira solicitação ao voltar para Castelárvore foi aprender a me defender. Esperava que Keldarion protestasse, mas ele reconheceu que era uma boa ideia, embora eu tenha deixado minha inspiração de lado para esse plano. As palavras ditas por Caspian no campo de batalha voltam à minha cabeça: *Aqueles príncipes são sempre uns idiotas; deviam ter ensinado você a se defender.*

Mas não é só por causa do Príncipe dos Espinhos. Odiei ver os príncipes partirem para a batalha e me sentir excluída e inútil. Por isso, vou treinar a minha magia e os meus espinhos, e usar as ferramentas deste mundo. Não tenho intenção de deixar o Vale Feérico, mas este mundo não é como o humano. Preciso aprender a sobreviver e, para isso, tenho de ser capaz de me proteger.

Dayton permanecera em Castelárvore por mais tempo entre todos os príncipes. Ele havia me ensinado os fundamentos de cada arma antes de partir para uma visita rápida à irmã no Reino do Verão. Mas o tempo do treinamento foi o único que passamos juntos.

Farron disse para eu não me preocupar com o fato de Dayton me evitar. Ele convive com as mudanças de humor do Príncipe do Verão há anos. Não entendo como Dayton podia fazer amor com a gente daquele jeito, com tanta paixão, e depois se manter tão distante.

Farron avisara que Dayton estaria na cama conosco antes que pudéssemos perceber. Mas e se estivesse enganado? E se Dayton estivesse procurando pelo seu amor predestinado no Reino do Verão? É melhor que eu não saiba.

Não sei se poderia suportar. Tive muita certeza naquela noite que passamos no Reino do Outono, a noite em que quase fizemos amor... Imaginei que a mesma luz mágica que havia desabrochado entre mim e Kel se manifestaria entre mim e ele.

Três predestinados, Rosalina? Eu me censuro em pensamento. Não posso ficar com todos.

— Muito bem, quero ver de perto. — Dayton acena preguiçoso, interrompendo os meus pensamentos. — Acerte o alvo.

Com determinação renovada, apanho outra flecha e a posiciono no arco. Levo o braço para trás e busco o alvo com a mira; depois, disparo a flecha, que acerta a parede de madeira ao lado do alvo.

— Ah! — reajo frustrada. — Não entendo. Estou fazendo do jeito que você faz! Dedo na posição correta, cotovelo erguido e...

— Esse é o problema, Rosalina — diz Dayton, aproximando-se de mim. — Você é muito inteligente; todos nós sabemos disso. Mas está pensando em todas essas coisas separadamente.

— O que...

Ele se posiciona atrás de mim e, por ser Dayton, está sem camisa. Sinto a sua pele e os seus músculos através do traje de treinamento que Flavia preparou para mim: vestido branco com um short por baixo e um escudo de couro no peito para proteção.

Quando Dayton me viu vestida com esse traje pela primeira vez, porém, eu não soube se ele queria me treinar ou...

— Está prestando atenção? — Ele pega uma flecha. Com as mãos sobre a minha, começa a guiar os meus movimentos. — Você sabe o que fazer. Confie no seu corpo. Quando você lança uma flecha, o movimento não é autônomo, mas, sim, uma extensão do seu ser. Como um *sentimento*.

— Não acho que um sentimento vai me ajudar a acertar um goblin — resmungo.

O rosto dele está tão próximo que sinto o cheiro do vinho em seus lábios.

— Sinta o batimento do arco, o pulsar da corda. Visualize onde a flecha vai chegar.

Tento não rir e me permitir adquirir fluidez. O braço dele está sobre o meu quando puxamos a corda juntos.

— Encontre a sua âncora, a calmaria nas ondas de tempestade à sua volta.

Inspiro profundamente, sentindo o sabor do sal na língua, a areia sob os pés e o calor de seu toque como um sol escaldante.

— Essa é a minha garota — Dayton murmura. Depois, ele me solta e recua um passo.

O calor se espalha dentro de mim e me concentro naquele alvo em forma de goblin antes de disparar.

A flecha corta o ar com um assobio, acerta o alvo em cheio e libera um jato de água.

Um jato de água?

— O... o quê? — Dayton gagueja.

Não consigo nem comemorar por ter finalmente acertado o alvo, porque tudo que faço é olhar para a areia molhada sob o goblin de mentira completamente destruído. Há um buraco em sua barriga, com palha se projetando do interior do boneco.

Ezryn e Farron se levantam imediatamente.

— Usou magia de água? — Ezryn pergunta.

— Não sei.

— Não é qualquer água — Farron anuncia, parado diante do alvo. — É água do mar.

Conchas e algas marinhas cobrem a areia, mas não há flecha alguma à vista.

— Não fui eu — Dayton avisa.

— Magia de água é comum entre os feéricos dos Reinos do Verão e do Inverno, mas... — Farron levanta a cabeça. — Você transformou completamente a flecha em água. Rosa, nem Kel e Day conseguem fazer isso.

— Eu... transformei?

Um nó de desconforto se aloja em meu estômago. Eu não devia ter essa habilidade. Muitos feéricos conseguem controlar os elementos, mas *transformar* coisas completamente...

Até onde eu sei, só existiu um feérico capaz de fazer isso.

— Acrescente mais esse registro às suas anotações — diz Ezryn. — Espinhos, chamas e agora isso.

Olho para as minhas mãos, sem saber como fiz aquilo.

— A essa altura, já devíamos saber que nada em nossa Rosa é esperado. — Meu coração canta quando ouço aquela voz profunda e grave. Keldarion está parado na porta.

— Keldarion — diz Ezryn, inclinando a cabeça.

— Estou partindo agora para o Inverno. Meu lobo vai conseguir percorrer uma boa distância durante a noite. — Ele olha de relance para mim antes de se virar. — A equipe de funcionários vai preparar o jantar para vocês.

Antes, eu teria corrido atrás dele, teria seguido aquela dor em meu coração.

Mas fico onde estou.

Se Keldarion pode ignorar nosso vínculo predestinado, eu também posso.

Não importa quanto isso doa.

Além do mais, tenho outras coisas importantes com que me preocupar. Olho novamente para minhas mãos. Fogo, água, espinhos… O que mais tenho guardado dentro de mim?

5

Ezryn

Um passo.

O Reino da Primavera está a um passo. É todo o esforço que tenho que fazer para voltar ao lugar onde nasci. *O lugar onde nasci, não o meu lar*, penso de maneira curiosa. Quando foi que a minha mente mudou tanto, a ponto de as paredes em ruínas de Castelárvore e as trepadeiras escuras e retorcidas da Sarça se tornarem mais o meu lar do que o meu próprio reino?

Paro no hall de entrada diante do espelho encantado, cuja superfície brilha como néctar. Tudo que preciso fazer é atravessá-lo e pensar em Florendel, a capital de Primavera, e chegarei lá.

Pensei em atravessar esse espelho todos os dias desde que cheguei do Reino do Outono, pensei nele todas as vezes que nenhuma notícia chegou de Primavera. Mas disse a mim mesmo que eu era necessário aqui. Quando os outros príncipes partiram para visitar os seus respectivos reinos, eu me ofereci para ficar e cuidar do castelo. De Rosalina. Primavera esperou muito tempo por meu retorno; algumas semanas não fariam muita diferença nesse período de ausência até agora.

Mas fui tão insuficiente como protetor de Castelárvore quanto fui como Alto Governante.

Farron e Keldarion passaram a maior parte das últimas seis semanas fora, embora Farron tenha retornado por períodos breves para visitar Rosalina. Dayton, por sua vez, só se ausentou nas últimas duas semanas. Alguma coisa mudou em nossa dinâmica, uma espécie de cumplicidade entre mim e Dayton. Keldarion ainda permanece amaldiçoado, mas pelo menos sabe qual é o caminho para a liberdade. Já quanto a mim e Dayton…

Como se mantém a esperança, se ela foi reduzida a um raio de luar?

Respiro profundamente, e o som ecoa em meus ouvidos. O piso sob meus pés deveria estar gasto, marcado por sulcos, depois de todo o tempo que passei andando de um lado para o outro diante desse espelho. Um passo. Por que não consigo?

Talvez pelo mesmo motivo que me impediu de permanecer em Castelárvore com Rosalina quando os outros príncipes partiram. Castelos e fortalezas não podem conter o que me tornei.

Rosalina merece um homem honrado, não a Fera Obscura da Sarça.

É isso que os goblins gritam. O último nome que dizem quando as presas do meu lobo rasgam as suas gargantas, quando têm os crânios esmagados sob minhas patas. Digo a todos que patrulho a Sarça para segurança deles mesmos. Mas essa não é a única razão.

A fúria dentro de mim precisa sair. Melhor os goblins do que alguém que amo.

Endireito os ombros e olho para o espelho. Um passo. Um passo...

— Mais uma saída silenciosa, pelo jeito.

A voz dela entra suave no hall e eu me viro, o movimento provocando um estardalhaço da armadura.

Ela está apoiada em uma coluna, de braços cruzados e com uma sobrancelha arqueada.

— Rosalina — murmuro.

— Desta vez não vai fugir para a Sarça. Vai para casa, para o Reino da Primavera, então?

Seu tom é mais incisivo. Ela está... brava comigo.

No calor do momento na biblioteca, foi fácil fingir que estava tudo bem, que eu não a tinha deixado sozinha ou que não partiria de novo. Aqui, na fronteira de outro reino, porém, não tenho como me esconder da verdade.

— Sim. É o plano, pelo menos — respondo.

Ela levanta o queixo, desviando o olhar.

— Bem, está encarando o espelho há meia hora. Normalmente é mais ansioso para partir.

Dá para entender que Keldarion seja o predestinado dela. Nesse momento, ela poderia ganhar dele no quesito frieza. E quem sou eu para criticá-la?

Devo um pedido de desculpas a Rosalina por tê-la deixado com Castelárvore nesse estado; por tê-la deixado, de um jeito ou de outro.

O que posso dizer? Que nunca sinto medo dos goblins ou das longas noites de solidão, mas que ela me amedronta mais do que posso mensurar? Que cada sorriso ou toque que ela me oferece é como um raio que me rasga por dentro? E, mais do que todas essas coisas, que eu sei que é só uma questão de tempo até minha determinação sucumbir e eu me perder por ela?

— Rosalina, me desculpe — consigo dizer.

Ela suspira e se aproxima de mim. Cada movimento seu, do balanço dos quadris aos lábios comprimidos em sinal de contrariedade, tudo faz o meu coração disparar.

— Tudo bem. Sei que os goblins são companhias maravilhosas. Na próxima vez, vou me pintar de verde e afiar os dentes, talvez assim você queira ficar um pouco comigo. — Ela faz uma tentativa ridícula de projetar uma careta assustadora e mostra as mãos crispadas, imitando garras.

Dou risada e estendo a mão para ajeitar o seu cabelo atrás de uma orelha pontuda.

— Eles não têm o seu senso de humor, isso é certo.

Rosalina suspira e revira os olhos, depois se aproxima de mim.

— Senti saudade de você, só isso.

Apesar da minha decisão mais sensata, seguro o rosto dela entre as mãos e afago as bochechas com os polegares.

— Assim é mais fácil.

— Diga isso para o meu coração.

A honestidade nas palavras dela me dilacera. O que ela diria se eu lhe oferecesse cada pedacinho de mim? Aceitaria? Ou me despedaçaria?

Um passo para o Reino da Primavera. Uma pergunta a Rosalina. Não tenho forças para fazer nem um nem outro.

Um rubor intenso tinge seu rosto e ela ri, constrangida.

— Eu não devia segurá-lo aqui.

Relutante, abaixo as mãos e me viro de frente para o espelho.

— Não é você. Sou eu quem está postergando. Parece que não consigo obrigar os meus pés a se moverem.

— Está nervoso?

— Apavorado — admito em voz baixa.

Ela segura minha mão e entrelaça os dedos nos meus.

— Está com medo de encontrar o seu povo?

— Não. Tenho certeza de que a acolhida seria calorosa, apesar da minha ausência prolongada. Há até um funcionário da Fortaleza Jardim do Martelo que estou ansioso para reencontrar. É...

— Seu pai.

— Como você sabe?

Ela me encara.

— Você mencionou que ele estava doente. É difícil ver aqueles que amamos nessas condições.

Especialmente porque sei que foram as minhas atitudes que o deixaram nesse estado. Um torpor vibra em meu peito quando tento combater a lembrança.

— Meu pai, Thalionor, é o regente do Reino da Primavera. Digo que ele está doente, mas não é bem isso. Fisicamente, ele ainda é forte. Depois da morte de minha mãe, caiu em uma espécie de torpor, como se fosse a mesma pessoa por fora, mas por dentro estivesse... vazio.

Rosalina afaga minha mão.

— A morte de sua mãe foi difícil para todos da família.

Uma pequena fenda surge no meio do torpor em meu peito e palavras presas embaixo dessa couraça tentam sair.

— Meu pai, meu irmão Kairyn e eu... Éramos todos muito duros o tempo todo. As coisas são assim no Reino da Primavera, na família real. Temos que ser o alicerce a partir do qual o povo possa crescer. Nossa mãe era como um filamento de suavidade que nos mantinha unidos, como o musgo que cresce sobre a pedra. Ela era amada como Alta Princesa, o amor predestinado de meu pai. Foi ela quem me ensinou tudo que sei sobre honra, sobre o dever com nosso reino. Ela era a única pessoa com quem Kairyn se sentia à vontade.

— Sinto muito, Ezryn — Rosalina murmura, apoiando a cabeça em meu ombro.

As cores peroladas do espelho dançam diante dos meus olhos.

— Meu pai era um homem brilhante antes de ela morrer. Minha mãe era a Alta Princesa, mas meu pai viajava com frequência para servir aos povoados distantes da nossa capital. O povo o adorava. Ainda o adora, apesar de sua condição. Ele foi um grande guerreiro, valente e ousado. Honrar o reino é tudo para ele.

— Como ele era... como pai? — Rosalina pergunta, hesitante.

Suspiro.

— Severo. Exigia muito de mim e de Kairyn. Queria que fôssemos excelentes. — Balanço a cabeça. — Seguir o exemplo dele foi mais fácil para mim, mas Kairyn nunca foi muito bom nessa coisa de seguir instruções ou confiar no processo. Isso criava tensão entre ele e meu pai.

— Por isso está com medo de encontrar o seu pai? Porque ele era muito severo?

— Não. Nunca tive medo dele. — Penso um pouco, tentando encontrar a verdade, tentando traduzir a dor em palavras. — Quando encontro o meu pai agora, vejo tudo que não via antes, não só quem ele era. Mas ele é o único elo que resta com minha mãe. Mais do que tudo, eu queria ser o governante que ela foi. — Fecho os olhos e minha voz fica mais rouca. — Meu pai era o vínculo predestinado dela. Ver quem ele era desaparecer diante dos meus olhos... é como vê-la morrer outra vez.

Rosalina enlaça minha cintura com um braço e me aperta com tanta força que a armadura tilinta.

— Conte alguma coisa sobre ela — pede.

Suspiro e a abraço com força.

— Ela usava um capacete prateado como a luz das estrelas. Nunca vi o seu rosto, mas, na minha cabeça, ela era linda.

— É claro que era. — Rosalina olha para mim. — E, de qualquer maneira, ela está sempre com você, Ez. Há um pedaço dela em seu interior que nunca vai partir.

— Acho que é por isso que tenho que ir a Primavera e garantir que o reino que ela deixou para mim esteja em ordem — digo.

— Espere. Antes de ir...

Meu coração dá um pulo. *Me peça para ficar.*

Em vez disso, ela contrai o rosto e diz:

— *Anon caria mirel baelorin. Yavanthy caeotin. Darisfeli em onore.* Ezryn.

As palavras saem entrecortadas, vocalizadas com esmero, mas eu as reconheceria em qualquer lugar.

— Esse é um idioma de Primavera — digo.

Ela apoia a mão no peito da armadura e olha para os dedos abertos.

— Eu sei. Você me disse isso no Jardim Cripta.

— E você se lembra?

Ela levanta a mão para afagar meu capacete. Seus olhos castanhos brilham quando buscam os meus.

— As montanhas me disseram o seu nome. A floresta cantou a sua canção. Meu coração procura por você desde o primeiro amanhecer.

É claro, a primeira coisa que Rosalina faria ao ouvir algo em um novo idioma seria procurar um jeito de traduzir. Consigo imaginá-la na biblioteca, debruçada sobre um dicionário. Meu peito fica apertado. A intenção era manter essas palavras em segredo...

— Meu coração também procura por você, Ez — ela sussurra. — Deixe-me encontrá-lo.

Por mais que eu desejasse tomá-la nos braços e repetir muitas, muitas vezes que estou aqui, o espelho me chama.

— Eu volto logo.

— Estarei à espera — diz Rosa, soltando-me. — Prometo.

Com essa promessa me dando a força de que preciso, dou um passo à frente e entro em Primavera.

6

Caspian

Bato com a mão aberta na parte de trás do armário de madeira e um grunhido irritado brota da minha garganta. *Também não está aqui.* Cobri o chão com os vestidos de Rosalina, esvaziei todas as gavetas da escrivaninha, e a feérica continua dormindo tranquila em sua cama. Deve ter o sono pesado.

Ou minha presença a relaxa. Pensar nisso me perturba.

Mancando, eu me aproximo da mesinha de cabeceira, ignorando a dor intensa na perna. Não se perde o Reino do Outono sem uma pequena retaliação. A gaveta está repleta de papéis e canetas, há até um biscoito mordido. *Mas nada do meu livro.*

— Onde o escondeu, Flor? — Seu cabelo escuro escorre em torno do rosto e os lábios carnudos estão entreabertos. Ela empurrou os cobertores, e é muito fácil delinear as curvas deliciosas de seu corpo embaixo do lençol fino.

Cerro os punhos e resisto ao impulso de tocá-la. Vou ao outro lado do quarto. É claro, ela pode ter escondido o livro em qualquer lugar de Castelárvore, mas tenho uma sensação peculiar de que está aqui, em algum lugar.

Sinto o momento exato em que ela acorda. É como um choque no peito. Mas não me viro, continuo examinando uma gaveta que já revirara antes. Finjo não ouvir sua respiração alta ou sentir quando ela assume o controle dos *meus* espinhos, enlaçando-os em torno dos meus tornozelos. O assoalho estala. Malditas estrelas, ela realmente pensa que está sendo sorrateira?

Os espinhos puxam os meus pés e eu caio. Rosalina monta em mim, imobiliza-me e pressiona um espinho alongado contra o meu pescoço.

— O que está fazendo aqui, Caspian? — ela grunhe, e a carranca em que o seu rosto se transforma é adorável.

— Eu poderia perguntar a mesma coisa — devolvo rindo. — Se eu soubesse que era disso que estava atrás, teria negociado por muito mais do que um beijo. — Olho para o fino bracelete de espinhos no meu pulso, depois para os dois no braço dela, iguais ao meu.

Sua boca forma um "O" silencioso, e ela se ergue da posição em que seu ataque nos colocara. Suas coxas envolvem a minha cintura, uma das mãos aperta o meu peito e, é claro, os espinhos envolvem os meus tornozelos. Eu assumo o controle deles agora, libertando-me e direcionando-os para as pernas dela.

Rosalina engole um gemido de dor e sinto que se esforça para assumir o controle dos espinhos de novo, mas não permito.

— Você me deixou atacar de surpresa — ela diz.

— De que outra maneira conseguiria o que quero? — Deslizo a mão por uma coxa branca como leite. — E eu sempre consigo o que quero.

Ela pressiona o espinho com um pouco mais de força contra o meu pescoço, mas não percebe que nada do que fizer agora poderá me ferir. Não depois do que já foi feito. Meus dedos escorregam sob a sua camisola e o seu cheiro me consome completamente.

— Tem alguma aversão a calcinhas, Flor?

Seu rosto fica vermelho e ela recua, mas os espinhos em torno de suas pernas a impedem de ir muito longe. Eu a penetro com o olhar e tenho que recorrer a toda a minha força de vontade para não a agarrar e a colocar sentada sobre a minha cara. Não posso sobreviver por muito tempo no mundo aqui de cima, mas aposto que sobreviveria a ela.

— Foi *você* quem invadiu o *meu* quarto no meio da noite.

Inclino a cabeça, mudando a pressão dos espinhos para transformá-los em uma carícia delicada que sobe lentamente por suas coxas.

— E o seu predestinado está fora, no Reino do Outono. O outro está no frio, no gelo. Então, quem você sonhou que apareceria em sua cama para sentir essa vagina exposta? O Príncipe do Verão acorda cedo? Hum, como é mesmo o nome dele?

— Cale a boca — ela sibila.

— Ou... — Afrouxo meu controle sobre os espinhos, permitindo que ela imponha novamente a eles a sua vontade, e nós dois os conduzimos cada vez mais para cima. — Era comigo que estava sonhando?

Espero que ela cuspa em mim, é claro, que me xingue ou me chame de nojento, mas não esperava o rubor em seu rosto nem o suspiro prolongado quando os ramos tocam de leve a periferia de sua região mais íntima. Por causa disso, consigo sentir como ela está molhada. Seu desejo é um peso palpável no quarto e, por um momento, sinto que posso perder o controle e enfiar os ramos nela só para suprir a sua necessidade dolorosa.

Respiro fundo e recupero o bom senso. Faço os espinhos recuarem, apanho um deles com a palma da mão e lambo a ponta.

— Tão deliciosa quanto me lembro.

Ela também parece ter recuperado a compostura, pois rosna:

— Seu porco.

— Não. — Giro o corpo, e agora é ela quem está deitada de costas. — Só estou no controle. E, caso esteja cansada dessa brincadeirinha, é só me dizer onde está o livro e eu vou embora.

— Que livro?

— Minha princesa está aprendendo, mas você não tem ideia de onde se meteu.

Ela se contorce embaixo do meu corpo, mas não consegue se libertar. As orelhas mais longas combinam com ela, com os olhos grandes e os lábios perfeitos.

— Sei de algumas coisas. Partes do livro foram escritas pela Rainha, mas não entendo que interesse você teria nela.

— A Rainha foi a feérica mais poderosa que já viveu. Não pode me culpar por estar curioso.

— É mais um diário do que um livro de feitiços — ela revela.

Então, Rosalina o estudou. Isso não fazia parte do meu plano, mas talvez… talvez não seja tão ruim.

— Ficaria surpresa com o que se pode extrair dos pensamentos brutos de alguém.

— Não vou devolver o livro. Está escondido em um lugar que você nunca vai achar. Não confio em você. Você nos *traiu*, Caspian.

— Eles me chamam de traidor há anos — respondo. — Foi o seu predestinado quem fez o acordo comigo. Não tenho culpa se o cachorrinho não foi cuidadoso com a escolha das palavras.

— Você não vai insultar Farron — ela grunhe. Um emaranhado de espinhos atinge o meu peito e eu voo para o outro lado do quarto, caindo desajeitado, com o cabelo sobre o rosto.

Rosalina está em pé olhando para os punhos, nos quais dois braceletes se contorcem como serpentes vivas.

Eu me levanto e tiro o pó da túnica.

— Falando em acordos, há um pelo qual você não pagou. Um beijo por esses espinhos convenientes, lembra?

— Só estou jogando conforme as suas regras, Cas. Além do mais, por que eu cumpriria o acordo e deixaria que você tirasse os espinhos de mim?

— Você é uma feérica, mas ainda não me entende. — Começamos a nos mover um em volta do outro. — Por que não me dá um beijo e descobre se permito que mantenha as suas quinquilharias?

— Não vou beijá-lo. — Ela estreita os olhos. — Sabia que eu era feérica, não sabia?

— Desde o momento em que pus os olhos em você pela primeira vez. — Embora os Oráculos a tivessem mostrado com as orelhas pontudas em sua profecia, portanto, não posso dizer que o mérito disso seja meu.

— Você ama os seus segredos. — Ela continua andando em círculos ao redor dos objetos que espalhei pelo quarto.

— E o fato de ser feérica não significa que esteja segura. Ser feérica não é um mar de rosas, Flor. Até a Rainha sabia disso.

— Como assim?

— Continue lendo o meu livro e talvez descubra.

— Pare com esse monte de enigmas e comece a me dar algumas respostas. Então, talvez eu devolva a porcaria do seu livro. — Ela abre os braços em um gesto de frustração e o luar que entra pela janela transforma suas curvas em uma silhueta perigosa.

Seus seios estão soltos sob a camisola quase transparente, e é fácil ver os mamilos salientes. Ela solta um gritinho quando percebe para onde estou olhando e procura o roupão no chão.

Mas passa direto por ele.

Vou atrás dela. *Você realmente decidiu me torturar, não é?*

Se ficou chocada por me ouvir dentro da cabeça, sua expressão não o demonstra. Vejo só um lampejo de concentração, depois ouço: *Ser desejada por você não é tão lisonjeiro quanto pensa.*

Paro na frente dela e Rosalina quase me atropela.

— E o que isso pode significar?

— Você quer o que é de Kel. Seu prazer é atormentá-lo.

— Exatamente. — Meu controle enfraquece. Pego-a pela cintura e a empurro contra a cômoda. — Mas posso aprender a sentir prazer a atormentando também, princesa.

Ela sufoca um gritinho quando abaixo a cabeça, deixando os lábios bem próximos de seu pescoço antes de descer a boca até os seus seios. Sua pulsação acelera. O que estou dizendo é mentira. Não acredito que posso atormentá-la como ela me atormenta; estar perto dela é agonia.

Saciar a minha luxúria, ver as minhas amantes aparecerem diante de Keldarion e vislumbrar o breve lampejo de emoção nos olhos dele: essa tem sido a minha maior diversão nos últimos vinte e cinco anos. Mas, quando é com ela, não me traz a mesma alegria. Ainda posso ouvir a sua voz dentro da minha cabeça na festa, quando eu trepava com a feérica em cima do palco: *para ou vou morrer.* Não sei nem se ela percebeu a gravidade de suas palavras. E, agora, até o breve alívio que encontrava no Inferior havia se perdido para mim. Balanço a cabeça com raiva. *Ela não me controla. Não estou à mercê de ninguém*, digo a mim mesmo. Porém, quanto mais tempo passo perto dela, mais difícil é acreditar nisso.

— O que você deseja saber, Rosalina? — sussurro.

Ela pisca para mim, depois guia minha mão para os espinheiros que sobem pela parede às suas costas.

— Seus espinhos — diz em voz baixa — não estão drenando a magia de Castelárvore, não é? Eles têm mantido o castelo em pé.

7

Rosalina

Caspian arregala os olhos brilhantes e cor de violeta.

— Não, por que diz isso?

— Porque posso *sentir* os espinhos. — Comecei a juntar essas peças quando os príncipes estavam fora, quando éramos só Castelárvore e eu. Os espinhos não são a origem da doença do castelo; eles são como uma segunda fundação que mantém tudo em pé.

O Príncipe dos Espinhos abaixa a mão que tocava os espinhos, engole em seco e fica em silêncio.

— Estou certa, eu sei que estou. Desde o primeiro dia que passei neste lugar, sempre soube que esses espinhos não eram malignos. Por que permite que todos acreditem que é você quem está extraindo a magia? Na verdade, a *sua* magia é que está sendo drenada.

Eu o estudo. Ele ainda é estupidamente lindo, é claro. Mas vejo as olheiras e, apesar de ele tentar esconder, percebo que está mancando. Sem mencionar o jeito como desapareceu no campo de batalha do Reino do Outono, atravessando a escuridão. Isso eu não decifrei.

— Caspian, por que está deixando todo mundo acreditar que você é o vilão?

— Quem disse que eu não sou? — ele resmunga.

— Por favor! — Abro os braços. — Esses espinhos, ou *você*, são a única coisa que impede Castelárvore de ruir.

O brilho nos olhos dele confirma as minhas suspeitas. Os espinhos não são maus, mas ele atacou o Reino do Outono. E depois lutou disfarçado para ajudá-lo. Ou para me ajudar, pelo menos.

— Talvez haja coisas entre essas paredes que nem um monstro do Inferior suporte perder.

Toco o braço dele.

— Não sei o que aconteceu entre você e os outros príncipes, entre você e Kel, mas, se contasse para eles, então…

Ele se solta e rosna.

— Se quer que eu mantenha os espinhos aqui, não vai dizer uma palavra sobre isso tudo para *ninguém*. Entendeu? — E não é raiva que vejo cintilando em seus olhos…

— Caspian — insisto. Seguro o seu rosto, e dessa vez ele me permite tocá-lo. — Do que tem medo?

Alguma coisa brilhante atravessa o meu campo de visão e um som estridente ecoa em meus ouvidos. Não vejo mais o mundo com os meus olhos. Lampejos de momentos rasgam a minha mente. Sinto um ardor torturante nas costas e nos braços, ouço o estalo de um chicote e um grito. Um grito que parece ter sido emitido com a voz de Caspian. Depois, uma assombrosa voz feminina: *Meu querido menino.* Colunas altas de pedras preciosas verdes, ela ajoelhada diante desses pilares, os longos cabelos escuros tremulando, chamas cor de esmeralda explodindo em volta dela.

Assustada, afasto-me de Caspian. E, por um segundo, não são reflexos de cor violeta dançando em seus olhos, mas chamas esverdeadas. *Ele teve a mesma visão que eu?*

Meu coração bate loucamente e, desde que Caspian entrou no meu quarto, percebo que é a primeira vez que sinto medo. Mesmo quando acordei e o vi andando por ali, a única coisa que senti foi uma irritação moderada. E… outras coisas que preferia não ter sentido.

— Eu já a tinha visto. Também já vi aquelas chamas antes — murmuro. — Quando tentei quebrar a coroa de Lucas. Nós a estilhaçamos e quebramos a de Perth também. Ele voltou…

— Perth era só um peão. — Caspian tosse e limpa a boca, revelando uma linha sombria. Com um suspiro contido, ele me encara. Seus olhos têm novamente um tom de roxo profundo.

Espinhos envolvem as suas mãos e se curvam para criar um delicado arco com uma corda tensionada.

Ele o oferece para mim.

— Sim, tenho medo das chamas verdes. E você também deveria ter.

Hesitante, aceito o arco sem desviar o olhar do dele nem por um instante.

Imediatamente, os espinheiros se erguem ao redor do Príncipe dos Espinhos e o levam de volta ao Inferior.

8

Rosalina

A corda do arco que Caspian criou se estende com facilidade, e a flecha de espinho corta o ar e atinge a cerejeira no meu quarto. Essa coisa é mais fácil de usar, com certeza. *Ou sou capaz de controlar a flecha por ela ser feita de espinhos?*

Olho para o arco. Os espinhos se entrelaçam e se sobrepõem uns aos outros com uma beleza quase delicada.

Meu corpo traidor ainda está quente depois da visita de Caspian. Queria poder odiá-lo, mas uma parte de mim sabe que há muito mais a respeito do Príncipe dos Espinhos. Seu aspecto mais desagradável são os segredos que ele me obriga a esconder das pessoas que amo. Primeiro, o nosso acordo, o livro que roubei; agora, a verdade sobre os espinhos espalhados por Castelárvore.

A culpa ferve dentro de mim. Preciso contar aos meus príncipes. Pelo menos sobre o acordo e o livro. Os espinhos não são um segredo meu, então não posso contar. Mas agora todos voltaram para os seus respectivos reinos. Exceto Dayton.

— Waffles e calda de morangos frescos para o café — diz Marigold ao entrar no quarto empurrando um carrinho. — O Príncipe Dayton trouxe um cesto deles do Verão.

Solto um longo suspiro, depois levanto o arco e crio uma flecha com espinhos do bracelete. No começo, foi complicado descobrir como fazê-lo, mas eu mantinha uma flecha comum de modelo e treinava esculpindo um espinho, como se moldasse argila em pensamento. A flecha voa e dessa vez se desvia e estilhaça um frasco de óleo em cima da cômoda.

— Garota! — Marigold se assusta, pondo as mãos na cintura. — Você não me ouviu? O que foi que eu disse sobre usar armas aqui?

— Desculpa — respondo acanhada, abaixando o arco. — Só não quero mais ser péssima nisso.

— Você não melhora em alguma coisa se não fosse ruim nela antes — diz Astrid na frente do armário, torcendo o nariz para a bagunça lá dentro.

Na noite passada, recolhi tudo que Caspian havia espalhado, mas guardei de qualquer jeito.

Olho para um lado do quarto, onde há um emaranhado de espinhos que produzi a partir do bracelete. Escondi o livro de Caspian no meio deles. Estou ansiosa para voltar à leitura daquelas páginas. *Por que ele se interessa tanto pela Rainha?*

— Agora, coma — diz Marigold. — O café está esfriando.

Sento-me na beirada da cama e puxo a bandeja para perto. Os waffles ainda estão fumegando, com a calda vermelha e suculenta escorrendo pelas laterais. Espeto a massa fofa com o garfo e suspiro quando ela derrete na boca.

— E não se esqueça do chá — Marigold avisa. — Especialmente depois de ontem na biblioteca.

— Como sabe disso? — pergunto, constrangida.

— Nada é segredo neste castelo — ri Astrid.

— Hum. — Pego a xícara e bebo um gole de chá. Tem cheiro de um campo de flores, com um retrogosto que lembra castanhas. Marigold disse que uma xícara dessa infusão por semana me impede de engravidar. Sei que Farron também tem bebido o chá.

Um dia, nós dois teremos uma família. Ele disse isso há algumas noites, quando estávamos sentados na frente da lareira da biblioteca, acrescentando informações ao livro de memórias dedicado à sua mãe. As histórias de sua infância encheram o meu coração de ternura. Porém, o nosso futuro é uma conversa para quando as maldições forem quebradas e Castelárvore estiver saudável.

— Toc, toc — Dayton diz ao aparecer na porta do quarto.

Meu coração dá um pulinho, e limpo a calda de morango da boca rapidamente.

— Oi.

— Estou a caminho da área de treinamento, se quiser ir me encontrar lá depois do café.

— É claro.

Ele assente e faz uma pausa.

— Ainda tem isso?

Sigo a direção do olhar dele para o leão alado de pelúcia em cima do meu travesseiro. Dou risada e o pego.

— É claro que sim.

Dayton entra no quarto e, pelo canto do olho, vejo Astrid saindo com Marigold, que tem uma expressão diabólica.

— Ainda não escolhi um nome para ele — comento, acomodando o brinquedo no colo. Talvez seja tolice uma mulher adulta manter esse tipo de objeto, mas ele é especial para mim.

Dayton se senta e pega o leãozinho.

— O que acha de Aeneas? Foi o primeiro Alto Príncipe do Verão. Diz a lenda que ele empunhava um tridente lendário abençoado pela própria Rainha.

— Como a espada de Kel?

— Está falando daquele objeto de decoração? Porque é só isso, a julgar pelo quanto ele a usa. — Dayton ri. — Se eu tivesse uma arma como aquela, não a deixaria apodrecendo embaixo da cama.

Dou risada.

— Aeneas. Ani, para encurtar um pouco. É fofo.

— Você não acabou de dar um apelido fofo ao heroico Aeneas!

— Mas é tão bonitinho! — Pego o leão e bato com ele em seu cabelo loiro e emaranhado.

— Tudo bem, tudo bem. Fico feliz por ter guardado o leão.

— É claro, você me deu no nosso primeiro encontro… — Paro e me corrijo depressa. — Não que tenha sido um encontro.

— Tenho certeza de que senti as suas coxas na minha cara naquela noite.

— Sim, mas nem passamos a noite juntos. Eu acabei… — Paro de novo. Provavelmente, essa não é a melhor hora para mencionar Kel, já que, em uma das últimas vezes que Dayton e eu quase nos tornamos íntimos, deixei escapar o nome dele. Tudo tinha sido um mal-entendido, mas acho que Dayton nunca vai me perdoar.

A sugestão é suficiente para apagar o sorriso do rosto do Príncipe de Verão.

— Você acabou a noite nos braços do seu *predestinado* — ele diz, levantando-se. — Como um cara pode competir com isso?

— Day…

Ele caminha para a porta.

— Arrume-se. E, pelas estrelas, dê um mergulho nas termas quentes para lavar o cheiro do Príncipe dos Espinhos.

Deixo o garfo cair sobre o prato.

— Eu…

— E é bom me contar o que ele veio fazer no seu quarto na noite passada — Dayton grunhe.

9

Rosalina

Levo o meu almoço para a biblioteca, confusa com a última carta de meu pai. Encarreguei Astrid e Marigold de procurarem textos que pudessem ajudar. Ele enviara a reprodução de uma ruína antiga, que retratava uma mulher com as mãos estendidas em direção a um bando de pássaros. Na carta, escreveu que tinha a sensação de que a imagem era importante, mas me pergunto se meu pai não havia sido parcial nessa análise. Os pássaros parecem corruíras-do-pacífico, o animal favorito de minha mãe.

Pensar nele buscando alguma conexão com ela me faz sorrir. Por sua vez, meu pai sempre teve excelentes instintos. Talvez isso seja uma pista.

Suspiro profundamente e guardo o papel na minha bolsa de livros, na qual o arco de espinho está apoiado. Dayton me fez treinar muito pela manhã. Ademais, só me deixou usar o arco de espinho algumas vezes, antes de finalmente decidirmos que, sim, era mais fácil atirar com ele.

— Você precisa aprender o jeito antigo, Flor — ele disse. — É possível que nem sempre tenha isso com você. Aprenda a atirar com um arco de madeira, o qual poderá levar consigo a qualquer lugar. E, depois, torne-se ainda mais mortífera com essa monstruosidade de espinho.

Assim, passamos horas atirando contra a parede dos fundos, mas consegui acertar o alvo quatro vezes. Três vezes mais do que no dia anterior.

Mas não houve mais flechas de água. Não sei se poderia recriá-las, mesmo que tentasse. E isso também vale para os meus espinhos dourados: qualquer que tenha sido a magia a que tive acesso, ela continua apagada dentro de mim.

Quando finalmente encerramos o treino e iniciamos o alongamento, Dayton me perguntou sobre Caspian. A verdade transbordou de mim… A maior parte dela, pelo menos.

Caspian me salvando no campo de batalha, vestido com a armadura do Outono, eu roubando o seu livro, que havia sido o que ele tentara recuperar na noite anterior. Só omiti a parte do acordo. O que Dayton pensaria de mim, ainda mais depois de o acordo entre Farron e o Príncipe dos Espinhos ter dado tão errado?

Mas Dayton foi surpreendentemente compreensivo. Ele me disse para mostrar o livro a Farron, o que seria uma boa ideia, eu sei. Preciso contar toda a verdade a Farron. Preciso contar a todos eles.

Alguma coisa cintila em meu campo de visão. Eu me levanto com um olhar mais atento e apanho o arco. A visão feérica é muito superior à humana, e já fui surpreendida pelos detalhes do mundo nessas últimas semanas.

Chego ao final de um corredor e apenas vejo Astrid em cima de uma escada, jogando livros para Marigold, no chão. Nada de incomum. No entanto, em meio às árvores vermelhas e alaranjadas, há verde.

Um verde fantasmagórico.

— Cuidado! — Estico a corda do arco e crio uma flecha do espinho com o meu bracelete. Disparo.

Um borrão de chama verde avança sobre Astrid e Marigold. O tiro não é perfeito, mas acompanho a flecha com o pensamento. O espinho é direcionado para a chama.

Um guincho horrível ecoa no ar, seguido por um baque.

Respiro pesadamente e a visão se torna mais nítida. Astrid saltara da escada e se transformara em uma lebre branca e trêmula nos braços de Marigold.

— O que foi isso? — Marigold murmura.

Olho em volta rapidamente e confirmo que não há mais chamas, então me aproximo para ver no que atirei.

É um goblin, mas diferente de todos que já vira antes. Tem a mesma aparência apodrecida dos que frequentam a Sarça em torno de Castelárvore, mas veias verdes e fluorescentes serpenteiam pelo seu corpo, e chamas moribundas envolvem seus pés e mãos.

— O que você é? — pergunto horrorizada.

A criatura pisca os olhos sobrenaturalmente verdes. Sangue preto escorre de sua boca, e é como se ele notasse pela primeira vez a flecha perfurando o seu ventre. Não há sinal de medo em suas feições.

— Muito mais do que antes — ele diz, e as palavras se desmancham em uma gargalhada insana.

— Como entrou em Castelárvore? — Minha voz é um grunhido.

Ele deixa a cabeça cair no chão.

— É fácil infectar uma coisa que já está morrendo. Doente, muito doente pela magia do Irmão Caspian.

Irmão? Até esses goblins acreditam que Caspian está envenenando Castelárvore. Eu me lembro de ter sentido muito medo dessas coisas, quando elas me cercaram pela primeira vez na Sarça, mas, agora, sinto apenas raiva. Arranco a flecha da barriga dele.

— Vá embora e avise à sua gente que, se mais alguém aparecer por aqui, não encontrará a mesma misericórdia.

Mas a criatura não tenta se mover. Apenas sorri, e o sorriso mais largo exibe fileiras e fileiras de dentes pontudos e afiados.

— A morte é o maior presente que alguém como nós pode receber. — Depois, enfia as mãos no ferimento provocado pela flecha e o rasga.

Um guincho horrendo ecoa, sangue e entranhas jorram da abertura.

Seguro o meu próprio ventre horrorizada, mas a criatura gargalha.

— Minha gente já recuperou o presente da Irmã.

— Há mais deles? — Astrid pergunta, e o focinho rosado aparece entre os cabelos dourados de Marigold.

Engulo a bile e desvio o olhar da cena horrível diante de mim.

— Depressa, alertem o restante dos funcionários. Digam para se trancarem no aposento mais próximo. Vou avisar Dayton.

— Goblin nenhum vai causar confusão no *meu* castelo! — Marigold anuncia com um brilho feroz nos olhos. Soltando um grito agudo, ela pisa na garganta da criatura, encerrando o seu sofrimento.

— Tenha cuidado. Essas coisas são perigosas.

Marigold responde com um sorriso contido, depois levanta a saia e revela uma adaga presa à coxa.

— Não há um só cidadão de Primavera que não saiba usar uma faca, mocinha.

Respondo com um aceno de cabeça e corremos para a saída. O assoalho estala atrás de mim. Espero Astrid e Marigold saírem; depois, olho para trás.

O corpo do goblin está sendo totalmente consumido por chamas verdes, e o fogo se espalha pelas folhas secas.

— Não! — grito. Não posso deixar que o lugar de que mais gosto no mundo seja tirado de mim. Sinto o sal arder no nariz e estendo as mãos. Uma torrente de água jorra dos meus dedos.

A água cobre as chamas, extinguindo o fogo, então vejo um esqueleto rastejando para fora do corpo do goblin.

Exatamente como os soldados no campo de batalha no Outono. Sinto uma onda familiar de medo, mas não me deixo dominar por ela. Se me apavorar, não vou conseguir encontrar Dayton. As chamas voltarão e toda a biblioteca vai ceder.

Não posso deixar isso acontecer.

O esqueleto do goblin cambaleia em minha direção e eu preparo o arco. Disparo, orientando a flecha para as suas costelas. O espinho pontiagudo penetra o osso, que se quebra.

Mas a criatura não para.

— Ai, merda, merda, merda. — Como se mata uma criatura que já está morta? Farron precisou de um feitiço de morte completo para isso.

Um uivo terrível brota do monstro quando ele estende os dedos de ossos para mim, e vejo chamas verdes já começando a se acender ao longo de um deles.

— Não, não, não — murmuro, tentando sair do caminho, mas as garras afiadas da criatura roçam o meu peito.

Grito e recuo, cambaleando. O contato só arranhou o colete de couro. Felizmente, por estar ansiosa demais para chegar à biblioteca, não tirei o traje de treinamento.

O que eu faço? Penduro o arco nas costas e, movida pelo instinto, agarro o maior livro que consigo encontrar em uma estante próxima.

O goblin avança e eu bato na cabeça dele com o livro, usando toda a força que consigo reunir. Seu crânio se desprende do corpo e estilhaça no chão, transformando-se em uma pilha de cinzas. O corpo tem o mesmo destino.

Deixo escapar um suspiro arfante. Muito bem, minha fase de leitura sobre zumbis não foi inútil, afinal: uma bela pancada na cabeça resolve o problema. Parece que essas coisas não são tão difíceis de matar quanto os soldados mortos-vivos de Perth.

Preciso encontrar Dayton.

Saio correndo da biblioteca. Para onde Dayton disse que iria depois do treino? Para as águas termais? Adentro o corredor cheio de vapor, mas hesito. *Ele não está aqui.* Alguma coisa oprime meu peito dolorosamente e dou meia-volta sem nem verificar as termas. *Ele está no quarto.*

Minhas botas chutam areia enquanto corro pelos corredores. Há pequenas pegadas no chão, dezenas delas — e todas levam ao quarto do Príncipe do Verão.

10

Dayton

Já acordei em lugares bem incomuns ao lado de companhias inusitadas. Como naquele barco a remo, com o rabo de uma sereia envolvendo as minhas pernas — juro que ela não tinha barbatanas quando pegamos no sono. Ou aquela vez na praia, completamente nu, com a mente cheia de lembranças de uma mulher de cabelos sedosos, embora só houvesse focas no horizonte.

Mas a experiência de hoje é a pior de todas.

Durante a soneca vespertina, ouvi o barulho da porta do quarto, seguido de movimentos na cama. Minha mente delirante imaginou Rosalina se deitando ao meu lado. Em vez disso, o que vi ao me virar foi um maldito goblin.

Agora, de pé em cima da cama, cercado por um bando de cinco goblins iluminados por chamas verdes e com a mão queimada depois de tentar derrubar um deles no soco, estaria mentindo se dissesse que minhas perspectivas não são um pouco precárias.

Um goblin avança em minha direção e rasgo o tecido fino do dossel. O pano envolve a criatura, que, em seguida, se transforma em uma fogueira verde. *Merda.*

Invoco a Bênção do Verão e crio uma onda de água, que joga a criatura para trás. Só queria que a minha magia não estivesse tão distante. Aqui em Castelárvore, ela deveria estar em sua potência máxima.

Um dos goblins se afasta do grupo para inspecionar as minhas espadas sobre um aparador.

— Fique longe delas, seu cuzão coberto de musgo — grito.

Ele olha para mim, sibila e então derruba todas as armas da mesa como um gato rebelde, antes de exibir a própria arma, uma cintilante adaga prateada. Alguma coisa me parece familiar naquele aço…

Um deles ataca, arranhando a minha panturrilha. Merda, preciso sair daqui. Tenho que encontrar Rosa.

Derrubo dois deles com uma rajada de vento e aproveito a oportunidade para tentar alcançar as minhas armas.

Um goblin bloqueia a minha passagem.

— Não é tão assustador sem as suas espadas, não é mesmo, Príncipe da Arena?

Consigo escapar de sua lâmina e estou quase pegando as espadas quando sinto uma dor aguda nas costas. A umidade familiar do sangue começa a escorrer pela minha coluna. Gemendo, dobro o corpo para a frente.

— Dayton!

Rosalina surge na porta do quarto e não tenho tempo nem para temer por ela, porque, no instante em que vejo o seu rosto, sei que são os goblins que devem ter medo.

Seus traços delicados se contorcem furiosos, o cabelo é um emaranhado selvagem.

— Não toquem nele!

Todos os goblins de fogo olham para ela chilreando, mas o ruído cessa quando a energia pesada da magia vibra no quarto, quando os olhos de Rosalina se transformam de castanhos no mais puro ouro. Por um momento naquele flash de luz, vestida com os trajes de treinamento do Verão, ela parece um herói muito antigo no Coliseu do Sol. Meu coração quase para.

Espinhos dourados emergem do chão e encontram os goblins. Eles não têm a menor chance de correr antes de serem alcançados pelos espinhos afiados.

Rosalina abafa um grito e cai de joelhos.

— Arranque as cabeças — ela diz. — Essas criaturas estão enfeitiçadas com alguma magia parecida com aquela dos soldados de Perth. Se não arrancarmos as cabeças, todos voltarão à vida.

Ela não precisa falar duas vezes. Rapidamente, apanho as espadas e corto a cabeça dos goblins, que viram cinzas. Quando o último desaparece, Rosalina cai de quatro e os espinhos também desabam.

Eu me ajoelho diante dela.

— Você me salvou, Flor.

Os espinheiros permanecem, e rosas douradas desabrocham em meio à folhagem. Como as que destruíram Lucas no campo de batalha do Outono. Ela não conseguia invocar essa magia desde então, mas hoje ela apareceu. E veio para me proteger.

— Um dos goblins mencionou que estavam à procura de alguma coisa — Rosalina arfa. — Tem alguma ideia do que pode ser?

— É possível que eles saibam sobre a Torre Alta? Nossas rosas? Talvez estejam tentando destruí-las.

— Não, a Torre Alta não foi violada, e eles não queriam nada na biblioteca. — Os dedos de Rosa se fecham na areia do chão do meu quarto. Ela arregala os olhos. — Eles estão na Ala Invernal. Mais cedo, você disse que a espada de Kel foi abençoada pela Rainha pessoalmente. Talvez estejam atrás dela?

— Só tem um jeito de descobrirmos. — Eu a ajudo a ficar em pé e seguimos para o corredor principal. Marigold e vários outros funcionários estão lá, fugindo da Ala Primaveril.

— O castelo está seguro — diz Marigold. — O último bando de goblins saiu correndo da Ala Invernal e fugiu pela porta da frente.

Olho para Rosa.

— Consegue correr? — Ela assente, parecendo ter recuperado o fôlego. — Então, vamos.

Saímos do castelo e imediatamente somos atingidos por uma chuva torrencial. Segurando as espadas com firmeza, olho através da cortina de água e avisto um bando de goblins envoltos em chamas verdes prestes a atravessar a ponte.

— Se chegarem à Sarça, nós os perdemos de vez! — grito. Nossos pés mergulham nas poças. Merda, não vamos conseguir pegá-los.

— Continue correndo! — grita Rosalina. Então, ela para e pega aquele arco estranho de espinhos.

O presente que ganhou do Príncipe dos Espinhos.

Obedeço e chego à ponte no momento em que os goblins haviam chegado ao outro lado. Cintilando na mão de um deles, vejo alguma coisa envolta em tecido antigo. Se eu perder a espada de Kel em sua ausência, ele me mata. Acelero o passo.

Uma flecha de espinho corta o ar, mas aterrissa longe dos goblins. Olho por cima de um ombro.

— Você errou!

— Não errei, não! — Rosalina responde. Depois, ergue a mão acima da cabeça. A flecha de espinho se expande, explode em uma rede de sarças e bloqueia a saída da ponte.

Os goblins param e chilreiam agitados, encurralados.

Encurralados comigo.

Perfeito.

Aponto as lâminas e aproveito o momento de surpresa para despachar dois deles. Os outros entram em pânico, escorregam na pedra lisa. Podem estar envoltos em chama verde, mas não são tão assustadores agora que estou armado. Miro a cabeça, e os últimos quatro são eliminados antes mesmo de Rosalina me alcançar.

Ela reduz a velocidade e para. Vento e chuva agitam o seu cabelo e ensopam as suas roupas, que grudam nas curvas de seu corpo. Seus olhos se abrem: recuperaram o castanho de antes. Ela olha para as pilhas de cinzas e sangue preto de goblin aos meus pés.

— Formamos uma boa equipe — digo.

— É verdade. — Ela sorri e recupera de uma pilha de cinzas o pacote feito às pressas. Com cuidado, remove o tecido antigo, revelando a bainha da qual brota o cabo de gelo.

— Cuidado — aviso. — Não toque nisso fora da bainha.

— Não pretendo deixar as minhas digitais neste bem tão valioso — ela retruca, sarcástica. — Kel pode me mandar para a masmorra de novo.

Coisa muito pior do que isso aconteceria com ela se tentasse empunhar a Espada da Proteção. Porém, a minha mente ainda tenta entender por que os goblins tentaram roubá-la.

— Eles queriam a espada de Kel. Que utilidade ela poderia ter para eles?

— Um deles mencionou um presente para a Irmã, seja lá quem for. — Rosalina deixa a espada no chão com todo o cuidado antes de se aproximar de mim e deslizar a mão por meu peito nu até alcançar as costas. — Eles te machucaram.

— É só um arranhão.

Sua expressão endurece.

— Lembra-se de quando me disse que, se alguém tocasse em mim, você mataria o desgraçado e treparia comigo em cima do sangue derramado?

Passo a mão em seu cabelo encharcado de chuva.

— O que está insinuando, Flor?

Ela deixa a mão repousar no meu peito.

— Eles te machucaram. Agora estão mortos. Então...

Eu recuo.

— Temos que tirar a espada da chuva.

Seus olhos brilham.

— Dayton, quando o vi em perigo... Quando *senti* que estava em perigo... cada parte de mim explodiu. Não acredito que esse tipo de magia simplesmente acontece. Só aconteceu uma vez, quando tive que proteger vocês todos. Proteger Farron e Kel, meu...

— Não faça isso, Rosa.

— Por que não? — Ela segura o meu braço. — Não consegue sentir?

Sufoco um rugido que brota em meu peito e puxo o braço para me soltar.

— Quer saber o que sinto, Rosalina O'Connell? O que sinto de verdade?

— O que é, Príncipe do Reino do Verão? — Sua boca se contorce em uma careta. Eu a irritei.

Ótimo. Prefiro que fique furiosa. Melhor assim do que continuar com o que estava tentando fazer.

— Alívio.

— Alívio?

— Sim. Quando descobri que você e Farron eram predestinados, tudo que senti foi alívio. Foi bom saber que nenhum dos dois era *meu*.

Seu rosto se transforma, como se murchasse.

— Day, aquela noite que passamos todos juntos...

— É claro que eu os *quero*, você e Fare, mas também sei como isso seria horrível para vocês dois.

Ela balança a cabeça.

— Não é verdade.

— Todas as pessoas que já amei tiveram um destino terrível, Rosa. Cada uma delas. — Minha voz treme. — Pensei em levar Fare comigo, porque não consigo desistir dele, mas você o salvou *de mim*.

— Pare com isso. — Rosalina segura o meu braço por cima do bracelete, parte do acordo que Farron e eu compartilhamos. — Não há nada de terrível no amor que você e Farron sentem um pelo outro. E não há nada de terrível no que existe entre nós. Ainda não tive coragem suficiente para dizer isso, mas, Dayton, eu...

O meu peito se contrai, como se colapsasse, e eu não chorava havia anos. Talvez fossem lágrimas salgadas escorrendo pelo meu rosto, talvez fosse só a chuva.

— Rosa, para. Não suporto isso. Por favor.

Mas ela não para. É claro que não.

— Daytonales, você é o meu amor predestinado. — Ela segura o meu queixo. — Deixe-me trepar com você sobre o sangue dos inimigos que matamos e vai ter certeza disso.

Não posso tê-la. Não posso ser dela. Mas poderia me dar esse momento. Uma vez com a mulher mais perfeita que já existiu. Minha determinação se esvai, cada parte de mim dói por ela. Uma noite comigo não vai matá-la. Ela terá Fare. Terá até Kel.

Minha morte sempre pairou logo além do horizonte. E essa porra é bem isso. Talvez não a morte do meu corpo; ele seguirá vivo. Mas a minha alma, o meu coração... Eles não poderão sobreviver quando eu a perder.

No entanto, nunca fui de tomar as melhores decisões.

Rosalina me encara com os olhos brilhantes, intensos como a tempestade.

— Foda-se — resmungo.

E a tomo nos braços.

11

Rosalina

Dayton me puxa para si com tanta força que perco o equilíbrio e desabo em seus braços. O que foi que ele me disse uma vez? Que queria submergir em minhas ondas. Bem, agora cada parte de nós se encontra.

A chuva molha as nossas faces enquanto nos beijamos. Sua língua afasta os meus lábios. Envolvo a sua cintura com as pernas e ele me agarra com força, uma das mãos subindo pelas costas, a outra apertando a minha bunda.

— Porra, Flor. — Ele cobre o meu queixo com beijos molhados. — Você não tem o direito de ser tão linda, tão forte e ainda beijar tão bem.

Sou inundada por um sentimento de liberdade absoluta e caio na gargalhada. Falei para Dayton que acho que ele é o meu predestinado.

Ele me senta na grade de proteção da ponte e encaixa o quadril entre as minhas pernas. Meu corpo estremece quando sente a ereção. Por entre a cortina de chuva, vejo o sorriso arrogante que é sua marca registrada, o cabelo loiro todo molhado e despenteado.

— Uma vez tentei fugir por esta ponte — digo.

— Agora não vai a lugar algum — Dayton murmura. Ele agarra o couro que protege o meu peito e o arranca com um movimento firme.

— Eu gostava dele…

— Depois te dou outro. — Seus olhos se tornam mais escuros ao passearem pelo meu corpo, claramente visível sob o tecido molhado. Um gemido másculo reverbera em sua garganta quando ele desliza a boca pelo meu pescoço e aperta os dentes contra a clavícula. — Minha intenção é rasgar essa coisa toda.

— Faça isso.

O som do tecido sendo rasgado corta o ar e logo o meu vestido é transformado em pouco mais do que tiras. O Príncipe do Verão procura a minha pele desesperadamente. Gotas de água pingam de seus cílios quando ele pisca para tentar me enxergar com mais nitidez.

— Você é mais bonita do que todas as deusas do Vale. — Ele me beija, colando seu corpo ao meu. Meus seios são pressionados contra a rigidez do seu peito. Então ele me inclina para trás, deslizando as mãos molhadas pelo meu corpo escorregadio.

Quase paro de respirar quando percebo que ele está me segurando sobre a proteção da ponte, e não há nada entre mim e o espaço aberto além da sua mão em minhas costas. Mas não sinto medo. Ele não vai me deixar cair.

Dayton me levanta e toco o seu queixo com delicadeza, apreciando o belo contorno quadrado. Ele é másculo, mas, ao mesmo tempo, há uma beleza esculpida em seus traços.

— O que pensou na primeira vez que me viu nas águas termais? — pergunto.

— Que você era a pessoa mais linda que eu já tinha visto.

— Fala sério.

As mãos de Dayton deslizam entre as minhas pernas e eu grito. Ele me afaga com ternura e sinto a minha intimidade se contrair. *Bom demais.* Seu toque é delicioso.

— Estou falando sério.

— Eu era só uma humana qualquer.

— Pare com isso. — Seus dedos dançam em meu centro úmido. — Você nunca foi uma humana *qualquer*.

— Day... — gemo, meu cabelo dançando ao vento.

Ele prende uma mecha atrás da minha orelha e sorri.

— Enquanto isso, você pensou que eu fosse um membro *qualquer* do corpo de funcionários, alguém fácil de manipular.

— Isso não é... — Paro de falar quando Dayton abaixa a cabeça e beija os meus seios, mordiscando um mamilo.

O sorriso ainda brinca em seus lábios quando ele levanta a cabeça.

— Entendi. Estava desesperada para salvar o Fare. O vínculo já devia aproximá-la dele naquela época.

A frustração se mistura ao prazer. Isto não tem nada a ver com Farron, e queria encontrar um jeito de fazer o idiota do Príncipe do Verão entender isso.

— Dayton. — Deslizo a mão pelo seu peito e sinto a musculatura marcada sob os dedos. — Você foi o primeiro dos príncipes a me beijar. Sabe disso.

Ele se inclina e morde a ponta da minha orelha.

— Também fui o primeiro a sentir o seu sabor, se me lembro bem — ele comenta, acariciando a minha vulva com mais intensidade, como se quisesse enfatizar o fato.

Mordo o lábio, saboreando as delicadas ondas de êxtase.

— Nunca tinha sentido nada parecido em toda a minha vida. Entende o que estou dizendo?

— Que sei como fazê-la gozar?

Suspiro irritada e seguro o seu rosto entre as mãos, forçando o príncipe teimoso a me ouvir.

— Você foi a primeira pessoa que me fez sentir o que é o amor.

Ele para de se mover, para de respirar. O único movimento é um leve tremor nos lábios.

Consegue sentir isso agora?

— Está me perguntando se eu a amo? — ele indaga, como se tivesse ouvido todos os meus pensamentos.

Não respondo, porque é isso mesmo que estou perguntando. E ele sabe. Dayton segura a minha nuca e me puxa para um beijo profundo. Ele tem gosto de sal e sol. Tenho a sensação de me afogar, mas não preciso de ar. Só preciso dele.

A boca molhada desliza até o meu ouvido e ele sussurra:

— Goze nos meus braços.

Gemidos sem palavras escapam de mim. Eu tremo. Ele enfia um dedo em mim e estou perdida.

— Dayton — suplico. — Por favor.

Ele introduz outro dedo. Estou encharcada. O prazer cresce em uma espiral de ondas.

— Ainda não — ele diz, posicionando o polegar sobre o meu clitóris. — Não até você saber que é completamente minha.

— Eu sou… — É tudo que consigo murmurar.

Ele massageia o meu sexo e sinto aquela pressão deliciosa se intensificar. Estou perto, muito perto.

— Olhe só para você. Ao ar livre, em cima de uma ponte. — Ele massageia mais depressa. — Nua e minha.

Lágrimas inundam os meus olhos e agarro os seus ombros, enquanto ondas e mais ondas de prazer começam a quebrar dentro de mim, arrastando-me para o fundo. Não consigo respirar, não consigo pensar, só consigo sentir. Ele continua a me massagear, levando-me mais e mais alto até eu estremecer, gemer e gritar o seu nome.

— É isso, Rosa — diz Dayton. — Goze para mim.

Ele enfia o terceiro dedo e eu gozo com força em sua mão. O orgasmo explode e sacode o meu corpo. Dayton não para, não me deixa descer dessa onda. Continua me massageando e me penetrando com os dedos, até eu me tornar uma massa trêmula.

— Não para — arquejo.

— Nunca. — Ele me beija. Sua boca é incansável, e ele lambe uma trilha descendente pela curva do meu pescoço. Seus dedos continuam bombeando a minha boceta pulsante e o orgasmo vai aos poucos perdendo intensidade.

— Day... — murmuro com a boca na dele. — Day, Day...

— Não posso esperar. Preciso estar dentro de você. — Ele retira os dedos de mim e abre as calças, as quais deixa cair para revelar o pau enorme. Dayton é magnífico em um dia comum, mas vê-lo ali na minha frente, molhado e ereto...

Ereto por *mim.*

— Sou sua — sussurro. — Sou sua, Dayton.

Ele arqueia uma sobrancelha escura e ri.

— Fico feliz que seja assim, porque acho que é bem óbvio o quanto eu a desejo.

Agarro o seu pau, sem conseguir envolvê-lo completamente com os dedos, e começo a masturbá-lo.

— Graças aos deuses — digo, imitando levemente o seu sotaque e o tom profundo de sua voz —, porque esse é, com toda a certeza, o pau mais glorioso que já nasceu do Reino do Verão.

Dayton me puxa pelos cabelos.

— Está debochando do meu pau, Flor?

— Eu nem sonharia com isso.

— Que bom. — Dayton me puxa para perto, até tocar a minha orelha com os lábios. — Porque esse é o pau que vai se apoderar de você, que vai te fazer gritar o *meu* nome e que vai te encher de tanta porra que escorrerá por suas pernas. E, então, não haverá uma única alma no Vale Feérico que não reconhecerá o meu cheiro em você.

Choramingo, totalmente derretida por ele.

— Sim, sim. Sou sua. Sua.

— Abra as pernas.

Obedeço, e ele me encara por um momento, avaliando a melhor maneira de se apoderar do que já é dele. A parte do meu coração que sempre foi sua explode em meu peito.

— Preciso de você agora, *por favor.*

— Rosalina. — De forma brusca, ele segura a minha nuca e me beija, ao mesmo tempo que me penetra. Entra em mim gradualmente, e eu gemo em sua boca ao sentir todo aquele pau me preenchendo muito, muito devagar. O meu corpo inteiro se expande para acomodar o volume.

— Mais, por favor.

Ele segura o meu lábio entre os dentes.

— Paciência, Flor. Não quero te machucar.

Choramingo baixinho em sinal de protesto, mas me permito usufruir de toda a glória dessa sensação, de finalmente estar tão perto dele. Dayton olha para onde os nossos corpos se conectam.

Um grunhido profundo ecoa em seu peito quando ele empurra os últimos centímetros, entrando completamente em mim. Eu grito, grito ao experimentar a sensação de ser tão preenchida, e meu corpo começa a se contrair em torno dele, tentando mantê-lo ali para sempre.

— Porra — ele resmunga, mantendo-se imóvel e imobilizando-me também. Os lábios tocam o meu pescoço. — Você é gostosa demais, sabia disso? Macia demais...

— Tão gostosa quanto o meu sabor? — Sorrio.

— Os deuses terão que me arrancar de dentro de você. — Ele faz um movimento sutil e não chega a sair de mim, mas é o suficiente para incendiar todo o meu corpo.

Ao ouvir os meus gemidos, ele toca o meu clitóris com uma mão. A vagina se contrai e quase gozo com o contato. Rebolo com aquele pau dentro de mim, desesperada pela fricção. Como se pudesse sentir o meu desespero, ele começa a se mover, segurando-me firme pela cintura em cima da grade de proteção, entrando e saindo de mim.

— Dayton! — grito e me agarro ao seu pescoço, puxando o seu cabelo. Ele recua, deixando só a pontinha dentro de mim, antes de me penetrar de novo completamente. — Está me torturando.

Ele repete a ação, sorrindo como o Gato de *Alice no País das Maravilhas*, enquanto, centímetro por centímetro, enfia cada vez mais fundo. Depois, levanta-me da grade e envolve-me com os braços, metendo cada vez mais depressa. Não sei como tem força para me penetrar e me segurar, mas estou completa e inteiramente à sua mercê.

Ele leva a língua molhada para a minha orelha e sussurra:

— Lembro de você me prometer que foderíamos em sangue de goblin. A chuva lavou o sangue, mas...

Ele se deita na pedra escorregadia, eu em cima dele, com as pernas envolvendo a sua cintura e o pau ainda dentro de mim. Os olhos verdes brilham.

— O controle agora é seu, Rosa. Foda comigo como a deusa livre e desinibida que mora dentro de você.

Apoio as mãos em seu peito molhado de chuva e um sorriso se espalha pelo meu rosto. Ergo o meu corpo até quase deixar o membro sair de dentro de mim, depois me sento com força. A sensação nos abala. Ele inclina a cabeça para trás, os músculos do pescoço contraídos, e geme. Repito o movimento. E de novo. Mais depressa, mais depressa ainda, até meus dedos deixarem marcas vermelhas em seu peito, meus seios balançarem e ele levantar o quadril para aumentar a intensidade de cada estocada.

Minha voz sai rouca quando grito o seu nome. Alguma coisa feroz brilha em seus olhos quando ele se levanta, coloca-me em seu colo e mantém o ritmo dessa dança. Nossos corpos trabalham juntos.

Meus músculos internos se contraem, e ele me fode cada vez mais forte. Sei que não posso mais me segurar.

— Day, eu vou...

— Goza! Goza para esse pau. — Seus dentes roçam o meu pescoço, as mãos puxam o meu cabelo encharcado. Sou dele. Meu corpo explode com uma euforia gloriosa e eu me derreto em cima dele.

Dayton ruge e sinto o seu alívio explodir dentro de mim, o pau pulsando e derramando sua seiva. Pressiono o corpo em seu colo, querendo absorver até a última gota. Em algum lugar no meio dessa euforia, seus lábios encontram os meus e caímos juntos no paralelepípedo.

Não sei quanto tempo ficamos ali deitados, ele ainda em mim, a chuva esfriando os nossos corpos quentes, mas em algum momento ele sai de dentro de mim e rola para o lado.

Uma glória pura e eufórica me invade quando me deito de costas, olhando para a chuva que cai e sentindo o sabor doce na língua. Uma gargalhada borbulha em meu peito, mas, quando percebo que Dayton não ri comigo, viro-me para ele.

Está olhando para cima, com uma das mãos fechadas sobre o peito e uma expressão quase de dor. Dor? Por que dor, se o que aconteceu foi tão maravilhoso?

A compreensão me atinge com clareza chocante.

Ele não sentiu. *Eu* senti? Deixo escapar um grito animalesco e levo também uma mão ao peito. Desesperada, tento me lembrar do que senti com Kel e Farron. Foi a mesma coisa, não foi? O sentimento fora correspondido por eles, mas com Dayton…

Não, não, não. Não é possível. Ele também é meu amor predestinado. *Eu sei que é.*

Ele se senta e suspira. As nuvens de chuva começam a se dissipar, e o cenário é mais sombrio do que deveria ser. Como um desfecho.

— Vamos entrar. — Ele veste as calças.

Lágrimas escorrem pelo meu rosto, e agora não há mais chuva para escondê-las.

— Eu tinha tanta certeza…

Dayton apanha a espada de Kel na bainha e responde apenas com um movimento de ombros rápido e compassivo. Como se, para ele, essa perda se resumisse a um dar de ombros. Mas o que realmente significa é que… existe alguém para ele em algum lugar.

Meneio a cabeça e dobro os joelhos contra o peito para esconder o meu corpo nu.

— Não! Tem alguma coisa errada. O vínculo ainda não despertou. Não era a hora certa. Podemos tentar encontrar alguns fogos-fátuos para descobrir se o seu vínculo ainda está emaranhado e…

— Eu morri na sua frente. — Dayton se vira, a raiva transbordando de suas palavras. — Você me viu ser perfurado por três flechas e cair. E o vínculo não despertou. — Ele se ajoelha e segura o meu rosto. — Fizemos amor, um amor glorioso. E o vínculo não despertou. Porque não existe *nenhum* vínculo entre nós. Não somos predestinados, Rosalina.

— Day…

Ele se levanta, apressado.

— Pare.

É a segunda vez que me manda parar hoje. E, dessa vez, eu acato a sua vontade.

Meu vestido de treinamento está todo rasgado no chão e me levanto com o peito nu, ofegando. A tempestade lavou as cinzas, lavou o sangue, e agora restam só os trapos que os goblins vestiam e as suas armas.

— Armas estranhamente boas para goblins — resmungo, ausente. Como se o meu coração também não tivesse se reduzido a cinzas.

— Estava pensando a mesma coisa. — Dayton se abaixa para inspecionar uma das armas, depois outra e outra.

— O que foi?

— Essas armas são praticamente novas. — Dayton franze a testa. — E foram feitas com aço do Reino da Primavera.

— O que isso significa?

— Significa que temos que avisar Ezryn.

Meu coração se aperta quando ouço o nome dele.

— Vamos ao Reino da Primavera, então?

— Sim, Rosalina, vamos ao Reino da Primavera.

12

Ezryn

Cada passo que dou no interior do Salão Primaveril — a sala do trono da minha casa, dos meus ancestrais — é mais lento e pesado do que o anterior.

Faz meses que não volto ao Reino da Primavera — muito tempo para um Alto Príncipe se manter afastado, mas um mero piscar de olhos em termos feéricos.

Mesmo assim, tudo mudou.

A aparência é a mesma, com a vegetação exuberante cobrindo as paredes de pedra. Ramos de trepadeiras e folhas delicadas formam cascatas que se parecem com lágrimas de esmeralda. Veios cintilantes de aço da Primavera desenham contornos complexos em pilares sólidos, entrelaçados com filigranas de ouro. O cheiro terroso de musgo se mistura com o de pedra molhada. A Fortaleza Jardim do Martelo foi construída dentro da base das montanhas, uma eterna mistura de abundância primaveril e dos ricos minérios na rocha.

Criados se curvam em reverência quando eu passo. Eles não me esperavam, mas nunca realmente esperam me ver. Em geral, minha presença é motivo de agitação e fofoca. Agora, eles se retraem, olham para mim desconfiados, como se eu fosse um estranho.

O teto ornamentado e curvo faz a sala do trono parecer ainda mais espaçosa do que é, embora não atenue o peso opressor que domina o salão. Estive aqui muitas vezes na infância e na juventude, mas nunca havia sentido tamanho peso neste lugar.

Alguém plantou enormes flores vermelhas em todos os cantos da sala do trono. Algumas desabrocharam, mas a maioria ainda são botões. Parecem vibrantes demais para essa área sagrada.

A maior de todas as diferenças é, no entanto, o meu pai. Ele não está sentado no trono, como deveria estar por direito, já que é o regente.

Em seu lugar, segurando os apoios para braços com as mãos protegidas por luvas, está o meu irmão.

O irmão que bani há décadas.

— Ora, ora, ora, o filho pródigo voltou — Kairyn fala do trono com um tom sombrio.

— Essa cadeira não pertence a você — respondo. — Onde está o nosso pai?

Kairyn inclina a cabeça coberta pelo capacete preto. Duas protrusões longas se projetam acima do visor escuro, semelhante a um corujão-orelhudo. Como toda a realeza de Primavera, ele cobre o rosto e só o revela à família imediata ou ao seu amor predestinado. De acordo com a crença, poderíamos remover o capacete na presença um do outro, mas fomos criados pelos nossos pais dentro dos princípios mais severos. Eu me lembro da última vez que olhei nos olhos dele, ainda menino, antes de ele passar a usar o capacete. Havia inocência neles. Medo.

Agora, o visor revela apenas escuridão.

— Nosso pai — Kairyn responde lentamente — adoeceu. Está sob os nossos cuidados mais atenciosos.

— Não lhe dei permissão para sair do mosteiro.

— Nessa situação tão delicada, achei que era necessário assumir o comando no lugar dele.

— Devia ter mandado me avisar — retruco. — Por mais que as circunstâncias sejam excepcionais, você continua banido.

— Primavera *precisa* de mim.

Meu irmão sempre foi imprudente, inconsequente, mas desrespeitar uma ordem real… As coisas se tornaram mesmo tão graves, a ponto de Kairyn assumir esse risco?

— Ser regente é mais do que se sentar em um trono. Se substituiu o nosso pai com tanta valentia, por que não respondeu quando mandei uma carta sobre a situação crítica no Reino do Outono? Ou ao convite para comparecer ao funeral da Princesa Niamh?

O capacete de Kairyn se move, descrevendo um círculo, um gesto de tédio e agitação que ele repete desde a infância.

— Peço desculpas, irmão. Com o pai doente, eu não podia me afastar. Primavera precisa de um regente forte e atento, afinal.

A voz dele... A sua intensidade assombrosa, a sua rouquidão ameaçadora. Quero arrancar tudo isso da minha cabeça. Ele esteve dentro dela por muito tempo, e ouvi-lo pessoalmente agora...

Ele é o meu irmão mais novo, penso.

Noto que ainda não fez menção de se levantar do meu trono, como a lei exige do regente quando o Alto Príncipe retorna.

Pelo contrário. Kairyn se inclina para a frente e apoia o capacete no punho. Está vestido inteiramente de preto, com uma armadura brilhante e impecável. A capa envolve o assento como óleo derramado. O único toque de cor vem de uma flor branca, uma gota-de-estrela, presa no alto da placa de proteção do peito.

Seu lugar não é aí. O trono é antigo e sagrado, tendo sido construído com os capacetes de todos os Altos Governantes anteriores. Cada um foi fundido à cadeira, imbuindo o trono do espírito indomável de seu último dono. A sabedoria e a resiliência de cada Alto Príncipe e cada Alta Princesa de Primavera formam um singular e formidável assento de autoridade.

Deliberadamente, evito olhar para o canto superior direito do encosto da cadeira, onde sei que verei um capacete prateado, cujo visor inclinado se parece com os olhos de um gato.

— Então, desrespeitou o banimento e decidiu se apoderar da regência no lugar de nosso pai sem pedir aprovação ao Alto Príncipe — digo ao meu irmão. Gostaria de saber o que os funcionários pensam de tudo isso. Reconheço muitos deles: lacaios e mordomos, damas de companhia e conselheiros. Mas não vejo quem estou procurando, o governante da fortaleza, Eldy. Ele sempre foi o conselheiro mais próximo de meu pai. E, pensando bem, também não vejo o guarda real de meu pai.

Em contrapartida, há muitos rostos que nunca vi antes. Um grupo de noviços do monastério permanece ao lado do trono, ostentando as vestes brancas e douradas que os definem claramente como membros do clero. Estudo os rostos e me detenho em um deles. Uma mulher feérica de olhos azuis e penetrantes. Ela parece familiar...

— O que queria que eu fizesse? — Kairyn rosna. — Não podia ficar parado enquanto Primavera caía nas mãos dos famintos por poder.

— Uma afirmação curiosa, vinda de um príncipe banido que agora está sentado em um trono. — Minha voz soa firme e calma, mas faço um grande esforço para que seja assim. Minha cabeça está inundada da pesada desesperança que paira sobre a sala como nuvens. — Você foi sentenciado a servir no Mosteiro da Terra da Rainha até o fim da vida.

— E lá prestei o equivalente a uma vida de serviço. — Kairyn fica em pé, e sua sombra se assoma sobre mim. Apesar de mais novo, ele sempre foi mais alto, com ombros mais largos. Agora, parece uma sombra gigante, e só a testa emplumada do capacete se distingue do vácuo escuro da armadura. — Libertei o mosteiro da tirania dos Altos Sacerdotes, que impunham o seu poder a todos os povoados da montanha, depois que você deixou Primavera nas mãos de nosso pobre pai doente. Agora, é Florendel que precisa de mim.

Respiro fundo. *Você fugiu*, imagino Kairyn dizendo dentro da minha cabeça. *Você me obrigou a isso.*

Quem sou eu para encarar o meu irmão e culpá-lo de alguma coisa?

Kairyn desce as escadas e vem em minha direção. O peso opressor quase faz meu corpo se curvar, mas me mantenho firme.

— Os Altos Sacerdotes não governam mais o monastério — ele diz. — Assumi o lugar deles.

Ouço passos pesados, e duas pessoas entram pela porta do fundo do salão, ambas vestidas com armadura e capacete.

Kairyn aponta para elas.

— Substituí a guarda real de nosso pai por meu conclave leal. Tenha certeza de que tomei providências para que todos os cidadãos de Primavera estejam em boas mãos. Não precisa se preocupar, irmão. Volte a Castelárvore certo de que eu, seu sangue, continuarei aqui na regência me valendo da mesma sabedoria e integridade com que você governaria.

Um momento de silêncio antes de ele sussurrar em minha cabeça:

Eu não a teria matado.

A sombra de meu irmão é muito pesada, suas palavras ecoam fora e dentro da minha cabeça. Recuo, cambaleante, querendo arrancar da sala as nuvens invisíveis. O que está acontecendo aqui? Meu pai acamado, Kairyn no trono, os Altos Sacerdotes depostos, uma nova guarda real...

Um par de olhos brilhantes atrai a minha atenção para a porta e vejo Eldy olhando para nós. Um rosto reconhecível em um lugar que, de repente, parece tão desconhecido. O mesmo rosto carrancudo e emoldurado por um cavanhaque grisalho que conheço tão bem. Ele arregala os olhos e gesticula, chamando-me para segui-lo.

Cerro os punhos e olho para o meu irmão.

— Você enaltece as suas realizações, Príncipe Kairyn, mas desobedeceu ao Alto Príncipe. Deixe-me averiguar o estado de Florendel antes que possa usar essas ações para justificar o fim do seu banimento e a decisão de assumir o comando do *meu* reino.

Depois disso, dou as costas ao meu irmão e me retiro do salão.

13

Rosalina

Meu coração salta para a garganta quando meu corpo cintila e se recupera; meus braços ainda envolvendo Dayton. Ele havia invocado o espelho mágico para nos levar a Florendel, a capital do Reino da Primavera.

Meus pés pousam em paralelepípedos cor-de-rosa entremeados por musgo verde e fofo. Dayton ainda me segura pelos ombros, mas logo me solta. Olho em volta, tentando me assegurar de que Astrid e Marigold fizeram a travessia com segurança.

Assim que percebemos que os goblins empunhavam armas de aço da Primavera, Dayton e eu voltamos correndo a Castelárvore e mandamos mensagens para Farron e Kel. Eu me vesti rapidamente e preparei uma bolsa. Depois, peguei a Espada da Proteção de Kel e encontrei Dayton na frente do espelho.

— Não estava pensando em ir a Florendel sem uma guia, estava, mocinho? — Marigold advertiu Dayton, pressionando um dedo contra o peito dele antes de concluir o gesto com um tapinha carinhoso.

— Já estive no Reino da Primavera inúmeras vezes — Dayton respondeu grunhindo, mas Marigold estava decidida.

— As coisas estão diferentes em Florendel. Você vai ser devorado vivo.

— Se Marigold vai, eu também vou — Astrid gritou, agarrando a minha mão.

Agora, nós quatro estamos muito perto um do outro, olhando para a capital do Reino da Primavera.

Respiro fundo. O ar é úmido, fresco e puro. Mas há algo além: notas de metal e pedra molhada.

— Ezryn vai se hospedar na Fortaleza Jardim do Martelo — diz Dayton. — Por aqui.

— Você quer dizer por *aqui* — Marigold o corrige com uma sobrancelha erguida e acena. — Venham atrás de mim.

Dayton revira os olhos, mas obedece. Astrid e eu os seguimos, mas eu mal consigo caminhar em linha reta; há tanta coisa para ver, ouvir, assimilar.

Uma paisagem urbana majestosa se apresenta diante de nós, emoldurada por uma cordilheira muito alta que parece quase tocar o céu. A metrópole é salpicada de edifícios enfeitados, varandas de ferro e fachadas coloridas em tons pastel. As ruas de paralelepípedos são adornadas por jardins exuberantes, cujos azulejos decorativos e fontes borbulhantes lhes emprestam um ar de oásis de serenidade. Os prédios são todos feitos de pedras cor-de-rosa brilhantes.

— Este lugar é incrível — sussurro ao olhar para cima, tentando encontrar o pico mais alto.

— É o Monte Lumidor — diz Astrid. — Uma das montanhas mais altas de todo o Vale Feérico.

Sua grandiosidade domina a linha do horizonte. Cachoeiras e vegetação cor de esmeralda cobrem as encostas. É como se a cidade se aninhasse no abraço da montanha.

— Florendel é famosa por ser uma das cidades mais magníficas em todo o Vale — diz Astrid. Seus olhos vermelhos parecem tão curiosos e fascinados quanto os meus. — É um lugar de beleza natural e qualidade industrial, ao mesmo tempo.

Entendo o que ela quer dizer. Giro em torno de mim mesma, registrando a cidade vibrante. É o lugar mais movimentado que já vi no Vale Feérico, com encantados passando apressados, empurrando carrinhos ou correndo para dentro e para fora de lojas. Ninguém olha para nós; muitos têm uma expressão concentrada, atentos aos seus assuntos.

— Não se intimide com a correria, garota — Marigold me diz lá da frente. — Nós, do Reino da Primavera, somos compenetrados no trabalho. Mas isso torna o lugar ainda mais empolgante, não é? — Ela dá uma cotovelada de leve nas costelas de Dayton.

Mas Dayton não reage. Sua expressão é séria, uma seriedade que não combina com ele.

Meu coração dói. *Eu realmente pensei, bem lá no fundo da minha alma, que você fosse meu. Como pode haver outra pessoa?*

Respiro fundo para impedir que meus pensamentos avancem. É isso. Está feito. Dayton não é meu amor predestinado — há outra pessoa para ele.

Por mais que goblins armados com aço primaveril sejam assustadores, talvez tenham sido justamente do que precisávamos para recuperar o foco.

Flores delicadas e flores enormes decoram a fachada de todas as lojas, todas as calçadas. Passamos sob um arco coberto de musgo do qual recaem pétalas de uma variedade de cores. Mas não era o prado em tom pastel que imaginei um dia, quando pensei em uma cidade feérica de Primavera: há vislumbres de mineração e metalurgia sob as flores vibrantes. Ouço ao longe os sons do choque de metal contra metal e o ruído de uma máquina.

— As pedras são muito bonitas — digo a Marigold, olhando para todos os edifícios cor-de-rosa.

— São talhadas a partir da rocha vulcânica minerada nas Montanhas Tear de Estrelas — ela diz. — Minha cidade não é magnífica?

— Mantenham-se vigilantes e não se empolguem muito — Dayton avisa em voz baixa, sério. — O pai de Ezryn, Thalionor, é severo, duro como uma lâmina.

— E não é exatamente o seu maior fã, se me lembro bem — diz Marigold.

Astrid levanta a saia e corre para perto de Dayton.

— Não foi você quem ateou fogo acidentalmente no Jardim Botânico Real em um Equinócio de Primavera?

— Isso foi há muito tempo — Dayton se impacienta. — Aquele idiota espinhoso achou que seria engraçado se fizéssemos os nossos próprios fogos de artifício...

— Está falando de Caspian — deduzo em voz baixa.

Dayton acelera o passo.

— Como eu disse, foi há muito tempo.

— Mas o príncipe está certo, Rosalina — Marigold me avisa. — A família real sempre foi muito severa. É melhor ficarmos atentos até encontrarmos o Príncipe Ezryn.

Assinto e passo a caminhar mais perto de Marigold. Parece que voltar ao seu reino natal a enche de autoconfiança. Ela anda de queixo erguido, balançando os quadris de um lado para o outro.

As edificações são baixas e cobertas por telhas de argila. Cada porta é detalhadamente entalhada com cenas que descrevem de tudo, de paisagens naturais a batalhas épicas. Percebo que ando devagar para registrar tudo e Astrid me puxa pelo braço para que eu não fique para trás.

Quando dobramos uma esquina, percebo alguma coisa no alto das montanhas e sufoco uma interjeição de espanto. Uma enorme cerejeira se projeta da lateral do penhasco, como se desafiasse as leis da natureza. Seus galhos se estendem e se entrelaçam, formando uma rede complexa de caminhos e câmaras. Um castelo.

Mas não qualquer castelo. Castelárvore. A versão do Reino da Primavera da ilusão que aparece em todos os reinos.

Na base dessa árvore, surge uma formidável fortaleza entalhada na própria montanha. Paredes imensas de pedra rosada e cobertas de hera impedem a nossa passagem, recortadas por gigantescas portas de madeira gravadas com espirais de folhas. O padrão me lembra do colar de Ezryn. As flores rosadas de Castelárvore caem delicadamente, como confetes, criando uma passarela cor-de-rosa até os portões.

Há um guarda de cada lado. Eles vestem armaduras de aço e usam capacetes pesados, mas mantêm o rosto descoberto. Agora que penso nisso, nenhum cidadão usa capacete, como Ezryn. *Só a família real precisa cobrir o rosto*, lembro.

— Só eu falo — Dayton sussurra quando nos aproximamos dos guardas. — Saudações, bons serviçais de Primavera. Eu, Alto Príncipe Daytonales, desejo adentrar o Salão Primaveril para uma audiência com o Alto Príncipe Ezryn.

Os guardas se entreolham, depois encaram Dayton.

— Marcou horário?

Percebo a contração na mandíbula de Dayton.

— Não, não marquei. Porém, se disserem a Ezryn...

— O *Alto Príncipe* — intercede o outro guarda — está em reunião com o regente. Eles não devem ser interrompidos.

Dayton abre um sorriso que poderia conquistar a simpatia de uma pedra.

— Entendo a sua diligência, mas o Príncipe Thalionor vai ficar muito satisfeito quando souber que vim...

— O Príncipe Thalionor não é mais o regente — o guarda anuncia, entediado. — Agora, o Príncipe Kairyn governa Florendel.

Um silêncio estrangulado pulsa entre nós. Dayton pisca.

— Kairyn? Impossível. Precisam me deixar passar...

— Sem horário marcado, sem audiência. — O guarda dá de ombros.

Uma nuvem passa pelo rosto de Dayton e ele franze a testa, furioso.

— Temos que fazer alguma coisa — cochicho para Marigold. — Senão, Dayton vai ser o primeiro a quebrar a regra de não perder a cabeça.

Marigold pigarreia, passa por mim e Astrid, e detém-se ao lado de Dayton.

— Ora, ora, se não são o pequeno Antonio e o pequeno Filipe. Vejo que finalmente chegaram ao posto de guardas! Progrediram muito desde a última vez que estive aqui. Vocês dois não limpavam latrinas?

— Lady Marigold! — grita o guarda da esquerda, Antonio. — Não a esperávamos!

— Está linda como sempre, milady — Filipe murmura. — Radiante como o sol...

— Podem parar — ela se irrita. — Um Alto Príncipe jamais teria sido tratado dessa maneira quando eu supervisionava a casa. E bem posso imaginar o que vai acontecer se o mordomo-chefe ficar sabendo dessa insolência.

— São ordens, milady! — Antonio protesta. — Só podem entrar aqueles que forem aprovados pelo Príncipe Kairyn.

— Um Alto Príncipe não precisa desse tipo de aprovação. Chamem o mordomo-chefe Eldor e vamos esclarecer essa idiotice de uma vez por todas.

Filipe fica tenso.

— Não... não é necessário. Príncipe Daytonales, vamos conduzi-lo à sala do trono. Mas... as outras terão que ficar aqui. — Ele olha para mim e Astrid.

— Elas vão comigo — Dayton anuncia.

— Com todo o respeito, Alto Príncipe, visitantes não autorizados não são permitidos no interior do Salão Primaveril. Ultimamente, tem havido sérias questões relacionadas a todo tipo de conspiração — explica Antonio.

Toco o braço de Dayton.

— Tudo bem. Você e Marigold entram. Astrid e eu esperamos aqui. Assim que encontrarem Ezryn, tudo vai ser esclarecido.

Uma expressão incomodada passa pelo rosto de Dayton, mas Marigold cutuca o seu braço.

— Eu cuido dela. Não contraia esse rosto bonito.

— Muito bem. — Ele respira fundo. — Vou procurar Ezryn e volto assim que possível. Não se afastem daqui.

— Meus pés estão plantados. — Bato os pés no chão para enfatizar.

Dayton suspira novamente e se inclina para mim com o rosto abaixado. Um beijo?

Tão depressa quanto se inclina, porém, ele endireita as costas e enrubesce.

— Hum, ok. Volto logo.

Os guardas acenam, chamando outra dupla de sentinelas para tomar o lugar deles, depois se colocam um de cada lado do Príncipe do Verão e, juntos, eles desaparecem atrás das muralhas.

14

Ezryn

Sinto a cabeça mais leve ao sair do Salão Primaveril. Respiro fundo, apreciando o cheiro intenso e familiar da minha casa. Minhas mãos enluvadas seguram firme a barreira de pedra do parapeito da Fortaleza Jardim do Martelo e eu olho para a cidade, para as Montanhas Tear das Estrelas e, finalmente, para o topo do Monte Lumidor. Eldor, o mordomo-chefe da fortaleza, espera nervoso ao meu lado.

— O que está acontecendo aqui, Eldy? — Olho para ele. Após deixar o meu irmão no salão, o supervisor da casa obteve toda a minha atenção imediatamente. Quase o abracei, tal a felicidade de avistar um rosto conhecido que não estivesse de guarda ao lado de meu irmão, mas me contive.

O feérico une os dedos, um dos muitos hábitos que traem o seu nervosismo. Seu cabelo grisalho toca o queixo e ele só afasta os dedos para alisar o bigode.

— Eu queria ter mandado uma mensagem, senhor, mas toda a comunicação que entra ou sai de Florendel é verificada. O Príncipe Kairyn não reage bem quando a sua liderança é questionada. Ele trouxe à corte uma grande... paranoia sobre os reinos lá fora.

Começo a andar e olho para a minha cidade, ainda que só pela necessidade de fazer alguma coisa com o meu corpo.

— Diga-me, o que aconteceu com o meu pai?

— É difícil dizer, senhor. — Eldy balança a cabeça. — Sabe que ele nunca mais se recuperou depois da... perda de sua mãe.

— Não vamos medir as palavras. Sei que você tem sido o verdadeiro regente em minha ausência. O estado do meu pai não permitiria que ele desempenhasse tal função.

— Um serviço que prestei com alegria. Mesmo assim, nos últimos meses, é como se uma névoa tivesse descido sobre a mente de seu pai. Ele olha e não vê. Come sem sentir o sabor. Fala sem fazer sentido.

Minha mandíbula se contrai.

— E Kairyn aproveitou a oportunidade para revogar o próprio banimento.

Eldy para na minha frente e me encara com aqueles olhos grandes e aquosos.

— Kairyn aproveitou a oportunidade para fazer muito mais do que isso. Ele deu um golpe nos Altos Sacerdotes, declarou-se o novo líder do Monastério da Rainha. Trouxe muitos Acólitos Dourados para a fortaleza. Não sei com que finalidade. Eles só vagam por aí. Todos, exceto a mulher que ele encarregou de cuidar do bem-estar de seu pai. E há a nova guarda real, é claro, que ele chama de Pentaconclave.

— O que aconteceu com a guarda real do meu pai?

— Os guardas foram transferidos para várias funções no reino. — Eldy torce o nariz. — Foi tudo muito repentino.

— Ele sempre quis chamar a minha atenção. Só não imaginei que fosse tão longe para isso. — Eu me debruço sobre a barreira e de repente o capacete parece pesado demais. — Fui duro demais com ele, El. Foi um erro bani-lo de Florendel. Agora, ele quer provar o seu valor, mas ainda é só um menino rebelde.

Eldy toca o meu ombro.

— Por lei, tinha o direito de decretar muito mais do que um simples banimento, senhor. Para dizer a verdade, as atitudes de Kairyn podem ser radicais, mas ele é protegido pelo povo. Seu conclave repeliu diversos ataques dos goblins e, além disso, ele acolheu e alimentou refugiados dos povoados que sucumbiram.

— Pelo menos a desobediência resultou em algo bom. — Balanço a cabeça. — Mas não posso permitir que ele manipule as regras de seu banimento como bem entender. A despeito de quão justificadas ele julgue as suas atitudes, o ato de desafio deve ter consequências. — Só queria não ter de ser o responsável por decidir quais.

Eldy se debruça ao meu lado sobre o parapeito e torce o nariz. Ele leva uma grande flor branca presa à lapela do colete verde.

— Uma gota-de-estrela? — pergunto. — Não vejo uma dessas há muito tempo.

— Ah, isso? — Eldy olha para baixo. — Sim, é muito bonita, não é? Normalmente, só é usada para fins medicinais, por causa de suas propriedades antitóxicas, mas vi alguns recém-chegados do monastério enfeitados com elas. São flores alpinas, afinal. Só crescem em altitudes elevadas. Mas imaginei que fosse moda entre os jovens feéricos, então fui procurar uma para mim. Uma missão árdua, devo dizer!

Sufoco uma gargalhada e bato nas costas dele amistosamente.

— Senti sua falta.

Ele sorri para mim e me apego a isso. Nunca admiti o meu pecado para ele ou Marigold, mas, depois da morte de minha mãe, os dois olharam para mim como se soubessem da verdade e me perdoassem mesmo assim.

Um perdão que não mereço.

— ... nunca a tinha visto antes.

Vozes chegam de algum lugar sob o parapeito e olho para baixo. Percorremos quase todo o perímetro da fortaleza e agora estamos sobre os portões. Os dois guardas do turno trocam provocações e piadas — uma falta de compostura que meu pai nunca teria admitido.

Mas eu não posso me incomodar com isso, não com a cabeça já tão cheia.

— Bonitinha, não é?

— Parece uma donzela do povoado. Você conhece o tipo. Não tem muita coisa no espaço entre as orelhas, sabe?

Reviro os olhos. Os guardas estão falando sobre alguma mulher. Não é só falta de compostura, é falta de cavalheirismo também.

Um deles solta uma gargalhada estrondosa.

— É assim que eu gosto! Não importa o que elas têm entre as orelhas, mas o que você põe entre as suas pernas.

— Venha comigo, Eldy — digo. — Vamos descer até o portão. Parece que os nossos soldados precisam ser lembrados do que significa vigilância.

Mas Eldy não me escuta. Ele olha por cima do parapeito e, ofegante, exclama:

— É ela! Ela voltou!

Sigo o seu olhar e avisto duas mulheres feéricas examinando um canteiro de flores vermelhas, as mesmas que vi na sala do trono.

Não pode ser. Elas parecem ser Astrid e Marigold.

— Marigold voltou — Eldy sussurra.

Antes de minha mente compreender o que a presença de Astrid e Marigold significa — ou o que certamente será mais um episódio dramático no eterno caso de amor entre Eldy e Marigold —, ouço a voz de um dos guardas:

— Muito bem. Se está tão confiante, vá em frente. Mostre o que você tem àquela bobinha do povoado.

— Por que não? — O outro guarda solta a lança e abandona o seu posto. Ele começa a caminhar ao longo da muralha.

Não vai em direção a Astrid ou Marigold.

Mas se elas estão aqui…

Para quem os guardas estão olhando?

Apoio praticamente metade do corpo sobre o parapeito, tentando enxergar o fim da muralha lá embaixo.

E lá está ela, parada com as mãos unidas diante do lindo vestido cor-de-rosa, a expressão completamente perdida em um devaneio.

Minha Pétala.

Que se dane a escada. Que se dane a própria gravidade.

Salto sobre a barreira e aterrisso com um estrondo metálico bem na frente de Rosalina. O guarda para sobressaltado, Rosalina dá um gritinho. Ergo o braço e cravo o punho na muralha acima da cabeça dela. Lentamente, eu me viro para o canalha e o encaro com o olhar mais sombrio que consigo transmitir através do visor.

Não digo nem uma palavra sequer. Não é necessário.

— Al… Alto Príncipe! — O guarda recua cambaleando. — Eu estava…

— Indo embora — rosno. — E leve-o com você. — Aceno com a cabeça na direção do outro guarda, que segura a lança com tanta força que parece que vai cair no chão se não se apoiar nela.

— É claro, senhor! Imediatamente! — O guarda dá meia-volta e desaparece do outro lado do portão.

Solto um longo suspiro, relaxo o corpo e olho para baixo.

Rosalina está me encarando com os olhos bem abertos, ofegante.

Meu rosto esquenta de repente, e afasto a mão da muralha para massagear a minha nuca.

— Desculpe.

Rosalina continua olhando para mim com aquela expressão perplexa, a boca semiaberta. Depois, balança a cabeça, e um lindo sorriso ilumina o seu rosto.

— Ezryn! Você me encontrou!

As palavras ficam presas em minha garganta. Quando não digo nada, ela segura um lado do meu capacete para me obrigar a olhar para ela.

— Eu sempre vou te encontrar.

Há alguma coisa na respiração ofegante e na curiosidade com que ela olha para mim.

— O que foi, Pétala? — sussurro.

— Acho… que só estou feliz por te ver.

Um sorriso se abre em meus lábios.

Um sorriso que ela nunca vai ver, Kairyn debocha em minha cabeça. Ranjo os dentes até silenciar a sua gargalhada.

— O que está fazendo aqui? — pergunto.

— Ah! — Ela segura a minha mão. — Ezryn, é Castelárvore. Goblins atacaram o castelo, e eles estavam armados com aço de Primavera.

15

Caspian

Na minha cabeça, há uma lista de todas as coisas que me amedrontam. Perder para Ezryn em um jogo de tabuleiro e finalmente herdar o que é meu por direito de nascença estão perto do topo. Ser invocado ao Santuário Abissal se encaixa direitinho entre essas duas coisas.

Paro por um breve instante diante das portas de ferro e alongo a panturrilha. Minha perna está quase recuperada, mas não posso revelar nem o menor tremor. Qualquer pequeno sinal de fraqueza seria especialmente problemático, já que essa é a primeira vez que sou convocado desde que fui punido por ter perdido o Outono.

Abro a porta dupla e entro. Colunas muito altas demarcam o caminho até o grande trono. Uma escada de muitos degraus leva à cadeira elegante.

Cristais cercam o trono, com chamas verdes tremulando dentro deles. Seus contornos irregulares se projetam em ângulos afiados, espalhando um brilho luminoso sobre a silhueta sombria coberta por um manto.

Cada pedra parece vibrar com uma pulsação misteriosa e própria, espalhando no ar o peso da magia. Resisto ao impulso de encurvar os ombros. Quando estou aqui, sempre tenho a sensação de estar à mercê de dois pares de olhos julgadores.

Não fui o único a ser convocado hoje. Há mais alguém ajoelhado diante da monstruosidade verde. Rouxinol mantém a cabeça baixa. A serva perfeita. *Não que ela tenha opção, na verdade.* Está vestida com sua armadura completa, além da máscara. Sira ama ver as suas expressões de medo.

Imito o movimento de minha irmã adotiva e sussurro:

— Foi você quem pisou na bola? Ou fui eu?

Seus olhos azuis se voltam para mim e ela sibila:

— Cale a boca. Eu não fiz nada de errado.

Uma voz sinistra nos silencia.

— Meus filhos. Levantem-se.

Nós dois acatamos a ordem instintivamente. Minha mãe inclina a cabeça. A luz verde incide sobre a sua mandíbula firme e sobre o sorriso sinuoso que com frequência se reflete em meus lábios.

Um sorriso que Rouxinol nunca consegue produzir, por mais que nossa mãe a encha de ódio.

— Ouvi boatos perturbadores provenientes do Reino do Outono — diz Sira, Rainha do Inferior. — Parece que posso ter sido muito precipitada quando desconsiderei o relatório de Quellos sobre a menina que destruiu o exército dele. Ouvi rumores sobre uma mulher que é capaz de manejar espinhos.

Sinto o sangue gelar, mas mantenho a expressão neutra e evito olhar para a minha irmã.

— Alguns dizem que ela é humana; outros, que é feérica. — Sira batuca com a unha pontuda em um dos cristais que enfeitam o braço da cadeira. — Agora, o Outono anuncia que o Alto Príncipe do reino encontrou um amor predestinado. No entanto, também ouvi dizer que ela é predestinada do Alto Príncipe do Inverno. São muitas histórias. Meu filho, você já viu essa mulher?

— Sim — respondo com muito, muito cuidado. — Eu a vi.

— Diga-me, Caspian: ela lhe pareceu familiar?

O sorriso serpentino se espalha pelo meu rosto.

— Como em uma visão.

Minha mãe ri, e o som sombrio ecoa nas pedras.

— Os Oráculos nunca mentem, não é?

Não, mas certamente omitem boa parte da verdade, penso com amargura.

— Tenho acompanhado a garota com atenção. Eles a mantêm em Castelárvore. Como era de esperar, a magia do Príncipe do Inverno continua contida, porque ele se recusa a quebrar a maldição.

— Por causa do acordo que fez com ele?

— Por causa do acordo que fiz com ele. — Distraidamente, toco o bracelete de espinhos em meu pulso. O olhar calculista de Rouxinol se volta para mim. Nem ela sabe a exata medida do que aconteceu entre mim e Keldarion.

— Garoto esperto — Sira elogia.

— Mas que ela também seja predestinada de Farron é novidade para mim — continuo. — Assim como o fato de ela poder manejar espinhos. Não vi nada disso.

Sira arqueia uma sobrancelha escura. *Eu não devia ter dito o primeiro nome dele.* Rouxinol continua me encarando. Precisamos ser dispensados, antes que ela mencione certa convidada da festa que invocou um caminho de espinhos no Inferior.

— O povo do Outono a chama de Rosa Dourada. — Sira mantém a voz firme, mas as palavras incluem uma nota tensa. Há um motivo para ela estar falando sobre isso apenas conosco, não com toda a corte. *Alguma coisa amedrontou a Rainha do Inferior?*

— Vou verificar pessoalmente.

— Eu também. — Rouxinol oferece.

— Não é necessário, irmã. Já deve estar ocupada demais controlando o seu cão selvagem de Primavera. E não aceitou recentemente o comando da missão para tomar o Reino do Verão?

— Não se preocupe, irmão — Rouxinol responde com uma nota de aço na voz. — Nossa Rainha precisa de alguém que conclua as missões. Você drena Castelárvore desde antes do meu nascimento, e aonde isso nos levou?

— Quero informações sobre a magia dela e seus vínculos com os Altos Príncipes, mas sejam cautelosos — diz Sira. — Se ela estabeleceu um vínculo predestinado com o Alto Príncipe do Outono, ele terá recuperado grande parte de sua magia. Interferências de Castelárvore seriam muito prejudiciais aos nossos planos. O Inferior ainda não pode dominar todo o Vale Feérico e mantê-lo sob nosso controle! — Sira olha para a chama verde que vibra dentro das pedras. — Ainda não.

Arriscado. Foi arriscado demais levar Rosalina ao Inferior para a minha festa de aniversário. Agora, Rouxinol sabe sobre a sua magia, mais boatos estão aparecendo e é só uma questão de tempo até Sira ouvir alguma coisa sobre os espinhos dourados que ela invocou no Reino do Outono.

Foi uma necessidade. Rosalina precisava despertar o seu eu feérico. Eu achava que a única maneira de fazer isso seria aproximá-la da fonte de sua magia, mas minha Rosa era incapaz de destravá-la completamente sozinha.

— Caspian. — Rouxinol segura o meu braço quando saímos do Santuário Abissal. — Precisamos conversar.

É verdade.

— Vamos lá, então, Passarinho — respondo, usando o apelido que dei a ela. — Vamos beber alguma coisa.

O Inferior é vasto, estende-se sob todo o Vale Feérico. Como no mundo lá em cima, algumas partes são mais habitadas do que outras. Cidades e pequenos povoados salpicam as falésias profundas e os túneis de interligação.

Usando espinhos, Passarinho e eu voltamos ao Jardim Cripta, mas não a levo ao palácio onde nós dois moramos. Em vez disso, descemos as centenas de degraus para a cidade no vale lá embaixo, onde eu a conduzo ao bar mais barato na viela mais sinuosa.

Não há nem sinalização na porta, só um cartaz desbotado com a figura de um unicórnio riscado com sangue. *O Unicórnio Sangrento.* Não é o nome mais original ou acolhedor, reconheço, mas é um dos poucos lugares no Inferior onde tenho certeza de que os espiões de minha mãe não ouvirão a nossa conversa. Além do mais, Dex, o responsável pelo bar, prepara drinques incríveis.

Passarinho torce o nariz, como sempre faz quando visitamos o lugar. O ar tem cheiro de fritura e uma nota terrosa de bebidas fortes.

E sangue, é claro. Há uma grande mancha de sangue logo na entrada. Os clientes sabem que não devem olhar para nós, e eu escolho a mesa de canto presa à parede de rocha natural.

Passarinho põe uma das mãos na cintura e olha para mim.

— O que você quer beber?

Respondo com um sorriso doce.

— Surpreenda-me.

Ela revira os olhos e se dirige ao balcão. Deslizo os dedos pela mesa de madeira grudenta. Quanto Sira sabe sobre Rosalina? Mais do que revelou? Menos? E o que ela vai fazer quando deduzir a verdade?

Rouxinol põe duas bebidas cor-de-rosa e borbulhantes em cima da mesa e se senta. Pego um copo e bebo metade do conteúdo, antes que meus pensamentos possam me consumir.

— Isso é delicioso. O que Dex preparou hoje?

— Quem sabe? Só pedi alguma coisa forte.

Eu me encosto na cadeira.

— Você queria conversar, vamos conversar.

— Você sabe mais sobre Rosalina O'Connell do que revelou à nossa mãe.

— Fala baixo — sussurro, embora ninguém esteja prestando atenção em nós. Todo mundo está mergulhado nos próprios problemas e na bebida, e a música animada encobre as nossas palavras.

— Foi você quem anunciou o nome dela durante a festa — retruca Rouxinol. — O que foi que disse mesmo? Quem tocar nela vai ter uma morte dolorosa!

Seguro o copo com força para conter o tremor das mãos. Um erro idiota motivado pela raiva. Quando aquele homem *tocou* nela... Inspiro profundamente pelo nariz. Por sorte, o homem significava menos que nada para qualquer pessoa no Inferior, e essa história não parece ter importância para Sira.

— Aonde quer chegar?

— Como ela invoca os espinhos? Você me disse que essa magia era *do* Inferior. E ela não é daqui.

— Na verdade, eu disse que a magia dos espinhos estava *no* Inferior. — Dou mais um gole no drinque.

— É por isso que o Reino do Outono está tão encantado por ela? Porque ela pode invocar espinhos? E por que a chamam de Rosa Dourada?

— Não são apenas espinhos — explico. — São espinhos dourados. E rosas douradas também. Vivas, mágicas e tão bonitas quanto ela. — Olho para o meu copo, depois novamente para a minha irmã. — Você misturou alguma coisa na minha bebida. Soro da verdade, é isso? Sempre brincando com as suas poções.

A única resposta foi um sorriso satisfeito.

Eu nem me surpreendo. Porque as coisas são assim entre mim e Passarinho. É como elas têm que ser entre irmãos que foram criados para um único propósito. *Dominar o Vale usando os meios que forem necessários.*

Meneio a cabeça. Quero invocar meus espinhos e fugir para algum lugar até o efeito da droga passar, mas então ela saberia que estou escondendo algo importante. E talvez uma parte de mim tenha se cansado de guardar todos os segredos. Alguns deles, pelo menos.

— Está curioso por causa dela, não é, Cas? — Passarinho pergunta. — Por quê?

Inclino a cabeça. A poção só exige que minhas palavras sejam verdadeiras, mas não especifica qual verdade devo revelar.

— Ela é predestinada de Keldarion. É claro que estou curioso.

Passarinho bebe o restante de sua bebida livre de poções.

— Nunca entendi sua obsessão com esses príncipes. Eles são governantes egoístas que se escondem em seus castelos, abusam da magia que têm e põem em risco os seus reinos. Olham para nós do Inferior com desprezo.

Os príncipes não estenderiam a mão para nos ajudar nem se o Inferior estivesse pegando fogo.

— É isso aí, Passarinho. Conte para mim como se sente de verdade.

— Não. — Ela bate a mão na mesa. — É a sua vez de compartilhar informações, Cas. Você *nunca* é honesto comigo. Sempre me exclui de tudo. Não sou mais criança. Não percebe o que já consegui realizar no Reino da Primavera?

— Ah, eu vi.

— Pare de me enrolar. Sei que existem mais coisas relacionadas àquela garota em Castelárvore. Fale.

Dois segredos travam uma batalha dentro de mim. O soro que percorre o meu organismo os traz à tona. Preciso escolher qual deles vai escapar da minha boca. Talvez seja o destino, porque um deles é um segredo que quero dividir com ela há muito tempo.

Olho para os dedos calejados de Rouxinol. É impossível não me lembrar de como suas mãos eram pequenas na primeira vez que Sira ordenou que eu ensinasse a ela como manejar uma faca. Melhor que tenha sido eu, pois os mestres de armas a chicoteariam por cada movimento errado.

Não que eu tenha conseguido poupá-la de grande parte dos terrores do crescimento. É difícil proteger outra pessoa no Inferior, onde alguém mal pode proteger a si mesmo.

Por um momento, penso em segurar as mãos dela, mas abandono a ideia rapidamente.

— Muito bem, escute com atenção.

Enquanto a história que leva ao segredo escapa de mim, observo cada um dos seus movimentos. Essa verdade vai curar ou destruir a minha irmã. Sua expressão permanece indecifrável enquanto eu falo. Até que vocalizo a última palavra.

É então que vejo o rosto de Passarinho se fragmentar na loucura.

Imitando da melhor maneira que posso certa feérica gelada, rosno:

— Ah, porra.

Rouxinol se levanta e vejo em seus olhos a luz de uma insanidade incontrolável.

— Como pôde esconder isso de nossa mãe? Preciso contar a ela.

Fico em pé e a seguro pelo braço.

— Faça isso. Cante como o canário bonitinho que é. Mas me diga, *irmã*, o que acha que vai acontecer quando Sira tomar conhecimento da verdade? Acha que ela ainda verá em você alguma utilidade caso possa obter alguém capaz de invocar ouro? Você seria descartada novamente, como foi por sua mãe verdadeira.

A dor passa como um raio pelos olhos dela e lágrimas raras aparecem. Ela não pode rebater as minhas palavras — e saberia que digo a verdade, mesmo que esse maldito soro não corresse agora em minhas veias. A culpa me invade, mas eu a sufoco. Esse é o único jeito de garantir a segurança de ambas.

— Deixe Rosalina comigo. Esqueça que ela existe — resmungo. — Volte para o Reino da Primavera.

Rouxinol se solta, e algo feroz cintila em seu olhar.

— Eu nunca vou me esquecer disso.

16

Farron

Papéis voam em todas as direções quando jogo as folhas inúteis por cima do ombro. Li e reli todos esses textos e relatos umas mil vezes. No entanto, ainda não estou mais próximo da compreensão.

Respiro fundo e me apoio em uma das estantes de madeira no amieiro. Neste lugar sagrado e secreto jaz o Grande Scriptorium do Amieiro do Reino do Outono, que outrora fora um santuário para mim. Hoje, é como se fosse uma prisão, um túmulo de informação imprestável.

A culpa se insinua em minha mente. *Menti para Rosalina, menti para todos eles.* Disse que vinha passando tanto tempo no Reino do Outono para que pudesse auxiliar o meu pai na posição de novo regente. A verdade é que o meu pai não precisa da minha ajuda. Ele já vinha ajudando a minha mãe a governar o Outono havia décadas. Com o desaparecimento dos espectros de inverno, nossas plantações prosperam novamente, e os habitantes, antes desalojados, estão de volta às suas casas.

Não! Permaneci tanto tempo no Outono por um motivo diferente. Uma razão que não vou revelar a Rosalina. Ela já tem passado por coisas demais ultimamente. Não posso lhe dar mais um fardo para carregar.

Mas preciso saber por que Caspian consegue falar dentro da cabeça dela.

Pois, se for pelo motivo que temo, tenho que encontrar um meio de eliminá-lo.

Desabo no chão, enterrando os dedos no cabelo. Não resta mais nada. Fiz uma varredura em tudo por aqui; muita coisa se perdeu por causa da minha fera e da mais recente traição de Caspian.

Destruí o seu caderno, e ele retribuiu me forçando a destruir séculos de literatura sagrada e trazendo um exército de goblins para dizimar soldados inocentes. Se algum dia houve alguma bondade em Caspian, ela foi arrancada dele raiz por raiz, até restar apenas o coração egoísta.

Respiro fundo e lembro a mim mesmo de ser grato pelo que restou no interior do amieiro. Antes de George O'Connell partir em sua expedição com meus irmãos mais novos, ele reconstruiu minuciosamente o que conseguiu salvar da devastação. Não tenho dúvida de onde se originou o espírito tenaz de Rosalina.

— Preciso aceitar os fatos — sussurro para mim mesmo, uma frase que repeti muitas vezes nas últimas poucas semanas. Não há nada aqui que explique por que o Príncipe dos Espinhos é capaz de falar dentro da cabeça da minha predestinada. Ou, pelo menos, nenhuma informação que contradiga o meu pior medo.

Mas não vou parar. Rosalina acabou de descobrir uma vida inteiramente nova. Sua natureza feérica, sua magia adormecida. Seu amor predestinado. Caspian destrói tudo que toca. Não vou permitir que ele a destrua.

Apesar de Kel não falar comigo sobre o acordo que fez, finalmente comecei a entendê-lo. Talvez tenha a ver com a profunda conexão estabelecida pelo amor predestinado que compartilhamos, mas a verdade é que sinto isso no fundo do peito: Kel morreria por Rosalina.

Mais que isso, porém, também deixaria que todo mundo morresse por ela.

Recolho os papéis que joguei pouco antes e organizo os livros espalhados. Talvez tenha que aprender com Keldarion. A melhor maneira de proteger Rosalina é estar com ela.

Tenho que voltar a Castelárvore.

Quando me preparo para sair do amieiro, olho de relance para um pedestal empurrado para as sombras. Um brilho verde e pálido ilumina o espaço. *Eu volto para te pegar*, penso.

A coroa de Perth podia reanimar os mortos. Se alguém conseguisse controlar a energia da Chama Verde de maneira diferente, ela poderia impedir a morte para sempre?

Meu peito fica apertado quando penso em minha mãe, em sua própria lança atravessando as suas costelas. *E o monstro que fez isso com ela escapou.* A fúria sobrepõe-se à tristeza, e quase posso sentir o fantasma da fera selvagem se debatendo para sair. Mas a fera se foi. Tudo que resta sou eu.

Saio e sinto o ar gelado. Meu alce Thrand e Amalthea, a égua de Rosalina, pastam ali por perto, alimentando-se da grama nova que cresceu sobre o que antes eram ruínas. Eu me aproximo e acaricio Thrand.

— Um dia, vou levá-lo para casa, para Castelárvore. Os espinhos terão desaparecido e a grama vai crescer outra vez. Haverá riachos de água cristalina e prados floridos se estendendo até as colinas.

Como chamávamos a Sarça antes de ela se tornar aquele espinheiro? *O Reino da Rainha*. Um lugar onde todas as maravilhas e a magia do Vale se encontravam.

Mas, por ora, a Sarça é o meu lar, e tenho que voltar para Castelárvore, para o meu amor predestinado.

Ouço um farfalhar. Levanto a cabeça e vejo um pássaro voando em minha direção. Uma ave marinha, um maçarico. *O que está fazendo aqui?*

Mas o pássaro não é um pássaro, tem asas de papel e marcas de tinta. Uma mensagem.

Eu o pego no ar e abro o bilhete.

Goblins. Aço do Reino da Primavera.

Dayton e Rosalina estão com problemas.

17

Rosalina

Estou bem atrás de Ezryn quando ele passa pelos portões e entra na Fortaleza Jardim do Martelo. Sigo os seus passos tão depressa quanto posso e não paro de falar, atualizando-o sobre o que aconteceu em Castelárvore.

— ... e foi então que vimos as armas que eles empunhavam. Dayton chamou de aço de Primavera. Imediatamente, ele mandou cartas para Farron e Kel relatando o que tinha acontecido, e então viemos para cá.

— Faz tempo que os goblins produzem imitações grosseiras de nossas armas — responde Ezryn. — Mas roubá-las é algo sem precedentes.

Olho para ele em silêncio. Acho que nem entendo a gravidade do que Dayton e eu descobrimos. Mas uma sensação de conforto me invade por estar com Ezryn. Ele sempre carregou os seus fardos sozinho.

Não mais.

Um feérico desce a escada da muralha e para na nossa frente. Ele se inclina, apoia as mãos nos joelhos e arfa.

— Senhor, precisa mesmo pular de todos os edifícios? Arrisca-se a torcer um tornozelo ou a lascar um desses lindos paralelepípedos, o que é mais provável. Ah! — Ele nota minha presença. — Olá. Já nos conhecemos?

Sorrio para o recém-chegado. Ele tem um jeito nervoso, mas os olhos são gentis.

— Acho que não. Sou Rosalina O'Connell.

— Esse é Eldy, o mordomo-chefe da Fortaleza Jardim do Martelo — diz Ezryn. — E um bom amigo.

— Rosalina O'Connell. — Eldy repete meu nome como se cada sílaba fosse especial à própria maneira. — É um prazer conhecê-la. Eu não sabia que o Alto Príncipe estava namorando. — Seu olhar salta de mim para Ezryn.

— Não estou — Ezryn responde depressa, e quero me encolher. A sensação de seu corpo entre minhas pernas quando estávamos no Inferior volta com força total: o capacete virado ao contrário bloqueando a minha visão até haver apenas sua boca e sua língua. Que me chamem de antiquada, mas levar uma mulher ao seu arboreto particular e devorá-la como se ela fosse parte de um bufê personalizado meio que se parece muitíssimo com um namoro.

— Ela é a predestinada do Alto Príncipe Farron — Ezryn continua.

Então, é isso. Sei que Ez e Day estão muito felizes por mim e Farron. Eles são os únicos que talvez amem Farron tanto quanto eu o amo, mas é mais um lembrete de que a maldição deles fica pior, de que estão deixando de encontrar alguém que poderia amá-los com todas as fibras de seu ser, que os veria não como feras e pecadores, mas como os homens fortes e maravilhosos que eram...

E essa pessoa não sou eu.

— Oh! — Eldy dá um pulinho e cobre a boca com a mão. — Príncipe Farron encontrou uma predestinada? Que notícia excelente! O querido Farron! Estou positivamente encantado!

Ezryn cruza os braços.

— Como não ficou sabendo? Cartas foram enviadas a todos os reinos.

— Como eu disse antes, senhor, Primavera tem estado um pouco... isolada dos outros reinos. — Eldy olha além de mim, e alguma coisa muda em sua expressão. Ele abre a boca e deixa escapar uma exclamação de surpresa. — É você mesmo!

Astrid e Marigold se aproximam de nós. Astrid morde o lábio e olha rapidamente do mordomo-chefe para Marigold. No entanto, Marigold cruza os braços, projeta um lado do quadril e olha para Eldy de um jeito que causaria medo até nas feras dos príncipes.

— Continua linda como sempre, Lady Marigold — Eldy sussurra, baixando os olhos de repente.

— Pode parar — ela se irrita. — Não estou aqui para ouvir essa ladainha. Vim fazer o meu trabalho. — Ela o encara novamente com firmeza. — Algo que você tem dificuldade para fazer.

— Eu... Nunca! — Eldy protesta, mas Marigold já passou por ele rebolando a caminho da fortaleza. Ezryn bate no ombro do mordomo e a segue.

— Vai ter que me explicar o que foi isso — cochicho para Astrid enquanto seguimos o príncipe.

— Você dispõe de uns três anos para ouvir?

Mas não temos tempo para os detalhes, porque já nos aproximamos da porta que leva ao interior da cavernosa Fortaleza Jardim do Martelo. Nunca me senti tão pequena em toda a minha vida: as montanhas colossais são muito altas, e a fortaleza foi construída diretamente na superfície rochosa. Ela se mistura de maneira quase homogênea com os contornos naturais da cordilheira, criando a impressão de que brotou da terra.

É estranho: o imponente trabalho em pedra da Fortaleza Jardim do Martelo e os jardins delicados que salpicam o terreno dos dois lados dela, transbordando flores de todas as cores. Há força e fragilidade ao mesmo tempo; poder e paz.

Guardas inclinam a cabeça quando entramos no edifício, um sinal de grande reverência a Ezryn. Ele anda confiante, e o homem que disputava partidas de jogos de tabuleiro com Caspian, roubava muffins de chocolate ou que um dia cuidou do meu braço com tanta ternura parece muito distante.

— Por alguma razão, esse lugar sempre me causou arrepios — Astrid cochicha quando atravessamos o salão imenso. — É como se eu não conseguisse dizer se estou do lado de dentro ou de fora.

Eu meio que entendo o que ela quer dizer. As paredes são a pedra bruta de uma caverna, com musgo e até água escorrendo por elas. E, no entanto, o ambiente é decorado com requinte. Um tapete verde-escuro reveste o caminho por onde andamos e os guardas vestem armaduras brilhantes.

Uma voz alta e conhecida ecoa pelo espaço.

— Eu *já* disse que não preciso marcar hora. Se não me deixar entrar para falar com Ez imediatamente…

— Você se refere à Sua Alteza, o Alto Príncipe Ezryn?

Viramos ao final de um corredor e nos deparamos com um Dayton muito vermelho, brigando com um guarda do lado de fora de uma grande porta dupla de madeira.

— Você sabe de quem estou falando — Dayton responde, ameaçador. — Agora, eu vou te meter a porrada se não me deixar encontrar Ez no próximo…

— Alto Príncipe Ezryn! — o guarda exclama, empertigando-se de repente.

— Foi o que eu disse — suspira Dayton.

Ezryn para atrás dele e cruza os braços. Por que tenho a sensação de que ele ergueu uma sobrancelha e está sorrindo embaixo daquele capacete?

— Obrigado pela vigilância. Porém, este é o Alto Príncipe Daytonales do Verão. Deve ser tratado com o mesmo respeito que é dispensado a mim.

— Ah, Ez! — Dayton passa um braço em torno dos ombros dele. — Que disciplina rígida vocês têm por aqui. Parecia que eu era Kel, a julgar pelo modo como esses caras me trataram.

Outro reino com atribulações referentes a Kel?

— Peço desculpas, Alto Príncipe — diz o guarda, abaixando a cabeça. — Eu só estava seguindo o protocolo estabelecido pelo regente…

— O regente está acamado — Ezryn praticamente grunhe. — A pessoa sentada naquele trono é um usurpador.

E, então, Ezryn abre as portas e entra na sala do trono que é seu.

18

Dayton

É claro.

O usurpador que Ezryn mencionou só podia ser aquele pedaço de merda do Kairyn. Rosa, o mordomo-chefe, Eldy, Marigold, Astrid e eu entramos repentinamente no Salão Primaveril, logo atrás de Ezryn, como se fôssemos o seu exército pessoal. Droga, este lugar nunca foi muito animado, mas agora parece uma funerária. Uma sensação de desesperança me envolve assim que passo pelas portas.

Mas isso não é surpreendente, na verdade. Kairyn sempre me deixou desconfortável, mesmo quando era só o irmão mais novo de Ezryn e nos seguia para todos os lugares. Agora, ele está sentado no trono como um tirano, com as pernas abertas e as mãos fechadas. Há um bando de pessoas esquisitas perto dele, criaturas vestidas com longos robes brancos e dourados.

Acólitos Dourados, percebo. *O que estão fazendo aqui?* Embora o Mosteiro da Terra da Rainha opere perto de Florendel, nunca se envolvera no governo de Primavera.

Uma das acólitas atrai o meu olhar, uma mulher feérica de cabelo escuro e curto, e impressionantes olhos azuis. Ela olha diretamente para mim. Um sorriso suave se desenha em seus lábios. Desvio o olhar. Alguma coisa nos discípulos sempre me apavorou.

Dois cavaleiros em pé, um de cada lado do trono, chamam a minha atenção. A posição estabelece que são guardas reais, mas estão de capacete, como a família real do Reino da Primavera. Suas armaduras são obviamente bélicas, à diferença do habitual estilo cerimonial que é a tradição. Uma delas é cor de âmbar e brilhante; a outra, de um azul-turquesa profundo.

Ezryn para diante do trono. Sua voz é firme, mas alta.

— Todos, exceto meu irmão: para fora. *Agora.*

Imediatamente, os funcionários começam a se retirar pela porta dos fundos, mas os acólitos continuam onde estão. Kairyn não fala nada, só inclina a cabeça de um jeito que denota deboche e desafio ao mesmo tempo. Ao longo dos anos, muitas vezes quis socá-lo dentro daquele horrível capacete de coruja. E tenho a sensação de que agora eu talvez tenha essa chance.

Mas me mantenho em segundo plano; deixo Ezryn controlar a situação. Como os acólitos continuam imóveis, a voz de Ezryn se torna mais grave.

— Eu falei todo mundo.

— Venha. — Rosalina me puxa pela manga. — Todo mundo inclui a gente.

Olho para o nosso pessoal.

— Rosa, acredite em mim. Ez pode precisar de nós.

— Devemos obedecer à vontade de Sua Alteza — diz Eldy, tão sério quanto me lembro dele. — Vamos, vamos. Podemos esperá-lo do lado de fora.

Vai abandonar o príncipe de novo, Eldor? — Marigold dispara. — Venham comigo. — Ela acena para nós e nos conduz à saída no fundo da sala do trono. Assim que saímos, ela me puxa pelo braço e me leva até a parede.

Uma expressão preocupada surge no rosto de Eldy.

— Marigold! Isso é altamente reprovável!

— Tanto quanto permitir que aquele príncipe banido se autodeclare o regente. Cuido de Ezryn e Kairyn desde que eles eram meninos. Não vou parar agora. — Seus olhos brilham como chamas quando ela bate na parede de um jeito específico. De repente, um pedaço de pedra cospe uma maçaneta.

Ela abre a porta camuflada e nos leva para dentro. Agora, estamos os cinco espremidos em um cômodo que não é maior do que um closet. Mas…

A parede do outro lado cintila com uma luz translúcida. Um feitiço nos permite ver e ouvir o que acontece na sala do trono. E há um alçapão de madeira no chão.

— Aonde isso vai dar? — pergunto.

— É uma rota de fuga do castelo. Este espaço deve ser usado apenas pela família real em situações de emergência — Eldy cochicha.

— Esta *é* uma situação de emergência — Marigold resmunga de volta. — Quem sabe o que aquele garoto maluco vai fazer com Ezryn? Talvez precisemos usar força bruta contra ele. — Ela segura o meu bíceps, prolongando o toque por um momento. Flexiono o músculo e Marigold agradece com uma piscadela.

Rosalina parece nem ouvir o que dizemos. Ela se aproximou da parede cintilante e está deslizando os dedos pela linha luminosa.

— Kairyn é perigoso?

Eldy, Marigold e eu nos entreolhamos.

— Não exatamente perigoso — murmuro —, mas imprevisível.

— Vou pedir pela última vez. — A voz de Ezryn atravessa a parede encantada. Estamos posicionados de um lado do trono, Ezryn está imóvel. — Todos, exceto o meu irmão: *para fora.*

Uma voz feminina ressoa:

— Com todo o respeito, Alto Príncipe, somos os Acólitos Dourados. Só respondemos à Rainha e, na ausência dela, aos Altos Sacerdotes. O Príncipe Kairyn é um deles; você não.

Foi a feérica de olhos azuis quem falou.

A única reação de Ezryn é uma leve inclinação da cabeça.

— Pois bem. Que os seus seguidores escutem, então, irmão. Você pode ter se autonomeado Alto Sacerdote, mas não exerce nenhum domínio sobre o meu reino. Você não é o regente. Saia do meu trono e volte para o mosteiro. Seu banimento não foi anulado.

Kairyn se levanta do trono com um movimento violento. Sete reinos, como ele cresceu desde a última vez que o vi! Sua sombra cobre Ezryn de escuridão.

— Não pode fazer isso. Eu salvei Primavera! Mereço ser o regente!

Por um segundo, penso que Ezryn vai gritar de volta. Mas ele fica quieto.

— Thalionor é o regente. Até que ele se recupere e eu não indique um novo regente, reassumirei o comando de Primavera. Volte para o Mosteiro da Terra da Rainha ou terei de providenciar uma escolta para levá-lo de volta. — Sua voz se torna um sussurro contrariado. — Não me teste, irmão.

Kairyn não se mexe. Sua respiração ofegante reverbera dentro do capacete.

— Eu repeli os ataques dos goblins. Livrei o Mosteiro da Terra da Rainha da corrupção. Trouxe paz a Primavera!

Ezryn dá um passo em sua direção.

— Quem avalia isso sou eu!

— Como se atreve a duvidar de mim? — Kairyn berra. — Eu trouxe ordem a Primavera! Você só trouxe morte!

Respiro fundo e percebo que o meu coração está disparado. Imagens desfilam em minha cabeça: eu em pé ao lado de meu irmão Dâmocles no Salão Primaveril. Ao lado dele, a Alta Princesa Niamh; ao lado dela, o Alto Príncipe Erivor do Inverno. Ezryn, recém-coroado, sentado no trono. Kairyn furioso ao lado dele.

— Cuidado, Ez — murmuro.

Rosalina cola o corpo à parede luminosa e arregala os olhos castanhos.

— Por que ele disse isso? "Você só trouxe morte".

Kairyn desce a escada do trono e anda ao redor de Ezryn. Sua capa preta farfalha como as asas de um corvo.

— Voltou para Primavera achando que o seu lugar é aqui, pensando que todos devem se curvar e beijar os pés do filho preferido, como sempre fizeram. Mas as coisas mudaram, irmão. Eu mudei.

— Não faça isso, Kairyn — Ezryn retruca em voz baixa.

Eldy alisa os pelos da barba.

— Não, não, não. A última vez que eles se enfrentaram desse jeito...

Marigold fecha os olhos.

— Kairyn evocou o Rito.

As palavras trazem de volta as lembranças.

Primavera sempre manteve em sigilo os detalhes de suas cerimônias, mas os Altos Governantes foram convidados para a coroação de Ezryn. Na época, meu irmão era Alto Príncipe.

Dâmocles, como sempre fazia, escolheu a mim para ser o seu guarda de honra.

Eu já conhecia bem Ezryn àquela altura, mas o feérico sentado no trono era quase irreconhecível. Ele vestia uma armadura prateada brilhante, além de ostentar a coroa e uma capa de flores silvestres.

E, apesar de não poder ver o seu rosto, pude sentir a sua disposição.

Escuridão. Como sombras que eu não podia ver, um vento que eu não podia ouvir. Uma calamidade invisível lutando dentro de todo aquele aço.

Disse a mim mesmo que era a dor do luto, algo que eu pouco conhecia naquele tempo.

Porque, imediatamente antes da coroação de Ezryn, houve outra cerimônia.

O funeral de sua mãe, a Alta Princesa Isidora.

— O que é o Rito? — sussurra Rosalina, olhando para nós.

Respiro fundo.

— Uma prática antiga no Reino da Primavera que determina que qualquer um pode desafiar o Alto Governante pelo trono. É uma batalha que envolve combate físico e magia, e o vencedor é agraciado com a Bênção da Primavera e a coroa... além da vida e da honra do perdedor, normalmente.

Rosalina sufoca um gritinho e Astrid a segura pelas mãos.

Eldy balança a cabeça com tristeza.

— Não seria a primeira vez que Kairyn faria uma tentativa.

A voz de Ezryn ecoa na sala do trono:

— Desista.

— Você me mandou para apodrecer no mosteiro — diz Kairyn — porque eu conheço a verdade. Sei o que fez com ela!

— *Desista.* — Ezryn permanece imóvel.

Caramba, como ele consegue se manter tão impassível? Se eu estivesse no lugar dele, teria sentado a mão nesse idiota há muito tempo, mas Ezryn parece uma fortaleza impenetrável, parado ali enquanto Kairyn anda em torno dele.

— O que aconteceu na última vez? — pergunta Rosalina.

Fecho os olhos, e as imagens desfilam na minha cabeça. Ezryn percebeu que eu estava lá? Eu não era nada, não era Alto Príncipe, só acompanhava Dâmocles.

— Foi durante a coroação de Ez, décadas atrás. Rosa, a mãe dele... Ela morreu na passagem de sua Bênção para Ez.

— É perigoso um ser vivo transferir a Bênção para outro — diz Eldy. — Os reinos celebraram quando a transferência de Niamh para o Alto Príncipe Farron transcorreu tranquilamente.

O olhar de Rosalina para Ezryn é intenso.

— Ele nunca fala da mãe. Talvez se sinta responsável.

— Não deveria. Isidora sabia o que estava fazendo. Ela foi a mulher mais brilhante e corajosa que alguém poderia ter conhecido. — Lágrimas lavam o rosto de Marigold, e ela as enxuga rapidamente.

Passo um braço em torno dos ombros de Marigold e a puxo para mim em um meio abraço. Sei que ela serviu à Princesa Isidora diretamente.

— Você conhece Ez, Rosa, sabe como ele é. Mesmo que não se culpe... — Ela olha para Kairyn. — O irmão o culpa.

— Olhe para você, Alto Príncipe — Kairyn continua com um tom atormentado. — Alto Príncipe de quê? De um reino que você abandonou? De um pai que deixou viúvo? Deveria estar de joelhos, implorando para que eu livre o reino de suas mãos!

Ezryn levanta o queixo.

— Está na hora de ir embora, Kairyn.

A voz de Kairyn lembra o sibilo de uma serpente.

— Você fica aí parecendo tão confiante, tão firme. Acha que pode enganá-los como enganou o restante dos funcionários. — Ele aponta para os seus acólitos. — Mas não pode me enganar. Eu a vejo em você. A *fúria*. Quer me matar, não é, irmão?

— Se eu quisesse — Ezryn responde tão baixo que mal consigo ouvi-lo —, você já estaria morto.

Kairyn joga o capacete para trás e gargalha.

— E aí está! Meu irmão, no fundo, uma fera.

Ezryn se põe à frente de Kairyn, interrompendo a sua caminhada incessante.

— Do que foi que me chamou?

— Não tenho medo de feras. Nomeie-me regente. Deixe-me mostrar a você o verdadeiro potencial de Primavera.

— Um regente digno do posto não deixaria o aço de Primavera parar nas mãos do inimigo — Ezryn grunhe.

Kairyn fica quieto, depois olha rapidamente para trás, para os acólitos.

— Não... não sei do que está falando. Mas vou continuar eliminando todas as ameaças aos nossos recursos. Nomeie-me regente e vai ver Primavera voltar à glória!

Rosa vira-se para trás e encontra o meu olhar. Vejo o medo em seus olhos.

— O que aconteceu na coroação, Day?

Respiro fundo.

— Kairyn acusou Ezryn de matar Isidora e depois invocou o Rito, desafiando-o pelo trono.

Naquele momento, pensei que Ezryn poderia ceder. Havia uma tristeza muito grande dentro dele, uma desesperança mais opressora do que qualquer outra coisa que eu já tivesse visto.

— Ezryn considerou a hipótese de simplesmente abdicar do trono em favor do irmão, mas o pai de Kel, o Alto Príncipe Erivor, disse a ele que Kairyn era inadequado para receber a Bênção da Primavera. E, assim, Ezryn escolheu lutar.

— Ezryn o derrotou com facilidade — Marigold continua a história. — Como é costume na família real, Ezryn tinha o direito de remover o capacete de Kairyn pela insolência.

— Remover... — Rosa sussurra.

— Essa é a punição mais vergonhosa e desonrosa que se pode imaginar para um membro da família real de Primavera. — A voz de Eldy treme. — Um destino ainda pior do que a morte.

— Mas Kairyn ainda usa o capacete — Rosa comenta.

— Ezryn não pôde fazê-lo, nem mesmo com o homem que o havia acusado de matar a própria mãe — revelo. — Em vez disso, ele o baniu e o condenou a viver em serviço no mosteiro.

Eldy assente.

— Um ato de grande misericórdia.

Rosa olha para a parede luminosa e os seus lábios tremem.

— Mas, se Kairyn desafiar Ez, invocando o Rito, e derrotá-lo...

Diante de nós, Ezryn dá as costas para Kairyn e começa a subir as escadas para o trono.

— Você *nunca* será o meu regente.

Kairyn uiva de raiva. Uma das acólitas avança sobre ele: a mulher de olhos azuis que havia falado pouco antes.

— Senhor, não!

Ele a empurra para longe e grita:

— Eu o desafio e invoco o...

Antes que possa concluir o que ia dizer, Ezryn se vira e avança sobre o irmão. Demonstrando uma força implacável, ele ergue Kairyn e o atira de costas no chão. Em seguida, com a mesma rapidez de movimentos, saca a sua espada, Foice do Vento, e a pressiona contra o pescoço de Kairyn.

— *Não* me desafie — ele rosna, e sua voz é mais de lobo que de homem. — *Nunca mais* me desafie de novo.

Um silêncio absoluto domina a sala do trono. Em nosso espaço apertado, ninguém respira.

Ezryn endireita o corpo e embainha a espada. Kairyn continua no chão. A passos cambaleantes, Ezryn sobe as escadas para sentar-se no trono.

— Você vai voltar para o mosteiro e aguardar a minha decisão sobre o encerramento do seu banimento. Permanecerei no Reino da Primavera até o meu pai se recuperar. — Ele olha para os acólitos e aponta para Kairyn, caído no chão. — Se alguém tem algum problema com isso, pode resolvê-lo junto com o seu Alto Sacerdote aí.

PARTE 2

LEMBRANÇAS CONSAGRADAS

19

Caspian

Muito. Muito vento.

Precisa mesmo ventar tanto? Sei que estamos no alto de uma montanha — e, sim, é um dos picos mais altos em todo o Vale; não há nada acima além do céu, das estrelas e do Superior —, mas nunca vou conseguir desenroscar o meu cabelo da ponta das orelhas.

Talvez eu não estivesse tão incomodado se esse maldito mosteiro não fosse tão sinistro. As gravuras entalhadas nas paredes retratam a Rainha de maneira macabra, com olhar de peixe morto, e as janelas abertas por todos os lados — para que se fique mais próximo do Superior — fazem com que qualquer tocha seja instantaneamente apagada. Só a lua e as estrelas iluminam o espaço.

Ela acharia esse lugar lúgubre, penso.

Eu me sento em um parapeito estreito de pedra, com uma perna pendurada do lado de fora. A vista lá embaixo é fascinante e vertiginosa ao mesmo tempo. O rio correndo encosta abaixo cintila ao luar. Lá longe, Florendel é iluminada pelo brilho trêmulo de lâmpadas, fogueiras e feitiços luminosos.

Rosalina está lá. Ela não tem ideia do perigo a que se expuseram...

Para o bem ou para o mal, não tenho tempo para ficar sozinho com os meus pensamentos. A massa de tecido preto e armadura brilhante diante de mim emite outro rugido enquanto bate com a mão na parede de pedra. Kairyn arfa como uma fera sonolenta.

— Comportar-se como uma criança não vai ajudar nenhum de nós — minha irmã o censura. Ela cruza os braços, e sua armadura fina e incrustada de pedras preciosas é a única cor aqui em cima, sob a escuridão. — Sabíamos que Ezryn voltaria ao Reino da Primavera mais cedo ou mais tarde.

— Depois de tudo o que fiz pelo meu reino — Kairyn comenta com voz rouca —, e ele me tira do trono como se eu fosse um ladrão qualquer.

E agora está decidindo qual vai ser a minha punição? Eu salvei Primavera e ele se recusa a enxergar!

Finjo examinar as unhas, como se não tivesse o menor interesse nessa conversa. Sinceramente, não tenho. Não foi surpresa nenhuma Ezryn se opor à manutenção de Kairyn como um regente que o Alto Príncipe não havia nomeado. Também não é nenhuma surpresa Kairyn estar a ponto de explodir, estufando o peito como um idiota. Ele alterna entre beijar o chão que Ezryn pisa e amaldiçoar cada segundo da vida do irmão desde muito antes de nos conhecermos.

Mas a presença insistente de Rouxinol ao redor dele... Isso é interessante. A mão dela em seu braço. O jeito como ela encara o espaço escuro e vazio do visor do capacete, até ele retribuir o olhar. O fato de ela não estar usando a máscara habitual, aquela que esconde o seu rosto quase completamente, com exceção dos olhos cor de safira. Seu cabelo dança ao vento, a boca expressa contrariedade.

Ela é uma coisinha linda. Linda e mortal.

Kairyn não tem a menor ideia de onde está se metendo.

— Ele não me vê como igual — Kairyn fala devagar, embora tenha se acalmado um pouco com o toque da mão de Rouxinol.

— Ele o vê como uma ameaça — ela diz —, uma impressão que temos que corrigir rapidamente. Seu irmão precisa confiar em você. Foi bobagem desafiá-lo enquanto ele ainda é o detentor da Bênção da Primavera.

Kairyn se afasta dela.

— Sou capaz de enfrentá-lo!

— E se vencer a batalha? Será capaz de enfiar a faca no coração dele? De arrancar o capacete de sua cabeça? Ou ainda continua feliz por viver à sombra dele?

Kairyn não fala nada.

Desço do parapeito e me aproximo dos dois.

— Sira pediu um relatório. O que devo dizer a ela? Menciono as crises de birra, as discussões de relacionamento?

Kairyn ensaia um rosnado que fica preso na garganta e ameaça avançar em minha direção, mas Rouxinol o segura pelo braço.

— Ei, ei, Kairyn. Meu irmão nunca foi um homem paciente. O que criei aqui em Primavera foi uma coisa bonita, nada parecido com aquele ridículo ataque de goblins que você organizou no Outono. Aparentemente, Outono agora está prosperando, irmão. Mamãe não ficou muito feliz com isso, ficou?

Minhas costas e pernas latejam quando penso no castigo que recebi por não ter dominado Outono, mas mantenho um sorriso colado no rosto.

Kairyn cambaleia até a porta e a abre com um gesto violento.

— Precisa entregar um relatório? Diga a Sira que em breve as cinco armas divinas estarão sob o meu controle.

Rouxinol e eu nos entreolhamos. Ela põe a máscara e seguimos o Príncipe da Primavera até o corredor.

A voz de Kairyn reverbera entre as paredes enquanto o seguimos.

— Sei do que te chamam, Caspian. Traidor. Desleal. Por isso, esse pode ser um assunto complicado para você, mas o que cultivamos aqui tem nome: lealdade.

Um músculo se contrai em minha mandíbula. Não acredito que estou sendo insultado por esse pedaço de lixo metálico ambulante. Mas deixo que ele continue. Por que interromper alguém que, provavelmente, vai revelar a própria fraqueza?

— Observe o acerto de contas do Vale. — Kairyn para diante de uma grande arcada com a janela aberta. Paro ao lado dele e olho para o pátio de pedras lá embaixo.

Centenas de soldados treinam com suas lanças de aço, movendo-se em sincronia quase perfeita. Todos usam armaduras idênticas, nos mesmos tons de dourado e prateado, gravadas com símbolos celestiais: sóis, estrelas e luas crescentes.

Ergo uma sobrancelha.

— Não sei se já se esqueceu, meu caro Kairyn, mas não passei a minha vida inteira no Inferior. Na verdade, viajei de Florendel até o mosteiro escoltado pelo seu próprio irmão várias décadas atrás. Já vi o Exército da Rainha treinando em outras ocasiões.

E é tão hipnotizante agora quanto foi na primeira vez. O mosteiro não é apenas o lar de acólitos estranhos, que ainda reverenciam uma Rainha perdida há muito tempo e adoram o céu como se ele ainda abrigasse o Superior; o lugar também acolhe uma antiga união de guerreiros altamente treinados, oriundos de todos os reinos. O Exército da Rainha foi formado séculos atrás e, desde então, é composto de soldados de elite que só atendem ao comando da Rainha. A dedicação desses guerreiros é inigualável.

E isso é ridículo, se quer saber a minha opinião.

Eles dedicam a vida ao treinamento, enquanto esperam pelo dia em que a Rainha os convocará, a despeito de ela ter desaparecido do Vale há mais de quinhentos anos. São como cachorros abandonados que ficam esperando pelo dono que nunca mais voltará.

Kairyn bufa e uma nuvem de ar escapa por baixo do capacete. Não devia me incomodar, mas me pego alongando as costas e ficando na ponta dos pés para me aproximar de sua estatura. Pelos deuses, ele parece um gigante.

— Por que está bufando para mim? — disparo. — Quer me enganar e induzir Sira a pensar que você comanda um exército? Eles não servem a reino algum, somente à Rainha...

Kairyn ergue um punho cerrado. O barulho das lanças cessa. Todos os soldados se viram e olham para cima em um movimento uniforme.

Meu coração pulsando mais forte é o único som ali.

— Salve, grandes guerreiros! — Kairyn grita.

— Salve! — responde o exército, centenas de vozes unidas em uma só.

Rouxinol se aproxima de mim. Não consigo ver a sua boca, mas enxergo em seus olhos: a reverência, a admiração faminta.

A voz de Kairyn é um eco rouco.

— A quem vocês servem?

— Alto Sacerdote Kairyn — eles respondem.

— Não é possível... — Recuo da arcada. — Esse exército passou séculos esperando pelo retorno da Rainha Aurélia.

— Assim como o restante do Vale, eles não podem mais esperar. É possível que tenhamos perdido uma ou duas legiões no levante, soldados que não conseguiram enxergar a verdadeira causa. Pois que corram os reinos procurando por uma Rainha que nunca vai responder. — Kairyn se vira com um movimento teatral da capa e marcha pelo corredor. — Quando meu irmão me mandou para o mosteiro, eu sabia que poderia apodrecer ou crescer. Como quem livra a árvore moribunda das trepadeiras que a estrangulam, era meu dever despertar a mente daqueles que estavam cegos pela corrupção.

Rouxinol segura o meu braço e cochicha em meu ouvido:

— Você duvida dele, meu irmão, mas espere para ver. Ele é um grande líder. Conquistou a confiança dos soldados e dos acólitos não por causa de seu sangue, mas apesar dele. Eles o servem porque sabem que Kairyn os conduz ao caminho para a glória.

Puxo o braço para me libertar.

— Não sabia que jogar idosos do alto de prédios era um caminho para a glória.

Ela estala a língua.

— Não finja que chora pelos Altos Sacerdotes. Eles ignoravam as dificuldades dos povoados e tratavam o povo como sua propriedade. Você não teria agido diferente de Kairyn.

Talvez seja isso que me incomoda. Ela está certa.

Ele *repeliu* os ataques de goblins contra os povoados da montanha. Considero os nossos próprios goblins no Inferior verdadeiramente terríveis, mas os que vagam pelo Vale e atacam os feéricos, os que não seguem as ordens de Sira... Bem, esses não são menos do que bárbaros.

Eu a puxo, e continuamos seguindo o jovem Príncipe da Primavera.

— O que prometeu a ele, Passarinho? Ele já tem uma posição de poder no mosteiro. Se controlar o temperamento difícil, é provável que aquele idiota de lata do Ezryn faça dele o regente, afinal das contas. Então, por que ele vai te dar um exército?

— Esse exército não é para mim — ela retruca. — Tenho os meus Cavaleiros do Medo, e eles me seguirão até o fim dos reinos. Não, o Exército da Rainha é para uma coisa muito maior.

— Qual é o intuito de Kairyn? Por que ele está jogando tudo fora por... Sira?

Rouxinol pisca algumas vezes, um sinal de confusão.

— Jogando fora? Escute o que está dizendo. Se tivesse passado mais tempo com nossa mãe e menos tempo espionando aqueles seus amados príncipes...

— Passarinho... — advirto.

Ela balança a cabeça.

— Kairyn entende uma coisa que você não vê. O mundo não foi feito para pessoas como nós. Temos que lutar por cada migalha. Não importa o que ele faça, Ezryn jamais o respeitará. Primavera nunca o verá como mais do que o irmão banido.

— Ah. — Coço o queixo. — Já que ele não consegue conquistar o amor do irmão, vai despertar o seu ódio, então.

Os olhos de Rouxinol se desviam dos meus.

— Qualquer coisa é melhor do que coisa nenhuma.

Um som metálico ecoa na nossa frente. Kairyn abre uma enorme porta de metal que leva a uma escada.

Meu peito queima enquanto subo. Não imaginava que poderíamos chegar ainda mais alto. Limpo rapidamente uma gota de muco preto do meu nariz. É melhor concluir esse relatório o quanto antes.

Entramos em uma sala circular por uma porta no alto da escada.

— Quem são essas criaturas adoráveis? — Levanto uma sobrancelha.

Há duas pessoas vestidas com armaduras no centro da sala: uma delas, de acabamento brilhante de bronze; a outra, azul-turquesa. Na placa que protege o peito, identifico a mesma flor que Passarinho e Kairyn usam.

— Esse é o começo do meu Pentaconclave, uma nova ordem dos Altos Sacerdotes — responde Kairyn.

— Não me lembro de os Altos Sacerdotes usarem capacetes de aço Primavera.

Kairyn se aproxima de um deles e acaricia o metal brilhante quase com ternura.

— Forjei esses capacetes com minhas próprias mãos. Eles não são Altos Sacerdotes, são minha guarda real.

Rouxinol crava em mim os olhos brilhantes, quase como se tivesse acabado de me mostrar que o seu novo cachorrinho sabe deitar e rolar.

Há cinco pedestais altos atrás do conclave. Sobre quase todos, exceto um, há uma arma grande: uma lança, um tridente, um martelo e um brilhante arco de ouro rosa.

Examino os dois guerreiros, ambos imóveis, exceto pela respiração um pouco pesada.

— Então, escolheu esses pobres coitados para empunhar armas divinas.

Kairyn acena com a cabeça na direção do guerreiro que usa a armadura de bronze.

— Shenzo maneja a Lança de Coragem do Outono. — Depois, aponta para a armadura azul-turquesa. — Pike empunha o Tridente de Honra do Verão.

Eu me aproximo do enorme martelo esculpido com maestria, um objeto de beleza e poder.

— E você, é claro, escolheu o Martelo de Esperança da Primavera?

— Ninguém vai manejar a relíquia divina da Primavera além de mim — ele grunhe.

Minha voz ganha uma nota mais profunda.

— Então, sabe que sentenciou os seus homens e a si mesmo à morte?

Antes que Kairyn possa responder, estou em cima dele, segurando os seus punhos e retirando as suas grandes luvas de couro. Veias escuras marcam a sua pele, correndo da ponta dos dedos até o pulso e depois por baixo da armadura. Uma risadinha de escárnio escapa de mim.

— Eu sabia. A corrupção já se instalou.

Kairyn puxa as mãos.

— Idiotas! — grito. Olho para minha irmã adotiva e caminho até ela como um animal cercando a presa. — E você! Como pôde ser idiota a ponto de permitir que ele fizesse isso?

Rouxinol recua.

— Eu pensei...

Seguro um braço de Kairyn novamente, apontando para as linhas de podridão que correm por sua mão.

— Essas armas foram encantadas pela Rainha. Não podem ser manejadas por ninguém que não possua o seu símbolo.

Quando Rouxinol me encara confusa, bato no peito.

— Os colares dos Altos Príncipes, seus idiotas! Quanto mais usam essas armas sem que possuam um dos colares, mais a podridão se espalha em vocês.

Kairyn se dobra e, de alguma forma, o seu olhar atravessa o capacete cerrado.

— Não sou nenhum idiota. Teremos os colares. O Alto Príncipe do Verão já está aqui. É só uma questão de tempo até os outros chegarem e termos todos sob controle.

Rouxinol bate com a mão aberta sobre o pedestal vazio.

— E você, Caspian, foi instruído a trazer a quinta arma! Onde está a Espada da Proteção?

É minha vez de revirar os olhos.

— Acha que Keldarion deixa a espada jogada embaixo da cama, desprotegida? Não é tão fácil. Ouvi dizer que nem os bichinhos novos de Perth conseguiram recuperá-la.

— Bom, dê um jeito. Você sabe que precisamos de todas elas, das cinco. — Ela olha para o arco de ouro rosa. Seus movimentos são tão leves que parece flutuar em direção à arma. — E precisamos encontrar alguém forte o bastante para usar a arma que a Rainha um dia empunhou. — Sua mão erguida paira no ar, quase tocando a corda brilhante.

— Pare! — Kairyn avança depressa, envolvendo Rouxinol com os braços e a puxando para trás.

— Eu consigo, Kai — ela protesta. — Quero tentar!

Cruzo os braços e olho para os dois com uma sobrancelha arqueada, notando os braços que ainda a envolvem.

— Expliquem o que significa isso.

Ela suspira.

— Sabemos sobre a corrupção, mas há algo diferente no Arco de Esplendor. Com as outras armas, a podridão se espalha lentamente, porém…

— O arco matou instantaneamente todos que o tocaram — Kairyn completa.

— Que pena — comento.

Kairyn solta Rouxinol e se aproxima de mim.

— Talvez o poderoso Príncipe dos Espinhos queira tentar.

— Ah, não, obrigado. Eu me esforço muito para manter essa complexão perfeita.

— Chega. — Minha irmã adotiva se coloca entre nós. — Kairyn, pode nos dar licença? Quero falar com meu irmão a sós.

Kairyn olha para mim, a testa da coruja no capacete eternamente franzida, como a dele próprio deve estar no momento. Depois, deixa a sala, seguido pelos dois membros obedientes de seu conclave.

Rouxinol faz uma pausa breve antes de começar a falar.

— Tenho tudo sob controle, Cas.

— É claro que tem, Passarinho. — Olho para a porta por onde Kairyn saiu. — Você é muito competente, não é?

— Do que está falando?

— Essa brincadeirinha que está fazendo com o jovem príncipe. Vi como ele correu para protegê-la do arco. Está comendo na sua mão.

Ela ri e cruza os braços.

— Ele não é tão mau. — Seu olhar fica mais suave. — Tem alguma coisa… encantadora nele.

— Ah, é? O quê? As tendências assassinas? As explosões de fúria? O hábito de *bater os pés*?

Passarinho passa por mim e se dirige à porta. Antes de sair, olha para trás com desdém.

— Ele entende o que sente um filho que não é amado.

20

Ezryn

É surpreendente que, mesmo em meio a tanta vida vibrante, o quarto de meu pai ainda tenha cheiro de morte. A cortina de trepadeiras em torno da cama, as paredes de pedra cobertas de musgo e os vasos com flores verdes e frescas não bastam para encobrir o peso no ar.

Uma acólita do mosteiro está sentada ao lado da cama, mergulhando um pano em uma bacia com água para fazer compressas nos pulsos de meu pai, a única pele exposta que ela tem permissão para ver.

— O prato e a caneca estavam vazios quando cheguei para o meu turno esta manhã — diz a acólita sem se virar. — Mas agora ele dorme profundamente.

— Quando ele deixou estes aposentos pela última vez? — pergunto.

— Há uma semana, senhor. Quando acorda, ele fala, mas suas palavras perderam o ritmo e a razão. Muitos curadores vieram vê-lo. Fisicamente, não há nada que o aflija. Receio que o espírito tenha se perdido.

Fico parado, sentindo a opressão no peito. Tem sido assim por algum tempo, mas nunca o vi nesse estado antes. Sim, ele definhava, mas sempre se manteve capaz de comandar a corte.

A acólita se levanta e enxuga as mãos no avental. Seu cabelo escuro e ondulado está preso para trás por uma gota-de-estrela, a mesma flor branca que Eldy usava no peito. Eu a reconheço da sala do trono.

Mas esse não foi o único lugar onde a vi antes.

— Qual é o seu nome, acólita?

— Wrenley, senhor.

— Wrenley. — Seguro-a pelo braço e a puxo para mim. — Eu a vi no Inferior. Por que estava lá?

Seus olhos azuis cintilam e ela tenta se soltar.

— Eu...

— Na festa do Príncipe dos Espinhos — insisto. Eu a agarrei acidentalmente pensando que fosse Rosalina. — Que assuntos tinha por lá?

A mulher endireita as costas, recupera a compostura e me encara diretamente, de um jeito que me lembra de Rosalina quando toma uma decisão.

— Alto Príncipe, eu realmente estava no Inferior. — Seus olhos azuis se enchem de lágrimas. — Infelizmente, às vezes é preciso que até uma serva da luz desça tão baixo. Exige que eu exponha a minha vergonha a seus olhos assim, de modo tão público?

A culpa me invade quando vejo uma lágrima escorrendo pelo seu rosto. Muitos feéricos viajam ao Inferior em busca do que não podem obter acima dele, por razões mais sinistras que outras. Se, no entanto, ela está cuidando de meu pai diretamente, preciso de respostas.

— Você é leal ao mosteiro?

— Sim — responde Wrenley. — E sou leal a Primavera. De fato, o Príncipe Kairyn se deixou guiar pelo coração em vez de usar a cabeça, se me permite a ousadia. Mas ele salvou muita gente na montanha. E, agora que o senhor retornou, acredito... acredito que isso possa ser suficiente para o Príncipe Thalionor recuperar as forças.

— Eu fico com ele. Está dispensada.

Ela assente, pega a bacia e as compressas, preparando-se para sair.

— Tenho certeza de que o regente vai ficar feliz com a sua presença no Reino da Primavera. O Príncipe Thalionor nunca mais foi o mesmo depois do que aconteceu com a Princesa Isidora. Uma tragédia ela não ter sobrevivido à transmissão da Bênção, uma experiência muito intensa.

— Saia — resmungo.

Ela inclina a cabeça e sai do quarto.

Sento-me na cadeira ao lado da cama e deixo escapar um suspiro. Minha cabeça dói e a fadiga castiga o meu corpo. Meu pai está deitado de costas, e o único som é o de sua respiração ruidosa dentro do capacete polido. Os pulsos nus parecem ressecados e enrugados. Mesmo essa pequena extensão de pele me dá a sensação de ser demais para olhar.

Porque nunca vi o rosto dele. Se meus pais tivessem interpretado o credo real de maneira diferente, eu poderia olhar para o seu rosto agora, cuidar dele e alimentá-lo com sopa morna.

Minha mãe, seu vínculo predestinado, era a única autorizada a vê-lo. Meus pais não eram predestinados como Rosalina e Farron; não havia entre eles esse amor que floresce como em um campo fértil. Mas eles eram unidos como malha de armadura. Lâmina e escudo, flecha e arco, bigorna e cinzel. Um não existia sem o outro.

Nunca vi os seus sorrisos nem as suas carrancas, nunca soube de que cor eram os seus olhos. Uma vez, quando eu era criança, lamentei que tivesse que ser assim e implorei para minha mãe remover o capacete. Eu ainda não usava o meu.

Usamos o capacete como um sinal de devoção a Primavera, minha mãe justificou. *Nosso maior amor deve ser entregue primeiro ao povo. Disso se tratam o dever e a honra da família real.*

Meus pais me mostravam o seu amor por meio da devoção ao nosso povo, ensinando-me os nossos costumes e a disciplina real.

Era um tipo de amor diferente daquele que eu via quando visitava a família de Keldarion no Reino do Inverno. Um amor que incluía passarmos longas noites ao lado de uma fogueira e deitados em tapetes, compartilhando velhas histórias e comida quente. Mas eu dava grande importância ao amor que recebia de meus pais.

E me senti imensamente honrado no dia em que atingi idade suficiente para usar o meu próprio capacete. Desde então, ninguém mais viu o meu rosto.

Mas e o meu amor pelo reino? Meu senso de dever? A Feiticeira também roubou isso tudo de mim?

Tentei ajudar de todas as maneiras que pude, protegendo a Sarça e patrulhando as fronteiras de Primavera.

Não foi o suficiente. Primavera está sofrendo.

E é minha culpa.

Pelo menos meu irmão teve coragem de fazer alguma coisa a respeito.

Abaixo o capacete até ele descansar sobre o de meu pai.

— Me diga o que fazer. — Minha voz treme. — Tenho que punir Kairyn. Devo prendê-lo? Executá-lo? Tirar o seu *capacete*?

A única resposta é a respiração ruidosa de meu pai.

Fecho os olhos.

— Como a nossa família se desfez desse jeito?

Mas eu sei qual é a resposta.

Fui eu quem a destruiu.

21

Rosalina

Acordo com uma batida suave na porta. Sento-me na cama, espreguiço-me digo:

— Já vou!

Dormi muito bem. Talvez por ter sido acomodada em um quarto da Fortaleza Jardim do Martelo que se parece muito com o meu quarto em casa. A decoração em tom pastel, as flores nos vasos e a cama de dossel poderiam ter saído da Ala Primaveril. A única coisa diferente são as paredes, feitas de pedras da montanha, não da casca da árvore de Castelárvore.

Pego um robe cor de creme no encosto da poltrona para cobrir a camisola fina. Apesar de nossa estranha recepção, Ezryn garantiu que Dayton, Astrid e eu fôssemos bem tratados, com boa comida e aposentos luxuosos. Sei que ele teve o cuidado de nos acomodar em espaços privados, onde ninguém nos encontraria durante a noite.

O rosto simpático de Eldy, o mordomo-chefe da fortaleza, sorri para mim quando abro a porta. O feérico de aparência envelhecida tem cabelos grisalhos que só se enrolam embaixo das orelhas e um cavanhaque com mechas brancas. Ele carrega uma bandeja cheia de pães e bolos, frutas e um bule com estampa floral.

— Bom dia, Lady Rosalina. Espero não a ter acordado. Quis lhe trazer o café enquanto ainda estava fresco.

— Você é muito gentil! Entre. — Abro a porta um pouco mais, então ouço um som ofegante, estrangulado.

No corredor, Marigold empurra um carrinho e olha para nós com uma expressão de traição.

— Desculpe, Eldor, mas Rosalina está sob os meus cuidados. Ela não vai beber esse suco aguado de folhas que você chama de *chá*.

Usando o carrinho como arma, ela empurra Eldy para longe da porta para poder entrar no quarto.

— Entre — convido, obediente.

— Esse *suco de folhas* é o melhor chá de lavanda que há no reino. A infusão está na temperatura exata para trazer à tona as notas florais. — Eldy empina o nariz e funga. — Duvido muito que Lady Rosalina prefira a água barrenta que você sempre serve.

Tudo bem, é cedo demais para isso.

O rosto de Marigold se tinge de um tom preocupante de vermelho.

— Pelo menos o meu chá tem gosto.

— Diferente de quem o prepara — Eldy retruca.

Felizmente, Astrid aparece na porta vestida com uma camisola branca e o cabelo branco todo despenteado. Com um gesto, eu a convido para entrar e nos sentamos na beirada da cama. Ela apoia a cabeça em meu ombro.

— Eu sabia que alguém cuidaria das suas necessidades, por isso nem me preocupei com o café da manhã — diz Astrid.

Sorrio.

— Devia usar esse período como férias. Com esses dois por perto, acho que vamos precisar.

Eldy e Marigold parecem ter se esquecido de que Astrid e eu estamos aqui. Estão a centímetros de distância; ela cutuca o peito dele com um dedo, ele a encara furioso.

— Pegue esses muffins duros e saia daqui! Rosalina já está muito bem atendida! — Marigold declara.

— O Príncipe Ezryn solicitou especificamente que eu garantisse que todas as necessidades de Rosalina fossem atendidas! Eu jamais poderia contrariar a vontade dele — responde Eldy.

— Ah, sim, você nunca poderia desapontar Sua Alteza, mas quanto a desapontar os outros…

— Você é a decepção…

Eu me levanto rapidamente e me coloco entre eles.

— Muito obrigada por terem trazido o café, vocês dois. Parece delicioso. E posso beber dois bules de chá sem problema nenhum! Mas sou mais do que capaz de me alimentar sozinha, e tenho certeza de que os dois têm coisas mais importantes para fazer do que me ver comer.

Marigold encara Eldy com os olhos um pouco apertados.

— Este lugar virou uma bagunça desde que estive aqui pela última vez. Seus funcionários andam em círculos, sem orientações, inutilmente! É hora de alguém pôr ordem na casa.

As palavras de Eldy saem por entre os dentes.

— Tenho feito o melhor que posso.

Astrid se joga na cama e cai deitada de costas.

— Eu vi o Príncipe Ezryn vagando pelos corredores quando vinha para cá. Ele dizia alguma coisa sobre precisar de uma xícara de café.

Marigold e Eldy se olham, depois praticamente correm para fora do quarto, tentando se empurrar para ver quem chega à porta primeiro.

Ouço as palavras deles:

— Seu café parece água de batata, mulher!

— Pelo menos não faz as pessoas *correrem* três dias seguidos depois de tomá-lo.

Quando eles se afastam o suficiente, fecho a porta e olho para Astrid com uma sobrancelha levantada.

— Acho que nunca vi Ez bebendo café.

— É... Bom, eles precisavam de alguma coisa com que se ocupar. — Seus olhos vermelhos brilham travessos.

Jogo um muffin para ela e sirvo chá em duas xícaras para nós, uma de cada bule.

— Então, qual é a história?

— Só testemunhei o final, mas, pelo que consegui deduzir, Marigold e Eldy tiveram uma história de amor muito quente quando serviram aqui no Reino da Primavera.

Arregalo os olhos.

— Um tórrido caso de amor?

— Foi o que Marigold me disse — Astrid se senta e bebe um gole generoso de uma das xícaras. — Marigold e Eldy foram convidados a continuar trabalhando para o Alto Príncipe Ezryn quando ele foi morar em Castelárvore. Eldy decidiu que não podia abandonar o Príncipe Thalionor depois da morte da Princesa Isidora, mas Marigold quis ficar perto de Ezryn.

— E a distância os separou?

A luz do sol entra por uma janela aberta na rocha, fazendo o cabelo de Astrid brilhar.

— Pelo contrário. Naquele momento, o caminho entre Primavera e Castelárvore era aberto e o amor entre eles só cresceu. Na verdade, Marigold pensava que logo eles se casariam.

— Não! — Migalhas voam da minha boca cheia.

— Sim. Àquela altura, eu tinha chegado a Castelárvore, a serviço de Keldarion, por isso, posso afirmar com certeza: Marigold estava completamente apaixonada. Uma noite, ela saiu para passar um período de licença em Primavera, de onde eles partiriam juntos para uma viagem pelos reinos. O plano era encontrar Eldy aqui na Fortaleza Jardim do Martelo.

— Bom, e o que aconteceu?

Astrid balança a cabeça com tristeza.

— Ele não apareceu. Ela esperou, esperou e esperou, mas ele não estava em lugar nenhum.

— Arrependimento... — murmuro.

— Acho que sim. Mas aí é que está. Marigold voltou para Castelárvore naquela noite. — Astrid fecha os olhos. — Na mesma noite em que a Feiticeira apareceu e lançou a maldição sobre todos nós.

Meu peito fica apertado, a xícara de chá treme no pires.

— Se Eldy tivesse aparecido, ela não estaria em Castelárvore.

— E nunca teria sido amaldiçoada — Astrid confirma.

Eu me aproximo da janela, de onde olho para o pátio da fortaleza, coberto de pétalas de flor de cerejeira.

— Todos esses anos como guaxinim, ela provavelmente o culpou por isso.

— E ele deve se perguntar por que nunca mais a viu. — Astrid dá de ombros. — Seja como for, os dois têm o coração fechado um para o outro.

Apoio a cabeça na pedra fria. Essa maldição não destruiu apenas a vida dos príncipes, mas dos funcionários também. Se Ezryn encontrasse o seu amor predestinado, poderia libertar Marigold, e talvez ela pudesse recuperar a felicidade. A felicidade que ela merece.

Meus pensamentos se voltam para Ezryn e seu irmão. Lembrar como Kairyn falou com ele na sala de trono me causa arrepios. Ao voltar para casa, Ezryn encontrou o pai mortalmente enfermo, descobriu que seus recursos haviam sido roubados pelos goblins e que o irmão tramava um golpe para se tornar regente. Tudo isso adicionalmente à necessidade de encontrar o seu amor predestinado...

A luz emaranhada que vi no peito dele quando estávamos no Outono lampeja em minha cabeça. Queria poder sussurrar em seu coração e desembaraçar aqueles fios um a um.

Eu conseguiria, penso. *Sei que sim.*

Mas esses pensamentos são perigosos. Meu coração já parecia estar despedaçado ontem mesmo. *Ah, Rosalina, você é muito egoísta.*

— Tudo bem, Rosa? — pergunta Astrid.

Passo a mão na pele macia do meu pulso esquerdo.

— Sim, tudo bem. Mas preciso encontrar Ezryn.

22

Rosalina

Sigo o caminho sinuoso através dos salões cavernosos da Fortaleza Jardim do Martelo, contando portas e curvas até estar diante de uma bela porta de carvalho entalhado. Na noite anterior, Ez detalhara para mim e Dayton como localizar os seus aposentos, mas esse lugar é um labirinto, uma mistura de castelo, floresta e caverna.

Ah, mas tudo bem. Se esse for o quarto errado, qual é a pior coisa que pode acontecer?

Aquele terrível homem mascarado pode me receber, penso. Kairyn, irmão de Ezryn. Tudo nele me deixa nervosa. Antes de perder a coragem, bato na porta.

— Quem é?

O alívio me invade quando ouço a voz abafada de Ezryn.

— Rosalina.

Ele responde depois de um instante de silêncio.

— Entre.

Abro a porta devagar e entro. O quarto é impressionante, inundado pela luz que entra pelas enormes janelas voltadas para a cidade. Como em quase todos os lugares da fortaleza, as paredes são feitas da pedra natural da montanha, criando-se uma impressão de beleza bruta.

Meus olhos são atraídos para a cama imensa e envolta em tecidos muito finos. Os travesseiros parecem incrivelmente macios, e tenho a impressão de que a cama é grande demais para uma pessoa só. Por alguma razão, o leito perfeitamente arrumado me faz pensar em uma promessa não cumprida, um convite para amassar os lençóis e espalhar os travesseiros.

Respiro fundo e procuro por Ezryn. O barulho de água parece vir de perto da cama, e vejo o vapor escapando de trás de um painel de vidro fosco. Sinto a garganta se contrair. Atrás do vidro identifico a silhueta de um homem, um contorno criado por luz e sombras.

A água jorra de um buraco na parede e desce pela superfície rochosa. É como uma cachoeira interna, um chuveiro projetado pela própria natureza. E Ezryn está lá agora.

De repente, sinto a boca secar. Embora ele seja apenas uma silhueta escura, consigo ver as linhas firmes de seu corpo, normalmente escondido dentro da armadura. Os braços estão erguidos, os dedos massageiam os cabelos. Eu me lembro de quando pude tocar os cachos grossos, desejando me deliciar com o contato e, ao mesmo tempo, apavorada com a certeza de que aquilo era temporário.

Eu me aproximo. Ele se vira, porém o rosto é só uma sombra obscurecida. Mas juro que consigo identificar a linha do nariz e a curvatura dos lábios. Meus dedos se lembram de tudo, um toque fantasma.

Sem pensar, dou mais um passo. O painel de vidro é a única barreira entre mim e aquele sorriso misterioso que vislumbrei mentalmente. A única coisa entre mim e a pele dele...

Meus olhos descem. Ele agora está de costas para mim, e me censuro por pensar que, se ele se virasse...

— Estou terminando de me lavar — ele diz. — Saio em um momento.

— Ah! Hum, sim. Sem pressa. — O calor se espalha do meu peito até a ponta das orelhas, e recuo com passos tensos para me sentar na beirada da cama.

Uma sequência de sons abafados e o tilintar do metal atrás do vidro anunciam o momento em que Ezryn sai do reservado.

Ele usa um capacete que nunca vi antes; do mesmo estilo, mas prateado e brilhante como a luz das estrelas.

E tem uma toalha enrolada na cintura.

Só isso.

Cada terminação nervosa do meu corpo se desperta. Uma voz em minha cabeça grita para eu não agir como uma sem vergonha, mas o meu lado pervertido é muito forte, e eu o admiro completamente, desde a ponta das pernas longas até o topo do capacete.

Ele apoia um braço no painel de vidro, exibindo o peito definido e coberto de pelos escuros. A água escorre da pele morena, implorando para ser lambida. É possível ver o desenho dos músculos nos braços e no abdome.

Ele inclina o capacete, e o reflexo da luz no visor cria a impressão de que está estreitando os olhos.

— Então...

— Hum? — respondo. Só então percebo que a minha boca está entreaberta e os meus olhos quase saltam das órbitas. E sou eu quem apareceu no quarto dele. Seria bom falar alguma coisa.

É que, até então, eu só havia vislumbrado pequenas porções de sua pele: a linha do pulso entre a armadura e as luvas, a curva do pescoço embaixo do capacete. E esses pedacinhos eram como tesouros para se guardar com cuidado. Mas agora...

Agora ele se exibe como uma obra de arte. E só olhar jamais vai ser suficiente ou satisfatório.

— Precisava de mim? — ele insiste.

Sempre pensei que era a armadura que criava a impressão de imobilidade, mas, mesmo sem ela, ele praticamente não se mexe. O aceno sutil do capacete é todo o movimento que tenho para seguir adiante.

Abaixo a cabeça e olho para as minhas mãos, unidas sobre as pernas.

— Queria saber se está tudo bem. Ontem tudo aconteceu muito depressa.

Ele suspira.

— Pode ter sido tudo muito rápido para nós, mas tenho a sensação de que fazia muito tempo que as coisas ferviam em fogo baixo no Reino da Primavera. No fundo, eu sabia que a minha presença era necessária aqui. Só espero não ter chegado tarde demais.

— Vamos resolver tudo isso. Dayton e eu podemos começar a investigar o roubo do aço Primavera. E Kel e Farron devem chegar a qualquer momento. — Eu me levanto e percorro a distância entre nós. Sinto que é a coisa mais fácil do mundo. — Você não está sozinho, Ezryn.

Ele afasta uma mecha de cabelo do meu rosto.

— Eu nunca duvidei do seu coração corajoso, Pétala. Pode acreditar em mim.

Ponho a mão sobre a dele, retendo o calor de sua palma em meu rosto.

— Então, quais são as suas dúvidas? Está distante desde que voltamos do Outono. Quando não está na Sarça, fica treinando sozinho em seu quarto.

Sua outra mão toca o lado oposto do meu rosto.

— Você vê o bem em tudo. Mas, acredite, todas as decisões que tomei foram erradas. Até voltar a Primavera e assumir o trono... Quem sou eu para me declarar um líder superior a Kairyn? Agora, tenho que decidir o destino dele mais uma vez.

— Não acredito nisso. — Minhas unhas pressionam a sua pele. — Todas as decisões foram erradas? E quando escolheu ficar com Farron na batalha?

Ou salvar a vida de Dayton? E quando... — Minha voz é interrompida por uma risada e pela emoção. — E quando não me matou em cima da ponte, muitos meses atrás? E quanto a isto aqui? — Seguro a mão dele e a ponho sobre o meu pulso esquerdo, na pele que ele cicatrizou no Reino do Outono.

O capacete se move de um lado para o outro.

— Não foram escolhas. Eram as coisas certas a fazer.

— Tudo é escolha. — Minha mão toca o seu peito. Meu olhar é quente.

Ele fica em silêncio por um longo instante e ouço a sua respiração dentro do capacete.

— Rosalina, eu te avisei sobre as decisões que tomo.

— Diga-me — sussurro —, isso parece ser certo?

Porque, para mim, parece. É como se toda a ansiedade que senti desde que cheguei a Primavera e o vi enfrentando o irmão na sala do trono desaparecesse do meu corpo; como se este momento pudesse nos proteger do mundo, apesar de tudo que paira sobre o horizonte.

Outro momento de silêncio doloroso se passa, e os únicos sons no quarto são do meu coração batendo forte e da água correndo. Então, Ezryn me segura pela cintura e me empurra até as minhas costas encontrarem a parede úmida de vapor. Sua mão toca o meu queixo, e o olhar através do visor é penetrante.

— Não é exatamente isso, Pétala? Por que parece tão certo? Você já tem dois vínculos...

— Meus predestinados te *amam*. Eles te amam, Ezryn. Uma vez, pelo menos, pare de pensar nos outros. E me escolha.

Minhas palavras parecem eletrizá-lo. Um grunhido ressoa no interior do capacete e ele desliza as mãos pela curva da minha cintura até o quadril. Estamos muito perto da água que respinga do chuveiro e eu me afasto dele, andando de costas, prendendo-o com o olhar.

A água escorre pelo meu corpo, gruda o meu cabelo no rosto e encharca o vestido cor-de-rosa e fino que estou usando. Ezryn apoia as mãos entre a parede e o painel de vidro, prendendo-me entre os seus braços.

Deslizo as mãos pelo vestido colado às minhas curvas. O contorno dos seios é visível, e o visor do capacete está voltado para eles.

— Venha para a água comigo, Ezryn.

Ele vem.

Suas mãos arrancam o vestido molhado do meu corpo. A água cai sobre o capacete, produzindo um ruído metálico. Acaricio o seu peito e os ombros musculosos, agarro-o pelos bíceps. Estou tão faminta pelo seu toque quanto ele pelo meu.

Ele aperta os meus seios e geme. O metal frio encontra a curva do meu pescoço quando ele cola o quadril ao meu. Através da toalha, sinto a ereção contra mim. É minha vez de gemer.

— Tire isso. Agora. Imediatamente. — Seguro a toalha.

Ele ri, então posiciona os dedos sob o tecido. Afasto-me para ter uma visão melhor.

— O que está fazendo? — ele pergunta.

Cruzo os braços.

— Ah, não se faça de inocente. Estou esperando por este momento há muito tempo.

Agora, consegui. Ele tira as mãos da toalha e se debruça sobre mim.

— Há muito tempo?

Um rubor se espalha pelo meu rosto. Como posso dizer que, na primeira vez que o vi sentado à mesa em Castelárvore, imaginei-o me jogando em cima dela?

— Bem, um tempo respeitável, que não tem nada de pervertido ou estranho.

— Não se preocupe. — Ele segura a minha mão e a conduz até sua ereção embaixo da toalha. — Também penso em você há muito tempo.

Perco o fôlego e massageio o seu membro.

— Você me viu quando estávamos no Inferior.

— Poderia passar mil estações olhando para você sem nunca me sentir satisfeito. Quero você quando as cerejeiras florescem na primavera e durante as noites quentes de verão. Quero você no chão da floresta coberto de folhas no outono e no frio da neve no inverno.

Minhas mãos apertam a sua ereção.

— Então, tira essa droga de toalha.

Ele a deixa cair e ouço um som molhado. Respiro fundo. Ezryn está na minha frente, completamente nu, exceto pelo capacete. O pau enorme balança sob o jato d'água.

Em um momento, começamos a nos tocar. Beijo o seu ombro sentindo a água cair sobre nós, sentindo o seu pau duro como aço em minha mão.

Ele geme e aproxima a cabeça dos meus seios. Eu me arrepio ao sentir o metal frio nos mamilos. Ele deixa escapar um protesto frustrado.

— Quero sentir o seu gosto.

A mão enorme me toca entre as pernas antes que eu tenha chance de responder. Eu grito e me esfrego em seus dedos.

— Você fica linda toda molhada para mim — ele murmura. — Quero senti-la gozar nos meus dedos.

— Sim, sim!

Meus lábios dão lugar aos dentes quando mordo o seu ombro. Dois dedos grandes pressionam a minha fenda, penetrando-a profundamente. Massageio o seu pau com mais força e sufoco um grito colando a boca em sua pele.

Explosões de prazer irrompem quando ele torce os dedos dentro de mim. A velocidade dos movimentos da minha mão em seu membro aumenta. Eu o agarro como se minha vida dependesse disso, quase me entregando à enxurrada de êxtase.

— Ezryn — gemo —, se continuar…

— Se eu continuar o quê? — Os dedos dentro de mim se dobram e pulsam, a outra mão me agarra pelos cabelos, puxando-os.

O clímax chega ondulando sobre mim, como a água que cai da parede. Desabo sobre o seu tórax e sinto que o meu coração vai decolar do peito.

— Que delícia — ele murmura. — Você é boa demais para mim.

Ele me ergue pela cintura e eu me apoio em seu peito, piscando para afastar as lágrimas e a água do chuveiro dos olhos. Sinto o seu membro colado na parte baixa do meu ventre e tento me aproximar. É tão duro, tão grosso… Vou me abaixando devagar, tentando me ajoelhar.

— O que está fazendo?

A água realça o seu corpo quando olho para cima.

— Adorando o Alto Príncipe da Primavera.

E agora, mais do que nunca, ele parece um Alto Príncipe, com o corpo escultural, o capacete prateado e brilhante.

— Rosalina… — ele começa, mas não dou tempo para protestos.

— Você não é bom em deixar que as pessoas cuidem de você. Mas eu vou cuidar de você, Ezryn.

Então, envolvo a cabeça do seu pau com a minha boca, passando a língua em torno dela. Ele geme e se encosta na pedra. Com uma das mãos, seguro o seu mastro; com a outra, massageio as bolas.

O corpo de Ezryn enrijece quando percorro toda a extensão do seu pau com a língua, demorando-me na glande para saborear o líquido perolado que a faz brilhar.

— Porra — ele murmura. — Você é boa nisso.

Incentivada, abro a boca e o levo mais fundo. Minha mão envolve toda a base do pênis. Ele me agarra pelos cabelos e sinto suas pernas tremendo. Respiro profundamente pelo nariz, deliciando-me com a capacidade de abocanhar uma parte tão grande daquele cacete.

Olho para cima e sorrio com a boca cheia, ele joga a cabeça para trás e geme.

— Sete reinos, você é linda.

O elogio faz o meu peito arfar, e trabalho com a boca e os dedos até ele começar a se mover como se me penetrasse. As mãos agarradas aos meus cabelos mantêm a minha cabeça parada enquanto ele fode a minha boca, primeiro com delicadeza, depois mais e mais forte.

— Você é muito boa — ele geme. — Muito boa.

Tiro a mão de suas bolas e pressiono o rosto contra o seu quadril para deter o movimento. Depois, tiro o pau da boca, com um rastro de saliva escorrendo pelo meu queixo.

— Vai me dar a sua porra?

Seu pênis pulsa diante do meu rosto.

— O quê?

Minha voz é quase um suplício.

— Goza na minha boca!

Ele passa a mão no visor para remover a água.

— Você quer que eu...

— *Por favor.*

— Caralho. — Em resposta, ele segura a minha nuca e enterra o pau na minha boca. Chupo com vontade, deslizando a língua pela cabeça inchada, desesperada por ele. — Rosa, eu...

Relaxo a garganta o máximo que posso e aperto as suas bolas com uma das mãos. Ele ruge, seu pau pulsa e finalmente explode na minha boca. Eu o levo para o fundo da garganta e chupo com força, ávida por não perder nem uma gota sequer. Suas mãos me prendem pelos cabelos e então, de repente, ele relaxa. Solta as mãos, dobra os joelhos e eu engulo mais uma vez.

— Vem cá — Ezryn murmura, erguendo-me pelos cotovelos até ficarmos frente a frente embaixo da água quente. Ele passa a mão na minha boca para me limpar. — Perfeita.

Sorrio, viciada em seus elogios.

Ezryn apoia o capacete em minha testa.

— Eu a escolho, Rosalina — ele sussurra. — Mesmo sem saber o que está disposta a me dar.

As palavras quase escapam de minha boca: tudo, tudo, tudo.

Mas talvez o jato d'água tenha me despertado ou talvez eu não seja mais a menina idiota que era ontem. O fato é que eu sei que não posso dizer sim.

Porque teria dado tudo a Dayton, e o mundo nos fez lembrar de que não funciona desse jeito. Não é suficiente querer alguma coisa com todo o coração. Não é suficiente que cada parte sua grite que *isso* é o certo.

Não posso partir o meu coração de novo.

— Vai permitir que eu a tenha, Pétala? — Ezryn pergunta quando eu não digo nada. — Vai me deixar deitá-la na cama do Alto Príncipe e possuí-la como só um feérico da Primavera é capaz de fazer? — Meu coração parece querer saltar do peito para se entregar a ele, mas saio do chuveiro, pego outra toalha do chão e me cubro com ela. — O que foi? — ele pergunta.

Lágrimas turvam a minha visão.

— Eu o quero, Ezryn. Quero mais do que consigo explicar com palavras. Mas não posso me entregar desse jeito.

Ele abaixa a cabeça.

— Eu entendo.

— Não entende, não. — Inspiro profundamente. — Isso vai parecer maluco, interesseiro e egoísta, mas, aqui no meu peito, sinto que você deveria ser meu. E sinto a mesma coisa por Dayton.

— Então, fica comigo. Posso mantê-la segura e...

— E *o quê*, Ezryn? Vai me deixar quando o seu amor predestinado finalmente aparecer? Ou vai se recusar a procurá-lo e deixar Primavera à mercê da maldição? Pensei que pudesse quebrar a maldição de Dayton, ou melhor, *eu sabia* que podia. Mas sabe o que aconteceu? Nada. Nada, Ez. Fizemos amor e tudo continuou como antes.

Ezryn balança a cabeça de um lado para o outro.

— Não. Nada é como antes. Porque Dayton está diferente por sua causa, a despeito de vocês serem predestinados ou não. Ele é um homem melhor, Rosalina, e foda-se a maldição, foda-se a Feiticeira e fodam-se esses malditos vínculos que acabam determinando as nossas vidas. Isso não importa...

— Para mim, importa! — grito. — Não posso ficar aqui sentada enquanto as suas rosas murcham, enquanto você e Dayton se perdem cada vez mais na maldição. Quando Dayton e eu fizemos amor, isso não o ajudou em nada. Só o machucou.

Ezryn se aproxima de mim e segura o meu rosto, obrigando-me a olhar para ele.

— Escuta, Rosa. Um dia, Dayton e eu podemos encontrar o nosso amor predestinado. Isso não muda o que está acontecendo entre nós agora. Eu nunca pediria a você que fizesse alguma coisa com a qual não se sentisse confortável. Mas não pense que é um fardo, nem por um segundo.

Eu me afasto dele e me apoio na cabeceira da cama. Olho para trás e sussurro:

— Não posso fazer isso de novo, Ez. Não posso continuar machucando as pessoas. Tudo era muito vivo em meu coração quando Dayton e eu fizemos amor, mas não fez diferença, a maldição não deixou de existir. Não somos predestinados.

Um gemido sufocado escapa do meu peito.

— Que importância tem vocês não serem predestinados? Por que eu não posso amá-la?

Um silêncio pesado reverbera no quarto. Ele disse...

Ezryn olha para o lado, os punhos cerrados.

— Por que ele não pode amá-la... Digo, por que Dayton não pode amá-la?

Fecho os olhos e luto contra as lágrimas.

— Porque o meu amor só vai servir para prendê-lo.

Só vai servir para prender você também.

Ezryn cambaleia em direção à parede, e é como se mal conseguisse se manter em pé.

— Ok, e agora? Fingimos que nada disso importa?

Passo os braços em torno da cintura dele e descanso o rosto em suas costas. Sinto o seu cheiro: aquela mistura doce e terrosa que é como o perfume de casa.

— Você sempre vai ser importante para mim.

Ele suspira e se vira para me abraçar. Inspiro profundamente, engolindo o soluço que quer sair do meu peito. Porque não sei o que fazer daqui em diante. Sei que, para o meu próprio bem, não posso me entregar a Ezryn, mas também não posso me afastar dele.

— Você confia em mim? — pergunto.

— Sempre.

Fecho os olhos. Ergo as mãos e seguro o capacete entre elas. Ele não me impede de prosseguir. Lentamente, eu o levanto um pouco, depois seguro o metal pesado com uma das mãos.

Com todo o cuidado, bem devagar, fico na ponta dos pés e beijo os seus lábios. Seu hálito morno me acaricia. Minha mão livre traça o contorno de seu queixo áspero de barba e o beijo progride de suave a ávido. *Mais um segundo*, digo a mim mesma segundo após segundo, até me afastar.

Puxo o capacete para baixo e cubro novamente a sua cabeça, certificando-me de que o artefato está firme no lugar. Depois, abro os olhos.

— Você tem um reino para governar e uma maldição para quebrar, Alto Príncipe. E eu estarei ao seu lado, cuidando de você como for possível.

23

Keldarion

A carta treme em minhas mãos enluvadas. A caligrafia desleixada de Dayton é quase encoberta pela neve que cai sem parar, mas as palavras significam menos do que a incessante pressão em meu peito. Castelárvore foi atacado. Todos estão seguros. Foram a Primavera para buscar respostas e ajudar Ezryn.

Todo o meu ser implora para eu usar o colar e abrir um portal para Castelárvore agora mesmo, depois atravessar o espelho para Florendel e encontrar Rosalina. Porém, aqui, na fronteira do Vale, a magia é tão fraca que meu colar não funciona. Além do mais, meu coração diz outra coisa: *Ela está segura. Não sente medo.*

Entre tantos lugares terríveis nos quais depositei a minha confiança, sei que ela está bem guardada com eles, meus irmãos. Dayton, Ez e Farron jamais permitiriam que algo ruim acontecesse com ela.

E tenho que terminar de resolver as coisas aqui.

O vento joga o meu cabelo sobre o meu rosto. Pisco algumas vezes, tentando descongelar os cílios. Depois de tanto tempo vivendo em Castelárvore, a verdade é que amoleci. O frio do Inverno nunca foi tão intenso.

Mas, para ser honesto, as Terras Áridas de Anelkrol fazem a capital de Presagelada parecer um destino de verão.

Fecho o casaco pesado e caminho pela Ponte do Vácuo. Meus olhos cansados estudam a extensão desoladora: a Ponte do Vácuo é um titã congelado, uma estrutura colossal que atravessa o Grande Abismo. O ar congelante queima o meu nariz quando inspiro, olhando para a frente, em vez de olhar para baixo e para o vazio. Centelhas de luzes de tochas tremulam na beirada, antes de a coisa toda mergulhar na escuridão.

Faz anos desde que estive aqui pela última vez. Não só é uma jornada traiçoeira desde Presagelada, mas nunca houve algo para um Alto Príncipe resolver por aqui.

Todos os assuntos da Guarda das Profundezas, contudo, são tratados por *ele*.

Chego à torre de observação e subo os degraus até me aproximar de uma tocha tremulante e de um feérico vestido com trajes azuis. O vento uivante castiga as rochas escarpadas do vazio, criando uma sinfonia lúgubre. Carrega com ele os gritos e as ordens dos Guardas das Profundezas, que operam os elevadores que os transportam para o fundo do abismo ou de volta à ponte.

O feérico não diz nada quando me aproximo. Finalmente, não suporto mais o silêncio.

— Considerou a minha oferta, tio?

Irahn não diz nada, sua respiração visível é levada pelo vento. O cheiro intenso de piche queimado se desprende das tochas acesas.

— Fale, tio.

— Sim, considerei, rapaz. — O irmão de minha mãe olha para mim, e vejo o seu rosto envelhecido e enrugado. Ele é o feérico mais velho que já vi, embora não seja realmente o mais velho de todos. Anos e anos servindo na periferia do Inverno envelheceram o seu corpo.

Mas não a sua mente. Ele está tão lúcido quanto sempre foi.

— E? — insisto.

Ele se vira, seus cabelos grisalhos e a capa branca tremulam quando desce da torre.

— Eu me recuso.

— Tio! — Vou atrás dele. — Você é o único parente que me resta. Para quem mais posso passar a Bênção?

Irahn levanta uma das mãos.

— Não me interessa! Só mantenha a sua política e a sua magia longe de mim.

Respiro fundo para me acalmar, mas, a cada vez que inspiro, sinto o frio penetrar meus ossos. Eu sabia que não seria fácil convencer o meu tio Irahn. Por isso, ele era a única opção para me substituir como Alto Príncipe. Eu já havia depositado confiança demais em homens sedentos de poder, como Quellos.

E vejo nos olhos da Guarda das Profundezas, formada por cidadãos invernais que dedicaram a vida a proteger os reinos. A Ponte do Vácuo é uma maravilha recente, tem menos de três décadas de idade. Uma mistura de pedra e gelo cristalino que se estende por oitenta quilômetros de um lado a outro do abismo. Serve de lar apenas para os mais fortes de coração e espírito. Muitos viveram aqui desde a sua criação, abrindo mão de conforto e orgulho pessoal a fim de assegurar que o abismo esteja protegido em todos os momentos. Os que servem aqui enxergam em meu tio mais do que um guarda. Para eles, meu tio é um pai, um guardião.

E isso é o que o Inverno merece de um Alto Príncipe.

Algo que nunca poderei oferecer, enquanto meu coração egoísta estiver no comando.

Tio Irahn marcha em direção à maior estrutura do Vácuo, a casa da ponte. Parece uma pequena fortaleza, construída com ferro forjado coberto de gelo e imensos blocos de pedra. Sinto um arrepio quando atravessamos a porta: lareiras imensas afastam o frio da terra inóspita, pelo menos momentaneamente.

— No meu escritório — Irahn ordena. — Agora.

Meus passos são tão furiosos quanto os dele.

— Você é um velho teimoso. Minha oferta envolve mais do que um trono. O que lhe ofereço é glória, a chance de ser um herói para o Vale, de ser lembrado por eras de história...

Entramos no escritório e ele fecha a porta com força.

— Está me oferecendo correntes.

— O quê?

Os olhos de Irahn escurecem.

— Pensa mesmo tão pouco de mim, sobrinho? Sim, glória, legado. Essas coisas que me oferece não têm nenhum significado. Sabe o que é importante? Salvar vidas de verdade. Proteger os vulneráveis. Ser o escudo entre nós e o Inferior.

— Não tive a intenção de ofendê-lo.

Meu tio ri.

— Não é possível me ofender, rapaz. Apenas me mostrou que realmente não tem ideia de como estamos perto de ver tudo o que amamos ser engolido pelo vazio.

— Entendo que guarde o Grande Abismo...

Irahn se aproxima da janela e bate nela com uma mão. De onde estamos, temos uma visão abrangente do abismo. Rocha gelada dá lugar a uma escuridão ilimitada. Sobre a ponte, vigias se mantêm atentos em seus postos, observando o vácuo constantemente.

— Sabe aonde isso leva, não sabe, Kel?

Respondo entre os dentes:

— Conheço o Inferior e os monstros que vivem lá.

Irahn ri.

— Existem goblins na Sarça. Há goblins em todos os lugares. Inverno, Primavera, Verão, Outono. Você se lembra do que saiu daqui muitos anos atrás e de como chegou a Presagelada? Sim, aquelas coisas que rastejam por aqui são... diferentes. Não são feras estúpidas como os goblins. Elas desejam intensamente. Planejam. Pensam.

Permaneço em silêncio, abrindo e fechando as mãos para aquecê-las um pouco. *É claro que lembro. Eu me lembro de tudo relacionado a ele. O bom e o terrível.*

Tio Irahn dá as costas para a janela e me encara.

— Não sei por que está desistindo do trono que o seu pai quis que ocupasse. É o seu dever, o seu destino. Meu destino e meu dever estão aqui. A Guarda das Profundezas precisa de um chefe. Não vou abandoná-la.

Minha voz é firme quando falo:

— A Guarda das Profundezas não vai ficar sem chefe. Eu assumirei o comando.

Irahn não ri na minha cara, como eu esperava. Em vez disso, ele arqueia uma sobrancelha grossa.

— O que está acontecendo, Kel? Por que deseja abrir mão da Bênção para servir aqui?

— Não sou adequado para o posto de Alto Príncipe. E você tem razão... o Inferior se fortalece a cada dia. Mais ameaças virão. Só um monstro pode lutar contra outro monstro.

No fundo, sei que finalmente estou fazendo o que é certo.

Keldarion, filho de Erivor, nunca serviu para ser Alto Príncipe. Pois foram as minhas atitudes que levaram ao despertar do Grande Abismo.

Sei que nunca serei capaz de quebrar a minha maldição. No entanto, se transmitir a Bênção para Irahn, ele terá uma chance de salvar o Inverno, de salvar Castelárvore.

Assim, nada de mal vai acontecer com Rosalina.

E nada de mal vai acontecer com *ele*.

Tiro a roupa e permito que o meu corpo se contorça. Deixo a fera abrir caminho através da minha pele para mostrar ao meu tio por que exatamente não posso governar o Inverno.

Quando o lobo branco surge diante de Irahn, ele não foge. Só abre bem os olhos e inspira profundamente.

— Então, os boatos que chegaram do Outono são reais. Há feras na Sarça.

— O que diz agora, tio? — rosno.

— É um truque interessante. — Ele cruza os braços. — Mas ainda não acredito que você seja capaz de comandar a Guarda. Venha comigo, rapaz. Vamos descer às entranhas da terra e ver do que você é feito de verdade.

24

Farron

O quarto de Rosalina está gelado, mas todos os cômodos do Jardim do Martelo são muito frios. É o que acontece quando se constrói um castelo na encosta de uma montanha, literalmente. À noite, não é muito diferente do clima do Outono.

Solto a bolsa sobre a mesa de pedra e desabotoo o colete. Era tarde quando cheguei, depois de atravessar o espelho de Castelárvore. Felizmente, Ezryn alertara os guardas quanto à minha chegada, e eles me escoltaram até o quarto da minha predestinada. Por mais ansioso que esteja para ver Dayton e Ezryn, sei que estão trancados em seus quartos para que ninguém os veja como lobos.

Kel não voltou. Por meio do vínculo predestinado com Rosalina, o qual compartilhamos, sinto que ele ainda está muito longe. Deve ter recebido a mesma carta que eu. Estaria a caminho?

Rosalina faz um ruído baixo, mas não acorda. Eu me aproximo da cama e tiro o colete e a túnica.

Apesar do frio, minha predestinada afastou para o lado boa parte das cobertas e o seu corpo perfeito está à mostra. Ela usa uma camisola curta, e os mamilos rígidos são visíveis sob o tecido. Rapidamente, tiro as calças e começo a me masturbar. Estrelas, eu poderia gozar só de olhar para ela.

Mas não seria tão divertido quanto o que tenho em mente. Sei que ela adora ser acordada desse jeito tanto quanto eu. É algo que estabelecemos logo que voltamos para Castelárvore, quando estávamos absolutamente ferozes de necessidade. Nossos horários nem sempre batiam, em especial por causa das minhas viagens frequentes ao Outono, mas concordamos que nossos corpos pertenciam um ao outro, independentemente de hora e lugar. É claro, isso vinha com a confiança e o amor de podermos revogar o acordo a qualquer momento.

Subo na cama e abro as suas pernas, deslizando a mão por entre as suas coxas macias. Que delícia quando ela acordar com o meu pau dentro dela. Vai acontecer quando eu a estiver cavalgando? Ou quando eu explodir de prazer e expelir a minha semente?

Levanto a camisola para ver as suas curvas perfeitas, os seios fartos e a pele arrepiada.

Toco um seio de leve, mas ela mal se move; deve estar dormindo profundamente. Não consigo me lembrar de nada mais excitante do que o dia em que acordei na biblioteca com a boca dela no meu pau. Despertei sobressaltado e a vi lambendo a minha porra em seus lábios.

Excitante pra caralho! Como tive a sorte de ter uma predestinada como ela? Mesmo depois de todas essas semanas, não trato com desdém o fato de ser um homem ao anoitecer, especialmente porque isso significa poder tê-la todas as noites.

Tiro a sua calcinha e deslizo um dedo entre suas pernas, sentindo a umidade.

— Pronta para mim...

Não consigo esperar nem mais um momento. Deslizo o pau para dentro dela e gemo ao sentir o seu calor. Ela é deliciosa. Seu corpo estremece levemente, um movimento instintivo, mas a respiração ainda é profunda e pesada.

Apoiando as mãos em seu quadril, tento manter movimentos suaves e regulares, mas é difícil não perder o controle. Todo o meu corpo pulsa de prazer por estar tão perto da minha predestinada. Ela geme, e vejo os olhos se moverem rapidamente sob as pálpebras.

Inclino o corpo para beijar o seu pescoço e sussurro:

— Não precisa acordar, mas eu não consigo esperar. Preciso do seu corpo. Preciso de você.

Ela inspira profundamente, e um sorriso sonolento e doce se forma em seus lábios.

— Farron...

Lambo seu queixo até chegar nos lábios carnudos, sem interromper os movimentos rítmicos dentro dela. Seus músculos se contraem em torno do meu membro.

— Senti sua falta — ela diz, afagando o meu cabelo.

— Não tem ideia de quanto eu te quero — respondo e me mexo mais depressa agora que ela está acordando. O som de nossos corpos se encontrando afasta o silêncio da noite.

Ela geme, levanta as pernas para enlaçar a minha cintura e me puxa mais para dentro.

— Não pensou em mim como eu pensei em você, Fare.

— Hum?

— Pensei em como é sentir você dentro de mim, pensei no jeito como me toca.

Seguro o seu rosto e aumento o ritmo. A excitação cresce mais e mais enquanto ela se contorce embaixo de mim. De repente, um aroma se insinua, um cheiro de terra e metal. Pego-a pelo queixo e a obrigo a me encarar.

— Diga, Rosalina, você tem sido uma boa menina para o Príncipe da Primavera?

Seu corpo todo estremece, algo diabólico cintila em seus olhos.

— Talvez.

— Não pare agora — murmuro, reduzindo o ritmo e mantendo-a a um passo do precipício.

Rosalina fecha os olhos e morde o lábio.

— Um banho, o pau dele na minha mão e...

Eu me enterro nela completamente.

— ... e ele finalizou na minha garganta.

— Estrelas — sussurro, quase explodindo dentro dela ao pensar nisso. Rosa de joelhos diante de Ezryn... Só queria ter estado aqui, pensando em como gozei forte quando ele nos flagrou na biblioteca. Mal consigo imaginar como teria sido ter a nossa garota à mercê dele.

— Farron, eu... — As unhas dela arranham as minhas costas.

— Quase lá, fique tranquila. — Chupo a pele sensível embaixo da orelha dela. — Ainda não terminei com você.

— É bom mesmo. — Ela apoia as mãos no meu peito e usa a sua recém-descoberta força de feérica para inverter nossas posições. Os olhos castanhos mergulham nos meus quando ela tira a camisola e começa a me cavalgar intensamente, com os seios balançando.

— Estrelas, você é uma delícia — gemo, erguendo o tronco para cravar os dentes em seu pescoço. Seus músculos se contraem, provocando um frenesi em mim. Levanto o quadril, atiçando ainda mais a sua abertura molhada e nos aproximando do abismo. Rosalina quica com vontade, gira o quadril, e me sinto completamente em suas mãos.

— Não aguento mais — ela grita, e sua voz é uma tempestade. — Quero sentir você gozar dentro de mim.

— Ainda não, Rosa. — Eu a deito de costas, com os joelhos em meus ombros. — Primeiro você vai gritar o meu nome.

Seus olhos escurecem, os músculos se contraem em torno do meu membro.

— Farron! — ela grita. A respiração ofegante se transforma em gritos e as unhas arranham o lençol.

Seu espasmo de prazer é tudo de que necessito. Jogo a cabeça para trás e, com o cabelo suado grudado na testa, deixo escapar um gemido e derramo o meu alívio quente.

Nós dois estamos ofegantes. Caio sobre ela e aos poucos vamos nos desprendendo um do outro. Ainda sinto necessidade de tocá-la, por isso, afago a ponta de sua orelha.

— Fiquei preocupado com você e aquele ataque dos goblins a Castelárvore. Mas Day a manteve segura, não foi?

Uma onda de tristeza flui por nosso vínculo à menção do nome dele, mas vejo a determinação em seu rosto.

— Eu o salvei.

Como pude duvidar dela?

— É claro que sim.

— Usei os meus espinhos. Quando vi Day em perigo… — Ela faz uma pausa, respira fundo. — Alguma coisa se partiu dentro de mim e criei espinheiros dourados de onde brotaram rosas, como no campo de batalha no Reino do Outono.

Meu coração fica apertado com a mistura de medo pela segurança dela e alívio por ter conseguido proteger Dayton e a si mesma.

— É uma magia muito incomum. Nem Ezryn consegue criar plantas, ele só as controla. Nenhum outro feérico é capaz de criar matéria vegetal do nada…

— Caspian é.

O fogo explode em meu coração. Não suporto a sua presença nem nos melhores momentos, mas ouvir o seu nome saindo dos lábios dela logo depois de termos feito amor…

Com um movimento brusco, eu a puxo para cima de mim e a envolvo com os braços.

— Não quero falar sobre o Príncipe dos Espinhos agora.

— Tudo bem. — Ela se inclina para beijar o meu nariz, depois cruza os braços em cima do meu peito e fica olhando para mim.

Rosalina está linda agora. Etérea. Poderia ser o tema de uma tela ou reproduzida em um vitral. Um pensamento estranho me toma de assalto.

— Havia outra criatura feérica que criava rosas, sabia?

— Quem?

— Eu te mostro amanhã. — Fecho os olhos, confortado pelas batidas do coração da minha predestinada.

Ela beija um lado do meu rosto.

— Eu te amo, Farron.

— Como a luz das estrelas — sussurro de volta.

25

Rosalina

Tudo no Reino da Primavera parece uma contradição. Plantas delicadas brotam entre pesados blocos de pedra. Cortinas de flores se derramam como toldos sobre lojas entalhadas na encosta da montanha. Com as pessoas, não é diferente, dadas as vestes em tons pastel que ostentam sob as armaduras cintilantes.

Andando pela rua do mercado entre Dayton e Farron, penso em como seria bom se Ezryn também estivesse aqui conosco, mas ele viajou ao mosteiro para concluir o julgamento de Kairyn. Fico nervosa ao pensar nisso. Não sei que decisão ele tomou, mas a situação o estava rasgando por dentro.

O Reino da Primavera não é diferente de Ezryn. Por fora, ele é tão duro quanto o capacete que usa, mas pude vislumbrar o seu interior, tanto pela gentileza com que ele curou as minhas cicatrizes quanto pela devoção com que protege os outros príncipes. Também há humor ali, que se mostra discretamente em uma piada compartilhada com os criados ou em um insulto sarcástico a Kel, que arranca sorrisos dos outros príncipes.

E há o amante apaixonado. Meu rosto se aquece quando me recordo do nosso encontro no dia anterior, bem como do delicioso despertar proporcionado pelo meu vínculo predestinado. Ele agora está na minha frente, cutucando o ombro de Dayton com uma risadinha.

Explicar a Farron o que aconteceu entre mim e Dayton — ou melhor, o que não aconteceu — foi difícil. Acho que ambos esperávamos que Dayton fosse nosso, de alguma maneira. Mas Farron segurou a minha mão e tentou me tranquilizar. *Tudo bem, Rosa. Day ainda não tem um amor predestinado. É tolice lamentar o que não aconteceu.*

A questão, porém, não é que devíamos lamentar por Dayton não ter encontrado um amor predestinado; devíamos, isso sim, ajudá-lo a encontrar esse amor.

— Quer comprar um peixe? — Uma voz profunda interrompe os meus pensamentos e olho sobressaltada para o peixe à minha frente. Mas não é um peixe de verdade, é de metal, com escamas luminosas que brilham sob a luz. Uma flor branca brota de sua boca, como um jato d'água. — Ele se apoia sobre o rabo. É ótimo para enfeitar o console da lareira. E já vem com sua flor gota-de-estrela! Dizem que afasta o Espírito do Mal.

— Ela não quer comprar nada. — Dayton segura o meu braço e me puxa para longe do vendedor. — Já tem quinquilharias e coisas esquisitas demais.

— Ei, até que era bonitinho — protesto.

— Não venha atrás de mim quando o espírito drenar a sua vontade! — O vendedor grita atrás de nós.

Dayton suspira com um exagero dramático e dá meia-volta, procurando uma moeda nos bolsos. Sorrio quando ele me dá o presente inusitado. Um novo amigo para Ani.

— O que é um Espírito do Mal? — pergunto, quando voltamos a caminhar ao lado de Farron.

Farron torce o nariz.

— Não conheço essa lenda. Sei que o povo de Primavera tem muitas histórias sobre monstros que saem das cavernas, mas, normalmente, são criaturas do Inferior.

Uma brisa suave joga o meu cabelo para trás e sinto no ar um intenso perfume de flores.

— Já estiveram nessa serralheria antes?

— Forja Fortaleza do Dragão — Dayton corrige. — Não deixe ninguém ouvi-la chamando o lugar por outro nome. E, sim, algumas vezes. Primavera exporta mais da metade do metal usado pelos reinos e cerca de oitenta por cento de todas as armas.

Nossa missão hoje é investigar a forja e descobrir se alguém de lá sabe alguma coisa sobre as armas roubadas. Esse poderia ser um dos lugares de onde os goblins levaram aço Primavera.

— Esta cidade é realmente fascinante — comento, enquanto seguimos andando pelas ruas.

Florendel é como uma extensão da própria montanha, pedra e terra escupida pelas mãos de antigos feéricos. Padrões florais complexos decoram a superfície de edifícios, pontes e calçadas perfeitamente entalhados na encosta. Trepadeiras delicadas descem pelas paredes de reboco, como vinhas que dançam ao ritmo suave dos batimentos da montanha. A cidade toda é esculpida em rocha vulcânica, os prédios são todos de tijolos cor-de-rosa. É como caminhar por um devaneio.

Quando entramos na área principal do mercado, o caminho se alarga e o movimento fica mais intenso. Dayton me puxa para perto de um jeito protetor. Uma enorme fonte em forma de flor jorra água cristalina.

Barracas oferecem uma variedade surpreendente de produtos, exibindo os talentos e o artesanato dos vendedores. Há armas, roupas e muitas joias, além de ervas potentes e temperos coloridos. Os frascos de poções e elixires aromáticos são enfeitados com joias e pedras preciosas, cujas faces refletem a luz do sol e projetam arco-íris ofuscantes sobre os paralelepípedos.

A conversa vibrante dos feéricos preenche os meus ouvidos, mas percebo alguns olhares em nossa direção.

— Eles devem reconhecer os Altos Príncipes — sussurro.

Os olhos de Dayton escurecem.

— Alguns, mas use a audição de feérica que você tem agora, Rosa. Escute.

Muitas das mudanças vieram a mim naturalmente, como a nova vivacidade das cores que vejo ou a visão mais clara e apurada. Farron disse, porém, que o meu corpo talvez reprimisse algumas das mudanças, caso fossem demasiadamente estimulantes.

Prendo a respiração e tento apurar os sentidos, concentrando-me em uma conversa entre duas mulheres, ambas vestidas de verde-claro e com ombreiras de armadura adornadas por pontas metálicas.

— É o Alto Príncipe do Outono — diz uma delas. — Toda vez que o vejo aqui, ele está com o Príncipe do Verão.

— E a garota? Acha que é ela?

— Linda, não é? Ouvi boatos que chegam do Outono. A Rosa Dour…

Uma criança feérica atravessa correndo o espaço entre mim e elas, rindo alto e empinando uma pipa em formato de pássaro. O som explode em minha audição aguçada e provoca um apito em meus ouvidos. Ranjo os dentes, gemendo de dor.

— Tudo bem. Você tem que praticar — Dayton avisa em voz baixa. Ele se inclina como se fosse beijar a minha orelha, mas recua.

— Interessante. — Farron olha intrigado para as pessoas. — Esse nome chegou aqui também. Vamos. Há algo que quero que vejam.

Saímos da agitação do mercado e passamos por uma trupe de músicos que executa uma canção animada. Muitos jardins vicejam nessas ruas. A maioria deles, com flores ou plantas singulares, mas alguns são hortas e pomares, todos aninhados na pedra.

— Estamos quase chegando. — Farron sorri. — Primavera é um reino maravilhoso, não é? As pessoas conseguiram estabelecer uma harmonia perfeita entre pedra, natureza e elas mesmas.

— É impressionante — digo.

— A própria Rainha abençoou este lugar — continua Farron —, como fez com todos os reinos, e deixou um presente para o povo de Primavera. Eu lhe disse ontem à noite, é uma magia incomum. Você é a única capaz de criar rosas. Porém, depois me lembrei de que ela construiu uma arcada por onde se chega à Forja Fortaleza do Dragão. Uma arca que está sempre florida.

Toco delicadamente o pingente em meu pescoço. Há duas pedras nele: uma folha de ouro, que ganhei do pai de Farron, e uma rosa de pedra da lua. Keldarion disse que esse era o símbolo da Rainha. Papai me contou que minha mãe tinha encontrado a joia quando escavava um sítio arqueológico...

Alguma coisa dança no fundo da minha mente.

Minha mãe era feérica. Talvez tivesse alguma conexão com a Rainha.

— Ei, Fare — diz Dayton. — Tem certeza dessa parte do "sempre florida"?

Vejo uma arcada à nossa frente, um magnífico emaranhado de espinheiros cobertos de rosas vermelhas. Mas um cheiro terroso e doce demais invade o meu olfato. As rosas no espinheiro... estão murchando. Pétalas escuras cobrem a calçada da travessia como um rastro de sangue.

Farron se abaixa para pegar um punhado de pétalas.

— É como em Castelárvore — ele comenta em voz baixa. — A magia da Rainha... está desaparecendo do Vale Feérico.

26

Rosalina

— É como outro mundo — sussurro, olhando para a Forja Fortaleza do Dragão.

Uma passagem estreita nos levou ao fundo da montanha. Brasas luminosas dançam no ar denso e esfumaçado. A forja é uma visão impressionante. O espaço cavernoso é banhado pela luz quente de metal derretido, sombras trêmulas cobrem as paredes de pedra. O som ritmado de martelos golpeando bigornas reverbera como uma sinfonia de criação em andamento.

— Venham. — As orelhas de Dayton vibram. — Vamos procurar quem está no comando.

Centenas de artesãos feéricos se movem por ali com graça fluida, apesar do peso dos trajes de proteção. Ferramentas de formas e tamanhos variados são arranjadas meticulosamente ao lado de bigornas quase brilhantes, que parecem pulsar com um tipo próprio de magia. Minérios cintilantes e pedras preciosas aguardam em contêineres próprios sua hora de ser transformados.

— Ave Superior! A luz não deve estar comigo hoje, pois vejo dois principezinhos perturbando a minha forja!

Farron engole em seco.

— Conheço essa voz…

Ao nos virarmos, vemos uma serralheira à nossa frente. Ela veste armadura de couro coberta por um avental preto e grosso. Uma máscara de proteção esconde o seu rosto, e a luz torna ainda mais difícil identificar os seus traços. É muito mais baixa do que todos nós, mas, a julgar pelo modo como carrega o martelo, apoiado sobre um dos ombros, e pelos músculos salientes nos braços, não é alguém com quem devamos nos meter.

— Ah, oi, Tilla. — Dayton entra na minha frente e adota um tom carregado de carisma. — Não sabia que trabalhava aqui agora.

Tilla… Conheço esse nome de algum lugar.

A serralheira remove a máscara com um longo suspiro. Ela é bonita, tem pele morena, olhos escuros e longos cabelos negros, que mantém presos em um rabo de cavalo bem ajustado.

— O que estão fazendo aqui?

— Ezryn nos mandou — responde Farron.

Tilla olha para todos nós, antes de se deter em mim.

— Kel não veio com a gente — diz Dayton. — Ele está no Reino do Inverno.

— Perguntei alguma coisa, Raio de Sol? — Ela revira os olhos. — Venham comigo. Eu comando o setor leste. Se o Alto Príncipe Ezryn os mandou para cá, deve ser importante.

Dayton e Farron explicam a nossa situação para Tilla, mas minha mente distraída não presta atenção. Tilla... Caspian mencionou o nome em um jantar meses atrás. Ela esteve envolvida com Kel, pelo menos por algum tempo. Será que sabe quem eu sou? Sabe que Keldarion é meu amor predestinado?

Um ciúme doentio me invade quando percebo que ele provavelmente fez com ela mais do que jamais considerou fazer comigo.

Tilla nos conduz por um corredor até chegarmos a uma plataforma, de onde se vê toda a caverna. Daqui de cima, os trabalhadores parecem formiguinhas apressadas. Há abismos profundos com passarelas pênseis sobre eles. Se alguém perder o equilíbrio...

Meu estômago se contrai.

Tilla para ao lado de uma grande bigorna e larga o martelo no chão. Esse deve ser o seu espaço de trabalho.

— Ezryn os mandou. Por quê?

— Bandos de goblins foram vistos empunhando aço Primavera — explica Farron. — Estamos tentando entender como eles se apoderaram do metal. Houve algum ataque contra a forja? Vocês deram falta de algo no estoque?

Tilla estreita os olhos.

— Ouvimos o chilrear de goblins lá embaixo o tempo todo, mas eles não se atrevem a subir até aqui. É certo que perambulam pelos túneis que atravessam as Montanhas Tear de Estrelas, mas não sofremos nenhum ataque, tampouco perdemos armas. Temos pleno controle de tudo.

Mais uma vez, a imensidão do Inferior me impressiona. Estive no Jardim Cripta, mas, depois disso, descobri que o Inferior é muito maior.

Túneis, cavernas e cidades se espalham por toda a extensão subterrânea sob o Vale Feérico. É como se fosse outro mundo.

— Mas os goblins obtiveram o aço. Aço que só pode ter saído *desta* forja — Dayton insiste.

A expressão de Tilla endurece.

— Não estou duvidando do que diz, Daytonales. Mas esse material não saiu da Fortaleza do Dragão.

Mordo o lábio e inspiro o ar quente, enfumaçado.

— Houve algum relato de ataque aos carregamentos? Como vocês exportam o aço, talvez o ataque tenha acontecido durante o transporte.

Tilla cruza os braços.

— Não que eu saiba.

Enfio a mão na bolsa que Dayton leva atravessada no peito e apanho uma das espadas que recuperamos dos goblins.

— Encontramos esta espada com um goblin. Os outros tinham armas semelhantes.

Tilla pega a lâmina e a coloca em uma superfície de pedra. Desliza a mão sobre ela, e a sua palma se ilumina por uma chama. Marcas vermelhas começam a reluzir por toda a espada.

— Foi feita recentemente, faz parte de um dos nossos *últim*os lotes. Mandamos um carregamento para... — Ela afasta a mão e as marcas vermelhas se apagam.

Dayton abre a boca, mas toco o braço dele sutilmente. Não estamos diante de uma mulher que podemos pressionar a revelar alguma coisa.

Ela olha para mim com cautela, depois devolve a espada para Dayton.

— Temos enviado muito mais armas do que o habitual para o Mosteiro da Terra da Rainha. É assim desde que o menino príncipe assumiu o comando.

— Kairyn. — Dizer o nome dele faz parecer que há trevas em minha língua.

— Por que aquela gente santa precisa de armas? — Dayton pergunta.

Farron cutuca o peito dele.

— São para o Exército da Rainha, provavelmente. Embora ele não participe de guerra nenhuma há séculos. — Ele deve ter notado a minha expressão confusa, porque continua: — É uma força de elite de soldados feéricos. Treinam dia e noite, preparando-se para quando a Rainha precisar deles.

— O Príncipe Kairyn enviou uma mensagem dizendo que as armas que eles tinham não passavam de velhos brinquedos enferrujados. Talvez não tenha nada a ver com isso, mas houve relatos preocupantes de ataques de goblins nas montanhas mais altas perto do Mosteiro da Terra da Rainha — Tilla revela.

— Kairyn pode ter pensado que reportar um ataque goblin contra o seu carregamento de armas o faria parecer fraco, por isso escondeu o fato — sugiro, mas algo mais sombrio ferve dentro de mim enquanto ainda estou falando. — De qualquer maneira, é óbvio qual lugar devemos visitar em seguida.

— Não — Dayton protesta. — Não quero ir àquele mosteiro sinistro.

Tilla dá risada.

— Eu os ajudei, agora vocês me ajudam. Há um balde cheio de ouro bruto na base desta encosta. Sejam bons e fortes príncipes feéricos e tragam-no para cima. Mais de um quarto do nosso pessoal não apareceu hoje.

Dayton e Farron suspiram, mas descem para pegar o ouro. Eu me viro para acompanhá-los, mas Tilla diz:

— Fique. Eles resolvem esse assunto sozinhos.

Engulo em seco, pensando se o plano dela é me jogar nas profundezas do Inferior.

O pensamento não é tão preocupante quanto deveria ser.

— Um quarto dos seus trabalhadores não veio — sussurro. — É muita coisa. Algum feriado que eu desconheça?

Tilla balança a cabeça.

— Antes fosse. Parece que há uma doença estranha se espalhando na cidade. Febre e alucinações. Vi um sujeito largar o martelo para tentar apanhar alguma coisa no ar. Quase se jogou da passarela antes de eu conseguir segurá-lo.

— Ele ficou bem?

— Fisicamente, sim, mas a garota que o levou para casa disse que ele só olhava para a frente, como se...

— Como se a sua vontade tivesse sido roubada?

— Sim. — Ela estreita os olhos. — Como sabe?

— Um homem no mercado disse que o Espírito do Mal roubaria a minha vontade se eu não pusesse determinado peixe em cima do console da lareira.

— Hum... — Tilla cruza os braços. — Espero que os curandeiros resolvam logo isso. Estamos mais ocupados do que nunca por aqui. Ultimamente, parece que o Inferior está cuspindo cada vez mais monstros, e não há arma ou armadura melhor para se defender do que as que são feitas em Primavera.

— Não duvido — respondo.

— E imagino que você esteja treinando com um arco? — Ela acena com a cabeça para as marcas vermelhas no meu braço. Pela manhã, Dayton me pedira para não usar o arco de espinho durante o treinamento. Com isso, é claro, a corda acertou o meu braço várias vezes. — Ainda estou aprendendo. Ezryn faz questão de que eu saiba que as armas do arsenal de Castelárvore foram forjadas em Primavera. São sempre as melhores. Ele me contou tudo sobre este lugar.

Tilla me encara.

— Ouvi falar de você. Lady de Castelárvore. Pensei que fosse humana, mas parece que os boatos estavam errados. É verdade que é a predestinada de dois Altos Príncipes?

Enrubesço, mas não sinto necessidade de me defender. A curiosidade de Tilla parece ser sincera.

— Desculpe. Devia ter me apresentado antes. Meu nome é Rosalina O'Connell. E, sim, Farron e... Keldarion são meus predestinados.

— A cara que fez quando mencionou o nome dele me diz que ele não mudou em nada. Tenho certeza de que já ouviu alguma coisa sobre mim e ele, não?

— Sim, um pouco. Alguma coisa sobre sapos na cama?

Ela ri e se curva diante de uma grande arca ao lado da bigorna.

— Sinceramente, eu deveria agradecer àquele filho da mãe espinhoso pela interferência. Kel me abandonar no dia do nosso casamento foi a melhor coisa que me aconteceu. Esse matrimônio era o sonho da minha família. Quando ele foi por água abaixo, percebi que podia ir atrás dos meus próprios sonhos.

Sinto um aperto no peito. Eles quase se casaram?

Tilla se levanta e cruza os braços.

— Não precisa fechar a cara. Ele nunca me amou.

Kel teve um grande amor, Dayton me disse uma vez. E não foi Tilla. Quem foi, então?

Balanço a cabeça.

— Bom, ele me disse que ser meu predestinado é um *completo tormento.*

Tilla olha em meus olhos e nós duas gargalhamos.

— Ele não mudou nada, realmente.

Um barulho atrás de nós indica que Dayton e Farron estão subindo a encosta com o ouro, levantando poeira vermelha do chão por onde arrastam o balde.

— Qual é a graça? — Farron pergunta ofegante.

— Estamos falando sobre como Keldarion é irascível — respondo.

— Ah, posso entrar na conversa? — Dayton pergunta. Rindo, ele solta o seu lado do balde, deixando para Farron a difícil tarefa de segurá-lo sozinho. — Já contei de quando ele transformou as minhas *águas termais* em uma lagoa congelada, só porque estava de mau humor?

— Vocês dois não mudaram nada — Tilla suspira, olhando com ar desconfiado para Farron, que terminou de puxar o balde sozinho. — Você parece um pouco... mais velho, talvez.

Ele sorri, acanhado.

— Temos que ir. — Ele e Dayton se direcionam para a saída.

Olho para Tilla.

— Obrigada pela ajuda. Foi muito bom conhecê-la.

Ela segura o meu braço.

— No Reino da Primavera, a sua primeira peça de armadura quase sempre é presente de alguém, um ato de desprendimento. Soube do que você fez no Outono. Agora que a conheci, vejo que merece o aço de Primavera.

Ela estende a mão para me mostrar um protetor de braço de metal atado a uma tira larga de couro para se usar em volta do pulso. O metal prateado foi cuidadosamente polido, e há gravuras de flores enfeitando as extremidades.

— Não é nada chique — diz Tilla, amarrando a proteção no meu braço com desenvoltura. — Mas vai durar a vida inteira e resolver esses vergões horríveis no seu braço.

— Obrigada. — Estendo o braço e o metal captura o reflexo vermelho do fogo. Minha própria armadura do Reino da Primavera. — Como poderei agradecê-la por isso?

— Não precisa...

Tiro a flor branca do peixe de metal que Dayton comprou para mim e a deixo sobre a bigorna.

— Não é aço Primavera, mas é tudo que tenho agora.

Tilla pega a flor e a cheira.

— Tenho a sensação de que coisas grandiosas a esperam, Rosalina O'Connell. Além disso, você é predestinada do filho da mãe mais gelado do reino. Vai precisar de toda a ajuda com que puder contar.

27

Keldarion

O elevador mecânico desce sacolejando rumo à escuridão. Permaneço ao lado do meu tio em minha forma feérica, e nenhum de nós diz nada. Meu coração bate forte, uma mistura de ansiedade e nervosismo. Visto trajes pesados, desenvolvidos especificamente para a Guarda das Profundezas, que impedem a passagem da maior parte do frio.

Conheço o Jardim Cripta, mas sobre essa área do Inferior eu só ouvi as histórias. Histórias de Irahn… e Caspian.

Lembranças ameaçam dominar a minha mente: a sensação de dedos rápidos afastando o cabelo da minha testa, o sussurro debochado. *A escuridão esconde coisas que até um príncipe do Inverno deve temer.*

Engrenagens rangem e correntes estalam em uma sinfonia dissonante. Felizmente, Irahn começa a falar e me arranca de meus pensamentos.

— Este *é* um mundo perdido, rapaz. Nas Terras Estéreis, os elementos conspiram para atormentar tanto o nosso corpo como a nossa mente. Mas isso não é nada em comparação ao abismo. Só unidos podemos sobreviver. Cada passo que damos, cada golpe que desferimos é uma declaração de nossa resolução alinhada ao reino.

— Seria uma honra servir entre as mulheres e os homens corajosos da Guarda das Profundezas — respondo.

Irahn ri, emitindo um som tão duro e áspero quanto o das engrenagens.

— Honra e glória não cabem no abismo. Perseguir a honra só lhe trará a morte.

Tochas tremulam no caminho da nossa descida. Feéricos da Guarda das Profundezas andam ao longo de parapeitos de madeira armados com espadas, lanças, arcos e facas. Armados até os dentes.

Uma estranha sensação brota do fundo do meu ventre quando descemos ainda mais. Instintivamente, agarro o corrimão frio em busca de algum apoio. Cada andar por que passamos é marcado por um solavanco e uma pausa breve do elevador, antes de a descida continuar. A temperatura parece cair a cada momento.

Passamos pela entrada de uma caverna e ouço um rugido lá dentro. Olho para o meu tio com as sobrancelhas erguidas. Ele dá de ombros.

— Um dos guardas alocados neste andar cuida disso.

— E para qual andar estamos indo?

Irahn faz uma careta.

— Estamos a caminho de onde não há andares.

Giro os ombros e tento sentir a Bênção de Inverno. Uma lâmina gelada e mortalmente afiada cresce em minha mão. Só por precaução.

Uma a uma, as tochas na parede vão ficando para trás. Irahn risca um fósforo e acende uma lamparina anexada ao elevador. Agora, temos apenas um bulbo de luz fraca.

Os segundos se estendem como a eternidade. Os solavancos que marcam cada parada vão ficando mais e mais espaçados. Finalmente, Irahn puxa uma alavanca. Um guincho metálico rasga o ar quando o elevador para repentinamente na entrada de uma caverna rochosa.

Fico intrigado. Há luz aqui, mas não é das tochas. Linhas verdes luminescentes e fantasmagóricas marcam as paredes da caverna, estendendo-se até o interior de um túnel profundo. Um verde brilhante que nunca vou esquecer: o mesmo que fora projetado pela coroa do traidor do Quellos. *Ele realmente dominava a mesma magia que criou este lugar?*

Irahn tem pavor dos monstros deste lugar, mas eu temo a magia que o criou. Memórias desfilam na minha cabeça: chamas verdes se acendendo em uma névoa roxa, enquanto Caspian me fala da lenda de um deus terrível oriundo de um lugar além até de nossas estrelas. Um deus que não conquista apenas cidades, mas mundos inteiros. *Essa magia é a mesma?*

Irahn alonga o pescoço para um lado e para o outro.

— Agora, não deve demorar. Eles não gostam do barulho do elevador — ele diz quando a cabine para com um ruído alto. Depois, retira uma espada larga da bainha e entra na caverna.

— Isso vai ser divertido. — Tiro as roupas e o frio morde cada pedaço de pele exposta. Antes mesmo de eu ter uma chance de me mover, um rugido ensurdecedor ecoa pelo espaço.

Irahn olha para mim de relance.

— Já enterrei minha irmã e meus irmãos de armas. Não me faça enterrar um sobrinho também. — Então, o velho feérico levanta a espada e ruge de volta para a escuridão.

Uma silhueta colossal emerge das sombras; uma figura imponente de uns três metros e meio de altura e musculatura massiva, visível sob a pele manchada de verde e cinza. O rosto é uma máscara contorcida de fúria, os olhos amarelos iluminados por um fogo interior.

Em alguns aspectos, é semelhante aos goblins que assolam as nossas terras: o corpo parecendo terra podre, os dentes serrilhados, a fúria maléfica no olhar. Mas a criatura é maior do que qualquer coisa que já vi antes. Um troll da caverna.

Sinto uma descarga de adrenalina. Recorro ao meu poder, e minha forma vibra e se transforma. Pelos brotam da pele, os membros se alongam: o lobo branco aparece ao lado do meu tio, com o pelo eriçado.

O troll hesita por um momento, surpreso. Ele segura uma espada de dois gumes que brilha com uma luminosidade verde. Em seguida, ataca.

Meu corpo é a personificação de agilidade e graça quando corro para a frente, afastando o troll de meu tio. O monstro ataca com a espada, mas eu me esquivo e a lâmina penetra o chão gelado. Pedaços de gelo racham na parede da caverna. Eu revido, cravando os dentes em seu antebraço e dilacerando tendões e músculo. Sangue podre jorra em minha boca.

O troll tenta me acertar com a mão livre. Eu me afasto, mas as garras encontram o meu flanco e cortam fundo. Irahn, porém, reage com a sua espada, cortando os tornozelos do troll, que urra e move a espada sem escolher um alvo.

Irahn e eu nos posicionamos, um de cada lado da fera, e uma estranha euforia me invade. Eu me lembro de sair para missões ao seu lado e de lutar sob o seu comando como jovem feérico. Os anos não reduziram o nosso entrosamento.

O troll tenta me acertar novamente com a espada, mas antecipo o seu movimento e salto por cima da lâmina. A espada do meu tio reluz coberta de gelo mágico. Como minha mãe, ele sempre foi versado na lâmina e no arcano. A espada de Irahn encontra a do troll, mas sua magia espalha uma explosão congelante de pingentes de gelo bem na cara do monstro.

Aproveito a oportunidade e cravo os dentes em sua perna vulnerável, provocando um urro de agonia. O troll da caverna cambaleia.

Minhas patas batem contra o chão gelado e eu me lanço no ar, caindo sobre as costas da fera.

— Mate-o! — Irahn grita, lançando mais uma rajada de pingentes de gelo afiados como adagas.

Meus dentes afundam no pescoço do troll, interrompendo o fluxo de vida podre em suas veias monstruosas. Ele dá um grito de dor, que aos poucos se enfraquece, tornando-se menos um urro e mais um lamento. Por fim, cai para a frente.

Salto de cima de suas costas e aterrisso ao lado de meu tio. A caverna fica em silêncio.

Irahn solta o ar em um sopro ruidoso e sacode a espada, espalhando gotas de sangue de troll na parede gelada.

— Essa sua fera é uma coisa impressionante.

— A fera e eu somos a mesma coisa — respondo na voz grave do lobo.

— Venha. — Irahn me convida para entrar ainda mais profundamente no túnel. — Tem mais de onde saiu esse.

Eu o sigo a passos silenciosos para o fundo da caverna, passando pelo troll morto. Assim que adentramos, as luzes verdes iluminam algo familiar.

Espinhos. Espinhos por todos os lados, dominando as paredes, o chão. Mas estão congelados. Um caminho rústico foi aberto entre os espinheiros.

O abismo é realmente obra minha.

— Aquele monstro é só a primeira das ameaças que se encontram aqui embaixo — diz Irahn. — Sem a Guarda das Profundezas, elas fugiriam do abismo e chegariam aos reinos.

— Agora viu do que sou capaz, tio. Deixe-me servir aqui no seu lugar. Eu posso manter os monstros afastados. Devo isso aos reinos.

— Não duvido de sua capacidade em uma batalha ou mesmo como guarda. — Irahn para e olha para mim. — Mas não aceito a regência.

Meu coração dispara.

— Por que não?

— Você veio ao Vácuo para provar que não pode governar. Em vez disso, o que fez foi mostrar que tem de ser você.

Fecho os olhos.

— Meu povo nunca seguiria uma fera como eu.

Irahn põe a mão ao lado da minha orelha. Pulo de susto, percebendo que ele é a primeira pessoa que já me tocou nesta forma, exceto Rosalina… E *ele*. Uma das únicas pessoas que jamais olharam para o meu lobo sem sentir medo.

— Keldarion, sobrinho, você tentou?

28

Dayton

Seguro as rédeas com firmeza, sentindo a textura áspera do couro nas mãos enquanto os íbex nos levam pela traiçoeira trilha da montanha. Farron já dominou o dele; ele sempre teve jeito com animais, de pôneis e cavalos a seu grande alce. É capaz de olhar nos olhos de uma fera e reconhecer a sua alma.

Talvez por isso goste de mim, penso.

— Sacode um pouco mais do que quando monto Thea — diz Rosa, inclinando tanto o corpo para a frente que praticamente cola a barriga às costas do íbex. Os chifres pretos e curvados do animal se erguem em torno dela.

— Você está indo bem — respondo.

— Confie nele. — Farron se aproxima e afaga com ternura o focinho do íbex conduzido por Rosalina. — Esses animais conhecem bem a rota. Vão nos levar até lá em segurança.

Rosalina assente e continuamos montados nos íbex, subindo a longa trilha até o mosteiro. Alugamos os animais de um fazendeiro nos arredores da cidade, e ele insistiu para nos mantermos atentos aos goblins. Dou graças às estrelas por termos escolhido cavalgar. Meus pés doem só de pensar em caminhar até lá em cima.

Os passos firmes dos íbex combinam com o ruído de um rio próximo e o estrondo distante de cachoeiras. O caminho se torna mais íngreme adiante, e o cheiro de pinheiros e terra se mistura com o ar fresco da tarde, enchendo meus pulmões a cada inspiração.

À medida que subimos, o mosteiro vai aparecendo majestoso sobre o topo da montanha.

— Quem desistiria de tudo para viver no alto de uma porra de montanha sem nenhum bar à vista?

— O mosteiro foi construído no topo de um dos picos mais altos do Vale para ficar mais perto do Superior. — Farron ri baixinho. — É um sinal de devoção, Day. E, embora esteja situado no Reino da Primavera, Primavera não tem jurisdição sobre ele. Os Acólitos Dourados e o Exército da Rainha só respondem à Rainha. Porém, agora que os Altos Sacerdotes se foram e Kairyn assumiu o comando, tenho certeza de que muita coisa mudou.

— Inclusive, agora precisam de uma quantidade assombrosa de armas — Rosalina comenta, passando a mão sobre o novo protetor de metal no braço que ganhou de Tilla.

Diabos, essa mulher é incrível. Ganhar um presente da ex-amante de seu vínculo predestinado? Teria sido fácil para Rosalina se colocar na defensiva depois de conhecer Tilla e simplesmente a odiar por ela ter estado com seu predestinado antes. Mas, é claro, Rosa a tratou com o mesmo respeito e a mesma gentileza com que trata todo mundo.

Ela é perfeita. Perfeita demais para mim. Algo de que o mundo não se envergonha de me lembrar. Ele ri na minha cara quando me atrevo a tentar, quando ouso ter um único momento perfeito com ela.

Os íbex aceleram o passo, conduzindo-nos adiante com a força dos músculos. Eu me deixo levar pelos movimentos. Meu coração bate no ritmo dos cascos no chão.

O caminho é sinuoso e muito próximo da beirada do precipício. Do outro lado, ouço o som estrondoso de uma cachoeira que deságua em um pequeno lago, cuja corrente logo volta a descer com o rio.

— Esse rio nasce no cume do Monte Lumidor e desce até os arredores de Florendel — diz Farron. — Em algumas partes, há cachoeiras como essa, com piscinas rasas, mas também há trechos de quedas rochosas e muito volume d'água.

— Ouviram isso? — pergunta Rosalina.

Ouvimos. Nós paramos, e eu apoio gentilmente uma mão sobre o dorso do meu íbex. Um balido, seguido por um grito de mulher. Trocamos olhares preocupados, depois instigamos os animais a seguir em frente. Silhuetas tomam forma no topo da colina à nossa frente.

Uma mulher feérica coberta por longas vestes brancas e douradas: uma acólita do mosteiro. Ela segura um cajado, que balança de um lado para o outro diante do corpo para afastar…

— Goblins — murmuro.

Quatro criaturas se aproximam dela e parecem ser da linhagem antiga, sem as chamas verdes ao redor de si.

— Ela está protegendo os bebês! — Rosalina grita.

Alguns filhotes de íbex se escondem atrás da acólita. As criaturas de pelo fofo e cor de creme estão encolhidas, com os olhos muitos abertos, e têm chifres que não são mais do que pequenas saliências.

— Para trás! — rosna a acólita em tom ameaçador, batendo na cabeça de um goblin com o cajado. Outro avança na direção dela, e a feérica tropeça perto da margem do rio.

— Temos que ajudar! — Rosalina grita, endireitando as costas sobre o íbex e incentivando o animal a subir a encosta mais depressa.

Farron assente e eu os sigo também.

— Bem, fomos avisados sobre os goblins…

— Saborosos, saborosos para o nosso almoço — um dos goblins chilreia.

— A carne dos filhotes é mais macia — outro comenta, estalando a língua.

— Já falei para recuarem — a mulher grita de novo. Ela é jovem, tem cabelo escuro e uma expressão dura. Acerta os pés de um goblin com um golpe violento do cajado, e a criatura uiva.

Sinto o calor me invadir quando Farron recorre ao seu poder. Como um Alto Príncipe livre da maldição, nada limita a sua magia, exceto a saúde geral de Castelárvore.

Um goblin avança sobre os filhotes de íbex e a mulher tenta acertá-lo com o cajado. O goblin o agarra e puxa a mulher. Ela não teve nem tempo para gritar. Em um minuto, estava lá; no outro, dentro no rio. Ainda consegue voltar à superfície uma vez, ofegante e engolindo água, antes de ser arrastada pela correnteza e despencar na cachoeira.

Seu corpo desaba nas águas lá embaixo, mas não demora muito para o rio se tornar uma violenta corredeira.

— Eu vou buscá-la — digo, saltando do íbex. — Vocês cuidam dos goblins.

Corro até a beirada do precipício e mergulho. O frio do impacto me surpreende e volto à superfície ofegando. A acólita flutuou para longe, e a água diante dela é turbulenta.

— Merda — resmungo. Braçada após braçada, vou nadando para perto dela. A mulher não se move, e uma fina linha vermelha se espalha na água.

Olho para trás e vejo Rosalina e Farron lutando contra os goblins, uma torrente de chamas vermelhas e brancas. *Eles estão bem.*

A mulher submerge. Prendo a respiração e vou atrás dela. O rio é mais profundo do que eu pensava. Vejo apenas um lampejo dourado afundando,

afundando, afundando. Mas cresci entre as ondas do Reino do Verão e me sinto mais em casa na água do que em terra. Batendo os pés com vigor, eu a alcanço em pouco tempo e a seguro pela cintura.

Droga, ela é pesada demais com essas vestes. De quanto tecido uma pessoa sagrada precisa? *Não seria a primeira vez que dispo uma sacerdotisa,* penso. Vou removendo as peças até restar apenas uma camisola de seda. Então, agarro-a com firmeza e volto à superfície batendo os pés. Emerjo ofegante.

— Dayton! — grita Rosalina.

Pisco para afastar a água dos olhos. Ela e Farron estão na margem. Um pequeno rebanho de filhotes agora cerca as pernas dos nossos íbex.

— Estou bem — respondo, segurando a mulher contra o peito e nadando para a margem. Eu a deito sobre a relva. Farron e Rosalina se aproximam.

Farron põe a mão sobre a boca da acólita.

— Ela não está respirando.

Toco o meu colar de concha, procurando o pingente específico que contém o espelho abençoado pela Rainha. Nele, sinto minha magia fraca, mas a Bênção do Verão foi feita de água; água dos oceanos profundos e das marés superficiais. Posiciono uma das mãos sobre o corpo da acólita, procurando pela água que não deveria estar lá; a água em seus pulmões. Eu a dreno para cima, para a garganta, e ela por fim escorre suavemente por entre os lábios da sacerdotisa antes de evaporar.

Depois de um momento, a mulher tosse e arfa, tentando respirar. Nós três suspiramos aliviados.

— Calma, calma — digo, apoiando uma das mãos nas suas costas. O movimento repuxa a camisola, deixando à mostra um colar. Um fio de conchas. Estranhamente parecido com o meu. — Você está bem?

O cabelo castanho é uma confusão em volta do seu rosto, e ela o afasta antes de cravar em mim os olhos mais azuis que já vi. Azuis como o mar, como o horizonte infinito. Ela agarra o meu braço e murmura:

— Você... você me salvou.

29

Rosalina

Não sei se é por causa da altitude ou da imensidão da estrutura diante de nós, mas tenho dificuldade para respirar.

O Mosteiro da Terra da Rainha se assoma à nossa frente, um arranha--céu inacreditável de arquitetura gótica e elegância feérica. É tão alto que a sua parte superior está totalmente encoberta por nuvens. E já estamos no alto de uma montanha elevadíssima, então, não me surpreende que digam que se trata do ponto mais próximo do lendário Superior.

O mosteiro é uma única edificação, composta de torres finas, paredes de pedra dourada e pináculos dourados. Contrafortes suspensos sustentam a estrutura principal, enquanto cúpulas ornamentadas coroam os outros torreões.

Farron estende a mão para me ajudar a descer do íbex. Aceito a ajuda, mas não consigo desviar o olhar do mosteiro. Ele me causa desconforto, talvez por me fazer perceber como sou pequena.

— Um espetáculo, não é? — Farron diz, amarrando os íbex ao lado de uma trilha de gotas-de-estrela.

— Sempre sonhei em ver a Torre Eiffel ou o Empire State — sussurro, incapaz até de piscar —, mas isso deixaria ambos no chinelo.

— A Rainha teve um grande impacto sobre o povo do Vale. Esse é o seu testamento para ela.

— Lamento que Dayton não esteja aqui para ver isso.

Após resgatar a feérica que se afogava, Dayton se ofereceu para acompanhá-la na descida da montanha.

— Ele já o viu antes. Vamos. — Farron toca as minhas costas e me conduz em direção aos portões.

Eles se abrem quando nos aproximamos e vemos Ezryn de braços cruzados à nossa espera. Farron enviara uma de suas cartas voadoras encantadas para avisar que chegaríamos em breve.

— Fico feliz por terem chegado em segurança. Como foi a jornada montanha acima? — ele pergunta.

— Atribulada — responde Farron. — Como pode ver, perdemos Dayton. Mas eu conto sobre isso mais tarde. Já falou com Kairyn?

— Não. Estava me preparando para ir procurá-lo quando recebi a sua carta. Entrem. O que é tão urgente? Cuidado com as palavras, porém. Há ouvidos por toda parte.

No hall de entrada do mosteiro, não contenho uma exclamação de espanto. Arrepios percorrem o meu corpo. Não sei se já vi algo tão bonito. Todo o hall é iluminado pela luz colorida que entra pelos incontáveis vitrais. É parecido com a Torre Alta de Castelárvore, só que mais grandioso, mais espetacular. Até a passadeira sobre a qual caminhamos é opulenta, com desenhos em espirais que contam uma história que não entendemos.

O lugar é uma colmeia de atividade: de um lado, uma escadaria sobe até desaparecer lá no alto; de outro, um poço de elevador ecoa sons de movimento incessante. Acólitos vestidos de branco e dourado transitam por ali ocupados, mal prestando atenção em nós.

A conversa entre Ezryn e Farron entra por um dos meus ouvidos e sai pelo outro. Tento me concentrar no que eles dizem, mas o ambiente me distrai.

— Tenho que admitir, o meu irmão estava certo — diz Ezryn. — Parece ter havido um grande avanço aqui desde que ele substituiu os Altos Sacerdotes. Os acólitos estão bem alimentados, o moral está elevado e os povoados da área estão protegidos dos ataques de goblins.

— Quem os está protegendo? — Farron pergunta.

— Os novos Altos Sacerdotes. Kairyn os chama de seu Pentaconclave.

Farron abaixa o tom de voz.

— Não são só três? Kairyn e aqueles outros dois soldados de capacete que estão sempre com ele?

Ezryn hesita.

— Meu irmão é um grande guerreiro.

— E pode estar estocando aço Primavera aqui — Farron revela. — Escutem...

Ele conta o que Tilla nos dissera, isto é, que muitas armas haviam sido enviadas para o mosteiro.

Eu me distraio quando uma garotinha de branco aparece carregando um buquê de gotas-de-estrela. Ela sorri para mim e acena. Aceno de volta.

Então, o seu rosto fica muito vermelho.

— Desculpe. Pensei que fosse outra pessoa.

Então se afasta, apressada, antes que eu possa responder.

Continuo seguindo Ez e Farron, que agora falam baixo demais para que eu possa ouvi-los. Passamos por uma porta em arco e olho para o que há no interior.

Meu coração para por um segundo. Parece ser uma capela, com bancos de pedra enfileirados diante de uma plataforma elevada. Atrás da plataforma há um mosaico.

Fico completamente hipnotizada pela obra de arte. O mosaico retrata uma mulher de olhos fechados, com o corpo emoldurado por uma luminosidade etérea. Em torno dela estão as estações que tanto amei durante toda a minha vida: no quadrante superior direito, o conforto gélido do inverno retratado em pedaços de cerâmica azul e branca; abaixo dele, os lindos tons de rosa e verde da primavera; do outro lado, azul-turquesa e azul-coral transmitem o calor do verão; e, em cima, os tons vibrantes de vermelho e laranja do outono.

Finalmente, pairando sobre a cabeça da mulher, um espinheiro repleto de rosas vermelhas e douradas.

Sem perceber, entro nesse espaço e me aproximo da imagem, atraída por ela como se puxada por um fio invisível.

Suponho ser uma representação da Rainha Aurélia. Sinto uma espécie de identificação com ela, como se também fizesse parte de todas as estações que compõem o Vale.

Alguma coisa se aflora em minha mente, uma sensação e um pensamento ao mesmo tempo. Olho para o mosaico com os olhos semicerrados. Essa sensação... Ela desce em ondas da minha cabeça e para no coração.

Toco o colar. A Rainha se fora, mas e se parte de sua magia tenha ficado para trás?

— Lindo, não é? — comenta uma voz às minhas costas.

Eu me viro e vejo, parado na porta, o irmão de Ezryn, o príncipe banido do Reino da Primavera. Kairyn.

30

Dayton

A brisa de fim de tarde sopra em meu cabelo molhado e eu ajeito o poncho sobre os ombros. Olho para o Monte Lumidor, em cujo ápice o mosteiro reluz, como a ponta de uma espada. *Quando Farron e Rosa vão voltar?*

— Olá! — Uma voz baixa interrompe os meus pensamentos. A acólita está em pé na porta da minha varanda.

Depois do encontro na encosta da montanha, Rosa e Fare seguiram para o mosteiro, e eu acompanhei a acólita na descida até Florendel. Ela tinha de entregar um remédio especial que havia sido preparado no mosteiro para o Príncipe Thalionor, adoentado. Estávamos encharcados. E, embora Farron e Rosa tenham cedido os seus mantos secos para nós, a jornada fora longa e fria. Senti a mulher tremer ao longo de toda a jornada, o corpo dela colado às minhas costas sobre o íbex, até que ela finalmente adormeceu.

É claro, eu não tinha ideia de para onde deveria levar uma acólita, então a acomodei no sofá do meu quarto e fiquei esperando até que ela finalmente acordasse.

Agora, ela parece melhor e recuperou um pouco da cor do rosto. Está vestida com uma das minhas túnicas, a qual amarrou à cintura por um pedaço de corda, e meias enormes cobrem os seus pés e as suas pernas até os joelhos.

— Ficaram um pouco grandes em mim.

Não contenho um sorriso. Ela está ridícula.

— Em seu lugar, eu estaria mais preocupado com o castigo dos deuses por ter tirado o traje sagrado.

Ela revira os olhos e se aproxima.

— Não é assim que funciona. Nós reverenciamos a Rainha. Entregamos a nossa energia, a nossa luz e as nossas orações ao Vale na esperança de trazê-la de volta para casa. Alguns acreditam que ela vai abrir o caminho para o Superior.

Olho por entre as nuvens, mas não há nada para ver além do céu azul.

— Você acredita mesmo que foi de lá que viemos?

A acólita segue meu olhar para o alto.

— Os Altos Sacerdotes faziam muitos sermões sobre isso, sobre as grandes guerras entre o Superior e o Inferior, sobre como o Inferior destruiu os Jardins de Tílias...

— Mas a futura Rainha roubou quatro mudas da roseira e, a partir delas, criou o Vale Feérico, um paraíso para todos os encantados. Também temos mitos no Verão. — Sorrio para ela.

— Eu não o aconselho a chamar isso de mito na próxima vez que estiver no território do Mosteiro da Terra da Rainha. — Ela se senta ao meu lado na varanda. — E, quanto às roupas, tudo bem. Só as usarei até voltar ao Mosteiro. São confortáveis, na verdade. Têm cheiro de... salmoura.

— Desculpe. Não há modo de resolver esse cheiro. Acredite, no Reino do Verão, até a sua língua fica coberta por uma camada constante de sal marinho.

— Eu gosto — ela responde, tão baixo que nem sei se era para eu ouvir.

Olho novamente para o mosteiro e suspiro antes de encarar a mulher. Ela brinca com as pontas do cinto de corda. Seu cabelo curto está secando e formando cachos; uma mecha caiu sobre a testa. Penso em estender a mão e ajeitá-la atrás de sua orelha.

Há um ano, decerto teria cedido ao impulso. Droga, há poucos meses eu o teria feito. Porém, desde que Kel mandou Rosa embora, tudo mudou para mim. Tudo. Objetivamente, sei que essa mulher feérica é bonita, mesmo que pareça errado admirar uma pessoa sagrada. Olhos grandes, cabelos castanhos, lábios carnudos. Acho que é um pouco parecida com Rosa. Ou talvez todos os meus pensamentos sempre me levem de volta para ela.

— Fui muito grosseiro — falo finalmente. — Não perguntei o seu nome. Ou é necessário desistir dele quando se serve à Rainha?

Ela balança a cabeça e ri, uma risada melodiosa.

— Você certamente tem uma visão singular da nossa ordem. Eu posso usar o meu nome. É Wrenley.

— Wrenley, é? Bonito. — Sorrio para ela e noto um rubor intenso tingir o seu rosto. — O meu é...

— Você é o Alto Príncipe do Verão — ela me interrompe. — Daytonales. Todo mundo sabe quem você é.

— Pode me chamar de Dayton. Espero que a minha reputação não a tenha assustado demais.

— O que se fala de sua coragem é verdadeiro, é claro. Se não estivesse lá...

Meneio a cabeça.

— Você foi a corajosa. Muita gente teria largado aqueles animais à mercê dos goblins.

— Você não teria feito isso. — Ela toca o meu braço de leve, e percebo que os seus dedos são calejados. — Quanto a outros aspectos de sua reputação, acho que vou ter que descobrir por conta própria.

Evito o seu toque e me afasto.

— Os boatos são sempre mais fascinantes do que a realidade.

Isso é totalmente inusitado, não tem nada a ver comigo. Um ano antes, eu já teria deitado essa mulher no meu quarto, só pelo desafio de fazê-la gritar o meu nome em vez do nome da Rainha. E por que não? Ela é bonita e gosta de mim, um interesse que demonstra com toques e olhares.

Mas não consigo parar de olhar para o mosteiro sobre a colina. Por quê? Para ver os predestinados voltando? Predestinados a permanecer apaixonados um pelo outro *para sempre*?

— É o destino.

— O quê?

Olho para Wrenley no instante em que ela leva a mão à gola da túnica.

— Com uma visão tão cética do mundo, Príncipe do Verão, não espero que acredite nessas coisas, mas havia uma razão para você estar subindo a montanha naquele momento. A primeira coisa que vi quando abri os olhos foi um colar parecido com o meu.

Ela retira o cordão que leva no pescoço e me mostra o colar de conchas. Eu me aproximo dela como se estivesse em transe, porque também havia notado esse detalhe.

— Meu pai era do Verão — ela continua —, mas minha mãe e eu morávamos em um povoado no Monte Lumidor. Ele ia ao Reino do Verão durante a temporada de pesca e sempre voltava com uma concha para mim. — Com delicadeza, toco as conchas e sei imediatamente que são das praias de areia branca do lugar que é o meu lar. — E o seu?

— O meu? — Toco o meu colar. — Bem, ele tem o emblema do Alto Príncipe do Verão, mas juntei-o a um fio de conchas que já tinha antes. Alguém muito especial o fez para mim.

Ainda posso vê-lo: um dos nossos primeiros verões juntos, seu nariz queimado de sol, as bochechas salpicadas de sardas, o cabelo castanho cheio de areia. Ele deitado ao meu lado, fazendo um colar de conchas. *Fare.*

Wrenley sorri. Depois, abre o colar e tira dele uma concha de extremidades tão brilhantes que parecem feitas de ouro.

— Quero que fique com isto. Em agradecimento por ter salvado a minha vida.

— Ah, não posso…

— Por favor — ela sussurra, ficando na ponta dos pés para afastar o meu cabelo. Depois, abre o meu colar e acrescenta a concha dourada ao fio.

Pego a nova concha e a deslizo pelo cordão até posicioná-la embaixo do meu nariz, segurando-a para capturar a luz do sol.

— É linda. Obrigado.

Quando ela sorri, é impossível não pensar em outra pessoa, mas tento afastar o pensamento. Wrenley devolve o seu colar ao pescoço e se dirige à porta.

— Se quiser mesmo me agradecer, Príncipe do Verão, prometa que esta não é a última vez que o vejo.

31

Farron

Ezryn e eu andamos pelos corredores enclausurados do Mosteiro da Terra da Rainha. Um acólito idoso chamado Silvio nos conduz até o arsenal. Ele caminha com as costas curvas e tem rugas até em suas orelhas pontudas. *Deve servir aqui desde que a Rainha partiu.*

Olho para trás. Perdemos Rosa há algum tempo. Não me surpreende. É a cara de Rosalina fazer esse tipo de coisa, perder-se em uma pintura ou na luz de um raio de sol. Sinto a curiosidade por meio de nosso vínculo. Tenho certeza de que ela vai me contar tudo sobre o que a fascinou assim que nos encontrarmos.

Reconheço, gostaria de poder vagar pelo mosteiro apenas para conhecer a sua história, mas tenho que ajudar Ezryn a chegar ao fundo disso. Tilla disse que os carregamentos de aço Primavera haviam sido trazidos para o mosteiro. Por que um santuário precisa de armas?

Felizmente, encontramos Silvio, o mestre armeiro. Sua idade e sua constituição parecem outra indicação da pouca utilidade que essas armas teriam aqui em cima.

As mãos de Silvio tremem quando ele destranca a porta de madeira e gesticula para nós, convidando-nos a entrar. Sigo Ezryn. A sala é escura, iluminada apenas por tochas, mas limpa e organizada. Prateleiras cobrem todas as paredes, ocupadas por todo tipo de armas, lanças e dardos a espadas e machados. Todas exibem o brilho familiar do aço Primavera.

— Conforme solicitou, Alto Príncipe Ezryn — diz Silvio, estendendo a mão —, eis o nosso arsenal.

Ezryn se aproxima de uma prateleira e examina uma lâmina.

— Forjada recentemente. Diga-me, armeiro, quando essas armas chegaram?

Silvio bate com o dedo no queixo.

— Recebemos vários carregamentos ao longo dos últimos meses. Com os goblins cada vez mais ousados nas montanhas, o Alto Sacerdote Kairyn decidiu que o Exército da Rainha deveria ser equipado com algo mais do que utensílios de cozinha enferrujados. Palavras dele, não minhas.

— O Exército da Rainha só responde à própria Rainha — diz Ezryn.

Silvio dá de ombros.

— O Alto Sacerdote diz que a paz depende de estarmos preparados. Ele quer que os acólitos também estejam treinados. Ora, eu mesmo, há alguns dias, segurei uma lâmina pela primeira vez em trezentos anos. — Silvio estremece e solta uma risada ofegante. — Revigorante!

Cruzo os braços.

— Então, todos aqui no mosteiro têm acesso a essas armas?

— Somente os Altos Sacerdotes e eu temos a chave. E o aço é regulamentado. É preciso passar por certo treinamento antes de obter permissão para empunhar essas armas nas áreas de treino. Cada arma retirada é registrada nominalmente até sua devolução. Kairyn mantém vigilância estrita sobre tudo. Ele até se encarregou pessoalmente de dar uma ou duas aulas aos mais novos! — Silvio ergue as sobrancelhas grossas. — Lições que, tenho certeza, ele aprendeu com você, Alto Príncipe Ezryn.

Ezryn se vira e olha para o aço.

— E não sentiu falta de nenhuma de suas armas? — pergunto.

Silvio balança a cabeça.

— Não, Alto Príncipe.

— Obrigado, armeiro. Está dispensado — Ezryn anuncia.

Silvio faz uma reverência e sai.

Quando ele fecha a porta, eu me apoio em uma das prateleiras, provocando um tilintar metálico.

— Pensei que poderíamos encontrar alguma pista, mas tudo aqui é controlado. Com os ataques dos goblins cada vez piores, entendo por que os acólitos querem aprender a se defender.

— Estou… aliviado. — A voz de Ezryn sai baixa, pensativa.

Arqueio uma sobrancelha.

— Porque a nossa única pista não deu em nada?

— Eu não sabia quem encontraria quando chegasse aqui.

— Você quer dizer *o que* encontraria! — esclareço.

Ezryn balança a cabeça.

— Não. *Quem*. Eu não tinha certeza das verdadeiras intenções do meu irmão quando desrespeitou o banimento. Mas quando cheguei aqui em cima… Ele é amado por esse povo. Muitos dos desalojados pelos ataques foram acolhidos aqui. — Ezryn suspira. — Kairyn fez mais por Primavera como exilado do que eu fiz como Alto Príncipe.

Eu me aproximo dele.

— Você tinha motivos para suspeitar. Kairyn desobedeceu à sua ordem de banimento e destituiu a guarda real de seu pai para instalar uma guarda própria. Já decidiu como vai puni-lo?

Ezryn olha para mim, seu reflexo dançando nas inúmeras lâminas penduradas na parede.

— Não. Esperava pensar em alguma coisa enquanto subíamos. Qual é a sentença apropriada para quem desafia um banimento? De acordo com as leis, eu poderia mandá-lo para o exílio, isto é, expulsá-lo de Primavera. Para sempre.

— E por que não faz isso?

Seu rosto revela o sofrimento.

— Porque *não quero*.

Ele encara a parede com os ombros caídos sob o peso da derrota. Deve ter sido muito difícil fazer tal confissão. Nesse sentido, ele é muito diferente de todos nós. Não é como Rosa, que anda por aí com o coração nas mãos e muitas vezes deixa os próprios pensamentos transbordarem, por mais estranhos que sejam, ou como Dayton, cujas emoções são tão fáceis de ler nas ondas que quebram em seus olhos. Droga, nem Kel, a despeito de sua discrição, consegue esconder os sentimentos.

Ez sempre deixou que suas atitudes falassem por ele. Lutou por mim quando eu mais precisava. Agora, devo fazer aquilo em que sou bom.

Dar palavras a ele.

— Entendo. — Eu me aproximo devagar. Paro ao lado dele e apoio uma das mãos em seu ombro. — Kairyn é tudo que você tem agora.

Princesa Isidora e Príncipe Thalionor eram predestinados. Quando ela morreu, o pai de Ezryn quase se isolou completamente do mundo. Nunca o conheci muito bem, mas minha mãe dizia que ele havia se tornado uma casca vazia, um fantasma em corpo feérico, e, em seguida, ela sempre abraçava o meu pai com força.

Meu peito fica pesado ao me lembrar disso. Sempre que penso em minha mãe, volto ao campo de batalha. É como se os gritos dos soldados e o barulho do metal invadissem esta sala. *Sinto muita saudade de você.*

Tive pai e irmãos para me apoiar, para chorar comigo. Sem falar de Dayton e Rosa, que não deixam passar nem um dia sequer sem perguntar como eu estou.

Depois da morte de Isidora, porém, quem quis saber como Ez estava?

Ezryn levanta a mão para cobrir a minha e a segura com força.

— É normal você estar em dúvida quanto a tudo isso — falo em voz baixa. — Não tenha pressa.

— Sempre fomos muito duros com ele, Fare. Meu pai e eu. Você se lembra de Kai ainda menino, não é? Sempre muito distraído. Um sonhador. Houve muitos momentos de nossa infância em que eu estava tão focado em cumprir o meu dever que nunca parei e olhei para trás, a fim de esperar que ele me alcançasse.

Passei algum tempo com Kairyn antes de ele ser banido. Sempre o achei meio... estranho. Pensando bem, não consigo me lembrar de alguma ocasião em que Ezryn tenha se entendido de verdade com o irmão. Mesmo quando eram mais jovens, eram sempre Ezryn e Kel trabalhando juntos, lutando juntos, fazendo tudo juntos.

— Você era o herdeiro. Tinha que se preocupar com o próprio destino.

Uma risada amarga reverbera dentro do capacete de Ezryn.

— Ele precisava de alguém. Nossa mãe era a única pessoa de quem ele era próximo. Ela entendia as suas singularidades, e eu a tirei dele.

Minha garganta fica apertada. Quantas vezes não senti a mesma coisa desde a morte de minha própria mãe? Quantas vezes não ponderei que, se tivesse feito alguma coisa diferente naquele dia, poderia ter salvado a vida dela? E, assim, Dom, Billy e Nori não seriam órfãos de mãe.

Fecho os olhos. No fundo, sei que mereço ser perdoado. E Ezryn também.

— Não foi culpa sua, Ez. Passar a Bênção é perigoso. Isidora conhecia os riscos.

Ele fica tenso e solta a minha mão. Depois de um momento de silêncio, diz:

— Como se sentiu quando a sua mãe morreu na sua frente?

Nunca vou me esquecer. A lembrança está guardada dentro de mim.

— Foi como se uma chama adormecida se acendesse em meu peito, como se minha essência pegasse fogo e transbordasse, e de repente eu fizesse parte de todas as coisas vivas no reino. As folhas ficaram mais coloridas, o sol tornou-se mais quente. Podia ouvir no vento palavras que nunca tinha entendido antes…

Ezryn responde com uma voz que soa como um grunhido rouco.

— Para mim, foi como ser rasgado de dentro para fora, como se, para se instalar dentro de mim, aquilo tivesse que esvaziar os meus ossos. Eu acreditava ser forte. Não. A Bênção me mostrou que eu era fraco, que eu *sou* fraco. Não consegui controlar. Tudo aconteceu muito depressa. Eu… — Ele se cala e me dá as costas, inundado de sombras.

Sinto um arrepio nas costas.

— Você o quê, Ez?

Outra pausa opressiva se prolonga antes de Ezryn caminhar até a porta e abri-la.

— Nosso pai está morrendo, Farron. E se essa decisão a respeito da punição de Kai for a minha última chance de fazer algo correto por minha família?

Ele estava prestes a me dizer alguma coisa. Eu poderia pressioná-lo…

Não. Ele vai encontrar as palavras com o tempo. Quando estiver pronto, ele vai me contar.

Paro ao lado do Alto Príncipe da Primavera e olho dentro das sombras de seu capacete.

— Também somos sua família. Você fez o que era certo por nós. Se não crê que Kairyn esteja envolvido no desaparecimento do aço Primavera, acredito em você. — Novamente, procuro dentro de mim aquilo de que ele necessita. Devo equipá-lo com palavras em vez de armas. — Kairyn ainda está aqui, Ez. Se há alguma coisa que precisa dizer a ele, não é tarde demais.

32

Rosalina

— Príncipe Kairyn — murmuro, virando-me para encará-lo. Os pelos dos meus braços se arrepiam e, por alguma razão, a ideia de lhe dar as costas não parece boa.

Eu não deveria estar surpresa por vê-lo. Ele é o líder dos Altos Sacerdotes. E sei que não fiz nada de errado ao entrar neste espaço. Ezryn disse que o mosteiro era aberto a todos. Porém, quando vejo a sua estatura, a largura dos ombros e a armadura preta, tenho a sensação de que a saída para o corredor encolheu atrás dele.

— Minhas desculpas. Estava acompanhando o Príncipe Ezryn e o Príncipe Farron e me distraí. — Abaixo a cabeça. — Eles seguiram em frente. Certamente já estão estranhando a minha ausência.

— É compreensível. As obras de arte espalhadas pelo mosteiro não são apenas intrigantes, mas encantadoras. — A voz dele tem um timbre que reverbera dentro do capacete preto. — Eu sei bem. Moro aqui há décadas.

Está banido aqui há décadas, ele quer dizer.

Kairyn se detém ao meu lado e olha para o mosaico. Um pingente de estrela branca no peitoral da armadura reflete a luz amena.

— A Rainha em toda a sua glória. Os Acólitos Dourados honram a sua memória e rezam para que ela retorne ao Vale.

Minha respiração fica presa na garganta. Olho para cima, para ele.

— É para isso que reza também?

Ele fica em silêncio por um momento, e isso me faz lembrar de Ezryn. Depois diz:

— Esperar que outra pessoa venha nos salvar é uma empreitada fadada ao fracasso. A Rainha é conhecida por ser amorosa e justa. Ela não haveria de querer que ficássemos inertes, em negação. Um governante realmente altruísta desejaria que um novo poder se levantasse e guiasse o Vale, assim como ela fez antes.

É estranho vê-lo falar desse jeito, em voz baixa e manifestando esse tipo de pensamento. Muito diferente da primeira impressão que tive quando ele enfrentou Ezryn. No entanto...

Vejo os punhos cerrados, o arfar do peito coberto pela pesada armadura. Há uma tempestade se formando sob a superfície.

— Meu nome é Rosalina O'Connell — digo, endireitando as costas. — Sou... amiga de seu irmão.

— Oh, eu sei quem você é, Lady O'Connell. — Kairyn se vira e caminha para a porta. — Todos sabem quem você é.

— Todos? — repito, mais para mim mesma.

Ele para na porta.

— Meu irmão é grande em muitas coisas, mas não é um grande conhecedor das artes. Seria uma honra lhe mostrar as outras obras-primas do mosteiro.

Eu me aproximo dele lentamente. Olho para o corredor e não vejo o menor sinal de Ez ou Farron. Mas eles sabem que estou aqui.

Kairyn é da família de Ezryn. Talvez eu possa aplacar quaisquer ressentimentos que ainda haja entre eles. Precisamos de aliados. Mais do que nunca.

— Eu ficaria encantada — respondo.

Kairyn toca as minhas costas com a sua mão enorme e sinto um arrepio.

Ele me conduz a uma escadaria e subimos até um grande salão cheio de mesas, escrivaninhas e pilares entalhados esplendorosamente.

— Esta é a câmara de estudos, um lugar para contemplação, meditação e projetos acadêmicos. Também é o lugar onde ficam as minhas obras favoritas.

Ele me conduz através de um grupo de acólitos de cabeça baixa e chegamos a um corredor, onde vejo uma janela em arco. A luz dourada do exterior se derrama sobre uma tapeçaria.

Eu me aproximo dela e tento identificar os fios. A tapeçaria se estende do teto ao chão e retrata uma cena épica.

Na parte superior há nuvens densas, coloridas; no meio, uma roseira radiante. Aponto para a cena.

— O que é isso?

A voz de Kairyn ecoa no corredor.

— O Superior, é claro. O primeiro reino. Um lugar que agora só existe em lembrança... É o que dizem, pelo menos.

Meus olhos se voltam para a parte inferior da tapeçaria, perto da base. Em um paralelo perfeito, retratam-se ali cavernas e uma névoa escura.

— Imagino que isso seja o Inferior.

Kairyn inclina a cabeça para mim.

— Você não reconhece a arte sacra. Deve ser verdade, então.

— Como?

Ele dá um passo pesado e a sua silhueta impede a passagem da luz que entra pela janela. Meu coração bate mais forte. Ele é a única coisa no meu campo de visão, seu corpo recortado contra a luz e muito maior do que o meu. Kairyn estende a enorme mão enluvada e eu me encolho.

Mas ele apenas toca com delicadeza a ponta da minha orelha.

— É verdade. Você não nasceu feérica. Ou nasceu e...

Minha risada é nervosa.

— Pois é, gostaria de poder contar toda a história, mas nem eu a conheço.

— Os príncipes de Castelárvore realmente guardaram o seu tesouro só para eles.

Minha voz recupera a força.

— Os príncipes e eu tomamos as melhores decisões possíveis para Castelárvore.

— Nossa esperança agoniza — ele murmura. — Faz vinte e cinco anos que eles tentam curar a fonte de toda magia e ainda não conseguiram nada. Algumas pessoas podem pensar que guardam a magia só para eles.

— Essas pessoas estariam erradas — retruco.

— Há boatos de que outros problemas atormentam os nossos queridos príncipes. Seus lares apodrecem, goblins andam por aí, incontroláveis. Alguns dizem até ter visto um monstro horrível correndo entre os espinheiros. Uma fera na Sarça.

Agora é a minha vez de manter a estabilidade, de ser mais parecida com Ezryn e pensar antes de falar.

— Descobri que as feras mais assustadoras não são aquelas que possuem dentes e garras afiados, mas as que se escondem atrás de um sorriso.

Nós nos encaramos — o olhar dele, um terrível vazio escuro sob a testa saliente de metal — e, depois de um instante, ele ri. Uma gargalhada profunda e assombrosa.

— Acontece que amo coisas que me assustam, Lady O'Connell. — Ele se volta para a tapeçaria. — Como você é uma feérica recém-nascida e meu irmão não parece ter sido capaz de educá-la, permita-me. Já ensinei muitos jovens acólitos sobre as nossas histórias.

Eu me viro para a obra de arte outra vez, mantendo Kairyn na periferia do meu campo de visão.

— Na aurora dos tempos, só havia o Reino Superior, um lugar de beleza etérea. Ele devia a sua radiância ao Jardim de Tílias, um canteiro de roseiras celestiais que banhava o reino em sua luz divina.

Ele indica o topo da imagem. Uma roseira celestial... Meu coração bate forte em antecipação.

— Os feéricos viviam aqui em paz e serenidade. Nem todos estavam satisfeitos com a luz que os banhava, no entanto. Uma mulher desejava ser dona da própria terra. Então, ela roubou uma flor preciosa da roseira e, com sua magia, forjou o Reino Inferior.

Meus olhos se voltam para a cena sob as nuvens densas: os fios bordados retratam uma mulher feérica, cujos olhos brilham no tecido. O cabelo preto voa ao vento enquanto ela colhe uma flor.

— Em seu novo reino, a mulher usou a flor roubada para cultivar as próprias criações, monstros produzidos pelo solo escuro desse lugar.

— Os goblins... — sussurro.

— E outras coisas parecidas. — Tenho a impressão de que a voz de Kairyn carrega um sorriso, e isso me faz perceber que devo parecer entretida.

Porque estou mesmo.

— A feérica que roubou a rosa — digo. — Qual era o nome dela?

Kairyn cerra os punhos.

— Sira, Rainha do Inferior.

Já ouvi esse nome. Lembro-me das palavras de Farron alguns meses atrás. *Alguém de quem até Caspian tem medo.*

Kairyn continua:

— Pela traição de roubar a rosa, Sira foi banida do Reino Superior. Em retaliação, ela declarou guerra àqueles que a atacaram e mandou as suas criações para a cidade celestial. Apesar de sua coragem, os feéricos do Reino Superior não sabiam guerrear. Sira destruiu a roseira, e o Reino Superior se perdeu.

Não consigo me conter. Deslizo os dedos pelas imagens que Kairyn descreve: a roseira sufocada pela escuridão, as nuvens colapsando sobre si mesmas.

— Isso não pode ser o fim.

— Não foi. — Kairyn segura a minha mão e a conduz a uma nova imagem. Uma feérica etérea banhada em luz. Quatro rosas flutuam em torno de sua cabeça. — Uma mulher corajosa chamada Aurélia identificou a desgraça iminente e cortou quatro flores da roseira antes da morte da planta.

— Aurélia — sussurro. — A Rainha.

— Das sombras da devastação, ela criou um novo mundo e plantou nele um grande castelo: uma árvore, na qual injetou a magia caída do Reino Superior. — Ele baixa a voz. — Um trono de poder distorcido.

Tracejo com os dedos os contornos da árvore brilhante e meu coração floresce como os seus galhos.

— Castelárvore. — *Lar.*

Os movimentos de Kairyn são lentos e lânguidos quando ele me conduz pela tapeçaria até a imagem seguinte: uma versão têxtil do mosaico que vi mais cedo.

— Das rosas que colheu, ela criou quatro reinos e os declarou seus quatro servos mais leais. Nomeou príncipes e princesas, vinculando para sempre a magia desses reinos à dela. A autoproclamada Rainha do Vale Feérico sentou-se em seu trono com o coração tocado pela vingança.

Olho para ele.

— Como assim? Vingança?

— A guerra estava longe do fim, Lady O'Connell. Aurélia havia perdido o seu primeiro lar e, de repente, exercia total domínio não sobre um reino, mas sobre cinco. E pretendia fazer Sira pagar pelo que havia destruído. — Antes que eu pudesse fazer mais perguntas, Kairyn toca as minhas costas outra vez. — Venha, vou lhe mostrar mais do que arte.

Kairyn me leva a um poço de elevador, uma estranha combinação de engenharia mecânica e magia. A parte de trás é completamente aberta, revelando o rio sinuoso que desce a montanha e, ao longe, Florendel. Ele encosta o dedo na porta e traceja uma runa. Meu estômago vai parar na garganta quando subimos como um foguete.

Segundos se transformam em minutos, e continuamos subindo, subindo. Kairyn não fala nada. Eu entrelaço as mãos com força. O silêncio entre nós é pesado e incômodo.

Diante da tapeçaria, pelo menos podíamos conversar sobre a obra de arte.

Olho por cima do ombro.

— Linda vista.

Um suspiro pesado ecoa dentro do capacete.

— Morar aqui tem alguns benefícios.

— Ah, é? Comida boa? Cama confortável?

O elevador estremece e para de repente. Kairyn segura o meu cotovelo, amparando-me antes que eu caia. As portas se abrem.

— Meu irmão não mora aqui. — Ele desce do elevador.

Deixe isso para lá, Rosalina, peço a mim mesma. Mas acho que me tornar feérica não me deixou mais esperta.

— Não gosta da companhia de Ez?

Kairyn para de andar.

— Ez... — ele murmura, meneando a cabeça. — *Ez*. Você fala como aquele idiota do Keldarion.

Agora, estamos em um estreito corredor de pedra. Olho para fora por uma pequena janela em arco à minha direita e minhas pernas quase cedem. O horizonte sumiu, só vejo nuvens. Nunca estive em um lugar tão alto em toda a minha vida.

Kairyn se vira e a capa preta tremula às suas costas.

— Até você. É chamada de Rosa Dourada depois do que fez no Reino do Outono. Vínculo predestinado com o Alto Príncipe Farron. E até você...

Cruzo os braços.

— Até eu o quê?

As palavras dele saem lentas, como se falasse com uma criança.

— Até você está cega. Não vê. Ninguém nunca vê. — Ele continua andando pelo corredor. — Até eu obrigá-los a ver.

— Espera! — Levanto a saia e corro atrás dele. O corredor estreito se abre de um lado e dali é possível avistar um pátio. Centenas de soldados treinam em perfeita sincronia, seus movimentos fluidos como uma dança. Kairyn para e os observa. — O que eu não vejo? — Tento recuperar o fôlego.

Ele suspira.

— Não importa.

— Então, me conta o resto da história. — Toco o seu antebraço. O gesto parece assustá-lo, e ele olha para os meus dedos sobre a sua armadura.

Há algo quase inocente em sua apreensão. Tento capturar o seu olhar através do visor. Ezryn era assim quando o conheci: sério, mas temeroso. Talvez eu possa mostrar a Kairyn que as coisas mudaram em Castelárvore, que ele e Ezryn podem reconstruir os laços que foram rompidos.

O capacete se move, e tenho a impressão de que ele olha mais para baixo, além dos meus olhos.

— Ainda havia mais sangue a ser derramado, e a Rainha o derramou rapidamente. — Ele se afasta de mim e continua andando. Tenho que me esforçar para segui-lo. — Não só acólitos e clérigos vivem aqui, mas também o Exército da Rainha, uma força de elite que ela convocava em tempos de guerra. E ela também convocava os Altos Governantes. O primeiro Alto Príncipe da Primavera forjou cinco armas divinas, uma para cada governante dos reinos: Inverno, Primavera, Verão, Outono e o Reino da Rainha.

O Reino da Rainha. A região onde fica Castelárvore, a qual chamamos agora de Sarça. Devia ser bem diferente naquela época.

— Quando usadas em conjunto — Kairyn continua —, dizem que as cinco armas são capazes de invocar uma magia impossível. Segundo algumas lendas, elas podem até abrir uma passagem para o que resta do Superior.

Kairyn me conduz por uma escadaria curva. Meu coração bate em um ritmo frenético; a história é como eletricidade. Mal consigo respirar, quanto mais falar.

— A guerra se estendeu por muitos anos, mas Sira e as suas criações foram finalmente derrotadas. Afundaram de volta no Inferior... Por algum tempo, pelo menos. A Rainha Aurélia decretou que, em tempos de paz, não havia mais necessidade de armas tão poderosas. O mosteiro tinha sido criado recentemente, e elas foram mantidas aqui, bem no alto da montanha, por segurança.

— Isso não é perigoso? Qualquer um poderia subir até aqui e pegar uma delas.

— Não é tão simples. Aurélia foi astuta. Ela encantou cada uma das armas, de forma que só pudessem ser empunhadas por alguém que usasse o seu símbolo.

— Ninguém mais poderia pegá-las?

A risada de Kairyn é sombria.

— Ah, poderia. Mas isso drenaria a vida do indivíduo e corromperia o seu sangue até que ele não fosse mais do que uma casca vazia.

— Um ótimo sistema — murmuro.

Chegamos a uma porta no fim da escadaria e Kairyn para. Olha para mim de novo. Não para os meus olhos, mas mais para baixo.

Para o meu colar de pedra da lua.

Eu o escondo rapidamente embaixo do vestido.

Kairyn se vira e abre a porta. Chegamos a uma pequena sala circular. O vento entra pelas janelas. Cinco pedestais descrevem um arco em torno da área, cada um deles sustentando uma bela arma. Só um está vazio. Há um imenso martelo adornado por vinhas de aço, um radiante tridente de safira, uma lança de cobre que brilha ao sol e…

Dou um passo à frente.

Um arco.

Um arco diferente de tudo que já vi. A estrutura delicada de pedra da lua e aço é enfeitada por constelações douradas. A corda pulsa com uma energia radiante.

Estendo a mão para ele…

— Eu não faria isso, se fosse você. — Kairyn toca o meu ombro. — O Arco de Radiância era a arma de Aurélia. A corrupção parece afetar… mais rapidamente aqueles que o tocam. A menos… — Ele baixa a voz. — A menos que, por algum motivo, você carregasse o símbolo da Rainha.

— Por que a Rainha criaria um símbolo para a própria arma? Ela não seria capaz de empunhá-la?

— É claro que seria. Ela podia empunhar qualquer arma sem sofrer consequências. Há quem pense que ela criou um símbolo para o arco por precaução, caso um dia encontrasse o seu amor predestinado e desejasse que ele empunhasse as armas.

Quase seguro o meu colar, mas paro. De repente, tenho uma vontade enorme de escapar do olhar de Kairyn.

— As outras armas têm nomes?

— É claro. Há o Tridente de Honra do Verão, a Lança de Coragem do Outono e o Martelo de Esperança da Primavera.

Aponto para o pedestal vazio:

— O que deveria ficar ali?

— A Espada da Proteção. Antes de desaparecer, a Rainha atribuiu ao Inverno a responsabilidade de proteger os reinos em sua ausência. Tal encargo foi passado de Alto Governante a Alto Governante e está agora aos cuidados do atual Alto Príncipe.

— Keldarion.

Kairyn se aproxima de uma janela e olha para fora.

— Ele deve ter guardado a espada em Castelárvore. Talvez a tenha visto.

Uma lembrança constrangedora passa pela minha cabeça: eu bêbada e brandindo essa espada sagrada como se fosse um brinquedo. Felizmente, não a segurei por muito tempo, pois talvez tivesse contaminado o meu sangue. Não senti nenhum sinal de corrupção quando toquei o cabo gelado da arma.

— Não, não vi.

— Uma pena — Kairyn murmura. — Se tivéssemos as cinco armas, talvez pudéssemos livrar Castelárvore da corrupção que o consome.

Sinto um arrepio nas costas.

— Acho melhor voltarmos ao hall de entrada. Ezryn e Farron devem estar me procurando.

Kairyn assente e se dirige à porta, a qual segura aberta.

— Obrigado por ouvir as minhas histórias, Lady O'Connell — ele diz quando passo à sua frente. — Foi um grande prazer finalmente a conhecer.

Paro e encaro o visor do capacete.

— São só histórias, não são? Lendas?

— Ah, não tenho tanta certeza, Lady O'Connell. As lendas sempre encontram um jeito de se tornarem reais na hora certa.

O peso dessa resposta paira sobre mim quando desço as escadas. Toco o meu colar. E se forem mais do que histórias?

E se eu fizer parte delas?

33

Ezryn

A sombra do mosteiro se alonga diante de mim. Rosalina acena de cima de seu íbex, e Farron sorri para mim ao montar o seu animal.

— Não vai descer com eles? — Kairyn pergunta ao meu lado.

— Não. Vim até aqui para falar com você.

Farron e eu encontramos Rosalina e Kairyn no hall de entrada, depois de concluirmos a inspeção do arsenal de aço Primavera. Ela explicou que o havia encontrado enquanto apreciava uma obra de arte, então ele a levou para conhecer outras relíquias do mosteiro. Senti um desconforto estranho quando os vi juntos. Meu irmão nunca foi o que se pode chamar de anfitrião generoso. Rosalina não parecia incomodada com a presença dele; parecia distraída, perdida nos próprios pensamentos, mas isso não é incomum para ela. Talvez Rosa tenha encontrado traços em comum com Kairyn; ambos são sonhadores.

Kairyn não olha para mim.

— Você veio anunciar a minha punição.

— É meu direito. Você desobedeceu deliberadamente à ordem de banimento. — Minhas palavras são firmes, apesar da agitação em meus pensamentos. *Preciso tomar uma decisão.*

A respiração de Kairyn se acelera.

— Não desobedeci à sua ordem por arrogância ou despeito. Eu juro, irmão. Primavera estava em perigo, alguém tinha que agir. Quanto tempo eu deveria esperar? Até nosso pai se recuperar? A Rainha voltar? O Alto Príncipe… — Ele para um instante antes de murmurar: — Eu não podia ficar aqui parado, vendo o meu povo sofrer.

Faço uma pausa antes de responder. Olho para o capacete escuro, como se ali pudesse encontrar respostas.

Arrogância e despeito. Foi exatamente o que senti quando o vi sentado em meu trono. Mas talvez essas tenham sido as coisas fáceis de ver. Um garoto ressentido desobedecendo ao irmão.

Quando olho para ele agora, vejo o tremor em seus dedos, ouço a respiração irregular.

Ele está com medo de mim, do meu julgamento.

A constatação faz o meu peito apertar.

Farron me disse que fiz o certo por minha família. Não é verdade. Se eu tivesse feito o certo, não seria a voz de Kairyn que narraria cada um dos meus pensamentos dolorosos.

Quando éramos mais jovens, quantas vezes fui convidado para participar de reuniões do conselho, enquanto Kai ficava esperando do lado de fora? Quantas vezes escolhi passar meses no Inverno ou ciceronear Keldarion por aqui, em vez de dar atenção a quem tinha o meu sangue? Sempre que o meu pai precisava de um parceiro em alguma competição, eu era o escolhido. Sempre que eu precisava de um, escolhia Kel.

Havia motivos para isso. Kairyn era brusco demais para lidar com o conselho, imprudente demais para as competições. Apesar de sermos irmãos, nunca vimos o mundo à mesma luz, como Kel e eu.

É tarde demais?

O vento sacode as nossas capas, fazendo-as dançar quase em sincronia. Olho diretamente para Kairyn e distendo os ombros.

— Quero saber sobre o aço Primavera.

Ele fala depressa.

— Os habitantes de todos os povoados das Montanhas Tear de Estrelas vinham sucumbindo aos ataques. Nosso povo estava morrendo. *Nosso* povo. Os acólitos precisam se defender...

— Não estou perguntando por que trouxe o aço para cá. Entendi os seus motivos e estou de acordo com eles.

Kairyn inclina o capacete.

— Você... concorda comigo?

— Preciso saber como o Inferior teve acesso ao aço. Seja sincero. Você perdeu algum dos carregamentos?

Kairyn faz uma pausa, e a hesitação é uma confirmação em si mesma. O garoto orgulhoso não vai admitir...

Eu me contenho. Não é orgulho; é vergonha. Coisa que nós, irmãos de Primavera, conhecemos bem demais.

Aquele aperto doloroso volta ao meu peito quando percebo quanto dessa vergonha fui eu quem plantou nele. Usei todas as oportunidades que tive para corrigir os seus erros, para provar aos nossos pais que eu era digno de ser o próximo Alto Governante de Primavera.

— Cometi muitos erros — Kairyn diz finalmente, em voz baixa. — Mas todos eles a serviço de uma visão maior. Juro.

O sol se ergue lentamente no horizonte, levando com ele a sombra do mosteiro. Agora a silhueta de Kairyn se destaca.

— Você não foi o único a errar, Kai — murmuro. — Se queremos reparar esses erros, precisamos confiar um no outro. Agora, mais do que nunca.

Olho para baixo, para a sua sombra, o vácuo engolindo a grama. Primavera estaria melhor se eu tivesse confiado em Kairyn quando ele me desafiou pela primeira vez, recorrendo ao Rito? E se eu o tivesse deixado ficar no comando?

Ele pode ser desobediente e arrogante, mas nunca causou o mal que eu causei.

— Confiar um no outro? — Kairyn repete. — Está pedindo a minha confiança? — Há raiva em sua a voz. Ódio.

Durante todo esse tempo, achei que ele deveria ser grato por eu ter decidido bani-lo para o mosteiro, quando eu poderia tê-lo condenado à morte. Ou pior: à remoção de seu capacete. Mas por que ele seria grato? Kairyn viu a vida se apagar em nossa mãe. Ele me viu deixar Primavera nas mãos de nosso pai, cujo luto consumia cada parte de seu espírito.

Não é à toa que ele me odeia.

E seria muito fácil odiá-lo. Fecho os olhos e os meus pensamentos correm montanha abaixo para Rosalina. Ela oferece a sua bondade de graça, concede o seu perdão àqueles que muitos considerariam indignos. Vi como sua compaixão afastou a escuridão de meus irmãos — meus *outros* irmãos, os que moram em Castelárvore.

Se eu seguir o seu exemplo, talvez possa banir a escuridão que existe entre mim e Kairyn. Podemos encontrar um novo caminho e seguir em frente.

— Não quero ser seu inimigo, Kai — digo.

Kairyn caminha até a beirada do penhasco e depois se vira para o mosteiro. Finalmente, deixa escapar um suspiro profundo.

— E eu nunca quis ser o seu.

É a minha oportunidade. Preciso falar sobre o assunto que nunca abordamos antes. O motivo de ele ter invocado o Rito contra mim. A razão que me impede de calar a sua voz em minha cabeça.

O motivo pelo qual sempre duvidarei de ter feito a escolha certa quando decidi manter a Bênção, em vez de passá-la para ele.

Abro a boca para falar, mas o eco assombroso do grito dela reverbera em minha mente. Meu sangue gela como no dia em que a Bênção foi transmitida para mim. Kairyn permanece imóvel, como no dia em que testemunhou os meus atos.

Não posso falar com ele sobre isso; ainda não. Então, escolho outras palavras.

— Volte para Florendel comigo.

Ele permanece imóvel.

— O quê?

— Em reconhecimento aos seus atos de coragem para proteger as Montanhas Tear de Estrelas, revogo o seu banimento a partir deste instante.

— Não vai me punir? — ele pergunta, hesitante.

Tento algo que nunca fiz com Kai: recorrer à leveza e ao bom humor.

— Posso mandá-lo para as Terras Áridas de Anelkrol, mas tenho a sensação de que nem isso poderá mantê-lo longe do nosso povo.

Ele olha para o precipício e para a Fortaleza Jardim do Martelo, muito longe dali.

— Não entendo.

— Quero que voltemos para casa. Juntos.

— Eu... fui absolvido. — Um som estranho escapa por baixo da máscara. Acho que pode ter sido uma risada. — E você me aceita como regente?

Isso me faz parar. É claro que não posso permitir que Kairyn mantenha a regência autoproclamada. Eu disse isso a ele na sala do trono. *Você nunca vai ser meu regente.*

— Não. Nosso pai vai continuar com o título de regente e eu vou ficar em Florendel para governar. Era o que eu deveria ter feito durante todos esses anos. — Toco o ombro de Kairyn. Ele olha para a minha mão e o seu corpo se tensiona. Percebo que é a primeira vez que o toco desde o banimento. — Kairyn, você provou ser leal a Primavera. Agora, tem que provar ser leal a mim.

34

Rosalina

Flocos de neve derretem sobre a minha pele quente e o frio atravessa o tecido solto da camisola. Estou sonhando — sei disso por causa do modo como os limites deste lugar se tornam nuvens enevoadas e porque não consigo ver o horizonte através da janela, só uma linha sinuosa de picos nevados.

O lobo branco é muito nítido. Ele está encolhido ao lado de uma cama simples. *Onde você está, Kel?* Lentamente, ajoelho-me para acariciar as suas orelhas. O pelo é macio sob os meus dedos, como se ele estivesse bem aqui comigo.

— Rosalina? — ele chama, abrindo os olhos azuis. Quando inclina a cabeça, o focinho grande me toca e fareja. Alguma coisa em meu cheiro o acordou, porque ele se levanta depressa. Com um rosnado baixo e brincalhão, ele me derruba de costas, e de repente eu sinto o chão muito real embaixo de mim.

Uma língua áspera desliza do meu ombro até a bochecha, e a sensação me faz rir. O lobo para ao ouvir a minha risada, e percebo que ele deve ter pensado que estava nesse sonho sozinho. Os olhos azuis se estreitam.

— Estou aqui de verdade. Uma parte de mim está, pelo menos. — Abraço o seu pescoço enorme. Sinto uma estranha ondulação sob os dedos. Em seguida, um homem feérico muito grande e completamente nu aparece debruçado sobre mim.

— Parece que até em sonhos você tem poder sobre mim — ele grunhe e me pega nos braços. — Não posso permitir que a minha predestinada fique deitada no chão frio.

Ele me leva para a cama, que é mais confortável do que parece, com cobertores grossos e um colchão macio. Kel se deita e me acomoda sobre o seu corpo, com a cabeça em seu peito.

— Sei que não devia tocá-lo — sussurro, enquanto deslizo os dedos nos pelos macios de seu peito. — Mas, se eu me afastar, você se transforma em lobo outra vez.

— Talvez não deva ficar longe de você nos meus sonhos.

Meu corpo vibra com essa ideia. Nesse momento em que ele não está me afastando, eu me aninho em seu peito.

— Pensei que voltaria quando recebesse a nossa carta. Kel, os goblins queriam roubar a sua espada.

Ele me aperta entre os braços.

— Eu quis voltar. Mas sabia que você estava segura.

— Quanto tempo até você voltar? — Ele não responde, e sou invadida por uma onda de ansiedade. — Quanto tempo?

Keldarion fica em silêncio por um momento antes de dizer:

— Estou tentando fazer a coisa certa, mas minhas escolhas sempre fazem alguém sofrer.

Apoio a mão em seu peito.

— O seu coração vai lhe dizer qual é a coisa certa a fazer.

Ele se move ligeiramente para um lado e mechas de cabelo branco caem sobre o seu rosto.

— Sinto que esse coração não é mais meu desde que certa humana apareceu no meu castelo.

Como posso ter o seu coração, mas não o seu amor? O olhar dele se entristece. *Ele me ouviu por meio do vínculo?*

— Semi-humana — corrijo sorrindo.

— Ah, sim. — Ele afaga a ponta da minha orelha.

O jeito como está olhando para mim, essa expressão... é quase reverente. Deslizo os dedos por seu rosto até a covinha no centro do queixo.

— Quero ajudá-lo em suas escolhas, mas não posso, com todos esses segredos que você guarda. Não confia em mim?

— Confio, Rosa. — Ele balança a cabeça. — Porém, se soubesse das coisas que fiz no passado, não olharia para mim do mesmo jeito.

— Você viu as minhas cicatrizes e nunca me julgou. Disse que seu coração é meu, então, *confie-o* a mim. — Com delicadeza, toco o bracelete de espinhos congelados em seu pulso. — Me fale sobre o seu acordo com Caspian.

Ele fica tenso, depois suspira.

— Quando eu voltar, tentarei falar, mas...

— É tudo que peço, que você tente — sussurro. Olho para os meus pulsos também, para os braceletes de espinhos que compartilho com Caspian. Duas argolas finas. Vou contar para ele sobre o meu acordo com o Príncipe dos Espinhos quando ele falar e depois explicarei toda essa história aos outros príncipes.

A promessa nos deixa mais relaxados, e ele me abraça até eu me sentir envolvida no cheiro de pinho.

— Será que você vai passar a noite inteira comigo? — Kel pergunta, quase melancólico. Não consegui mais me deitar com ele desse jeito desde o tempo que passamos no Reino do Outono, quando todos nós fizemos um ninho do lado de fora do quarto de Farron.

— Espero que sim — sussurro. — Agora me sinto melhor.

Ele fica apreensivo.

— Estava doente?

— Uma febrinha antes de vir para a cama, e fiquei um pouco enjoada. — Sinto um tipo diferente de calor despertando em mim. Esses sintomas podem ser...

A mão grande de Kel escorrega por um lado do meu corpo até parar sobre o meu ventre. Ele começa a desenhar círculos suaves através do tecido sedoso da camisola. Respiro fundo e aperto as pernas uma contra a outra quando uma intensa onda de calor me envolve.

Sinto a ondulação da mudança no corpo de Kel no momento em que ele se dá conta de minha excitação imediata e poderosa.

— Acho que sei por que o nosso vínculo predestinado me trouxe até aqui esta noite, entre todas as outras. — O frio no estômago vira uma contração, e resisto ao impulso de segurar a mão dele e empurrá-la mais para baixo.

— Farron não está por aí para ajudá-la com as suas necessidades? — Kel pergunta com uma leve irritação na voz.

— Fizemos amor mais cedo, mas ele foi à biblioteca do Jardim do Martelo antes de dormir. É bem provável que tenha pegado no sono lá — respondo com a voz inebriada. — Isso é diferente. O vínculo com ele é saciado. Mas...

— Não posso satisfazê-la como um predestinado deveria fazer.

Foi sobre isso que Farron e eu lemos? A *sedução selvagem*? Um choque de satisfação corre dentro de mim e por todos os lugares em que o corpo de Kel toca no meu.

— É o frenesi do acasalamento — tento explicar. — É consequência de não havermos consumado o nosso vínculo.

Ele inspira profundamente.

— Não vou correr nenhum risco com você, Rosa. Nem mesmo neste sonho.

Assinto.

— Preciso acordar. — Apoio a mão em seu peito para me levantar e um latejamento se espalha pelo meu corpo. A pele esquenta, o tecido sedoso da camisola acaricia os meus seios de um jeito quase doloroso.

— Sim… — Kel se interrompe. Seus olhos escurecem como tinta girando na água. A sedução selvagem está se manifestando nele também?

Antes que eu tenha tempo para fazer perguntas, ele me puxa. A boca se apodera da minha e eu suspiro com o contato. Todo o desconforto evapora e dá lugar a um prazer delicioso.

Abro as pernas e acomodo uma de cada lado de seu quadril. Sua ereção encontra a minha calcinha, já ensopada.

— Kel, espere — arquejo quando interrompo o beijo para respirar. — Não há nada que eu queira mais do que isso. Mas você não quer.

Ele me ignora, e agora a boca se move pelo meu pescoço.

— Você é minha — ele grunhe antes de me morder.

Grito ao sentir a mistura eufórica de dor e prazer.

— Sou sua. — Isso é tudo que consigo responder.

Ele lambe o local da mordida antes de abaixar a mão, e ouço o ruído que anuncia que rasgou a minha camisola. Sinto o contato rápido do ar frio, depois o membro ereto se esfregando em minha vulva. Nossos gemidos se misturam com a sensação.

— Não, espere — sussurro, escorregando por toda a extensão do membro duro, querendo mais do que tudo que ele se mova para dentro de mim. — Nunca vou me arrepender de estar com você, mas não quero que se arrependa de ter estado comigo.

Isso é tudo que consigo elaborar no meio dessa loucura, desse frenesi de acasalamento. Cada parte de mim clama por ele. Sons puramente másculos irrompem do fundo de sua garganta. Estou sob seu absoluto controle. Os braços me envolvem como uma prensa. Ele é muito forte. Rasgou a minha camisola com facilidade, e partes do tecido cedem, deixando à mostra um dos seios. Sua mão grande e áspera escorrega pela pele macia e o aperta. A outra encontra o caminho por baixo da saia e segura a minha bunda.

Depois de lamber um mamilo, ele continua desenhando uma trilha molhada no meu peito e no meu pescoço, até chegar aos lábios.

— Minha — grunhe, de modo profundo e possessivo.

— Sua — sussurro, completamente em suas mãos.

Ele muda de posição e fica por cima. Ondas de poder percorrem o seu corpo, veias saltam no pescoço e nos braços. A luz da lua entra no quarto e, por um momento, seus olhos parecem quase luminosos. Nesse momento, ele me lembra mais do lobo do que de qualquer homem feérico. Bruto, animalesco em força e desejo. E cada instinto dele agora se resume a acasalar... comigo.

Apoderar-se de mim.

E estou pronta e ansiosa por isso. Meus joelhos se afastam, revelando a entrada escorregadia, e vejo a fome feroz em sua expressão.

Ele vai me possuir. Algo com que sonhei, algo que desejei muito. Fazer amor comigo desse jeito, aqui, vai quebrar a maldição?

Tentando superar essa confusão de névoa e *necessidade*, fecho os olhos. Não vai ser desse jeito, não até eu saber que ele realmente me deseja. Se eu não sair agora, não sei quanto tempo meu autocontrole ainda vai durar. Tento me concentrar na cama, pensando no cheiro de flores e rocha, nos lençóis macios. Tento pensar em alguma coisa distante, muito longe do frio, longe do meu predestinado.

Abro os olhos justamente quando ele se prepara para se deitar sobre mim.

— Desculpe, Kel. — E então eu caio. Lençóis e travesseiros me envolvem. Com um sobressalto, eu me sento na cama.

Estou em um quarto escuro, nos meus aposentos no Reino da Primavera. Minha pele permanece febril e, sem o toque de Kel, a dor no corpo volta. Estranhamente, a minha camisola está rasgada e a calcinha desapareceu. Minha intimidade pulsa, o cheiro de pinho ainda paira à minha volta. Mas eu não estive lá de verdade, estive?

Alguma coisa desabrocha em meu peito, algo leve e cintilante. Uma sombra se move no canto do quarto. Por um momento, eu me pergunto se, de algum modo, Kel veio comigo.

— Farron? — pergunto com um fio de voz.

— Não. — A escuridão se dissipa e o Príncipe dos Espinhos sai das sombras.

35

Rosalina

— O que está fazendo aqui? — Assustada, puxo o que restou da camisola para esconder o seio exposto.

Caspian não responde. Apenas dá mais alguns passos débeis e se segura na estrutura da cama, como se só assim pudesse se manter em pé. As mechas de cabelo escuro que escondem parte do rosto dão a ele uma aparência descomposta. Ele veste uma túnica grande demais, meio aberta, expondo a maior parte do peito, e ceroulas justas. Curiosamente, está descalço.

— O que está fazendo aqui? — pergunto de novo, ainda me esforçando para controlar a voz. O calor incessante se recusa a desaparecer, mesmo sem a presença de Kel.

— Eu... — A voz dele sai com uma hesitação rouca, e, no escuro, não consigo ver os reflexos roxos em seus olhos. São só pretos.

— Não vou devolver o seu livro — aviso.

Ele ri, uma risada baixa e perigosa.

— Não vim pelo livro.

Veio por quê? Penso na espada de Kel, guardada embaixo da minha cama. Ele sabe que ela está lá? O sangue lateja tão alto em meus ouvidos que não consigo ouvir os meus pensamentos. Caspian se solta da cama e o colchão afunda quando se acomoda sobre ele.

Quando se acomoda na *minha* cama.

Rastejo para trás até encostar na cabeceira e dobro os joelhos contra o peito.

— Se veio cobrar o pagamento do nosso acordo, lembre-se de que eu escolho quando e onde.

Ele ri. Em seguida, um espinho envolve o meu tornozelo e me puxa para baixo até eu estar deitada de costas, de pernas abertas e com a camisola rasgada. Caspian segura a minha cabeça entre as mãos.

— Então, escolha *agora.*

Me escolha, ele ronrona dentro da minha cabeça.

Olho para ele e vejo os lábios cheios e macios, os olhos emoldurados por longos cílios, todos os detalhes compondo uma expressão de total desespero.

— Caspian... — sussurro.

O efeito de seu nome em meus lábios o percorre como uma corrente. Suas mãos agarram o cobertor.

Ele abaixa a cabeça e a boca passeia pelo meu pescoço. Uma dor intensa me pega de surpresa quando ele pressiona a língua sobre a marca deixada por Kel.

— Cumpra a sua parte do acordo, Rosalina.

— Ainda não — respondo, mas as palavras são só um sopro, um pensamento que não se formou completamente.

Eu poderia usar os espinhos para afastá-lo. Poderia usar o vínculo com Farron para chamá-lo. Poderia pedir ajuda.

Mas não faço nada disso.

Fico quieta. Deixo que ele se deite sobre mim. Deixo que toque o meu rosto e alise os meus cabelos.

Porque isso ameniza a dor dentro de mim. Porque, apesar de tudo, percebo com um horror nauseante que *quero* sentir o toque do Príncipe dos Espinhos. Talvez uma parte sombria de mim tenha desejado isso desde que o vi pela primeira vez no jardim de Castelárvore.

Seus dentes marcam a área logo acima da marca deixada por Kel e me contorço com a sensação. Seu hálito é morno quando ele posiciona o rosto bem na frente do meu.

Se tentar me beijar agora, não sei se vou impedi-lo. Não sei se quero.

O pensamento me enfurece e eu rosno:

— Tenho um vínculo predestinado.

Um sorriso lindo e devastador se espalha pelo seu rosto.

— Eu sei que tem.

36

Caspian

Os lábios dela estão entreabertos, os olhos castanhos parecem maiores, as bochechas estão vermelhas como rosas. Se eu a beijasse agora, ela não me impediria.

Espinhos envolvem os meus tornozelos, subindo pelo resto do meu corpo. O peito dela arfa com a dificuldade para respirar, e talvez seja minha imaginação cruel, mas, quando espinhos e sombras me arrastam de volta para o Inferior, penso ver um lampejo de decepção em seu lindo rosto.

Minha magia não é tão precisa quanto antes, e chego ao corredor do Jardim Cripta, bem perto do meu quarto. Um calor percorre o meu corpo, e cada músculo continua tão dolorido quanto estava quando acordei há uma hora, em lençóis ensopados de suor.

Risadas roucas ecoam no fim do corredor, e um sentinela feérico ladeado por dois goblins aparece na esquina; Aldridge Menzies, um dos favoritos de minha mãe. Embora ela não tenha favoritos *de verdade*... Seria mais apropriado dizer que ele é um dos sentinelas que ela mais tolera.

— Uma visão um tanto imprópria, milorde. — Aldridge ri. — Talvez deva se retirar para os seus aposentos, antes que o álcool assuma o comando.

Os goblins ao lado dele riem com aquele chilreado estridente. Normalmente, não se atreveriam, mas se sentem encorajados pela insolência da sentinela.

Bêbado? É assim que me pareço? Estrelas, seria muito melhor estar bêbado do que sentir *isso*.

— Não me lembro de ter lhe dado permissão para falar — resmungo. Usando a parede como apoio para me manter em pé, passo por eles.

Atrás de mim, espinhos rompem a pedra e ouço a exclamação chocada de Aldridge. Na maioria dos dias, consigo suportar os seus comentários impertinentes.

Hoje não é um desses dias.

Quando chego ao fim do corredor, seu grito de dor ao ter a mão rasgada pelos espinhos já soa distante. Minha mãe não vai gostar disso, mas, a depender de seu humor, talvez releve, já que o deixei vivo.

Passo por uma varanda aberta e vejo que outra festa acontece no pátio. O cheiro de sexo se mistura ao de álcool.

Há sempre um bom número de participantes à espera no Jardim Cripta, prontos para se deitar com o Príncipe do Inferior. E, embora Kel possa ter me escolhido para ser o seu vilão, nem mesmo eu mandaria alguma dessas almas infelizes para o vazio gelado onde o filho da mãe se enclausurou.

Além do mais...

Pare ou vou morrer...

A agonia em sua voz, a dor que rasgou o seu corpo sem ela saber por quê. Não, não posso fazer isso com ela.

Mas tenho que fazer *alguma coisa*. E tem que ser agora, antes que eu volte e...

Um grunhido escapa do meu peito e esmurro a parede de pedra. O impacto deixa uma rachadura considerável, além de sangue no nó dos meus dedos. *Eu não devia ter ido até lá.*

Ele me mataria se eu tivesse perdido o controle. Destroçaria o meu corpo, arrancando membro por membro. A morte dos pais, a queda de seu reino, a traição... Keldarion me deixou sobreviver a todas essas coisas, mas duvido que me deixaria viver a isso.

Como teria sido doce... Talvez até valesse a pena trocar a vida por isso.

Não vou chegar ao meu quarto. Empurro a próxima porta de pedra que encontro. Nada além de um corredor abandonado cheio de artefatos empoeirados do Vale. Uma janela deixa entrar uma faixa de luz cinzenta e turva.

As roupas me incomodam, pesam demais sobre a minha pele quente. Tiro a túnica, desabotoo as ceroulas e logo estou completamente nu. Deslizo as mãos pelo meu corpo, e um som de sofreguidão me escapa da garganta quando toco o meu membro latejante.

Mas não é o toque que eu quero.

Caio de joelhos e começo a mover as mãos furiosamente, ao mesmo tempo que praguejo.

— Porra, porra, porra. — Tento não pensar nela. Tento não pensar nela especialmente em momentos como esse.

Mas, nesta noite, Rosalina invadiu todas as partes do meu ser.

Ela estava lá — embora não estivesse — quando cheguei ao quarto. O corpo ainda adormecido, mas os olhos se movendo rapidamente sob as pálpebras fechadas. Coisas que eu não poderia explicar aconteciam. Um hematoma surgindo em seu pescoço, uma camisola sendo rasgada. O cheiro de excitação dominando o espaço como um perfume tóxico.

Ela estava com ele. O desespero do desejo dela por Keldarion cantava em meu sangue como uma melodia familiar.

Até que ela voltou.

— Eu deveria tê-la beijado — arfo, reduzindo a velocidade dos movimentos das mãos e vendo uma gota de pré-ejaculação brilhando na ponta do meu pau. — Deveria tê-la beijado e penetrado.

As palavras são uma promessa desesperada que nunca será cumprida. Meu membro clama por alívio, mas ainda não me entrego. Continuo especulando em minha imaginação sobre como teria sido. Empurraria o cabelo de Rosalina para trás e encheria aquele pescoço de marcas até ela ser devidamente reivindicada.

Tiraria a sua camisola e apreciaria o seu corpo. Deslizaria a boca por cada curva e saliência até descer o suficiente. Meus lábios tremem. *Kel já tinha tirado a calcinha.* Não que a minha princesa goste muito delas.

Seu néctar doce estaria disponível e pronto para mim. Lambo os lábios e gemo, sentindo o pênis pulsar. Como é fácil me imaginar ouvindo os sons que ela faria, o seu rosto...

Que tipo de expressões ela exibiria?

O jeito como olha para mim, com um ódio que não alcança os olhos. *E por que isso?* Não há qualquer sinal de bondade em mim, isso é certo. Talvez uma pequena parte dela reconheça que eu *nunca* a machucaria. E nunca deixaria que outra pessoa a machucasse.

E de uma coisa eu sei: eu a penetraria, eu a reivindicaria, eu a faria olhar só para mim enquanto explodisse de prazer.

Depois, eu a veria desaparecer. E ir ao encontro dele.

A visão muda...

Ela deitada diante de Kel, nua e completamente esgotada por mim. O que ele faria? Possuiria Rosa imediatamente, tentando estabelecer o seu domínio como grande e ameaçador macho alfa que é? Seria um ato rápido, bruto, com estocadas poderosas que esgotariam todo o corpo dela. E, ah, ela se derreteria em seus braços, suas curvas macias fundidas nos contornos duros de Kel, no seu pau enorme entrando e saindo daquela boceta, já inundada pela minha semente.

Pensar nisso é suficiente para me levar ao limite. Meu gemido ecoa entre as paredes quando esporro em minhas mãos, desabando no chão sob a força desse prazer. Fecho os olhos e me permito um momento para saborear toda essa glória.

E então, sentiram isso, amantes?

37

Ezryn

Os passos do meu irmão ecoam nos degraus da escada fria enquanto descemos para as entranhas da Fortaleza Jardim do Martelo. As tochas esporádicas ao longo das paredes são a única fonte de luz no lugar.

Quero lhe mostrar uma coisa. Ele foi me procurar na sala do trono durante a tarde para dizer isso. Por um segundo, quase ouvi a voz infantil de quando éramos apenas crianças correndo e brincando pelas montanhas, até voltarmos à fortaleza cobertos de terra. Naquele tempo, o que ele queria me mostrar eram sapos coloridos ou grilos. Quantas vezes não o dispensei, totalmente desinteressado? Agora eu o sigo.

— Durante o período que passei a serviço do mosteiro, tive muito tempo para refletir. Eu sonhava com Florendel, imaginando como poderíamos restaurar a paz e a estabilidade em nosso reino — Kairyn diz, sua voz ecoando entre as paredes claustrais.

Meu irmão, o visionário. Ele não mudou nesse aspecto.

— Como eram esses sonhos?

Seguíamos pelo caminho subterrâneo acessível apenas pelo interior da fortaleza, a partir do alçapão na sala secreta atrás do trono. *Só a família real e os empregados mais confiáveis conhecem essa passagem.*

Kairyn para diante das portas de metal que levam às cavernas no interior das montanhas.

— Venha comigo.

Ele abre a porta e me leva para a enorme caverna. O espaço é iluminado por uma grande abertura na encosta da montanha, pela qual uma luminosidade leitosa se insinua. Paro de respirar por um instante e quase tropeço ao olhar para cima.

— Kai, você fez isso?

— Projetei. Com a ajuda de uma equipe. Engenheiros, artistas, forjadores. Quer ver como ele é do lado de dentro?

Dou risada.

— É claro que sim.

Dentro daquela caverna há uma embarcação diferente de tudo que já vi. Um navio feito de madeira escura, com ângulos agudos e proeminentes que lhe conferem uma elegância sombria. No alto da proa, há uma escultura: a cabeça de um dragão mítico de boca aberta, exibindo os dentes em um eterno grito de guerra.

Velas escuras se desdobram a partir de mastros muito altos, à semelhança das asas abertas de um morcego gigantesco. É como se o próprio navio fosse uma criatura da noite.

Kairyn quase corre para o interior da caverna, e eu o sigo sem desviar o olhar daquela estrutura impressionante.

— Um dirigível. Kai, como conseguiu fazer isso?

— Fazendo. Primeiro, organizei o mosteiro, e então chegou a hora de voltar a minha atenção para Primavera. Um dia, fomos grandes inventores, exímios forjadores e mestres da metalurgia. Que criações saíram da Primavera no último século? Nenhuma. Mas isso... Bem, isso vai mudar tudo. Poderemos viajar para outros reinos, transportar recursos, locomover exércitos...

— Só espero que isso não seja necessário tão cedo. — Bato nas costas de meu irmão. — É magnífico.

Talvez seja a minha imaginação, mas Kairyn parece ganhar três centímetros de altura, o orgulho emanando dele como o calor emana do sol.

— Vamos subir a bordo.

— Perfeito. — Olho para a abertura na caverna e avisto o sol alaranjado se escondendo no horizonte. — Na verdade, podemos deixar para amanhã? Há um lugar aonde preciso ir.

Kairyn segue o meu olhar e vê a luz enfraquecendo.

— É claro. Amanhã, então.

Ele me acompanha de volta escada acima e nos despedimos com um aperto de mãos.

Nunca imaginei que Kairyn tivesse a capacidade de projetar uma invenção tão grandiosa, muito menos de transformá-la em realidade. Penso em todas as possibilidades. Talvez possamos carregar a nave com suprimentos e viajar ao Reino do Outono para ajudar os povoados prejudicados pelo congelamento, ou até visitar Kel no...

— Onde você estava? — Uma voz interrompe os meus pensamentos quando chego ao corredor dos meus aposentos.

Dayton está encostado na parede, do lado de fora da porta, com os braços cruzados e cara feia.

Passo por ele, abro a porta e entro. Ele me segue.

— Estava resolvendo algumas coisas com o meu irmão.

— É sobre ele que vim falar com você. — Percebo raiva na voz de Dayton. Ele se apressa e passa na minha frente, seus olhos azuis brilhando. — Revogou o banimento? Você ficou maluco?

— É meu direito decidir se Kairyn já pagou pelo seu crime. Prefiro tê-lo aqui na fortaleza comigo.

— Parece que você deixou que *ele* decidisse quando a história acabava. Você sabe tão bem quanto eu que a estabilidade de Kairyn é precária, mesmo nos bons dias.

Empurro Dayton para o lado e me aproximo da janela. Olho para a minha fortaleza.

— Ele não é o mesmo de antes.

Dayton não entende. Seu irmão mais velho, Dâmocles, valorizava-o e foi o seu mentor. Os dois eram inseparáveis. Mas eu nunca dirigi a Kairyn nem uma palavra gentil sequer. O Príncipe do Verão me segue e me segura pelo ombro.

— E aquela história do desaparecimento do aço Primavera?

— Um carregamento foi roubado. Vou trabalhar com Kairyn para garantir que isso não aconteça mais.

— E é isso? Ele o teria matado sem hesitação durante o Rito. Sabe disso, não sabe? E agora vai deixá-lo andar por aí à vontade?

Como explicar para Dayton que, se ainda estivesse vivo, Dâmocles faria tudo que pudesse para dar a ele uma segunda chance também?

— Kairyn teve razões para me desafiar. Respeito isso.

Dayton ri.

— Sua honra ainda vai acabar o matando.

— Chega! — Empurro Dayton para trás. — O que é isso? Keldarion foi embora e você decidiu ocupar o lugar dele? Está tentando ser como ele?

— E *você*? — Dayton rosna. — Deliberadamente ignorante, confiando em alguém apesar do julgamento de todo mundo, dando as costas para fatos que estão bem na sua frente… Isso é bem a *cara* do Kel.

— Ele é meu irmão! — rujo.

Dayton recua um passo e vejo a dor em seu rosto. Ele se vira e caminha para a porta.

— Só não se esqueça de que um dia chamou Cas de "irmão". Isso não o impediu de trair todos nós.

38

Dayton

Meu mundo se resume à ponta das minhas espadas e ao som do metal atingindo o boneco de madeira. Passo, golpe, passo, golpe. Ponho em prática todas as rotinas e todos os exercícios que meu antigo treinador enfiou na minha cabeça dura. Passo, golpe. Giro os braços, e os pés entram em um ritmo muito praticado que acompanha a cadência conhecida da minha respiração.

Faço um esforço para continuar, mesmo com a dor nos músculos e os batimentos acelerados. O suor cobre a minha testa e as minhas mãos, e seguro as espadas com mais força. Rugindo, giro e ataco.

A madeira racha e o boneco se parte ao meio. Meu peito arfa e pisco para limpar o suor dos olhos. O boneco de madeira foi reduzido a destroços, a uma casca oca. À minha volta, o pátio de treinamento está completamente quieto e todos agora me observam. *Não percebi que havia plateia.*

Um dos escudeiros corre em minha direção.

— Não é sempre que podemos assistir ao treinamento de alguém do Verão, especialmente com a sua habilidade, meu príncipe. Uma façanha excepcional. Por favor, permita que eu substitua isso.

Assinto e saio da área de cascalho. O campo de treino de Florendel fica em um andar mais alto da Fortaleza Jardim do Martelo e é parcialmente coberto. Metade do campo se abre para uma vista da cidade e da paisagem além dela.

Certamente, é bonito para um povo tão duro. Embaixo de nós estão os jardins reais. Vejo que levaram o velho Thalionor para tomar um pouco de ar por lá. O sol se reflete em seu capacete blindado, mas o restante do corpo está coberto por uma colcha grossa. Alguns acólitos circulam ao seu redor, colhendo flores. Um deles se vira, olha para cima e abaixa o capuz.

Wrenley. Ela sorri e acena para mim, antes de voltar a cuidar do príncipe. Seguro o fio de conchas em meu pescoço e abaixo a cabeça, olhando para a bela concha dourada que ela me deu. *É o destino*. Não consigo evitar e olho para as colinas além de Florendel, onde duas pessoas caminham através de um arco-íris de flores.

Rosalina e Farron. Bebo um pouco de água fresca do meu cantil. Os movimentos de ambos são delicados, quase como um balé. Duas pequenas silhuetas no horizonte, não maiores do que bonecas, mas é como se eu pudesse sentir o amor entre eles. Uma linha rosada e nebulosa cobre o horizonte. Não tinha percebido há quanto tempo eu já estava aqui. Fare não se importa com o pôr do sol.

Não mais.

Do outro lado da colina coberta de flores, avisto um aglomerado de luzes azuis e ondulantes.

— Aquelas luzes ali... são...

— Ah, sim. As Luzes do Destino. — O escudeiro diz ao meu lado. — Sempre visíveis nas colinas. São como as flores.

— Luzes do Destino — repito, massageando o peito de um jeito distraído, tentando não pensar na última vez que uma daquelas coisas pousou em mim e me mostrou a confusão embaralhada do meu vínculo predestinado. O Reino da Primavera pode ter outro nome para os fogos-fátuos, mas mesmo assim não quero chegar perto deles de novo.

— Substituí o equipamento de treino, senhor. — O escudeiro acena com a cabeça e se afasta.

— O que acha de treinar contra alguma coisa que reage? — pergunta uma voz na entrada do campo. — Acho que aquele bloco de madeira está um pouco aquém do seu nível de habilidade.

Um sorriso levanta um canto da minha boca.

— Suponho que o Alto Príncipe da Primavera esteja um pouco acima de um boneco de madeira no ranking, mas vamos ver quanto.

Ezryn se aproxima. Não nos falamos desde a discussão da noite passada. Ele usa o capacete habitual, mas a armadura é mais leve, mais solta, mais favorável à movimentação. Ele carrega uma grande espada em uma das mãos. Todos os presentes se movem para as laterais do campo de treinamento e murmuram em antecipação ao espetáculo.

Ezryn olha para eles e diz:

— Estão dispensados.

Uma gargalhada escapa do meu peito.

— Não quer plateia para a sua derrota?

— Só estou tentando proteger a reputação do Príncipe do Verão.

Piso no cascalho da área delimitada. O traje de treinamento deixa o meu peito nu, com exceção do couro que envolve a cintura, e uso sandálias reforçadas. Mas nada disso é mais importante do que as minhas espadas gêmeas. Elas são uma extensão dos meus braços, fazem parte de mim tanto quanto as minhas mãos. Eu as giro, tentando imaginar como vão se portar contra a armadura da Primavera.

O Príncipe da Primavera dá um passo à frente, audacioso como sempre.

— Pronto?

— Sempre. — Sorrio.

Ele me ataca, levantando a espada acima da cabeça e abaixando o braço em seguida, descrevendo um arco amplo com a lâmina. Seguro as espadas contra o peito, salto para fora da trajetória do ataque e pouso atrás dele. Ez pode ser mais forte, mas eu sou mais rápido. Sempre treinei na arena, onde aprendi a lutar com agilidade e velocidade inigualáveis. Gostaria de ver Ez se abaixar dentro de todo esse metal pesado.

Já fizemos treinamento de combate juntos inúmeras vezes, mas hoje alguma coisa está diferente. Nosso desentendimento de ontem ainda está muito presente em minha cabeça.

Bom, homens como nós resolvem as coisas lutando; é melhor do que conversar. Com um rugido feroz, bato com as duas lâminas nas costas dele. Ez se lança para a frente, gira e acerta um golpe na minha barriga, deixando uma fina linha vermelha.

Respiro fundo e recuo alguns passos. Não usamos armas de treino um com o outro há anos, contando com a nossa capacidade de cicatrização rápida e confiando na habilidade do outro de nunca acertar um golpe que cause danos reais. Mas às vezes arde.

Nossas espadas se encontram de novo com um estrondo ressonante. O impacto reverbera em meus braços, mas mantenho a posição. A força bruta de Ezryn me empurra para trás no cascalho solto.

— Apenas admita — resmungo.

— Admitir o quê?

Escapo da imobilização.

— Que o seu irmão está tramando alguma coisa. Não vou me desculpar por dizer isso. — Ataco com precisão, buscando as brechas na armadura.

Ezryn se esquiva.

— Não estou aqui para falar sobre Kairyn.

A frustração pesa em meu peito. As espadas cortam o ar. Fagulhas explodem cada vez que as lâminas se encontram, e o som ecoa pela área de treinamento como um grito de guerra.

— Está aqui para quê, então?

Ezryn ignora a pergunta e gira a espada em um arco amplo, tentando me desequilibrar. Escapo do ataque e movo os pés com a agilidade de uma brisa de verão. Ataco mais baixo, buscando a sua perna exposta, mas os reflexos de Ezryn são rápidos e ele se defende com a espada.

— O suor pinga da minha testa, os músculos doem, porque essa sessão de treinamento já está se prolongando muito. Mas o Príncipe da Primavera não facilita. O combate continua, uma dança de aço e habilidade.

A força de Ezryn ameaça me empurrar, mas me esquivo dos golpes com a facilidade decorrente da prática. Nenhum dos dois pode dar vantagem ao outro.

— Por que está aqui? — grito de novo.

O silêncio é pior do que qualquer resposta que ele pudesse dar, e a minha frustração só aumenta.

— Por que está aqui? — Acompanho cada palavra com um ataque.

Ele bloqueia todas as tentativas.

Odeio não poder ver a sua expressão ou ouvir a sua respiração. Ele não vai me dar ouvidos na questão do irmão. E por que o faria? Sou só o Príncipe do Verão, um bêbado que deixou os próprios irmãos morrerem. Alguém que não merece sua Bênção, só essa maldição...

Minha raiva explode e o lobo se levanta dentro de mim. Ele sabe que a noite se aproxima. E talvez meus olhos estejam brilhando, porque noto um reflexo estranho na armadura de Ezryn.

Mas isso não perturba o imbecil de armadura. Ele responde a todos os ataques, e tenho a sensação de que o visor preto do capacete olha dentro da minha alma.

— Eles são predestinados! — As palavras saem de mim por vontade própria em um rugido feroz e me chocam de tal maneira que abaixo a espada e caio de joelhos no cascalho. Pedrinhas voam à minha volta. Meu corpo começa a tremer. Estou tremendo como se tivesse entrado no maldito Reino do Inverno. O suor esfria sobre a pele. — São predestinados — repito, como se percebesse isso pela primeira vez.

É a primeira vez que permito que isso realmente entre na minha cabeça.

Ezryn abaixa a espada e se ajoelha ao meu lado, tocando o meu ombro com uma das mãos enluvadas, mas o gesto acaba com o que me restava de força. Caio contra o seu peito.

Não é diferente de quando ele curou o meu corpo destruído no Reino do Outono.

— Eles são perfeitos — falo com a voz carregada de exaustão. — Os dois são perfeitos. Bonitos, gentis e corajosos. Por que não deveriam estar juntos? Isso faz muito sentido. Kel também. Alguém para protegê-los quando o coração os deixar vulneráveis.

— Dayton — diz Ezryn. — Rosalina e Farron podem ser predestinados, mas eles o amam.

Lágrimas salgadas correm para minha boca, e isso me faz lembrar de casa.

— Não sou necessário. Não há lugar para mim.

— Isso não é verdade. — Ezryn toca o meu braço acima da braçadeira dourada que confirma o meu acordo com Farron. Dei a ele acesso à minha magia, que pode usar a qualquer momento, desde que nunca se esqueça do momento em que fizemos o acordo. — Uma imitação. Não acho que seja nada parecido com um vínculo predestinado. — Solto um longo suspiro.

— Minha mãe sempre me dizia para não chorar a flor em botão por saber que um dia ela vai murchar, porque assim você deixa de apreciar a sua beleza. — Ezryn aponta o visor para o horizonte. — O amor deles por você está em flor agora, e você ainda não tem um amor predestinado.

Inspiro profundamente, seguro o colar de conchas e consigo reunir forças.

— É por isso que está aqui, não é? Sabia que eu desabaria. Mas como?

— Quando uma pessoa reprime emoções fortes demais, os sinais são evidentes — ele responde.

E há quanto tempo está reprimindo as suas emoções, Ez?

39

Rosalina

Desenrolo a folha de papel com todo o cuidado para não borrar a impressão de carvão.

— E então, o que acha?

Farron se debruça sobre o meu ombro e os seus óculos de aro dourado escorregam um pouco pelo nariz.

— É antigo, com certeza. Esse estilo de arte é antigo. Você se lembra dos vitrais no mosteiro? Dá para ver que foram inspirados nisso.

Olho para a folha de papel com a impressão, que meu pai mandou junto com uma de suas últimas cartas. Seus companheiros de viagem, os irmãos mais novos de Farron, usam magia para fazer as cartas voarem e me encontrarem onde eu estiver. Cada carta contém atualizações sobre a sua jornada em busca de minha mãe, desaparecida há muito tempo. A mãe que agora sabemos que é feérica.

Há muitas perguntas. Como ela se disfarçou de humana? Por que não contou a ele? Por que foi embora um ano depois do meu nascimento?

Essa impressão retrata uma mulher com as mãos erguidas acima da cabeça, enquanto pássaros voam para longe. A mensagem de meu pai diz: *É uma corruíra-do-pacífico. Eu sei que é. Sua mãe amava esses pássaros; ela sempre apontava para eles. Isso significa alguma coisa, Rosa. Tenho certeza.*

Farron aproxima a mão da imagem.

— A carta diz que ele copiou esse desenho de ruínas no norte do Reino do Outono. Por favor, traga aquele mapa que estávamos estudando outro dia.

Assinto e me dirijo aos arquivos da Primavera. Embora não tenham o mesmo charme aconchegante da nossa biblioteca na Ala Outonal de Castelárvore, eles guardam muitos tesouros: livros, registros e textos organizados em prateleiras de metal. Pilares altos de pedra sobem até a cavernosa encosta da montanha, e janelas em arco deixam entrar brilhantes raios de luz.

Quando entramos aqui pela primeira vez, Farron comentou: "Livros em uma caverna? E a umidade?". Mas, sinceramente, tudo se mantém seco. Talvez graças a algum feitiço.

Fico na ponta dos pés e apanho um velho pergaminho que estudamos alguns dias atrás, após recebermos mais uma pista do meu pai. Ele escrevera: *Não consigo tirar a palavra "Aerantheis" da cabeça. Significa alguma coisa para você?*

Descobrimos que Aerantheis era uma antiga cidade do Reino do Verão. Farron disse que, segundo a lenda relata, ela afundou no mar, mas a Rainha abençoou os feéricos que lá viviam com rabos de peixe para que pudessem viver no oceano. Basicamente, a origem das sereias. Mas como meu pai conhecia esse nome ainda é um mistério. Talvez Billy ou Dom o tenham mencionado em uma conversa com ele.

Pegou o mapa? Não o novo, mas o antigo, Farron pergunta dentro da minha cabeça.

Peguei, respondo pelo mesmo canal. Estamos ficando bons nessa coisa de telepatia. É fácil quando estamos próximos, mas também já conseguimos nos comunicar estando em lados opostos da Fortaleza Jardim do Martelo. Infelizmente, ainda não descobrimos como fazer quando estamos em reinos diferentes, mas tenho certeza de que vamos chegar lá. Quando Farron e eu trabalhamos juntos, sinto que podemos fazer qualquer coisa.

Volto à nossa longa mesa de pedra e o seu olhar desliza pelo meu corpo como um toque. Que culpa tenho eu de as roupas em Primavera serem tão lindas? Hoje, estou usando uma blusa que deixa os ombros à mostra e uma saia rodada com a bainha bordada de flores. Meu rosto esquenta. Pesquisar em bibliotecas me faz lembrar de quando nos conhecemos. Ele fica lindo desse jeito: colete, óculos e cabelo despenteado.

Farron endireita as costas e pigarreia.

— Ah, sim, é esse.

— Eu sei que é — respondo com um sorriso.

Abrimos o mapa e ele desliza o dedo até o território ao norte do Reino do Outono.

— Seu pai devia estar aqui. A ruína é de uma cidade chamada Calandorin. — Farron faz aquela cara determinada, depois bate de leve em um lado do nariz. — Há uma lenda a respeito desse lugar. Será que a encontramos nesses arquivos de pedra?

Ele se endireita e examina as prateleiras. Enquanto espero, eu me ocupo de outra coleção de livros: textos sobre vínculos predestinados. Um dos mais fascinantes inclui relatos que buscam descrever a sensação de ter um vínculo.

Conversas em pensamento, conexões do espírito, um fogo abrangente que consome corpo e alma. *Como na outra noite.* Meu frenesi de acasalamento. Expliquei a Farron minuciosamente como me senti quando estava lá com Kel, a marca no meu pescoço... Mas omiti a outra parte: o visitante no meu quarto.

Caspian não era ele naquele momento, e eu também não.

— Infelizmente, não encontrei nada. Não me surpreende. Isto é mais uma tumba do que uma biblio... — Farron se aproxima. — Tudo bem?

Suspiro e prendo o cabelo atrás da nuca.

— Estou bem. Pena não haver nada aqui sobre... Qual era mesmo o nome do lugar?

— Calandorin.

Calandorin. O nome desperta alguma coisa nos recônditos da minha cabeça. Reviro rapidamente a minha mochila, e meus dedos encontram uma capa de couro macio.

— Eu queria mesmo lhe mostrar. Acho que vi o nome dessa cidade aqui.

— O que é isso?

Deixo o livro sobre a mesa e ele arregala os olhos, deslizando um dedo sobre as letras.

— Este livro é antigo, tem uma aura estranha. Onde o encontrou?

— Eu meio que o roubei — confesso. — De Caspian. Ele o tirou do seu Scriptorium. Tecnicamente, o livro é seu.

— Acho que esse tipo de livro não pertence a ninguém — Farron murmura.

Eu me preparo para uma enxurrada de perguntas, mas meu predestinado parece ter caído em um transe. Vejo-o tocando a capa de couro com uma mistura de hesitação e curiosidade.

— Deixa eu te mostrar — digo, abrindo o livro lentamente e virando as páginas delicadas até encontrar a imagem em que estava pensando: uma montanha traçada com linhas de tinta e cuspindo fumaça preta.

— A localização original de Calandorin era a base de um vulcão — Farron anuncia ao ler o texto. — Um dia, ele repentinamente entrou em erupção e só a Rainha pôde chegar lá a tempo, mas ela não conseguiu pensar em um jeito de tirar todos os feéricos da montanha antes que a lava os atingisse.

Olho para a impressão de carvão.

— Então, ela os transformou em…

— A Rainha usou a sua magia para transformar os feéricos em pássaros, para que pudessem voar para longe da montanha em segurança.

— E foi assim que os pássaros foram criados? Como as sereias?

Farron vai virando as páginas.

— Não, ela os devolveu à forma original posteriormente. Então, construíram uma nova cidade e devem ter homenageado a Rainha com a placa que seu pai encontrou.

— A magia da transformação — sussurro. — De homem em animal. Há algum outro feérico com esse poder?

Farron balança a cabeça e o cabelo castanho-avermelhado cai sobre a sua testa.

— Há alguns feéricos que podem se transformar em unicórnios, sereias que podem criar pernas de vez em quando. Porém, não há magia para transformar os outros, como fez a Rainha Aurélia.

— Não… — eu digo, e então uma ideia me acomete como um raio. — A feiticeira que amaldiçoou vocês… que os mudou de feéricos para feras… — Meu peito arfa quando respiro. — Ela pode ser a Rainha que voltou?

Farron assume um olhar distante.

— Já pensei nisso. E o motivo seria justo, porque nós quatro falhamos nos reinos dela. Às vezes, as pessoas fazem coisas horríveis para proteger algo que amam.

— Mas,se a Feiticeira fosse a Rainha, por que ela iria embora depois? — indago. — Castelárvore está doente. Por que ela não o ajudaria, assim como os seus reinos? Em todas as histórias, ela está sempre fazendo o bem.

— É verdade. E como essa lenda contribuiu com a busca de seu pai?

— Não sei. — Leio novamente a carta de meu pai. — É uma boa história, mas o que ela tem a ver com a minha mãe? Por que meu pai acha que o tipo de pássaro é importante?

— Talvez ela estivesse entre os cidadãos que foram transformados em ave — Farron sugere.

— Talvez. — Olho para o desenho da Rainha. Há uma pequena espiral em torno do pescoço dela. Aquilo é uma rosa?

Minha mão busca o colar automaticamente. É possível que a minha mãe tenha tido alguma conexão com a antiga Rainha? Talvez ela não tenha achado este colar.

Talvez tenha sido um presente.

— Vou responder ao seu pai detalhando todas as informações que encontramos. — Farron senta-se à mesa e pega uma pena e um tinteiro. — Mantenha esse livro em segurança, Rosalina. Tenho certeza de que poderemos tirar mais coisas dele, mas agora temos que voltar à nossa outra pesquisa. Vamos estudar melhor esse seu frenesi de acasalamento.

Ponho o livro de volta na bolsa. A menção à sedução selvagem traz à minha cabeça a imagem de olhos roxos e sorriso malicioso. Aliso pregas invisíveis na saia.

— Farron, preciso contar uma coisa. Algo que escondi por vergonha e medo.

Farron se levanta tão bruscamente que a pena cai, espalhando borrões de tinta no papel. Ele me abraça, e percebo que estou tremendo.

— Tudo bem, Rosa. Pode me contar qualquer coisa. Você sabe disso. — Ele se senta novamente na cadeira em que estava e me põe no colo.

— É sobre Caspian.

Farron fica tenso.

— Fale.

Toco as duas faixas de espinhos em meus pulsos.

— Não foi só Kel que eu vi na noite em que fui dominada pelo frenesi de acasalamento. Quando acordei, Caspian estava no meu quarto. — Farron inspira profundamente, mas não diz nada. — Ele parecia possuído, Fare, como se o corpo não fosse dele. Não ficou muito tempo, mas... Mas era como se eu o atraísse.

— O Príncipe dos Espinhos gosta de fazer os seus joguinhos — diz Farron, mas há pouca convicção em sua voz.

Meus dedos agarram o seu colete.

— Farron, consegue senti-lo como sente Kel?

Farron toca o próprio pescoço.

— Se sinto alguma coisa pelo Príncipe dos Espinhos, são apenas os resquícios do nosso acordo. É magia profunda, Rosa. Ela turva a alma.

Pode ser, mas tem mais alguma coisa acontecendo. Algo que tenho tentado ignorar há meses. O anseio por Caspian, o ciúme. E, quando eu procurava por Farron, foi ele quem encontrei. Desço do colo de Farron e a minha voz sai aflita.

— Ele pode *falar* dentro da minha cabeça. Sinto alguma coisa que me puxa para ele. Farron, e se o Príncipe dos Espinhos também for meu predestinado?

Ele arregala os olhos dourados, depois inclina o tronco para a frente e segura a cabeça entre as mãos. Caspian atacou a sua casa e, antes disso, traiu Keldarion e todo o Vale Feérico.

Levo as mãos ao peito.

— O que mais poderia ser?

Farron se levanta e se aproxima de mim com passos incertos.

— Há muita magia neste mundo que ainda não conhecemos. Pode ser um dos truques dele. Mas, se isso for verdade, vamos descobrir juntos.

Ele segura o meu rosto e me inclino para aprofundar o toque.

— Você não me odeia?

— É claro que não, Rosalina. Não há nada que possa fazer para que eu a odeie. Além do mais, ainda que as estrelas tenham alinhado a sua luz àquela escuridão vil, você não é obrigada a aceitar o vínculo.

— É verdade — sussurro.

— Precisamos de mais informações. Enquanto isso, fique atenta ao que sente. Pergunte a si mesma se é realmente igual ao que sente por mim e Kel.

— Por que não fica com o livro de Caspian por um tempo? — pergunto. — Tecnicamente, ele pertence a você, afinal. Talvez encontre nele alguma pista que eu deixei passar.

— Tudo bem, farei isso. — Farron afasta o cabelo da minha testa. Meu coração se derrete com tanta ternura. Essa suavidade, esse perdão... Nunca me senti tão aberta com alguém quanto me sinto com ele. Com Farron, meus segredos sempre estarão seguros. Olho para os espinhos ao redor do meu pulso. Meu acordo.

— Farron, tem mais uma coisa...

— Ora, vejam só! — Uma voz doce como mel atravessa o corredor, seguida pelo ruído das rodas de um carrinho.

Eu me afasto de Farron e enxugo os olhos.

— Deve ser Marigold.

— Nunca é tarde demais para uma xícara de café — ele diz, ajeitando uma mecha de cabelo atrás da minha orelha. — Não se preocupe com Caspian. Não pense que não possa me dizer o que se passa por essa sua cabeça gloriosa. Caso tenha de seguir os seus sentimentos, estarei ao seu lado. E eu prometo, Rosa: vamos encontrar respostas para as suas dúvidas.

A fala dele me deixa aliviada. O seu calor e a sua compreensão também me tranquilizam, embora eu saiba que, por dentro, ele deve estar assombrado com a ideia. Assinto e me viro assim que Marigold entra no aposento empurrando um carrinho, sobre o qual vejo um bule de cerâmica, xícaras elegantes e uma torre de biscoitos. Eldy a segue, agitado.

— Lady Marigold, jamais fui submetido a esse tipo de comportamento. — O mordomo abre os braços e depois os deixa cair.

— Qual é o problema? — pergunto.

Marigold põe o bule sobre a mesa com tanta força que algumas gotas espirram. Apanho rapidamente a impressão de carvão, Farron enrola o mapa.

— O problema é que Eldor se atreveu a me convidar para ir com ele ao jubileu de boas-vindas para o Príncipe Ezryn hoje à noite!

Farron ergue uma sobrancelha e tenta pegar um biscoito, mas Marigold bate na mão dele com um guardanapo enrolado.

— Primeiro um prato, Príncipe do Outono!

— Achei que gostaria de ir ao jubileu, Marigold — diz Farron, olhando para ela como se conhecesse os seus pensamentos. — Afinal, é noite de lua cheia.

— Sim, eu quero ir, mas não com alguém com cérebro de manteiga.

— Que atrevimento! — Eldy protesta. — No meu tempo, um convite dessa importância seria no mínimo lisonjeiro, mesmo que não fosse aceito.

— Lisonjeiro. — Marigold ri, servindo uma montanha de biscoitos no prato de Farron. — Ele espera de *mim* alguma lisonja? De mim, que prestei os meus serviços apenas a Castelárvore durante vinte e cinco anos?

— Um lugar da mais alta estima. — Eldy franze o cenho. Seus traços lembram uma ave: nariz grande, queixo pontudo e cabelo grisalho penteado para trás, como penas enceradas.

Mas ele não sabe da maldição, não sabe que, se não tivesse deixado de comparecer ao encontro com Marigold, ela não se transformaria em guaxinim todas as noites.

— Uma dama como Marigold não pode ser simplesmente convidada para algum evento — eu digo. — Você precisa convencê-la a ser a sua acompanhante.

Marigold aprova com uma risadinha e, finalmente, entrega o prato de biscoitos.

— Como eu faria isso?

Toco seu ombro e dou risada.

— Tenho certeza de que vai descobrir.

Eldy abaixa a cabeça. É como se eu pudesse sentir a sua magia ao tocar a minha mão em seu ombro. Realmente, lá no fundo… ele é bem parecido com uma ave.

Sentindo certa estranheza, removo a mão e pego um biscoito do prato de Farron. O açúcar polvilhado tem um cheiro divino. Antes de mordê-lo, noto que o biscoito é dividido em três camadas diferentes: uma cor-de-rosa, uma marrom e uma amarela.

Marigold nota a minha análise.

— Cor-de-rosa representa a pedra que nos abriga; marrom, a terra da qual crescemos; amarelo, o sol que nos dá a vida.

— Todas as coisas que fazem o Reino da Primavera ser o que é — Eldy conclui. Com cuidado, pega um biscoito e o examina. — Faz muito tempo que não como um de seus famosos polvorones, Marigold.

Ela cruza os braços, mas sua voz sai tranquila.

— Faz muito tempo que não os faço. Nunca ficavam com o sabor certo quando eu os preparava em Castelárvore.

Eldy morde o biscoito e migalhas salpicam a sua barba.

— Eu os teria comido com prazer.

Farron e eu nos entreolhamos e sinto uma oportunidade. Aproximo-me de Eldy e finjo cochichar.

— Pelo menos contou a Marigold sobre o presente que comprou para aquela ocasião?

O mordomo-chefe levanta as sobrancelhas e eu respondo com uma piscadela. Ezryn já me mostrara algumas das lindas joias que são produzidas aqui. Tenho certeza de que poderia encontrar uma ou duas peças para Eldy oferecer a Marigold.

Ele pigarreia e fica meio agitado.

— Ah, não queria estragar a surpresa.

Marigold aperta os lábios e vejo a sua determinação enfraquecendo.

— Muito bem, eu vou. Mas não vou reservar dança nenhuma para você.

— Certo. Fico feliz por ser razoável. — Eldy sorri, mas, em seguida, o seu rosto fica sério. — Espere aí, com quem mais você dançaria?

Os dois continuam discutindo quando saem da biblioteca.

Olho para Farron, limpo as migalhas do seu rosto e o beijo rapidamente.

— Vamos, Príncipe do Outono. Temos uma festa hoje.

Mas ele me segura pela cintura e o beijo se aprofunda, até todo o meu corpo se derreter sob o seu toque.

— Antes, Princesa do Outono, seria uma pena desperdiçar uma mesa tão limpinha — Farron cochicha junto do meu pescoço, depois me joga em cima dela.

40

Caspian

Passarinho está gargalhando, uma risada alta e estridente. Quando eu era criança, achava que esse tipo de risada só acontecia nos contos de fadas. A risada que as bruxas soltavam enquanto ferviam água em um caldeirão, ameaçando jogar crianças malcriadas dentro dele. Isso, até conhecer a minha irmã. De todo modo, suponho que ela agora seja mesmo como uma bruxa, com as costas curvadas em seu covil e preparando o caldeirão.

— Sempre brincando com essas suas poções — comento, parado na porta do quarto dela. — Planeja envenenar o seu querido irmão outra vez?

O povo do Vale diz que os cidadãos do Inferior são fascinados pelos reinos acima deles, mas minha irmãzinha leva isso ao extremo. E como não seria assim? Uma garotinha crescendo aqui. Quando ela era mais nova, eu me sentia culpado e trazia uma ou outra coisa para ela de vez em quando. Ela é como um corvo. Não importa se o objeto é humano ou feérico: se for brilhante, Passarinho o deseja.

Ela agora mora em uma das torres mais altas do Jardim Cripta e a encheu de quinquilharias. Em cada cantinho há garrafas coloridas, cálices se equilibram de maneira precária em beirais, no chão se vê um milhão de respingos e manchas de coisas derramadas, dos mais variados tons.

No momento, ela está inclinada sobre uma mesa de pedra, olhando atentamente para uma preparação azul e borbulhante.

— Devia ter visto, Cas — ela diz, sem levantar a cabeça. — Uma poção que fiz outro dia... ficou incrível.

— Hum. — Entro no aposento. A mesa bagunçada é um convite ao desastre. Recipientes cheios, com todo tipo de... Tapo o nariz. Acho que ela chamaria de *ingredientes*. Ervas, insetos, cristais, jarros de água com rótulos confusos descrevendo diferentes estágios da lua, além de um estoque de flores, conchas e uma variedade de gotas e bolhas azuis balançando em um pote de vidro. Esses eram chatos de conseguir para ela.

— Levei eras para entender, mas finalmente consegui acertar! Funcionou como um feitiço. — Ela esfrega o nariz e espalha fuligem no rosto.

Não está vestida com a armadura de Rouxinol. Em vez disso, penteou o cabelo para trás e usa uma túnica bem grande sobre calça justa.

— Deixe-me adivinhar. — Sorrio. — Uma poção de amor para aquela sua coruja de armadura? Já falei, ele está apaixonado. Não precisa de nada disso.

Ela sopra um tufo de cabelo que lhe caía sobre os olhos.

— Não. Poções de amor nem existem. O que fiz foi a segunda melhor opção.

Ouvimos um bater de calcanhares, o farfalhar de tecido. Endireito as costas e, com a respiração presa na garganta, percebo a mesma tensão em minha irmã.

Sira invade o cômodo sem bater na porta.

— Pode me explicar por que o Príncipe da Primavera reassumiu o trono e aqueles outros príncipes miseráveis estão com ele?

O lábio de Passarinho treme, e o sorriso de um momento atrás desaparece.

Nossa mãe parece notar a minha presença pela primeira vez.

— O que está fazendo aqui? Eles negligenciariam a defesa de Castelárvore. Tome o castelo agora!

Solto um longo suspiro.

— Acha mesmo que eles teriam saído de Castelárvore sem deixar vários guardas no lugar? — Eles deixaram alguns, mas, assim como a magia dos príncipes, os guardas são fracos. Talvez sejam suficientes para deter alguns goblins, mas não para me impedir de nada.

Passarinho abaixa a cabeça.

— No momento, mantenho conversações com o Príncipe Kai...

Sira pega uma poção de cima da mesa e a arremessa na cara de Passarinho.

Admiravelmente, ela não se abala; mantém-se perfeitamente imóvel, enquanto o sangue e um líquido azul e pegajoso escorrem pelo seu rosto.

Sira segura o queixo de Passarinho com uma das mãos. Sombras tremulam na ponta de seus dedos.

— Pensei que pudesse transformá-la em alguma coisa útil, mas parece que me enganei. Não tolero fracasso.

O lábio de Passarinho treme. Ela pisca algumas vezes. Maldição, ela sabe que é melhor não chorar na frente de nossa mãe.

Eu me debruço sobre a mesa e estudo as minhas unhas.

— Acho que posso ajudá-la, mãe. Não tenho muito a fazer enquanto espero que a minha magia extenue os guardas dos príncipes.

Sira empurra minha irmã e se dirige à porta.

— Não me decepcionem de novo, meus filhos.

Quando os passos dela se afastam no corredor, apanho uma pinça em cima da mesa.

— Sente-se, Passarinho. Há cacos de vidro no seu rosto.

41

Keldarion

A água é azul e leitosa, e o vapor que escapa da superfície se espalha sob o teto rochoso. Essa caverna é um dos poucos confortos permitidos à Guarda das Profundezas da Ponte do Vácuo. Localizada a algumas horas de marcha de nossa base, é um destino popular nos dias de descanso obrigatório. Eu não queria acompanhar os soldados que vinham para cá, mas meu tio insistiu; acabou me convencendo quando disse: "Se a sua espada não for suficiente para matar as criaturas do Inferior, pelos sete reinos, o seu cheiro dará conta delas".

Essas cavernas isoladas abrigam grandes piscinas de águas termais naturais, embora lhes falte o ar salgado daquela em Castelárvore. Aqui, porém, qualquer calor é luxo; qualquer vergonha é abandonada, e homens e mulheres feéricos se banham lado a lado. Encontro um lugar escondido para mim em um recorte de pedra. Daqui, ainda consigo ver a entrada da caverna e a neve que cai do céu cinzento.

Grandes bolhas brancas flutuam ao meu redor, carregando um cheiro doce. Cheiro de rosas. Um calor profundo floresce em meu peito.

Rodopiando, movimento-me pela água, seguindo as bolhas flutuantes. Então, avisto uma silhueta, alguém de costas para mim, as mãos brincando com as bolhas que se grudam em seus cabelos. *Como ela pode estar aqui?*

Está fora da vista dos demais banhistas. Alcanço-a depressa e seguro o seu braço.

— Rosalina?

Fagulhas mágicas se acendem entre nós e sinto uma vibração em meus ouvidos. Tenho a sensação de estar puxando alguma coisa muito distante. De *puxá-la*.

Rosalina se vira, pisca muitas vezes com ar confuso e cruza os braços sobre o peito. Seu olhar repousa sobre mim e ela abaixa os braços. A água a cobre até os ombros, de qualquer maneira.

— Kel?

— Como pode estar aqui? — murmuro.

Ela inclina a cabeça; está adorável com o cabelo coberto de espuma. Um sorriso se espalha pelo seu rosto quando olha em volta.

— Uau, onde você está? Uma fonte quente na neve? Isso é demais.

— Nosso vínculo a trouxe até aqui… — deduzo. Nunca soube que isso seria possível, mas, como no sonho, eu a sinto muito perto de mim, presente.

— Acho que sim — Rosalina responde. — Eu estava no banho, me preparando para uma festa na Primavera esta noite, mas senti… Bem, eu te senti.

Lembranças da última vez que estivemos juntos me invadem. Como a desejei desesperadamente, como teria feito qualquer coisa para tê-la naquele momento. Não posso deixar acontecer de novo.

— Você tem que ir embora — digo.

— Este lugar é mágico — ela suspira, movendo-se por ali. O pescoço longo se estica quando ela olha para o teto amplo, cavernoso.

Rosalina contorna uma pedra.

— Oh, desculpe-me. Não o tinha visto aí.

Eu me aproximo e a encontro frente a frente com um membro da Guarda das Profundezas. Lars, acho que é esse o nome. Um bom soldado, de ombros largos, cabelo comprido, loiro e, no momento, pingando água.

— Não precisa pedir desculpas — ele responde. — Não a vi por aqui antes. É nova?

Lars não me vê do outro lado da rocha, mas acho que não faria diferença se eu estivesse bem ali. Seus olhos estão cravados em Rosalina.

— Hum, mais ou menos — ela responde, dando um passo para trás.

Ele a estuda com o olhar de um homem faminto. Rosa é uma flor rara nesse lugar estéril: pele perfeita, lábios carnudos e doces… E quanto do seu corpo ele pode ver embaixo d'água? Nu, ele está a poucos centímetros de distância.

— Lavar o cabelo. Boa ideia. — Sorrindo, o guarda estende as mãos para a cabeça dela.

Apareço diante dele em um instante e o agarro pelo pulso, apertando com força quase suficiente para causar uma fratura.

— Ela está comigo.

O rosto de Lars se transforma instantaneamente, o semblante de luxúria dando lugar ao de terror. Eu o liberto e ele recua.

— Alto Príncipe Keldarion.

Não digo mais nada. Ele se retira, reunindo-se a um grupo distante de nós. Fico parado, respirando profundamente e sentindo o peito arfar. Mantenho os punhos cerrados junto do corpo, tentando me conter para não ir atrás dele e fazer alguma coisa de que possa me arrepender.

— Kel?

A voz dela me leva a um tipo diferente de transe. Não posso deixar que mais ninguém a veja. Não aqui, nua. Não quando não foi devidamente reivindicada por mim.

Eu a seguro pela cintura e a levo para o interior mais profundo da caverna, onde ficamos escondidos atrás de um aglomerado de pedras. Ninguém mais pode ter o que é meu.

Ela se esfrega contra mim, e sinto o seu corpo nu e macio em meus músculos rígidos. Não posso deixá-la ir, ainda não. Eu a pressiono contra a parede de pedra. A água morna nos envolve e eu a escondo com o corpo.

— Kel — Rosalina fala baixinho, deslizando os dedos pelas mechas do meu cabelo branco. — Esse é um lado da *sedução selvagem* que eu ainda não tinha visto.

— É esse o nome para isso? — Agora, estamos longe dos guardas, cujas vozes são um murmúrio abafado.

— Suas pupilas estão enormes — ela sussurra. Agora, não se esfrega mais como antes, mas praticamente se contorce no meu corpo. As pernas envolvem a minha cintura e o corpo se move a um ritmo específico. Sete reinos, é a sua vulva molhada que está roçando em meu ventre?

— Ele não devia ter tocado em você. Não devia nem ter olhado para você.

— Foi um acidente. — Ela sorri. Depois, ainda me segurando, inclina a cabeça para trás e enxágua a espuma do cabelo. — Você não é tão ciumento e possessivo com os príncipes de Castelárvore.

— Eles têm permissão para vê-la. Esses homens não.

— E o que isso o deixa com vontade de fazer? — ela sussurra, tocando com delicadeza o colar de floco de neve e depois enroscando os dedos nos pelos do meu peito.

— Rosa — aviso, meu pau endurecido por causa do corpo dela colado ao meu. — Você sabe que eu não posso deixar que essa *coisa* assuma o controle outra vez.

— Tudo bem, mas há uma coisa que eu quero que você saiba. — Ela pega a minha mão e a pressiona contra o peito. — Consegue sentir o meu coração?

— Sim.

— Neste momento, ele está batendo por você.

O ritmo parece acompanhar as batidas do meu próprio coração. Fecho os olhos para me deliciar com o som.

— Sinto mais uma coisa.

— O quê?

Abaixo a mão, incapaz de resistir ao impulso de tocar os seus seios. Gentilmente, massageio a pele macia com a ponta dos dedos, antes de apertar o volume inteiro com mais intensidade.

Rosalina cola o corpo ao meu, abre a boca sobre a minha e ambos respiramos o ar úmido com sofreguidão. Agarro a sua bunda, permitindo-me um momento único de glória, e sinto a fenda úmida deslizar ao longo do meu pau duro.

— Ah, as coisas que eu queria fazer com você. Os sons que eu queria que fizesse para todo mundo ouvir. Então, não haveria dúvida de que você é minha.

Ela abre bem os olhos castanhos antes de me beijar, escorrendo a língua na minha. Por um momento, eu me imagino penetrando o seu corpo e trepando com ela contra a parede de pedra.

Rápido demais, porém, ela interrompe o beijo e, com um olhar sedutor e uma voz rouca, pergunta:

— Tem certeza de que isso não é somente a *sedução selvagem* assumindo o controle?

— Quero que o mundo inteiro saiba que você é minha — digo.

— Então, não gostaria que mais ninguém pudesse me ver assim? — Ela sai da água e sobe em um tablado baixo de pedra. O ar gelado endurece os seus mamilos imediatamente e faz os pelos das pernas se arrepiarem.

— Rosalina…

Ela não está sozinha em sua nudez. Outros banhistas caminham pela margem, recolhendo as suas coisas. Mas só ela é uma obra de arte. Ela não compreende o nível da sua beleza, com seus seios perfeitos, a curva do pescoço, as coxas macias.

— Não pode me tocar — ela diz —, mas, se pudesse, o que faria?

Eu me aproximo, em parte para olhar para ela, em parte para ficar atento a qualquer membro da Guarda das Profundezas que esteja chegando perto demais.

— Primeiro, eu a mandaria abrir bem essas pernas e me deixar olhar o que é meu.

— Você acha que essa boceta é sua? — ela pergunta jocosamente, mas faz o que eu digo. Seus dedos brincam com os pelos macios, antes de abrirem a sua fenda rosada.

Solto um gemido alto e a minha mão submerge automaticamente, agarrando o meu pau embaixo d'água. Está duro como aço, pronto para penetrá-la.

Ela desliza os dedos ao redor da entrada, em movimentos circulares. A água quente escorre pelas suas coxas, deixando-a ainda mais escorregadia.

— Ela é sua, Kel.

Um grunhido possessivo escapa do meu peito e caio entre as pernas dela, quase sem conseguir conter o impulso de devorá-la agora mesmo.

— Enfie os seus dedos nela.

Ela suspira, e eu ouço o som molhado de seus dedos a penetrá-la. Seu cheiro me inunda, cheiro de desejo e luxúria. A mão livre me agarra pelo cabelo e ela grita.

— Isso, Rosa — eu incentivo. Depois, recuo. — Tenho pouco controle perto de você.

Sua boca se abre em um sorriso.

— Está se tocando?

Estou, e seguro a base do pênis com força.

— O que os seus soldados pensariam se soubessem que está fazendo a sua predestinada gozar atrás das pedras?

— É você quem vai se fazer gozar — eu retruco.

Ela olha para mim com as pálpebras semicerradas.

— Não tem ideia do quanto me excita tê-lo como plateia, tê-lo perto de mim. Você é tão gostoso que eu poderia gozar só de olhar para você. E o fato de estar aí me olhando, de talvez me desejar…

Seguro o pau com mais força enquanto os dedos dela entram e saem da sua vagina. Ela morde o lábio, e posso ver o desejo em seus olhos. A necessidade.

— Não posso desejá-la, Rosa. Não posso tê-la.

— Fique olhando, então. Estou quase lá.

Essas palavras provocam um arrepio em minhas costas. Sinto a necessidade e a luxúria se espalhando em mim.

— Porra.

Ela tira os dedos por um instante, e o som molhado quase provoca um espasmo no meu pau. Movo a mão mais depressa e sonho sentir a sua vagina apertada me envolvendo.

— Queria poder chupar o seu pau.

Gemo de novo. Os outros estão ouvindo? Nem me importo.

— Quero te deitar na frente de todo mundo e te foder, Rosa, para saberem que você é minha.

Seus olhos quase se fecham. Ela morde o lábio, deixa a cabeça cair para trás e mexe os dedos mais depressa. Meu ritmo acelera para acompanhar o dela.

— Você gostaria disso, Rosa? De ser coberta pelo meu cheiro, pela minha semente?

— Ah, Kel, prefiro a sua semente dentro de mim.

Um desejo insano me invade, uma mistura dessa *sedução selvagem* e da necessidade que sinto por ela. Algo em mim se rompe. Eu a puxo para os meus braços e a beijo, um beijo profundo. Mordo o seu lábio inferior, depois deslizo a boca até a orelha e mordo de leve a ponta sensível.

— Como prefere que seja? Quer ser inundada por jatos e mais jatos da minha porra até o seu ventre crescer com nosso filho?

— Ah! — ela geme, a mão trabalhando cada vez mais furiosamente na vagina.

— Seria capaz de aceitar, Rosa? Aceitaria tudo isso de mim?

— Me solta — ela suspira —, senão eu vou gozar.

Rosalina flutua para longe dos meus braços. Vejo a sua mão se mover desesperadamente embaixo d'água e reproduzo o mesmo frenesi no meu pau.

— Não pare de olhar para mim.

Seu peito arfa, os seios balançam com o início do orgasmo. A sensação explode por meio do vínculo entre nós. Sou inundado de prazer, sentindo o clímax se espalhar pelo meu corpo também. É inútil resistir ao que me consome.

Miro nos olhos dela enquanto gozo, despejando meu alívio na água.

— Rosalina.

— Kel — ela choraminga.

Essa foi por pouco, muito pouco. Mas não posso dizer que não valeu a pena. Ela inclina a cabeça e olha para fora.

— É lindo, Kel.

Convencido de que tempo suficiente se passou para que nosso contato seja seguro, eu a abraço, e ela se encaixa perfeitamente em meus braços.

— Promete uma coisa — ela murmura. — Um dia, você vai me mostrar o seu reino. Não só o salão de baile, não só por meio desses sonhos. Quero ver tudo de verdade.

Afasto o cabelo molhado de sua testa e sorrio.

— Não há nada de que eu gostaria mais, Rosa. Mas não posso prometer. Não sei nem quando vou voltar.

O sorriso desaparece e a tristeza domina a sua expressão.

— Tenho que terminar de me arrumar.

— Você vai me prometer uma coisa.

— É claro.

— Hoje à noite, quando estiver dançando, olhe para as estrelas. Saiba que estarei olhando para elas também, pensando em você.

Ela toca o meu queixo com a ponta dos dedos.

— Tchau, Kel.

Eu pisco e ela desaparece, deixando apenas bolhas com perfume de rosas flutuando à minha volta.

PARTE 3

O DESPERTAR DE PRIMAVERA

42

Ezryn

Em momentos como esse, eu me pergunto por que ousei passar tanto tempo longe do meu reino.

A Floresta Pradopuro, no entorno de Florendel, foi inundada pelo esplendor de Primavera, decorada com a magia e a beleza da nossa arte. Se isso não fosse uma celebração em minha homenagem, talvez eu pudesse aproveitar o momento.

O ar tem o cheiro doce de flores do campo, um perfume carregado pela brisa suave que sopra por entre as árvores muito antigas. Nessa hora mágica do crepúsculo, a luz do sol cintila em tons arroxeados em meio às copas densas, criando mosaicos no chão da floresta. Mais do que tudo, sou grato pela lua cheia de hoje à noite, assim poderei saborear o momento sem me transformar na fera.

Saborear o momento, porque ela estará ao meu lado. Ela, que brilha mais lindamente do que qualquer coisa no cosmos.

— Uau — Rosalina exclama, olhando cada detalhe da decoração. Sorrio. Ela sente tudo sem reservas, nem sequer pensa em esconder a sua alegria ou disfarçar o seu sofrimento. Queria saber como é sentir tudo com total liberdade.

Atrás de mim, Dayton conversa com Farron em voz baixa. Ofereço um sorriso ao mais jovem dos príncipes, depois me dou conta de que ele não pode vê-lo. Mesmo assim, Farron retribui o sorriso. É seu direito comparecer à festa na companhia de sua predestinada, mas ele não se opôs quando Rosalina segurou o meu braço. Sei que em breve ela voltará para ele — para o lugar ao qual pertence. Mas, por ora, usufruo da sensação de tê-la ao meu lado.

O som de risadas e de gente se divertindo fica mais alto à medida que nos dirigimos ao centro da reunião. O jubileu está animado, a floresta foi transformada em um playground de maravilhas.

— O que é aquilo? — Rosalina aponta para cima. Casulos gigantescos se movem com suavidade por entre as árvores e descem até o chão da floresta. Um deles pousa perto de nós, e convidados risonhos saem de dentro dele. De maneira semelhante, flores imensas, do tamanho de um pequeno aposento, mantêm suas pétalas fechadas enquanto flutuam de um lado a outro da festa, até que desabrocham para deixar convidados entrarem ou saírem. Cada uma é um pequeno santuário, que proporciona quietude e descanso do evento ou transporta convidados pela clareira.

Uma flor aberta transmite as melodias harmoniosas da orquestra. A música se espalha no ar e, animada, Rosalina começa a dançar, acompanhando o ritmo.

Sete reinos, ela já esteve tão linda quanto agora, usando esse vestido do Reino da Primavera? Eu sabia que Marigold jamais perderia a oportunidade de mostrar para Rosalina o maravilhoso padrão da moda em seu reino, mas ela realmente se superou.

Rosalina cintila em tons vibrantes e estampas florais. As mangas, feitas de renda branca e brilhante, cobrem seus ombros com delicadeza. Flores vermelhas, azuis-turquesa e verdes-esmeralda decoram o corpete em bordados complexos, e parecem ganhar vida a cada vez que ela movimenta o corpo. A saia pregueada abraça o quadril. Cada camada é enfeitada por botões bordados em tons que abrangem desde o índigo do crepúsculo até as notas douradas do amanhecer.

Ela gira, e seu cabelo acompanha o movimento em ondas suaves, enfeitado por centenas de pequeninas pétalas. Quando percebe que a estou observando, seus olhos cintilam com uma alegria travessa.

Quero beijar aquele sorriso.

Ela se aproxima e segura a minha mão.

— Sua casa é magnífica, Ez.

— Os méritos não são meus. Kairyn organizou tudo. — Aceno para espantar um bando de vaga-lumes que voa muito perto do meu rosto.

Feéricos acenam para mim com a cabeça enquanto caminhamos pela festa. Noto que alguns já beberam demais, porque estão com olhos vidrados e movimentos lentos.

Rosalina acena para todo mundo.

Quando um casulo desce perto de nós e se abre para exibir uma mesa cheia de comida, ela dá um gritinho e diz que devemos experimentar tudo. Uma flor desabrocha do outro lado da festa, revelando um harpista, então ela me puxa pelas mãos para irmos até lá. A música enche os seus olhos de lágrimas. Avistamos Dayton e Farron dançando juntos sob a lua nascente, e ela os observa desejosa.

— Você deveria ir dançar — digo. — Já a mantive longe de Farron por muito tempo.

O glitter salpicado em seu rosto e suas pálpebras cintila.

— Por que não vem dançar com a gente?

— É melhor eu procurar o meu irmão.

Ela morde a boca, depois me segura pelo cotovelo.

— Mais uma volta pela festa, depois deixo que vá. Prometo.

Eu não conseguiria dizer não a ela nem que minha vida dependesse disso.

Caminhamos sob as luzes errantes, encantados e animados com os vaga-lumes, e pela extremidade da clareira. Sinto os olhos dela em mim.

— Tem alguma coisa no meu capacete?

— Gosto dessa cor em você. — Ela desliza a mão por um lado do meu capacete. Estou usando uma armadura que passou muito tempo guardada aqui em Primavera, um elegante conjunto prateado que é mais cerimonial do que apropriado para a batalha. — Deixa-o parecido com Sir Lancelot.

— Mais um dos seus amigos?

Ela dá uma gargalhada.

— Não, não. É o personagem de uma grande lenda. Milhares de histórias foram escritas sobre ele e a Rainha Guinevere.

Rosalina e seus livros. Desde que ela chegou a Castelárvore, tenho ouvido sobre os seus personagens favoritos.

— Fale mais sobre esse Sir Lancelot e a sua Rainha.

Rosalina se apoia no tronco de uma árvore.

— Lancelot ficou famoso por ser um dos mais corajosos e galantes cavaleiros que serviram ao grande Rei Arthur. Ele, no entanto, tinha uma natureza passional, um temperamento violento que precisava reprimir em prol de sua honra.

— Hum, parece que o cara era interessante. — Apoio uma das mãos ao lado da cabeça dela. — E quem era a Rainha Guinevere?

— Uma linda donzela. Tão linda que Lancelot se apaixonou loucamente à primeira vista, e ela correspondeu a esse amor. — Rosa olha para mim e pisca aqueles grandes olhos castanhos. — O amor entre ambos era tão grande que foram capazes de superar todo tipo de honra e outros tipos de comprometimento para ficarem juntos.

— Por que eles não podiam simplesmente se amar? — pergunto.

— Porque ela pertencia ao melhor amigo dele — Rosalina sussurra. — E ele tinha um dever com seu povo, com o trono.

— Ah… — Alguma coisa desperta em meu peito, como brasas que lutam pela vida em meio às cinzas. — O que aconteceu com eles?

Rosalina abaixa a cabeça e olha para o nada.

— Lancelot, consumido pela culpa e pelo remorso, desaparece da vida de Guinevere em um exílio autoimposto.

— E a Rainha?

— Quase foi queimada viva por ter escolhido amar um homem que nunca poderia ser dela.

A música e a conversa da festa preenchem o ar, mas é como se houvesse apenas um vazio à minha volta.

— Esse é o destino dos tolos sonhadores.

— É só uma história — diz Rosalina, e ouço a nota aguda em sua voz, uma tentativa de parecer alegre.

Faço um esforço para imitar o seu tom.

— Parece que Dayton ficou sem a parceira. Devia ir dançar com ele.

— Certo. — Ela assente e começa a se afastar, mas dá meia-volta. — Há milhares de versões dessa história, Ez. Talvez um dia eu escreva a minha. Uma versão em que Lancelot e Guinevere terminem juntos.

— Vou ser o primeiro a ler.

Ela sorri, então se afasta de mim. As pétalas no seu cabelo dançam com a brisa.

Suspiro e apoio o peso do corpo no tronco de árvore. Preciso de um momento para organizar os pensamentos…

— Você mal saiu do lado dela a noite toda e eu aqui, pensando que meu irmão passaria algum tempo comigo. — Kairyn surge das sombras como se fosse uma extensão delas.

— Odeio festas — resmungo.

— Eu sei.

Nós nos olhamos em silêncio. A coisa toda é tão ridícula que quase dou risada.

— Uma espada em uma festa? — Kairyn comenta, olhando para a Foice do Vento pendurada em minhas costas.

— Acredite, já estive em festas suficientes para saber que é sempre melhor estar preparado.

Kairyn olha para a clareira e encontra Rosalina.

— Você gosta daquela feérica.

— Ela é vínculo predestinado do Alto Príncipe do Outono — respondo depressa. — Jurei a Farron que a protegeria com a minha vida.

— Não. — Kairyn não combina com o lugar. Sua armadura absorve a luz em vez de refleti-la. — Há mais do que isso. Ela é... valiosa para você.

— Não faz diferença.

— Acha que ela vai continuar sorrindo para você com tanta doçura quando souber da verdade? — Kairyn pergunta.

Sinto o gelo invadir as minhas veias.

— Não sei do que está falando.

— Mas como poderia dizer a ela, se nunca admitiu nem para mim?

Um rosnado vibra em minha garganta e seguro os braços dele com firmeza.

— Não vamos falar sobre isso aqui. E eu não vou falar sobre isso com *você*.

Kairyn balança a cabeça.

— Típico. Está disposto a olhar para o futuro de Primavera comigo, mas nunca para o passado. Já se dignou a prestar os seus respeitos à nossa mãe?

Não respondo, e meu irmão desaparece novamente nas sombras do entorno da festa. Eu fico para trás, dançando com os vaga-lumes.

43

Rosalina

Embora já seja a quarta festa feérica a que compareço, em todas senti como se fosse a primeira vez. Os reinos são todos únicos e maravilhosos.

— Ei, bobinha — Dayton sorri para mim. — Há pétalas no seu rosto.

As mãos ásperas tocam a minha bochecha e não consigo me conter, então seguro seu pulso. Sob o brilho suave das estrelas, o cabelo dele parece ouro escurecido sob uma coroa de flores.

— O bolo tinha flores comestíveis! Não é demais?

— Sim, é demais, Rosa. — Ele não afasta a mão. — Terminou de comer o seu bolo? Podemos dançar?

A sensação de formigamento que sugere que somos observados percorre o meu corpo, e eu olho para a festa. A acólita do templo está parada ao lado de um laguinho cheio de lírios. Ela não usa as suas roupas habituais, mas um vestido azul que desce até quase tocar os tornozelos. Margaridas cor-de-rosa cobrem o tecido fino do vestido, e uma coroa com o mesmo padrão enfeita o cabelo castanho e curto.

Wrenley. Dayton me disse o nome dela.

— Devia convidá-la para dançar.

— Não estou com vontade de dançar.

— Você acabou de perguntar se eu tinha acabado de comer o bolo para podermos dançar.

Dayton põe uma das mãos atrás da cabeça, e a bainha da camisa quase transparente se ergue o suficiente para que eu possa ver de relance os músculos definidos de seu abdome.

— Mudei de ideia.

— Day...

Farron havia se afastado, mas ele não ajudaria em nada com essa questão. Acho que ele se convenceu de que Dayton nunca vai encontrar um amor predestinado e o teremos conosco para sempre.

Quem dera.

— Rosa.

Meneio a cabeça e, apesar de as palavras saírem com gosto de cinzas da minha boca, digo:

— Pare com isso. Você a salvou do rio. Ela te deu uma concha preciosa que tirou do próprio colar, que é parecido com o seu. Precisa tentar.

Dayton range os dentes e pega a sua taça de vinho doce de lavanda.

— É isso mesmo que você quer?

É claro que não. Mas aperto o seu braço com força suficiente para fazer respingar o vinho.

— Não podemos ser egoístas. Não posso ficar com você para mim. O Verão *precisa* disso.

Seu olhar encontra o meu enquanto ele bebe o que resta na taça de lírio e a joga na água, onde ela desabrocha. Mas Dayton continua parado.

— Tudo bem. Se não vai falar com ela, eu vou. — Dayton dá de ombros, como se não pudesse se importar menos. — Pense no seu povo, Day — sussurro. — Em sua irmã, Delphia. Wrenley pode não ser sua predestinada, mas você nunca vai saber se não tentar.

Dou uma volta pela festa e me aproximo da acólita.

— Rosa ou azul?

Ela se volta para mim lentamente, com uma sobrancelha arqueada.

— O que disse?

— Qual é sua cor favorita? Seu vestido sugere as duas.

— Ah. — Ela sorri. — Preto.

— Preto? — repito.

O sorriso de Wrenley fica mais largo.

— Sim. É durante a mais escura das noites que podemos ver mais claramente a luz do Superior, a luz de nossa bendita Rainha.

Ouço uma nota muito sutil de sarcasmo nas palavras, mas ela é uma acólita; talvez seja uma frase ensaiada.

— Não fomos apresentadas formalmente. — Estendo a mão. — Sou Rosalina.

Wrenley olha para a minha mão estendida antes de apertá-la com delicadeza.

— Você me ajudou com os goblins.

— Tanto quanto pude. Espero que você esteja bem.

Ela pega uma das flores do vestido.

— A aparição do Príncipe do Verão foi realmente coisa do destino.

Destino?

— Sim. Seu colar é lindo. Dayton disse que foi o seu pai quem apanhou as conchas que há nele.

Seus olhos azuis se abrem um pouco mais. Uma cor intensa, distinta e familiar ao mesmo tempo.

— Meu pai... — ela murmura. — Sim, ele tinha uma barraca no mercado em Hadria, onde vendia bijuterias e enfeites. Foi lá que a minha mãe o conheceu. Ela o convenceu a se mudar para Primavera, mas ele trouxe consigo um punhado de conchas para se lembrar sempre do Verão. Meu colar foi feito com elas.

Há uma nota de dor em sua voz, a mesma que vibra na minha quando alguém me pergunta sobre a minha mãe.

— Meu pai é arqueólogo — explico —, por isso tinha quinquilharias do mundo inteiro.

— Em que reino cresceu, Lady Rosalina?

Tudo bem. A minha infância deve ter sido muito diferente da dela. Wrenley aparenta ter a minha idade, mas, quando se trata de feéricos, nunca se pode saber ao certo.

— O vinho de lavanda de Ez é tão forte que eu já estou vendo tudo em dobro? — Dayton se aproxima segurando duas taças. — Ou há mesmo duas lindas feéricas na minha frente?

Ele transborda carisma e charme, como quando o vi pela primeira vez. Entrega uma taça para cada uma de nós. Uma parte de mim se sente grata pela interrupção da conversa incômoda, outra parte se sente nauseada.

— Está gostando da festa, Wrenley? — ele pergunta.

Ela o encara, e sua voz é leve e suave.

— Ah, sim, está maravilhosa. O Príncipe Kairyn foi muito gentil ao nos dar a noite de folga. Rosalina estava me contando sobre a infância dela.

— Sim — confirmo. — Você disse que cresceu em Primavera?

— Sim — responde Wrenley. — Mas passávamos muito tempo no Verão. Eu gostava especialmente das minhas viagens às Ilhas Byzantar.

Dayton exibe um sorriso autêntico ao se lembrar de casa e começa a contar uma história sobre o lugar. Aproveito a oportunidade para sair dali e deixar os dois conversando.

Cada parte de mim suplica para eu olhar para trás, para Dayton, para ver se ele me segue com o olhar. Mas não me viro.

Preciso deixar o Príncipe do Verão seguir a sua vida.

44

Rosalina

Olho em volta procurando por Farron. Da última vez que ele desapareceu em uma festa, acabou destruindo uma biblioteca inteira de literatura muito valiosa. Mas não estou surpresa por ele ainda não ter voltado; parecia fascinado com as plantas em volta da clareira, e não duvido de que esteja andando por aí com os braços carregados de amostras.

Vejo outra pessoa, no entanto. Marigold está dançando com Eldy, e seu rosto parece completamente iluminado. O amor entre eles merece uma segunda chance.

Olho para cima e avisto o céu estrelado entre a copa das árvores. *Está olhando para as mesmas estrelas que eu, Kel?* Nosso vínculo nos colocou juntos mais cedo. Certamente, haverá um dia em que a separação — seja ela física, seja ela emocional — será coisa do passado.

A festa continua, como se fosse uma cena de *Sonho de uma noite de verão*. À diferença da celebração insana no Inferior ou do baile formal no Inverno, esse evento parece mais casual, praticamente uma reunião simples. Alguns feéricos são bem contidos. Queria saber o que Ezryn pensa disso. Não queria deixá-lo mais cedo, mas também não queria passar a noite toda ao lado dele; só o estou impedindo de seguir em frente.

— Lady O'Connell, está lindíssima.

Kairyn aparece ao meu lado, quase se misturando à sombra escura de uma árvore. Meu coração dispara com o susto.

— Príncipe Kairyn! Que susto!

— Desculpe. Só queria elogiar a beleza da Senhora de Castelárvore. — Ele segura minha mão e se curva, tocando meus dedos com a saliência fria do capacete. — Embora duvide de que ela careça de elogios. Parece sempre seguida por um ou outro príncipe para onde quer que vá.

Minha risada é constrangida.

— Está gostando da festa?

— Mais agora que a encontrei. — Sua voz é profunda, mas sinto que ele não tem a mesma confiança dos Altos Príncipes. É como se preferisse estar em qualquer lugar, menos aqui, socializando. — Tinha esperança de que me concedesse uma dança.

Minhas orelhas vibram quando uma melodia ameaçadora parece ficar mais alta, trazida pela brisa.

— É claro, seria uma honra.

Tenso, ele assente, como se não esperasse uma resposta afirmativa; depois, estende a mão. Eu a seguro e noto como a minha é pequena em comparação com a enorme luva preta.

Em um instante, ele me conduz à grama macia usada como pista de dança. Meus pés descalços pisam o chão com firmeza e, com uma das mãos entrelaçada na dele e a outra em seu ombro, percebo como sou baixinha perto do príncipe. Não estou acostumada a me sentir tão diminuta — não na companhia dos quatro príncipes de Castelárvore, pelo menos —, mas Kairyn faz eu me sentir uma miniatura.

Nós nos movemos ao ritmo da música — ou quase isso. Os movimentos de Kairyn parecem mais os de uma marcha do que uma dança. Nada como a valsa que dancei com Caspian no inverno passado, quando tive a sensação de que o ar nos carregava.

— Está usando um belo colar — diz Kairyn.

Olho para baixo, para a rosa de pedra da lua.

— Obrigada. Era da minha mãe.

— Era? Como ela o conseguiu, se me permite perguntar? Sou uma espécie de... colecionador.

As palavras estão na ponta da língua: *Ela o encontrou na escavação de um sítio arqueológico.* Meu pai e eu sempre acreditamos nisso. Mas é óbvio que a minha mãe escondera a sua verdadeira natureza o tempo todo. Poderia ter sido um presente da Rainha?

Ela pode ter roubado o colar?

De qualquer maneira, alguma coisa me diz para não revelar a verdade — ou o que sei dela.

— Ela o achou no reino humano.

O capacete de coruja de Kairyn se inclina ligeiramente, e sei que ele não acreditou em mim. Então insiste:

— Parece muito antigo. Gostaria de examiná-lo no mosteiro. Temos muitos artefatos preciosos. Se eu pudesse compará-lo...

— Desculpe, mas ele é muito especial para mim — declaro. — Eu nunca o tiro do pescoço. *Nunca.*

A mão de Kairyn se tensiona na minha cintura.

— É mesmo. — Não é uma pergunta.

A música fica mais rápida, e Kairyn me gira mais depressa, quase me tirando do chão.

— Ezryn parece estar se divertindo muito — comento, embora não possa vê-lo em lugar nenhum. Quero que Kairyn se lembre de que ele está por perto.

— Meu irmão sempre foi bom em parecer o príncipe perfeito. Ele foi treinado desde que nasceu para seguir os passos de nossos pais. Um filho de prata.

Meu vestido farfalha quando Kairyn me gira por baixo de um braço.

— Ele é um líder poderoso. Primavera tem sorte por tê-lo.

Um som de atrito ecoa embaixo do capacete.

— Ele era *considerado* um líder poderoso, mas o verdadeiro poder não pode ser ensinado; é algo com que se nasce. Uma capacidade inata para fazer os sacrifícios necessários. E isso nem sempre é aparente.

Fico em silêncio, observando o visor do capacete em busca de qualquer pista do feérico embaixo dele. Não consigo decidir se ele ama Ezryn ou se o odeia. Há admiração e ressentimento em cada palavra que ele diz.

Talvez essa seja a verdade. Amor e ódio coexistem tão proximamente que ele não consegue definir qual é qual.

Penso em meu pai. Quando ele ia embora para viver as suas aventuras e eu ficava em casa, passava anos ressentida. Assim que ele voltava para casa, porém, eu me desesperava por qualquer migalha de atenção.

Mas nós nos reencontramos. Talvez Ezryn e Kairyn também consigam se reaproximar.

— Sei que Ezryn não é um homem de muitas palavras, mas ele reconhece o que você fez aqui — digo a Kairyn. — Se tentar se aproximar dele, tenho certeza...

Kairyn ri baixinho, um som que não combina com o gigante de armadura.

— Tentei me aproximar do meu irmão inúmeras vezes. Sempre que penso que estou conseguindo atravessar a barreira, ele me deixa pendurado no precipício outra vez.

Olho para o capacete do jovem príncipe, sem saber se ele me encara de volta. Sei do que está falando.

— Às vezes, quanto mais tento me aproximar de Ezryn, mais tenho a sensação de que ele se afasta.

— Exatamente — responde Kairyn.

Não posso acreditar que esse seja o meu ponto de conexão com Kairyn, mas entendo perfeitamente o que ele quer dizer. Quando penso que encontrei uma rachadura na armadura de Ezryn, quando acho que ele pode me deixar entrar, ele se afasta e se recolhe para dentro de si mesmo outra vez. Tive que suportar essa situação apenas por alguns meses, mas Kairyn conviveu com ela a vida inteira.

— Aos olhos dele, eu sempre serei só uma criança — Kairyn murmura —, alguém inadequado para estar com ele.

— Sei que ele pode parecer distante — respondo —, mas está mudando. Quando o vejo com Kel...

— *Keldarion.* — O nome é um grunhido e um sibilo ao mesmo tempo. — Ah, sim, tenho certeza de que o meu irmão se reconciliará rapidamente com ele. Ezryn não guarda rancor de traidores, só da própria família.

Abaixo as mãos e recuo um passo.

— Você está magoado e não tenho o direito de ser invasiva. Sou pouco mais do que uma estranha para você. Mas acredite: pode confiar nele. Confie em Ezryn, e ele vai fazer de tudo para cumprir qualquer promessa feita.

— Nesse caso, permita-me, Lady O'Connell: quero lhe fazer uma pergunta. Você conhece realmente o meu irmão?

— Sim — afirmo sem hesitação. — Ezryn é corajoso e gentil, alguém capaz de fazer qualquer coisa pelos amigos e por seu reino.

Kairyn percorre a distância entre nós e desliza um dedo pelo meu pescoço, sob o colar. Então, lentamente e com o mesmo dedo, levanta a rosa de pedra da lua; a folha dourada que ganhei de presente do Outono balança pendurada ao lado dela. Prendo a respiração, sentindo como se ele tivesse segurado o meu coração entre as mãos.

— Ele é como a armadura que usa. Brilhante por fora, mas já o viu por dentro?

— Conheço o coração dele e sei que é *bom*.

Kairyn solta a rosa de pedra da lua, que cai sobre minha pele, e depois se vira. Então, parece só uma sombra.

— Se está tão segura, pergunte ao meu irmão o que aconteceu na noite em que ele aceitou a Bênção. Pergunte a ele o que aconteceu com a minha mãe.

45

Farron

— Príncipe dos Espinhos, se pode me ouvir, responda a este chamado. — Meus dedos apertam a sarça e eu olho para os ramos espinhosos espalhados pela biblioteca de Castelárvore. *Pode me ouvir?*

A única resposta é o silêncio. Um grunhido baixo vibra na minha garganta. Usando o colar, consegui me retirar do jubileu em Primavera com facilidade e voltei rapidamente a Castelárvore, mas não vai demorar muito para que a minha ausência seja notada.

Caio de joelhos diante dos espinhos e coloco as mãos sobre os ramos; depois, com uma resignação profunda, abaixo a cabeça.

— Por favor, Caspian. Preciso falar com você. O que você quer? Não tenho nada à mão para sacrificar, embora alguns criados se transformem em bodes à noite. Posso tentar convencê-los a…

Os ramos ondulam e sombras desenham espirais em torno dos meus pés. Levanto a cabeça e vejo Caspian encostado em um espinheiro acima de mim. Um sorriso marca a sua boca.

— Sério, Farron. Sacrificar um bode? Que coisa mais bárbara.

Dou de ombros.

— Como posso saber do que vocês, príncipes das sombras, gostam?

— Eu gosto de *você*, Príncipe do Outono… de joelhos e implorando por mim. — Caspian salta do espinheiro e se aproxima devagar. — Alguém já disse que você é lindo? E hoje está todo festivo. Não diga que se arrumou desse jeito para mim.

Eu me levanto e cruzo os braços. Meu traje é uma combinação de túnica longa verde-limão com flores cor-de-rosa e calça cinza e justa, mas larga na bainha. Fecho a túnica para cobrir o meu peito nu.

— Você realmente veio.

— Por que está surpreso? Foi você quem me chamou. E eu não resisto a um homem de joelhos.

Sinto um calor me invadir diante do seu olhar de predador. Foi isso que Rosa sentiu quando ele apareceu durante o frenesi de acasalamento? O pensamento se impõe a todos os outros, e sou dominado por uma raiva protetora.

— Quero falar sobre Rosalina.

Caspian ergue uma sobrancelha escura e recua.

— Não é mais tão tímido quanto antes, Bichinho.

Começamos a nos mover, descrevendo um círculo lento.

— Você esteve no quarto dela há algumas noites.

— Devia ter se juntado a nós. — Ele sorri.

— Fale sobre a sua... — Faço uma pausa. — Sobre essa *conexão* com ela.

O sorriso fica mais largo. Ele agarra a minha túnica e me puxa para perto.

— O que está perguntando realmente, Principezinho do Outono?

Ranjo os dentes. *Odeio* esse cara. Sabia que não devia confiar nele, mas o medo me fez aceitar o acordo. Um acordo com palavras dúbias, que ele usou para atacar o meu reino e libertar a minha fera.

— Fala, Farron.

Um rosnado vibra na minha garganta, e eu o empurro para longe.

— Você é predestinado de Rosalina?

Ele ri e se aproxima de novo. Passa a mão no meu pescoço.

— O que você acha? Não me sente lá? — O polegar desliza para baixo do meu queixo. — O que mais poderia nos conectar tanto?

Olho para o seu pulso e vejo o bracelete torcido de espinhos congelados.

— Seu acordo com Kel... — murmuro. — O que resta do nosso acordo. Está usando essas ligações para corromper a mente de Rosalina?

Caspian dá um passo para trás. Uma cortina de cabelos escuros cobre os seus traços e ele projeta os lábios, fazendo um biquinho.

— Eles bem dizem que você é o esperto.

Uma estranha onda de alívio me invade. A magia de um acordo feérico é forte. Não conheço os detalhes do acordo dele com Kel, mas sei que foi um dos mais poderosos que se poderia fazer.

Um sorriso tonto se espalha pelos meus lábios, e eu desabo sobre uma cadeira da biblioteca.

— Você não é predestinado dela.

— Lamento desapontá-lo, docinho.

— Não imagino que vá romper o seu acordo com Kel.

— Nunca. — Caspian vira-se e me dá as costas. Sombras rodopiam em torno de seus pés e de suas pernas. — Mas... há um jeito de *você* romper o acordo.

O silêncio entre nós é ensurdecedor, e tenho a sensação de que ele não planejava me dizer isso.

— Como assim?

Caspian cerra os punhos junto ao corpo.

— Pode haver um modo de você romper tanto o meu acordo com Kel quanto a minha conexão com Rosalina.

Meu coração dispara. Caspian fala baixo, como se não quisesse ser ouvido nem pelos espinhos no entorno.

— Esse é mais um dos seus truques?

— Que truques? — Um sorriso estranho se espalha pelo seu rosto. — Você destruiu o meu livro. Eu peguei um dos seus. Mas a sua predestinada roubou o livro que eu queria. E é lá que você vai descobrir as respostas de que preciso.

O livro que ele procura está guardado em segurança na Fortaleza Jardim do Martelo. Parecia bem inocente, um compêndio de contos envolvendo a Rainha, embora eu ainda não o tenha lido com atenção. O que o Príncipe dos Espinhos espera encontrar lá?

— Você sempre planejou me trair, não é? Levando aqueles goblins ao meu reino para pegar o livro...

— É claro que sim.

Mordo o lábio inferior. Não me sinto culpado por rasgar o livro que Rosalina deu de presente de aniversário para ele. Não depois de ele ter me manipulado, dos joguinhos com Rosa... Ele já tinha traído Kel no passado e nos traiu também. Houve um tempo em que acreditei que o homem na minha frente fosse um amigo.

Não me sinto culpado por isso, mas às vezes me lembro da expressão em seu rosto, do gemido angustiado enquanto ele recolhia as folhas de papel arruinadas. Como se aquilo fosse realmente importante para ele.

— Admita mais uma coisa — digo. — Você hesitou naquela noite, por isso estava discutindo com Rouxinol. Queria cancelar o ataque.

— Eu só estava esperando pelo momento oportuno — ele responde depressa demais.

— Você ainda está com ele. — Enfio a mão no bolso do seu casaco e tiro de lá um livro rasgado, amarrado com uma fita.

Caspian sufoca um grito e uma expressão estranha passa pelos seus olhos, algo parecido com medo, mas ele relaxa ao perceber que não vou acabar de destruir o livro, um presente da minha predestinada.

Aceno com a cabeça para que ele me siga por entre as prateleiras, entrando e saindo de feixes da luz do luar. Não tinha acendido a lareira, porque não queria alertar os funcionários para o meu retorno. Finalmente, paro em uma estação de trabalho; é ali que Rosalina e eu encadernamos as nossas anotações e reparamos livros danificados. Com cuidado, desamarro a fita e espalho os resquícios do seu presente de aniversário à minha frente. Estava rasgado bem no meio, as duas metades completamente separadas.

— Parece que podemos ter um objetivo comum, então — digo. — Mas não farei mais acordos com você.

— Isso não precisa ser um acordo — responde Caspian. — Você poderia confiar em mim.

Com muito cuidado, removo as páginas rasgadas, mantendo apenas a primeira, na qual Rosalina escreveu a dedicatória.

— Por que acha que estou fazendo esse gesto de boa-fé? Como eu espero que você tenha feito, ao me contar a verdade sobre sua conexão com Rosalina.

— Eu não menti para você, Príncipe do Outono. — Seus olhos escuros acompanham cada movimento que faço.

Pego uma escova e a embebo com cola; depois, pincelo uma linha fina ao longo do couro rompido e das páginas rasgadas. Por fim, aliso tudo com os dedos.

— Diga-me como posso quebrar o seu acordo com Kel e por que você não pode fazer isso por si mesmo.

— Não é tão simples — diz Caspian —, e eu não sou tão erudito quanto você. Porém, presumo que aquilo que eu realmente desejo pode ter o efeito colateral de quebrar o meu acordo com Kel.

O calor em minhas mãos aumenta, e uso uma palma para secar rapidamente a cola, antes de montar o livro novamente com todo o cuidado. Por último, uso uma agulha grossa e barbante para ajustar a lombada.

— E o que é isso que você tanto deseja?

— Algo que você precisa descobrir. Talvez seja um feitiço ou uma magia, alguma poção desgraçada feita de pernas de sapo, não sei. E não importa, desde que faça o que eu quero.

Fecho o livro. Ainda resta uma cicatriz no couro, mas o caderno funciona novamente. A caligrafia de Rosalina é nítida na capa: o nome de Caspian e o símbolo sagrado logo abaixo. Por que ela fez isso para ele? Foi só uma gentileza ou algo mais? Estendo o livro para ele.

— E o que você quer, Príncipe dos Espinhos?

— Tornar-me humano.

O livro cai das minhas mãos. Caspian o apanha depressa e guarda embaixo do manto.

— O quê? — murmuro.

— Você me ouviu. Descubra um jeito de me transformar, de realmente me transformar, não uma ilusão. E, então, eu acredito que todos os meus acordos e laços vão desaparecer junto com o meu eu feérico.

Olho boquiaberto para ele.

— Você é um dos seres mais poderosos do Vale Feérico, talvez o mais poderoso entre todos. Desistiria de tudo isso para se tornar humano? Por quê?

Sombras e espinhos espiralam ao seu redor quando Caspian afunda de volta ao Inferior.

— Porque uma humana não pode se tornar o que ela deseja ser.

46

Dayton

— Lá está ele! — digo, apoiando-me na beirada do casulo. — Farron!

Farron surge na fronteira da clareira, vagando como um idiota.

— Vou lá buscá-lo — diz Ezryn, esticando os braços, e o casulo em que estamos se desvia do curso projetado. As pétalas da flor se abrem, formando uma escada bem na frente de Farron. Estendo uma mão.

Farron sorri e eu o puxo para cima.

— Oi.

As pétalas se fecham novamente, envolvendo-nos em uma névoa de luz rosada. Existe intimidade aqui dentro, como se estivéssemos em um reservado secreto. Há uma pequena poça de néctar na base do casulo. Estames se projetam à frente da flor fechada, emitindo uma luz suave. O interior da flor se curva para cima — seu formato, semelhante ao de uma lâmpada —, mas há partes abertas que formam uma pequena área de estar.

Ezryn e Rosa estão sentados lá. Após dançar com Wrenley, avistei o casulo passando com os dois e aproveitei a oportunidade para escapar. Rosa não podia reclamar por eu não ter tentado, mas alguma coisa terrível aperta meu peito. Talvez eu tenha resistido tanto a dançar com Wrenley porque Rosa estava certa. Há *alguma coisa* aqui. O jeito como a salvei no rio, o colar de conchas do mar... E não há como negar a sua beleza.

Enfim, cumpri o meu dever. Dancei com ela, mas o tempo todo senti cada emoção em mim se voltar para dentro. O único lugar onde eu queria estar era este: o casulo com Rosa e o traste de metal. E, com Fare aqui também, não quero ir embora nunca.

— Senti a sua falta — Farron diz ao se aproximar de Rosalina. Sem muitas delongas, ele a deita de costas, posiciona-se sobre ela e ergue o seu vestido, apertando as coxas macias.

— Tentei contato com você, mas não consegui — ela responde.

— Agora estou aqui. — Os olhos dourados de Farron encontram os meus. Ele se levanta, agarra-me pelas calças e puxa-me para perto. Sua língua desliza do meu peito até o pescoço. — Senti a sua falta também.

— Cacete — murmuro, sentindo o meu pau endurecer ao contato com o seu quadril. — O que deu em você?

Seus olhos brilham de um jeito que não consigo identificar.

— Digamos apenas que eu não quero tratar como garantida nenhuma situação aqui. Nem com você, nem com Rosa. Tampouco com você, Ez — ele fala por cima do ombro. Ez meneia o capacete em sinal de concordância.

Seguro o queixo de Farron.

— Tudo bem?

— Vai ficar. — Ele me beija de um jeito selvagem.

Rosa nos observa com um olhar faminto. Eu me lembro da noite em que Farron e eu dividimos os orgasmos dela.

— Ez, há algum jeito de impedir que esta flor, como dizer, desabroche?

— Sim — responde Ezryn. — Por quê?

Farron alcança o meio das minhas pernas e segura o meu pau.

— É melhor que ela não se abra — arfo. — Não enquanto houver alguém em situação comprometedora.

— Ah... — Ezryn olha para nós três. — É melhor eu sair.

Rosa arregala os olhos e se aproxima de Ezryn, apoiando uma mão aberta no escudo de metal em seu peito.

— Pode ir, se quiser, mas eu quero que fique.

Farron vira-se para ele, com os cabelos despenteados e um olhar vidrado.

— Fique, Ez.

— Ouça a garota, Ez. Banque o sedutor. — Sorrio para ele. — Recite para ela versos como "Permita-me preenchê-la com o meu pólen" ou alguma outra poesia de Primavera.

Evidentemente, não consigo ver a expressão em seu rosto, mas sinto que está revirando os olhos. Ele solta um xingamento em um dialeto de Primavera que não entendo, depois pousa as mãos sobre as pétalas externas, que ondulam, e a cobertura se fecha ainda mais sobre nós.

Rosalina olha para mim. A pergunta paira no ar perfumado. E quanto a nós? Não houve um só momento em que não pensei na sensação de estar dentro dela. Com ou sem amor predestinado por aí, não existe a menor possibilidade de que eu a tenha tido para mim uma vez só.

— E então, Flor? — pergunto. — Fiz o que me pediu. Socializei. Talvez haja alguém por aí a quem eu pertença, mas, aqui, eu só quero você. Estrelas do céu, dentro desta flor miserável, deixe-me ser seu.

Seu lábio treme enquanto ela olha para mim. Então, ela se levanta. Seu olhar passa por Ezryn e Farron, que a observam tão fascinados quanto eu.

Rosa leva uma mão às costas, puxa uma fita e o vestido cai em torno de seus tornozelos com um farfalhar. Mas ela não está nua. Um sutiã de renda com bainha de flores sustenta os seus seios, um saiote com muitas camadas de babados envolve o quadril.

Sua voz é um sussurro rouco quando ela olha para mim e diz:

— Então, faça-me sua.

47

Rosalina

É egoísmo querer todos eles, mas, quando o olhar ávido do Príncipe do Verão passeia pelo meu corpo, eu não me importo. Aqui, esta noite, podemos fingir.

Dayton sorri.

— Você está tão linda, Flor. Espero que a nossa doce menina esteja preparada para todas as safadezas que vamos fazer com ela.

Ele segura o elástico do saiote em torno da minha cintura e me puxa para o seu peito.

— Descobri que até as feéricas usam lingerie — revelo. — Marigold me disse que eu poderia precisar esta noite.

— Marigold estava certa. — Dayton enfia a mão grande embaixo do saiote para tocar a minha vagina molhada e pulsante.

Suspiro ao sentir o toque, e o meu corpo se enche de alegria.

— Não sabia se teria a chance de senti-la de novo.

Um instante de tristeza passa pelos seus olhos, e seus lábios se entreabrem.

— Como se algum de nós pudesse conter o desejo de tocá-la. — A voz profunda de Ezryn reverbera sobre mim. Suas mãos enluvadas afastam os cabelos de cima do meu ombro e eu apoio as costas em seu corpo duro de metal.

— É verdade. — Farron aparece ao meu lado. Ele passa a mão no meu ventre e afaga as rendas do sutiã. — É realmente muito fofo, amorzinho.

Três príncipes me cercam. Por algum motivo, isso parece certo. Só queria que não houvesse um buraco no meu coração, um espaço que ainda não foi preenchido. Falta alguma coisa. Falta *alguém*.

A boca de Dayton encontra a minha, e o desejo desesperado que senti por semanas me inunda.

— Preciso entrar em você — ele murmura.

Assinto. Ezryn me conduz a uma cadeira e Dayton se ajoelha na minha frente, enquanto Farron se encarrega de despir o Príncipe do Verão.

— Está pronta para ele? — Ezryn afasta os meus joelhos e desliza uma das mãos entre as minhas pernas.

— Hum… — murmuro. — Você tirou as luvas.

— Eu precisava senti-la — ele diz. Seus dedos me abrem sem cerimônia, brincando sobre a pele. — Toda molhada. Pronta para ser penetrada.

Gemo e me contorço com o seu toque. Então, olho para Dayton, que parece um deus antigo esculpido, e fico sem ar. Ele está completamente nu, exceto pela coroa de flores na cabeça.

Deixo escapar um suspiro baixo enquanto registro cada detalhe: os músculos do peito definidos, a fina trilha de pelos que desce entre os ossos do quadril, o membro pulsando, as veias salientes, as gotas de pré-ejaculação.

— Já está assim só por minha causa? — provoco.

— Você não tem ideia do que faz comigo — ele sussurra.

Alguma coisa derrete dentro de mim. A vulnerabilidade contida nessas palavras provoca uma explosão de amor. Sei que ela vem de Farron, que está sentado na nossa frente, nu e com as pernas abertas, acariciando o seu pênis maciço.

— Por que está aí? — pergunto.

— Tenho você para mim todos os dias. Vou apreciar o espetáculo. Por enquanto.

— Ela está pronta para nós. — Ezryn ergue o meu saiote para oferecer uma vista completa ao Príncipe do Verão. O Príncipe da Primavera se levanta e começa a desamarrar as grevas que protegem as suas pernas. Eu o vejo tirar a armadura e revelar as roupas de baixo pretas e justas.

Com seus braços fortes, Ezryn me põe deitada sobre o banco da flor, com o rosto para cima.

— Rosalina, você está preparada para ser tomada por três feéricos ao mesmo tempo? — ele pergunta, sentando-se atrás de mim e acomodando a minha cabeça em seu colo.

Assinto, já sem fôlego de tanta antecipação.

Dayton toca o meu queixo.

— Use as palavras, Flor.

— Sim, sou sua. Sou de todos vocês.

— Que bom. — Dayton se ajoelha no banco, posicionando-se entre as minhas pernas. Ele segura os meus tornozelos e os entrelaça atrás das costas; depois, penetra-me com um movimento brusco e rápido.

— Oh, me fode, me fode, me fode — eu grito, enquanto ele mete fundo e as minhas paredes internas se contraem em torno do pau enorme. Minha cabeça quica no colo de Ez.

— Nossa garotinha fofa é bem boca suja — Dayton comenta, com a luz das pétalas da flor tingindo o seu cabelo de tons de rosa dourados.

— Eu podia tirar toda a minha roupa e deixar de ser fofa — proponho.

Ele me penetra até o fundo.

— Você é fofa sempre, mas não se atreva a tirar isso. — A mão dele desliza entre a minhas pernas para acariciar o clitóris.

Os músculos dentro de mim se contraem e o meu coração pulsa, antecipando o que está por vir.

— Não me diga que já vai gozar, Rosalina. — Ezryn toca o meu seio por baixo do sutiã de renda e massageia o mamilo rígido.

Eu mordo o lábio com tanta força que sai até sangue.

— Isso é muito bom.

— Ah, é? — Dayton gira o quadril, escancarando que estou totalmente preenchida por ele. Os dedos me tocam do jeito certo.

— Diga para nós do que você gosta — pede Ezryn, segurando um seio inteiro com uma das mãos.

— De vocês, de todos vocês — arfo, sentindo todo o meu corpo se contorcer, invadido por ondas de um calor delicioso.

— Ah, Flor. — Dayton geme e joga a cabeça para trás quando os meus músculos apertam o seu pau. Estou muito perto da explosão.

— Lindos — Farron murmura, observando-nos com os olhos bem abertos. — Todos vocês.

Ezryn apoia a minha cabeça no banco e se inclina para segurar a nuca de Dayton.

— Não a deixe gozar. Ainda não.

— Ez... — imploro. — Por favor, eu...

Os lábios de Dayton se afastam, o cabelo loiro emoldura o seu rosto e ele sorri.

— Tá bom, papai.

Ezryn grunhe.

— Por que me chamou desse jeito...

Solto uma risadinha.

— Ele não odeia tanto quanto finge. Quero ver se você está bem duro... papai.

— Rosalina! — Ezryn reage com um tom de voz contrariado e a mão forte aperta o meu pescoço.

Tudo que consigo fazer é gemer de prazer, totalmente entregue a eles. Dayton, que olhava para nós, agora se apoia de um lado da pétala e começa a se mexer. Realmente se mexer.

— Toma isso, Rosalina — ele grunhe —, porque não estou nem perto de terminar.

Eles continuam trabalhando em mim. Respiro com dificuldade, e o Príncipe da Primavera ora afrouxa, ora aperta os dedos em torno do meu pescoço.

— Fique de quatro — Dayton ordena de repente. Obedeço depressa. Ele me põe de frente para o colo de Ezryn, que sustenta uma ereção óbvia. — Está vendo isso? Um pau solenemente ignorado por uma boca sempre pronta para a ação.

Umedeço os lábios e pisco para o Príncipe da Primavera com ar inocente. Ele xinga de novo naquela linguagem que não entendo e desamarra mais uma fita, libertando o pau grosso e duro.

— Porra — diz Dayton, segurando a minha bunda e me penetrando por trás. — Que belo pau! Se você não chupar, eu chupo.

— Ah, Day... — eu gemo, agarrando a beirada do banco para me equilibrar, enquanto ele me penetra fundo e encontra o ponto G, provocando uma explosão de prazer maravilhoso. — Esse pau é só meu.

Abro a boca e deslizo os lábios pelo membro de Ezryn, engolindo-o inteiro. Sem me importar com joguinhos de sedução, seguro a base com uma das mãos e massageio o que a garganta não pode alcançar. Percebo a urgência de Dayton e não paro nem para respirar, gemendo e fazendo outros ruídos com a boca.

Ezryn profere uma sucessão de palavrões indecifráveis, e ouço a sua respiração profunda ecoar dentro do capacete.

— Você não tem ideia de como fica gostosa chupando um pau — Dayton geme. — Especialmente com essa bunda rebolando de saiote.

Ele ergue o saiote e dá um tapa na minha bunda. Tiro o membro de Ezryn da boca só pelo tempo suficiente de dar um gritinho.

— Gostou disso? — Farron pergunta. — Quer ficar com a bunda bem vermelha?

Arrisco olhar para o meu predestinado, que se masturba no outro lado de onde estamos.

— Está falando demais para alguém tão distante.

— Posso deixar a sua bunda vermelha também, Fare — Dayton oferece.

Farron se aproxima de nós; Dayton tira a mão da minha cintura e o puxa para um beijo profundo. Sinto um tapinha delicado.

— Essa bunda é a coisa mais perfeita do mundo.

Sem pressa, deslizo a língua pelo pau de Ezryn antes de olhar para Farron.

— Chegue mais perto.

Ele se aproxima do meu rosto. Apoiada sobre um braço, estendo a outra mão e seguro o seu pau. Farron murmura alguma coisa incompreensível antes de me agarrar pelos cabelos e guiar a minha boca de volta ao pênis de Ezryn. Eu o engulo com vontade.

Um gemido baixo e másculo ecoa em Ezryn, e seus dedos deslizam pelas minhas costas.

— Três pintos... Como se sente com todos nós em suas mãos?

Eu me sinto... eufórica. Minha cabeça gira, mente tomada por luxúria e desejo. Circundo a cabeça do pinto de Farron com o dedão e ele puxa o meu cabelo com força. Ezryn tem um sabor delicioso, e é ainda mais gostoso saber que eu o deixei duro desse jeito, saber que ele adora sentir a minha boca no seu pau...

Dayton me fode como se a única missão da sua vida fosse me encher de porra, como se pudesse morrer se não tivesse a minha boceta. Ou talvez eu morresse sem o pau dele. De qualquer maneira, não quero que isso acabe nunca.

Mas, ao mesmo tempo, quero ainda mais. Eu me sinto egoísta por isso, mas a verdade é que os meus pensamentos se elevam para as estrelas. Keldarion também deveria estar aqui com a gente.

Ofegante, olho para Ezryn.

— Eu me sentiria melhor se você me deixasse gozar, papai.

Seu pau lateja. O visor escuro do capacete parece cravado em mim, e só posso imaginar a intensidade com que ele olha para a saliva e as gotas de pré-ejaculação pingando da minha boca.

— Você vai gozar quando eu disser — ele responde, com um tom duro e dominante.

— Ainda não acabei com você — diz Dayton, batendo na minha bunda com força. Ele apoia um pé no chão para aumentar o ritmo das estocadas, que assumem uma velocidade brutal. Eu grito, lágrimas escorrem pelo meu rosto. Mas o Príncipe da Primavera ainda não está satisfeito. Ele segura o meu queixo e inclina o capacete.

— Acho que essa garganta gostosa aguenta mais.

Avalio o tamanho do maciço membro do Príncipe da Primavera antes de escancarar a boca. Ele me segura pelos cabelos, enfiando o pau cada vez mais e mais fundo na minha garganta, e eu aceito. É muito bom senti-lo entre os lábios; os ruídos roucos e deliciosos que ele faz só me excitam ainda mais.

Encontramos um ritmo, nós quatro, e a minha boca desliza pelo pau de Ezryn, que continua segurando meu cabelo. Meu Príncipe do Verão entra e sai de mim, meus seios balançam com o movimento, uma fina camada de suor recobre a minha testa. Com uma mão, masturbo Farron com fervor, e ele enfia uma mão sua entre as minhas pernas para massagear o meu clitóris.

Embora Ezryn e Dayton não estejam conectados a nós por um vínculo, sinto alguma coisa crescendo entre nós quatro. Uma onda se formando.

E ela vai quebrar para todos nós ao mesmo tempo.

— Goze para nós — Ezryn ordena.

Um grito abafado irrompe da minha boca quando o orgasmo chega em uma explosão de luz. Dayton ruge, penetrando-me com força suficiente para sacudir o meu corpo todo, e finalmente a sua semente quente me inunda. Farron despeja o seu prazer na minha mão; ao mesmo tempo, o pau de Ezryn pulsa quando sente a vibração do meu gemido. Ele me puxa pelos cabelos com uma força quase dolorosa enquanto transborda na minha garganta.

Todos eles gozam em mim, dentro de mim. E eu gosto. Sinto uma fonte inesgotável de satisfação me dominando. Estou grudenta, mas sou deles. O prazer continua percorrendo o meu corpo, tão poderoso que mal consigo respirar. Os espasmos e as contrações da minha vagina massageiam o pau de Dayton. Seus gemidos másculos me dizem que ele sente o prazer com a mesma intensidade que eu.

Ainda gemendo, engulo tudo antes de olhar para Ezryn com um sorriso satisfeito. Ele limpa o canto da minha boca com um toque terno; depois, com uma voz cheia de irritação, exige:

— Alguém a beije por mim.

— Com todo prazer. — Farron segura o meu rosto e me beija profundamente.

Dayton se inclina para deixar uma trilha de beijos em minhas costas, ainda com o membro dentro de mim, como se relutasse em sair. Meus músculos pulsam em torno daquele pau, e eu queria poder mantê-lo assim, bem perto de mim, para sempre.

— Puta merda, Rosa. Você ficou ainda mais linda coberta com a nossa porra — Dayton geme.

Meus braços começam a tremer. Dayton tira o pau de mim, fazendo com que uma trilha de alívio escorra pelas minhas pernas. Sinto falta de senti-lo dentro de mim.

— Ah, meu Deus... — murmuro.

— Ainda não acabou pra você — Dayton avisa, olhando para Farron. — Agora, enquanto eu te fodo, você vai usar a boca para limpar minha porra da boceta da sua predestinada.

Farron e eu trocamos um olhar de pura paixão por esse homem. Depois, deixamos escapar um gemido ao mesmo tempo.

— Você ouviu. Abra essas pernas — diz Ezryn com seu tom dominador, virando-me de costas.

Farron beija a parte interna de minha coxa.

— Que cheiro gostoso, amorzinho. É o cheiro do Day.

Sinto o seu hálito quente entre as minhas pernas antes da primeira chupada. Depois, é como se ele quisesse me devorar com a boca. Minha vagina supersensível começa a pulsar.

Farron geme com a boca em mim quando Dayton o penetra. A expressão do Príncipe do Verão é de puro êxtase quando ele entra e sai do meu predestinado. E dado momento, seu olhar encontra o meu e ele pisca.

Ezryn abaixa o meu sutiã com delicadeza, expondo meus seios ao ar gelado.

— Você é absolutamente linda, ainda mais quando o seu rosto é dominado pelo prazer.

A língua de Farron se move mais depressa, mais fundo.

— Cada gota — Dayton ofega sem parar de se mexer. — Lamba cada gota, Bichinho.

A resposta de Farron é um suspiro de êxtase, e logo ele já está ereto outra vez. Eu me contorço sobre a pétala de flor, quase incapaz de conter todas as sensações.

— Goze para nós de novo, bebê. — Os dedos de Farron acariciam os meus seios. — Ninguém pode nos ouvir lá de fora. Grite, se quiser.

E eu grito. As palavras dele me empurram do precipício em uma explosão de euforia. Farron geme e, apesar da minha visão turva, vejo seu pau liberar jatos de porra. Dayton projeta o corpo para a frente mais uma vez antes de se esvaziar de novo. Ezryn me abraça forte enquanto tudo isso acontece.

Eu me entrego ao êxtase. Ali deitada, penso que queria que a flor ficasse fechada para sempre, que eu pudesse ser deles para sempre e eles pudessem ser meus.

Há mais amor dentro de mim para ser oferecido. No fundo do meu coração egoísta, espaços vazios ecoam.

48

Caspian

— Ora, ora, ora, Quellos, você realmente se superou. Em vez de brincar com ossos velhos que retirou da terra, finalmente foi capaz de manter os seus súditos vivos.

Com uma das pernas penduradas no parapeito, olho para baixo, em direção ao pátio aberto que é parte do laboratório de Perth Quellos. Sira não mediu esforços para garantir que o velho idiota tivesse acesso a todas as ferramentas e a todos os brinquedos que o Inferior tem a oferecer. Devo admitir, isso quase me faz pensar que ele fez a coisa certa ao escolher isto em vez de mofar na prisão de Presagelada.

Quase.

— Vai ficar aí sentado me julgando ou vai me ajudar? — Quellos se irrita.

— Ficarei aqui sentado julgando, obrigado. Gosto de fazer aquilo em que sou bom.

Quellos resmunga alguma coisa e se concentra outra vez no goblin diante de si. A criaturinha olha em volta com os olhos arregalados, ansiosa para ser a próxima peça no jogo de Sira.

— Fique quieto — o velho feérico grita para o goblin. Então, sem qualquer aviso-prévio, ele o atira no poço verde e luminoso que tem diante de si.

A névoa, que espirala como dedos cor de esmeralda, envolve o goblin, que não para de gritar. A criatura se esvai sobre si mesma, cambaleando para a frente, e seus chilreios se transformam em gorgolejos. Quellos suspira e limpa o suor da testa careca.

— Tanto poder na Chama Verde. — Ele arregala os olhos. — Queria poder trazer mais dessa magia para este mundo.

Sinto as minhas entranhas congelando. *Ah, claro. Vamos trazer para cá um ser aterrorizante, poderoso como um deus e capaz de dizimar todo o Vale Feérico e o mundo humano com um estalar dos seus dedos gigantescos.* Aperto a mandíbula, mas não deixo nenhuma emoção transparecer no rosto. Todas as preces de minha mãe, todos os truques de Quellos com cristais… Nada disso se compara com o que reside em meu sangue. Esse é um segredo que Quellos não conhece; nunca poderá conhecer.

Olho novamente para o pequeno experimento de Perth.

Fogo verde explode dentro da criatura e ela se endireita, gritando com intensidade renovada. Seus olhos se iluminam com aquela mesma chama sinistra. O corpo crispado sobe pelas paredes e para ao lado do antigo vizir do Inverno.

— Muito bom — diz Quellos, apontando para a parede do fundo. — Com os outros.

O goblin, agora ardendo com um fogo interno fantasmagórico, atravessa o pátio com pátios trôpegos e se junta à turba de outros goblins iluminados por chamas verdes que o esperam.

Devem ser… o quê? Uns dois mil agora?

Mantenho um sorriso no rosto.

— Esse pequeno exército que você está criando é impressionante, mas nenhum deles derrotou Castelárvore. Minha mãe não ficou satisfeita com nenhum de nós.

As marcas de unha em seu crânio estão começando a cicatrizar.

Quellos balança a cabeça.

— Só usei isto com os goblins. Espere até eu começar a trabalhar com os feéricos. — Ele olha para mim, e os lábios azuis se distendem em um sorriso fino. — Quer ser o primeiro?

Salto os três metros que nos separam e pouso ao seu lado com elegância. Aproximo-me tranquilamente do ex-vizir de Kel e cutuco de leve o seu nariz.

— De jeito nenhum. — Depois, dou meia-volta e passo pela arcada que marca a entrada do laboratório. — Mas estou curioso para ver em que outras criações está trabalhando. Que mente perversamente distorcida é a sua!

Quellos me segue com passos arrastados, respirando com dificuldade. O idiota vaidoso não resiste a uma chance de exibir o seu trabalho, e eu gosto de estar informado sobre tudo o tempo todo.

O laboratório é iluminado pelo brilho suave de pedras cintilantes incrustadas nas paredes e no teto. Diversas estações de trabalho ocupam o espaço amplo. Recipientes de vidro encerram elixires coloridos e borbulhantes, e vejo muitos desses frascos nas prateleiras.

Há uma pequena estufa com plantas variadas em um dos lados. Colo o nariz ao vidro.

— Você fez avanços significativos aqui. Os canteiros estão explodindo. — Não estou mentindo só para afagar seu ego. O espaço realmente está repleto de enormes flores vermelhas, amarelas e roxas.

— Sim, sim, tivemos muito sucesso em nossos projetos de botânica — diz Quellos, fascinado demais com o próprio trabalho para lembrar que me odeia. — Você pode entrar, se quiser, mas precisa usar isto aqui. — Ele apanha um vaso e colhe uma flor branca.

Recuso a oferta.

— Está tudo bem.

— Como quiser — Quellos funga.

Continuo a visita ao laboratório. Apanho coisas ao acaso para examinar, ignorando os grunhidos de descontentamento de Quellos. Um som horroroso chama a minha atenção e aponto para uma gaiola em cima da mesa.

— O que é aquilo ali?

Uma espuma amarela e grossa escorre da boca de um rato marrom de olhos revirados. Ele se joga contra as grades da gaiola, guinchando e arranhando.

Quellos afaga o queixo.

— Ah, isso é resultado de um dos nossos experimentos biobotânicos. Eu tinha esperança de que esse fosse treinável, mas ainda está muito raivoso. — Ele olha em volta e continua em voz baixa: — Pena que já autorizei o seu uso em minha cobaia feérica.

Estreito os olhos.

— Criou isso do mesmo jeito que criou aquela monstruosidade que testou na semana passada? Que escapou e dizimou um batalhão inteiro de goblins?

— Consegui recapturá-lo — ele diz.

Ouço a erupção de um portal do lado de fora do laboratório e, em seguida, uma discussão.

— Não demonstre fraqueza agora. — É a voz da minha irmã.

— Não sou *fraco*. — A voz igualmente fria do jovem príncipe da Primavera, Kairyn.

Rouxinol e seu cão raivoso voltaram.

Os olhos de Passarinho estão iluminados pelo ódio quando ela entra. Kairyn tem sempre a mesma aparência, mas eu não me surpreenderia se ele se sentisse do mesmo modo.

— Visual fofo, Passarinho. Como foi a festinha? — pergunto. — Não fui convidado.

— O que me surpreende é que não tenha ido assim mesmo. — Perth sorri, enquanto usa uma pinça para tentar alimentar o rato furioso. — Você adora isso.

Eu abro um sorriso irônico.

— Não é tão divertido sem Keldarion por perto.

Passarinho se aproxima e arranca a pinça da mão de Quellos, que pula de susto.

— Chega dessa palhaçada. Temos uma oportunidade de agir hoje à noite. Não vamos desperdiçá-la.

— Não sejamos tão precipitados — Kairyn resmunga. — A confiança do meu irmão em mim aumenta dia a dia. Além do mais, adotei medidas para abalar até a vontade de ferro dele. Ele logo vai me nomear regente em caráter oficial...

Rouxinol o encara. Apesar de ser quase trinta centímetros mais baixa, ela se apoia na ponta dos pés e fica cara a cara com ele.

— E, para que serve um regente, se aquele desgraçado do seu irmão está sempre por perto? Não precisamos de um regente, idiota. Precisamos do trono! Precisamos da Bênção da Primavera!

Kairyn se enfurece, mas não diz nada.

— Esse é o nosso objetivo. Acabei de começar e já estou muito mais perto de recuperar a minha Bênção do que você. Esses príncipes não são nossos aliados. Eles são o inimigo; só valem pelo que podemos tirar deles. — Um suspiro profundo escapa do peito de Passarinho e ela se apoia na bancada com a cabeça entre as mãos. — Já tomei a minha decisão. Ezryn vai morrer. Hoje à noite.

Agora é minha vez de ficar furioso.

— Ora, ora, ora, Passarinho quer dar um golpe. Não creio que já tenha recebido essa ordem.

— Estou tomando a iniciativa. Diferente de você. — Ela me encara, ressentida.

A capa preta varre o chão enquanto Kairyn anda de um lado para o outro.

— Quando me aliei a você, anos atrás, foi pelo bem do meu reino, do meu povo.

Passarinho joga a cabeça para trás e ri, uma risada áspera e ferina.

— É disso que tenta se convencer, amor? — Ela sacode o cabelo curto e se aproxima de Kairyn, rebolando. Seus dedos tocam o escudo de metal no peito do príncipe e eu quase reviro os olhos. — Você se aliou a mim porque deseja tanto aquele trono quanto eu desejo vê-lo sentado nele.

Os olhos escuros de Kairyn mergulham nos dela, e sei que Rouxinol o dominou. Ela continua:

— Ezryn abandonou o reino à ruína. Lembra-se do que mostrei a você quando estivemos na Sarça? Ele é uma fera, Kai; um monstro. Mas você já sabia disso, não? — Ela acaricia o seu capacete. — Seu irmão é um assassino.

Pelos deuses, ela é boa nisso. Quer dizer, não que Kairyn seja o mais complexo dos sujeitos — cheio de si, belicoso, exatamente como o irmão dele —, mas a garota seria capaz de convencê-lo a abandonar o capacete. E ele ainda ficaria grato por isso.

— Ele é um assassino… — Kairyn repete.

— Seu destino é ocupar o trono de Primavera — Passarinho continua, sem pressa. — Invocamos os Oráculos, você e eu, e pedimos a sua opinião. Eles nos mostraram o seu caminho prateado. Você vai assumir o trono de Primavera e será o detentor da Bênção. Só então haverá uma nova era de prosperidade.

É como uma performance. Quellos e eu estamos fascinados, assistindo à garota enrolar o príncipe nos dedos como se ele fosse um pedaço de barbante. É fascinante e patético na mesma medida.

Mas a história ainda não acabou.

— Os Oráculos nunca mostraram a morte do meu irmão — Kairyn rosna. — Ainda posso obter a Bênção do meu jeito. Só preciso de mais tempo.

— Você tem medo do seu verdadeiro potencial — ela diz —, da vida que merece. Enquanto não se libertar dessa lealdade pelo irmão que o baniu, continuará a ser um criado dele.

Kairyn fica em silêncio, abrindo e fechando as mãos.

— Não sou criado dele. Ele *vai* enxergar o meu valor.

Rouxinol segura a mão de Kairyn e a coloca sobre o coração.

— Escute, Kai. Eu o encontrei no mosteiro quando já havia praticamente perdido a esperança. Eu lhe dei um propósito; eu o ajudei a reconquistar os Acólitos Dourados e a salvar o povo de Primavera. E o que Ezryn fez? Ele o traiu, não acredita em você. Não como eu.

Cruzo os braços. Pelo tremor em sua voz, quase se poderia pensar que ela nutre sentimentos verdadeiros pelo pateta da Primavera, mas eu sei que não. Passarinho não gosta de ninguém. Sira a espancara até arrancar dela essa capacidade.

Kairyn olha para o outro lado.

— Não vou matá-lo.

Passarinho crava nele um olhar escaldante.

— A lealdade é um conceito tão alheio a você que não o reconhece nem quando está bem na sua frente? Diga-me, Kairyn, a quem você é leal de verdade?

— Está desperdiçando saliva, Passarinho — aviso, sorrindo para Kairyn. — É difícil obter aprovação de alguém que já morreu.

— Não *preciso* da aprovação dele — Kairyn grunhe.

Não resisto à vontade de provocá-lo; é fácil demais.

— É disso que tenta se convencer? Acontece que me lembro de você quando era pequeno, um garotinho chato sempre correndo atrás de Ezryn, enquanto ele priorizava estar com Keldarion. Sempre, todas as vezes. É de se pensar que, para ele, Keldarion é mais irmão do que você.

Kairyn dá um passo à frente e levanta o punho, disposto a arrancar a minha cabeça com um murro. Passarinho põe a mão no peito dele e olha para mim com ar de reprovação.

— Se sabe o que é bom para você, trate de ficar quieto — ela avisa.

Ah, mas eu amo tudo que não é bom para mim.

— Você sabe tudo sobre estar desesperada por aprovação, não é, Passarinho? Acho que é por isso que vocês formam uma dupla tão boa.

O olhar dela é tão frio que poderia congelar o Reino do Verão.

— Não vou matar Ezryn — Kairyn rosna —, mas vou acabar com ele. Ele vai perceber, finalmente, que o irmão valioso sou eu. Prometo a você que obterei a Bênção da Primavera.

— E como pretende acabar com o Alto Príncipe? — ela pergunta entre os dentes.

A voz de Kairyn assume um tom tão grave e atormentado que sinto um arrepio nas costas.

— A Rosa Dourada. Vi como ele se comporta quando está perto dela. — O príncipe ergue um punho. — A morte dela vai acabar com ele.

A expressão no meu rosto não se altera. Mantenho o sorriso debochado, a sobrancelha arqueada. Mas, por dentro, o meu sangue ferve, e a minha cabeça é tomada por pensamentos frenéticos.

Passarinho começa a andar de um lado para o outro.

— Sim… sim. Lady *O'Connell* tem que morrer.

— Vou mandar o meu Pentaconclave atrás dela imediatamente.

Passarinho bufa, furiosa.

— Será possível que você seja ainda mais idiota do que eu pensava? Primavera precisa lhe dar as boas-vindas. Você não pode aparecer como um renegado, caso os seus homens sejam pegos. — Ela balança a cabeça. — Eu mesma faço isso.

E é então que vejo o brilho nos olhos dela. Algo mais profundo do que o desejo de destruir Ezryn. Um brilho traidor.

Ela pediu permissão de Kairyn para matar Ezryn apenas por cortesia. Quando chegar a hora, porém, vai fazer o que bem entender.

Deixo escapar um bocejo.

— Belo plano esse que vocês dois criaram. Muito imaginativo.

— Tem alguma coisa a dizer, Caspian? — Passarinho dispara.

Eu me aproximo de uma das prateleiras e começo a pegar e sacudir os frascos aleatoriamente, por pura diversão. As veias na cabeça de Quellos parecem prestes a explodir.

— Só estou curioso para saber como o meu passarinho e o seu cachorrinho planejam assassinar uma das feéricas mais poderosas do Vale. A Rosa Dourada derrotou o nosso querido Quellos, afinal.

— Vai ser bem difícil, senhora — Quellos opina. — Além do mais, o Alto Príncipe Ezryn está com ela constantemente. Ela é mais perigosa do que parece.

Passarinho joga a cabeça para trás e ri.

— Acham que tenho medo daquela desgraçada? Esperei muito por esse momento. Vou acabar com ela espinho por espinho, e minha mãe vai me agradecer por isso.

Minha querida Passarinho finalmente mostra as suas cores. E não é que elas formam uma imagem de pura crueldade?

Quellos me empurra para longe das prateleiras e fica na ponta dos pés para alcançar um frasco.

— Senhora, seria bom ouvir o meu alerta. Eu também subestimei a mulher feérica. Por isso, agora sou servo do Inferior, em vez de governar o Reino do Inverno, como merecia.

O pobre Perth está a serviço do Inferior há muito mais tempo do que se dá conta. Afinal, foi minha mãe quem plantou aquelas pequenas coroas, justamente para que ele as encontrasse. As coroas embebidas na magia da Chama Verde.

— Ah, cale a boca, velho. — Passarinho revira os grandes olhos azuis. — Tem sorte de minha mãe ter visto algum valor em você.

— É esse valor que pode salvar a sua vida. — Quellos vira o frasco e tira dele um grande cristal amarelo. — Se as coisas não acontecerem conforme o planejado com o Alto Príncipe e a Rosa Dourada, pode usar isto aqui em caso de emergência.

Eu me coloco no caminho entre Quellos e minha irmã. O cristal cintila como uma coisa viva.

— Não pode estar falando sério. Isso não é uma solução de emergência. Isso é *suicídio*. Esse experimento devorou um batalhão inteiro de goblins antes que você o contivesse.

Passarinho me empurra e agarra o cristal, erguendo-o contra a luz e examinando-o.

— Não vou precisar disso. Diferente de você, meu irmão, eu entrego o que prometo. Mas vou levar o cristal... só para o caso de querer um pouco de diversão.

Kairyn apoia a mão pesada no ombro dela.

— Só a mulher. Ezryn sai ileso.

— Como quiser — ela responde, ajeitando o cabelo atrás da orelha pontuda.

Minha irmã e o príncipe da Primavera saem do laboratório e Quellos volta para o seu rato raivoso.

Eu fico quieto, pensativo. Pensando. Pensando.

Essa é a oportunidade de minha irmã provar o seu valor para Sira, sua chance de finalmente ganhar alguma importância.

Rosalina não tem ideia do que a espera. Se Rouxinol for bem-sucedida, Rosalina e Ezryn morrerão esta noite.

E não teria graça nenhuma o nosso joguinho acabar tão depressa.

Sinto muito, irmã.

Sei o que tenho que fazer.

E sei que não posso fazer sozinho.

49

Ezryn

Rosalina saltita ao meu lado. Sua risada ecoa na noite e o seu cabelo dança atrás dela. Seguro a sua mão e a ajudo a saltar o riozinho que corre para o outro lado de Pradopuro. Feixes de luz do luar brilham através das árvores e pintam sua pele com uma luminosidade etérea.

É como se a floresta fosse feita para ela, como se tivesse esperado todo esse tempo pela sua chegada. *Está vendo? Desabrochamos só para você.*

Embora o festim desta noite com os meus irmãos e a nossa mulher não tenha sido planejado, acabou sendo uma distração muito necessária. A experiência de ver Rosalina se contorcer de prazer sob o nosso controle ficará comigo para sempre, além de ter me dado a força de que eu necessitava para fazer o que precisa ser feito.

Porque Kairyn está certo. Não posso esconder para sempre os pecados do meu passado; não posso esconder quem o Alto Príncipe da Primavera realmente é. Não dela.

Depois que todos se recompuseram, Farron e Dayton aproveitaram que Kairyn estava distraído na festa e saíram para uma visita sigilosa ao mosteiro, onde tentariam encontrar mais pistas sobre o aço Primavera desaparecido. Mas eu pedi a Rosalina que me acompanhasse em um passeio sob os ramos santificados da Floresta Pradopuro até o outro lado, o Lago Sylvanita.

O lugar onde minha mãe morreu.

Rosalina não sabe disso. Ela acha que a estou simplesmente levando para o lago. Por isso, está animada, rodopiando enquanto fala, com o vestido espalhando pétalas e os olhos cheios de estrelas. Eu me delicio com isso.

Porque, embora nem mesmo a tenha agora, depois disso, posso perder tudo.

Uma clareira se abre entre as árvores adiante. Respiro fundo. Ela deve sentir que estou ansioso, porque entrelaça os dedos nos meus e bate no meu ombro. Foice do Vento tilinta na bainha às minhas costas.

— Este é o Lago Sylvanita — anuncio.

A lua cheia ilumina a superfície do lago cristalino, que brilha sob o seu reflexo. A água do rio mais acima corre por entre pedras salientes antes de chegar ao lago. Cerejeiras floridas em um esplendor cor-de-rosa contornam o bosque. Assomando-se sobre o cenário, um imenso salgueiro, cujos galhos balançam ao capricho do vento, os ramos enfeitados com minúsculos amentilhos, tão delicados quanto renda.

E há uma espada de prata cravada em seu tronco.

Rosalina avança, intrigada.

— Este lugar parece um sonho.

— Ele é muito sagrado para o nosso reino. Diz a lenda que a própria Rainha cultivou o salgueiro.

Rosalina olha para a árvore e sorri.

— Gosto dele. É parecido com um salgueiro que havia em Orca Cove.

Apoio a mão nas costas dela.

— Vamos.

Usando o braço, afasto os galhos do salgueiro para Rosalina passar. Ela desliza uma das mãos pelos galhos longos. Algumas folhas caem sobre o seu cabelo.

Fico perfeitamente imóvel e a observo, mas cada parte de mim quer tomá-la nos braços. Meu coração parece pegar fogo, como brasas explodindo em chamas.

Nunca tinha sentido nada parecido.

Ao vê-la aqui, no meu reino, sob as cerejeiras, um reconhecimento profundo e muito antigo luta contra o meu pensamento lógico.

Todos os séculos da minha vida se passaram sem nenhum grande significado, porque eu estava esperando. Esperando para encontrá-la.

Esfrego o escudo prateado em meu peito, desejando poder segurar o meu coração. Meses atrás, pus um fogo-fátuo neste mesmo lugar e não vi nada além de fios emaranhados. Talvez eu esteja acabado.

E isso… Isso é o que preciso encarar para consertar o estrago.

— Uma espada? — Rosalina dá uma volta no tronco antes de parar perto do cabo. Só uma pequena parte da lâmina é visível; o restante foi absorvido pela árvore.

Inspiro profundamente. Tenho que contar agora.

— Era da minha mãe.

— Princesa Isidora — diz Rosalina. — Por que ela está aqui?

Cada palavra é uma dor.

— É uma homenagem. Foi aqui que ela perdeu a vida.

— Oh, Ez... — Rosalina murmura. — Sinto muito.

Há muitas coisas que ainda precisam ser ditas, mas as palavras estão presas como flechas em meu peito. Não consigo olhar para Rosa, por isso olho para o chão.

Curiosamente, noto um arbusto de botões roxos que não reconheço. Boa parte da vegetação mudou depois da morte de minha mãe, mas isso apareceu após a minha última visita.

Eu me ajoelho para examinar, uma desculpa para ocupar as mãos enquanto me forço a dizer o restante das palavras.

— Sabe como a minha mãe morreu, Rosa?

O silêncio se estende por um instante, então ela responde:

— Foi quando ela transmitiu a Bênção da Primavera para você. Eldy disse que esse ato pode ser muito perigoso. Lamento que tenha acontecido com ela. Com você.

Passo as mãos por um grande botão e fecho os olhos com força.

— Isso é o que todo mundo pensa. O que o Reino da Primavera inteiro pensa. Até Farron e Dayton acreditam que foi assim. Kel, Kairyn e eu somos os únicos que conhecem a verdade.

Ela toca o meu ombro.

— Eu nunca julgarei o seu passado, Ez. Sei quem você é agora e vejo quem está se tornando. Pode me contar qualquer coisa.

E eu sinto... os fios dentro de mim se desembaraçando e se espalhando como pétalas sopradas pela brisa. Posso confiar a ela minha escuridão, e ela vai me acolher.

Levanto a cabeça.

— Eu ma...

A flor em minha mão desabrocha e espalha pólen dourado no ar. Um vento sopra contra o visor do capacete e entra por baixo dele.

E, então, o pesadelo começa.

50

Rosalina

— Ezryn? Ezryn! — grito. Ele cambaleou para trás, segurando o capacete e gritando de um jeito que eu nunca tinha ouvido. Há pólen espalhado no visor e em seu pescoço. Seus movimentos são espasmódicos, aflitivos. Preciso estabilizá-lo.

Corro para segurá-lo, mas um borrão amarelo turva a minha visão. Sinto a garganta apertada, o nariz coçando.

Minha cabeça roda. O tronco do salgueiro balança, some e aparece de novo, tornando-se dois, depois três. Minhas pernas tremem, e olho para baixo para ver se o chão está se movendo sob os meus pés ou se está mesmo subindo e descendo como ondas.

Ezryn. Preciso ajudá-lo. Um grito horrível corta o ar. É a voz dele? Ou a minha?

Preciso me afastar do salgueiro. Mas os longos galhos caídos sumiram. Teias de aranha me cercam. Gritando, tento empurrá-las para longe, mas os fios pegajosos agarram-se, puxando-me, e puxam, puxam.

Caio no chão. Um tombo feio. Quando olho para o céu noturno lá em cima, a lua desapareceu; foi substituída pelo rosto branco do lobo do Inverno. O lobo uiva, um ruído profundo e pesaroso, mas sua boca está cheia de sangue. Ele acabou de caçar, ou… O lobo tosse. Sangue escorre pelo seu queixo. O sangue é dele, dele…

O lobo no céu sufoca, e mais sangue jorra, o suficiente para criar uma cascata vermelha. Há silhuetas nas rochas molhadas sob as corredeiras. Eu as reconheço. *Socorro. Socorro.* Quero gritar, mas há teias de aranha na minha boca. *Socorro. Socorro.*

As silhuetas dão meia-volta, então Dayton e Farron olham para mim, mas suas órbitas oculares estão ocas. Eles acenam para mim, devagar e ao mesmo tempo.

Depois, eu caio e não consigo me lembrar de onde estava antes, mas não era aqui, porque aqui é Orca Cove, e este lugar é conhecido e desconhecido ao mesmo tempo.

Uma rua molhada de chuva. Pedaços de madeira quebrada e um livro destruído. Uma caminhonete com os faróis acesos, como um rosto maléfico. Um homem me tocando com dedos gananciosos.

De algum modo, um pensamento coerente se forma na minha cabeça: isso não é uma alucinação; é uma lembrança.

E isso é muito pior.

A imagem se transforma. Meu quarto. Uma faca ensanguentada no chão. Lágrimas e gritos, minha pele rasgada.

Não... Chega, não quero essas lembranças.

Então, um grito agonizante, um som que eu nunca mais queria ter que ouvir de novo, e meu amor predestinado segura o corpo da sua mãe. E eles são congelados, um a um, e não há nada que eu possa fazer.

Pare! Pare!

Isso não está acontecendo. Preciso encontrar Ezryn. O chão se transforma de novo, e estou outra vez no bosque, mas agora as árvores me cercam e a lama cobre os meus pés.

Preciso encontrar Ezryn.

— Eu não fiz isso, não fiz isso, não fiz isso.

A voz dele. Cada passo me causa náusea, mas sigo em frente.

— Estou indo — digo. Ou acho que digo. Espero ter dito.

Ele está novamente embaixo do salgueiro, mas o problema é que a árvore está tão coberta de teias de aranha que não quero tocá-la.

Lágrimas escorrem pelo meu rosto. Quando caem no chão, são como ácido, criando crateras na terra. Tenho medo de descobrir o que elas estão fazendo no meu rosto.

— Eu não fiz isso! — Ezryn grita, um uivo lúgubre. — Eu não queria.

Respiro fundo e me atiro contra as teias de aranha. Sinto coisas nojentas e pegajosas grudando no meu cabelo e em minha pele. Mas ele está lá, apoiado no tronco, com as mãos apertando o capacete.

— Ezryn, estou aqui — digo, apoiando as mãos sobre as dele.

Meu coração parece implodir, e é como se um buraco negro deformasse a gravidade. O resto do mundo se afasta e se distende.

O bosque de novo. É dia. O lugar parece diferente: há mais flores, mais cores. Ezryn está aqui, continua na minha frente.

— Não, não, não! — ele murmura. — Saia. Saia!

Mas é tarde demais. Posso sentir agora: a minha própria consciência se foi e eu estou aqui com ele.

Em seu pesadelo.

Ou melhor, como percebo ao sair de baixo do salgueiro cambaleando: estou em sua memória.

Vejo outro Ezryn em uma armadura branca. Sei que é ele porque, apesar de não poder ver o seu rosto, posso *senti-lo*, como alguém sente o sol na pele ou a brisa no cabelo.

Há uma mulher. É alta, com ombros e quadris largos. Uma longa saia cor de jade desce pregueada a partir de um peitoral blindado de armadura. E ela usa o capacete mais impressionante que já vi: prateado como a luz das estrelas, com um visor estreito e oblíquo como olhos de gato.

Ela tenta agarrar os ombros de Ezryn, mas ele se afasta a passos trôpegos.

— Você tem que controlar isso, filho!

Esse Ezryn vacila, e flashes de magia brotam de seus dedos como fogos de artifício.

— Eu não... consigo!

Ele empurra a Princesa Isidora, e meu Ezryn faz a mesma coisa comigo. As palavras são um eco atormentado de ambos:

— Saia daqui!

Mas não consigo me mover. Tudo que posso fazer é assistir àquilo horrorizada.

Esse pesadelo, um dia, foi real. Sinto nos fios que me ligam a Ezryn nesse momento. Eu a sinto pulsando no ar: a Bênção da Primavera transmitida de mãe para filho.

Uma Bênção poderosa demais para o filho controlar.

— Não consigo! — o Ezryn do passado grita, curvando-se ao meio.

E explode.

Um grito gutural, uma onda de poder e uma dor tão pura em meu coração que caio de joelhos. A grama no bosque seca, as árvores atrofiam, as folhas viram cinzas ao vento e peixes flutuam na superfície do lago.

E a Princesa Isidora grita uma vez mais, segurando o pescoço, antes de cair aos pés de Ezryn.

— Não... — sussurro. A minha voz se perde sob o grito do jovem feérico à minha frente, um rapaz que abraça febrilmente o corpo da mãe que ele matou.

E meu Ezryn cai de joelhos ao meu lado, silencioso.

— Assassino! — Uma nova voz, uma nova silhueta entre as árvores mortas. Kairyn. Ele dá meia-volta e sai correndo.

Mais vozes se juntam à cacofonia, vindas de todos os lados:

— Assassino! Assassino! Assassino!

Reconheço algumas. Kairyn, Eldy, Kel...

E eu.

O mundo está se transformando de novo, as vozes se tornam risadas estridentes, as árvores agora são olhos brilhantes. O lago é uma piscina borbulhante de lava. Não, não, não podemos continuar com isso. Temos que sair. Isso precisa parar.

Eu preciso parar com isso.

Faço um esforço para me levantar e olho em volta, tentando enxergar além do que é real e do que não é. As flores... Elas espalharam o seu pólen sobre nós. Preciso removê-lo.

A lava ferve e estala. Eu disse a Ezryn que ele podia confiar em mim. Eu preciso confiar em mim mesmo.

Corro diretamente para o fogo.

51

Rosalina

A água fria me recebe quando caio no lago. Afundo a cabeça várias vezes, esfregando os olhos e engolindo a água para limpar a garganta. Arfante, emerjo e olho em volta. Meu cérebro está confuso, mas a visão clareou. Aquela maldita flor...

Um rosnado escapa do meu peito quando olho para as flores roxas embaixo do salgueiro. Distendo os punhos e os espinhos irrompem, escavando as raízes das plantas e as sufocando. Não vou correr o risco de ser atacada por aquele pólen de novo.

Ouço um grito aflito. Ezryn anda em círculos, arranhando o peitoral da armadura.

— Foi um acidente! Um acidente!

Preciso trazê-lo para a água e lavar o pólen de seu rosto.

Segurando o vestido ensopado, corro para ele.

— Ez, escute. Sou eu, Rosa. Venha, vou te ajudar. — Toco o seu braço.

Ele se afasta, cambaleando.

— Saia de perto de mim! Não consigo controlar isso!

— Não está me machucando! — respondo com calma. — Eu não corro nenhum perigo. Está vendo? Estou bem. Venha comigo.

— Pare, Kai, pare. Sinto muito... — Ele bate com a mão no capacete. — Saia da porra da minha cabeça!

Merda, eu não queria que fosse assim, mas não tem outro jeito. Giro os punhos, sentindo os espinhos sob o meu comando.

— Ez, me perdoe por isso...

A terra se rasga com um estrondo e eu dou um pulo. Ao redor do salgueiro, os meus espinhos se projetam, crescendo e se retorcendo. Alguém os está usando.

Meu peito arfa e um sorriso estranho surge em meu rosto.

Caspian.

Eu devia sentir medo, mas o que sinto é alívio. *Ele vai me ajudar a salvar Ezryn. Eu sei que vai.*

Os espinhos se afastam e revelam uma silhueta.

Não é Caspian.

Uma mulher mascarada. Alguém que só vi uma vez no Inferior.

Rouxinol.

52

Rosalina

O alívio que senti um momento atrás se dispersa como cinzas. Dou um passo hesitante para o lado, posicionando-me entre Ezryn e a invasora.

Rouxinol usa uma armadura parecida com a da última vez que a vi: justa, com muitas pedras preciosas que mudam de cor, como uma mancha de óleo. A máscara esconde a metade inferior do rosto, revelando apenas os olhos azuis e penetrantes. Mesmo assim, sei que ela não está sorrindo.

Com graça felina, ela se afasta do salgueiro e atira alguma coisa no ar.

Uma semente. Uma semente como a que Caspian nos deu para abrir um portal para o Inferior.

Luz e escuridão se alternam quando os espinhos explodem, formando uma porta iridescente, por meio da qual entram centenas de soldados e goblins.

Eles formam fileiras obedientes atrás dela. Com o orgulho iluminando os seus olhos, Rouxinol permanece à frente. Os soldados de armadura — os Cavaleiros do Medo, como ela os chamou na última vez — permanecem em posição de sentido, empunhando espadas e arcos. Ela gira uma espada curta e fina em cada mão. Seus goblins chilreiam empolgados; felizmente, esses não queimam com fogo verde.

Não sei, porém, se isso vai fazer muita diferença no momento.

Rouxinol avança um passo.

— Ora, isso não poderia ser mais perfeito. Seu querido príncipe parece estar passando por dificuldades. Talvez queira ser poupado da aflição?

Um espinho irrompe ao meu lado.

— Não vou deixar que você faça mal a ele. Nunca.

Ela joga a cabeça para trás.

— Que divertido! E eu pensando que brincaríamos de gato e rato a noite toda. Mas o seu truquezinho com os espinhos me trouxe até aqui. — Ela aponta para o espinheiro que criei para sufocar o pólen alucinógeno. — Agora, poderei ver a sua cara enquanto esfolo o seu príncipe golpe por golpe.

Meu coração dispara no peito e eu recuo, hesitante. Ezryn nem percebe a presença dos recém-chegados. Ainda está preso em seu pesadelo, andando de um lado para o outro e resmungando. *Farron!* Grito em pensamento. *Socorro!*

Rosa? A voz dele é fraca em minha cabeça. *Você está bem? Estamos subindo a montanha. Aguente firme...*

Depressa!

Rouxinol dá uma gargalhada estridente, interrompendo meus pensamentos.

— Realmente, hoje é o meu dia de sorte. — Ela se vira para trás e encara os seus cavaleiros e goblins. — Mantenham-se em suas posições. Ela é minha.

Preciso nos tirar daqui *agora*. Seguro o meu colar e, rapidamente, desesperada, sinto a conexão com Castelárvore. O ar à minha frente cintila em ondas peroladas.

— Vamos, Ezryn! Temos que ir para casa agora! — grito.

Mas ele cai de joelhos, olhando para o céu. Um ganido baixo brota de sua garganta. O que ele vê no fundo da própria mente?

Corro e o puxo pelo braço.

— Vamos! Vamos! — Mas ele é pesado demais.

Espinhos, então. Usando os braceletes de Caspian, invoco uma erupção de espinhos grossos perto de Ez...

Um ramo preto e oleoso os esmaga, empurrando-os para baixo.

O quê? Caspian e eu somos as únicas pessoas capazes de comandar espinhos.

— Não tão depressa — avisa Rouxinol. — Não estou nem perto de terminar com você.

Ela avança em minha direção. Não tenho tempo para nada; a bofetada com as costas da mão me joga no chão.

Com esforço, apoio-me sobre os cotovelos e a vejo andando perto de mim. Não posso nem a comparar com um predador, porque um predador se sente grato pela presa. Ela olha para mim com tanto desprezo que a dor desabrocha em meu peito.

— Esse colar não deveria ser seu — ela rosna. — Você não o merece. Olhe só para isso. Mole. Fraca. Você me enoja.

— Ah, tudo bem — murmuro, projetando lentamente os meus ramos para rastejar por trás dela. — Também não quero ser sua melhor amiga.

Meus espinhos se enrolam em sua cintura e a puxam com força contra um tronco de árvore. Apesar disso, ela se levanta em segundos. E perdeu o bom humor.

— Eu vou te matar! — ela grita.

Cada manobra que Dayton me ensinou durante o treinamento passa pela minha cabeça. Eu me viro e corro, mas ela é muito mais veloz e me derruba, apesar de ser menor do que eu.

Caio, giro o corpo para apoiar as costas no chão e ela está em cima de mim, pronta para usar as espadas. Quase não tenho tempo de rolar por baixo delas.

— Olhe só para você, vestida como uma bonequinha — ela resmunga, engatinhando atrás de mim. — Para você, tudo se resume a isso, não é? Castelos e figurinos.

Eu me escondo atrás de uma árvore e lanço uma explosão de espinhos contra as suas costas.

— Você se esqueceu de mencionar a comida deliciosa.

— Sua pirralha mimada — ela grita. Com um estrondo, seus espinhos pretos e cintilantes irrompem e destroem os meus.

Grito e saio correndo. O que eu posso fazer? Meu portal para Castelárvore se fechou e, mesmo que eu tivesse um momento para invocá-lo de novo, não posso correr o risco de essa lunática me seguir até lá. E, se ela consegue destruir os espinhos que crio, estou presa aqui.

Ez, grito em pensamento. *Por favor, acorde.*

Mas ele ainda está no chão, balançando para a frente e para trás.

— Estou tentando, estou tentando, estou tentando.

Só me resta uma alternativa. Vou ter que ganhar tempo até Farron e Dayton chegarem.

E, depois, torcer para que nós três juntos possamos derrotar essa vadia e o seu exército.

Disparo um jato de fogo branco para a minha retaguarda, mas os seus espinhos a erguem acima das chamas.

— Eles a chamam de Rosa Dourada — ela ri. — Não vejo ouro algum nem rosas. Como pode pensar que é capaz de salvar alguém?

Grito quando um ramo espinhoso envolve o meu tornozelo e me puxa. Caio no chão e sou arrastada para trás. As mãos pequenas dela estão em cima de mim, as espadas são jogadas de lado e ela me vira de costas para o chão.

Agora, está montada em minha cintura, ameaçando os meus olhos com as garras, como uma gata feroz.

— Não sabe nem lutar! Você é fraca! Muito fraca!

Por algum milagre, seguro os seus punhos e os afasto de mim. As palavras saem da minha boca antes que eu tenha chance de pensar:

— Por que você me odeia?

Por um momento, a clareira fica em silêncio.

— Porque... — ela murmura. — Porque você o tem para si, e eu não tenho *nada.*

Os espinhos se enrolam em meus punhos e me imobilizam, as mãos dela encontram a minha nuca.

Não consigo me mexer. Não há nada além de Rouxinol. Lágrimas caem dos olhos dela e pousam no meu rosto.

Tento respirar, mas não consigo encontrar o ar. *Farron...*

Estou quase chegando, Rosa. Terminando de descer a montanha. Aguente firme!

Mas não consigo mais aguentar. O ar se esvai do meu corpo, meu predestinado vai encontrar o meu corpo aqui e essa mulher feérica que me odeia por alguma razão que não entendo vai matar Ezryn, que nunca vai saber que o perdoei pelo que fez no passado e que desejo seguir em frente com ele para um novo futuro.

Minha visão começa a escurecer. Rouxinol aperta com mais força; agora, ela está soluçando, chorando de verdade, mas mantém as mãos no meu pescoço. E estou muito triste, porque nunca disse a nenhum deles o quanto eu os amo.

Pelo canto do olho, percebo alguma coisa. Uma explosão de espinhos.

Mas esses são diferentes.

São espinhos revestidos de gelo.

53

Keldarion

— Então, você ainda ronca. — Uma voz me desperta do meu sono. — Imagino que nem perceba, considerando que passa a maior parte das noites na forma daquela fera sarnenta.

O Príncipe dos Espinhos está parado na porta, com o manto escuro coberto de neve e o luar iluminando o seu nariz e as suas bochechas rosadas.

Dou um pulo, fico em pé, agarro-o pelo colarinho e empurro-o com força contra a parede.

— Por que está aqui?

— Ah, só pensei em dar uma passadinha no lugar mais miserável e frio de todo o Vale.

Rosno e o puxo para perto. Ele deve ter viajado até aqui desde os espinhos no abismo.

— Eu deveria fazê-lo em pedaços pelo que fez com o Outono. Com Farron.

Caspian se desprende das minhas mãos com agilidade.

— Infelizmente, hoje não temos tempo para as suas ameaças vazias. — Ele joga para mim as minhas botas e o meu casaco.

Sem tirar os olhos dele, amarro o cadarço que fecha a camisa e calço as botas de couro resistente.

Uma dor intensa atravessa o meu vínculo.

Rosalina.

— Ela é rápida — ele murmura. — Você vai precisar disso.

Caspian tira a Espada da Proteção das dobras do manto. *Como ele a conseguiu?* Pego a espada embainhada, mas Caspian mantém a mão estendida.

— E vai precisar de mim.

— Rosalina está com problemas — resmungo.

Espinhos e sombras giram em torno dos meus pés. Sinto o terror de Rosalina crescer por meio do nosso vínculo predestinado. Não tenho tempo para questionar a presença de Caspian ou especular sobre os seus motivos. Não há alternativa. Dou a mão ao Príncipe dos Espinhos.

O sorriso dele é enlouquecedor. A sensação familiar de espinhos me toma de assalto embaixo da terra. Fecho os olhos quando meu corpo ondula com o poder, e gelo estilhaçado voa em todas as direções.

Explodimos na superfície como se emergíssemos na água, uma erupção de sombras e gelo. Cavaleiros do Medo, goblins e Ezryn. Meu irmão está deitado no chão, segurando o capacete e gritando, mas eu me atenho à minha predestinada, presa sob o peso de outra mulher.

Uma fúria intensa como uma tempestade de inverno provocada no fundo da minha magia corre pelas veias. Giro a Espada da Proteção e um raio de gelo irrompe da lâmina. A mulher é atingida no peito e jogada contra os seus cavaleiros.

Em um borrão de sombras, Caspian brande uma longa espada roxa feita de espinhos e despacha um goblin que avançava para mim.

— Você está comigo? — pergunto.

Uma mecha de cabelo preto cobre parte de seu rosto.

— Não vejo mais ninguém para lhe dar cobertura enquanto você se lança sozinho nesse surto assassino.

Cavaleiros do Medo e goblins do Inferior nos encaram. No entanto, ele luta ao meu lado. Não há tempo para perguntas, não se eu quiser ter alguma chance de resgatar Ezryn e Rosalina.

— Juntos — aviso.

Os olhos dele brilham como estrelas.

— Juntos.

54

Rosalina

Rouxinol sai voando de cima de mim em uma rajada de gelo, enquanto eu respiro profundamente em busca de ar, agarrando o pescoço dolorido. Meus músculos doem. Em meio à confusão de goblins, eu o vejo. Keldarion. Mesmo que não o tivesse visto, porém, eu saberia que ele estava aqui.

O vínculo predestinado desabrocha brilhante em meu peito.

Mas o mais estranho em tudo isso é que ele não está sozinho.

Está com o Príncipe dos Espinhos.

Eles estão de costas um para o outro no meio do bosque, enquanto uma horda de Cavaleiros do Medo e goblins avança. Não consigo ver Rouxinol no meio da confusão. Talvez tenha sido morta pela explosão de Kel.

Rangendo os dentes, eu me levanto com grande esforço. Preciso alcançar Kel, e no momento ele e Cas são o foco de toda a legião. Os dois se movem com a precisão de uma lâmina afiada. Embora cercados, nenhum goblin consegue alcançá-los pelos flancos. A magia — gelo e espinhos — flui perfeitamente com os golpes de suas espadas. Os movimentos têm a fluidez de uma dança. Uma dança, percebo, que eles devem ter executado muitas vezes antes.

Essa não é a primeira vez que eles lutam lado a lado. Isso fica evidente na dualidade dos golpes, nos espinhos recobertos de uma camada fatal de gelo ao penetrar o inimigo, nos pés que se movem em harmonia.

Um borrão se move à minha esquerda e eu me esquivo do ataque de um goblin. Acho que cansaram de me ignorar. Disparo um espinho do bracelete, que envolve o tronco da criatura e a prende no chão. Então, parto em direção ao mar de corpos, deixando o vínculo me puxar para Kel.

Ele cintila branco como a neve em meio ao caos, girando junto com as sombras roxas e pretas de Caspian.

Pelo menos, tenho uma boa dose de certeza de que sou puxada apenas para Kel.

— Aonde pensa que vai? — Um Cavaleiro do Medo aparece na minha frente, sua armadura iridescente brilhando sob o luar.

Grito e me jogo no chão para não ser capturada. Ele chuta o meu estômago e saio rolando na direção de um goblin, que não pensa duas vezes antes de usar a sua lâmina para cortar o meu braço, deixando uma linha de sangue vermelho e pegajoso. *Se eu não me levantar, vou morrer.*

— Rosalina! — Keldarion ruge, tentando se aproximar de mim com Caspian protegendo a sua retaguarda.

— Kel — eu grito. O anseio se impõe ao terror.

O goblin se prepara para atacar de novo, e eu projeto um espinho grosso para bloquear o golpe.

Farron grita dentro da minha cabeça: *Rosalina, aguente firme!*

Quando penso em meu predestinado, sinto o corpo queimar. Fico em pé, e chamas brancas explodem de minhas mãos. Elas queimam o Cavaleiro da Morte à minha frente, que grita e cai de costas.

Por um momento, vejo um caminho para Kel. Assim que eu estiver com ele, poderemos ajudar Ezryn a sair de seus pesadelos. Transtornada de medo, eu corro, desviando dos atônitos Cavaleiros do Medo e goblins. Eles dizem o nome de Caspian, e identifico nas vozes uma mistura de confusão e... raiva.

Ele os traiu, compreendo.

Um goblin me agarra por trás e rasga o meu vestido, mas eu me solto. Estou quase alcançando Kel. Outro goblin aparece no meu caminho chilreando, com a lâmina em punho. Não tenho tempo para parar.

Um grande arbusto cresce sob os meus pés, fazendo-me flutuar para o alto, da mesma forma que vi quando Rouxinol usou os seus espinhos. Os espinhos me levam para a frente, como se eu levitasse sem peso.

Então, caio junto de Keldarion. Ele me abraça e me puxa para perto.

Como se não houvesse mais nada no mundo, nem goblins, nem cavaleiros, seus lábios encontram os meus. Cada momento de separação é finalmente compensado. Algo que nenhum sonho poderia reproduzir.

Meu corpo se expande e se ilumina com o seu toque, com a sua boca macia pressionada contra a minha. E eu me afasto o suficiente para murmurar o seu nome.

— Ah, estrelas! — Caspian revira os olhos. — Vocês dois precisam realmente fazer isso agora? Neste momento?

O beijo de Kel se aprofunda, as mãos se enroscam no meu cabelo, e acredito que nem todas as forças do Superior e do Inferior reunidas poderiam nos afastar agora.

— Sempre cercado por idiotas — Caspian suspira. Ao mesmo tempo, uma grande barreira de espinhos cresce à nossa volta, proporcionando um pequeno momento de alívio.

O toque gelado do corpo de Kel me atravessa quando sinto a neve e o gelo em seus lábios. Por ora, estou segura. Ele recua e segura o meu rosto.

— Você está machucada.

— Vou ficar bem. Mas Ezryn... Aquelas flores roxas espalharam um pólen que nos prendeu em um pesadelo — explico. — Eu me joguei na água e acho que lavar o pólen me ajudou.

— Vou atrás dele — diz Keldarion.

— Espero que os pombinhos estejam preparados — Caspian avisa, fazendo um grande esforço para manter a barreira de espinhos. — Porque os goblins querem muito nos dar um oi.

— Que venham. — Keldarion me empurra para trás de si e de Caspian, depois tira da bainha a Espada da Proteção. *Quando ele a pegou? Estava embaixo da minha cama aqui no Reino da Primavera.*

Caspian deixa a barreira cair, e o inimigo avança. Sua espada de espinho fura um deles, e a lâmina fica manchada com o sangue preto e denso.

— Onde está o seu arco, Princesa?

— Não costumo levar armas quando vou a festas. — Desvio de um golpe da espada de um Cavaleiro do Medo.

— Esse foi o seu primeiro erro. — Ele gira, e vejo em suas mãos um arco feito de espinhos. — Espero que lembre como criar as flechas.

Aceito o arco com satisfação. Cas acena com a cabeça, chamando-me a segui-lo, e vamos atrás de Kel até o corpo encolhido de Ezryn. Ele está ajoelhado na frente da espada da mãe, em silêncio, mas tremendo.

Kel guarda a espada na bainha; depois, solta um rugido poderoso, pega Ezryn nos braços e o atira no lago. A água espirra na margem, mas não temos tempo para ver se funcionou.

Um batalhão de Cavaleiros do Medo avança contra nós. Crio uma flecha a partir do meu bracelete e a encaixo no arco de espinho. Ela voa e acerta o alvo perfeitamente, cravando-se no crânio de um goblin.

— Belo tiro — Caspian elogia, acertando um Cavaleiro da Noite com sua espada antes de chutá-lo.

De repente, sou puxada para trás por uma luva molhada e fico frente a frente com Ezryn. Sua armadura brilha coberta de água, mas há uma quietude familiar nele.

Kel assume a minha posição ao lado de Caspian, impedindo a horda de se aproximar demais.

— Rosalina. — A voz de Ezryn é áspera. Rouca.

Lágrimas inundam os meus olhos.

— Você está bem.

— Mas você não. — Uma raiva profunda emoldura as suas palavras. Ele retira rapidamente as luvas, então põe uma das mãos no meu pescoço e a outra no braço cortado. Imediatamente, o calor se espalha e o ferimento desaparece.

Sua respiração ofegante, os dedos trêmulos... Não sei o que essas flores de pesadelo fizeram, mas o deixaram fraco, e agora ele está usando o que resta de sua magia para me curar.

— Estou bem. — Encerro o contato. — De verdade.

— Parem. Todos vocês — diz uma voz feminina. Meu sangue congela.

Os Cavaleiros do Medo e os goblins obedecem imediatamente. Nós quatro nos reunimos em um círculo apertado, com os príncipes me empurrando para o centro. Tento enxergar por entre as silhuetas altas e avisto um mar de Cavaleiros do Medo e goblins; são tantos que não consigo ver onde acaba o batalhão. E ela os trouxe até aqui para matar um Alto Príncipe.

Talvez tivesse conseguido se Keldarion e Caspian não aparecessem.

Pode ser que ainda consiga.

O mar de criaturas se abre e Rouxinol se aproxima lentamente. Um pedaço de sua armadura está quebrado, as extremidades do buraco cobertas de gelo, e um ombro está exposto. Ela manca um pouco, e um emplastro de gelo envolve a sua coxa.

Mas não posso dizer se isso a deixa menos mortífera.

É em Caspian que ela se concentra, todavia, e uma risada estridente ecoa de sua armadura.

— Suponho que haja um motivo para o chamarem de Grande Traidor. Não vai mais ser o favorito depois que nossa mãe souber disso, não é, irmão?

Irmão. Então, essa é a irmã de Caspian, aquela sobre quem ele me falou meses atrás, no Reino do Outono. Mas ele não parece propenso a responder.

— Farron está chegando — cochicho.

— Mesmo assim, eles ainda são muitos — Keldarion rosna baixinho, levando a mão ao colar. — Não vou deixar que corra esse risco. Temos que sair daqui.

Rouxinol chia como um gato furioso.

— Vai fugir com a sua nova família?

— Não. — Caspian endireita as costas. — Eles não são a minha família. — Ele se adianta e para na nossa frente, com a capa violeta dançando ao vento da noite e uma das palmas voltada para o céu. — Mas vou ajudá-la a se lembrar de quem é.

Uma chama verde brota na mão dele.

55

Caspian

Chamas verdes e doentias brilham na ponta dos meus dedos e vejo o lampejo de medo nos olhos de Passarinho. *É isso aí, querida irmã*, eu penso. *Você ouviu os boatos, mas nunca as tinha visto, não é?*

— Cas… — Keldarion segura o meu ombro e as chamas ameaçam se apagar. — Tem certeza? Na última vez…

Gigante arrogante e idiota! Tem sempre que estragar os meus momentos. Há medo brilhando nos olhos dele também, mas não é o mesmo medo que vejo nos da minha irmã. Seria medo por mim? Ele não teme por Rosalina. Talvez, em algum lugar no fundo do seu coração gelado, ele saiba que eu *nunca* deixaria nada acontecer com ela.

— Na última vez — eu digo, irritado, tirando a mão dele do meu ombro —, dei ao seu tio o objetivo da vida dele. Honestamente, ele devia me agradecer.

Além do mais, agora estou muito mais controlado. Tristeza, traição, raiva… Essas emoções me fizeram explodir. Uma explosão que causou uma fissura nas profundezas do Inferior.

Agora é diferente. *Proteção.* Rosalina me observa com aquela expressão curiosa. Sim, isso é mais fácil de canalizar.

Mas eu estaria mentindo se dissesse que acessar novamente esse poder que a tudo consome não é um pouco assustador.

— Conduza a sua legião ao portal e vão embora — ordeno à minha irmã.

Rouxinol estreita os olhos azuis.

— Nunca.

Dou de ombros e sorrio.

— Francamente, eu estava até torcendo para você dizer isso.

Não recorro ao meu dom dos espinhos ou às sombras que minha mãe transmitiu para mim. Há algo mais, bem lá no fundo. Esperando. Sussurrando no meu ouvido todos os dias para se manifestar.

E todos os dias eu me recuso a permitir.

Mas não hoje.

Deixo as chamas se levantarem. O poder inunda o meu corpo, cada movimento que faço estala com energia cósmica.

Energia que não é deste mundo.

A luz inunda o meu campo de visão e ele aparece em um flash. Grande e imponente, sentado em um trono imenso, com uma espada de chama verde e olhos da mesma cor.

Ah, olá, pai. Não se incomode comigo, só vou usar essa magia corrosiva para salvar a única criatura feérica que pode ter uma chance de impedi-lo de um dia entrar no Vale.

Disperso rapidamente o pensamento, incomodado por me sentir como se ele fosse parte de mim quando deixo esse poder entrar, ou melhor, quando cedo ao poder que sempre está dentro de mim. Só quando o deixo sair, só quando eu o uso, ele pode realmente me ver.

Chamas verdes se espalham ao redor do meu corpo, e sei que meus olhos brilham com a mesma cor. Cravo o olhar nos goblins, depois nos Cavaleiros do Medo de minha irmã. Seu orgulho e sua alegria, os soldados que ela passou anos treinando. Uma força de elite de lealdade insuperável e adorada por minha mãe.

Não sei se Passarinho algum dia vai me perdoar por isso.

Quanto a Rosalina…

Isso só vai confirmar para ela que eu sou o vilão. Eu já disse a ela, porém, que seria a sua escuridão, e, se apenas um vilão pode salvá-la agora, que assim seja.

O poder explode de mim como uma tempestade incontrolável. Torrentes de chamas verdes irrompem do meu corpo. Como espectros se contorcendo, a energia transborda antes de se projetar para os alvos.

As chamas consomem cada goblin e cada Cavaleiro do Medo em um só sopro. Armaduras iridescentes caem, causando um tilintar coletivo, quase parecido com uma chuva de primavera.

Rouxinol fica imóvel. Ela está perplexa. Em um momento, estava cercada por uma vasta legião; agora, não há mais nada. Ninguém. Anos de seu mundo desmoronaram em volta dela. *Vê agora por que ela prefere a mim, irmã? Não devia cobiçar o que não entende.*

Passarinho grita, um uivo desolador, e cai de joelhos, segurando a capa do Cavaleiro do Medo mais próximo.

Ao liberar a magia, tenho a sensação de que meu corpo esvaziou-se. Tenho que fazer um esforço enorme só para me manter em pé, mas não suporto a ideia de me virar e ver a expressão no rosto deles.

Rosalina segura o meu braço e eu respiro fundo. *Como consegue me tocar?*

A mão dela desliza até a minha e a afaga três vezes. Ela me ouviu.

— Devíamos nos reagrupar em Castelárvore. — Seus olhos castanhos encontram os meus, e há neles uma expressão que não consigo identificar, mas não é o terror que eu esperava. — Todos nós.

Ezryn assente tensamente. Tenho certeza de que, se não tivesse sido nocauteado por aquele pólen, ele teria mais a dizer sobre o assunto. E não consigo olhar para Kel.

Mas aquele grande imbecil segura o meu rosto e ergue o meu queixo com a mão áspera, obrigando-me a encará-lo.

— Você tem muito o que explicar, Cas...

Cas... Sempre gostei desse apelido. Ele está dizendo mais alguma coisa, pois os seus lábios se movem, mas a minha visão está desfocada, turva. Eu não devia ter usado tanto poder, com a maior parte da minha magia investida nos espinhos que sustentam Castelárvore.

Rosalina tira o seu colar e o ar ondula. Castelárvore. Não vou conseguir ficar por muito tempo antes que a podridão domine tudo... Mas talvez consiga ficar só um pouquinho.

— Cas — Keldarion continua —, então...

Rouxinol uiva como um banshee. Ela se levanta cambaleante. Então, vejo o que há em sua mão. Aquele cristal amarelo.

— Não faça isso! — grito. Mas é tarde demais.

Ela quebra o cristal no chão. Em um turbilhão de luz amarela e trepadeiras, o monstro de Perth Quellos aparece.

56

Dayton

Minhas mãos se entrelaçam no pelo do lobo castanho de Farron, o coração batendo forte. Rosalina corre perigo. Farron está quase transtornado de pavor, e é assim que corremos montanha abaixo. Ele segue a atração de seu vínculo predestinado. Mesmo sem meu próprio vínculo, meu corpo inteiro parece doente.

Talvez isso seja consequência de ver o Príncipe dos Espinhos evaporar uma legião inteira com um movimento do punho. Nós o vimos da montanha, quando fazíamos uma curva. Centenas de Cavaleiros do Medo e goblins — em um momento, estavam lá; no outro, tinham sumido.

Não posso nem questionar por que ele está lutando por nós ou como Keldarion chegou aqui. Minha cabeça ainda gira, tentando compreender aquela magia extraordinária. *E aquelas chamas verdes... Exatamente iguais às que Quellos conjurou durante a Batalha no Outono.*

O salgueiro balança adiante.

— Quase chegando! — aviso.

Salto de cima do lobo, largo a pilha de roupas de Farron e saco as espadas. Só um soldado continua em pé: a mulher que tentou nos impedir de escapar do Inferior.

Rouxinol.

Há um cristal espatifado aos seus pés, e uma nuvem tóxica e amarela se eleva dos cacos. O chão treme. Eu me aproximo com passos incertos, e Rosalina corre para mim. Nós nos abraçamos, amparando um ao outro. Kel e Ez acenam com a cabeça e se aproximam para proteger Rosalina também.

Mas Caspian continua olhando para o cristal quebrado no chão.

— Ergam as armas, amiguinhos.

A fumaça amarela se expande cada vez mais, assumindo uma estranha forma, com extremidades longas e finas. A figura se solidifica e cai no chão com um baque de fazer a terra tremer.

Diante de nós, assoma-se uma criatura que desafia as leis da natureza. Meu coração acelera enquanto observo a materialização de um rato gigante, de pelagem quase inteiramente recoberta por plantas e musgo decompostos. Sentada sobre as patas traseiras, a criatura tem mais de três metros de altura. O rabo comprido tem um bulbo espinhoso e rosado na ponta.

Rouxinol inclina a cabeça e, embora eu não consiga ver nada além da máscara, o brilho em seus olhos denuncia um sorriso vitorioso nos lábios dela.

— Que tipo de cruzamento amaldiçoado foi esse? — pergunto. — Não me interessa o que faz o seu pau endurecer, mas pelos deuses.

— Não acredito que essa coisa tenha nascido. — Farron se aproxima correndo, agora um feérico que se vestiu às pressas. — Aquilo foi construído.

Caspian olha para trás por um instante.

— As abominações de gelo que invadiram Outono eram só o começo.

— Perth — Keldarion rosna. — Então, ele está no Inferior.

O rato-planta dá um passo em nossa direção, e seus movimentos têm uma graça sinistra. Ele abre a boca, os lábios monstruosos desabrochando como pétalas para revelar dentes minúsculos.

— Essa coisa fica cada vez pior — digo, puxando Rosalina para perto de mim. Os seus dedos perderam a cor em torno do arco de espinhos.

O monstro gira, balançando a cauda de cipó dentado na nossa direção. Caspian projeta as mãos, e uma barreira de espinhos brota entre nós e o... o...

— Que nome se dá a uma monstruosidade que é meio rato, meio planta? — pergunto. — Uma armadilha-rato? Um rato-mato? Um roedor de brotos incomuns?

Caspian range os dentes e afunda os calcanhares no chão.

— Não me interessa o nome dele, mas não posso sustentar isso a noite toda.

— É só um monte de folhas e carne — Farron comenta, com os olhos dourados cintilando. — Eu acabo com ele.

Caspian sorri.

— Vai nessa, Príncipe do Outono, fique à vontade...

A barreira de espinheiros se desfaz e o rabo dentado ataca, cortando o braço de Caspian. O Príncipe dos Espinhos grita e cai no chão, segurando o ombro ensanguentado.

— Caspian! — Rosalina grita, soltando-se de mim para se ajoelhar ao lado dele.

— Cuidado! — Keldarion alerta. O rato-mato ataca, e ele enterra a sua lâmina bem na cara dele; uma brilhante espada de gelo, a desgraçada da Espada da Proteção.

O rato-mato chia, a boca de pétala tremendo de raiva.

— Saia de perto da minha família! — grita Farron, e uma grande torrente de fogo explode das suas mãos. Chamas envolvem a criatura, que se debate, balançando a cauda de um lado para o outro. O fogo o consome em uma nuvem brilhante, preenchendo momentaneamente a clareira com uma luz radiante.

Olho para o Príncipe do Outono. O controle que ele tem da situação é impecável. Nem uma fagulha atinge as árvores no entorno.

Keldarion recua e se posta à frente de Rosalina, que está abaixada e improvisa um curativo para o ombro de Caspian usando uma tira de tecido rasgado de seu vestido. Sim, vamos garantir que o amaldiçoado Príncipe dos Espinhos sare logo. Como se ele não tivesse liderado um ataque contra o Reino do Outono poucas semanas atrás.

O que quer que o Príncipe dos Espinhos esteja fazendo aqui, no entanto, eu não conheço a história completa. E ele acabou de salvar a vida da minha garota.

Os chiados do rato incinerado se tornam tão intensos que uma parte de mim sente pena por ele. Quando penso nas atrocidades que lhe devem ter sido impostas, acho que a morte vai ser uma saída mais tranquila.

Ezryn bate com um lado do corpo no meu e acena com a cabeça para além da criatura. Para Rouxinol. Embora não possa ver o seu rosto, consigo entender o príncipe como se ele vocalizasse cada palavra. Assim que essa coisa cair, vamos atrás dela.

As chamas morrem, e marcas de queimadura cobrem o seu corpo. Restos de pelo e plantas queimadas caem no chão, mas o monstro continua em pé. Seu corpo treme, depois explode, e novos ramos brotam de algum centro infernal. O rabo se divide em dois, a boca se expande e tem ainda mais dentes.

A risada de Rouxinol se espalha pela clareira.

— Nem a magia de um Alto Príncipe é mais forte do que ele.

Mas então o rato-mato olha para ela. Caspian levanta a cabeça e algumas mechas de cabelo preto caem sobre a sua testa.

— Passarinho, cuidado...

A criatura emite um ruído de gorgolejo e, em seguida, cospe um jato de gosma amarela na direção dela. Rouxinol se esquiva, mas algumas gotas caem sobre a sua coxa. Elas fervem e estouram, atravessando o metal grosso da armadura em direção à carne.

Quem diria, o bicho não é leal a nenhum senhor.

Ela grita, segura a perna e sai correndo para o lago. O monstro vai atrás dela, mas Caspian salta e enterra uma lança em seu flanco. Não sei quem é essa mulher para ele, mas é evidente que o príncipe não deseja que ela morra.

Infelizmente, a tentativa de resgate desvia a atenção da criatura para quem ele estava protegendo. Rosalina.

A coisa ataca, a boca de pétala chiando. Keldarion segura Rosalina pela cintura e Caspian pela camisa, tirando-os do caminho. A criatura cai na terra.

Farron e eu corremos com magia na ponta dos dedos, mas Ezryn ataca primeiro, enfiando a espada na boca da criatura.

O som é terrível. Ezryn tenta tirar a espada, mas ela não se move. Ele grita, afasta as mãos, e Foice do Vento é corroída por ácido.

— Ele ama aquela espada. Foi presente do meu pai — Farron comenta, ofegante, lançando uma bola de fogo.

A criatura gira a cauda e agarra Ezryn pela cintura, erguendo o Príncipe da Primavera do chão com facilidade e o balançando acima da boca ácida e pronta.

— Ezryn! — eu grito.

Uma sombra desce do alto, uma capa preta tremulando. Uma espada atinge as costas da criatura, que grita de dor e larga Ezryn no chão.

Kairyn aterrissa com um estrondo metálico e estende a mão para o irmão. O irmão cuja vida ele acabou de salvar.

57

Rosalina

O monstro levanta a cabeça, recuperando-se do golpe de Kairyn. Entretanto, se nem a magia de Farron consegue deter essa coisa, o que pode ser eficiente?

Kel se afasta de Caspian e de mim. Sua espada se move com velocidade, bloqueando o ataque do rabo do rato. Há sangue no ombro de Caspian, mas, exceto por isso, ele parece não ter sido ferido.

— Consegue fazer aquilo com essa criatura? — pergunto.

Ele olha para mim confuso.

— Aquela magia com as chamas verdes?

Uma expressão estranha passa pelo seu rosto quando ele pergunta em voz baixa:

— Não está apavorada comigo?

Seguro com mais força o arco de espinho.

— No momento, estou com mais medo daquela coisa.

Caspian tosse e os seus lábios se tingem de preto. Os olhos parecem vazios. Seja qual for a fonte de magia à qual ele recorreu, agora parece esgotada.

Kel intercepta outro ataque do rato e olha para Caspian.

— Você precisa voltar ao Inferior. Leve-a com você. — Kel inclina a cabeça na direção de Rouxinol, que está encolhida na margem do lago segurando a perna.

Caspian meneia a cabeça.

— Você não entende. Não vão conseguir matar essa coisa, não com a sua magia de agora. Com Castelárvore tão fraco.

— E quem é o culpado disso, garoto espinhoso? — Dayton provoca, erguendo um túnel de água do lago para atacar o monstro.

— Vocês precisam recuar — Caspian diz lentamente, a intensidade de suas palavras provocando em mim um medo inquietante.

Ezryn segura uma das espadas de Dayton e corta a ponta da cauda da criatura. Ele se vira para nós.

— Estamos muito perto de Florendel. Não podemos correr o risco de essa coisa chegar lá.

— Não vou deixá-lo aqui — eu grito para ele. — E não vou deixar o Reino da Primavera em perigo.

— Estamos com você, Alto Príncipe Ezryn — Farron declara, e seus olhos se iluminam quando uma coluna de fogo queima as patas dianteiras do monstro. Mas ele não consegue incinerá-las com a rapidez necessária antes de a criatura regenerá-las.

— Estou sempre com você, Ez — Kel anuncia e aponta para o arco em minhas mãos. — Pronta para me mostrar o que aprendeu com essa coisa, Rosa?

— Sim. — Estendo a corda do arco e encaixo uma flecha feita com espinhos do meu pulso. Lentamente, inspiro e deixo o ar fluir pelo meu corpo. Depois, disparo. A flecha corta o ar e encontra o olho esquerdo do monstro. A criatura empina as patas da frente, sacudindo-as no ar enquanto sibila.

— Permaneçam juntos, cairão juntos — diz Caspian, tossindo, e mais gosma preta escorre do seu nariz.

Mas ele também não vai embora.

Cercamos o rato, mantendo-o afastado com magia e nossas armas. Essa coisa parece incansável, mas sinto que, juntos, podemos derrotá-lo.

Ouço um grito agudo e me viro. Kairyn conseguiu chegar à margem do lago e segura Rouxinol pelo pescoço. Ela esperneia, desesperada.

— Você quase matou o Alto Príncipe da Primavera — ele diz.

Ela continua esperneando, chutando e tentando cravar as unhas nele, como um gato selvagem.

— Não toque na minha irmã — Caspian avisa, furioso. Mesmo fraco, ele consegue fazer brotar do chão uma torrente de espinhos que atinge o peito de Kairyn e o lança contra o tronco do salgueiro, fazendo sangue jorrar. Outros espinhos envolvem Rouxinol e a arrastam para longe, em um movimento familiar de sombras e sarça. — Voe enquanto pode, Passarinho.

— Kairyn! — Ezryn grita, correndo para ele. Por um momento, ele para ao lado da espada que a mãe cravou na árvore. *Ele vai pegá-la?* Porém, ele empunha a arma de Dayton com mais firmeza e avança.

Avança contra Caspian.

Mas o quê... Minha frustração aumenta. Penduro o arco atravessado sobre o peito e deixo os ramos brotarem dos braceletes e afundarem no chão, sentindo cada um deles como uma extensão de mim mesma.

— Chega! — grito. Os espinhos criam uma barreira entre Caspian e Ezryn. — Já não temos problemas suficientes com o rato gigante?

Alguma coisa afiada envolve a minha cintura e sou lançada para o alto. O rabo do rato. Grito de dor quando o cordão serrilhado rasga o meu vestido e penetra a minha pele. As feridas sangram. O chão gira, e de repente estou pendurada bem em cima da boca aberta da criatura.

— Rosalina! — Cinco vozes gritam ao mesmo tempo.

Uma explosão de magia se projeta em minha direção. Um vento salgado joga a criatura para trás, seguido por uma espiral de fogo, um corte na barriga... E, então, é como se fôssemos transportados para o Reino do Inverno. Uma torrente de granizo e gelo se espalha sobre a cauda do monstro. O rato urra e cai.

Um espinho me cerca, sustentando-me. Rangendo os dentes, Caspian conduz o arbusto para baixo, na sua direção, e enlaço a sua cintura com os braços instintivamente, grata por estar no chão outra vez.

Sinto alguma coisa sob o tecido da túnica de Caspian, a forma de um livro conhecido.

— Você sempre carrega isso com você?

Ele olha para o campo de batalha e o seu olhar encontra Farron.

— Nunca sei quando vou precisar acrescentar alguma coisa à página das "coisas que me deixam feliz". Eu ia registar "rato-planta devorador de homens", mas...

— Rato-mato! — Dayton corrige, fazendo um corte profundo nas costas da criatura.

— Bem, pode ser. Estou reconsiderando o registro. Talvez rato-plantinha. — Ele sorri e, mesmo com os dentes cobertos da substância preta, ainda é uma bela imagem.

Seus olhos encontram a minha boca, depois o meu pulso, e percebo que ainda não o soltei.

— Não é hora nem lugar para isso... — digo, tentando demonstrar autoridade, mas minha voz é um sussurro ofegante.

Ele arqueia uma sobrancelha escura.

— Beijos no campo de batalha são a sua especialidade, não são? Deve ser a podridão na minha boca. Tem medo de arruinar a sua pele?

O chão treme e somos jogados para longe. Caio na margem do lago. A criatura captura Caspian com o rabo. O segundo rabo que desenvolveu depois do ataque flamejante de Farron agora mantém o Príncipe do Outono prisioneiro.

O peito de Dayton está sujo de sangue. Ez e Kel lutam lado a lado, encurralando o monstro e tentando resgatar Farron e Caspian. Kairyn não se levantou desde que Caspian o atacou.

Meu coração bate acelerado e afundo os dedos na terra macia. Onde está o meu poder, o poder das rosas douradas? Ele nos salvou de Lucas, salvou Dayton em Castelárvore e pode nos salvar agora.

Seria ótimo se eu soubesse como invocá-lo. Em todas as ocasiões em que aconteceu, tive a sensação de que ele explodia de mim. Os gritos dos príncipes e os ruídos horríveis do monstro desaparecem à medida que afundo os dedos no chão. Mais e mais. Ranjo os dentes, ignorando o chamado dos espinhos em meus pulsos. Há outro poder dentro de mim, um poder que me permite criar espinheiros sozinha, criar as rosas douradas. Se eu continuar procurando…

A escuridão envolve o bosque, depois o mundo todo. Trevas tão intensas que bloqueiam a luz das estrelas e do luar. Ela se move em uma espiral e vai se condensando na silhueta de uma mulher.

Cabelos longos e negros cobrem as suas costas como tinta derramada; o seu vestido é como a noite. Ombreiras com saliências de metal completam o traje. Sua beleza equivale à de uma sepultura ao luar, inquietante pela natureza etérea. O rosto não tem cor, mas pedras coloridas e cintilantes sobem por todo o contorno das orelhas pontudas. Ela usa uma coroa escura de sete hastes.

Meu sangue congela e fico completamente imóvel, com medo até de respirar. Ela não olha para mim. Em vez disso, caminha em direção ao monstro. Ez, Kel e Day interromperam o ataque e recuam. Percebo nos movimentos cuidadosos que eles tentam se aproximar de mim.

— Sira — Dayton murmura.

Sira.

Então, essa é a Rainha do Inferior.

Ela inclina a cabeça, observando a situação com ar benevolente. Quando o olhar passa por mim, eu me sinto como um ratinho deve se sentir quando a sombra de uma grande coruja passa sobre ele.

— Francamente, Caspian — ela diz, com um tom desapontado. — Como isso deve ser constrangedor para você, meu querido bebê.

Vejo o medo no rosto dele, mais explícito do que quando encarou o monstro. Desaparece em um momento, porém é substituído por uma expressão dura dos lábios e olhos contornados de preto.

O rato monstruoso avança na direção da Rainha, mas ela enfia um braço em sua boca tão casualmente quanto alguém que mergulha a mão em uma onda do mar.

A criatura para instantaneamente, depois sofre uma convulsão. Farron e Caspian balançam de um lado para o outro, presos pela cauda.

Keldarion me pega pela cintura e segura o colar em seu pescoço.

— Assim que buscarmos Farron, voltamos para Castelárvore.

Dayton se desloca para o outro lado da criatura e se aproxima de Farron. Enquanto isso, vejo Ezryn caminhando na direção do irmão.

A atenção de Sira está voltada para o monstro, mas não tenho dúvida de que ele sabe exatamente onde está cada um de nós. As plantas que formam as pernas da criatura ondulam, antes de se desintegrarem em podridão preta. A escuridão varre o que resta do seu corpo em um instante, e todo o contorno do monstro se dissolve em uma poça de sombras.

Caspian e Farron caem no chão. Sira sacode o braço, coberto de podridão até o cotovelo, e acena com a outra mão. Um rastro de sombras envolve o seu braço antes de se dissipar, deixando a pele limpa.

Ela olha para Caspian, que ainda tenta recuperar o fôlego.

— Leve-nos para a Torre do Reino Inferior. — Ela se volta para mim. — Os Altos Príncipes e a mulher também vão.

Dayton corre para Farron. Kel inclina o espelho do colar para capturar a luz da lua, provocando uma cintilância iridescente antes de me empurrar para a frente.

Mas ele não é mais rápido do que os espinhos, que envolvem as minhas pernas, cobrem o meu corpo e nos arrastam para baixo. Com o que me resta de liberdade, projeto um dos meus espinhos para envolver a espada de Kel e arremessá-la no lago.

Depois, somos tragados pela escuridão.

Levados para o Inferior.

PARTE 4

JURA ETERNA

58

Rosalina

Estamos no Inferior. Reconheço isso como reconheço o meu próprio nome ou que o céu é azul.

Mas o céu aqui não é azul. Não há nada acima de nós além de uma névoa cinza, sombria. Espinhos apertados à minha volta imobilizam o meu corpo, e tenho certeza de que essa é a única coisa que me impede de ficar em pé. Kel, Ezryn, Day e Farron também estão amarrados, e formamos um círculo em torno de... Caspian.

O Príncipe dos Espinhos se ajoelha e vomita podridão preta. Ela está em pé ao lado dele. Sira. Rainha do Inferior.

Penso em Kairyn, deixado sozinho no lago. Ele salvou Ezryn. Mas não há ninguém que possa nos salvar aqui embaixo.

O ar chia em meu peito enquanto me esforço para reconhecer o ambiente. Uma plataforma circular à nossa volta, cercada por sete pilares pontiagudos. Olho para baixo e percebo que estamos em um lugar muito alto, cercados por uma vastidão de escuridão e sombras. Ao longe, uma luminosidade lavanda brilha como uma vela distante, espalhando um reflexo lúgubre sobre a paisagem sinistra. Jardim Cripta, talvez. Eu me lembro de ter caminhado pela cidade no aniversário de Caspian e olhado para cima, para a torre onde estamos agora.

A Torre do Reino Inferior.

— Não — Farron sussurra com os olhos bem abertos, brilhantes. — Minha magia... Não consigo acessá-la aqui embaixo.

— Estamos muito longe de Castelárvore — Dayton murmura. — A magia se enfraquece demais.

Tento sentir a minha própria magia. Ela parece distante, um eco do que um dia foi. Mas os espinhos que nos aprisionam... são vibrantes, próximos. Ainda posso usá-los, eu sei disso.

Respiro fundo para me concentrar e dirijo toda a minha atenção para os espinhos, de modo a me assegurar de que posso conter os que estão à minha volta. Demoro um pouco mais para me conectar aos espinhos que aprisionam os meus príncipes, mas, assim que puder controlá-los, talvez eu consiga nos levar para casa.

— Descuidado demais. — Sira anda em torno de Caspian, embora seja mais preciso dizer que ela desliza, como se nem precisasse caminhar. — Onde estava com a cabeça quando soltou aquela *coisa*?

Caspian, sentado sobre os calcanhares, limpa a boca com a manga da camisa.

— Os Altos Príncipes neutralizaram os Cavaleiros do Medo e os goblins. Eu estava desesperado.

— Pôs em risco as forças de sua irmã em vez das suas. — Sira solta um *tsc-tsc*. — Não consigo decidir se você é um idiota ou se é brilhante.

— Ah, mãe. — Caspian se levanta. Parece recuperar a fluidez de movimentos. — Você sabe que eu sempre tenho um plano.

Mãe? A Rainha do Inferior... é mãe de Caspian. Ela o criou. *Ele realmente nasceu da escuridão.*

— E pode colaborar com os planos de sua irmã. Tire as insígnias de todos eles — Sira ordena.

— Como quiser, mãe. — Caspian se aproxima dos príncipes e, um a um, arranca os seus colares: o floco de neve de Kel, o retângulo de madeira de Ezryn, a folha dourada de Farron; as correntes arrebentando uma depois da outra.

— Es... espera — Dayton pede quando Caspian para diante dele. — É só uma das conchas. Não arrebenta o colar inteiro. Ela é importante.

— Pelas estrelas — Caspian resmunga, batendo o pé no chão de um jeito impaciente. Ele, porém, afrouxa os espinhos que prendem as mãos do Príncipe do Verão e permite que ele tire o colar e remova apenas a concha com a insígnia da Rainha.

— E ela? O que ela usa? — Sira pergunta, dando um passo em minha direção. — A florzinha encrenqueira.

— Nada importante, tenho certeza — Caspian responde depressa, colocando-se à minha frente. Os olhos dele mergulham nos meus. — Seus preciosos príncipes lhe deram alguma joia para combinar com as deles?

Desvio o olhar, mas sinto o estômago revirar quando penso em perder o colar. O colar com a rosa de pedra da lua que pertenceu à minha mãe e a folha dourada que fora presente do Reino do Outono.

— Pegue o colar — Sira ordena.

E ele a obedece, arrancando a corrente do meu pescoço com um movimento rápido. Depois, exibe-a para a mãe.

— Uma folhinha dourada, como a de seu predestinado do Outono.

Sira balança a cabeça, como se a ideia de amores predestinados e presentes estivesse muito abaixo de si. Mas Caspian não entregou a minha rosa para ela. O que fez com ela?

— Muito bem. Suponho que o dia não tenha sido perdido, afinal. Mas não me lembro de você ter recebido ordens para assassinar o Alto Príncipe da Primavera — diz Sira, aproximando-se do filho. Ele é mais alto que ela, mas, de alguma maneira, a mulher consegue olhar de cima para o filho.

— Pensei ter reconhecido uma oportunidade — Caspian responde.

Mentira atrás de mentira. Ele está assumindo a responsabilidade por tudo que a irmã fez.

— Mesmo assim — Sira insiste, cutucando com uma unha comprida o lado do rosto —, há maneiras mais fáceis de matar o Alto Príncipe da Primavera.

Todos os príncipes rugem ao mesmo tempo, mas a voz de Ezryn se sobrepõe às outras.

— Então, mate-me de uma vez e acabe com isso — ele grunhe. — Deixe que os Altos Príncipes testemunhem a minha morte e o seu poder, se é essa sua vontade. Mas deixe-os *vivos*. E saiba que, após a minha morte, você vai enfrentar toda a ira da Primavera e a vingança de meu irmão.

Meu mundo se resume a um propósito único e aflitivo quando Sira olha para ele de cima a baixo.

— Não se atreva a tocar nele! — rosno.

Ela me ignora. Desliza para perto de Ezryn e toca a parte inferior do capacete com um dedo, levantando-o para que ele a encare.

— Que galante.

A voz de Keldarion é um rugido.

— Se fizer mal a ele, vai atrair para cá todas as forças do Vale Feérico, Sira.

Seus lábios vermelhos se distendem em um sorriso sinistro, e ela desvia o olhar de Ezryn para encarar Keldarion.

— Que forças, Alto Príncipe do Inverno? A do seu povo, que não conta com a força de um líder há eras? Do Outono? Forças débeis que mal conseguiram vencer uma batalha, imagine uma guerra. Ou está falando do Verão? Não é mais do que um reino de bonecas. Não. Acho que não vou me preocupar muito.

Sombras se derramam da ponta dos dedos de Sira e caem no chão, formando duas serpentes sinistras.

— Primavera jamais se curvará a você — grita Ezryn, debatendo-se contra as amarras.

Keldarion uiva, e um brilho sutil de gelo surge na ponta dos espinhos, mas a magia dele não funciona aqui. As serpentes de sombras saltam do chão e abrem a boca, revelando presas pretas como tinta.

— Ezryn! — grito, e os espinhos que me prendem sucumbem como areia revolvida pelas ondas. Estendo uma mão. Espinhos se projetam dos braceletes e atacam as serpentes de sombras. Atingidas, as duas cobras desaparecem em uma nuvem de fumaça.

Sira se vira para mim com os olhos faiscando.

Enquanto sustento o olhar, tento acessar os espinhos que imobilizam os meus príncipes. Se conseguisse estabelecer uma conexão com todos, poderíamos escapar.

— Então, os boatos são verdadeiros — Sira resmunga. — Como isso é possível?

Kel, Farron. Espalho a magia em um raio ainda maior, tentando me conectar com os espinhos que prendem Ezryn e Dayton. Um sorriso surge em meus lábios.

— Eu…

— Eu fiz um acordo com ela. — Caspian se põe à minha frente.

A expressão de Sira se contorce com a intensidade da fúria.

Um estalo marca o momento em que ela desfere uma bofetada no rosto do filho.

— Resolva isso.

Caspian inspira profundamente. Sombras se desprendem dos dedos de Sira e envolvem os espinhos de Caspian, que murcham e morrem. Sinto a perda da conexão, como se alguém tivesse decepado o meu braço.

Então, assim como ocorrera com a mãe dele, sombras começam a fluir de Caspian.

— Não… — sussurro.

A escuridão forma grilhões em torno dos tornozelos e dos pulsos dos príncipes. Duas cordas pretas se projetam e envolvem os meus braços, prendendo-me ao chão.

E os olhos de Caspian ficam completamente vazios.

— Me solta! — grito. Puxo as cordas, mas elas não cedem. Não tenho conexão com elas como tinha com os espinhos.

Caspian dá de ombros, limpa a poeira de si e as sombras se dispersam como nuvens. Seus olhos recuperam o tom arroxeado.

É a segunda vez hoje que vejo Caspian usar algum tipo de magia que não sabia que ele possuía. Já havia notado a escuridão em torno dos seus espinhos antes, mas sempre achei que fossem conectados. Não, essas sombras ele herdou da mãe.

— Cancele o acordo — Sira determina, olhando para mim. — E, no seu lugar, eu não resistiria, menina. Ou vai acabar descobrindo que a minha misericórdia com os príncipes restantes tem vida curta.

Instintivamente, tento acessar os braceletes nos meus pulsos, mas as sombras mantêm meus braços presos.

— Que acordo? — Keldarion rosna.

Não consigo olhar para ele nem para os outros príncipes. Eu devia ter contado. Agora, a minha mentira foi exposta.

Sira ri do evidente tormento de Keldarion.

— Então, querido, o que está esperando?

— Não posso cancelar o acordo. — Caspian praticamente cospe as palavras. A habitual cadência melodiosa de sua voz deu lugar a um ritmo duro, entrecortado. — Ela ainda não cumpriu a sua parte.

Sinto o estômago revirar. Levanto a cabeça e tento atrair o olhar de Caspian, mas o cabelo cai sobre o meu rosto. Ele não está olhando para mim. *Não, não, não.* Ele não vai fazer isso agora. Não aqui. Não na frente dos príncipes de Castelárvore.

Sira acena sem interesse.

— Rosa — Farron me chama. Vejo o desespero em sua expressão enquanto ele se debate contra as sombras. — Rosa, qual é a sua parte no acordo?

— Esta.

Mãos firmes me seguram e, de repente, sou puxada pelo Príncipe dos Espinhos. A boca dele cai sobre a minha; seu beijo é bruto e rápido. Ele se afasta quase instantaneamente, limpando a boca com o dorso da mão, como se quisesse se livrar do meu gosto.

— Podemos considerar o acordo cumprido — Caspian diz.

Mas não consigo falar nada, meus lábios estão tremendo. Nunca parei para pensar como seria um beijo do Príncipe dos Espinhos, mas jamais teria imaginado *isto*. Como se o meu toque o enojasse.

Uma agonia atormentada invade o meu sangue. Não sei se vem de Keldarion ou Farron. É o olhar de Kel que encontro primeiro. A raiva está estampada em seu rosto, mas não é raiva de mim ou de Caspian; é raiva de Sira. Ezryn mantém-se rígido como pedra. Farron parece perdido, confuso. Seus olhos se iluminam de repente.

— Dayton!

— Eu vou te matar! — Dayton dispara com um tom baixo e feroz. Ele se projeta para a frente e o corpo se metamorfoseia, até dar lugar ao lobo dourado.

Sombras o envolvem no ar e o jogam no chão com força suficiente para rachar uma pedra. O lobo do Verão rosna e cospe, mas não consegue se libertar.

— Day — sussurro com voz trêmula, embargada pelas lágrimas. Que resquício de magia permitiu essa transformação?

Sira o estuda, curiosa. Essa é a primeira vez que ela vê uma das feras da Sarça?

— Poupe as suas forças, Daytonales — Keldarion ordena, sem desviar o olhar de Sira.

O Príncipe do Verão gane baixinho e obedece.

Caspian revira os olhos, facilmente contendo o lobo em suas sombras. Ele se inclina para mim e prende uma mecha de cabelo atrás da minha orelha.

— Diga que o acordo foi cumprido, Rosalina.

Olho para os meus braceletes arrebentados. Sem eles, não consigo produzir minhas flechas, não consigo me proteger nem salvar os príncipes. Mas que opção eu tenho? Não posso usar os braceletes agora, presa pelas sombras de Caspian.

Sustento o olhar de reflexos arroxeados do Príncipe dos Espinhos.

— O acordo foi cumprido.

Uma corrente elétrica me percorre e sinto os meus braços queimando. Os braceletes de espinheiro se abrem e caem aos meus pés. Um espinho pequeno e fino cai do pulso de Caspian.

Ele olha para os espinhos, depois novamente para mim.

— Acho que agora você está sozinha, como na última vez que esteve aqui.

Lágrimas indesejadas escorrem pelo meu rosto por ter perdido os espinhos.

— Achei que seria divertido negociar um beijo da predestinada de Keldarion — Caspian passa a mão no cabelo —, mas não imaginei que ela pudesse se meter em tanta encrenca ao criar alguns espinhos a mais, considerando que o castelo em que o príncipe a mantém já é coberto deles.

— A Rosa Dourada — Sira ronrona. — Foi por isso que ela ganhou o apelido? Por usar a sua magia, meu filho?

— Aquela gente simples do Outono transforma tudo em música. Se lhes der uma pedra, vão dizer que é um diamante; se lhes der espinhos, dirão que são rosas.

— Hum, certamente isso foi imprudente. Devia ter me informado do seu plano desde o começo, mas você sempre foi astuto em relação aos seus acordos. — Sira agarra o pulso do filho. — Como foi ao fechar aquele especialmente perverso com o Príncipe do Inverno.

59

Keldarion

Caspian olha para mim. Sua expressão é tão bruta que é como se eu estivesse novamente no Jardim Cripta, muitos anos atrás, quando vocalizamos as palavras do nosso acordo. Mas aquelas palavras deveriam ter sido sussurradas, não recitadas em voz alta.

— Um arrependimento profundo que vou carregar para sempre — resmungo, e o espinho congelado em meu pulso parece perfurar a pele.

Um sorriso torto surge nos lábios de Sira. Sempre soube que a escuridão corria em suas veias, mas por algum tempo mantive a esperança de que Caspian não a houvesse herdado. Ao vê-los juntos, porém, eu me espanto por um dia ter acreditado nisso. O mesmo cabelo preto, a profundidade dos olhos cor de violeta, a elegância dos movimentos.

— Devia ter quebrado a maldição quando teve a chance, Kel — Caspian comenta em um tom casual. — Agora, *todos* vocês pertencem a mim, em vez de serem só dela.

Rosalina se vira com o rosto corado e tenso.

— Como assim?

— Ela não sabe? — Sira gorjeia feliz, tão satisfeita com a novidade quanto antes, quando se preparava para lançar as suas sombras sobre Ezryn.

É claro que Rosalina não sabe. Nunca tive coragem de falar sobre isso com ninguém, nem com os meus irmãos. A vergonha e a idiotice são grandes demais para serem admitidas em voz alta.

E o motivo é muito claro e muito complexo. Para que eu possa cancelar o acordo sem a concordância de Caspian, ele teria que morrer. E, mesmo com a união dos poderes dos Altos Príncipes, matá-lo seria uma grande proeza. Como se mata alguém com a magia da própria pessoa? *Como é possível matar alguém que está deitado em sua cama, com o corpo traído pelo ar do próprio mundo que ele deseja conquistar?*

Cerro os punhos contidos pelas sombras. Uma magia que ele sempre odiou usar.

— Como era mesmo, hein? — Caspian tamborila os braços com os dedos. — Já faz tanto tempo…

— Cancele o acordo — rosno.

— Ah, agora me lembro — ele diz, quase cantarolando. Sua voz adquire um propósito sombrio. — Que eu não tenha ninguém além de você. Se um dia esses votos se provarem falsos e eu me deitar com outros, que eles o sirvam em arrependimento até você se cansar deles, como eu cansei o seu coração. E, se algum dia não houver mais amor entre nós, que esse acordo se derreta como neve sob a chuva.

Eis aí as palavras pairando entre nós. Vejo quando os meus irmãos as registram.

Ezryn ruge e cai de joelhos, ainda acorrentado pelas sombras.

— Kel, como pôde?

— Todos os feéricos que apareceram no castelo… — Farron fala devagar. — Caspian não *queria* mandá-los; foram forçados a aparecer depois que ele se deitou com eles. O problema não era a nossa magia não ser forte o suficiente para mandá-los embora, é que tinha que ser Kel.

— Foi você — Rosalina murmura, mas é para Caspian que ela olha. — Você foi o grande amor de Kel.

— Chame do que quiser, Flor — Caspian sorri. — Isso vai nos unir em pouco tempo.

Não há raiva no rosto de Rosalina, só uma compreensão chocada e tristeza.

— Que eles o sirvam em arrependimento… — ela repete as palavras do acordo.

O modo como Caspian o recitou… Tão diferente de como ele o havia entoado tantos anos atrás. A lembrança me invade como uma torrente. Seu cabelo mais comprido, caindo sobre os ombros e os olhos, na época molhados de lágrimas. Nada do que eu dissesse o convencia dos meus sentimentos, nada o convencia de que ele era *suficiente.*

— Então, prove, Kel. Prove para mim — ele disse.

E eu usei palavras diferentes.

— Vamos fazer um acordo, então.

E, pela primeira vez, as lágrimas desapareceram.

— Faria isso por mim?

A magia dos acordos feéricos é poderosa e antiga; a única coisa mais forte é o vínculo predestinado. Eu não era seu predestinado, mas isso era algo que podia dar a ele.

Naquela época, eu nada sabia sobre Rosalina. Não tinha ideia de que um dia teria um amor predestinado ou de que seria amaldiçoado — e, por isso, precisaria encontrar um. Não tinha ideia de que o meu reino e a minha alma dependeriam do amor dela.

Cada parte de mim estava convencida de que aquele príncipe belo e perturbado me amava. E de que eu o amava.

— Que eu não tenha ninguém além de você — disse a ele. — Se um dia esses votos se provarem falsos e eu me deitar com outros, que eles o sirvam em arrependimento até você se cansar deles, como eu cansei o seu coração. E, se algum dia não houver mais amor entre nós, que esse acordo se derreta como neve sob a chuva.

— Ninguém além de mim — Caspian murmurou, como se não conseguisse acreditar. Como se a minha escolha de deixar tudo para trás e me juntar a ele no maldito Inferior não fosse prova suficiente.

Naquele momento, eu o girei e segurei sob os lençóis para ficarmos frente a frente, peito com peito.

— Temos um acordo, Cas?

— Que eu não tenha ninguém além de você — ele murmurou novamente e me beijou com loucura. E me beijou repetindo o acordo, enquanto nossas roupas iam para o chão e nós fazíamos amor. Só mais tarde notei o bracelete em meu pulso, a volta retorcida de espinhos congelados.

Momentos isolados ainda povoam a minha memória, mais claros do que qualquer pintura. A luz lavanda e fosca sobre a tiara de prata e safira no seu cabelo escuro. A pérola de umidade nos lábios carnudos. Os dedos elegantes afagando o recém-formado bracelete em meu pulso com uma curiosidade silenciosa.

— É bonito — ele havia sussurrado.

— Enquanto estiver no seu pulso, vai saber que eu te amo.

— Ou... eu te amo.

Uma risada estridente afasta essas lembranças, e me sinto exposto e em carne viva sob o olhar penetrante de Sira.

— Nem *ele* sabe da verdade, não é, meu querido?

Caspian levanta uma sobrancelha escura e sorri.

— Não, mãe. Nunca me dei ao trabalho de contar.

Dayton grunhe baixinho e Farron me observa com uma mistura de pena e horror. Ezryn remove as luvas e remexe os espinhos mortos no chão.

— Não me contou o quê? — pergunto.

— O que mostrei a ele na noite anterior àquele acordinho entre vocês. — Sira une as mãos com um estalo. — Ou o que os Oráculos mostraram.

Os Oráculos. Fui procurá-los uma vez. Criaturas muito antigas que moram nas mais recônditas profundezas do Inferior. Talvez tenham vindo do Superior, como os nossos ancestrais, mas provavelmente estão aqui desde a aurora dos tempos.

Há quem os descreva como belos, outros dizem que são enrugados e velhos. Tudo que vi foram sombras de tempo e espaço.

Por que Cas foi procurá-los?

Caspian olha para Rosalina.

— Os Oráculos me mostraram você.

Rosalina não diz nada, mas seus olhos se movem entre nós. Conheço esse olhar. Ela está pensando, sempre pensando. Mas não há nada que possamos fazer. Não há saída para isso. Talvez eu possa encontrar um meio de barganhar pela segurança dela. Por que Caspian me ajudaria a salvá-la se isto aqui sempre foi o seu plano?

— Como assim você viu Rosalina? Ela nem tinha nascido.

Caspian dá de ombros.

— Os Oráculos mostram probabilidades de futuro. Vi a sua vida com ela. Sua predestinada.

— Então, inventou um acordo para aprisionar a predestinada dele — Farron diz furioso, com o rosto contorcido pela aflição. — Você é desprezível, Caspian.

Eu me sinto vazio, com o corpo todo entorpecido e o estômago revirado. Sei como acabou essa história com ele. A traição. Porém, antes disso... o acordo...

Aquilo não foi real?

Olho para o bracelete de espinhos congelado e quase acredito que ele vai murchar, desaparecer.

— Ah, pobre Keldarion. — Sira morde o lábio. — Ele realmente acreditou na mentira.

— São todos uns idiotas — Caspian afirma, sorrindo. — Eu falei, mãe.

— Eu te *amei* — rosno, avançando em sua direção. As sombras apertam os meus pulsos.

— É claro. — Caspian revira os olhos daquele jeito irritante. — Acreditar nisso foi o seu primeiro erro.

— Cometi muitos erros em relação a você.

Caspian se aproxima com a elegância de um felino, eliminando a distância entre nós.

— E, a despeito desse suposto amor, você discursou para o seu povo me acusando de tê-lo seduzido, de corrompê-lo e de ter usado toda a magia maléfica do Inferior para atraí-lo para as profundezas. Tudo para poder conservar o seu precioso trono.

— Você me traiu — rosno.

Os olhos dele se estreitam como olhos de gato.

— Quem foi o primeiro a levar um exército para o reino do outro?

Sem querer, olho para Ezryn, que ainda arranha o chão, mas felizmente Caspian está distraído demais para notar.

— Não importa. Nós dois queimamos juntos, não foi?

— Fale por si, Kel. Não sou eu quem não faz sexo há vinte e cinco anos. É *tão* difícil assim se esquecer de mim?

Avanço, e as sombras afrouxam o suficiente para eu parar diante dele.

— Eu nunca submeteria alguém a uma criatura como *você*. Especialmente Rosalina.

— Ah, agora parece que ela é minha. Toda enrolada em sombras.

Rosalina recua e se encolhe, uma reação que não vejo desde que ela chegou ao castelo.

— Por favor... Não machuque a gente.

Na minha cabeça, porém, a sua voz vibra forte e confiante. *Continue a distraí-lo, Kel.*

Não arrisco olhar para ela uma segunda vez.

— É você quem não consegue se esquecer de mim, Cas — pronuncio o apelido como se o cuspisse. — Assombrando o meu castelo. Obcecado pela *minha* predestinada.

— É claro que gostaria de ver o meu maior inimigo cair. Sempre adorei um espetáculo.

O ar é frio à nossa volta, as sombras apertam.

— Você diz que não sou suficientemente forte para esquecê-lo, Keldarion. — A voz de Caspian se torna um sussurro. — Então, responda: por que não me matou? Por que nem sequer tentou? Nunca me amou, mas não consegue encerrar a nossa história.

Uma força explode de Ezryn, e todos os espinhos mortos aos nossos pés voltam à vida de repente como ramos vibrantes e ágeis.

Apesar da distância até Castelárvore, ele encontrou um caminho para a sua magia, um caminho para nos salvar.

— Rosalina! — Ezryn grita.

Minha predestinada não parece assustada ou com medo, apenas furiosa. Rosalina estende uma das mãos e *grita*. Os espinhos aos meus pés estremecem, movem-se ao seu comando e me envolvem.

E nunca me senti tão feliz por estar envolto em espinhos.

60

Rosalina

Espinheiros se contorcem sob o meu comando, envolvendo cada um dos príncipes.

Agora você está sozinha. Demorei um momento para entender o que Caspian queria dizer, mas compreendi quando vi Ezryn tentando reviver os espinheiros.

Os braceletes rompidos me ajudavam a criar espinhos, mas nunca precisei controlar os que já existiam.

Na última vez que estive no Inferior, consegui invocar a magia, apesar da grande distância de Castelárvore. Fragmentos de magia encontraram o caminho, transformaram Dayton em lobo e permitiram que Ezryn reavivasse os espinheiros. Mas sinto minha conexão com os espinhos mais forte do que nunca.

Seja qual for a razão, bênção ou maldição, estou levando os meus príncipes para casa.

Sira arregala os olhos e, por um momento, a letal Rainha do Inferior parece surpresa.

— Não pode ser.

— Você não foi a primeira pessoa a me subestimar — resmungo.

Meus ramos envolvem Dayton, depois Farron, Ezryn e Kel, puxando-os com força para romper as amarras das sombras de Caspian, que desaparecem em uma nuvem de fumaça. Não sei se isso aconteceu porque ele se surpreendeu ou se o meu poder tem mesmo toda essa força.

A última coisa que vejo antes de os espinhos nos consumirem é Sira. A fúria paira em torno dela como uma nuvem de tempestade, mas não é comigo que ela está furiosa nem com os príncipes de Castelárvore.

Ela agarra Caspian pela camisa.

— Você mentiu para mim. Como? Como ela...

E é então que tomo a decisão. Enrolo-o com os ramos e o *puxo*. Logo, ele está na minha frente, e agora somos só nós. Ele e eu em um mundo que só nos dois entendemos. Um lugar cercado por espinhos em espirais e estrelas cósmicas.

— Princesa — ele diz, segurando o meu rosto —, não pertenço ao seu mundo.

— Por que ia querer ficar lá embaixo com *ela*? — grito.

— Ela é minha mãe.

— Ela mentiu, não é? Você fez aquele acordo com Kel sem saber nada sobre mim, não foi? Fez o acordo porque o *amava*.

Vejo em seu rosto uma expressão ilegível e passageira.

— Ninguém sabe a verdade sobre isso. Só eu. Porém, os Oráculos realmente a mostraram para mim, Flor, muitos anos atrás. Eu o vi debruçado sobre você, fazendo as mesmas juras de amor que um dia tinha feito para mim.

Meneio a cabeça.

— Está errado sobre Kel. Ele o *amou*. Talvez uma parte dele ainda ame. Eu *sinto* isso. Caso contrário, o acordo teria sido rompido, não?

— Acredite, não é Kel quem mantém esse acordo vivo — Caspian sussurra. — Você está confusa porque ele é seu predestinado. Ele nunca disse que a ama, disse? Talvez os Oráculos tenham errado, afinal.

— Parece que está tentando me fazer odiá-lo.

— Bem, você deveria me odiar — ele grunhe. — E certamente não deveria confiar em mim.

— Não confio. — Os espinhos reduziram a velocidade da nossa jornada, mantendo-nos suspensos neste mundinho. — Mas também não posso deixá-lo.

— Bem, vai ter que me deixar.

Mas os espinhos não o afastam; eles nos aproximam. Alívio e medo invadem o meu peito quando me percebo colada nele.

Minha boca busca a dele ou a dele se apodera da minha? Suas mãos estão no meu cabelo e inspiro todo o ar que ele está disposto a me dar. Isso é errado. Todo pensamento lógico me diz que é errado. Então, por que não consigo parar?

Por que não consigo deixá-lo? Ele salvou a minha vida tantas vezes, e não posso desistir dele.

Os espinhos nos aproximam ainda mais, encerrando-nos em uma espécie de casulo. Os beijos se tornam mais profundos. As mãos dele estão no meu corpo, puxando a minha coxa para cima, para a sua cintura.

— Rosalina. — Ele quase sufoca ao dizer o meu nome verdadeiro. É a primeira vez que me chama assim? Não tenho certeza. — Você é um baita de um problema, não é?

Engulo em seco, sentindo a cabeça girar. Não sei nem se saberia o meu nome se ele não tivesse acabado de dizê-lo.

— Não tão grande quanto você. — Um pensamento passa pela minha cabeça cheia de estrelas. — Cas, está com o meu colar?

Ele inclina a cabeça.

— Sim, mas vão tomá-lo de você de novo. Não precisa dele. — Caspian põe uma das mãos sobre o meu coração. — Tudo de que precisa está aqui.

— Mas...

— Vou manter o colar seguro. Vou manter *você* segura.

Acho que vejo um sorriso em seu rosto entre os flashes de luz. E, então, ele me beija de novo.

E acredito nele.

Talvez aqui, neste momento, neste espaço que não existe de verdade, seja certo ceder às sombras. Render-me ao sentimento puro, à sensação e à necessidade; a esses lábios ferozes e desesperados que acariciam o meu pescoço. Nós dois perdemos todo o controle quando eu deslizo os dedos pelo seu cabelo e movo o meu corpo contra o dele.

Caspian me beija de novo, dessa vez com mais suavidade. Um beijo que sei que significa o fim.

Ele segura o meu rosto.

— Adeus, Princesa. Acho que vai demorar até nos vermos de novo.

— Espere — arfo, segurando a manga da sua camisa. — Tenho tantas perguntas...

— E eu tenho tantas respostas. — A voz dele desaparece quando os ramos de espinheiro o engolem. Tenho a sensação de estar caindo, caindo, caindo. Rompo os ramos para tentar respirar e vejo a imagem turva do hall de entrada de Castelárvore girando à minha volta.

61

Ezryn

O baque do impacto com o chão duro reverbera na armadura. Espinhos se soltam da minha cintura e me equilibro sobre as mãos e os joelhos, estudando o ambiente. Estamos no hall de entrada de Castelárvore. Farron, Dayton e Kel estão caídos ao meu lado. Meu coração bate forte quando, cambaleando, fico em pé e giro para olhar em volta. O chão se abre de novo e Rosalina emerge de um arbusto de espinheiro.

O silêncio domina o hall, mas o sangue ecoa em minha cabeça, o coração lateja.

Fique quieto. Mantenha o controle. Concentre-se.

Quando os olhos dele encontram os meus, no entanto, não sinto nada parecido com paz.

— Como pôde? — grito, agarrando Kel pelo colarinho e o pressionando contra uma coluna. — O acordo que fez com Caspian condenou todos nós!

Kel segura os meus pulsos.

— Entende agora, irmão, por que escolhi esse caminho? Enxerga finalmente o monstro que realmente sou?

— Você não é nenhum monstro — grunho. — Porque monstros não têm raciocínio, não têm responsabilidade. Você é muito pior. É um traidor, Keldarion.

A dor rasga o meu peito, uma ferida cuja origem não é física. Continuo segurando Kel com firmeza para não cair no chão. Ano após ano, eu o vi jogar a vida fora por Caspian. Mas fazer um acordo como esse…

Um acordo que agora envolve Rosalina.

Kel me encara com os olhos vidrados e um sorriso fugaz de derrota.

— Admito a minha traição, mas vamos deixar de rodeios. Você também me traiu.

O ar escapa da minha garganta como uma lufada. Os pensamentos em minha cabeça pululam de lembranças do passado e continuam vindo, atacando-me como flechas que penetram a carne.

— Nunca. Eu nunca…

— Meu exército, Ez — Kel fala em voz baixa. — Você tomou o meu exército e marchou com ele para o Inferior.

— Isso não foi traição… — Eu mesmo ouço a dúvida em minhas palavras.

Porque foi exatamente isso, não foi? *Para o bem dele, foi para o bem dele…*

Ou foi por mim?

Eu soube disso desde o momento em que ele apareceu em Castelárvore implorando por refúgio. Caspian levava o mal no coração. Ele havia enganado Kel, encantado Dayton e Farron, e mantinha todos os reinos sob feitiço e presos pela esperança de um único sorriso.

Mas eu sabia.

Kel nunca acreditou em mim. Nunca *confiou* em mim.

Quando descobri que Caspian sempre tinha sido um espião do Inferior, soube que cabia a mim salvar Keldarion de si mesmo.

Keldarion e eu tínhamos servido como generais, lutamos lado a lado por décadas. Eu estava no Inverno quando soube do plano de Caspian, mas meu exército ainda estava em Primavera. Em contrapartida, os soldados de Kel estavam bem ali. Quando revelei à legião pessoal do Alto Príncipe quais eram as intenções de Caspian, eles aceitaram me ajudar.

O exército de Kel no Inverno era formado por soldados de elite leais a ele, como eu era. Faríamos o que fosse necessário para libertá-lo da possessão de Caspian.

Mais imagens desfilam diante de mim: a infiltração no Inferior, goblins morrendo sob as nossas espadas, a invasão dos aposentos pessoais de Caspian, os objetos que ele roubara dos reinos mais elevados sendo esmagados pelos meus pés.

Kel retornou comigo e com o seu exército, mas a lealdade dele a Caspian não se rompeu.

Pelo menos não até Caspian abrir um buraco no mundo e permitir que todo tipo de escória do Inferior subisse pelo Grande Abismo e marchasse sobre Presagelada.

— Fiz aquilo para protegê-lo — digo com esforço.

Kel meneia a cabeça.

— Eu não precisava da sua proteção, irmão. Precisava da sua confiança.

A raiva incendeia o meu peito. Seguro o pulso de Kel, subo a manga da sua camisa e revelo o bracelete do acordo.

— Veja onde a sua natureza confiante nos colocou. Essa porra de amor valeu a pena?

Kel afasta o braço da minha mão e mostra os dentes.

Preciso encerrar essa história. Preciso parar com isso. Mas a fúria que me consome é ardente, as malditas lembranças são muito nítidas. Alguém tem que sentir a dor que estou sentindo. Aponto para Rosalina atrás de mim.

— Olhe para ela e me diga que Caspian valeu a pena!

Os olhos de Keldarion cintilam e ele abre a boca. Logo em seguida, ele a fecha e dá as costas para mim.

— Um dia você vai entender, Ezryn — sussurra. — Um dia vai entender o que significa se destruir por amor.

A raiva faz a minha vista escurecer; a respiração se torna ofegante. Quando Kel me encara de novo, porém,o resto do mundo ressurge para mim.

Ouço gritos. Muitos gritos. Rosalina está cara a cara com Farron, os olhos queimando de raiva. Farron está em pé, com o cenho franzido e os punhos cerrados. Dayton anda de um lado para o outro perto deles.

— Não entendo como pôde fazer um acordo com Caspian! Não aprendeu nada comigo? Deveria saber o que isso significaria! — grita Farron.

— É exatamente isso! — Rosalina responde no mesmo tom. — Eu sei. *Eu sei*, Farron. Há algo de bom nele. Confie em mim!

Farron se afasta e levanta as mãos, como se desprezasse o comentário.

— É isso que ele faz! Manipula as pessoas. Oferece alguma coisa para elas, conquista a sua confiança e depois a usa contra elas. Foi o que fez com Kel, foi o que fez comigo e vai fazer com você também.

— Você não o conhece como eu — ela retruca com ferocidade.

Farron solta uma gargalhada áspera.

— Escute o que está dizendo! Você o conhece há menos de um ano. Vivemos com ele há *séculos*. Acredite em mim, tudo isso é só um jogo para ele. Caspian vai pegar a sua bondade e transformá-la em uma coisa feia.

Dayton segura os ombros de Rosalina.

— Rosa, sei que você deseja ver o bem nas pessoas, mas Farron está certo. Ele não é só perigoso; é sádico. Para ele, arruinar as pessoas é uma *diversão*. — Os olhos de Dayton brilham. — Não dê a ele essa oportunidade.

Ela empurra Dayton, passando por ele como se fosse só um incômodo. Rosalina vai atrás de Farron e o segura pelo braço.

— Está com medo de novo, Farron. Mas não precisa temer. Eu sei lidar com ele.

— Sabe? — Farron gira sobre os calcanhares e a imobiliza com um olhar flamejante. — Já se esqueceu do que ele fez comigo, Rosa? Com o meu povo? Com a minha história? Ele trouxe um *exército* de goblins ao Outono para matar os meus soldados. Usou a minha fera contra mim mesmo e destruiu os textos antigos do meu reino. — Há raiva e dor na voz de Farron, como jamais ouvi antes. — E Dayton quase morreu por causa dele! Nada disso importa para você?

Rosa recua um passo e seus olhos se enchem de lágrimas.

— É claro que importa.

— E sabe por que ele fez isso? — A voz de Farron treme. — Porque rasguei a porcaria do livro que você deu para ele. Rasguei o livro e, em troca, ele assassinou, saqueou e *destruiu.*

É como se uma luz passasse sobre os olhos de Rosalina.

— Você rasgou o livro? Foi um presente *meu.* Não tinha esse direito!

Farron franze a testa.

— Acha que pode tocar Caspian com a compaixão? Kel pensava a mesma coisa. Olhe para ele agora.

Todos nós olhamos para Keldarion. Seu olhar está encoberto por uma sombra escura. Os ombros tremem, mas ele fica em silêncio.

Rosa abaixa a cabeça, os olhos muito abertos, o peito arfando.

— Ele fere as pessoas porque é ferido por dentro. — Ela aperta o peito sobre o coração. — Eu *sinto* isso, Farron.

Farron abaixa a cabeça.

— Posso ouvir o que está pensando. Ele não é seu predestinado, Rosalina.

O silêncio domina o hall de entrada. *Seu predestinado?* O pensamento me abala. A ideia de que Rosalina possa estar vinculada a alguém com tanta maldade…

Meus dedos clamam por uma lâmina. Liberdade. Ela e Kel precisam se libertar disso…

Olho para ele. De todos nós, Kel saberia…

Ele fita Rosalina e seus olhos brilham como safiras. Sua expressão… é de choque, mas não de incredulidade. Ela o encara de volta, como se encontrasse uma corrente nesse olhar.

— Mas que porra! — Agora é Dayton quem ergue a voz. Ele segura Rosalina pelos ombros e a gira para encará-la. — Não pode ser sério, você não pode pensar que tem um vínculo com ele. Não com Cas. Qualquer um, menos Caspian, porra!

— O que você tem com isso? — Rosalina retruca com um tom baixo, venenoso. — Já tem a sua acólita para fazer os seus colares bonitos e se arrastar atrás de você.

— Isso não é justo, Rosa — Dayton resmunga. — Não é justo, porra, e você sabe disso.

Vejo a dor nos olhos dela.

— Ah, vá chorar no ombro de Wrenley e reclamar da vadia de Castelárvore que é boa o suficiente para uma trepada, mas não o bastante para amar!

A raiva explode no rosto de Dayton.

— Talvez eu vá — ele rosna. — Por que estou perdendo o meu tempo aqui? Você não é minha predestinada, Rosalina.

Ela sufoca um gemido e recua com um passo trôpego. Imediatamente, Dayton arregala os olhos e pisca, aturdido.

O calor aumenta, e o fogo lambe os dedos de Rosalina.

— Saia da minha cabeça, Farron. Não quero ouvir a sua voz!

— Também não quer ouvir a voz de Caspian, mas é o que está acontecendo — grita Farron. — É só esse acordo ridículo de Kel que liga vocês dois.

Rosalina parece chocada por um momento.

— Quietos. Vocês dois — Keldarion ordena em voz baixa, olhando de Farron para Dayton. — Estão com medo. Mas não de Caspian. De Rosalina. Do que ela é capaz de fazer com ele…

— Cale a porra da boca, Kel — Dayton se irrita. — Foi você quem a mandou embora! Não venha fingir agora que sabe o que é melhor.

Kel avança na direção de Dayton, e Rosalina começa a gritar os três nomes. Mas a minha paciência acabou.

— *Chega!*

Eu me coloco entre os quatro. Lentamente, giro com as mãos estendidas, atraindo o olhar de cada um deles.

A raiva está desaparecendo, só restando a tristeza.

— Chega — repito, agora mais baixo. — Somos uma família. Todos nós. E em uma família as pessoas não se voltam umas contra as outras. Encontrem um lugar no castelo e fiquem um pouco sozinhos, todos vocês.

— Respiro fundo. — A noite vai passar. Já enfrentamos muitas outras. Vamos enfrentar esta também. Juntos.

Rosalina me encara por um momento e vejo dentro dela: uma tempestade de Primavera pronta para varrer qualquer débil e frágil. Um olhar assustador e lindo ao mesmo tempo.

Uma rosa coberta de espinhos.

O castelo parece respirar fundo. Ele vai suspirar ou gritar…

Ouvimos um leve farfalhar. Levanto a cabeça e vejo um pássaro de papel voando em nossa direção. Ele desce e paira diante de Rosalina.

Ela o apanha e desdobra o papel, que é uma carta.

Seu rosto perde a cor.

— É de Dom e Billy — Rosa sussurra. — É o meu pai. Ele está doente.

62

Rosalina

Quando eu tinha dezesseis anos, uma terrível tempestade de vento varreu Orca Cove. Todos em Vancouver Island acompanharam as previsões acerca da sua chegada durante semanas. Papai estava fora e eu tive que preparar tudo sozinha. Comprei fardos de água, comida enlatada, lanternas e pilhas. E uma montanha enorme de livros.

Quando a tempestade chegou, fiquei com um medo terrível. Nossa casa inteira tremia com a força da ventania. Galhos de árvore batiam nas vidraças como um hóspede indesejado. Telefonei para o meu pai antes de a energia acabar, mas a ligação caiu na caixa postal, como sempre. Então, tentei falar com Lucas. Implorei para ele ir ficar comigo ou me levar para o Lodge. Ele disse que eu não tinha consideração, pois um galho caído poderia arranhar a pintura da caminhonete que os pais tinham acabado de comprar para ele. Além disso, eu tinha dezesseis anos, precisava parar de agir como criança.

Eu estava com medo. Então, eu me enrolei em um cobertor e me encolhi embaixo da cama, certa de que o chalé desmoronaria ou sairia voando e me levaria junto como Dorothy. Passei a noite assim, ouvindo o telhado ranger e o vento apitar entre as árvores, pensando que a tempestade nunca teria fim.

Quando acordei de manhã, porém, calcei as galochas e saí; tudo estava calmo. Sim, a trilha estava coberta de vegetação e a minha cadeira de jardim tinha ido parar do outro lado da rua, mas o laguinho perto de casa mal ondulava.

Então, avistei a silhueta alta de meu pai se aproximando pelo caminho, carregando uma mochila suja de terra.

— Vim assim que ouvi o seu recado!

— A tempestade já passou — respondi tranquila. Achava estranho que, depois da turbulência da noite anterior, não houvesse nem uma brisa.

Meu pai sorriu com ternura.

— É, a tempestade sempre passa.

A tempestade sempre passa. É como me sinto agora, com a luz da manhã entrando pelas janelas de Castelárvore. Ontem à noite, houve uma tempestade. Trovejamos, ventamos e despejamos a nossa fúria. *Eu* despejei a minha fúria.

Mas, agora, o meu quarto está tão silencioso que quase posso ouvir as flores das cerejeiras caindo no chão. Depois que recebi a carta sobre o meu pai, pedi a todos que me deixassem sozinha. Farron foi para a biblioteca e os outros príncipes se recolheram em seus respectivos quartos.

Meu coração dói por eles, pela tristeza de todas as coisas que dissemos uns aos outros.

Sinto um arrepio e puxo os cobertores até o nariz. Então, vejo o gelo surgindo por baixo da porta.

— Kel? — A porta se abre lentamente e o Príncipe do Inverno aparece na soleira. — Entre. Tudo bem? — pergunto.

— Estou me virando — ele responde ao entrar, e o seu olhar gelado encontra o meu. — Mas você não.

— Eu... eu... — Não consigo dizer mais nada antes de um soluço rasgar o meu peito.

Kel se deita na cama e me agarro a ele quando sinto o seu abraço forte.

Disse a eles que precisava ficar sozinha, mas a solidão só me deixou entorpecida. Kel afaga o meu cabelo enquanto as lágrimas lavam o meu rosto. Não são lágrimas delicadas, mas abundantes, acompanhadas de um soluço feio, barulhento. Eu me encolho em seu peito e agarro a sua camisa, que fica molhada com as minhas lágrimas.

E deixo as palavras expressas por aquela voz profunda e grave penetrarem em mim.

— Seu pai vai ficar bem. Assim que Dom e Billy avisarem que o levaram de volta ao Condado do Cobre, podemos ir visitá-lo.

— Se bem conheço o meu pai, ele provavelmente exagerou em alguma fruta feérica estranha assim — murmuro ao recuperar a voz.

Keldarion ri baixinho.

— Se ele tiver metade da sua força de espírito, vai ficar bem.

— De onde acha que tirei essa força? — respondo e sinto um sorriso relaxar os meus lábios.

Ele abaixa o queixo, e mechas de cabelo branco caem sobre a sua testa.

— Molhei a sua camisa — digo, roçando de leve o tecido molhado de lágrimas.

Ele segura o meu pulso e o leva aos lábios.

— Não se preocupe com isso.

Seu afeto provoca uma emoção confortável em mim, e odeio não saber quanto tempo isso vai durar. Temos tentado manter distância, mas voltamos para cá, para os braços um do outro.

Mas agora conheço a verdade e sei por que ele a escondera de mim. Meus dedos deslizam para o V da sua camisa. A ausência do colar de floco de neve é perturbadora.

— Sira virá atrás de nós?

— Acho que não. Mesmo no Inferior, ela não teria ousado nos matar. Não todos nós — Keldarion responde. — Ela não conseguiria controlar todos os reinos agora. Mas sua intenção é clara. Se os outros não quebrarem a maldição logo, talvez não tenhamos forças para proteger Castelárvore. E agora você entende por que eu não posso quebrar a maldição.

— Não vou dizer que devia ter me contado — sussurro. — Alguns segredos são tão profundos que é como se tivéssemos que rasgar o peito e arrancar o coração para deixá-los emergir.

— Como as cicatrizes no seu braço — Keldarion sugere.

Assinto, e as lágrimas voltam.

— Quando você viu a minha cicatriz pela primeira vez, senti toda a dor de novo, a dor de cada marca que Lucas deixou. Não consigo imaginar como deve ter sido para você, Kel. Sinto muito.

Ele inspira profundamente.

— Não, você devia saber. Eu devia ter contado aos outros anos atrás, mas...

Toco o seu rosto e sinto a aspereza da barba nascendo.

— Estou aqui, se quiser me contar mais sobre isso. Não espero que revele todas as suas verdades, mas, por favor, não minta para mim.

— Um dia eu lhe contarei tudo, tudo sobre Caspian. Eu o amei. Confiei nele e, no fim, isso quase destruiu o meu reino. — Keldarion fecha os olhos. — Nunca menti para você, Rosalina.

Torço o nariz.

— E quando disse que ser o meu predestinado era... O que foi mesmo que disse? Um completo tormento.

Ouço o rugido baixo preso em sua garganta. Ele me puxa para o colo.

— Porque *é* um completo tormento. A mulher mais linda, bondosa e *estranha* é meu amor predestinado, e não posso fazer nada além de olhar para ela.

— Estranha? — repito, batendo em seu nariz.

— Não queria que você fosse de outro jeito.

Nós nos encaramos, e me permito usufruir desse momento tranquilo com ele após o tumulto da noite passada. Finalmente, abro a boca para falar e Kel me silencia com um movimento rápido de cabeça.

— Não diga nada.

— Você nem sabe o que eu ia dizer.

Ele ergue uma sobrancelha escura.

— Ia dizer que eu deveria fazer amor com você para firmar o nosso vínculo e quebrar a maldição, pois você ficaria *bem* no Inferior.

Faço um biquinho e cruzo os braços. Era isso mesmo que eu ia dizer.

— Eu ficaria bem. Já escapei do Inferior duas vezes.

— Sim, mas o acordo não a mandaria para lá como quem você é de verdade. Você seria escravizada por ele, como aquela mulher que apareceu aqui desesperada para me ver. Nunca imaginei esse desfecho horrível, porque nunca imaginei que o acordo seria usado desse jeito.

— Caspian não faria... — começo, mas nem eu posso ter certeza do que o Príncipe dos Espinhos faria, exatamente. Não me machucaria, mas tenho cada vez menos confiança em sua capacidade de se proteger no Inferior. E ele não está disposto a nos ajudar, isso é certo, ou teria desfeito o acordo com Kel há muito tempo.

Mas eles podem desfazer o acordo? Ou a formulação das palavras impede que isso aconteça?

— Caspian deseja que você vá para lá por um motivo — Keldarion diz, como se lesse minha mente. — Ele deseja mantê-la sob o seu controle, como se fosse *dele*. Não posso deixar isso acontecer nunca.

Eu me aproximo de Kel e levo a boca até o seu pescoço.

— Mas não valeria a pena? Uma mulher em troca da salvação de todo o seu reino?

— Não valeria a pena para mim. — Keldarion segura o meu queixo e me obriga a olhar para ele. — Se isso faz de mim um péssimo líder, que assim seja. Mas não há nada que eu não faria por você. Não há nada neste mundo que eu não sacrificaria por você.

Não posso argumentar contra isso, porque sinto a mesma devoção por todos os príncipes de Castelárvore.

— Kel... — pronuncio o seu nome com um tom carregado de necessidade.

Com as suas mãos nos meus cabelos, com o meu rosto a um centímetro dos seus lábios. O hálito quente acaricia a minha face.

— E não há nada que eu não faria por vocês dois — diz uma voz metálica da porta. Lentamente, olhamos em sua direção, sem nos afastarmos. Ezryn está apoiado no batente. — Posso entrar?

Um sorriso se abre nos lábios do meu predestinado.

— Sempre.

63

Rosalina

Minha cama afunda sob o peso da armadura completa de Ezryn. Escorrego de cima de Kel e me aninho entre eles, sentindo uma estranha felicidade borbulhante por estar encurralada. Ezryn inclina a cabeça no capacete e desliza a mão enluvada pelo meu rosto para acariciar com ternura a ponta da minha orelha. Ele olha para Kel.

Nenhum dos dois fala nada, mas sinto uma troca silenciosa.

— Estava dizendo para Rosalina que fico feliz por ela agora saber sobre o acordo — Keldarion diz lentamente. — E você também.

Ezryn faz um ruído, como se o assunto não fosse importante.

— Eu teria ficado ao seu lado, Kel. Sempre estarei ao seu lado. E concordo com a sua decisão. Não pode firmar o seu vínculo predestinado enquanto não encontrarmos um jeito de romper o acordo.

— É claro que você concorda com ele — comento, sarcástica. Ezryn me puxa para perto e me derreto em seus braços, sentindo a dureza do metal da armadura através do tecido fino da minha túnica.

— Que bom que está bem — sussurro. — Fiquei preocupada com você, preso naquele sonho terrível.

— Não foi só um sonho — Ezryn sussurra de volta. — O pólen despertou as lembranças. Mas você já sabia disso, não sabia?

— Sim.

— Então, agora já sabe de duas das nossas maiores vergonhas — diz Ezryn. — Poucas pessoas sabem do que houve de fato no dia em que recebi a Bênção de Primavera, e Kel está entre elas.

Durante todo esse tempo, os dois esconderam uma grande dor.

— Não há vergonha em amar alguém ou querer provar sua devoção. — Deslizo a mão pelo queixo de Kel antes de me virar novamente para Ezryn. — Ez, você pode ter ouvido isso antes, mas vou lhe dizer mais uma vez. Eu o senti naquela memória. Não foi culpa sua. Não entendo a magia necessária para a transmissão de uma Bênção...

— Mas se eu tivesse... — Ezryn meneia a cabeça.

— Não havia nada que você pudesse fazer. Foi um acidente. Não significa que não amasse a sua mãe. A fragilidade com que me abraçou, o cuidado terno com que usa a sua magia agora, tudo isso é prova de seu amor por ela. — Ezryn estremece. Não consigo imaginar o que ele tem passado, como tem sido carregar esse fardo por tanto tempo. — Ezryn, você tem o meu perdão, mas não precisa dele. Só você pode conceder a si mesmo o perdão que procura. — Toco seu capacete e beijo o lugar onde estariam os seus lábios. Sinto na boca o frio do metal.

Ele me segura pela cintura.

— Pétala, não sei se algum dia serei capaz de fazer isso.

A cama se move quando Kel me enlaça com um braço, segurando o antebraço de Ezryn.

— Mas vamos continuar tentando. Cada vez que cairmos, vamos nos levantar de novo.

Ezryn assente.

— Volto para Florendel amanhã. Terei de reabrir o caminho entre a porta principal de Castelárvore e a Fortaleza Jardim do Martelo. Agora que perdemos as insígnias, não vamos mais conseguir usar o espelho para viajar a nenhum lugar no Vale Feérico.

Sei que a perda dos colares é uma coisa terrível, mas a ideia de abrir caminhos entre Castelárvore e os reinos desperta esperança. Já abrimos a via que liga Castelárvore ao Outono. Kel abriu uma rota para o Inverno para seu uso pessoal e agora vamos abrir o corredor para Primavera. Só o Verão permanece fechado.

— Vamos recuperá-los — afirma Keldarion. — Não consigo imaginar o que o Inferior deseja com as insígnias. Só o Alto Governante pode usar a insígnia de seu respectivo reino para viajar a Castelárvore.

Eu também poderia usar a minha rosa de pedra da lua, mas não há Bênção nenhuma em mim.

— Temos que nos manter atentos àquela assassina. Rouxinol — diz Ezryn.

Sinto o corpo gelar quando penso nas mãos dela em meu pescoço.

— Ela é capaz de invocar e controlar espinhos, como Caspian.

— Essa era a fonte daqueles outros espinheiros no bosque — Ezryn deduz. — Eu sabia que havia alguma coisa diferente neles.

— Kel, você me disse que só Caspian podia controlar as sarças. Bem, ela e eu também podemos — comento.

Keldarion balança a cabeça.

— Sua magia é um mistério. O povo do Inferior pode usá-la para o mal, mas prometo que vamos descobrir os seus segredos juntos, Rosalina.

Ezryn olha para nós.

— Assim que eu estiver na Primavera, terei de tomar medidas para garantir a segurança de meu irmão e de meu pai, e livrar o reino daquelas ervas tóxicas. Quem sabe o efeito que elas podem ter tido em outras pessoas? Meu reino foi negligenciado por tempo demais.

Eu me aproximo e me encolho quando penso em sua partida.

Ezryn olha para mim.

— Também vou mandar uma mensagem para o Outono e pedir a transferência do seu pai para Primavera. Temos os melhores curandeiros do reino e eu vou cuidar pessoalmente do tratamento dele.

— Então, eu vou com você — decido.

— Rosalina — Kel interfere.

— Quero ajudar a preparar tudo para a chegada do meu pai e estar ao lado dele durante o tratamento. Kel, você e os outros príncipes precisam restaurar a magia de Castelárvore. Além disso, Astrid e Marigold ainda estão em Primavera.

— A Fortaleza Jardim do Martelo é bem protegida — diz Ezryn. — Estaremos seguros. Você sabe que eu arrancaria o meu coração antes de permitir que algo ruim acontecesse com Rosalina.

— Acho que vocês têm razão — Keldarion reconhece de má vontade.

— Também preciso recuperar a sua espada — digo, lembrando-me de repente desse problema.

— Pensei que ela tivesse ficado no Inferior — Keldarion responde.

— Não, eu a joguei no lago para que ninguém pudesse encontrá-la, mas você precisa pegá-la antes de voltar para o Inverno. É esse o plano, não é?

Ezryn cerra os punhos.

— Ainda pretende transmitir a sua Bênção?

— Não sei — Keldarion revela. — Primeiro, temos que reabastecer a magia de Castelárvore, depois traçar um plano para recuperar os colares. Não vou passar o comando de Castelárvore nesse estado.

Deslizo os dedos pelos dele.

— Pense nisso com muito cuidado, Kel. Você tem que ser o Alto Príncipe do Inverno.

Ele suspira profundamente e beija a minha testa. O sono começa a me dominar, apesar de já ser de manhã.

— Por favor, fiquem — murmuro. — Vocês dois.

64
Keldarion

— Pode dormir tranquilo — diz Ezryn. — Eu fico vigiando.

A sonolência ameaça a minha consciência, mas resisto a ela.

— Não quero perder nenhum momento disso.

Rosalina está deitada entre nós. Sua cabeça descansa sobre o braço de Ezryn, as costas coladas em meu peito. Ela dorme profundamente, e às vezes o corpo se move sutilmente com os sonhos. Deitar-me aqui com o meu amor predestinado e o meu melhor amigo, com a luz do dia entrando pelas cortinas, é uma experiência relaxante. Como não tenho há eras. Quando foi a última vez que me permiti cochilar a manhã inteira?

— Pensei que estivesse dormindo — digo para ele.

— Não — responde Ezryn.

Rio baixinho.

— Eu devia saber. Seu corpo todo tilintaria com os roncos.

Ezryn ri baixo, e sou pego de surpresa pela tristeza amarga de não me lembrar de quando foi a última vez que rimos juntos.

Ele olha para mim, e a posição do capacete me informa de que o assunto é sério.

— Sei por que não me contou sobre o acordo com Caspian.

— Fiquei com vergonha.

— Mais vergonha do que senti pelo que fiz na minha Bênção? Seus pais… *você*, Kel… Só consegui contar para vocês. Sua família me protegeu de mim mesmo. Vergonha nunca foi uma barreira entre nós.

— Ez…

— Depois que você desafiou o seu pai e eles baniram Caspian, implorei para que não fosse atrás dele, mas você me contou em segredo que iria para o Jardim Cripta de qualquer maneira. Só mais tarde descobri a verdade por trás dos planos dele e que ele havia trabalhado a serviço do Inferior o tempo todo. Um dos próprios comandados de Caspian o traiu e me contou sobre as suas verdadeiras intenções. Quando você não voltou do Inferior, fui forçado a organizar um resgate com o seu exército. O exército que você disse a Caspian que tinha atendido ao seu chamado.

— Se descobrisse que era você no comando, ele o teria matado.

— Ele tentou matar *você*.

— Eu sabia que poderia sobreviver àquilo. — Massageio o pulso, sem saber se sobrevivi de verdade.

— Aquele foi o último segredo que você me contou.

Engulo em seco. Ele não está errado.

— Não me falou sobre o acordo com Caspian nem quando o seu amor predestinado passou pelas portas deste castelo. — Ele deixa escapar um longo suspiro. — Mentiu para ele por mim, Kel, mas nunca me perdoou.

Fico em silêncio, porque ele diz a verdade.

— Apesar de eu ter provado muitas vezes que estava certo, você não me perdoa.

Não tenho o que dizer, porque isso também é verdade. Muitas vezes me perguntei o que teria acontecido se Ezryn não tivesse me seguido ao Inferior naquele dia fatídico, se não tivesse atacado criaturas queridas por Caspian. Se eu não tivesse assumido a culpa por tudo aquilo... as coisas teriam sido diferentes?

Não, seu idiota, me corrijo. É claro que não. Já tínhamos feito o acordo e, segundo Sira, isso também tinha sido mais um dos planos dele. Talvez isso doa mais do que a traição posterior. Sempre culpei Ezryn, sempre acreditei que as suas atitudes tinham feito Caspian mudar de lado e me trair.

Mas, como disse o Príncipe dos Espinhos quando me deixou na encosta daquela montanha, ele planejava trair-me desde o momento em que bateu na porta de Castelárvore procurando refúgio.

— Estou arruinado, Ez. Você sabe disso.

O Príncipe da Primavera segura o meu pulso, expondo o bracelete torcido e congelado.

— O acordo estabelece que ele se encerraria por si se não houvesse mais amor entre vocês. — Ele fala baixo para não acordar Rosalina, mas as palavras ainda cortam como faca. — É evidente que o Príncipe dos Espinhos não nutre amor algum por você. Então, me diga, por que não consegue esquecê-lo? Por Rosalina. Pelo seu povo.

— Queria ter esse poder, Ez. Passei longas noites pensando em tudo que há de ruim em Caspain, e a lista é assustadora. Olho com raiva para este bracelete, mas ele continua aqui.

Ezryn solta um palavrão e larga o meu braço com um movimento brusco. Rosalina se mexe e se aninha contra a armadura de Ezryn, apesar da rigidez do metal. Sua bunda e as pernas longas encostam em mim, como se ela estivesse decidida a manter o contato com nós dois ao mesmo tempo.

— Ela gosta muito de você — digo.

Ezryn passa a mão enluvada no cabelo castanho de Rosa.

— E eu, dela.

— Nunca pensei que fosse do tipo que compartilha amantes, mas é uma grande alegria ver o prazer que ela encontra na companhia de todos vocês. E é uma grande satisfação saber que a protegem.

— Ou ela nos protege — Ezryn resmunga.

— Isso parece mais real a cada dia. — Passo a mão na testa dela com delicadeza. — Você nos salvou muitas vezes, minha Rosa.

Ela dá um sorrisinho, depois começa a puxar as roupas sem acordar.

— Garota boba, dormiu com essa túnica pesada — diz Ezryn.

— Deve estar desconfortável. — Meu irmão e eu nos entreolhamos e nos movemos ao mesmo tempo. Pensar em tirar a roupa de Rosalina incendeia o meu corpo.

Ezryn desamarra com cuidado a faixa em torno da cintura dela. Rosa se vira para colaborar, murmurando um "obrigada" sonolento.

— Há quanto tempo está acordada? — pergunta Ezryn.

— Não muito — ela murmura, sem abrir os olhos. — Só cochilando. Isso é quente demais.

— É claro. Precisa de mais alguma coisa? — pergunto, após tirar a sua túnica e jogá-la para longe, deixando-a só com a fina combinação cor-de-rosa.

— Obrigada — ela sussurra, virando-se de um jeito dramático para encontrar uma posição confortável, antes de decidir apoiar a cabeça no meu peito e colar o quadril no corpo de Ezryn.

— Quando penso que não pode ficar mais fofa, ela faz coisas assim — resmungo.

— Duvido que o objetivo dela neste momento seja parecer fofa — Ezryn opina.

Ele puxa o cobertor até o quadril de Rosalina para revelar a combinação levantada até a linha da cintura, a coxa branca enroscada na perna de Ezryn. Quando ele desliza a mão por sua pele clara, Rosa se arrepia... e cola o peito ao meu.

E entendo perfeitamente o que ele quer dizer.

— Eu já contei sobre a vez que ela se sentou no meu colo e quase gozou na minha coxa? — Ezryn sussurra.

Rosalina abre os olhos.

— Não! Isso é muito constrangedor!

— Embaraçoso o suficiente para não fazer de novo?

Ela ri, e ele a puxa para cima da própria perna. De olhos fechados, Rosa começa a se contorcer em cima dele. Meu coração dispara quando os vejo se mover ao mesmo tempo. Como ele parece sintonizado com o que ela deseja.

— Da última vez, essa barreira não existia. — Ezryn desliza um dedo para baixo da calcinha dela.

Rosalina abre as pernas sobre a coxa na armadura.

— Tira. Tira! — E ela abre os olhos. — Se você não se importar, Kel.

— Olha para o rosto da sua predestinada enquanto ela goza — diz Ezryn. Não é uma sugestão, mas uma ordem. E vai ser um prazer obedecer.

— Vi o seu rosto desse jeito só uma vez, e foi simplesmente lindo — digo. — Não pode me tocar, Rosalina.

— Eu sei, Kel — ela assente com tristeza.

— Então, estamos de acordo — Ezryn conclui. Com eficiência e agilidade, ele remove as luvas e despe Rosalina.

— Cacete — resmungo. Quando o vejo tocá-la, não consigo me conter e seguro o meu pau embaixo das cobertas.

Ver os dois juntos é incrível. Rosalina completamente nua, a pele rosada contra o metal prateado, cada parte dela um espetáculo de maciez: as curvas deliciosas, os seios fartos, tudo espremido contra o duro e imponente Príncipe da Primavera.

A mão grande captura um seio e o massageia. Ela grita e se esfrega nele.

Afago o meu pau e sinto que posso me desmanchar em prazer a qualquer momento.

— Mostre, Kel — Rosalina arfa. — Quero ver.

Jogo o cobertor para longe do meu corpo quente. A camisa levantada deixa o peito exposto. Abaixo as calças até o joelho e acaricio o meu mastro ereto.

— Porra — Rosalina exclama. — Que belo caralho.

— Às vezes, você é bem boca suja — Ezryn comenta, enfiando um dedo entre os lábios dela.

— Mas você tem que concordar — Rosalina murmura, salivando enquanto chupa o dedo de Ezryn. — Ele tem um *lindo* caralho.

Ezryn vira o capacete para mim.

— É verdade. — Ele desliza uma das mãos pelo ventre dela até encontrar o clitóris. — E um dia esse belo caralho vai entrar em você. Vai gostar disso?

Ela sussurra alguma coisa, fecha os olhos e se esfrega com mais vigor na perna dele, agarrando os braços musculoso.

— Sim. Vocês dois.

Ele ri.

— Talvez.

Pensar em ter Rosalina de verdade, em dividi-la com o meu irmão, quase me joga do precipício. E sei que não posso tocá-la, mas consigo senti-la — as ondas de prazer cada vez mais intensas.

— Kel... — ela geme, sentindo a minha urgência e abrindo os olhos. — Em cima de mim. Em cima de nós.

Ranjo os dentes, movendo a mão mais depressa e mudando de posição. Com um rugido, explodo de prazer e deixo o meu pau jorrar em cima dela.

Rosalina grita e se contorce, enquanto a mão de Ezryn desenha círculos em seu clitóris. O prazer de Rosa explode. Ela agarra a armadura em busca de apoio e eu a vejo suspirar em êxtase antes de cair lânguida nos braços dele.

— Magnífico — digo. — Vocês dois.

Depois de nos limparmos, fazemos uma refeição que é uma espécie de jantar antes da hora, e Rosalina praticamente dorme em cima da mesa. Sinto o seu cansaço por meio do vínculo; usar tanta magia a esgotou. Não sei onde estão Farron e Dayton, mas minha conexão com Farron informa que ele está bem. Contente, até. Devem estar juntos.

Quando terminamos de comer, Ezryn pega Rosalina nos braços.

— Ela vai dormir no meu quarto hoje — decido, porque não quero me separar dela, sabendo que vai partir para a Primavera na manhã seguinte.

Ezryn assente e seguimos pelos corredores para a Ala Invernal.

— Diga-me que não fomos só nós dois que aproveitamos aquilo. — Bato com o ombro no dele.

Ezryn ri e entrega Rosalina para mim.

— Há carne e osso embaixo desta armadura. Não é fácil resistir a ela.

Eu apoio uma mão em seu ombro e digo:

— Sempre confiei a minha vida a você, mas agora confio o meu coração também. Você vai cuidar da segurança dela no Reino da Primavera.

Ezryn assente.

— É quase noite. Tenho de verificar a Sarça antes de partir amanhã.

Não retiro a minha mão.

— Fique com a gente.

Ele olha para Rosa, que se aninha em meus braços.

— Você continua a ser um homem à noite, mas o toque dela não vai impedir a minha transformação.

— E que importância tem isso? A cama é grande o bastante para nós todos. — O silêncio dele me faz insistir. — Se eu tivesse direito a um pedido, pediria às estrelas que você fosse predestinado dela também.

Ele ri, como se a ideia fosse ridícula.

— Por favor, Kel. Pensei que a gente tivesse desistido de fazer pedidos para as estrelas quando éramos crianças. — Ezryn começa a descer a escadaria principal e para. — Kel, sabe o acordo que você fez? Ele fala em ceder ao próprio prazer, mas não menciona saciar o prazer de alguém.

— Como assim?

— Observei Caspian na festa. O acordo não faz referência ao prazer de um amante... se você achar que consegue se conter.

— Posso tocá-la.

Ele assente só uma vez, antes de continuar descendo a escada.

65

Dayton

Sinto como se até o castelo andasse na ponta dos pés. Não só os funcionários se esconderam, mas os fragmentos de magia espalhados pelas alas — uma brisa que agita as folhas no corredor ou o cheiro de alguma fogueira que não existe — também parecem ter sumido.

Castelárvore está decepcionado conosco.

E não posso condenar o castelo por isso.

Mas eu sou um idiota que não gosta de desistir de nada, por isso, agora atravesso a passagem coberta de folhas rumo à biblioteca. Ainda no corredor, ouço a voz dele.

— Inútil! Burro, burro! Argh! — Ouço um estrondo e inspiro profundamente antes de empurrar a porta dupla.

Farron está debruçado sobre uma das mesas, com papéis e livros espalhados ao seu redor, o cabelo grudado na testa, os olhos transtornados, as roupas amarrotadas.

Ele nem levanta a cabeça quando me aproximo da mesa.

— O que é tudo isso? — murmuro. Os livros abertos tratam de diversos assuntos, desde botânica até fábulas e cultura humana.

— Não é nada! — grita Farron, arremessando um livro para o outro lado da sala. Ele enterra os dedos nos cabelos. — Tudo isso é uma merda inútil. Sou o Alto Príncipe do Outono e não consigo entender nada.

— O que está fazendo? — pergunto em um tom tranquilo, mas firme.

— Tudo! Nada! — Ele esfrega o rosto. — Estou pesquisando remédios para George. E sobre vínculos predestinados para quebrar a sua maldição e a de Ez. E estou tentando descobrir como tirar o desgraçado do Caspian de perto de Rosalina, antes que ele faça alguma coisa…

— Fare… — Eu o seguro pelos ombros. — É muita coisa até para você. Vamos dar um passo de cada vez. Juntos. Sei que Ez, Kel e eu não temos sido exemplares nos últimos vinte e cinco anos, mas agora estamos nisso com você.

Farron fecha os olhos.

— Alguma coisa terrível vai acontecer. Eu sinto.

— Respire. George está com a sua família. Eles vão cuidar dele. Ez e eu? Vamos ficar bem. Prometo. Quanto a Caspian… Ele nos salvou. Não parece querer fazer mal a Rosa.

Vejo a derrota estampada no rosto de Farron. Ele balança a cabeça e se afasta de mim.

— Não viu o modo como ele olhou para ela? Exatamente como costumava olhar para Kel.

— Sim, mas Rosa é muito mais esperta do que Kel.

— Não importa. — Farron segura a beirada da mesa e seus dedos perdem a cor. O corpo treme. — Você não entende o que vimos, Day. Caspian escondeu a sua força de nós durante todos esses anos. Ele *controla* a Chama Verde. Ele não é como os goblins nem como o vizir faminto por poder. Se quer alguma coisa, pode pegar. — Farron me encara com os olhos brilhantes bem abertos. — Sabemos que ele a deseja. É só uma questão de tempo.

— Não vou deixar acontecer — rosno.

— Não pode impedi-lo! — Farron grita. — O que vai fazer, Day? Você não quebrou nem a sua maldição. E, quando o fizer, Rosa não será mais importante para você. *Eu* não serei mais importante para você.

Salto para a frente e abraço Farron com força.

— Escute, e escute com atenção, Bichinho. Você é meu, eu sou seu e ela é nossa, até que um de vocês diga o contrário ou me obrigue a me afastar. — Farron respira fundo, e seu corpo treme contra o meu. Mantenho os braços em torno dele como uma cinta. — Sei que nem sempre fui bom para você, Fare. Tratei o seu amor como algo trivial, garantido. Não foi certo, e sou um filho da mãe por fazer isso com você. Mas tudo mudou quando Rosalina passou por aquelas malditas portas. Ela me ensinou que há coisas pelas quais vale a pena lutar. E não há vínculo predestinado, nem maldição, nem mesmo o próprio Caspian que me impeça de lutar por vocês.

A voz de Farron é um sopro trêmulo.

— Eu lutaria contra tudo, contra o cosmos, contra os meandros da minha vida, se pudesse vinculá-lo a nós.

Eu o giro e afasto os cabelos de sua testa.

— Sei disso. Mas até o brilhante Príncipe do Outono tem os seus limites. — Beijo-o de leve nos lábios. — Então, apenas me ame, em vez de lutar contra isso tudo.

Alguma coisa se transforma nos olhos de Farron, dourados e predadores. Ele se afasta de mim e empurra os papéis de cima da mesa. As folhas caem no chão com um barulho alto. Depois, ele me segura pelos ombros e me empurra para cima da superfície de mogno.

— Vou fazer mais do que te amar, Daytonales — ele diz. — Vou possuí-lo.

66

Farron

De algum jeito, conseguimos chegar aos meus aposentos, deixando uma trilha de roupas pelo caminho. Todo o resto se perde em beijos febris, mãos no cabelo e o pulsar do meu coração.

Dayton fecha a porta do quarto com o pé, pois as mãos estão em meu rosto, meu pescoço, meu peito. O cômodo é iluminado por globos luminosos alaranjados posicionados nos cantos e projetam um brilho suave por todo o espaço. A luz do sol, que se põe lá fora, é escondida por cortinas pesadas.

A essa altura, nós dois perdemos todas as roupas. Passo a mão por sua pele colorida de sol, apreciando a rede de cicatrizes em seu peito, que só o deixam mais bonito.

A cama está muito longe, por isso caímos sobre a grande poltrona ao lado da estante de livros. Rosa e eu passamos várias noites aninhados nela, esquecendo-nos do resto do mundo.

E é isto que eu quero fazer agora — esquecer-me de todas as coisas que atormentam a minha mente, que roubam a minha alegria e a substituem pelo medo.

Não vou deixar isso acontecer esta noite. Dayton não vai deixar.

Ele desaba na poltrona, com os braços abertos sobre o encosto e as pernas afastadas. Ele sorri para mim como um rei. Seu pau ereto lateja triunfante.

Um grunhido sobe à minha garganta e grudo o corpo ao dele, unindo os nossos pênis. Sua pele, salgada e doce ao mesmo tempo, é tão viciante quanto uma droga, e mordo de leve seu pescoço.

Ele ri e me puxa pelo cabelo para roubar um beijo.

— Diga-me o que deseja, Bichinho — murmura quando finalmente nos afastamos.

— Quero você de um jeito que ninguém já teve antes — sussurro.

Os olhos dele brilham.

— Quero lhe dar isso.

A euforia invade o meu peito e um sorriso sincero se espalha em meu rosto.

— Isso... Isso é segurança. Isso é estar em casa.

— Vamos devagar, ok? — diz Dayton. — Quero aproveitar cada segundo desta noite.

Caímos juntos na poltrona, eu sobre o peito dele, e vamos bem devagar. Beijos profundos e demorados. Mãos sentindo pele como se fosse a primeira vez. Sua ereção pressionando o meu ventre, explosões efervescentes de antecipação nervosa dentro de mim. Embora seja Dayton. O meu Day.

Mudamos de posição e nos deitamos na poltrona, abraçados. Sentindo a necessidade de ficar ainda mais perto, passo uma perna sobre a dele. Consigo visualizar em pensamento enquanto nos beijamos: a areia e o mar, longos dias no Reino do Verão, aquele sorriso arrogante que se tornou muito sério quando lhe mostrei uma parte tão grande do meu coração. *Eu sabia*, penso. Éramos como aquele período especial da virada do verão para o outono, quando o colorido das folhas se torna tão vibrante quanto o sol radiante, antes de elas caírem das árvores.

Como acabamos aqui? Um castelo amaldiçoado, nossos reinos em desarranjo, um demônio à espreita em nossa soleira.

Mesmo assim... eu trocaria isso por outra coisa? Foi o que o trouxe de novo para mim. Foi o que me trouxe Rosa.

— Não importa para você? — ele pergunta.

Olho para ele. Seus olhos azuis vibram como o mar ondulando antes de uma tempestade. Há muita emoção em ebulição sob a superfície. Toco seu rosto com o dorso dos dedos.

— O que não importa, Day?

— Que Rosa e eu não sejamos predestinados. Ela ficou... desapontada, acho. Mas você não disse nada.

— Quem disse que vocês não são predestinados?

Ele ri, mas é uma risada sem humor.

— Se houvesse algum vínculo ali, ele já teria despertado. Ainda mais depois de tudo por que passamos. Ainda mais considerando como eu... — A voz dele treme. — Como eu a amo.

Eu me sento e olho para o homem embaixo de mim. Há um ano, eu talvez pensasse que ele é um estranho. Fisicamente, ainda é o mesmo, com os longos cabelos dourados esparramados em torno do rosto esculpido, os músculos definidos no peito e os lábios carnudos. Mas a vulnerabilidade entalhada em seus traços, as palavras de amor proferidas com tanta facilidade... Tudo isso é novo.

Não! Eu o reconheceria em qualquer lugar. Sempre soube que essa versão de Dayton vivia dentro dele, embora ele só tenha mostrado lampejos dela ao longo de todos esses anos.

— Não, Daytonales. Eu não me importo.

Ele balança a cabeça.

— Por que não?

— Porque isso é algo que realmente posso comprovar. Quando fazemos amor, quando fazemos amor com Rosa, quando ela fala sobre estar com você. Tudo isso é diferente de qualquer coisa que já experimentei antes. É como algo encantado, dourado.

Dayton não diz nada, mas lágrimas cintilantes inundam os seus olhos.

— Você sempre foi meu. Meu para conquistar. Meu para amar. Meu para perder. — Eu o beijo com suavidade. — E não vou deixar isso acontecer. Nunca vou te perder.

— Fare, não podemos controlar o destino das estrelas.

— Quem disse? — respondo. — No fundo do meu coração, em tudo que sou, sei que o seu lugar é comigo e Rosa. E, juro, espero que as estrelas estejam olhando, porque estou prestes a mostrar a elas o quanto isso é verdade.

Ele me puxa para um beijo devastador.

— Finalmente, algo que eu sei fazer.

Dayton segura o meu pau e desliza o polegar da ponta até a base. Depois, ele se endireita e me puxa para si.

Respiro fundo e imito a posição que ele assumira antes, com os braços abertos e as pernas afastadas. Ele se ajoelha na minha frente. Eu me lembro da lenda das sereias que emergem do oceano, prontas para seduzir os marinheiros.

Eu desceria com alegria até o fundo desse mar.

— Ah, Day — falo com a voz rouca, um tom que soa estranho até para mim mesmo.

Dayton me engole inteiro sem desviar os olhos dos meus. Gemendo, seguro o encosto da poltrona. O êxtase se espalha em ondas a partir do meu ventre.

Ele recua, e espero ver aquela expressão vaidosa em seu rosto, mas enxergo algo mais ali.

Devoção.

Bem devagar, ele lambe a cabeça do meu pau; circunda a ponta perolada com a língua e geme. Fecho os olhos, incapaz de suportar a beleza da imagem.

— Mais fundo — resmungo e sinto a sua boca se distender em um sorriso. — Bom menino.

Meu corpo se incendeia quando ele me leva até a garganta. Seguro o seu cabelo e balanço o quadril. Sua boca é uma delícia;seria fácil perder-me nela.

— Espere. — Empurro-o pela testa, tentando não encher a sua boca acidentalmente.

Agora, o sorriso arrogante está de volta. Ele aperta as minhas bolas e as sacode de um jeito brincalhão.

— Os lábios do Príncipe de Verão são demais para você?

Seguro o seu queixo e o puxo para cima, até ficarmos frente a frente.

— Sim. E estou guardando até a última gota de porra para a sua bunda.

O rosto de Dayton é invadido por uma onda de cor.

— Sim, senhor — ele ronrona.

— Vá buscar o óleo. Você sabe onde está.

Massageio o meu pau lentamente, enquanto Dayton se levanta e caminha até a mesinha de cabeceira. A visão de seu traseiro redondo é absolutamente maravilhosa.

Quando ele volta, eu me ajoelho na ponta da poltrona.

— Deite-se na minha frente — ordeno. Não sei bem de onde veio esse sujeito mandão que dá ordens com tanta tranquilidade ao Príncipe do Verão, mas gosto dele.

E Dayton também. Ele morde o lábio e segura as bolas perto do pau enorme, depois se deita na minha frente, olhando para cima. É como uma pedra de mármore, a qual mal posso esperar para começar a esculpir.

Mergulho dois dedos no frasco de lubrificante e afasto gentilmente as pernas de Dayton, revelando seu pau glorioso e a entrada.

— Vamos com calma. Você manda. Se achar que é demais, é só falar, e nós paramos — aviso.

Dayton arqueia uma sobrancelha.

— Eu sou o gladiador do Coliseu do Sol. Posso lidar com qualquer coisa que me der, Bichinho.

— Veremos. — Sorrio para ele. Meus dedos escorregadios desenham círculos em torno de sua entrada e ele geme. Depois, arrebita o quadril e procura a minha mão, querendo mais.

— Devagar — eu digo. — Vamos fazer tudo devagar, lembra?

O sorriso dele é como o sol.

— Nunca pude me controlar perto de você, Fare.

Sorrio de volta, mas não é verdade. Ele sempre se controlou muito bem comigo. Como em todas as noites em que foi embora para dormir sozinho, todas as vezes que manteve os seus sentimentos escondidos.

Mas, agora, está me dando toda a sua confiança.

Meus dedos começam a entrar e sair dele lentamente.

— Que delícia, Day.

Ele geme, arqueando as costas e acariciando o membro ereto algumas vezes. A imagem faz o meu pau pulsar de necessidade.

Introduzo um dedo mais fundo, para que o seu corpo se habitue à sensação de preenchimento.

— Tudo bem?

— Mais — ele murmura. — Quero mais de você.

Respiro fundo e introduzo outro dedo. Porra, ele é lindo. Um gladiador com os meus dedos na sua bunda, à minha mercê. Seus olhos brilham provocantes. Começo a mover a mão em um padrão repetitivo, entrando e saindo, entrando e saindo.

— Isso, Fare, isso. Fode.

Seguro o seu pau com a outra mão e estimulo simultaneamente pênis e ânus.

— Está gostando? — pergunto com voz rouca.

Ele contorce o corpo contra as minhas mãos.

— Você nem imagina quanto.

— Imagino, na verdade. — Dou risada.

Ele se apoia sobre os cotovelos.

— Preciso de você agora, Fare. Me fode. — Ele sorri. — Não... Faça amor comigo.

Mal consigo respirar, meu coração quase pula do peito. Removo os dedos e me debruço sobre ele, capturando a sua boca com um beijo. Depois, posiciono o membro em sua entrada.

— Pronto?

— Totalmente pronto — ele responde e parece que se refere a muito mais do que só este momento.

Centímetro por centímetro, penetro Dayton. Seu corpo parece ter sido feito para o meu pau, tão apertado que cada movimento me faz tremer de prazer.

Dayton segura o meu quadril e me puxa para perto, para que eu entre mais fundo. Meu nome é um gemido submisso em seus lábios.

Quando entro completamente no seu corpo, nós nos encaramos.

— E então? — sussurro.

— Já falei — ele diz. — Sou seu.

E é assim que o possuo. Nossos corpos se movem como uma entidade única, em uma cadência tão perfeita que é como se tivéssemos feito isso milhares de vezes antes. E, todavia, meu coração canta para celebrar essa experiência como se fosse a primeira vez. Algo que Dayton deu só para mim.

— Está gostando? — pergunto, entre gemidos e gritos sufocados.

— Você tem o pau de um deus — ele murmura. — Adoro me sentir preenchido por esse pinto divino.

O elogio me faz foder com mais intensidade. Apoio a sua perna sobre o meu ombro, revelando uma parte da nádega redonda. Dou um tapa nela. Dayton responde com um som que é meio gemido, meio risada; depois, segura o meu quadril e me puxa para ir mais fundo dentro dele. Nós dois gritamos.

Com um rugido, ele gira os nossos corpos e me deita de costas na poltrona. Agora, ele está por cima. Com um olhar faminto, escorrega no meu pau e me leva mais fundo do que jamais estive. Minha mente fica turva, dominada por nuvens de tensão e euforia.

— Essa bunda é sua — Dayton diz com voz grave. — Eu a dou inteira para você. Veja o seu pau me invadindo.

Ele se levanta até deixar à mostra a ponta brilhante do meu membro; depois, desce de volta bem devagar. Seu túnel quente me devora por inteiro, engolindo até as bolas, e sinto meus olhos revirarem nas órbitas.

Dayton segura o próprio pau e o massageia.

— Você é demais, Fare. Não vou aguentar por muito mais tempo.

Deslizo a mão pelo seu peito e digo em tom suplicante:

— Goza comigo.

— Onde?

— Em cima de mim — sussurro.

Um brilho feroz ilumina os seus olhos.

— Pronto para encher o meu rabo, Bichinho? Quero a sua porra pingando de mim. Não economize.

— É tudo para você.

Ele fecha os olhos e sorri. Depois, move-se como alguém dominado pela loucura: sua bunda sobe e desce no meu pau, como se receber a minha porra fosse sua única missão no mundo.

E, neste momento, talvez seja.

Suas pregas quentes esfregando o meu pau finalmente me levam ao êxtase. Eu grito:

— Goza comigo!

Então, eu me perco completamente. O alívio jorra de mim e o meu pau se contrai. O rabo de Dayton me aperta e ele geme. O esperma que esguicha do seu pau escorre no meu peito.

O orgasmo se prolonga por mais um momento. Dayton desaba sobre a poltrona ao meu lado, com um braço em cima da minha barriga.

— Devíamos ter feito isso há muito tempo — ele murmura.

Brinco com uma mecha de cabelo dele.

— Você não estava pronto.

Seu olhar encontra o meu e ele sorri.

— Agora estou.

De novo, tenho a sensação de que ele se refere a muito mais.

Nós nos limpamos sem pressa. Quando saio do banheiro da minha suíte, vestido com um robe felpudo, não sei se Dayton ainda está no quarto.

Mas ele está me esperando na cama com o cabelo molhado e aquele mesmo sorriso no rosto. Não o arrogante, o outro. O sorriso de devoção.

E eu percebo… que não me surpreende que ele ainda esteja ali.

Eu sabia.

— É quase noite — ele diz.

Tiro o roupão e sinto a descarga de magia, aquela que agora reside permanentemente dentro de mim. Aquela que me guia e protege. Meu corpo se transforma até eu estar de quatro, agora na forma do lobo do Outono.

— Eu sei.

Dayton fica em pé. Seu corpo estremece. Os olhos azuis permanecem, mas todo o resto se transforma no lobo dourado do Verão.

Eu me aproximo e afago o seu focinho com o meu.

— Você vai embora?

— Não. — Ele se deita, mas os olhos continuam em mim. — Conheci duas pessoas que me ensinaram a parar de fugir de tudo.

Eu me acomodo ao lado dele.

— Devem ser pessoas ótimas.

— São. — A voz dele sai baixa, sonolenta. — Na verdade, são as melhores pessoas que eu conheço.

E, quando vejo que Dayton pegou no sono, torço para que ele saiba: *penso a mesma coisa sobre ele.*

67

Rosalina

Braços fortes me cercam, e sou atingida pelo cheiro de Keldarion. Eu me encolho em seu abraço.

— Até lhe daria mais espaço, mas então você estaria ao lado de uma coisa muito mais peluda — Keldarion comenta.

— Você já é bem peludo. — Passo a mão nos pelos do seu peito. Ele está sem camisa, veste apenas uma calça larga de pijama, e percebo que a sua camisa na verdade está em mim. Devo ter apagado depois do jantar.

— Que horas são?

— Ainda é noite. Volte a dormir.

Olho por cima do seu corpo enorme e vejo o brilho do luar dançando na janela. Kel resmunga:

— Isso é o que acontece quando se dorme o dia inteiro. Você acorda no meio da noite.

Sorrio, acanhada.

— Tudo bem. Estou feliz por estar aqui com você.

Ele beija o topo da minha cabeça antes de me abraçar com mais força.

— Kel? — sussurro. — Do que Ezryn estava falando quando disse que conduziu o seu exército para o Inferior?

Kel deixa escapar um grunhido baixo e se deita de costas.

— Você ouviu?

Deito metade do corpo sobre o dele e apoio o rosto em seu peito.

— Sim, mas não precisa me falar nada.

— Talvez precise, considerando que você não consegue dormir.

— Quero saber.

Ele respira fundo, depois começa a falar:

— Eu sempre soube do Príncipe dos Espinhos. O filho de Sira que podia controlar sombras e espinhos. O nome dele era sussurrado entre nós.

Às vezes, nós o víamos de longe. Até o encontrei quando era criança. Mas só o conheci de verdade no Festival do Eclipse do Arco-Íris em Castelárvore.

Eu me aconchego nos braços do meu predestinado enquanto ele conta a história, ardendo de curiosidade e cheia de perguntas, mas deixando que ele decida o que esconder e o que revelar. O que for melhor para ele.

— Caspian foi a Castelárvore em busca de refúgio, dizendo que quase não havia conseguido escapar do Inferior. Ninguém confiava nele. Meu pai o fez prisioneiro e o jogou nas masmorras da nossa fortaleza — diz Kel. — No entanto, eu, em toda a minha perfeita sabedoria, imaginei que aquela seria uma grande oportunidade. Meus pais haviam passado décadas guerreando com o Inferior. Até comandaram uma missão perigosa nas profundezas para recuperar um grande poder que diziam ter vindo do próprio Superior.

— Um grande poder? — sussurro.

— Uma flor celestial que só podia ser colhida nos Jardins de Tílias. Sira a usava para criar os goblins. Meus pais pensaram que, se a recuperassem, o exército de Sira definharia. Durante a operação, no entanto, a flor celestial se perdeu para ambos os domínios: o da superfície e o do Inferior. Nossas forças procuraram a flor durante muito tempo, e a minha mente ambiciosa deduziu imediatamente que Caspian era a ferramenta perfeita. Com o seu conhecimento do Inferior e da magia profunda, ele poderia me ajudar a encontrar esse grande poder. E ele era meu prisioneiro. Fui muito tolo.

Seguro as mãos de Kel enquanto ele conta que Cas cooperou com o Reino do Inverno durante o planejamento de uma expedição às mais recônditas profundezas do Inferior para recuperar a flor misteriosa. Ao longo desse período, os dois se aproximaram. E, com o tempo, Caspian conquistou a amizade dos outros príncipes também.

— Foi então que Cas e Ez desenvolveram a sua rivalidade nos jogos de tabuleiro? — pergunto sorrindo.

— Sim… — Kel baixa a voz. — E eu fiquei noivo nessa época. Meus pais queriam que eu me casasse antes de receber o manto de Alto Príncipe.

— Conheci Tilla. Ela trabalha na Forja Fortaleza do Dragão. E me deu um bracelete de aço Primavera.

Kel arqueia uma sobrancelha escura.

— Você seria capaz de convencer um bardo a lhe dar a flauta, usando esse charme.

— Eu não usei charme algum. Ela me falou que não acha que você a tenha amado algum dia.

— Nunca a amei. Mas o dia do casamento chegou com a velocidade de um tsunâmi. Eu me vi ali, parado diante dela, e, por algum motivo, me dei conta de que me comprometer com aquilo seria errado. Completamente errado. E fugi. Na frente do reino inteiro, eu fugi. Cas me ajudou a escapar. Usou os seus espinhos e nos levou até a fronteira do Reino do Inverno. E foi lá que brigamos. Não me lembro de como começou, só sei que ele estava sempre me levando ao limite da paciência, e toda a raiva que eu sentia por causa do casamento e da nossa missão explodiu. Gritamos tanto um com o outro que achei que derrubaríamos a neve das montanhas. Mas, de repente, não estávamos mais brigando. Eu beijava a boca de Caspian, e não lembro por quê, mas fui eu quem tomou a iniciativa. Talvez tenha sido o único jeito que me ocorreu para fazer Caspian calar a boca. Nunca tinha beijado um homem antes, nunca havia nem sequer percebido que queria fazer isso.

Sinto Kel e quase posso ver a lembrança, como um sonho esquecido após o despertar: Caspian com os cabelos dançando ao vento, salpicados de neve. E, ah, como eu conheço bem a escuridão por trás daqueles lábios.

— Ficamos na montanha até a manhã seguinte. Quando voltamos a Presagelada, descobrimos que a região tinha sido atacada, e todos os sinais indicavam que Caspian havia sido o responsável.

— Mas ele passou a noite toda com você — protesto.

— Sim, mas eu não podia admitir. Não sem enfrentar a vergonha que isso traria para mim, para a minha família. Ele me pediu para guardar segredo. Então, deixei que o banissem, mesmo depois de todos aqueles meses de trabalho para nos ajudar, e não falei nada. Assim que ele foi embora, percebi que não conseguia esquecê-lo. Por isso, segui Caspian até o Inferior e decidi permanecer por lá enquanto continuávamos em nossa missão de procurar pelo poder. Para desânimo dos que estavam na superfície. E de Ezryn.

— Foi quando morou no Jardim Cripta — deduzo.

— Sim. Ezryn foi até lá algumas vezes. Garanti a ele que o meu exército pessoal estava de prontidão, caso eu precisasse de ajuda. Então, depois de meses, Caspian e eu finalmente encontramos o poder, uma rosa celestial colhida do próprio Jardim de Tílias. Naquela noite, inebriados pela vitória, fizemos o acordo e planejamos subir à superfície na manhã seguinte para participar de uma celebração.

Traço com um dedo os espinhos gelados em torno de seu pulso.

— Continue, Kel.

Com a voz trêmula, ele me conta que acordou sozinho e então Ezryn invadiu o Jardim Cripta com o exército do Inverno.

— Ele se convenceu de que eu estava em grave perigo e decretou que Caspian sempre havia sido um espião. Durante a invasão, muitos membros da guarda pessoal de Caspian foram mortos. Entre eles, havia diversos amigos dele, de quem ele gostava muito. Partes do Jardim Cripta foram destruídas, incluindo lugares muito importantes para ele. Compreendi que, se Caspian descobrisse que Ezryn tinha liderado o exército, ele o caçaria, e isso levaria à morte do meu melhor amigo ou à morte do homem que eu... Ou à morte de Caspian. Achei que ele entenderia se eu dissesse que o exército viera para atender a uma suposta ordem minha, mas por engano.

— E ele entendeu?

— Quando o encontrei, ele mal conseguia falar. Mesmo assim, aceitou comparecer à celebração. E foi então que ele nos traiu a todos. Consumido pelo ódio, o Príncipe dos Espinhos abriu um grande abismo entre o Inverno e as profundezas do Inferior. Então, todas as mais terríveis e mais antigas criaturas do Inferior puderam invadir o meu reino e marcharam pelo território congelado até a capital, Presagelada. Lá, o Príncipe dos Espinhos atacou com tanta violência que o povo do Inverno não teve opção além de recuar e buscar refúgio no Outono. Os goblins continuaram em perseguição, e uma grande batalha foi travada nos campos dos arredores do Condado do Cobre.

Os campos de crisântemos com as lápides... Os mortos naquela batalha se tornaram o exército que vi Perth invocar poucos meses atrás.

— Minha mãe desapareceu no cerco a Presagelada — Kel continua, emocionado. — E eu não consegui escapar. Caspian me capturou e me deixou pendurado na encosta de uma montanha para morrer.

— Kel... — sussurro.

— Não se preocupe. — Ele desliza um dedo pelo meu nariz. — Ez escalou a montanha com as próprias mãos e me libertou. Quando voltamos à batalha, as forças dos quatro reinos se uniram e recuperaram Presagelada. No fim das contas, derrotamos o Inferior, mas as baixas foram muitas. A flor celestial, que procuramos por tanto tempo, foi destruída na batalha.

— Não acredito que tenha passado por tudo isso — digo. Minha cabeça se esforça para posicionar cada um dos meus príncipes nessa história sórdida.

— Agora você conhece a minha maior vergonha e sabe por que fui amaldiçoado. Meu pai morreu durante essa Guerra dos Espinhos e eu me tornei Alto Príncipe. Pouco depois, a Feiticeira esteve em Castelárvore e nos amaldiçoou para sempre. Alguns dias mais tarde, Caspian começou a envolver Castelárvore em seus espinhos e a drenar a magia daqueles ramos sagrados.

Eu o abraço com força, não só para mantê-lo feérico, mas porque ele precisa desse abraço. Uma camada fina de suor cobre o seu corpo e ele se arrepia.

— Obrigada por me contar. Estou contente por conhecer o seu passado e saber de tudo que você enfrentou. — As novas informações rodopiam em minha cabeça, e eu tento encaixar nelas as motivações de Caspian. *Era isso que você queria, Príncipe dos Espinhos?* Ele amou Kel ou foi tudo mesmo uma armação, como acredita o Príncipe do Inverno? Por que usar os espinhos e mentir para os príncipes sobre a natureza deles? Por que *me* salvar tantas vezes?

— Há muito mais do que eu contei, é claro, e você pode perguntar o que quiser.

— E vou perguntar — respondo, aninhando-me em seu pescoço. — Mas é mais do que suficiente por hoje. Só há uma coisa que preciso contar sobre Caspian.

— É sobre o que disse a Farron? Que você acha que ele é seu predestinado?

— Caspian falou dentro da minha cabeça, Kel. Só você e Farron tinham feito isso... Não sei... Farron acredita que seja um efeito colateral do acordo entre vocês dois.

Os músculos na mandíbula de Kel se contraem, mas não há raiva em sua reação.

— Se ele sente alguma conexão, isso explicaria algumas de suas atitudes. Como a... Como a preocupação com você.

— Eu não entendo — admito. — Sei que Caspian fez coisas terríveis, imperdoáveis, mas uma parte de mim acredita que ainda há um lado bondoso nele.

— Gostaria de dizer que você está errada, mas, se eu acreditasse realmente nisso, estes espinhos em torno do meu pulso teriam desaparecido. Porque eu vi. Vi um Caspian que muitas pessoas não viram. Eu o vi triste, com lágrimas correndo pelo rosto; eu o vi nervoso antes de uma festa, tentando desesperadamente ajeitar o cabelo; eu o vi eufórico de prazer e histérico de ódio. Eu até o vi rindo a ponto de chorar de rir.

— É difícil acreditar nisso — respondo.

— É raro, mas acontece. Pensar que tudo isso fez parte de uma encenação? Ainda não consigo aceitar.

— E aquela escuridão que expele quando tosse? Ele chama de "podridão".

— Caspian é uma criatura inteiramente do Inferior, feito de uma magia que não é deste mundo — Keldarion fala lentamente. — Ele nunca me contou os detalhes, mas, pelo que entendi, tem a ver com as circunstâncias do seu nascimento, com o modo como Sira gestou um filho tão poderoso. Há sempre um custo para esse grau de magia, e, para Caspian, o preço é não poder sobreviver na superfície. No entanto, ele conseguia passar meses aqui antes de retornar ao Inferior. Acho que é ainda mais poderoso agora, com toda a magia que drena de Castelárvore.

Olho para os espinheiros que se espalham pelo quarto e quero contar a verdade para Kel. Caspian, porém, fez-me jurar que guardaria segredo. Entretanto, posso contar a *minha* verdade.

— Eu sinto os espinhos — digo. — Eles não estão drenando a magia.

— Tem certeza?

Seguro a mão de Kel e a pressiono contra um espinheiro acima da cama. Fecho os olhos e me permito sentir.

— Quando você arrancou os espinheiros na Torre Alta e quando eu tentei remover os espinhos da sala de jantar, Castelárvore começou a se desmanchar. Veja como eles se curvam ao longo das paredes... Não acredito que estejam prejudicando Castelárvore.

— Por que ele ofereceria tal força aos inimigos? — Kel respira profundamente. — Talvez por isso esteja tão doente.

Eu não havia pensado nisso. Quanta magia Caspian está usando para manter Castelárvore em pé?

Meneio a cabeça.

— Por que Caspian faz as coisas que faz? Quer dizer, ele me beijou.

— Eu vi.

— Não, quando estávamos fugindo. Tentei convencê-lo a vir com a gente, e estávamos sozinhos no meio dos espinhos. Ele me beijou de novo. — Abraço Kel e me lembro da sensação de estar nos braços de Caspian. A lembrança é tão vívida que sei que Keldarion também pode senti-la.

Ele não diz nada, mas vejo a confusão em seus olhos.

— Precisamos ser cuidadosos com ele, Rosalina. Nem sempre podemos confiar em nosso coração.

— Eu sei.

Mas também sei que há uma parte do meu coração que brilha com a mais absoluta honestidade: a parte que me vincula a Kel, que me diz que posso contar qualquer coisa para ele.

Um sorriso insinuante passa pelo meu rosto.

— Tenho mais uma pergunta, se não for muito indiscreto de minha parte perguntar.

— O que é?

Eu me apoio em seu peito.

— Como é transar com o Príncipe dos Espinhos? Aquela mulher em Castelárvore disse que foi bem medíocre.

Keldarion ri tão alto que o movimento me sacode.

— Você não deveria ferver de ciúmes ao pensar em meus antigos amantes?

Honestamente, deveria, não é? Mas pensar nele com Caspian provoca em mim um sentimento inteiramente diferente. Eu quase consigo ver o Príncipe dos Espinhos surgindo nos meus pensamentos e debochando de mim por isso. *O que aconteceu com você depois que fugimos, depois que me beijou?* Gostaria de saber.

— Estou curiosa.

Kel arqueia uma sobrancelha.

— Ele era como é agora. Passional, astuto. Extremo. Às vezes, me dava a sensação de que todo o meu peito se incendiava.

— Interessante.

— Mas não acho que ele seria assim com você, a julgar pelo beijo que trocaram em minha cabeça.

Respiro fundo.

— Não deveria ferver de ciúme com essa ideia de Caspian comigo?

— Deveria, não é? — ele retruca. — E uma parte de mim se enfurece com a ideia. No entanto...

— No entanto?

— Não suporto pensar que ele foi o último a beijá-la.

De repente, os lábios de Kel estão sobre os meus.

Não consigo controlar o meu desejo por ele e retribuo o beijo.

— Droga, você está até com o gosto dele — Keldarion resmunga, agarrando-me pelos cabelos para explorar a minha boca com a língua.

— Então, me deixe com o seu gosto — eu peço.

— Por algum motivo, suponho que a minha história não a tenha cansado demais.

Escorrego uma perna entre as dele.

— Kel...

— Você ouviu o que Ezryn disse, não ouviu? — Há alguma coisa sombria e predatória em sua voz. — Posso te dar prazer?

Um arrepio percorre o meu corpo.

— Não seria horrível para você não receber nada em troca?

— Ah, não, minha Rosa. O seu corpo é tudo com que sonhei desde que você passou pela porta de Castelárvore. Posso tocá-la? Tocá-la inteira?

Colo o corpo ao dele.

— Sou sua, Kel. Mas vamos deixar uma coisa bem clara. — Ele me olha intrigado. — Quero que seja assim sempre: o seu coração aberto para mim. Nunca mais me esconda nada. Chega de mentiras — exijo com voz firme. — E não quero mais saber de você trepando com todo homem e toda mulher do Vale Feérico. Você é meu, Keldarion, Príncipe do Inverno.

Ele sorri.

— Mais alguma coisa?

— Se esconder algo de mim de novo, eu arranco esse seu pau perfeito com os meus espinhos. — Movimento alguns ramos pelo quarto só para reforçar a ideia.

— Não duvido. — Ele segura o meu rosto entre as mãos. — Sempre fui e sempre serei seu, minha Rosa.

Solto os espinheiros e o beijo com suavidade.

— Sou sua, Kel. Você sabe que sou sua.

Ele me segura pela cintura e me puxa para cima do seu quadril.

— Então, segure na cabeceira da cama e se sente na minha cara.

68

Rosalina

Olho para ele chocada, imóvel.

— Kel!

— Se não quiser, fale agora. — Ele desliza o polegar pelos meus lábios. — Porque faz muito tempo que eu sonho com o seu gosto.

Também sonhei com isso, penso, *mas não poderei retribuir.*

Ele beija um lado do meu pescoço.

— Tenha certeza de que te tocar e te sentir derretendo sob o meu toque é todo o prazer de que necessito. Levante os braços.

Eu obedeço e ele tira a minha blusa. O meu corpo estremece em antecipação. Seus toques sempre foram passageiros, breves. Mas agora ele quer me possuir. Inteira.

Mãos ásperas passeiam pelo meu corpo.

— Perfeita — ele diz, com um tom surpreendentemente leve. — Faz muito tempo que desejo tocar esses seios lindos.

Meu riso se torna um gemido quase feroz quando ele me toca, acariciando os mamilos duros com o polegar.

— E essa bunda, essa barriga, essas pernas longas e maravilhosas. — Seu olhar passeia por mim como fogo. — Pelas estrelas, eu poderia ficar olhando para você por eras.

Ajeito o cabelo atrás de uma orelha pontuda.

— Posso ser feérica agora, mas nem assim eu sou tão paciente.

Ele se acomoda sobre o colchão e olha para mim com atenção.

— Então, minha Rosa, faça o que eu disse. Segure a cabeceira e sente-se na minha cara.

Estendo os braços e me seguro na madeira branca da cama larga. Depois, arrebito o quadril e me posiciono sobre o seu rosto. Ele agarra as minhas coxas e acaricia a pele sensível com o rosto e a barba por fazer. Meus músculos internos se contraem com a sensação, com o calor de seu hálito.

Kel me faz abaixar um pouco mais. Enquanto ele toca o meu centro latejante, tudo que consigo fazer é suspirar. Mas são os sons que ele faz — tão másculos e tão cheios de vontade — que me deixam molhada. Seu toque é delicado e cuidadoso, como se cortasse um pedaço bem pequeno da mais cara sobremesa para saboreá-la sem pressa.

Ele está me saboreando.

Seguro a cabeceira com força e olho para os desenhos da madeira, enquanto ele continua beijando de leve a região entre as minhas pernas suavemente, como se fossem asas de borboleta tremulando sobre a minha pele.

— Você está muito tensa aí em cima. — A barba áspera de Kel arranha uma de minhas coxas. — Eu disse para segurar na cabeceira só para ter um apoio. Pode descer mais.

— Você vai sufocar — sussurro.

Ele emite um ruído de insatisfação.

— Não preciso de ar se estiver com as suas coxas em volta do meu rosto.

Ele agarra o meu quadril e me puxa para baixo. A língua me penetra. Toda delicadeza desaparece, e ele me devora com a paixão furiosa de um homem faminto há muito tempo. Ele me lambe, chupa e morde, até se lembrar de que é mortal — ou quase isso — e precisa respirar.

Agarrada à cabeceira da cama, só consigo responder com palavras desconexas e sussurros incoerentes, enquanto as sensações deliciosas ameaçam dominar todos os meus sentidos.

Em algum momento, meu quadril encontra um ritmo próprio, rebolando e se esfregando em sua boca, a aspereza do queixo barbudo provocando uma excitação ainda maior.

— Kel — grito, junto a mais palavras sem sentido, enquanto o meu prazer só aumenta. Minhas mãos suadas escorregam na madeira, mas sigo as instruções do meu predestinado. Empurro o corpo para baixo, desesperada por mais. Sou recompensada por um rugido de prazer enquanto a língua trabalha. — Kel, eu vou... vou... — Explodo em uma série de espasmos, com os músculos em convulsão.

— Porra, Rosalina, isso — ele geme, mas continua me lambendo enquanto eu gozo, usando a língua para massagear a minha região mais sensível. — Goze, Rosa. Não pare. Entregue tudo para mim.

Meu prazer se esgota com um gemido fraco e meus dedos soltam a madeira da cama. Minhas pernas parecem feitas de geleia. Kel me deita de costas na cama. Vejo tudo girar quando ele me beija e sinto o meu gosto em sua boca.

— Tem ideia da tortura que tem sido? — ele pergunta. — Sentir você gozar para os outros, saber que eles conhecem o seu sabor, ver você se contorcendo e gemendo? Até o dia raiar, Rosalina, você é toda minha.

Seguro a sua nuca e acaricio as mechas brancas com a ponta dos dedos.

— Toda sua.

— Confia em mim?

Um arrepio nervoso me percorre quando identifico a provocação no tom de voz.

— Sim.

— Que bom. — Ele desliza a mão pela minha barriga nua. — Então, acredite em mim quando digo que isso vai ser...

Sinto um arrepio frio, um formigamento no ventre, que me faz erguer a perna de repente e acertar o seu rosto com o joelho. Ele recua com um movimento brusco e uma lasca de gelo cai da mão que segura o seu nariz.

— O que foi aquilo? — eu pergunto.

Ele abaixa a mão e sorri.

— Estava tentando ser sensual. Acha que consegue evitar esse tipo de ataque?

Mordo o lábio.

— Acho que sim.

Ele gira a mão e outra lasca de gelo aparece entre os dedos.

— Que bom. Então, fique deitada.

Kel desliza o gelo pelo meu peito, deixando um rastro molhado. O arrepio se espalha pelo meu corpo, e a minha vagina se contrai com a sensação estranha.

— Um pouco de frio pode ser agradável — ele diz, passando o gelo por cima de um seio. Quando ele o passa em torno do mamilo, eu empurro os calcanhares contra o colchão, fazendo um esforço para não me mexer. Os mamilos enrijecem, e o Príncipe do Inverno sorri, diabólico.

— Você está gostando disso — eu o acuso, querendo empurrar a sua mão e, ao mesmo tempo, esperando que ele não pare nunca.

— É claro que sim. — Ele continua até a lasca derreter quase completamente com o calor dos nossos corpos. — Estou só começando essa exploração. Quero descobrir o que a faz sorrir, o que a faz gritar.

Enfim, o gelo derrete completamente e ele usa a boca no lugar da mão, provocando um contraste intenso entre calor e frio. Levanto o quadril e gemo, arranhando as suas costas. Ele lambe a água fria em torno de um mamilo antes de acariciá-lo com a língua e chupá-lo.

Incapaz de me controlar, levo uma das mãos entre as minhas pernas, lamentando não poder levá-la entre as dele.

Sua mão toca o meu outro seio e eu grito ao sentir a ponta gelada de seus dedos. O filho da mãe não precisa nem criar gelo: ele é a própria geada. Mas não tenho tempo de reclamar, porque a boca quente substitui novamente o frio.

— Porra, Kel, eu te odeio. Odeio como isso é bom, seu cretino estúpido e gelado.

Ele ri e se senta ao meu lado, afastando os meus joelhos e segurando a minha mão. Depois, com um movimento do pulso, provoca uma precipitação de flocos macios de neve, que caem sobre o meu corpo quente e derretem quase instantaneamente. A sensação me faz suspirar de prazer.

— Tenho mais uma coisa. — Ele sorri, malicioso, exibindo um novo objeto feito de gelo.

Eu me apoio sobre os antebraços. Vejo em suas mãos um grande cilindro feito de gelo, mas com a ponta arredondada. De repente, entendo a intenção.

— É grande demais, Kel...

— Vai derreter dentro de você — ele explica em tom brincalhão.

— Mesmo que derreta um pouco, ainda é...

— Você já aguentou tanto o pau de Farron quanto o de Dayton.

Cruzo os braços.

— Mas é diferente. Eles não podem controlar o tamanho. Isso que você criou é deliberadamente... monstruoso.

Ele sorri e morde a ponta da minha orelha.

— Você já viu o meu pau, Rosalina. Sabe que nem se compara a isto. Um dia, vou metê-lo inteiro dentro de você, então é melhor estar preparada.

Lentamente, deixo os joelhos caírem para os lados, e não posso dizer que o seu olhar de predador e as palavras provocantes não me deixem um pouco curiosa.

— Tudo bem — assinto. — Mas eu vou contar pro Day que você fez um consolo de gelo, e você vai ter que lidar com a reação dele. É bem provável que ele queira um também.

— É justo. — Keldarion ri e encosta o objeto frio na minha entrada. — Mas, para isso, você terá que ter voz amanhã. E passará a noite toda gritando.

— Kel… — O nome dele se transforma em um gemido quando o gelo me penetra. O choque da temperatura e do tamanho me faz jogar a cabeça para trás e me contorcer. — Oh, céus!

Os olhos dele ardem; a mão segura o falo gelado com firmeza.

— Faz muito tempo que sonho em deslizar dentro de você. Por enquanto, vai ter que ser desse jeito.

Contraio os músculos em torno do gelo, desejando que fosse o pau dele, mas a euforia me domina mesmo assim. Ele me penetra mais fundo, mais fundo, até eu sentir a ponta de seus dedos na vagina e a mais maravilhosa sensação de preenchimento.

Agarro os seus ombros e puxo o seu peito contra o meu.

— Prometa que um dia vai ser você, Kel. Porque não sei se consigo suportar se isso for impossível. Um dia. Um dia vamos estar realmente juntos.

Lágrimas salgadas escorrem pelo meu rosto quando ele se inclina para me beijar.

— Um dia, minha Rosa. Um dia, eu a tomarei sem limitações. Vou entrar no seu corpo para nunca mais sair. — A mão dele desliza pelo meu ventre. — E vou preenchê-la com a minha semente quantas vezes forem necessárias.

A ideia me faz gemer de tristeza e desejo ao mesmo tempo.

— Sim. Sim. *Sim.* — Minhas palavras mergulham no caos quando ele move o objeto, lentamente, deixando cada centímetro gelado preencher o meu corpo por dentro. A velocidade aumenta à medida que me ajusto ao tamanho, e, por fim, toda a extensão do mastro entra e sai, deslizando a um ritmo delicioso.

— Como você não está… — arfo, com as lágrimas ainda caindo. — Deus, Kel, como é possível que só eu esteja aqui me desfazendo? Estou flutuando…

Ele continua a me penetrar com o gelo, e o meu corpo inteiro se debate. Seus olhos brilham quando ele diz:

— Acredite, não é fácil. Mas a vontade de fazê-la gozar em meus braços é enorme.

A cama está ensopada com a água do gelo derretendo ao meu calor. Ele levanta a mão e vejo o bastão de gelo bem menor do que antes. Kel ergue uma sobrancelha e o atira ao chão.

— Eu poderia fazer outro, mas acho que prefiro te sentir gozando na minha mão.

Ele me penetra com dois dedos.

— Ah, isso, Kel. Isso. — O calor da mão depois do gelo me faz surtar. Agarro o seu rosto com loucura, vendo a paixão em seus traços.

Sou sua. O pensamento explode por meio do nosso vínculo. É muito mais forte, agora que conheço a sua verdade. Sei por que ele se manteve afastado. Mas esse pensamento sempre esteve presente. *Sou sua. Sou sua.*

Ele me puxa para um beijo.

— Minha Rosa, meu amor.

A tempestade dentro de mim forma uma onda de prazer, os músculos se contraem em torno dos seus dedos. Ele me afaga com delicadeza enquanto ondas e mais ondas quebram, uma atrás da outra.

Caímos juntos na cama, e ele me abraça forte.

— Você ainda está aqui — ele murmura. — Eu sabia que Ez estava certo, mas, mesmo assim, temia que a euforia do meu prazer fosse suficiente para acionar o acordo, mesmo sem o alívio físico.

Não consigo me conter. Rio em seus braços enquanto a luz do êxtase ainda cintila em mim.

— Acordos feéricos, sempre dramáticos.

Ele afasta o cabelo do meu rosto e beija a minha testa.

— Agora que sei do que somos capazes, Rosalina, isso é apenas o começo.

Seguro a mão dele.

— Até um dia.

Ele afaga a minha mão.

— Um dia.

69

Rosalina

O sol brilha em Castelárvore, parecendo debochar da tristeza que se apoderara do castelo duas noites atrás. Ezryn espera por mim na entrada do hall para voltarmos à Fortaleza Jardim do Martelo atravessando o espelho.

Mas não posso partir. Ainda não. Não do jeito que as coisas estão.

Minha mente é dominada por um silêncio sinistro. Sei que Farron está me dando o espaço que pedi, mas não suporto mais. Não aguento a dor que impus a ele ou a dor que ele me causou. Nossas palavras sempre foram armas; só não pensei que um dia atacaríamos um ao outro com elas.

Abro a porta da biblioteca e olho para dentro. Farron está sentado em uma das mesas, examinando um calhamaço de papéis. Dayton está inclinado ao lado dele, vestindo apenas as calças.

Você não é minha predestinada. As palavras eram como lâminas que me rasgavam por dentro, mas ele tem razão. Fiquei tão brava que foi fácil encontrar um motivo para essa raiva. O meu ciúme — a dor de perder Dayton para outra pessoa — estava muito à flor da pele. Não condeno Dayton por dizer a verdade.

Os dois olham para mim quando entro. Dayton dá um tapa nas costas de Farron e resmunga alguma coisa para ele. Depois, vem em minha direção.

Ele parece decidido a passar por mim, mas seguro o seu pulso. Nossos olhares se encontram.

O ar vibra com palavras não ditas. *Desculpe. Sinto muito.*

Em vez disso, apenas digo:

— Você sabe.

— Sei — ele responde em voz baixa. — E você sabe.

— Sei.

Respiro fundo e deixo o momento passar. As coisas são assim com Dayton. Nunca ditas, sempre sentidas.

Ele sorri.

— Acabe com ele, Rosa. Ele é menos frágil do que parece.

Sufoco uma risadinha, mas a expressão suave de Dayton lança uma corrente de energia para mim. Eu me viro e o vejo sair da biblioteca.

Farron se levanta e leva as mãos à nuca.

Ele fica lindo banhado pela luz da manhã. Penso em quando me apaixonei por ele, tantos meses atrás: nossos longos dias juntos, as histórias que compartilhamos, a sensação de que ele era a primeira pessoa em minha vida que entendia a minha essência.

E é por isso que o entendo tão bem.

Entendo a sua raiva. Seu medo.

Podemos recomeçar? Faço a pergunta em pensamento.

Os olhos dourados se voltam para mim.

Tudo que você quiser.

O espaço que nos separa desaparece em um momento, e de repente as mãos dele estão no meu rosto, meus dedos se enroscam em seu cabelo e sinto a boca em meu pescoço, no queixo, nos lábios.

— Desculpe, Rosa — ele murmura com a boca em minha pele. — Confio em você. Você sabe. E sei melhor do que ninguém que nós, os príncipes, não temos o direito de atirar a primeira pedra.

— Também lhe devo desculpas. Queria que você soubesse que entendo que Caspian o feriu. Feriu Kel. Não estou me desculpando por ele.

Farron recua e limpa as lágrimas, que eu nem havia percebido que corriam pelo meu rosto.

— Queria ter o seu otimismo em relação ao mundo.

— E eu queria ter o seu senso de autopreservação. — Forço um sorriso, nós dois rimos.

Ele me abraça e me segura contra o peito.

— Vamos encontrar a solução para tudo isso. Sempre encontramos.

Respiro fundo, deixando o cheiro dele me acalmar.

— Você sabe que quero protegê-lo tanto quanto você quer me proteger, não sabe, Fare? Quero proteger vocês todos. Não permitirei que ele machuque Kel outra vez.

— Você pode ter essa intenção, Rosa, mas nenhum de nós é capaz de controlar o Príncipe dos Espinhos. Mesmo que esteja certa, mesmo que haja algo de bom nele, Caspian ainda é leal a Sira.

Mas e se ele não tiver que ser? Guardo esse pensamento para mim. Por enquanto.

— Você realmente rasgou o livro dele?

Farron dá de ombros.

Penso na festa de aniversário de Caspian e na indiferença com que ele recebeu o meu presente. Sob aquela indiferença, no entanto, senti outra coisa: uma centelha de alegria.

— Ódio não cura ódio — sussurro.

— Eu sei. — Farron fecha os olhos e apoia a testa na minha. — Não gosto de mim desse jeito. Não *quero* ser essa pessoa.

— Você não é essa pessoa, Farron. — Toco um lado de seu rosto. — Conheço o seu coração melhor do que ninguém. A raiva que há nele. A tristeza. Mas a sua bondade sempre vai vencer.

Um sorriso malandro aparece em seu rosto.

— Bem, eu posso ser uma fera quando quero.

Fico na ponta dos pés para beijar a sua boca.

— Não olhe para mim desse jeito, ou não vou embora nunca.

— É bom que Ez cuide de você direito.

Triste, eu me solto do abraço de meu predestinado.

— Não se preocupe. Voltaremos antes que você perceba.

Alguma coisa muda no olhar de Farron, como se a melancolia o invadisse. *Eu te amo*, ele fala na minha cabeça.

Como a luz das estrelas, respondo.

Tome cuidado.

Prometo.

Forço um sorriso quando saio da biblioteca, consciente de que, no mundo feérico, cumprir essa promessa não depende de mim.

70

Rosalina

Sinto a umidade quando entro na estufa. É um ambiente construído no fundo da Fortaleza Jardim do Martelo. O ar ganha vida com o delicado bater das asas das borboletas de todas as cores do arco-íris que voam entre as flores, as árvores e as samambaias. Inspiro a fragrância doce. Apesar de toda a confusão dos últimos dias, senti falta do Reino da Primavera.

Faz uma hora que Ezryn e eu chegamos à fortaleza. De imediato, Astrid e Marigold vieram ao nosso encontro. Felizmente, elas estão bem, embora preocupadas comigo e com os príncipes. Assegurei para elas que Ezryn e eu estamos bem e que Kel, Dayton e Farron ficaram em casa, usando a sua magia para restaurar Castelárvore. Por mais que eu quisesse ficar conversando com elas, estava um pouco preocupada com Ezryn. Depois que abriu a passagem entre a Fortaleza Jardim do Martelo e Castelárvore, ele se manteve distante, e senti o seu silêncio habitual especialmente pesado.

Nunca falamos sobre o que aconteceu à margem do lago. Embora eu só tivesse tido lampejos da visão de pesadelo que o pólen produziu em Ezryn, a lembrança ainda me abala profundamente: o grito agudo da Princesa Isidora ao cair de joelhos e o corpo de Ezryn tremendo sob um poder descontrolado.

Não consigo imaginar como tem sido para ele conviver com isso por tanto tempo.

O espaço é de uma luminosidade vibrante. A luz do sol entra pelo teto de vidro e se reflete nas asas translúcidas das borboletas. É como caminhar por um oásis tropical. Estendo a mão e sinto o toque aveludado de uma borboleta na ponta dos dedos. Seus pés pequeninos roçam a minha pele. Eu a trago para perto e examino a ampla variação de tons de rosa e vermelho que tinge as suas asas.

Ela alça voo e segue para os fundos da estufa. Vou atrás dela. Chego a um lago elevado, contornado por pedras que brilham com a opalescência de uma pérola.

Mais magnífico do que tudo é o homem sentado na margem, com as costas eretas e imóvel como a própria pedra. Ele parece tão calmo que as borboletas se aproximam e pousam em sua armadura. São tantas que parece que ela é feita de borboletas.

Em silêncio, eu me sento ao seu lado na beira do lago. Inspiro profundamente e tento imitar sua quietude e sua postura: mãos nos joelhos, ombros para trás. Uma das borboletas desiste dele e pousa no meu joelho.

— Você me encontrou — Ezryn murmura.

— Marigold disse que você poderia ter vindo para cá.

Seu peito sobe e a desce, as borboletas em seu tronco tremulam com o movimento. Mais duas voam para mim.

— Preciso decidir qual a melhor maneira de governar Primavera. Minha mãe vinha para cá sempre que tinha que escolher um caminho a seguir.

Talvez eu devesse deixá-lo sozinho com os seus pensamentos. Mas não foi exatamente isso que ele fez durante todos esses anos? Processou tudo sozinho?

— Ezryn, precisamos conversar sobre o que vimos perto do lago.

O peito dele para de se mover.

— Eu queria contar a verdade — ele fala. — Teria explicado tudo naquela noite, por isso a levei ao lago. Você tem razão, o que vimos não foi um pesadelo. É a minha história.

O ar úmido preenche os meus pulmões a cada inspiração.

— Sinto muito. Não consigo nem imaginar como deve ter sido difícil reviver tudo aquilo.

— Você entende o que aconteceu, Rosalina? — Lentamente, ele se vira para mim. Nenhuma borboleta colorida sai voando. — Todos em Primavera acham que a minha mãe morreu quando transmitiu a Bênção para mim. Isso não é verdade. Ela estava viva e saudável após a transmissão. Mas *eu* estraguei tudo.

— Ezryn…

— Assim que senti a Bênção em mim, eu soube que havia algo errado. Eu não tinha como controlar aquela força. Imagine um turbilhão explodindo em seu peito. Foi o que aconteceu. Não consegui conter a energia. Tudo era violento e imparável. — Ele cerra os punhos. — Não foi a transmissão da Bênção que a matou. Fui *eu*.

— Não — minha voz é um sussurro. Acaricio um lado do capacete e sinto o tremor de asas de borboleta na pele. — Você não fez de propósito. Foi um acidente.

— Não importa. Ela morreu porque eu não consegui controlar o meu poder, porque há alguma coisa errada dentro de mim, e a Bênção sabe disso.

Ele parece muito tranquilo agora, vestido de luz do sol e cor. Cada movimento que faz é lento e cuidadoso, como se não quisesse perturbar as criaturinhas em torno de si. Isso me faz lembrar das muitas vezes que estivemos juntos quando eu me sentia frágil e amedrontada.

— Quando ficamos na varanda do meu quarto no Condado do Cobre, você me disse que era perigoso. Era a isso que se referia?

— Eu não só a matei, Rosa, como destruí a vida do meu pai e do meu irmão. Se isso acontecer de novo algum dia…

— Sinto muito — digo. — Não há nada errado com você, Ez. Foi um acidente horrível, é verdade. Porém, foi isto: um acidente.

Ele meneia a cabeça.

— Kel, Dayton e Farron nunca perderam o controle da magia deles daquele jeito. Farron recebeu a transmissão da Bênção do mesmo jeito, sem consequências. Quando vocês dois firmaram o vínculo… — Ele olha para mim. — Aceitar o seu vínculo predestinado desperta grande poder em um feérico. Em nenhum momento, nem com esse influxo de magia, Farron perdeu o controle sobre si mesmo.

A imagem do corpo de Farron brilhando dança em minha cabeça. Jamais vou me esquecer do momento em que nossas almas se entrelaçaram em Emberwood. Até eu senti a energia que radiava dele.

Eu me aproximo de Ez.

— Não pode se culpar por perder o controle de sua Bênção, da mesma forma que Farron não pode se culpar por perder o controle sobre o lobo. — Olho para as minhas mãos e penso nos espinheiros dourados que brotaram de mim uma vez, mas nunca mais. — Essa magia é maior do que todos nós.

— Mas Farron a controlou, no fim das contas.

— E você também. — Seguro a sua mão e tiro a luva, alinhando os nossos dedos. — Sua magia me curou. Apagou a cicatriz que não estava gravada só na minha pele, mas no coração. Você aprendeu a dominar o fogo para cauterizar as feridas de Dayton e salvou a vida dele.

A voz dele começa a tremer. Seguro a sua mão entre as minhas.

— Você não entende, Rosa? E se acontecer alguma coisa e eu só... sucumbir de novo?

Agora, tudo ficou claro para mim; o motivo de Ezryn ir embora sempre que as coisas ficam difíceis. Perder-se na Sarça, matar goblins: é o seu jeito de sentir que tem controle sobre si mesmo. Suspiro e apoio a cabeça em seu ombro.

— Se acontecer, eu o ajudarei a se reerguer.

Ele inclina o capacete na direção da minha testa.

— Não posso deixar de pensar que a Bênção estaria mais segura se tivesse sido repassada para Kairyn.

— Sua mãe queria que *você* liderasse Primavera. Não ele.

— Mas...

Escorrego para o chão, encaixando-me entre os pés dele, e o encaro, suplicante. O movimento espanta as borboletas, que explodem do peito dele em uma nuvem de cores.

— Você é o Alto Príncipe da Primavera por direito. Entendo que as coisas têm sido difíceis. Você não perdeu só a sua mãe; a sensação é de ter perdido a família inteira. Mas, fez a escolha certa quando lutou por si mesmo no Rito. Agora, você e Kairyn voltaram para casa. Sua mãe não ficaria feliz por ver os filhos trabalhando juntos?

— Nisso você tem razão. Isso a faria feliz. — Ele se levanta e me põe em pé. — Obrigado, Rosalina. Você me deu coragem para fazer uma coisa que eu deveria ter feito muito tempo atrás.

Eu o abraço.

— Sabe que ela desejaria que você perdoasse a si mesmo.

— Sei — ele murmura. — Estou tentando, Rosa. Juro, estou tentando.

71

Ezryn

Encontro o meu irmão nos Jardins de Cura, no setor ocidental da fortaleza. O espaço aberto é decorado por corredeiras de pedra, arbustos aparados no formato de criaturas míticas e ervas aromáticas, que perfumam o ar.

Kairyn está sentado em um banco de pedra ao lado do meu pai, que cochila enrolado em um cobertor grosso, o capacete caído de lado.

Meu irmão não usa nenhuma peça de metal além do capacete. Está vestido apenas com uma calça e uma túnica preta de mangas longas. Mesmo sem a armadura, seu tamanho e a largura dos ombros chegam a ser impressionantes.

Ele se levanta assim que me vê.

— Irmão. Mandei grupos de busca a todos os lugares. Não sabia o que havia acontecido.

— Está tudo bem. Os outros Altos Príncipes e eu voltamos a Castelárvore praticamente ilesos, graças a Lady Rosalina.

Kairyn balança a cabeça.

— Estão todos bem…

— Graças a você. — Toco o seu ombro. — Você salvou a minha vida.

— Eu… não fui forte o bastante.

— Não remoa isso, Kai. Nenhum de nós era forte o bastante para derrotar aquela criatura, nem mesmo com as nossas Bênçãos. Não havia nada que você pudesse ter feito.

Kai dá as costas para mim e volta para perto de nosso pai. Ele o enrola melhor com o cobertor.

— Eu podia ter feito muita coisa.

O sol ilumina o magnífico capacete do meu pai, e tenho dificuldade para associar essa versão dele àquela da minha infância — o homem imponente, de voz tão poderosa quanto uma forja em ação; o espadachim habilidoso que passava horas treinando com nossa mãe nos jardins; o feérico vinculado que amava nossa mãe com tanta ferocidade que às vezes parecia que nada mais lhe importava.

Quando ela morreu, levou consigo todo esse amor. Meu pai se tornou uma casca, mas antes conseguia conversar, pelo menos. Com a ajuda de Eldy, ele conseguia governar. Mas agora...

— Nossos curandeiros ainda não entendem o que causa essa doença? — pergunto.

Kairyn balança a cabeça.

— Suspeitam de que o seu coração não tenha suportado tantos anos de sofrimento.

Kairyn não fala mais nada, mas ouço a voz dele como um trovão dentro da minha cabeça. *Está vendo isso? Você não matou só a nossa mãe. Suas atitudes estão matando o nosso pai também.*

Fecho os olhos e respiro fundo, resistindo à confusão que pode me dominar depois das lembranças da alucinação. Devia ter admitido tudo para Kairyn anos atrás. Sem o seu perdão, como posso me perdoar?

Preciso ser correto com este Kairyn para impedir que o Kairyn que existe na minha cabeça acabe comigo.

Apoio uma mão no braço do meu irmão e o viro de frente para mim. O capacete de coruja diante de mim não parece carrancudo ou cruel, e isso é inédito. Talvez seja a luz do sol ou a gentileza com que ele cuida de nosso pai, mas meu irmão só parece... triste.

— Kairyn, preciso fazer o que deveria ter feito há muito tempo. — Minha voz sai trêmula, mas penso em Rosalina, no que o coração dela instiga o meu a fazer. — Vim até aqui hoje para lhe pedir uma coisa.

Kairyn não responde, mas ouço a sua respiração dentro do capacete.

— Não peço o seu perdão, porque não é algo que fiz por merecer, mas peço que me dê a oportunidade de merecê-lo. Nunca admiti a verdade, nem mesmo quando você a viu com os próprios olhos. — Minhas mãos tremem em seu braço. — Quando nossa mãe passou a Bênção da Primavera para mim, a magia dominou o meu corpo, não consegui controlar a reação, e a morte dela foi um efeito colateral.

Kairyn continua quieto. Agora, vejo quanto o cabelo dele cresceu; mechas negras ultrapassam a linha do capacete. Isso me faz lembrar do menino de olhos escuros, quase pretos, com um nariz meio torto e um sorriso oblíquo para combinar.

Não vejo o rosto do meu irmão há décadas. Mais do que tudo, queria poder vê-lo agora.

— Você fez o que sentia que tinha que fazer quando me desafiou ao Rito — continuo. — Tive a opção de remover o seu capacete ou tirar a sua vida. Achei que seu banimento e seu confinamento no mosteiro lhe daria algum propósito, um objetivo. De certa forma, isso talvez tenha acontecido. Mas agora eu percebo que isso só serviu para nos afastar daquilo que nós dois mais precisamos: um do outro.

No fundo, sei que isso é o que preciso fazer para nos curar. Talvez ainda tenhamos uma chance de vivenciar a fraternidade que nunca vivenciamos na juventude.

Seguro um lado do capacete do meu irmão e olho para o visor, imaginando aqueles olhos escuros de sua infância.

— Na minha ausência, você fez coisas grandiosas por Primavera. Podemos discordar do método, mas sei que temos objetivos comuns. Temos muito trabalho a fazer aqui. Nosso povo está doente. Os inimigos dispõem de mais recursos. Até a abundância da Primavera se volta contra nós, porque uma planta perigosa cresceu em nosso espaço mais sagrado. Mas você e eu conseguimos enxergar o nosso povo em meio a todas as atribulações. — Respiro fundo. — Você tem a minha aprovação formal para ocupar de maneira permanente a posição de regente. Vamos juntos conduzir Primavera a um tempo de paz e esperança.

Um momento de silêncio pesado paira entre nós. Depois, Kairyn dá um passo adiante e deixa o capacete cair sobre o meu ombro.

— Há muito tempo eu desejava que você me dissesse essas palavras — ele confessa, abalado. — Todos os anos no mosteiro, eu só queria a sua aprovação e a verdade sobre o que aconteceu.

— Eu deveria ter vindo antes — reconheço. — Minha mente estava obstruída por tristeza e raiva.

Kairyn se endireita e a sua silhueta bloqueia a luz do sol, envolvendo-me em sombra.

— Agora vejo com toda a clareza o que preciso fazer. Soube disso durante todo esse tempo, mas tive muito medo de agir. Agora, não há outro caminho para mim. Agora, sei a quem realmente devo a minha lealdade.

— Então, aceita o posto de regente subordinado a mim?

— Aceito — ele responde. — E que vejamos este reino elevar-se como nunca.

72

Rosalina

— Não consegui dormir nada na noite de lua cheia — Marigold se queixa quando nós três nos reunimos em meu quarto.

— Eu sei — Astrid resmunga. — Estou no quarto ao lado do seu.

Marigold estufa o peito.

— Bem, o que mais Eldy e eu poderíamos fazer? Precisávamos confiar que vocês cuidariam uns dos outros.

— Cuidamos — confirmo com um sorriso. E fico feliz por saber que algumas velhas feridas entre ela e Eldy parecem cicatrizadas... Ela tem um brilho diferente nos olhos, e o seu espartilho está tão apertado que tenho a impressão de que ela quase explodiu para amarrá-lo.

Estamos na minha cama há uma hora e contei tudo que aconteceu: a tentativa de assassinato cometida por Rouxinol, a aparição de Sira e a carta que recebi de Dom e Billy. A única interrupção na conversa aconteceu quando Marigold saiu para buscar o chá.

Seguro a carta entre as mãos. O papel está molhado com minhas lágrimas. Meu pai sempre foi muito forte, determinado. Não consigo imaginá-lo doente ou acamado. Meu único consolo é saber que a família de Farron vai cuidar dele como se fosse alguém do próprio sangue.

Assim que houver notícias do Condado do Cobre, vou diretamente até lá para providenciar a sua transferência segura para Primavera. Ezryn prometeu que os melhores curandeiros de seu reino cuidariam dele.

Alguém bate à porta e a abre em seguida. Eldy encaixa a cabeça na abertura.

— Peço desculpas pela interrupção, senhoras.

— É um prazer vê-lo, Eldy — respondo com sinceridade.

Ele olha para Marigold, e um sorriso enorme aparece sob o seu bigode. Ela enrubesce e alisa a saia perfeitamente passada. Que diferença para os dois serviçais que viviam discutindo quando chegamos. Queria saber se

Marigold se sente tentada a contar a ele sobre a maldição. Provavelmente não. Ela é muito leal a Ezryn e aos outros príncipes, mas esconder a verdade do seu amor… Isso deve matá-la por dentro.

A dor se espalha em meu peito e massageio a região do coração.

Queria que Ezryn encontrasse o seu amor predestinado.

— O que veio fazer aqui? — Astrid pergunta com firmeza, trazendo o foco de volta para todo mundo.

— Hã? Ah, sim. — Eldy endireita as costas e põe um baú de madeira aos pés da cama. Ele abre a tampa e vejo diversos frasquinhos e recipientes cheios de plantas embebidas em líquido e ervas secas. — A sra. Marigold me falou sobre a doença do seu pai, Lady Rosalina.

Astrid olha para ela de cara feia, mas a resposta é um indiferente dar de ombros.

— Comentei quando fui buscar o chá para nós!

— Tenho certeza de que ele receberá excelentes cuidados no Condado do Cobre, mas pensei em organizar os nossos mais poderosos e raros tratamentos até que ele possa ser transferido para cá. Aqui, temos gota-de-estrela em pó. É um recurso poderoso encontrado em nossas montanhas. Salpique um pouco na língua para neutralizar qualquer toxina. Um curandeiro saberá o que fazer com tudo isso — Eldy continua. — É um presente do Reino da Primavera.

Eu me levanto, deixo a carta sobre a mesa de cabeceira e seguro a mão de Eldy. Ele fica vermelho, mas não tenta se soltar.

— Você é muito atencioso. Obrigada por toda a hospitalidade com que me recebeu. — Olho para Marigold e Astrid. — Obrigada por tudo.

— Estamos aqui para o que precisar, Rosa — Astrid responde, segurando o meu braço.

Outra batida na porta e Eldy vai ver quem é. Wrenley está ali, vestida com os seus trajes dourados e brancos, os braços cheios de lindas flores vermelhas.

Ela olha em volta, identificando cada um de nós antes de entrar.

— Peço desculpas pela intromissão.

— Não há por que se desculpar. O que posso fazer por você, Wrenley? — Faço o possível para parecer sincera, mas não consigo evitar o ciúme ao vê-la. Lembro-me de Dayton rindo e dançando com ela na festa, e das palavras amargas que eu disse sobre ela depois. Wrenley sempre foi gentil comigo. Não me senti assim com Tilla. *Porque sei que Kel é meu, e Dayton... Dayton não é.*

— Encontrei o Príncipe Kairyn, que me informou que você e o Alto Príncipe Ezryn tinham voltado à fortaleza. — Ela sorri. — O Príncipe Kairyn me pediu para trazer estas flores ao seu quarto.

— Obrigada. É muita gentileza. — Aceno para convidá-la a entrar.

— Mordomo-chefe, a flor na sua lapela está murcha. — Ela oferece mais um de seus sorrisos doces a Eldy e tira a flor branca do bolso dele, substituindo-a por uma vermelha.

— Ah, vermelho é a nova moda? É difícil acompanhar os jovens. — Ele ajeita a flor. — Graças às estrelas. A trilha montanha acima para encontrar essas gotas de estrela é árdua demais.

— Eu subo até lá o tempo todo — diz Wrenley, tocando a própria flor branca.

Eldy olha para o baú.

— Muito bem, srta. Rosalina, deixe-me explicar os ingredientes.

Marigold e Astrid também prestam atenção, e todas nós ouvimos concentradas enquanto ele descreve os ingredientes curativos. Pelo canto do olho, vejo Wrenley tirar as flores velhas dos vasos e substituí-las pelas novas. Sinto um incômodo estranho. *Pare de ser ridícula*, eu me censuro. Desgostar dela porque Dayton não desgosta é egoísta.

Dou as costas para os meus amigos e olho para Wrenley. Encontro-a debruçada sobre a carta na mesa de cabeceira.

— Desculpe, isso é particular! — Corro para pegar a carta.

— Peço desculpas, milady, não quis ser inconveniente. — Ela recua um passo com os olhos arregalados. — Não quis ser invasiva. É que vi algumas palavras e fiquei preocupada. Seu pai... está doente?

Respiro fundo. Não é realmente um assunto privado, considerando que nós três falávamos sobre isso.

— Sim. Ele estava em visita ao Reino do Outono, mas adoeceu. Os curandeiros no Condado do Cobre vão examiná-lo e, depois disso, o Príncipe Ezryn vai providenciar a sua transferência para cá.

Ela me encara, confusa.

— O seu pai vem para cá?

— Sim. Ezryn disse que Primavera é o melhor lugar para ele se recuperar.

Wrenley me fita intensamente.

— Está preocupada com ele. — É quase como uma pergunta.

— É claro que estou — eu me irrito, adotando um tom mais ríspido do que pretendia. — Ele é meu pai.

A jovem recua, como se eu a tivesse agredido.

— Perdão. Não vejo a minha família com muita frequência desde que vim para o mosteiro.

Imediatamente, sou invadida pela culpa. Suspiro e devolvo a carta à mesa de cabeceira.

— Desculpe. Não queria ser grosseira com você. Acho que é a preocupação.

Ela toca a carta de leve, curiosa.

— Essa letra é dele?

— Sim. Garrancho de explorador. É assim que ele a chama. Uma letra tão feia que mal podemos ler as palavras.

— Eu consigo lê-las — ela afirma em voz baixa.

Há um lampejo de emoção no rosto dela, e penso que minha história pode ter tocado um ponto sensível.

— Houve uma época em que meu pai e eu nos distanciamos um do outro — conto. — Mas nos reaproximamos recentemente. Ainda temos muito o que aprender um sobre o outro. Tenho muitas coisas para contar a ele.

— Entendo.

— É próxima de sua família?

Ela desvia o olhar do papel e um sorriso se abre em seus lábios.

— Ah, sim, muito próxima. Meu pai me ama muito, mais do que tudo. Ele é cartógrafo no Reino do Verão. Viaja muito fazendo mapas.

— Deve ser fascinante. — Eu poderia jurar que, na festa, ela disse que o pai era vendedor. Talvez eu tenha ouvido mal. Ou isso foi antes de ele se dedicar aos mapas.

Wrenley segura a minha mão e a aperta com força.

— Teve muitas bênçãos em sua vida, Lady O'Connell. Vou orar para a Rainha e pedir que essas bênçãos não se esgotem.

Fico parada no lugar quando Wrenley sai do quarto.

Volto para perto de meus amigos e entro na conversa, mas o meu coração parou nas palavras de Wrenley.

Recebi muitas bênçãos na vida e tive que lutar por cada uma delas.

Nada, nem mesmo a Rainha em pessoa, vai tirá-las de mim.

73

Rosalina

Tenho que subir a montanha.

O pensamento surge devagar e vai se espalhando pela minha cabeça enquanto tento acompanhar o que Eldy está dizendo. Continuo no meu quarto com ele, Marigold e Astrid. Estamos conversando sobre alguma coisa, mas esse pensamento insiste em interferir.

Tenho que subir a montanha.

— A montanha! Vamos, querida! Subir a montanha!

É uma voz feminina, suave e etérea, chamando-me através da porta. Bem, não posso deixá-la esperando. Seja quem for, sei que ela é importante.

Abro a porta e saio do quarto. De um jeito distante, percebo os meus amigos andando ao meu lado.

— Tenho que subir a montanha! — diz Marigold.

— De fato. Subir a montanha — Astrid responde.

Eldy assente.

— Subir a montanha. Subir a montanha.

Ah, que bom. Vamos todos subir a montanha.

Saímos da fortaleza e passamos pelos guardas.

— Lady O'Connell — uma delas chama. — O Alto Príncipe Ezryn solicitou que não saia da fortaleza sem uma escolta.

— Subir a montanha — digo para ela.

A guarda olha em volta.

— Mordomo-chefe, devo chamar uma escolta oficial?

Eldy olha diretamente para a frente.

— Vou subir a montanha.

A guarda leva a mão à parte de trás da cabeça.

— Bem, se estão todos juntos, acho que isso atende à condição do Alto Príncipe.

Saímos da fortaleza e caminhamos a passos arrastados. Florendel é enorme, mas conheço o caminho. Penso distraída em como cavalguei até o mosteiro em um íbex. Mas isso agora não parece necessário. Vou rastejar até o topo, se for necessário.

— Depressa, Rosa! Estamos esperando! — Uma voz diferente me chama.

Papai! É o papai! Ele está melhor! Deve ter decidido me surpreender.

Mal posso esperar para chegar ao topo da montanha e encontrá-lo.

Quero me mover mais depressa, mas minhas pernas parecem seguir um ritmo próprio, um passo depois do outro. Meus amigos estão comigo, igualmente empolgados.

Começamos a percorrer a trilha que leva ao topo da montanha. Em poucos minutos, meus pulmões estão pegando fogo e as pernas doem. Uso chinelo e vestido, com dois saiotes por baixo. Uma roupa idiota para uma trilha na montanha, mas não tive tempo de me trocar.

Lá na frente, bem longe, vejo duas silhuetas acenando para mim. É o papai! Eu o identifico pela altura, pela largura dos ombros e pela curvatura do rosto. Ele mantém um dos braços em torno de uma mulher.

— Depressa, Rosalina — ela me chama. — Vamos finalmente nos encontrar. Mas você precisa vir ao topo da montanha.

— Mãe? — sussurro. — Mãe, é você?

A empolgação borbulha em meu peito. Agora, realmente quero ir mais depressa. Mesmo assim, não consigo fazer as pernas alterarem o ritmo. Na verdade, preciso de um momento para recuperar o fôlego. Percebo que estou arfante e suando; a trilha é extenuante. Mas meus pés não param. Ao meu lado, Marigold está muito vermelha, o cabelo branco de Astrid está colado na testa, Eldy está ofegando.

Devíamos parar um pouco, penso.

— Subir a montanha — minha mãe grunhe. Ela está muito longe, é só uma silhueta no horizonte, mas ouço a sua voz rugindo em meus ouvidos.

Tudo bem. Subir a montanha.

Subir a montanha.

Continuamos percorrendo a trilha até Florendel parecer uma coleção de casas de boneca lá embaixo. O mosteiro se ergue no alto como um objetivo inalcançável, mas não é impossível, porque não vou parar até chegar ao topo. Ao nosso lado, o rio entalha a encosta da montanha com água branca.

Água.

Água é importante. Estou com sede. Água é importante porque eu a bebo.

É importante por outra razão também.

Acho que é porque...

— Está quase chegando! — o meu pai grita. Não o vejo, mas é porque ele está no topo da montanha. E estamos quase lá.

O sol muda de posição no horizonte. Não sei há quanto tempo estamos andando. Minutos, horas, dias, desde sempre. Tenho a sensação de que o meu corpo vai implodir. Há sangue nos meus chinelos, pois algumas pedras penetraram o tecido fino. Mas estamos quase lá. O mosteiro está lá em cima.

Não vamos ao mosteiro, porém; vamos subir a montanha.

Astrid está alguns passos atrás de nós. Ela se vira com um grande sorriso no rosto manchado de lágrimas. Mal posso ouvir a sua voz com o rugido do rio tão perto. O vento uiva, acho que estou com frio. Subimos tanto que não tem mais para onde subir.

— Subir a montanha! — ela exclama.

Agora ela se move mais depressa do que todos nós. Como consegue? Está andando para a frente, em linha reta. Mas não há mais trilha, não há mais subida.

Só o vazio.

Cuidado com o abismo, tento gritar, mas Astrid não parece se incomodar. Está andando diretamente para ele.

Agora, Marigold e Eldy seguem na mesma direção. Eldy passa por mim. Não consigo mover o braço, mas, de algum jeito, engancho um dedo em sua camisa e tento puxar.

Ele olha para trás, para mim.

— Subir a montanha — diz com tom severo.

Isso era o que devíamos estar fazendo. Sim, sim. Tenho que ir com eles...

— Vamos, Rosa, querida. Estou esperando há muito tempo. — A voz da mulher. A voz da minha mãe. Ela está ao lado do meu pai na beirada do penhasco, para onde Astrid se dirige. Belas gotas-de-estrela dançam sob os seus pés. Seu corpo é uma sombra escura projetada pelo sol radiante às suas costas. — Tudo que você precisa fazer é seguir.

Então, ela e meu pai se viram de frente um para o outro, dão as mãos e pisam no vazio além do penhasco. Um aglomerado de flores brancas balança com o movimento deles, e a brisa traz o pólen até mim.

Se eles fizeram isso, deve ser o certo. Saltar da montanha. Temos que saltar da montanha...

Mas meu pai nunca partiria sem mim. Não por opção própria.

E minha mãe não está aqui.

E Astrid está quase na beira do penhasco...

E tudo isso é muito errado.

De repente, sinto o pulsar do meu coração no peito, um galope frenético. Mas as vozes são muito altas, gritam comigo, e minhas pernas não obedecem.

Preciso sair daqui, mas mal consigo ouvir os meus pensamentos em meio aos gritos, o uivo do vento, a correnteza do rio...

O rio. Água.

Aconteceu alguma coisa comigo recentemente e a água me salvou.

Preciso recuperar o meu corpo.

Um fogo interno queima em meu peito. Imagino as correntes em torno dos meus braços e as pernas se partindo; depois, com um grito, jogo o corpo para o lado.

Atinjo Eldy e ambos caímos. Rolamos pelo chão até mergulharmos na água branca do rio caudaloso.

74

Rosalina

Água fria envolve a minha cabeça, o meu rosto, desce pela minha garganta. Mas os meus pensamentos retornam com clareza chocante. E um deles se impõe a todos os outros.

Bato os pés para voltar à superfície. A água corre tão forte que já me levou para longe do precipício, mas ainda consigo ver Astrid e Marigold perigosamente próximas da beirada. Tiro uma mão da água para disparar um emaranhado de espinhos e prendê-las…

Nada acontece.

Meu acordo com Caspian foi cumprido, os braceletes sumiram. Não tenho mais o poder de criar espinheiros, não há nenhum por perto para eu controlar.

Não posso pensar no frio chocante, na água descendo pela garganta, nas pedras batendo em minhas pernas ou mesmo em Eldy sendo carregado ao meu lado. Preciso romper o encantamento de Astrid e Marigold antes que elas se joguem do penhasco. Mas como?

Magia… Ela está dentro de mim. O fogo vem tão fácil quanto respirar, mas essa não é a única coisa que invoco. Penso nos campos de treinamento, nas mãos de Dayton em meus ombros, na flecha de água voando diretamente para o alvo.

Não preciso invocar água do nada, só tenho que controlar a que já está aqui. Minha versão humana cresceu em meio a tempestades e cercada de árvores das quais o orvalho pingava. Sobrevivi ao frio congelante de um lago e resgatei o meu amor predestinado do fundo de um rio congelado. Meu corpo feérico se lembra de tudo. Isso vive em meus ossos e no meu sangue. Não só a minha experiência, mas a da chuva, das árvores, do lago, do rio. Renasci como uma parte do mundo natural.

E vou fazê-lo responder ao meu chamado.

O torpor e a dor se dissipam, substituídos por uma descarga de poder. Ao avistar Astrid e Marigold, canalizo a energia para fora do meu corpo e para dentro do rio.

Jatos de água semelhantes a ramos espinhosos se erguem e correm na direção das duas feéricas. Astrid cai para trás, longe da beirada do precipício, e bate em Marigold. As duas desabam no chão. Mais jatos de água molham o rosto de ambas.

Vejo Astrid sacudindo a cabeça e tossindo, antes de o rio me levar.

Bato os pés e mantenho a cabeça fora d'água, tentando encontrar um lugar para me segurar, mas a margem do rio é pura pedra escorregadia, e a profundidade não me permite apoiar os pés no chão. Levanto as mãos inúteis novamente, tentando arremessar um espinho na margem; não há nada.

Um lampejo de cabelo grisalho surge ao meu lado. Eldy tosse ofegante e afunda de novo. Ele emerge outra vez um pouco mais à frente, de olhos arregalados e cheios de medo, a boca aberta.

— Eu... não sei... nadar!

— Estou indo — tento avisar, mas a água cobre a minha cabeça. Por um segundo, só enxergo bolhas e sinto medo de ter perdido a noção do que é a superfície e do que é o fundo. Mas, de algum jeito, encontro a superfície e encho os pulmões de ar.

Preciso tirá-lo daqui. A água ainda está sob o meu comando; eu sinto. Faço um esforço para me concentrar em Eldy, canalizando a água para se elevar em torno dele e trazê-lo à tona. Por um momento, ele aparece na crista da onda, mas o rio é muito veloz, muito violento, e o leva para baixo de novo.

— Eldy! — Nado para tentar segurá-lo e agarro um tufo de cabelo, puxando a cabeça dele para fora d'água.

Ele tenta respirar, antes de outra corrente forte nos envolver.

Porra, porra, porra, preciso fazer alguma coisa! Que poder eu tenho para tirá-lo do rio? Preciso tentar!

Minha magia é como um fio desencapado dentro de mim, soltando faíscas. Seguro a cabeça de Eldy e a mantenho fora da água com toda a força que me resta. Os olhos dele expressam o medo.

As palavras saem de mim como uma oração e uma súplica, nascidas de algo profundo enterrando sob o que resta da minha magia:

— Voe. Voe para longe.

O corpo dele se transforma em meus dedos. A pele desenvolve penas, os braços se encolhem e viram asas, e então estou correndo rio abaixo com as mãos acima da superfície, segurando um passarinho.

O medo se impõe à razão e lanço o pássaro para cima. Ele bate as asas sobre mim. Os olhos…

Os olhos são os mesmos.

— Eldy! — grito. — Vá buscar Ezryn!

A última coisa que vejo é o passarinho voando para longe, antes de a água me afundar e eu me chocar contra alguma coisa dura. Todo o ar sai do meu corpo, e tudo se resume à escuridão em meus olhos e ao fogo em meus pulmões.

75

Ezryn

Eu me levanto em um salto.

Kairyn ajeita o cobertor sobre os ombros do meu pai.

— O que foi?

— Eu… não sei.

Mas há algo muito errado. Eu sinto no peito, como se meu coração tivesse perdido o ritmo. De olhos fechados, esfrego a armadura, querendo sentir a minha pele. Um arrepio percorre o meu corpo, e é como se os meus pulmões não pudessem absorver o ar necessário.

— Irmão — Kairyn fica em pé e toca o meu ombro —, sente-se. Seus movimentos agitados estão perturbando o nosso pai.

Ouço um farfalhar no ar. Um passarinho bate as asas desesperadamente, voando de um lado para o outro em direção ao jardim de cura onde nos encontramos. Ele se aproxima de mim. Seu voo é tão estranho que o apanho entre as mãos.

O passarinho abre o bico.

— Alteza!

O susto quase me faz derrubá-lo. Por mais que já tenha visto animais falantes, este eu nunca tinha encontrado antes. E essa voz…

— Eldy?

— Não há tempo para explicar — o pássaro grita. — É Rosalina! Ela caiu no rio! Está se afogando, senhor!

Deixo o pássaro no chão e corro pelo jardim de cura. Essa sensação no meu peito…

Não era o meu medo. Minha dor.

Eram sensações dela.

Os sons desaparecem. Meu irmão me chama. Fala alguma coisa sobre convocar os guardas para irem atrás dela, mas não posso parar.

— Eu o guio até onde ela está! — O passarinho grita, mas sou mais rápido do que suas asas pequeninas.

Não preciso dele, de qualquer maneira.

Meu coração conhece o percurso.

Corro mais do que jamais corri antes, entro na fortaleza e empurro os guardas que encontro pelo caminho. Minhas botas batem na pedra ao mesmo ritmo que o meu coração bate no peito. Como isso pode ter acontecido? Ela estava no quarto quando a vi pela última vez. Estava com Astrid e Marigold. Eldy disse que cuidaria dela.

Eu *prometi* que a manteria em segurança.

Explosões de medo sacodem o meu corpo, mas não posso ceder. Agora não. Segundos depois, passo pelo portão e continuo correndo pelas ruas. A cidade passa por mim como um raio. O rio... Ele desce o Monte Lumidor e deságua no Lago Sylvanita.

Deságua na forma de cachoeira.

Preciso encontrar Rosalina antes que ela despenque nas pedras.

Aguente, grito em pensamento. *Estou indo!*

Não sei o que esperava, mas não tenho resposta.

A cidade dá lugar à trilha na montanha. Cada músculo parece incendiar-se quando me lanço no caminho tortuoso, correndo e correndo. O rio corre atrás de mim, branco e revolto. Paro na margem e olho para cima e para baixo.

Oeste. Meu coração retumba a palavra e eu sigo o rio e a ordem.

— Rosalina! — grito. Ondas borbulhantes e pedras escorregadias. É tudo que vejo. — Rosalina!

Ela está aqui. *Eu sei.* Preciso ser mais rápido do que o rio para alcançá-la.

O vento parece atender ao meu chamado, pois bate em minhas costas e me empurra adiante. Meus pés voam sobre a margem irregular do rio.

— Rosalina! — grito de novo.

E, então, eu a vejo. Um fiapo cor-de-rosa rodopiando nas ondas. A cabeça está fora da água, mas os olhos estão fechados, os cabelos espalhados como algas. Ela parece uma boneca de pano sendo jogada de pedra em pedra.

— Rosalina! — Pegá-la. Preciso pegá-la. O rio se alarga logo adiante, e a cachoeira se aproxima, ruidosa como tambores de guerra.

Lá embaixo está o Lago Sylvanita, onde minha mãe morreu.

Não vou deixar Rosa morrer no mesmo lugar.

O chão a meus pés se move, minha magia entra em ação no nível subconsciente, levantando a terra para me lançar à frente. Não estou correndo, estou saltando, sendo levado em direção a ela.

Não vou deixar nada tirá-la de mim. Nem os monstros que assombram a Sarça, nem os demônios disfarçados de homens. Não vou deixar minha própria terra roubá-la de mim.

O ar entra e sai de dentro dos meus pulmões com um barulho alto; ar precioso, do qual ela deve ter bem pouco. Mais alguns saltos e estarei ao lado dela.

Um passo. Dois. Três.

Eu me jogo no chão e estendo a mão. Água respinga em meu capacete, prejudicando a visão. Estico tanto o braço que penso que meu ombro pode ter se desconectado da articulação, mas ela está passando por mim. Meus dedos seguram a alça do vestido...

Suas pernas batem com força em uma pedra saliente e ela afunda sob uma onda. A alça escorrega dos meus dedos e ela escapa; sai rolando para o meio do rio cada vez mais largo. Lá na frente, a cachoeira ruge.

Tudo que posso fazer é vê-la se afastando de mim. Se Rosa despencar daquela cachoeira e cair em cima das pedras, eu me arrebento com ela.

Fui um morto-vivo por mais tempo do que os meus amaldiçoados vinte e cinco anos. Alheio às alegrias do mundo, alheio às maravilhas que me pediam, aos gritos, para acordar.

Ela me trouxe de volta à vida.

E, pela primeira vez em séculos, encontrei alguma coisa pela qual vale a pena perder tudo.

Minhas luvas primeiro. Jogo o peitoral para o lado enquanto corro para a beira d'água. As botas vão em seguida, e consigo soltar as grevas sem parar de correr. Quando alcanço o último trecho de terra antes da cachoeira, a única parte que resta da armadura é o capacete.

Ela está bem no meio do rio, muito longe para que eu possa agarrá-la ou alcançá-la nadando. Fico na ponta dos pés, respiro fundo.

Você é um idiota, Kairyn grita na minha cabeça. *Acha que pode salvá-la? Idiota! Só vai conseguir se matar!*

— Que seja — murmuro.

E, nesse momento, Rosa é sugada pelo vórtice e despenca na cachoeira.

Salto atrás dela.

Ar e água passam por mim. Mantenho os braços junto ao corpo, as pernas unidas. O mundo é um borrão em um jato de água fria. Lá embaixo, o corpo de Rosa é uma confusão de cabelos e membros flutuando.

Nunca vou quebrar a minha promessa. O espaço entre nós desaparece, e enlaço a sua cintura com os braços. Com toda a força que consigo invocar, giro o corpo e, com ela colada ao meu peito, viro-me de costas para as pedras.

Não pensei muito além disso. Faltam dois instantes para eu me arrebentar nas rochas lá embaixo.

No primeiro, eu a aperto ainda mais contra o peito, saboreando a sensação da sua pele contra a minha mais uma vez, a beleza do rosto delicado, mesmo agora.

No segundo, rezo para a Rainha que nos abandonou para que haja alguma coisa crescendo no meio das pedras.

Estendo a mão, tentando encontrar os veios de vida dentro do lago: os fios luminosos que correm por todas as coisas vivas — feéricas, humanas, animais ou vegetais. Agarro o que encontro: um ramo de ninfeias.

Projeto meu poder, as ninfeias crescem... e crescem. Com um rugido, puxo os fios para mais perto.

A queda termina. Em vez de cair sobre as pedras, porém, caímos sobre um gigantesco travesseiro verde que navega para o lago. Atinjo a água com um impacto barulhento e Rosa voa dos meus braços.

A água inunda o meu capacete, mas bato os pés e volto à superfície. Água fria escorre dos meus olhos e da minha boca. Rosalina flutua como um cadáver ali perto.

— Rosa! — Nado na direção dela.

Ela não está respirando.

Não posso nem pensar nisso. Eu a viro e a seguro por baixo dos braços, então nado de costas para a margem. O som da minha respiração e do sangue correndo depressa nas veias ecoa no capacete.

Finalmente, chego à margem e a puxo para fora do lago. Seu vestido está colado à pele, encharcado e pesado. O cabelo molhado gruda no rosto. Afasto as mechas depressa e aproximo a mão de sua boca.

Nada.

— Não, não, não. — Meu peito arfa; sinto o pânico crescer. — Rosa, acorda. Você precisa respirar. Vai, Rosa.

Seguro o seu pulso. Sinto a pulsação, mas é fraca. Respirar. Preciso fazer Rosalina voltar a respirar. Ponho as mãos no meio de seu peito e empurro para baixo.

— Por favor, respire para mim.

De novo e de novo, comprimo o seu peito. Sinto a água escorrer pelo meu rosto e não sei se é do lago ou se são lágrimas.

— Respire!

Aumento a força das compressões e tenho medo de quebrar as suas costelas. Ela ainda não está respirando. Olho em volta, desesperado, como se alguém pudesse aparecer.

— Socorro — imploro. — Alguém me ajude.

Mas não acontece nada.

Ela está *morrendo*! Prometi que a protegeria.

Ela prometeu me proteger.

Desisto das compressões. Deixo escapar um soluço e a tomo nos braços, apertando-a contra o peito. Ela está inerte. Olho para o céu e uivo:

— Não pode fazer isso! Não pode tirá-la de mim!

Deslizo a mão pelo seu cabelo até segurar o rosto pálido. A vida a abandona a cada vez que respiro.

Minha respiração.

Posso dar a minha respiração para ela.

Cada parte de mim passou a ser dela no momento em que a vi sair de Castelárvore, de qualquer maneira.

Ela era tão desajeitada que não sei de onde tirei a ideia de que pudesse ser uma espiã. Não só desajeitada, mas grosseira, jogando pães em Kel quando nos sentamos para jantar. E o jeito como se contorceu na primeira vez que a curei, nervosa como um cervo.

Mesmo assim... ela era forte. Fez acordos com feéricos, resgatou um reino, resgatou a nós. Ela ri com abandono e ama sem julgamento. Deixa mais bonito cada caminho que atravessa.

Não há ninguém que mereça respirar mais do que ela.

E vai ser a maior honra da minha vida ceder o meu ar para ela.

Eu a deito de costas e seguro a base do capacete.

Se isso funcionar e ela acordar, você terá rompido com a sua crença, Kairyn fala na minha cabeça. *Terá abandonado tudo que sempre defendeu! Vai levar vergonha ao trono de Primavera!*

— Eu sei — sussurro. — E escolho esse caminho mesmo assim.

Não pode fazer isso! Ezryn, pare!

Tiro o capacete da cabeça e o jogo de lado.

O ar esfria as minhas bochechas molhadas, e uma brisa brinca com as pontas do meu cabelo. Há muito tempo não exibo o meu rosto na natureza, e não apenas na privacidade dos meus aposentos.

— Não peço perdão nem espero compreensão — murmuro para o vento, para o meu povo, para os antigos feéricos de Primavera. — É a minha vontade, é a minha escolha. Ofereço a Rosalina O'Connell o ar da minha vida.

Eu me inclino e encosto os lábios nos dela.

76

Rosalina

Um vento sopra em meus pulmões, amenizando o fogo que os queima. As costelas doem com a pressão e a água sobe até a garganta. O vento sopra de novo. *Volte para mim*, uma voz grita dentro da minha cabeça.

Esse vento... está me empurrando para fora do fogo. Mas estou tão cansada que seria mais fácil me deitar e deixar queimar.

Volte para mim, a voz urra de novo, exigente e insistente. *Eu dou a você o meu sopro de vida. Volte para mim!*

A escuridão que dominava minha visão diminui, mas ainda não consigo ver nada. A voz está logo atrás dela, tenho certeza disso. Um raio de luz se projeta e desaparece na penumbra mais distante.

Volte para mim.

Inspiro um sopro de ar frio. Sinto tremores leves a cada batida do coração. Quero seguir o caminho que ele indica. *Estou indo. Estou voltando para você.*

Corro pela escuridão em minha cabeça, usando a luz como guia. Vento, fogo e água giram à minha volta, mas eu os empurro para longe. *Estou indo!*

Porque esse fio é conhecido; está adormecido em meu coração, esperando o momento de desabrochar. Não está mais encolhido em hibernação, esperando. Essa parte de mim tem antecipado sua estação de maneira paciente.

Esperando para ser forjado em algo maior.

A escuridão se transforma, nuvens escuras são dissipadas pela brisa. Uma imagem oscila à minha frente. Pisco algumas vezes, tentando enxergar com mais nitidez.

Um rosto. Alguém me segurando nos braços. Um homem.

É um desconhecido... Não o reconheço. Mas parece preocupado, com a testa franzida e a boca tremendo.

Esse estranho é bonito de um jeito rústico. Barba por fazer cobre o queixo firme, mas o lábio superior é encoberto por um bigode farto. A pele bronzeada está molhada. O cabelo escuro cai em ondas curtas sobre as orelhas pontudas.

— Quem é você? — consigo perguntar, apesar da garganta dolorida.

Ele levanta a cabeça, seus olhos encontram os meus. São castanhos e profundos.

E familiares.

Olhos que nunca vi, só senti.

De repente, a verdade me atinge como uma flecha no coração. Esse rosto não é desconhecido; vi lampejos dele dentro de mim mesma e só agora tenho a clareza para entender.

— Rosalina — diz o feérico. A voz dele canta dentro de mim. Reconheço essa voz. É diferente sem a reverberação do capacete, mas, mesmo assim, inconfundível.

— Eu te conheço — sussurro e levanto a mão para tocar seu queixo de leve. Sentir a pele sob a minha é como chegar em casa.

Um sorriso hesitante surge em seu rosto, e é mais bonito do que tudo que já vi. Linhas finas emolduram os seus olhos quando ele me examina, notando meu peito arfante.

— Eu te conheço — ele sussurra.

— Ezryn. — Levanto o tronco e enlaço seu pescoço com os braços. Ele me abraça e esconde o rosto em meu ombro. Lágrimas brotam de meus olhos quando passo as unhas em sua pele e agarro o seu cabelo; cada parte exposta dele é mágica.

— Pensei que a tivesse perdido — ele murmura.

Recuo para poder olhar nos olhos dele e respondo:

— Não vou a lugar nenhum sem você.

Todas as expressões dele são novas, mas é como se eu pudesse comparar cada uma às inclinações de seu capacete. Alívio e alegria se misturam no calor de seu sorriso, no movimento da cabeça.

Alguma coisa brilha ao nosso lado. O capacete de Ezryn.

— Ez! — exclamo chocada. — Seu capacete! Está me mostrando o seu rosto.

Agora, a expressão dele muda, e não posso compará-la a nada que eu já tenha visto. Ele olha no fundo dos meus olhos, como se pudesse ver o mundo todo neles.

E é engraçado, porque, juro, estou vendo o mundo todo nos dele.

— Sabe por que não te matei naquele primeiro dia em Castelárvore, quando pensei que fosse uma espiã?

— Porque eu era uma humana inocente?

Ele meneia a cabeça e ri.

— Sabe por que te levei para a Ala Primaveril em vez de deixar que Kel a prendesse?

— Porque Kel obviamente não deveria ter permissão para tomar decisões?

O sorriso dele agora é tão amplo que contagia o meu. Dou risada com ele.

— Sabe por que — Ez continua — jurei para mim mesmo mais de mil vezes que faria de tudo para garantir que permanecesse segura e assim vivesse a vida linda que você merece ter?

Eu me ajoelho diante dele e seguro o seu rosto. Sei o que ele vai me dizer. Meu coração bate forte. O peito parece brilhar, raios de luz impossíveis o atravessam.

— Eu sei, Ez — respondo com o rosto molhado de lágrimas. — Sei, porque te conheço.

— Rosalina O'Connell — ele diz com os lábios trêmulos —, você é meu amor predestinado.

Um sorriso se espalha pelo meu rosto como os primeiros raios de sol.

— E você, Ezryn, Alto Príncipe da Primavera, é o meu.

77

Rosalina

Eu me lembro de como me senti meses atrás, quando Ezryn e eu estávamos na varanda com vista para o Condado do Cobre e ele pegou o meu pulso, apagando as cicatrizes do passado. Na ocasião, o meu pulso estava muito vermelho; a pele era recente, sensível, frágil.

É como me sinto agora, mas no corpo inteiro. Como se o despertar do meu vínculo predestinado fosse uma tempestade soprando para longe todos os meus pedaços irregulares e quebrados. Estou nova. Renascida.

E pronta para ser marcada por ele.

Ezryn passa uma mão no meu cabelo molhado e segura o meu rosto com a outra. Seus olhos brilham com uma pergunta.

— Beije-me — ordeno. — E apodere-se de mim.

Ele faz o que eu digo.

Estou deitada de costas, com todo o peso do corpo dele sobre mim antes de sentir os seus lábios nos meus. As línguas se encontram, o beijo é violento e faminto. Todos os meses de olhares de desejo bloqueados por metal encontram expressão nesse momento. Eu o puxo para perto, não quero perder um segundo longe dessa boca.

No fundo, *eu sabia* que o Alto Príncipe da Primavera era meu. Só não conseguia compreender como alguém feito eu podia ter um amor predestinado, quanto mais três. Kel e Faron surgem em minha cabeça. *Conseguem nos sentir juntos?* Posso imaginar a alegria de Kel quando contarmos a novidade.

Outro rosto aparece em minha mente. Dayton. Talvez tenhamos errado antes…

Ezryn morde o meu pescoço de leve, interrompendo os meus pensamentos. O calor explode em meu ventre, um tipo diferente de fogo. Um incêndio que faz das roupas molhadas e grudadas na pele de Ezryn um motivo de repúdio.

Eu o puxo para cima e trabalho depressa na camisa preta e justa, do tipo que ele sempre usa embaixo da armadura. Começo a pensar em onde está o restante, mas me distraio com as linhas esculpidas dos músculos em seu peito e os pelos grossos.

Já vi e senti o seu corpo antes. Olho novamente para o seu rosto.

— Ez — murmuro —, você é gostoso demais.

Ele arqueia uma sobrancelha e ri.

— Ficaria aborrecida por ter esse vínculo comigo se eu fosse horroroso?

Subo no colo dele e tento ignorar a pressão da ereção dura como aço em meu ventre, assim posso ficar séria por um momento. Olho em seus olhos e deslizo um dedo pelo queixo coberto pelo início de barba.

— Eu me apaixonei por você quando só conseguia sonhar com a cor dos seus olhos. Teria me apaixonado mesmo que continuasse coberto de metal pelo resto da vida. E agora eu te amo por quem você é. — Mordo a ponta de sua orelha e sussurro: — Você ser um tremendo gostoso é só um bônus.

Esperava que isso provocasse mais uma daquelas gargalhadas gloriosas, mas ele se ajeita e fica de frente para mim.

— Você me ama?

— Não é completamente óbvio? É claro que sim, Ez. Contei com você ao meu lado desde o primeiro dia, quando nos conhecemos. Você confiou em mim quando até eu duvidava de mim mesma. Cuida da sua família em qualquer circunstância. E, quando parece que não resta mais esperança nem para nos mantermos em pé, você nos levanta e nos fazer continuar andando. — Estou chorando de novo, lágrimas quietas que correm por cima dos meus lábios. Mas sorrio também. Vejo em seu rosto que ele não consegue acreditar no que estou dizendo. — Talvez não acredite agora, mas tudo bem. Não vou a lugar algum. Se for preciso, passarei todos os dias provando isso. E você sabe como eu posso ser teimosa.

Isso arranca um sorriso dele, pelo menos.

— Você me ama — Ez sussurra.

— Amo. — Traço o contorno do seu nariz, as linhas dos lábios. — Acredite em mim. Você me conhece. — As palavras são como uma oferenda.

— Eu te conheço — ele repete. Depois, abaixa a cabeça e olha para o vestido molhado grudado no meu corpo. — Minha predestinada…

— Sua.

Ouço um rugido baixo e, no instante seguinte, estou deitada de costas, com ele em cima de mim.

— Minha predestinada — Ezryn repete, e sua mão escorrega do meu queixo até o meu pescoço. — Minha predestinada, eu te amo.

Nessa posição, presa embaixo dele, à mercê da mão enorme no meu pescoço, sinto uma necessidade desesperada. Meu ventre pulsa.

— Você me mostrou o seu amor todos os dias que passamos juntos. Conheço o seu coração doce, mas quero cada parte do meu predestinado. Então, me fode, Ezryn. Liberte-se em mim.

Aquele rosto bonito se transforma. Alguma coisa feroz cintila em seus olhos, a boca se contrai e ele range os dentes.

— Não sabe o que está pedindo...

— Me mostra — sussurro.

Ele se inclina, aproxima a boca da minha orelha e diz em voz baixa.

— A palavra de segurança é "misericórdia". A menos que a diga, não terei nenhuma com você.

Respiro fundo.

— Entendi. Mas precisa fazer uma coisa antes.

Ele ergue uma sobrancelha, eu me apoio sobre os antebraços e olho em volta. Estamos sobre grama macia, às margens do lago a que ele me levou na noite da festa que comemorava a sua volta para casa. Os galhos do salgueiro balançam suavemente com a brisa.

— Como sua predestinada, tenho o direito de ver o seu rosto — digo, sem conseguir conter o impulso de afagar sua face. — Mas não quero que ninguém apareça aqui.

— Não vou mais esperar para tê-la — Ezryn avisa. — Já esperei a minha vida inteira.

— Então, faça o que faz de melhor: me proteja.

Ele sorri quando compreende o que digo. A terra treme ao nosso lado, pedras brotam da grama e nos cercam por todos os lados, formando uma muralha natural linda, enfeitada por tufos de musgo.

— Isso vai nos dar proteção suficiente, caso alguém se atreva a aparecer por aqui enquanto eu estiver ocupado com minha predestinada. — Ezryn segura a bainha do meu vestido e a puxa para cima, para tirá-lo. — Agora, Pétala, quero ouvir essa boquinha linda implorar.

78

Ezryn

Minha predestinada nunca esteve tão linda quanto agora: molhada, nua e olhando para mim de joelhos. Estou em pé diante dela, com a calça abaixada. Meu pau pulsa na frente do seu rosto bonito e eu o aliso devagar. Seus olhos acompanham cada movimento que faço, e há uma selvageria em sua expressão que eu nunca tinha visto.

— Preciso de você, Ezryn — ela implora. — Você tem que me possuir e me fazer sua. Me foda com toda a força, para que eu nem me lembre do tempo em que não fui sua.

Apoio seu queixo nas mãos. Tenho que recorrer a toda a minha força de vontade para não a agarrar pelos cabelos, virá-la de bruços e possuí-la como um animal.

— Boa menina.

Sua boca treme e as mãos sobem pelas minhas coxas. Ela olha para o meu pau, tão perto de seus lábios.

— Posso?

Respiro fundo. Sua boca me hipnotiza. Como seria fácil prender e enrolar o seu cabelo em minhas mãos, e então enfiar o meu pinto em sua boca até alcançar o fundo da garganta. Vê-la revirar os olhos, ouvir os sons sufocados. *Há tempo para isso*, digo a mim mesmo. Porque Rosalina é minha predestinada. Tenho séculos para trepar com ela de todos os jeitos imagináveis.

Então, por enquanto… vou mostrar à minha predestinada dimensões de prazer que nunca pude mostrar antes.

Vou possuir Rosalina como ela pediu.

Caio de joelhos. Ficamos pele com pele e eu pressiono a minha ereção em seu corpo para ela sentir exatamente o que faz comigo. Ela geme e estende a mão para tocar o meu pau. Seguro o seu pulso.

— Não até eu mandar.

Rosalina desliza a língua pelo lábio superior, sugerindo que vai me fazer trabalhar.

Sufoco um grunhido. Não acredito que finalmente estou olhando para ela com os meus próprios olhos. Seus seios são ainda mais bonitos sem a distorção do visor do capacete.

Com delicadeza, seguro o seu pescoço. Ela agarra o meu pulso e me faz aumentar a intensidade do toque. Dou risada, mas atendo ao pedido silencioso e a empurro para trás ao apertar a mão. Ela inspira profundamente, e sinto o movimento da garganta na palma da mão.

— Olhe só para você — murmuro. Minha outra mão toca um seio, e deslizo a palma calejada pela pele macia. — Tão linda embaixo de mim.

Os seios são viciantes, então eu solto o seu pescoço. Ela arfa, e vejo em seus olhos um brilho feroz. Rosalina levanta o tronco e me agarra pelo pescoço.

— Me beija, porra.

Aperto os seus mamilos e a trago para perto.

— Com todo o prazer.

Ela grita na minha boca, e eu capturo a sua voz com o beijo.

— Agora — murmuro —, fique de joelhos e se mostre para mim. Quero ver essa boceta, que é minha.

Ela enrubesce e morde o lábio. Alguma coisa na reação acanhada faz o meu pau latejar. Agarro o seu queixo.

— Faça o que estou mandando, Pétala.

Ela assente e fica de quatro, aponta a bunda volumosa para cima e revela a entrada rosada. A imagem toda é gloriosa.

— Hummm... — Atrás dela, deslizo as mãos por suas costas e massageio o espaço entre as omoplatas. — Você é uma boa menina.

— Ez... — ela geme. — Por favor.

— Por favor o quê? — Eu me inclino para pegar os seus seios. Sinto a ponta dos mamilos nas mãos, uma sensação que faz o meu saco retesar.

— Por favor, eu quero o seu pau — ela implora. — Tenho sido boazinha.

— Muito boazinha. — Dou um tapa na bunda redonda. — Mas não vai chegar nem perto do meu pau enquanto não estiver enlouquecida e tremendo.

Ela suspira e eu respondo com um tapa mais forte. Sua bunda balança com o impacto, e preciso contrair todos os músculos do meu corpo para não esporrar em cima dela. Rosalina geme. Eu me inclino e beijo o seu pescoço.

— Agora, me mostre como uma boa menina goza — digo.

Ela suspira, e o som é de êxtase.

— Sim.

Afago o seu centro brilhante.

— Já está bem molhada. — Meus dedos brilham. Não consigo me conter e, com um gemido, eu os limpo com a língua.

Ela se vira para olhar para mim.

— Porra, Ez...

Não tenho pressa para saborear o gosto afrodisíaco da minha predestinada.

— Ez! — ela grita, mas eu finjo ignorar a queixa. Ela vai ter o que deseja. A espera só torna o momento mais doce.

Assim que termino, eu a encaro.

— Estamos prontos, então.

Enfio dois dedos nela. Sua voz vacila, um som magnífico. A umidade quente me envolve, e eu torço o pulso para tocar seu ponto mais sensível.

Ela agarra a grama e projeta o corpo contra a minha mão, implorando por mais. Movo a mão mais depressa. Com a outra, eu a puxo pelos cabelos, revelando o pescoço lindo.

— Você está me deixando louca — ela geme.

Tiro a mão e massageio suavamente o seu clitóris.

— Não pense em como vai ser quando o meu pau estiver dentro de você.

— Não consigo evitar...

Eu a interrompo, introduzindo os dedos nela de novo. Suas palavras se tornam um grito.

— Não pense em como vai ser quando sua boceta linda me fizer gozar. — Minha voz é rouca. Todos os sentidos estão alertas: seu corpo glorioso, o som dos dedos entrando e saindo, o cabelo macio enrolado na minha mão, o gosto da boceta ainda na minha boca depois de eu ter lambido os dedos... Tudo envolto pelo doce aroma do meu reino. Eu sabia que ela seria minha aqui.

— Porra, Ez. Eu vou...

Ela não precisa me dizer. Posso sentir as paredes se contraindo em torno da minha mão. Flexiono os dedos de novo, e isso é tudo de que ela precisa. Seu grito delicioso explode sobre o lago e ela é sacudida pelo orgasmo.

Meu coração galopa no peito. Lentamente, tiro os dedos de dentro dela. Rosa treme, quase não consegue se sustentar sobre os braços. Mas ela não precisa se esforçar; eu a abraço e a puxo contra o peito, beijando o seu pescoço, o queixo, as orelhas pontudas. Uma lágrima desce pelo seu rosto, a qual eu beijo também.

— Puta merda — ela sussurra. — Isso foi incrível.

Seguro a sua mão, massageio a palma e beijo os dedos, a pele macia do pulso.

— Agora, minha querida, eu vou te foder como você merece.

Rosalina olha para mim e sorri. Desce do meu colo e se deita na grama, acariciando as folhas macias com os dedos.

Ponho a mão sobre a dela, canalizando a minha magia. Pequenas margaridas desabrocham ao nosso redor.

Sua reação é de surpresa.

— Que lindo.

Eu a encaro.

— Eu sei.

— Estou pronta, Ez. — Vejo em seu rosto a mais autêntica expressão de felicidade.

Já vi Rosa deitada diante de mim, mas isso é diferente; é mais do que a presença do seu corpo, mais do que qualquer tipo corriqueiro de diversão.

Isso é sagrado. Algo forjado na história das estrelas.

Seguro a sua cabeça e me posiciono. Seu peito arfa, e penso que talvez ela esteja nervosa.

Talvez *eu* esteja nervoso.

Não tenho a menor dúvida de que mostrarei à minha mulher as mais profundas dimensões do prazer, mas estou nervoso com outra coisa. Como isso poderá mudar quem eu sou? Sempre soube que havia uma escuridão dentro de mim... Sempre soube que eu causava dor a quem se aproximava demais. Isso significa que eu...

Rosalina bate de leve no meu rosto e me concentro nela novamente.

— Pare com isso — ela diz, séria. — Pare de pensar e me ame, Ez. Isso é tudo que eu quero.

Só amor.

Eu consigo.

Eu consigo.

Minha predestinada captura a minha boca e os meus pensamentos, e eu entro no seu corpo e na glória do esquecimento ao mesmo tempo.

É diferente de qualquer sentimento que já experimentei. Isso... Isso é a vida. Seu calor no meu pau, encaixando-se em mim como se tivéssemos sido criados na mesma forja. Ela envolve o meu quadril com as pernas e me puxa mais para dentro.

O mais glorioso de tudo é o seu rosto, os olhos brilhantes, a boca em um sorriso trêmulo. De todos os feéricos no reino, como é possível que eu a mereça? Sinto o peito pesado e leve ao mesmo tempo, uma sensação explosiva que ferve como brasa e queima como fogo.

Eu me abaixo para capturar um seio com a boca e me delicio com o gemido de prazer. Ela passa os dedos no meu cabelo; como é maravilhoso ser tocado, sentir a sua pele no meu rosto. Ser visto é assim? Ver realmente pela primeira vez é assim?

Mudamos de posição. Agora, estou deitado e ela me cavalga. Minha predestinada. Minha predestinada linda, divertida, forte e gentil, sentada no meu pau como se ele fosse um trono.

— Ezryn — Rosa sussurra, passando as mãos no meu peito. — Eu te amo.

— Também te amo, Rosa. — Estou me esforçando para não perder o controle. Meu pau é totalmente devorado pelo movimento de sobe e desce da sua boceta.

Ela desce com força, girando o quadril. Os seios balançam, e preciso apertá-los para não perder a cabeça.

— Seu pau é uma delícia — ela suspira.

— Você o recebe como uma rainha.

Agora ela respira com dificuldade.

— Então me adore como uma — geme. — Eu quero a sua porra.

— Tudo para a minha predestinada. E você vai gozar comigo.

Agarro o seu quadril e a levanto até a cabeça do meu pau, antes de puxá-la para baixo. Uma súplica ofegante escapa de sua boca, os olhos se incendeiam com uma chama sensual. Não paro, nem ela. Rosalina me acompanha. Não interrompemos o contato visual, e essa é uma conexão tácita — vamos chegar juntos ao êxtase.

Eu te conheço. Sua voz doce é uma carícia em minha mente.

Eu te conheço. Quando digo as palavras dentro dela, meu corpo responde. Uma luz domina o meu campo de visão e explodo. Solto um urro, e o grito dela é igualmente feroz. As unhas arranham o meu peito. Sinto quando suas paredes se contraem e pulsam em torno do meu pau, o que só me deixa mais ereto. Minha semente jorra dentro dela.

Um instante se passa. Continuamos nos olhando. Lágrimas correm pelo seu rosto, mas ela está sorrindo.

Sorrindo para mim.

E sei que alguma coisa aconteceu; algo maior do que a confirmação de um vínculo predestinado. Selamos esse vínculo de maneira tão definitiva e poderosa que nada jamais poderá nos separar.

79

Rosalina

O ar à minha volta parece faiscar. Pétalas de flores flutuam das cerejeiras, seus galhos embalados por uma brilha morna. Nuvens preguiçosas passam flutuando e os raios do sol são como beijos na minha pele. Estou deitada na grama, cercada pela muralha de pedras, olhando para o céu e pensando em como a minha vida ordinária pôde ter sido tocada por tanta magia.

Meu predestinado está deitado ao meu lado. Nossas roupas estão quase secas, por isso, pus o vestido e Ezryn vestiu as calças, mas continua sem camisa. Olhar para o peito esculpido e para o movimento da garganta quando ele respira me faz querer pular em cima dele.

Mas isso virá depois. O que acontece em seguida é mais importante. Meu coração explode com a empolgação. Eu me apoio nos cotovelos e olho para ele.

Ele sorri para mim. Não acredito que o seu rosto ficou escondido de mim durante tanto tempo. Mas agora é meu para sempre.

— Ez?

— Sim, Pétala? — Ele acaricia o meu rosto.

Mal consigo conter o sorriso. É isso. Posso *sentir* o vínculo em meu coração, cantando como um coral. Uma sensação familiar, que me faz lembrar de uma tarde chuvosa sob um toldo de folhas caindo, mas ainda nova.

— Eu estava falando sério. Sua vida passada, o que teve que fazer para ficar em paz consigo mesmo, nada disso importa para mim, porque conheço esse coração. — Toco seu peito. — Ele bate com força, bondade e amor. Você é mais do que a sua fera. Você é tudo para mim.

Ele se ergue e sinto a mão mais forte em meu rosto. Seus olhos castanhos transbordam de emoção.

— Nasci e fui criado para ser um grande líder de Primavera. E, todas as vezes que tentei, só decepcionei o meu povo. Destruí as esperanças e a confiança daqueles que me amam. — Ele olha para o salgueiro. — Sempre houve alguma coisa errada comigo, Rosa. Alguma coisa quebrada, fora de lugar. Sempre achei que podia mantê-la afastada se matasse... se mergulhasse na maldade. Nunca pensei que pudesse me livrar disso. — Ele respira fundo. — Deve haver alguma esperança para mim, se conquistei o seu amor, no entanto.

— É mais do que esperança. — O ar cintila e uma luz brilha sob a pele de Ezryn. — O mundo precisa de você, Ezryn.

— Serei melhor por você, Rosalina. Por você, eu faço qualquer coisa.

Reconheço a luminosidade que vi na pele de Farron meses atrás. Não consigo me conter. Choro e enlaço o pescoço de Ezryn com os braços. Está acontecendo.

A maldição de Ezryn está se quebrando.

— Veja, Ez! — grito.

Finalmente, ele vai se livrar do monstro que pensa que é. E todos os funcionários de Primavera serão libertados. Marigold poderá reatar com Eldy sem medo. O poder de Ezryn aumentará. Poderemos proteger Primavera. Tudo vai ficar bem.

— Rosa? — Ezryn se afasta de mim e fica em pé. — Rosa, você precisa...

— Está tudo bem, Ezryn! — Sorrio para ele. — É a maldição se quebrando!

A luz se torna mais intensa, e a silhueta do lobo começa a se formar às suas costas. Há algo errado, porém. Farron parecia curioso, esperançoso. Ezryn está apavorado. E a sombra do seu lobo se debate, arranha as suas costas.

— Está tudo bem, Ezryn. Relaxe e deixe acontecer — sussurro.

Ezryn se dobra e agarra a própria pele.

— Não! É demais. Não consigo controlar. Rosalina, você precisa ir embora.

Eu me levanto e encosto na parede de pedra.

— O que está acontecendo?

Ezryn grita novamente. Sua pele parece uma estrela prestes a entrar em combustão. A silhueta do lobo uiva; um som pesaroso, angustiado. Isso não está certo. Não era para ser assim.

— Não vou deixar acontecer de novo — Ezryn rosna.

É como se ele lutasse contra a quebra da maldição, como se levasse a fera de volta para dentro de si.

— Ez, pare! Você precisa deixar a maldição se quebrar!

— É poder demais! — ele fala por entre os dentes. Depois, levanta a cabeça com um gesto brusco e os seus olhos brilham como os da fera.

Sufoco um grito e me agarro à parede. Farron me contou que, quando a maldição se quebrou dentro dele, a magia cresceu. E a última vez que Ezryn experimentou um grande influxo de magia... foi quando a mãe dele morreu na transmissão da Bênção da Primavera.

Quando ele a matou por acidente.

— Rosalina — Ezryn rosna, mas não é a voz dele; é a da fera. — Saia daqui. Agora.

80

Ezryn

Tenho que me aguentar. Não posso deixar que saia.

A magia ruge dentro de mim, fazendo o meu sangue entrar em ebulição e o coração quase explodir. Cerro os punhos para tentar contê-la. Alguma coisa rasga as minhas costas e tenta escapar, mas não posso permitir.

Chega de magia que não consigo controlar. Na última vez...

A imagem do corpo da minha mãe passa pela minha cabeça. Sua armadura cedendo, o capacete esfarelando... Solto um grito.

— Ezryn, não vou a lugar algum. — É a voz de Rosalina. — Sua maldição está se quebrando. Você tem que permitir. Vai ficar tudo bem. Você consegue.

Não, não, não. Ela não entende. Está perto demais. Se eu permitir que a maldição se quebre, esse poço de magia armazenada vai transbordar e explodir...

Pensar nisso aumenta o meu pânico. Arranho a minha pele, incapaz de apagar a imagem do sangue de minha mãe encharcando a terra.

— Saia de perto de mim!

— Você não vai me machucar — ela diz. — Deixe eu te ajudar.

Rosa toca o meu ombro. A sensação é de um choque de estática antes de uma tempestade.

— NÃO!

O poder flui pelo meu braço, e não há nada que eu possa fazer. Estendo a mão. Uma corrente de eletricidade brota da palma e atinge a parede de pedra, que se estraçalha, e Rosalina grita, fugindo dos destroços.

Ela está com medo de mim. Eu falei a verdade, mas ela não me ouviu. Agora está vendo.

Agora ela sabe.

O uivo de uma fera brota do meu peito. Não consigo mais conter a magia. Outro choque de eletricidade explode do meu corpo, destruindo o que restava da parede de pedra que criei. A clareira se abre. Raios de sol se derramam sobre o lago cristalino. É luminoso demais. Todo o meu ser vibra com o acúmulo de energia, os meus olhos ardem.

— Ezryn, por favor, pare com isso — Rosa implora, mas eu não posso fazer nada. Não sou mais eu mesmo; não sou nem mesmo a fera mais. A magia continua me preenchendo e o meu lobo quer fugir.

Preciso impedi-lo. Porque, se ele sair, a magia vai me preencher completamente. Todo o poder contido pela maldição da Feiticeira vai ser liberado de uma vez só.

Caio de joelhos e cavo a terra com os dedos. A grama morre ao meu toque.

— Ez, pare! As árvores!

Rosa continua gritando comigo, mas quase não a escuto, porque o sangue urra em meus ouvidos.

— Ezryn, PARE!

Mas não posso.

Mais estrondos. O tilintar de armaduras, homens gritando.

Eu me obrigo a abrir os olhos. Veias escuras de podridão serpenteiam pelo chão e pingam dos meus dedos.

— Sua... Alteza?

Ergo a cabeça. Um grupo de soldados do Reino da Primavera surge no limite da clareira.

Estão todos olhando para mim.

Testemunhando o que acontece.

Meu capacete... Onde está? Não, não, não.

— Não! — uivo.

A podridão se projeta para mais longe e mergulha no lago. Uma substância preta como petróleo se espalha na superfície.

Rosalina corre para perto de mim e tenta tocar o meu ombro, mas eu me esquivo.

— Não pode ser o Alto Príncipe — diz um dos guardas. — O Príncipe Kairyn avisou que ele poderia estar aqui, mas não pode ser.

— A mulher feérica disse o nome dele — retruca outro com urgência. — Veja ali, no chão! O capacete!

Rosalina estende os braços para eles.

— Por favor, vocês precisam buscar ajuda. Precisam enviar uma mensagem para Castelárvore imediatamente...

— O Alto Príncipe rompeu com o seu credo — o primeiro guarda a interrompe. — Está usando sua Bênção para destruir o nosso bosque sagrado.

O outro levanta a lança e a aponta para o alto.

— Prendam-no!

Eu... rompi com o meu credo.

O pensamento arranca de mim qualquer energia. Mas a podridão não cessa. Linhas pretas sobem pelo salgueiro. Os amentilhos se transformam em cinzas e são soprados em nossa direção como pétalas de carvão.

De repente, uma luz branca e brilhante surge à minha frente. Uma fogueira. Mas é uma pessoa. A pele de Rosalina se acende em chamas, seu cabelo dança em explosões de brasas. Ela está parada diante de mim, impedindo a passagem do soldado.

— Toque nele e você morre — ela rosna.

O guarda recua, mas um segundo avança, levantando o arco.

— O Alto Príncipe quebrou o nosso mais sagrado credo. Saia do caminho ou farei o que for necessário.

— Vocês vão sair daqui — Rosalina ordena, com uma voz que é como um trovão. — E não contarão a ninguém o que viram. Eu sou a Rosa Dourada. Se fizerem qualquer movimento contra ele, dizimarei os seus ossos com fogo.

Rosalina não entende. Para o povo de Primavera, o credo é tão sagrado quanto a própria vida. Não há outro jeito.

— Fuja! — eu grito, tentando saltar diante dela, mas não consigo. Minhas mãos estão presas à terra. A podridão não é mais composta apenas de linhas, mas de ondas que se espalham por toda a margem, pela linha das árvores, pelo lago. — Corra, Rosalina!

É tarde demais. O arqueiro dispara uma flecha.

O fogo de Rosalina tremula uma, duas vezes, antes de ela cair no chão com a flecha cravada no ombro.

Eu implodo.

O som que escapa de mim não é de homem nem de fera; é um rugido monstruoso. Liberto as mãos da terra e as aponto na direção dos guardas. Fui um curandeiro, um criador de tempestades, um pastor de coisas viventes.

Agora, sou um tomador. Eu dreno a vida e o poder de tudo que estiver no meu caminho, misturando-os no meu peito com a magia que explode dentro de mim e me fortalece. A grama se tinge de marrom. O salgueiro é uma casca branca, seus galhos balançam como dedos esqueléticos. Peixes flutuam na superfície do lado, inchados e podres.

Contive a quebra da maldição, contive a explosão de poder. Isso é diferente. Essa é a minha magia, a magia que mantive presa durante muito tempo. Mas, agora, não há mais como detê-la. Meu coração ruge de ódio. Eles a *machucaram*. Não preciso dessa magia nova para destruir todos eles.

Sorrio ao drenar a vida dos guardas. Os rostos murcham, a pele atrofia, os olhos secam e se esfarelam, restando apenas órbitas vazias.

— Socorro — um dos guardas suplica ao cair no chão, antes de toda a água do seu corpo ser drenada.

O poder se mistura à minha corrente sanguínea enquanto olho para os cadáveres à minha frente. Eles a machucaram.

Eu os extingui.

E faria tudo de novo. Faria *qualquer coisa* pela segurança dela.

Afundo as mãos na terra mais uma vez. Depois, eu me viro e olho para Rosalina.

Ela está deitada no chão, contorcendo-se. A flecha continua cravada no seu ombro. Mas é a pele… Está seca, pálida. E os olhos arregalados, saltando das órbitas.

— Ezryn — ela geme, estendendo uma mão para mim.

Não salvei Rosalina.

Eu a estou matando.

81

Dayton

Minha respiração está acelerada quando irrompo pela porta de Castelárvore e chego à sala do trono na Fortaleza Jardim do Martelo. Keldarion e Farron já estão por ali, ambos com os olhos cheios de terror.

Aconteceu muito de repente. Em um momento, estávamos os três em alas separadas de Castelárvore. No momento seguinte, Farron e Kel corriam para o hall de entrada, gritando com toda a força dos pulmões.

Inicialmente, pensei em um ataque dos goblins. Antes fosse.

Farron me encarou com o corpo estremecido, os olhos brilhando como poças de âmbar.

— É Rosalina — ele murmurou. — Ela está...

Eu sabia que sentir o vínculo predestinado era mais difícil quando eles estavam em reinos diferentes. E se Farron — para não falar de Kel — conseguiu sentir que alguma coisa estava errada...

Bem, nesse caso, alguma coisa estava muito, muito errada.

O imponente Salão de Vernaleão nos recebe quando surgimos, girando em círculos e tentando nos orientar. Kairyn entra correndo, cercado por uma horda de soldados e alguns de seus acólitos. Wrenley está com ele e atrai o meu olhar. Vejo a sua testa franzida de preocupação.

— Keldarion — Kairyn murmura. — Farron, Dayton. O que estão fazendo aqui?

— Onde ela está? — Kel pergunta em tom de ameaça, já avançando para o príncipe de armadura. — Onde está Rosalina?

— Ela está em perigo — Kairyn responde. — Fomos avisados de que ela caiu no rio. Ezryn foi atrás dela. Estou reunindo os guardas e os curandeiros para encontrar os dois e ajudar como puder.

Kel solta um rugido.

— Farron!

— Por aqui! — Farron responde, correndo para deixar o salão. — Consigo senti-la.

Se ele a sente, isso significa que ela está viva. Eu me agarro a esse pensamento. Não posso nem pensar na possibilidade de…

Pare com isso, digo a mim mesmo em pensamento. *Agora estamos aqui. Vai ficar tudo bem.*

Kel e eu seguimos Farron, todos correndo para fora da Fortaleza Jardim do Martelo. Percebo que não estamos sozinhos: Kairyn também veio. Estrelas, seu vigor e sua velocidade são inacreditáveis para quem usa uma armadura.

E não somos só nós. Wrenley também está aqui. Suas longas vestes tremulam às suas costas, e a expressão é de desespero.

Corremos pela Floresta Pradopuro, onde Rosa e eu dançamos… e fizemos amor. Lembranças felizes que agora parecem muito distantes. *Ezryn a encontrou? Ela está bem? Ele está bem?* Não posso pensar em nada disso agora, preciso continuar correndo.

Um raio de luz surge no céu, seguido por um estrondo que sacode as árvores. Uma tempestade. Mas o céu está limpo.

— Lá na frente — diz Farron.

Em direção à tempestade. É claro.

Saímos do meio das árvores e chegamos a uma clareira, onde uma cachoeira se derrama no lago. Mas… o lugar está destruído. Peixes mortos e uma película oleosa marcam a superfície da água. A grama está seca e quebradiça; até a terra parece ter apodrecido. As árvores que delimitam o espaço não são mais do que ossos brancos.

No meio da clareira há uma tempestade. Nuvens escuras giram como um ciclone, carregando galhos, pedras e troncos. Um raio abre uma fenda na terra perto de nós. Há alguma coisa no olho da tempestade. Um homem.

— Ela está aqui, em algum lugar — Farron se desespera, olhando de um lado para o outro.

Keldarion segura Kairyn pela capa e o levanta a uns cinco centímetros do chão.

— Que caralhos está acontecendo aqui?

— Não sei — Kairyn responde no mesmo tom, soltando-se. — Ezryn foi atrás dela.

Não consigo desviar o olhar do homem no centro da tempestade. Ele está encurvado, com as mãos afundadas na terra. Mas a imobilidade em sua postura… é familiar.

— Acho que Ezryn está aqui — murmuro.

Wrenley dá um passo à frente.

— O Alto Príncipe da Primavera causou essa tempestade. Ele destruiu a clareira. — Ela olha para Kairyn. — E rompeu o seu credo.

Kel, Farron e eu nos entreolhamos. Palavras são desnecessárias. Todos sentimos a mesma coisa. O homem é nosso irmão.

E está com um problema sério.

Um estrondo anuncia a entrada dos guardas de Primavera na clareira, todos de armas em punho.

— Príncipe Kairyn! — um deles fala. — Quais são as ordens?

— Não façam nada — Kairyn determina.

— Ele vai destruir a clareira inteira se não for detido — Wrenley argumenta. — Alteza.

— Eu vou detê-lo — Kairyn decide, olhando para a tempestade.

Kel segura o meu ombro e o de Farron.

— Encontrem Rosalina. Façam o que for preciso para salvá-la. — Ele se vira para a tempestade. — Vou conter Ezryn.

Olho para Farron.

— Você manda.

Então, Farron fecha os olhos. Sei que ele se volta para dentro de si, procurando o vínculo que o une a Rosalina.

A máscara de coruja de Kairyn se volta para o Alto Príncipe do Inverno e ele anuncia:

— Vou entrar na tempestade para salvá-lo. Ele é meu irmão.

Kel inspira pelo nariz e marcha em direção ao vento.

— É meu irmão também. Vamos.

82

Farron

O turbilhão que me cerca desaparece. A tempestade que assolava a clareira já não é mais do que uma brisa de primavera, a algazarra dos guardas é um ruído distante e sem importância. Tudo que importa é Rosalina. Corro para longe do lago e da torrente de vento que gira em torno de Ezryn, em direção à base do enorme salgueiro.

— Ela está aqui! — grito para Dayton.

O vínculo urra dentro do meu peito. Ela está *aqui*, mas onde? Não consigo ver nada além de terra revirada, galhos quebrados e uma espada enferrujada enterrada no tronco da árvore doente…

— Lá. — Dayton corre e se atira ao chão, deslizando até uma pilha de ramos quebrados e tecido rasgado.

É dessa pilha que ele tira a minha predestinada.

— Isso não está acontecendo. — Caio de joelhos ao lado deles e seguro o rosto de Rosalina. Quase não a reconheço. Ela parece muito pequena; sua pele está pálida e sem viço, como se toda a umidade tivesse sido extraída do seu corpo. Olheiras escuras cercam os olhos e os lábios estão rachados. Os ossos do rosto estão saltados e há uma flecha cravada no seu ombro.

Respiro fundo, seguro a haste e dou um puxão. A flecha sai depressa e faço pressão sobre o ferimento.

— Ela vai ficar bem? — Dayton grita.

— Eu… não sei. — Sinto a sua pulsação: fraca; verifico a respiração: quase inaudível. Não entendo. A flecha não parece ter perfurado nenhum órgão vital. — Alguma coisa está errada. É como se a vida tivesse sido drenada dela.

Dayton olha em volta.

— E de toda a clareira também. — Ele me encara. — Traga-a de volta, Fare.

— Eu? Mas não sou curandeiro… — O pânico invade o meu peito. De repente, estou de volta aos campos do Condado do Cobre, segurando a minha mãe nos braços enquanto o seu sangue escorre pelas minhas mãos.

— Você andou treinando com Ezryn. — Os olhos azuis de Dayton estão agitados, mas permanecem cravados nos meus. — Ela é sua predestinada. Faça alguma coisa. Faça *qualquer coisa, m*as salve Rosalina.

Ele faz parecer simples. Salve Rosalina. Apenas o faça. Mas ele não entende. Não sente o que eu sinto: o pânico correndo dentro de mim, o clamor do meu vínculo com o dela, cada batida fraca do seu coração ressoando no meu peito, a imagem dos olhos abertos e sem vida de minha mãe.

— Ela precisa de você, Farron. — A voz de Dayton treme. — *Eu* preciso de você.

Fecho os olhos. Rosa precisa que eu salve a sua vida. Dayton precisa que eu proteja a mulher que ele ama. Kel precisa que eu cumpra a promessa de fazer qualquer coisa por ela. Ezryn precisa que eu o salve de uma vida de culpa.

E eu preciso parar de pensar e fazer o que tem de ser feito.

Não suportarei testemunhar mais um último suspiro.

— Faça pressão aqui — peço a Dayton, colocando a mão dele sobre o ferimento da flecha no ombro de Rosa. Depois, seguro o rosto dela entre as mãos e aproximo o corpo de Dayton. O vento sopra à nossa volta, carregando o grito de um homem e o uivo de um lobo. Busco dentro de mim a minha reserva de magia e, nela, o novo conhecimento que adquiri desde que comecei a estudar com Ezryn. Fios de poder alaranjados se projetam de mim, tremulando, e se espalham sobre o corpo dela.

Não há ossos para remendar nem pele para suturar. Não há sangue para redirecionar de volta ao corpo nem necessidade de oxigênio para inflar os pulmões. Ela está simplesmente… vazia.

Não sei o que fazer. Mesmo com a minha magia de cura, o que há ali para ser curado?

— É a força vital — sussurro. — Foi completamente sugada por aquela tempestade. Precisamos encontrar um jeito de recuperá-la.

Dayton contrai um músculo da mandíbula.

— Tudo bem, então.

O pânico me tortura a cada batida fraca do coração de Rosa.

— Tudo bem, então? *Tudo bem, então?* Day, precisamos fazer alguma coisa *agora*…

— Pode me usar. — Ele sorri com suavidade. — Minha magia está à sua disposição, Fare. Transfira a minha força vital para ela.

— Day...

— Nosso acordo. Em qualquer tempestade e em todas as estações. — Ele segura o meu braço, tocando o bracelete dourado e prateado. — Não temos tempo. Acesse a minha magia e a use para salvar a vida dela.

— Eu... não sei o que estou fazendo. Posso te matar...

Os olhos azuis cintilam.

— Então, me mate.

— Dayton, não! — uma voz aguda grita.

Eu me viro e avisto uma mulher feérica se segurando no tronco de uma das árvores mortas. O vento castiga o seu cabelo castanho e curto, além das vestes longas. É a acólita que Dayton salvou do rio, Wrenley.

Ela avança correndo e agarra o braço de Dayton, tentando afastá-lo de Rosalina.

— Você não pode, Dayton! É tarde demais para salvá-la. Ela se foi. Não se sacrifique à toa.

Dayton se solta.

— Nunca tive medo da morte. — Ele olha para mim e sorri. — E não há ninguém em quem eu confie mais.

Nesse momento, sinto a sua confiança. Também sinto a minha confiança em mim mesmo. Porque não vou deixar o mundo tirar Rosa nem ele de mim. Nunca.

Ignorando a acólita, eu me debruço sobre Rosalina, pondo uma das mãos em seu peito e a outra no peito de Dayton.

— Vou transferir a magia dele para ela — explico. — Se for necessário, vou transferir também a sua força vital. Espero que ela não precise de muito para estabilizar.

Um som gutural brota de sua garganta.

— Tudo que sou pertence a ela, de qualquer maneira. Pode pegar.

Fecho olhos e me volto para dentro. Não de mim mesmo desta vez, mas para dentro deles. Fragmentos de mim se projetam por meio da magia, misturando-se aos deles.

Com essa unicidade entre nós três, começo a tecer e unir os fios de vida.

Como eu pensei, a luz de Rosalina está fraca, quase invisível. Dayton brilha como a luz do sol refletida no mar azul. Sua magia me é familiar: ele a transferiu para mim uma vez, nos campos do Condado do Cobre, quando lutou ao meu lado para proteger o meu reino. Eu a transfiro para Rosalina, alimentando-a com vento, mar e força.

Dayton poderá repor a sua magia quando voltar a Castelárvore, por isso dreno tudo; cada gota, cada centelha. Ele vai ficar bem sem esse poder. E eu vou cuidar dele, como ele cuidou de mim por tantos anos. A única coisa que resta dentro de si é a fera sonolenta, porque essa é só dele.

A luz de Rosalina se intensifica, alimentada pela magia de Dayton... Mas ainda não é suficiente.

Agora, preciso transferir sangue e ar.

Ranjo os dentes, sentindo o meu corpo se enfraquecer com essa canalização, mas não posso parar. Ainda não.

Desculpe-me, Day.

Ele é forte. Eu sei que é. E Rosalina também. Ela sempre floresceu com muito menos do que qualquer outra pessoa.

Dayton grita ao meu lado, mas não ouso abrir os olhos e me separar do seu espaço interior. A luz dele diminui, mas a dela se fortalece...

Sangue, ar, ossos e água. Fogos internos; um eu alimento, o outro eu enfraqueço.

Só mais um pouco...

— Pa... pare...

Uma voz fraca, mas que faz o vínculo pulsar em meu peito. Eu me retiro de nosso espaço interno e pisco ao me deparar com a luz.

Rosalina se levanta do colo de Dayton. Seu rosto está muito pálido; os olhos, contornados por círculos escuros. Mas ela voltou. Está acordada e alerta. O ferimento da flecha em seu ombro está cicatrizado. Dayton cambaleia; seu rosto perdeu toda a cor e as mãos tremem.

— Dayton — ela murmura, sustentando o peso dele após descer do seu colo. Rosa olha para mim.

— O que você fez?

— Roubou a vida do Príncipe Dayton para devolver a sua — Wrenley sussurra, olhando para nós.

— Farron, isso é verdade?

— Preciso de um minuto — geme Dayton. — Vou ficar bem assim que recuperar o fôlego.

Suspiro, aliviado. Acabei de passar pelo fio da navalha.

Rosalina toca o meu rosto.

— Você está aqui.

— Sempre.

Ela sorri para mim; depois, ajoelha-se no chão e olha para a tempestade.

— Ezryn? Ezryn!

Agarro o seu braço para impedi-la de correr direto para lá.

— Rosa, espere! O que aconteceu?

— Ezryn — ela responde, aflita. — Ele é meu predestinado. E está lutando contra a quebra da maldição.

83

Keldarion

A ventania e os destroços castigam meu cabelo e minhas roupas quando dou mais um passo rumo ao interior da tempestade. O ar gira em uma espiral violenta ao redor de Ezryn. Pedaços do bosque foram capturados pelo ciclone: troncos, galhos, pedras e torrões de terra voam por todos os lados. Levanto a mão para proteger o rosto.

— A tempestade é muito forte — Kairyn grunhe ao meu lado. — Nunca vamos conseguir nos aproximar o suficiente.

Passo um braço em torno dos ombros de Kairyn. De algum modo, ele ficou mais alto até do que eu. Sua capa preta é sacudida pelo vento e uma pedra se choca contra o capacete, fazendo um barulho metálico.

— Continue. Ezryn precisa de nós.

Damos mais um passo trêmulo em direção à ventania. Cercado pelos destroços que voam, consigo ver o olho da tempestade. Ezryn está ajoelhado, com as mãos na terra. O que está acontecendo dentro dele para desencadear isso? Ele jamais destruiria a própria casa de propósito. Nunca faria mal a Rosalina.

Ranjo os dentes ao pensar nisso. A única coisa que me impede de sair correndo da tempestade e ir atrás dela é a confiança que tenho em Farron. Ele é predestinado da minha predestinada. Sei que vai fazer o que for necessário.

E tem outra coisa.

Ezryn pode não ser meu irmão de sangue, mas, mesmo assim, é minha família. Aproximou-se de mim em meu pior momento, quando qualquer esperança havia me abandonado. Não posso deixar que ele sofra sozinho.

O vento parece gritar de dor, um som estranhamente familiar. Passo a passo, Kairyn e eu enfrentamos a tempestade. Cada movimento traz ventos mais fortes; pequenos torrões de terra rasgam a minha carne e sinto o sangue correr pelo rosto. Nossas roupas foram rasgadas por pedras afiadas. Mas não paramos.

— Está muito forte — Kairyn protesta. — Temos que voltar.

Puxo o seu braço com força.

— Não! — Esse garoto ainda não entende o que é sacrifício, o que é dor. Não entende completamente o que está em jogo. — Juntos! — grito.

Seguimos em frente, um ao lado do outro. Primeiro, o pé esquerdo avança e encontra um apoio no chão; depois, o direito.

Agora, mal consigo abrir os olhos: o vento é muito forte e há granizo misturado aos destroços. Uma enorme pedra de gelo acerta a minha testa. Urro de dor, mas dou mais um passo.

Kairyn cambaleia para trás. Eu me viro e o seguro pelo peitoral da armadura. Ele meneia a cabeça em sinal de gratidão.

Olho para a frente de novo, mas Kairyn grita:

— Cuidado!

Um tronco podre é carregado pelo vento. Não tenho tempo para reagir antes de ele nos acertar a ambos. Caímos um em cima do outro. Armadura, solo e destroços, tudo castiga o meu corpo. Perco completamente o sentido de direção, não sei mais o que está em cima ou embaixo. Tento me levantar, mas caio de novo, rolando pelo chão. A ventania é muito forte. Faço um esforço para abrir os olhos e vejo Kairyn um pouco para trás, caído de bruços.

— Kai! — grito.

Ele se enrijece e, com esforço, fica de quatro, antes de olhar para mim. Há uma rachadura enorme na frente do capacete. O rosto continua escondido, mas vejo uma pequena porção de pele da testa.

Estendo o braço para ele.

— Pegue a minha mão!

De algum jeito, o medo se estampa na máscara rachada de coruja.

— Temos que voltar. Não há como atravessar a tempestade!

— Ele é seu irmão! — grito.

Kairyn balança o capacete.

— Nós vamos morrer.

Encaro o capacete de coruja e suplico com o olhar.

— Kairyn! Pegue a minha mão!

O menino está paralisado. *Aterrorizado*. Apavorado pelo irmão.

Mas eu não vou me render ao turbilhão, não vou deixar Ezryn enfrentar isso sozinho. Minha expressão endurece e desvio o olhar de Kairyn.

— Que seja.

Deixo Kairyn para trás e avanço, agora rastejando. Grito com o vento, deixando que rasgue as minhas roupas, sacuda o meu cabelo e castigue a minha pele. Ele não vai vencer a minha determinação.

O olho do turbilhão se aproxima e consigo ver a silhueta encurvada de Ezryn entre os destroços voadores.

— Ezryn! — grito. — Pare com isso!

Ele nem levanta a cabeça, não se mexe.

Com um urro desesperado, jogo o corpo para a frente, rolo entre dois troncos que passam voando e aterrisso no olho da espiral.

É... tão calmo. À nossa volta, o ciclone permanece a girar, mas aqui tudo é mortalmente quieto. Sereno, até.

Eu me levanto com as pernas trêmulas e me aproximo do feérico encolhido no centro da calmaria. Ele não parece o meu irmão; meu irmão é duro, metálico e indecifrável. Essa pessoa tem cabelos castanhos e ondulados que emolduram orelhas pontudas. Quando me agacho ao seu lado e levanto a sua cabeça com gentileza, a dor em seus olhos escuros é tamanha que sinto a sua intensidade em mim.

— Irmão — murmuro. — Estou aqui.

— Kel? — A voz de Ezryn é trêmula.

Aponto para a tempestade.

— Não precisa mais disso. Eu vou cuidar de você.

— Foi demais para mim, Kel. Demais. Não consegui... machuquei todo mundo.

Seguro o seu rosto entre as mãos. Um choque circula entre a sua pele e a minha. Nunca imaginei que nossos olhares se encontrariam sem barreiras. Nunca pensei que precisaria salvá-lo.

— Vamos resolver isso juntos — digo. — Confie em mim, Ez.

Ezryn se curva, depois se encolhe, e o som que sai dele é um lamento.

— Eu impedi. Impedi que acontecesse.

— Impediu o quê?

Ele olha para mim e lágrimas lavam o seu rosto.

— Impedi que a minha maldição se quebrasse.

Inspiro profundamente e arregalo os olhos. Se a maldição dele se quebraria...

Rosalina.

É claro.

É claro que ela salvaria todos nós. O amor eterno da minha Rosa não tem limites.

Não entendo as consequências de Ezryn ter contido a quebra da maldição ou de eu ter visto o seu rosto.

Mas de uma coisa eu sei: vou enfrentar essa tempestade com ele.

Ajoelhado ao seu lado, seguro o seu rosto e aproximo a sua testa dos lábios. Um beijo de honra, de lealdade, de irmandade.

— Não vou deixar que você machuque ninguém, Ezryn — digo, com a boca em sua pele. — Eu juro.

Seu corpo treme e depois se aquieta. Um uivo soa perto e longe ao mesmo tempo, morrendo depois no silêncio.

A tempestade cessa.

Respiro aliviado e descanso a testa em seu ombro. Ele está seguro…

— Kel! Cuidado!

A voz de Rosalina, mas é tarde demais. Mãos firmes me seguram pelos ombros e me puxam para longe de Ezryn. Grito e me debato. Dois soldados de Primavera me contêm. Eu poderia congelar os seus ossos até transformá-los em pó sem qualquer dificuldade, mas ainda são homens de Ezryn.

— Me soltem.

Outros guardas cercam Ez e apontam armas para ele. Um dos homens se adianta e o algema.

— Alto Príncipe Ezryn, está detido pela quebra de nosso antigo credo e pelo assassinato de três membros da guarda do Reino da Primavera.

— Parem! — Rosalina grita. Ela surge cambaleando do meio das árvores. Seus movimentos estão fracos, débeis. Os príncipes a seguem, com Dayton amparado nos ombros de Farron.

Eu me livro dos guardas e procuro por Kairyn, que está em pé atrás dos soldados, imóvel.

— O que significa isso? — Corro até ele, agarro o peitoral da armadura e o puxo para mim. — Mande-os parar.

— Não há nada que eu possa fazer, Keldarion. Sabe disso tão bem quanto eu. — Sua voz é um retumbar profundo. — O rosto do meu irmão foi visto por gente que não é da família nem seu vínculo predestinado. Esse é o credo em Primavera. Ezryn precisa aceitar as consequências de seus atos.

— Deve haver alguma coisa que você possa fazer.

— Olhe para ele. — O capacete de coruja se desvia de mim para Ezryn, ajoelhado em silêncio no meio de um círculo de soldados. Ele se deixa levar. — Ezryn nunca nos perdoaria se desonrássemos o seu compromisso com o credo.

Rosno e empurro Kairyn para longe.

Rosalina não para de correr. Ela empurra o guarda mais próximo e o puxa pelo braço.

— Parem com isso! Saiam de perto dele!

O guarda se solta e a joga no chão.

— Afaste-se ou vai ser a próxima.

A fúria corre gelada em meu corpo e atravesso o espaço entre eles em menos de um segundo.

— Se puser a mão nela de novo, eu juro que a arrancarei.

O guarda me encara com semblante ameaçador.

— Isso não é da sua conta, Príncipe do Inverno. São questões internas do Reino da Primavera.

Rosalina me agarra.

— Kel, temos que fazer alguma coisa!

Nesse momento, Dayton e Farron se juntam a nós. Em seus olhos, o mesmo brilho suplicante. Eles vão acatar a minha decisão.

Respiro fundo e olho para minha predestinada, para meus irmãos e para Kairyn. Por fim, olho para Ez.

Nossos olhares se encontram e, lentamente, ele meneia a cabeça.

A dor rasga o meu coração. Seria fácil eliminar os guardas e romper aquelas amarras.

Muito mais difícil é entender por que tenho que deixar isso acontecer.

Seguro a mão de Rosalina e recuo. Ela olha para mim com uma expressão de incredulidade.

— Kel?

— Podemos dominar todos eles — Dayton grunhe. — O que estamos esperando?

Os guardas põem Ezryn em pé.

— Não vamos impedir isso? É sério? — Farron sussurra.

— É a vontade de Ezryn — respondo. — Sua honra exige que ele responda pela quebra do credo.

Rosalina se solta e corre para os guardas, que arrastam Ezryn pela clareira.

— Ez... — ela chora.

Ele não a encara; não consegue.

— Me esqueça, Rosa — sussurra.

Kairyn segue a sua tropa. Agarro-o pelo braço quando ele passa.

— Lembre-se — rosno. — Ezryn foi misericordioso com você uma vez.

— Conheço bem a misericórdia de Ezryn — Kairyn responde. — Tive que viver com ela.

Os guardas, Kairyn e o Alto Príncipe, agora um traidor do credo, deixam a clareira. E eu fico no meio dos destroços.

84

Rosalina

— Olá! Estão me ouvindo? Há algo errado com as flores! — Bato com força na porta trancada dos meus aposentos na Fortaleza Jardim do Martelo. — Olá! Preciso falar com o Alto Príncipe Ezryn ou até mesmo com Kairyn! É só um momento!

Rosno, e as chamas brancas lambem as minhas palmas. Vou incendiar todo esse lugar se for preciso.

A porta enfim se abre e recuo imediatamente quando Marigold entra, empurrando um carrinho com café e biscoitos. Ela olha acusadora para a fileira de guardas do lado de fora da porta. Eldy e Astrid entram atrás dela e fecham a porta.

— Se sou uma prisioneira, Kairyn deveria ter a delicadeza de me pôr atrás das grades. — Olho furiosa para a porta fechada, antes de me deixar cair em uma poltrona branca e macia ao lado da janela. Do lado de fora, o sol de fim de tarde brilha rosado, flores e pétalas de cerejeira flutuam na brisa. É muito tranquilo, muito bonito e iluminado.

Momentos como esse fariam muito mais sentido se fossem cercados por uma tempestade.

— Costumo dizer que não há nada que uma bebida quente não possa resolver. Mas eu... Bem... — A xícara delicada treme na mão de Marigold, respingando chá pelo chão.

— Eu ajudo — diz Eldy, pegando a xícara e a colocando sobre a mesa ao meu lado.

Ele é feérico de novo. Depois de alertar Ezryn sobre o meu afogamento, ele disse que pousou e se concentrou em voltar à forma anterior. O feitiço extinguiu-se e ele voltou a ser feérico. Aparentemente, foi um grande choque para alguns funcionários de Primavera ver o mordomo-chefe correndo nu pelos corredores.

Depois disso, ele organizou um grupo para resgatar Astrid e Marigold no alto da montanha. Elas já estavam descendo a encosta, curadas da hipnose graças à água com que as molhei. Felizmente, ninguém sofreu ferimentos graves, e os meus foram curados quando meu vínculo predestinado despertou.

O que quer que tenha acontecido conosco, foi muito semelhante ao que Ezryn e eu experimentamos depois do jubileu. Aquele incidente fora causado pelas flores roxas, mas não havia nenhuma delas no meu quarto. Wrenley aparecera com um vaso de flores vermelhas. Kairyn havia pedido que ela levasse o vaso. *Ele sabe? Não pode ser. Ele não seria capaz, seria?*

Minha cabeça gira com tantos pensamentos. Há flores vermelhas por toda a cidade e na sala do trono. O povo comentava sobre uma doença que se espalhava. *Haveria alguma conexão entre todas essas coisas?*

Embora eu esteja maquinando essas possibilidades, ninguém me dá ouvidos. Garanti que todas as flores fossem tiradas do meu quarto. As vermelhas já haviam desaparecido, substituídas por margaridas que joguei pela janela imediatamente.

Acima de tudo, preciso garantir que Ezryn esteja bem.

Meu predestinado.

Um novo vínculo, as flores, o poder de transformação. Tudo aconteceu muito depressa, e não sei como processar tantas novidades.

— Vai ficar tudo bem, Rosalina — diz Astrid, sentando-se na beirada da cadeira e passando um braço em torno dos meus ombros. — Vamos superar tudo isso.

— Astrid está certa — Marigold concorda. — Acreditamos que Kairyn será justo no julgamento de Ezryn, considerando a situação... — Seu lábio treme, e Eldy a conforta com um abraço.

Alguma coisa desabrocha radiante em meu peito e ouço vozes alteradas do lado de fora do quarto. A porta se abre com um estrondo e reconheço a voz de Kel, baixa e perigosa.

— Tire as mãos de mim.

Ele entra. Farron vem logo atrás, carregando uma coleção de livros e pergaminhos.

Eu me levanto e Kel me abraça.

— Rosa, negociei a sua liberdade com Kairyn, para que possa circular pela fortaleza. Eles não deveriam tê-la trancado.

— De fato — Farron concorda, seus óculos dourados equilibrados sobre o nariz. — A lei é muito específica. A pessoa que viu o rosto não pode ser responsabilizada. A culpa recai apenas sobre o membro da realeza.

— Que livros são esses, Farron? — pergunto, olhando os volumes sem sair dos braços fortes de Kel.

— Leis e textos sobre o credo do Reino da Primavera. Eu estava procurando alguma brecha, algo que pudesse ajudar Ez, mas, pelo que li até agora, a rigidez da regra é absoluta. Day está examinando mais alguns textos dos arquivos, mas não acredito que possamos encontrar alguma coisa para ajudá-lo.

— Não faria diferença se encontrassem. — Marigold se aproxima balançando a cabeça. — O credo está impregnado nos ossos daquele garoto. Ele vai seguir as leis que conhece.

Farron solta os livros e os pergaminhos com um longo suspiro.

— Você está certa, Marigold, como sempre.

Olho para o mordomo-chefe. Eu o transformei... em um *pássaro*. Tudo aconteceu tão depressa que nem tive tempo para pensar nisso. A que fonte de poder recorri? Foi diferente de tudo que já tinha feito antes.

Entretanto, transformei a flecha em água do mar no castelo. Só há registros de outro feérico com essa capacidade de transformar matéria. Levo a mão ao peito, sobre o coração.

Como é possível que minha magia seja parecida com a da Rainha?

— Está tudo bem? — pergunta Eldy.

Balanço a cabeça.

— Hum? Ah, sim, tudo bem. Desculpe por tê-lo transformado em pássaro.

O silêncio invade o quarto. Olho em volta e percebo que todos estão me encarando.

— Como fez aquilo? — Farron pergunta. Ele se aproxima de Eldy, segura o seu braço e o examina.

— Com licença! — Eldy se solta e olha para mim. — Não precisa se desculpar. Sua façanha incrível salvou a minha vida. Além do mais, virei um pássaro fabuloso, se quer saber a minha opinião. É claro que não tão fabuloso quanto um lindo guaxinim. — Ele olha para Marigold e fica vermelho.

— Já sabe sobre a maldição, então — respondo.

— Contei a ele assim que voltamos à fortaleza — diz Kel. — Cheguei à conclusão de que, se ele havia sido transformado em um animal, tinha o direito de saber sobre todos nós.

— Eu soube que a nossa Rosalina era especial assim que pus os olhos nela — declara Marigold, segurando o braço de Eldy. — Sabe, a mãe de Ezryn costumava dizer que existe magia profunda no mundo, muito mais do que podemos entender. Ela desperta quando está preparada para isso.

— Talvez essa magia tenha hibernado por quinhentos anos — opina Farron.

— O que está dizendo, Farron? — pergunto.

— Os reinos foram criados de acordo com as quatro estações para manter o equilíbrio do Vale, mas o mundo não está equilibrado ultimamente. — Ele dá de ombros. — Talvez a magia dela tenha encontrado o caminho de volta para nós.

— Não sei. — Massageio a área sobre o meu coração. Não sinto que a magia tenha me encontrado.

A sensação é de que *eu* a encontrei.

Kel me mantém em seus braços.

— Se há alguém que pode restaurar a harmonia no Vale, esse alguém é Rosa.

— Isso é pressão demais — resmungo.

Marigold afaga a minha mão.

— É melhor deixar vocês todos descansarem. — Ela aponta para Astrid. — Precisamos chegar aos nossos aposentos antes do anoitecer.

Ela e Eldy saem do quarto. Astrid se despede de mim com um abraço rápido e os segue.

— Astrid, espere! — Pego uma carta em cima da mesa de cabeceira e entrego para ela. — Pode enviar isso para os irmãos de Farron? Eles terão de ficar com o meu pai no Condado do Cobre. — Sinto um nó na garganta. — Não quero que ele seja trazido para Primavera antes de sabermos o que está acontecendo.

Ela beija o meu rosto.

— Pode contar comigo.

Suspiro, exausta, quando ela sai e olho para as minhas mãos. Queria poder conversar com o meu pai sobre isso tudo. Talvez ele tenha descoberto alguma coisa em suas viagens que possa explicar quem era Anya O'Connell — ou é.

— Não sei o que aconteceu comigo quando transformei Eldy.

Kel ajeita o meu cabelo atrás da orelha.

— Eu também não sei, minha Rosa. Mas sei que você não caiu no Vale Feérico por acaso. Seu lugar é aqui. A magia vive dentro de você.

Farron se aproxima.

— Você é tão incrível quanto as lendas sobre as quais adoramos ler. Queria que tivéssemos tempo para descobrir todos os seus segredos.

Sorrio para ele.

— Eu também, mas no momento temos que nos concentrar em Ezryn. Alguém o viu?

— Não — Keldarion responde, e um músculo se contrai em sua mandíbula. — Falei com Kairyn. Ezryn está em confinamento solitário, esperando pelo julgamento de amanhã cedo. Há guardas do lado de fora do aposento, mas não há ninguém lá dentro com ele. Pelo menos não precisamos nos preocupar com a possibilidade de alguém se deparar com a fera.

— Como podemos deixar Ezryn lá sozinho? Como é possível que seja levado a julgamento? Ele é o Alto Príncipe. — Lágrimas lavam o meu rosto.

— Ezryn traiu o seu credo sagrado. A lei estabelece que, nesses casos, o poder passa para o regente — Farron explica.

— Não posso deixar isso acontecer.

— Mas deve — Keldarion diz simplesmente, enquanto enxuga as minhas lágrimas. — E você sabe disso, senão já teria destruído toda essa fortaleza e a transformado em ruínas. Porque você conhece Ezryn; você o conhece como ninguém mais. Essa é a forma de amor mais verdadeira.

Engulo em seco. Posso não entender ou concordar com a decisão de Ezryn de enfrentar tudo isso, mas ele valoriza demais a própria honra. Se eu negasse a ele a chance de buscar absolvição verdadeira...

— Preciso vê-lo.

— Nós tentamos, Rosa — Farron diz com tom suave. — Ele não pode... nem quer nos ver.

Sinto a raiva crescer no peito.

— Não quer me ver? Ele é meu pred... — Paro, percebendo que essa é a primeira chance que tenho de dizer isso em voz alta, na frente de Farron e Keldarion.

— Seu predestinado — Keldarion conclui, segurando uma das minhas mãos nas dele. — Eu sei.

Farron segura a outra mão.

Eles não precisam de palavras. O amor flui livremente entre todos nós por meio dos vínculos.

Keldarion segura a mão de Farron e formamos um círculo.

— Você é minha predestinada. Farron é seu e agora Ezryn também. Já disse isso a vocês dois antes, mas vou protegê-los da tempestade que se aproxima. Quando Ezryn voltar para nós, não vamos deixar que ele vá embora. Nós quatro temos que ficar juntos.

As palavras de Keldarion soam como uma promessa.

Ouço um ruído às nossas costas. Quando nos viramos, Dayton está parado na porta.

Constrangido não é uma palavra que associo com frequência ao Príncipe do Verão, mas é assim que ele parece agora, com a mão na nuca e o rosto vermelho. Há quanto tempo está ali esperando? Que palavras ouviu?

— Day… — Dou um passo em sua direção, mas o príncipe apenas deixa mais alguns pergaminhos e livros sobre a mesa antes de se virar para sair. — Não vá.

Ele balança a cabeça e força um sorriso que não alcança os olhos.

— Não há espaço para uma fera entre os príncipes.

85

Rosalina

A única luz é o feixe fraco da minha lanterna; o único som é o gotejar da água que escorre pelas paredes cavernosas.

As masmorras da Fortaleza Jardim do Martelo são mais caverna do que castelo. Agora, estamos bem no fundo, embaixo da montanha, e ajeito o xale em torno do corpo para resistir ao frio.

Sei que Keldarion me pediu para não vir, que Ezryn não deseja nos ver.

Mas sou a predestinada dele. Deitada na cama entre Farron e Kel, que dormiam junto de mim, não havia nada que eu pudesse fazer além de sentir o vínculo gritando em meu peito. Olhei para o teto e senti as lágrimas escorrendo pelo rosto na escuridão.

Foi Kel quem tomou a decisão por mim. Em um minuto, eu estava deitada na cama; no outro, ele me tomava nos braços e me levava para fora do quarto, para não acordarmos Farron.

— Desça as escadas até onde puder. Depois, siga o seu nariz: o ar úmido vai te guiar até o confinamento solitário — ele sussurrou ao me pôr no chão. Sem o meu toque, transformou-se no lobo branco.

Apesar de todas as brigas e todos os segredos, a confiança de Keldarion em mim nunca é abalada.

Segui as suas instruções. Agora, vejo dois guardas diante de uma porta de madeira no fim de um corredor cavernoso. Levanto o queixo e me recuso a deixar a voz tremer.

— Gostaria de olhar nos olhos do meu predestinado antes de ele enfrentar o julgamento. — Os dois se entreolham. — A Alta Princesa Isidora e o Príncipe Thalionor tinham um vínculo predestinado que era reverenciado por todo o Reino da Primavera — continuo. — Imaginei que os servidores do reino respeitariam uma união dessa natureza.

Um deles grunhe:

— Cinco minutos. Nem um segundo a mais.

E abre a porta.

Meu coração bate forte enquanto atravesso o corredor seguinte. Há pedra úmida dos dois lados, mas no final identifico o brilho de barras de metal. Lágrimas inundam os meus olhos quando o vínculo canta dentro de mim. Ele está perto.

Eu me aproximo correndo e agarro as grades.

— Ezryn? — Não há nada além de escuridão.

Mas ouço um som: uma respiração profunda e laboriosa.

Aponto a lanterna e tento focar a minha visão na escuridão. Alguma coisa se mexe nas sombras.

Um grande animal ergue a cabeça, e vejo os olhos amarelos brilhando à luz da lanterna. Há ossos emboscados na pelagem e fungos crescendo em torno das orelhas e nas patas. No canto da cela, vejo a armadura arrumada, as roupas de baixo dobradas.

— Não deveria estar aqui — a fera resmunga.

— Não me importo com o que deveria ou não fazer. — Minha voz é um rosnado. — Você é meu predestinado. Não vou deixá-lo aqui.

Um ganido brota do peito do lobo e ele abaixa a cabeça sobre as patas.

— É uma grande desonra se vincular a mim. Lamento que tenha que passar por essa vergonha.

Um grito de raiva escapa de mim e empurro as barras, por mais inútil que seja o gesto.

— Não me importa do que o chamem ou o que digam que fez. Vou ficar do seu lado, agora e sempre.

O lobo se levanta e caminha em minha direção. Depois, cai na frente da grade, como se até esse movimento limitado fosse insuportável. Não há resistência em sua voz quando ele diz:

— Quase a matei, Rosalina. Essa é a prova de algo que sei desde que matei a minha mãe: existe em mim uma escuridão que não pode ser purgada.

— Nesse caso, vou te amar na escuridão.

O lobo fecha os olhos e, por um segundo, a paz marca o seu semblante.

— Seu espírito indomável é a única esperança que me resta.

— Ezryn — sussurro —, podemos superar tudo isso. Seu reino precisa de você. Alguma coisa terrível está acontecendo.

— Eu destruí tudo — ele sussurra. — Meus pais confiaram a mim a liderança do nosso povo. Roubei minha mãe do Reino da Primavera. Meu pai está morrendo. Traí o nosso credo, tudo que ela defendia. — Seu rosto se contorce. — O legado de meus pais depende de Kairyn. Agora, está com ele.

Uma tristeza profunda me invade quando vejo nos olhos de Ezryn que ele se rendeu, depois de tanto tempo lutando para provar que era *bom;* algo que sei desde o início. Mas ele nunca se perdoou pela morte da mãe, e não sei se algum dia vai se perdoar por ter me machucado.

— Confia mesmo que Kairyn lhe dará um julgamento justo? — Fico nervosa ao pensar na raiva na voz de Kairyn naquele primeiro dia em que o vi no Salão de Vernaleão.

— Pela primeira vez na vida, acho que nós dois finalmente nos entendemos. Ele é filho da Primavera, será guiado pela honra. Vou aceitar o seu veredito, seja punição ou... — A voz de Ezryn fica mais baixa. — Ou perdão.

Agora eu entendo. Ele se sente em dívida com Kairyn porque matou a mãe deles. Aceitar o julgamento do irmão pode ser o único jeito de Ezryn se curar dessa culpa.

— Você não pode desistir — digo. — Vamos enfrentar esse julgamento. Você vai voltar para Castelárvore comigo, Kel, Day, Farron e...

O lobo balança a cabeça.

— Só quero que meu pai viva para ver o reino em paz. Então, minha mãe poderá descansar. Kairyn vai me julgar como eu mereço.

Um rugido reverbera em minha garganta.

— E o que eu mereço? Meu predestinado seguro e em meus braços!

O lobo muda de posição, triste. Um soluço escapa do meu peito e aperto o corpo contra a grade, tentando alcançá-lo. Meus dedos tocam os pelos em torno de uma orelha. O ar canta com a magia e Ezryn muda de forma. Minhas mãos agora seguram o seu rosto, o corpo feérico encostado na grade diante de mim.

Ele me fita com os olhos escuros, lindos à luz da lamparina. Nunca vou me cansar de ver o seu rosto. Um sorriso se mistura às minhas lágrimas, e afago a ponta de suas orelhas, enrosco os dedos nos pelos.

Ele passa a mão por entre as barras e segura o meu queixo.

— Eu nunca vou te deixar, Rosalina. Não importa o que aconteça comigo, eu agora serei sempre uma parte de você.

Uma voz avisa do corredor:

— O tempo acabou!

Os guardas.

Ezryn olha para a escuridão.

— Agora, vá. Se ficar por mais tempo, eles virão buscá-la e terão uma surpresa com o que encontrarão aqui.

— Ezryn... — imploro, mas ele se afasta e volta à forma da fera.

Quando percorro os corredores escuros de volta para o quarto, percebo que minha única esperança agora é Kairyn. Torço para que em seu coração partido ainda reste alguma misericórdia.

86

Caspian

Uma cortina de espinheiros em volta da cama. Sim, ela gostaria disso. Providencio e entrelaço pétalas vermelhas em um tecido leve. *Perfeito.* Na minha cabeça, meus espinhos não são coisas roxas e arruinadas, mas os ramos verdes e vivos de uma roseira. Preciso continuar expandindo essa casa imaginária, reforçando as janelas, impedindo a entrada de qualquer coisa do mundo externo. Muralhas mais altas, mais ramos, mais rosas...

Crac.

Sinto a dor se espalhar pelo meu corpo. Uma parte substancial da minha casa imaginária desaba, explode em chamas. Lampejos de realidade me alcançam em explosões violentas de agonia: as algemas enferrujadas penetrando os pulsos, o mastro dilapidado ao qual estou acorrentado, o chão sobre o qual meus pés descalços não conseguem se firmar, porque é uma rocha ensopada de sangue. Mas ainda estou em pé. Pelo menos isso.

Respiro fundo, preparando o próximo ataque, tentando construir essa barreira em minha cabeça contra o mundo real. Mais rosas, mais...

Crac.

A vida recai sobre as minhas costas, espalhando suas pontas incandescentes e cortantes. Ranjo os dentes com tanta força que penso que vão quebrar. Não vou gritar. Não vou dar essa satisfação a ele.

Meu rosto se esfola no mastro de madeira. Ele se assoma como um sentinela na Torre do Reino Inferior. Pelos cantos escuros da minha visão, vejo que uma multidão se reuniu para testemunhar o castigo do Príncipe dos Espinhos. Há goblins e soldados em grandes números. Avisto até um ou dois trolls da caverna no fundo do grupo.

Não posso condená-los. Eu também teria vindo assistir ao meu açoite.

Mas minha mãe não está mais aqui. Acho que ela foi embora depois das primeiras cinquenta chicotadas.

— Decidiu se juntar a nós, bonitão? — uma voz debocha atrás de mim.

Amaldiçoo a demora do próximo golpe. É mais fácil desaparecer nas pancadas ritmadas, mas a pausa só amplifica o impacto da dor. Gemendo, olho para trás. A Rainha do Inferior deve estar furiosa comigo, para ter confiado essa tarefa a *ele*.

Ninguém se lembra do seu nome verdadeiro ou ninguém se importa, mas na Torre do Reino Inferior ele é conhecido como Chicote de Fogo, um desertor pervertido do Reino do Outono com uma quedinha pelo fogo. Ele enfeitiçou o seu chicote de arame farpado com chamas.

A arma é estupidamente eficiente, pois não só corta a pele, mas queima o músculo até o osso. A dor me traz inteiramente de volta à realidade e sufoco outro grito. Estrelas, é como se ele tivesse deixado toda a minha coluna à mostra.

— Você me ouviu, bonitão? — Chicote de Fogo provoca. Ele lixou os dentes para deixá-los pontiagudos, e isso confere um chiado intenso às suas palavras. — Pronto para gritar por misericórdia?

— Você só me acordou de um cochilo — respondo, tentando desesperadamente esconder o tremor rouco na voz. — Não senti quase nada até agora.

O feérico solta um urro animalesco. Quem se aventura no Inferior tem que ser meio desequilibrado, e Chicote de Fogo não é exceção.

Talvez para o meu azar.

Ele estala o chicote novamente e acerta as minhas costas. As farpas afiadas do arame rasgam o que restou de carne. Ondas de calor me engolem e sinto cheiro de queimado. Sete reinos, é a minha pele? *Não grite, não grite.*

Preciso desaparecer nos recônditas da minha mente. Construo esses refúgios, essas fugas, não só para me esconder da dor, mas para bloquear os sussurros.

Não os chilreios dos goblins nem as provocações de Chicote de Fogo.

Os sussurros dentro de mim.

A Chama Verde se arrasta em mim como uma serpente esperando para atacar. *Você poderia aniquilar todos eles, destruir esta torre, nunca se render.*

Se eu usasse aquela magia…

Perdi o controle sobre ela uma vez. Não vou fazer isso de novo.

É o que ela quer. Sira não se incomodaria se eu destruísse essa torre com chamas verdes. Não. Ela está esperando por isso. Esperando o dia em que estarei tão farto desses castigos que cederei.

Mas é necessário muito mais do que isso para me quebrar.

Então, construo casas de rosas. Fujo para esses lugares, porque hoje ela está aqui.

Rosalina parece ser parcialmente feita de flores em minha imaginação. *Está aqui por minha causa*, ela diz.

Minha mãe descobriu que menti e que sempre soube do poder dela. Agora, como eu, Sira sabe exatamente quem é Rosalina.

E não está feliz por eu ter escondido isso dela.

A surra continua, e sinto meus pés escorregando. É pior ser sustentado apenas pelas correntes. Ela me sentenciou a duzentas chicotadas, mas Chicote de Fogo vai me manter aqui até seu braço ceder ou até eu gritar ou implorar. Perdi as contas, e certamente não há mais pele em minhas costas.

Puxo Rosalina para a cama. Imagino o beijo. Porque a beijo. Um beijo estúpido, inconsequente e incrível. Um beijo para me sustentar no que está por vir. *Ela gostou.* Sei que gostou.

Meus joelhos se dobram e batem no chão. Agora estou tossindo sangue. Provocações e gritos atravessam a minha barreira. As rosas estão se transformando em espinhos amaldiçoados, estão morrendo. A realidade se impõe.

Rosalina.

Ela me beijou de um jeito que me fez querer repensar tudo. Porque, se Farron conseguir fazer o que pedi a ele, isso destruiria o que existe entre nós?

Estrelas, estrelas. Cada parte sã de mim torce por isso.

Todas as outras partes rezam para que não aconteça.

Felizmente, não há ninguém para ouvir minhas preces.

Só existe uma cortina de pétalas entre mim e o esquecimento. Acho que agora estou sufocando em sangue. Deus, é repugnante.

Não rezo, mas todas as minhas esperanças estão naquele principezinho.

Fare.

Queria que ele não me odiasse, mas eu também me odiaria, se fosse ele.

As rosas apodrecem, e Rosalina desaparece. Sou deixado com o mastro e as correntes, com os goblins e essa dor. Droga, dói. Um grito miserável de súplica se forma em meus lábios, e uma espiral verde se levanta dentro de mim. Não sei qual dos dois vencerá, só sei que, seja como for, eu perco.

— É o suficiente. — Uma voz familiar interrompe os fragmentos em minha cabeça. Rouxinol se coloca na frente de Chicote do Fogo.

— A punição do Príncipe dos Espinhos ainda não terminou. — Ele estala o chicote olhando para ela. O feérico tem quase três vezes o tamanho de Rouxinol, mas ela levanta o queixo.

Há quanto tempo ela está assistindo? Não entendo por que quer que isso pare. Ela deveria estar satisfeita. Matei os seus Cavaleiros do Medo.

— Minha mãe ordenou duzentas chicotadas. Você já foi além disso, pelas minhas contas.

— Foram só cento e setenta e cinco. — Ele lambe os lábios. — E a Rainha não vai se incomodar se eu passar um pouco do número estipulado.

Não sei quem está mentindo.

Rouxinol põe uma das mãos na cintura, mas alguns de seus espinhos prismáticos brotam da pedra.

— Talvez, mas, se ela concordar comigo, vou pedir para aplicar a sua punição pessoalmente. Quer saber como seria?

— Quem dá chicotadas aguenta apanhar de chicote. Não tenho medo de você, Princesa.

— Ah, eu não usaria nada tão bárbaro quanto um chicote — ela responde, e ouço uma insinuação de humor em sua voz. Mais espinhos brotam do chão. — Vou enrolar meus espinhos em cada um dos seus cinco apêndices e, então, apertar, apertar, apertar, só para ver qual arranco primeiro.

— Ci... cinco? — Chicote de Fogo engole em seco e olha para baixo.

Rouxinol dá um passo à frente e o homem recua, cambaleando.

— Aposto que sei que parte pequena e frágil do seu corpo se partiria primeiro. Saia da minha frente!

Chicote de Fogo enrola o instrumento em chamas e cospe no chão, antes de se afastar, sorrateiro.

Quero desmoronar; quero desaparecer no esquecimento. Mas não posso. O mais difícil está por vir.

Ouço o estalo de uma fechadura. Meus pulsos estão em carne viva e cortados pelo atrito com o metal enferrujado. Rouxinol toca meu braço com a mão enluvada.

— Fique em pé, se puder — ela cochicha, venenosa. — Todo mundo está olhando.

Minha voz é fraca.

— Não consigo...

— Em pé.

Sei que ela está certa, por isso eu me levanto, apesar da visão turva. Discretamente, ela põe um espinho em minha mão e eu o aperto. A dor aguda da perfuração me ajuda a esquecer da dor nas costas por um momento.

Todo mundo está olhando, todos os goblins e os soldados. Já me viram ser espancado antes, é claro, mas faz muito tempo que Sira não fica tão aborrecida. Não posso mostrar a eles quanto ela me machucou.

Casualmente, passo a mão no cabelo encharcado de suor.

— Nada como uma sessão com Chicote de Fogo para melhorar a circulação. — Aponto a pedra ensanguentada. — Eu recomendo sempre que um estímulo for necessário.

Os rostos na multidão estão completamente chocados. Admirados por eu ficar em pé, por eu conseguir falar. Por fim, olho para eles com uma expressão sombria que diz: essa dor não foi nada para mim, e, se algum dia me desobedecerem, isso é só uma fração do que vou fazer com vocês.

— Bem, querida irmã, podemos ir?

Eu não poderia invocar espinhos agora nem se tentasse. Ela sabe disso. Rouxinol olha ameaçadora para a multidão, e espinhos prismáticos nos cercam. Tomando muito cuidado com as minhas costas, ela nos leva para baixo.

Assim que emerjo do chão e reconheço o meu quarto, solto um grito e desabo. Os espinhos de Passarinho não me deixam cair de verdade, pois envolvem os meus braços e me põem deitado de bruços na cama.

Eu me contorço, grito no travesseiro e tento tocar as minhas costas em brasas.

— Não. — Passarinho afasta minha mão com um tapa.

— Ainda restou alguma pele? — Mesmo com a visão turva, vejo sua careta e seus lábios comprimidos. Minha irmã não é de se impressionar facilmente.

— Agradeça por nossa mãe proibir qualquer um de tocar no seu rosto. — Ela aproxima uma garrafa dos meus lábios. — Beba.

Pode ser uma de suas poções, mas bebo assim mesmo. Eu deveria estar mais preocupado, considerando que, na última vez que a vi, dizimei o seu esquadrão.

Mas... não é assim que as coisas funcionam entre nós.

Engulo, e o mundo desaparece.

Quando volto a mim, tudo é confuso. Minha pele ainda lateja, mas agora a dor é mais suportável. Viro o pescoço e vejo que Passarinho espalhou pelas minhas costas algumas tiras de tecido embebido em loção. Ela está ajoelhada ao lado da bolsa de suprimentos, sem a armadura, vestida com uma longa túnica preta e legging, com o cabelo curto preso.

Parece muito mais jovem desse jeito.

— Que horas são? — pergunto com voz áspera.

— Pouco mais de meia-noite. — Ela se senta no chão ao lado da cama.

Mentalmente, calculo o espaço de tempo de tudo isso.

— Faltam poucas horas para o julgamento de Ezryn, então. — Essa foi uma das últimas coisas que eu soube antes de ser levado da detenção para a praça. O Príncipe da Primavera foi visto sem o seu capacete e vai a julgamento.

E, é claro, há a questão de seu vínculo predestinado.

— Você matou os meus Cavaleiros do Medo.

Não desvio o olhar de seus olhos azuis.

— Pensei que estaria mais triste com isso. Nem uma lágrima? Sei que consegue invocar todo tipo de emoção.

Seu rosto de pedra não se altera.

— Por que os destruiu? Por Keldarion? Por causa daqueles príncipes por quem é obcecado? Ou foi por Rosalina? Os Cavaleiros do Medo eram tudo que eu tinha, Cas.

Talvez ela os considerasse o seu caminho para a liberdade. Não posso condená-la por tentar. Eu também tento. Todas as coisas horríveis que fiz — os truques do acordo com Farron, o cerco dos goblins ao Outono —, tudo aquilo é pouco perto do que vai acontecer se eu não conseguir escapar do Inferior.

— Os Cavaleiros do Medo obedeciam às suas ordens, mas eram leais a Sira — digo. — Qual foi a primeira coisa que lhe ensinei?

— Não se pode confiar em ninguém no Inferior.

— Não se pode confiar em ninguém no Inferior — repito.

Uma pergunta paira no ar entre nós. *Posso confiar em você?*

Acho que nenhum de nós sabe a resposta, mas digo o que posso.

— Passarinho, eles não eram tudo que você tinha.

— Como sabe? Eu tinha os meus Cavaleiros do Medo e os meus espinhos! É isso! — Ela se levanta e enxuga as lágrimas com uma das mãos. — Você tem as suas sombras, os seus espinhos e o que a magia verde…

— Confie em mim, você não quer se meter com isso.

— E ela… — continua Rouxinol. — Ela tem espinhos e fogo, e quem sabe o que mais? Não que fosse boa com alguma dessas coisas, mas esses espinhos são *tudo* que me resta agora.

— Como sabe, Passarinho?

Seu rosto se transforma e ela meneia a cabeça.

— Pare de se mexer — diz, levantando a ponta de um dos curativos. — Está cicatrizando.

— Kairyn vai sentenciar o Alto Príncipe à morte?

Rouxinol para e não diz nada.

— Você não sabe, não é? — deduzo. — Já falou com o seu cachorrinho de lata, pelo menos? Na última vez que o vi, ele estava apertando o seu pescoço.

— Kairyn está confuso. Nunca pensei que aquele idiota do Alto Príncipe realmente o nomearia regente. Kairyn precisa perceber que isso não é suficiente. Não pode ser suficiente.

— Talvez seja para ele. O amor e a aceitação de um Alto Príncipe são coisas envolventes.

— Ele pode *ser* um Alto Príncipe — Passarinho declara, andando de um lado para o outro. — Como regente, ele tem o direito de fazer o julgamento, e o credo que eles seguem prevê pena de morte para os crimes que Ezryn cometeu. Kairyn poderia herdar a Bênção da Primavera, poderia ter tudo o que sempre quis.

Eu me mexo com cuidado.

— E isso teria alguma importância para Kairyn, com Ezryn morto e impossibilitado de presenciar tudo isso?

Passarinho solta um grito de raiva e derruba uma fileira inteira de livros da minha estante.

— Ele não pode preferir Ezryn a mim! — Ela arregala os olhos. — Quer dizer, ao nosso plano, à nossa visão para a Primavera, para o Vale Feérico.

— Veremos.

Ela balança a cabeça e começa a vestir a armadura.

— Espero que você melhore, Cas. E Kairyn não é o meu único plano em andamento. Todas as flores apodrecem, até as rosas. Vou provar o meu valor para nossa mãe.

— Err... Espere. — Eu me apoio sobre os antebraços. — Se matar Rosalina, isso vai te destruir também.

Ela põe a máscara sobre o rosto e os espinhos se levantam à sua volta.

— Não se preocupe, meu irmão. Eu morri há muito tempo.

Os espinhos a levam para baixo e eu caio na cama. Ela vai atrás de Rosalina de novo. A única coisa que me impede de correr atrás dela é um pensamento: ela subestimou Rosalina.

O mundo a subestima. E, quando chegar a hora, ela vai brilhar tão forte que ninguém vai conseguir fazê-la parar.

87

Dayton

A luz do começo da manhã brilha sobre os parapeitos da Fortaleza Jardim do Martelo. Um vento suave traz o aroma das flores das cerejeiras. Minha família e eu aguardamos. Juntos, como se à espera de um funeral.

Kel, Farron, Rosalina e eu estamos enfileirados, olhando por cima do parapeito de pedra os principais portões da fortaleza. Lá embaixo, um palanque de madeira foi construído durante a noite. Uma multidão já começou a se formar. Os sussurros contidos se misturam, originando um rugido quase ensurdecedor.

Fomos todos confinados à fortaleza na noite passada. Por segurança, disse Kairyn. Mas sabemos a verdade. Ele não queria que nenhum de nós tentasse resgatar Ezryn do confinamento. Não que eu tenha alguma magia para isso agora. Farron a drenou completamente para salvar Rosa, e não vou conseguir recuperá-la até voltarmos a Castelárvore.

Apesar dos guardas que circulam pela fortaleza, a verdade é que qualquer um de nós, inclusive Rosa, poderia ter libertado Ez, mas as palavras de Kel ecoaram em minha cabeça insone durante toda a noite: *Essa é a vontade dele.*

Que os reinos o amaldiçoem! Por que Ezryn tem que ser tão honrado?

Pelo menos os três passaram a noite juntos.

— Essa espera está me matando. — Farron passa a mão pelo cabelo. — Não podemos subornar Kairyn para que deixe tudo isso para lá? Ameaçá-lo? Não me oponho a uma coação bem executada.

— Isso não tem nada a ver com Kairyn, e você sabe disso — Kel responde. A Espada da Proteção brilha em suas costas. Rosa a jogara no lago para escondê-la do Inferior, mas felizmente conseguimos recuperá-la antes de voltar à fortaleza.

A tempestade de Ezryn a trouxera à superfície da água, e Rosa avistou-a entre os destroços.

— Ezryn jamais nos perdoaria se desconsiderássemos a sua vontade de submeter-se às tradições de seu povo — Kel continua.

Lá embaixo, os portões se abrem e a multidão se cala. Kairyn aparece, sua capa tremulando ao vento. O pai vem logo atrás, carregado em uma liteira por quatro guardas da Primavera. Cada passo das pesadas botas de Kairyn ecoa nos degraus do palanque. Noto que a rachadura em sua máscara foi reparada com um fio de prata.

Os soldados acomodam a liteira cuidadosamente ao lado de Kairyn. Pelos deuses, a aparência de Thalionor é péssima. Não consigo ver o seu rosto, mas o seu estado é evidente na postura: mãos retesadas agarradas aos apoios para braço, a cabeça caída sobre o peito. Uma substância amarela escorre para o pescoço por baixo do capacete. Eu não me surpreenderia se alguém tivesse posto o capacete em um cadáver e o chamado de príncipe.

Ouço um soluço. Olho para baixo e encontro Marigold e Astrid. Marigold se apoia no ombro de Astrid, que massageia as costas dela. Sei que ela serviu Ezryn desde que ele era criança. Isso é tão difícil para ela quanto para nós.

— Não acha que a multidão está um pouco estranha? — Farron pergunta a Kel.

— Como assim?

Farron balança a cabeça.

— Não sei dizer o que é, mas algumas dessas pessoas parecem... vazias.

— Ezryn foi um membro da casa dos nobres muito estimado desde que nasceu. Todos devem estar chocados por ele ser levado a julgamento — Kel responde.

Lá embaixo, Kairyn levanta uma das mãos.

— Cidadãos de Florendel, apresento-me diante de vocês como regente de Primavera, filho do Príncipe Thalionor e da falecida Alta Princesa Isidora, irmão do atual Alto Príncipe de Primavera. É com grande tristeza que informo que o Alto Príncipe será julgado esta manhã pelo mais grave dos pecados, pela maior traição contra o nosso povo.

Todos reagem, chocados; eu ranjo os dentes. O ódio ferve dentro de mim enquanto olho para Kairyn. Kel diz que isso não tem nada a ver com ele, que ele só está fazendo o que tem que fazer, o que o credo exige.

Digo que isso é bobagem.

Eu sempre soube, desde a época em que era um pequeno babaca e vivia correndo atrás de nós, que havia algo de perverso em Kairyn. Quando ele atormentava os garotos do povoado ou resmungava idiotices por trás do capacete, eu reconhecia tais atitudes como algo maior do que uma rivalidade entre irmãos. Ele sempre odiou o irmão mais velho. O ressentimento é evidente.

— Aposto que, de algum modo, Kai planejou toda essa porra — resmungo. — Ele sabia que os guardas veriam o rosto de Ez.

Kel balança a cabeça.

— Kairyn salvou a vida de Ezryn contra o monstro da Rouxinol. Ele salvou a vida de todos nós.

Ando de um lado para o outro atrás deles, sentindo nas mãos a ânsia de empunhar as espadas.

— Só não consigo acreditar que vamos ficar aqui, esperando e assistindo a tudo, enquanto a *vida* de Ezryn está nas mãos desse maluco! Ezryn vai deixar isso acontecer consigo mesmo…

Kel segura a minha mão com força e me encara com um olhar gelado.

— A escolha foi dele. E você vai respeitar a sua vontade.

Mostro os dentes e empurro a mão dele para longe.

Farron se aproxima e olha para nós dois.

— Ezryn teve a chance de tirar o capacete de Kairyn anos atrás, quando o derrotou no Rito. É claro que Kairyn se valerá da mesma misericórdia.

— Ou vai matá-lo — digo.

Um som agudo brota do parapeito e Rosalina se dobra sobre ele, com a mão no peito. É o primeiro som que ela emite desde o início da manhã. Sete reinos, eu sou um idiota. Kel olha para mim com ar ameaçador, depois se aproxima dela e põe a mão em suas costas.

Se eu não estou lidando bem com isso, como ela deve se sentir?

Eles são predestinados.

Ela é predestinada de Ezryn, porra. Assim como de Kel e Farron.

Pensar nisso me põe em parafuso. Eu me viro e apoio as mãos na parede de pedra, tentando conter o impulso de socá-la.

Lágrimas inundam os meus olhos. Rosalina tem vínculo predestinado com todos os Altos Príncipes.

Menos comigo.

O que foi que eu fiz? Não pode ser por falta de amor, porque, porra, eu a amo tanto que senti que isso poderia me destruir. Por que o universo me amaldiçoa desse jeito? Essa maldição é pior do que me transformar em fera durante a noite.

Então, um pensamento me atinge como uma lâmina.

Talvez seja porque eu nunca deveria ter sido Alto Príncipe do Verão. Keldarion, Ez, Farron... Todos eles são filhos mais velhos ou o único filho. A Bênção que cada um recebeu fazia parte do seu destino.

Eu recebi a minha mediante sangue e morte.

Talvez Rosalina fosse destinada a Dâmocles. Talvez o tivesse amado, e ele a teria amado. Ele deveria estar vivo agora.

E eu deveria estar enterrado.

Ouço passos na escada. Eldy se aproxima com uma expressão desolada. O que Rosalina fez com ele ontem se dissipou, e ele retomou a forma de feérico. Mais um aspecto de sua estranha magia. Precisamos explorar tudo isso, mas agora a nossa prioridade é Ezryn.

— Alguma notícia? — pergunta Kel.

— Acabei de prepará-lo — Eldy responde com ar solene. — O julgamento vai começar.

88

Ezryn

Durante toda a minha vida, lutei para honrar o meu povo. Honrar o meu reino e a minha família. Honrar a mim mesmo.

Agora, quando surjo à luz do sol, todos os olhos da capital se voltam para mim com vergonha.

Guardas me escoltam e minhas mãos estão algemadas, mas é desnecessário. Eu não me sujeitaria a mais esta vergonha: tentar fugir da punição. Meu rosto foi visto pelos soldados que matei, pelos outros Altos Príncipes, pela guarda do meu irmão. Não poderia haver desonra maior.

Uso a armadura prateada que foi especialmente feita para mim quando recebi o manto de Alto Príncipe. O capacete em minha cabeça foi forjado com os metais mais preciosos. Se este for o meu fim, encerrarei a minha vida com o orgulho que me resta.

A multidão abre caminho quando avanço da fortaleza para o palanque onde está o meu irmão. Alguma coisa vibra perto do meu coração, uma atração e uma súplica ao mesmo tempo. Olho para os parapeitos.

Rosalina.

Minha predestinada...

Sua expressão é de pura angústia, suas lágrimas brilham ao sol matinal. Quase a matei. Minha maldição quase foi quebrada. Finalmente encontrei o meu amor predestinado e ela aceitou o vínculo comigo... Mas por quê? Por que eu mereceria amar alguém tão puro como Rosalina e ser amado por ela?

A fera se inquieta dentro de mim, contrariada e agitada. Gostaria de se livrar de mim.

Mas imagino que eu precisava mais dela do que ela precisa de mim.

Abaixo a cabeça, incapaz de continuar sustentando o olhar de Rosa. Não envergonhei só a mim e à minha família, mas causei grande vergonha a ela também. Rosalina é a predestinada de um traidor do credo.

Meu único consolo é saber que, ao aceitar a punição que me for imposta, poderei recuperar uma parte da minha honra. Uma vez julguei Kairyn, agora ele vai me julgar. Um ciclo, como o das estações. Parece adequado.

Penso que, no fundo, eu sabia que esse dia chegaria. Era meu destino responder a ele por ter tirado a vida de nossa mãe.

Um guarda me empurra para a escada do palanque. Meu irmão está lá no alto, uma sombra comprida, mas não consigo olhar para o meu pai. Talvez uma pequena misericórdia oferecida por seu estado seja não estar lúcido o suficiente para entender a desgraça do filho mais velho.

— Ajoelhe-se — Kairyn diz em voz baixa.

Eu me ajoelho aos pés de meu irmão.

— Diante de mim está o Alto Príncipe Ezryn — Kairyn anuncia com uma voz estrondosa. — Ele está aqui para enfrentar o julgamento pelo mais lamentável dos males. Nosso Alto Príncipe quebrou o credo sagrado, desrespeitou o juramento feito ao reino e aos cidadãos, e revelou o seu rosto fora do círculo mais próximo.

A multidão reage, horrorizada, com soluços e gritos de ultraje. Permaneço imóvel, embora respirar seja uma luta.

— O Príncipe Ezryn não só revelou o seu rosto, como assassinou brutalmente aqueles que o viram. Depois, profanou um dos nossos espaços mais sagrados — Kairyn continua. — Como regente de Primavera, cabe a mim julgá-lo.

Abaixo a cabeça. Há muitos anos, estive no seu lugar e o denunciei publicamente. Eu o entendo e não guardo rancor. O dever antes do sangue; o reino antes do coração.

— Você nega as acusações, Príncipe Ezryn? — pergunta Kairyn.

Percebo que ele não usa o meu título completo.

— Não — respondo.

A multidão reage outra vez. Cerro os punhos ao sentir o peso desse choque. Aquele espaço ao lado do meu coração dói.

Kairyn dá um passo em minha direção.

— Então, farei o que devo...

— Espere! — alguém grita. É um som fraco, uma voz libertada depois de séculos de silêncio. Meu pai fica em pé.

— Senhor! — Um guarda corre para ampará-lo, mas meu pai o empurra.

— P... perdão — diz meu pai. — V... vamos perdoar...

Suas palavras são interrompidas por Kairyn, que o segura pelos ombros com rispidez e o empurra para a cadeira em cima da liteira.

— Sente-se, pai. Está doente. Essa traição já o aborreceu demais. — Ele acena com a cabeça para os guardas. — Vou mandá-lo de volta aos seus aposentos para que possa descansar.

— Espere… — Acho que ouço meu pai dizer, mas os guardas erguem a liteira e o levam de volta para dentro da fortaleza.

A respiração pesada de Kairyn ecoa dentro do capacete. A multidão agora começa a murmurar, repetindo a palavra dita pelo meu pai: *perdão*.

Eles não entendem? Não há nenhum caso de perdão real concedido em toda a história. Eu não faria um pedido especial por mim mesmo.

Mesmo em seu estado mais frágil, meu pai sempre contou com a lealdade do povo, um testemunho dos seus muitos e longos anos de serviço ao lado da Alta Princesa, de sua liderança no governo e nos campos de batalha. Os cidadãos de Primavera devem chorar a perda de quem ele foi no passado como choram a perda de minha mãe. Essa lealdade, todavia… Eles a estão estendendo a mim.

— Perdão para o Alto Príncipe Ezryn! — alguém grita.

— Anistia!

— Misericórdia, milorde!

E, de repente, uma voz se eleva sobre todas as outras e um corpo surge entre mim e Kairyn. Braços abertos, cabelo ao vento. Minha predestinada.

— O Alto Príncipe Ezryn removeu o capacete para salvar a minha vida. Sou seu amor predestinado. Está escrito nas estrelas e no credo que devemos saber tudo um do outro, ver tudo um do outro — ela diz. — Fui atacada por aqueles guardas e ele tentou me proteger. Foi um acidente infeliz, mas o Alto Príncipe Ezryn não traiu o credo por vontade própria. O pai dele, regente legítimo de Primavera, decidiu pelo perdão. Que a sua decisão seja respeitada. — Seu corpo treme, mas sinto sua determinação firme como aço. — Por favor, Kairyn.

Kairyn olha em volta. Ele também deve sentir o que eu sinto. Perdeu o apoio do povo. Todos estão ao meu lado.

Primavera poderia conceder perdão a um traidor do credo? Há possibilidade de salvação?

Kairyn permanece em silêncio, até que, finalmente, joga a cabeça para trás.

— Bem! O povo deseja oferecer misericórdia a alguém que debochou dos nossos costumes. Entendo como é. — Ele empurra Rosalina para o lado e a encara, ameaçador. — *Eu* sou o regente legítimo. Seu *predestinado* me nomeou antes de você desaparecer no rio.

Rosalina sustenta o seu olhar, mas permanece onde está, de braços cruzados.

Percebo que Kel, Dayton e Farron se aproximaram do palanque. O que devem pensar de mim agora, coberto de tanta vergonha?

— Muito bem, então — Kairyn anuncia, estendendo os braços. — Quem sou eu para contrariar os desígnios do reino? O povo clama por misericórdia. Entretanto, diga ao povo apenas uma coisa. — Kairyn se abaixa para alinhar o capacete ao meu. O espaço vazio onde deveriam estar os seus olhos é dominado por sombras. Ele pronuncia as palavras devagar, como se cada uma fosse uma faca serrilhada com a qual me apunhala. — Quem matou nossa mãe?

Respiro fundo.

Kairyn se levanta e assume novamente o tom retumbante.

— Responda aos seus leais cidadãos. Quem assassinou a Alta Princesa Isidora?

Minha voz treme.

— Eu.

— Mais alto — Kairyn urra. — Que o reino ouça a verdade. Quem assassinou Isidora?

— Fui eu! — grito e me sinto desmoronar por dentro.

— Ez, não! — Kel grita de um lado do palanque.

Minha voz é quase inaudível.

— Foi um acidente. Eu não queria...

— Mesmo assim, se não fosse por você, nossa mãe ainda estaria aqui — Kairyn sussurra, venenoso.

A multidão agora está em polvorosa. As palavras de perdão foram substituídas por outra acusadora: *assassino.*

Ezryn, não escute o que ele diz. A voz de Rosalina grita dentro da minha cabeça. Quero me apegar a ela... mas outra voz grita mais alto.

Assassino, Kairyn rosna em minha mente. *Você matou nossa mãe.*

— Ele admite! — Kairyn grita. — Portanto, uma sentença é necessária.

Rosalina corre e se coloca entre nós novamente.

— Isso não é justo! Ele não merece isso e você sabe, Kairyn! Deixe-o em paz!

Mas mereço. Mereço há décadas. A Feiticeira pensava ter me amaldiçoado com a fera. Em vez disso, só me deu outro instrumento para matar, para impor a minha maldade ao mundo.

Essa é minha verdadeira pena.

Olho para Keldarion. Talvez sejam os vínculos forjados por nosso amor por Rosalina, talvez sejam os séculos de irmandade, mas ele entende. Kel sobe no palanque e segura Rosalina pela cintura.

— Venha.

— Não! Não! — ela grita, arranhando os seus braços como uma gata selvagem.

— Por Ezryn — Kel sussurra.

Ela olha para mim e vejo em seus olhos o sentimento de traição. Não pelo mesmo motivo que o meu povo se sente traído, mas porque não estou lutando.

É assim que tem que ser, no entanto. Nunca assumi a responsabilidade pela morte de nossa mãe. Agora, isso é necessário, e o destino quis que acontecesse em uma arena pública. O mundo vai me conhecer como eu sempre conheci a mim mesmo.

Kai se inclina e bate o capacete no meu.

— Todos eles esperam que eu o mate, irmão. O povo. Nosso pai. Sua família. — Ele olha para baixo. — Acho que até você pensa que o meu intuito é esse.

— Vá em frente, então.

— Não é essa a tragédia de tudo isso? — Sua voz tem uma nota triste. — Matá-lo seria um ato misericordioso e me livraria de muitos problemas insuportáveis. Porém, nem agora eu sou capaz disso. Não consigo pôr fim à sua vida.

— Nunca tive a intenção de fazê-lo sofrer, Kairyn.

— Mas foi só isso que fez. O favorito da mãe e do pai. O filho perfeito. O líder impecável. Depois, você a tirou de mim… — Sua voz falha e, por um momento, consigo imaginar o rosto da criança atrás da máscara. — Devia ter me matado durante o Rito. Pelo menos assim a minha alma teria encontrado a redenção.

— É tarde demais para nós? — sussurro. — Talvez possamos buscar redenção juntos…

Kairyn ri com amargura.

— Não há lugar que possa me abrigar das coisas que fiz. Suponho que sejamos iguais, não somos? A diferença é que você está de joelhos e eu ocupo o trono.

— Kai…

Meu irmão se levanta e encara a multidão.

— Pelo assassinato da Alta Princesa Isidora e pela traição ao nosso credo, destituo Ezryn, filho de Thalionor, do título de Alto Príncipe. Ordeno que a Bênção da Primavera seja transmitida ao próximo na linha de sucessão. — Sua voz se propaga como um trovão demorado. — Eu.

— Você enlouqueceu? — Farron grita de um lado do palanque. — Não foi preparado para receber a Bênção! Isso pode matar Ez! Pode te matar!

Faço um esforço para me levantar.

— Irmão, não faça isso. Nossa magia não se mistura. Seria demais…

— Não sou você — diz Kairyn. — Não vou me curvar à magia como você se curvou.

— Então, mate-me — imploro. — A Bênção será transmitida naturalmente. É mais seguro…

Kairyn se vira.

— Já falei que não consigo. Portanto, você vai transmitir a Bênção para mim. Agora. Ou eu terei esse poder, ou ele acabará conosco de uma vez.

Toda a esperança desaparece. Olho para Kel.

— Leve-a.

Os olhos de Kel brilham, gelados. Rosalina ainda é contida por ele.

— Ez, não faça isso!

— Não pode confiar nele! — grita Dayton, batendo com o punho no palanque de madeira.

Mas não há mais nada a fazer.

Recebi a minha sentença.

Perdi a minha honra.

Não sirvo para ser Alto Príncipe. Legalmente, o título deve ser passado para Kairyn.

Um guarda retira as minhas algemas e eu apoio as mãos no peito de Kairyn.

— Proteja o nosso reino.

Kairyn assente.

Nunca me ensinaram como transmitir o incrível poder da Primavera para outra pessoa, mas um conhecimento ancestral permanece adormecido dentro da magia. A própria Bênção parece protestar, agarrando-se ao meu peito por dentro, mas eu a empurro para fora. Ela não me pertence mais; não deve pertencer.

Tem que ser transmitida a alguém que possa proteger Primavera.

Meu irmão, apesar de todos os seus defeitos, vai cuidar disso. Ele já protegeu os povoados da montanha e provou aos acólitos que é um líder de valor. Os outros Altos Príncipes podem não gostar, mas vão orientá-lo. Rezo para que o meu irmão possa desempenhar o papel de um grande governante para Primavera, o papel que nunca fui capaz de personificar.

O peso da magia cresce dentro de mim, uma torrente de poder em estado bruto correndo em minhas veias. A energia parece estalar no ar. Uma conexão se estabelece entre nós, como elos de uma corrente interligando minha magia à dele. Quando libero a primeira onda de magia para Kairyn, uma agonia dilacerante parece me rasgar por dentro. É como se a minha alma fosse esgarçada.

Estou me desmanchando, minha essência é quebrada elo por elo e anexada ao meu irmão.

A magia é um turbilhão, uma força incontrolável que ameaça me consumir inteiramente. Grito, minha visão fica turva. O mundo à minha volta vai desaparecendo enquanto despejo em Kairyn tudo que sou.

A silhueta do meu irmão começa a brilhar com uma luz etérea. Eu diminuo. A fonte de minha magia se esvazia; eu também fico vazio.

Minha visão retorna em pontos de luz. Estou de quatro, respirando com dificuldade. O suor escorre por baixo do capacete. Quando levanto a cabeça, vejo Kairyn radiante como o próprio sol.

— Renasci — ele anuncia. Duas linhas verdes correm pelo palanque e prendem meus pulsos junto ao corpo. Kairyn ri.

Não sinto nada. Sei que deveria haver tristeza. Pesar. Desespero. Mas não sou nada.

Duas coisas, porém, ainda se escondem em silêncio sob o meu coração. Uma fera ganindo…

E ela.

— Está feito — Kairyn decreta. — Eu sou o novo Alto Príncipe da Primavera.

Passos pesados se aproximam de mim. Kel toca o meu ombro. Eu me esquivo do contato.

— Já tem o que queria, Kairyn. Agora, vamos levar Ezryn e deixar o seu reino para você.

— Dirija-se a mim com o devido respeito, *Alto Príncipe* Keldarion.

Kel respira fundo.

— Alto Príncipe Kairyn, vamos remover Ezryn dos seus cuidados.

— Um gesto atencioso, mas que não se pode permitir, porque a punição do meu irmão ainda não foi concluída. — Kairyn levanta a minha cabeça para cima, puxando o capacete. — A partir de agora, ele está banido do Reino da Primavera para sempre.

A multidão grita. Um vazio doloroso explode no meu corpo. Banido... do meu lar.

— Ele vai passar pelos portões de Florendel em direção à periferia da cidade — Kairyn continua e olha para Kel. — Depois disso, você pode fazer o que quiser com ele. Recomendo que não o leve de volta a Castelárvore. Agora, faço parte daquele domínio, e tudo na Ala Primaveril, desde os tesouros até os funcionários, pertence a mim.

Dayton e Farron se colocam ao meu lado.

— Chega desse espetáculo. Vamos levá-lo para fora da cidade — Dayton avisa, furioso.

— Não é assim que as coisas funcionam em Primavera — Kairyn sibila. — Saiam desse palanque antes que desonrem o seu suposto *irmão* ainda mais.

Nenhum deles se move.

— Vão — sussurro. Eles continuam parados. — VÃO!

Kel é o primeiro a descer do palanque, e vejo a dor em seus olhos quando ele olha para mim. Dayton e Farron o seguem.

Não me atrevo a olhar para Rosalina.

Kairyn põe a mão em meu ombro.

— Você sabe o que deve acontecer agora, irmão. O castigo final para um traidor do credo.

Fecho os olhos e, de repente, sinto a cabeça pesar.

— Guardas! — Kairyn ordena. — Removam a sua armadura!

Mãos caem sobre mim e removem o peitoral, as caneleiras, as luvas. Minha bela armadura é jogada de lado sobre o palanque, arranhada pela madeira.

Fico ajoelhado diante do meu irmão, vestido apenas com uma camisa preta de mangas longas e a calça igualmente preta. Roupas comuns, nada mais.

E o capacete, é claro.

Meu irmão o segura com as mãos. Olho para ele e quase vejo os seus olhos cravados em mim, cheios de ressentimento, de dor.

— Cidadãos de Primavera — ele anuncia com voz trêmula —, vocês verão agora o rosto do líder que os traiu. Observem as suas feições e testemunhem a sua vergonha. Traidor do credo. Seu nome será insultado pelo que resta da história, e todos que o amaram verão o quanto você caiu.

Então, meu irmão arranca o meu capacete.

89

Rosalina

— Não! — grito, mas minha voz é roubada pela multidão. As pessoas gemem, soluçam. Outras berram.

O Alto Príncipe com o capacete removido. *Não*, penso. *Ele não é mais o Alto Príncipe.*

Olho para Kairyn. Nenhuma emoção. Quieto. Irradiando poder.

Talvez tudo isso tenha sido feito em nome de seu credo, mas também foi feito com maldade.

— Você nos traiu — resmungo baixinho. Chamas tremulam na ponta dos meus dedos. — E vou fazê-lo pagar…

Braços fortes me envolvem e me apertam contra um peito gelado.

— Controle a sua raiva — Kel murmura no meu ouvido. — Não é a hora nem o lugar para isso. Ezryn tem que completar sua punição. Caso contrário, tudo terá sido em vão.

Minha fúria é uma energia estática, e um soluço escapa do meu peito.

— Eu sei — Kel sussurra com voz rouca. — Eu sei.

Ezryn está ajoelhado em cima do palanque, o queixo erguido. Seu rosto, um rosto lindo que eu só conheço há um dia, permanece estoico, impassível. Mas sinto pelo vínculo vergonha e culpa como nunca experimentei. O peso dessas emoções me faz levar a mão ao peito. Quero correr e me jogar na terra, nunca mais ver a luz do dia.

— Uma última coisa — Kairyn conclui com a voz altiva e remove uma faca da sua capa preta. — Todos que, de agora em diante, olharem para você, saberão que é um traidor do credo.

Ele segura Ezryn pelo queixo e puxa sua cabeça para um lado.

Ezryn não resiste quando Kairyn desliza a lâmina ao longo da ponta de uma orelha, deixando-a curvada. Ele remove a ponta da orelha e a deixa parecida com a de um humano. Um movimento do pulso e está feito. A ponta da orelha perfeita de Ezryn cai no palanque com um ruído molhado. O sangue escorre pelo seu rosto e desce pelo seu pescoço.

Então, eu caio, e um grito que não é humano rasga o meu peito. Tremendo, agarro-me à perna de Keldarion e vomito no chão.

Outro barulho molhado, e sei que Kairyn removeu a ponta da outra orelha. Preciso me levantar. Preciso ser forte para apoiar o meu amor predestinado.

— Me ajude — gemo.

Keldarion me ajuda a levantar e, pelo tremor em seus dedos e o frio que se espalha no ar à nossa volta, posso dizer que ele sente o mesmo que eu. E seu olhar torturado confirma o que penso. *Temos que suportar tudo isso por Ezryn.*

— Você não é mais bem-vindo em Primavera — Kairyn determina. — Você é o Príncipe Traidor. O Matricida. Que se saiba o que o seu povo pensa sobre traidores durante sua última caminhada pela cidade.

Os olhos castanhos e profundos de Ezryn brilham, mas ele não diz nada. O sangue escorre pelos dois lados de seu rosto. Ele desce um degrau do palanque. Outro.

— Buuu! — grita um cidadão. — Matricida!

— Vergonha! — berra outro.

Sinto um nó na garganta.

— Fiquem quietos. Todos vocês.

Mas as vozes agora são um coro de gente gritando "assassino", "vergonha". A multidão abre caminho diante de Ezryn a cada passo que ele dá.

Não posso deixar que ele enfrente isso sozinho. Solto-me de Kel e corro para ele empurrando as pessoas. Os outros príncipes me seguem.

Meu coração bate forte e tento manter os olhos fixos nele no meio da turba. Ele caminha ereto, orgulhoso, com os ombros para trás e a cabeça erguida, deixando um rastro de sangue às suas costas. Mas, por dentro, está dilacerado.

— Você envergonhou Primavera! — grita um feérico do meio do povo. Depois, ergue um braço e arremessa alguma coisa. Uma alface podre acerta o ombro de Ez, que reage com um leve tremor, mas continua andando.

— Vou cortar o braço desse merda — Dayton rosna, mas Farron põe a mão em seu peito.

— Se interferirmos, o que vai acontecer com Ez? Não estamos em nossos domínios, Day.

— Então arrancarei a cabeça de Kairyn — ele insiste, furioso.

O rosto de Farron é transfigurado pela angústia.

— Não era isso que Ezryn queria. Ele transmitiu a Bênção. Acredita realmente que Kairyn é o mais adequado para o posto.

— Sei. Ezryn é um idiota — Dayton resmunga, mas não tenta atacar o cidadão.

Por mais que meu coração esteja partido, sei que Farron tem razão. Essa é a vontade de Ezryn. Ele jamais nos perdoaria se retaliássemos contra os cidadãos ou interferíssemos.

Então, tudo que posso fazer é abrir caminho entre as pessoas e ficar perto dele enquanto caminhamos solenemente no meio do seu povo. Ou daqueles que foram o seu povo.

Alguém grita de uma sacada:

— Vida longa à Princesa Isidora! — A mulher atira uma pedra, que acerta a testa de Ezryn. Mais sangue escorre pelo seu rosto. Ele continua andando, sem olhar para a agressora.

É como se alguns poucos incentivassem os outros. Mais protestos ecoam. Um tomate acerta o peito de Ezryn. Depois, um vaso de cerâmica se quebra em sua coxa. Ele tropeça, mas continua andando. Um cheiro horrível se espalha quando dejetos são arremessados em seu caminho, caindo sobre os seus ombros, braços e cabelo.

Lágrimas lavam o meu rosto.

— Parem com isso — sussurro. — Por favor, parem com isso.

Quero protegê-lo, limpar o sangue, o suor e os detritos do seu corpo, mas não há nada que eu possa fazer. Pensar nisso me faz sentir inútil, fraca. Sentimentos que jamais desejei experimentar novamente.

— Saiam — Farron grunhe ao meu lado, empurrando as pessoas que se colocam no caminho. Algumas olham para ele, indignadas; outras estão focadas demais em Ezryn para se incomodar. Mas uma pessoa específica continua onde está, com os olhos muito abertos e sem piscar. Farron a empurra de novo, mas ela não se move.

— Vamos. — Dayton segura a mão de Farron e a minha, e nos puxa para não perdermos Ezryn de vista. Kel já abriu caminho à força e está lá na frente.

— Falta pouco, está quase acabando — Dayton avisa, afagando a minha mão.

Quero me sentir consolada pela informação, mas não consigo, porque sinto o sangue no meu rosto, sinto o desgosto e o julgamento das pessoas como se olhassem para mim.

— Essas plantas sempre estiveram aqui? — Farron murmura.

— Agora não é hora disso, Fare — Dayton avisa e continua puxando nós dois.

Os portões de saída da cidade estão logo adiante. Os passos de Ezryn agora são trôpegos, mas estamos quase lá.

Farron se solta da mão de Dayton.

— Não, veja. Essas flores vermelhas. São as mesmas que estavam na sala do trono. Agora, estão espalhadas por toda a cidade.

— Matricida! — rosna um dos soldados que guardam os portões. Ele se abaixa e pega um torrão de terra. — Você vai pagar pelo que fez com a nossa Alta Princesa! — E arremessa a terra. O torrão se choca contra o joelho de Ezryn e ele cai.

Também caio, soluçando. A dor física não é nada; meu coração está rasgado dentro do peito.

— Rosa. — Dayton me levanta do chão e olha em volta. — Fare? Para onde ele foi?

Ezryn cambaleia. Está com a testa coberta de sangue e um olho roxo por causa de uma pedrada. Então, dá mais um passo trôpego rumo ao portão.

— Merda, ele está olhando para aquelas flores desgraçadas — Dayton resmunga, olhando por cima da multidão para localizar Farron. — Vou te tirar da cidade e volto para buscá-lo.

Não consigo nem falar. As lágrimas turvam a minha visão. Um passo de cada vez. Isso é tudo que posso fazer. Assim que sairmos da cidade, estaremos juntos, e tudo vai ficar bem.

Um vento varre as ruas e atravessa a multidão, carregando a voz de Kairyn.

— E, assim, a cidade foi libertada de um Príncipe Traidor! Vamos receber um novo amanhecer em Primavera!

Sob essas palavras do irmão, Ezryn dá os últimos passos antes de atravessar o portão e deixar para sempre a sua cidade natal.

O alívio me invade quando o vejo do outro lado do enorme portal. Kel espera na passagem e abre os braços para receber Dayton e eu.

— Farron? — ele pergunta.

Dayton revira os olhos.

— Ele se distraiu, como sempre. Vou voltar para buscá-lo assim que Ezryn estiver seguro.

Kel assente. Passamos pelos portões e eles são fechados.

Estamos na floresta do lado de fora da cidade. Os gritos da multidão desaparecem e, finalmente, sinto que posso respirar.

Kel olha em volta.

— Ezryn?

Ele não está na pequena clareira, mas há muitas árvores no entorno. Ele deve ter...

— Ora, ora, ora, foi uma cerimônia breve, mas emocionante, não acham? — A voz feminina interrompe o silêncio.

Ela sai de trás de uma das árvores. Sua adaga azul e brilhante está encostada no pescoço de Ezryn.

Rouxinol.

Três cavaleiros de capacete a acompanham. Meu coração quase para. Dois deles carregam armas divinas: um tem uma lança; o outro, um tridente.

Vi essas armas anteriormente no alto do Mosteiro da Terra da Rainha. A lenda não diz que elas só podem ser empunhadas pelos escolhidos da Rainha?

A metade inferior do rosto de Rouxinol está coberta por uma máscara, mas seus olhos azuis cintilam com alegria.

— Keldarion, bonitão, seja um bom cãozinho e entregue a sua espada.

É como se o chão sumisse sob os meus pés. Agulhas afiadas penetram a minha pele enquanto os seus espinhos me apertam cada vez mais forte.

Os olhos de Rouxinol sorriem para mim, antes de se voltarem para Kel e Dayton.

— Ou eu enfio a faca na sua Rosinha lindinha.

90

Rosalina

Rouxinol joga Ezryn no chão e caminha em torno dele. Eu me contorço entre os espinhos que me prendem, mas cada movimento só os faz penetrar mais fundo minha pele. Ela desliza a faca ao longo da minha omoplata e me analisa com um olhar atento, julgador.

— Hoje é um bom dia.

Ezryn se levanta cambaleando, com as roupas rasgadas e as orelhas ensanguentadas. Em vez de se dirigir a Rouxinol, ele olha para os três cavaleiros, que usam armaduras luxuosas, brilhantes, em tons perolados de bronze, turquesa e safira, respectivamente.

— Vocês são o Pentaconclave. Homens de Kairyn. Essa mulher é serva do Inferior.

Os cavaleiros ficam em silêncio.

Ezryn aperta os olhos.

— Essas armas que estão empunhando foram consagradas pela Rainha. Há um encantamento nelas. Caso as usem sem as insígnias da Rainha, que se encontram em colares preciosos dados aos Altos Governantes, elas vão devorar o seu corpo e a sua alma. Não se deixem enganar por essa bruxa. Isso vai destruí-los!

Rouxinol ri e se afasta de mim. Cada movimento seu é como uma dança, ritmado e fluido.

— Bruxa? Essa é boa, especialmente vindo do traidor do credo. — Ela para diante de Ezryn. — Mas você não é só um traidor, sabe? Também é um idiota.

A mulher se vira e toca alguma coisa sob o peitoral do Cavaleiro de Bronze, que empunha a lança. Quando ela puxa o objeto, vemos que é um colar.

O colar de Farron.

Em seguida, ela se aproxima do Cavaleiro Turquesa, que segura o tridente. Nele, mostra a concha de Dayton.

Ezryn está de queixo caído, chocado.

Então, ela se aproxima do desarmado Cavaleiro Safira. Devagar, de um jeito quase sensual, enfia a mão sob a proteção do seu peitoral e puxa o colar de floco de neve de Keldarion.

— Meu irmão teve sucesso em alguma coisa, pelo menos. Mas ainda preciso dessa espada aí, Kel. Você não é realmente apto a empunhar uma coisa chamada Espada da Proteção, não é?

Kel mostra os dentes, mas não diz nada.

Rouxinol olha para Ezryn, todo ensanguentado.

— Afinal, convenhamos… Olhe só para ele.

Eu me contorço contra as amarras. Sinto o sangue escorrer dos cortes nos pulsos. Preciso acender o fogo em minhas mãos e queimar tudo, mas sinto o corpo fraco depois de ontem à noite.

— Pare com isso! Diga logo o que quer. Não precisamos ser inimigos.

— O que eu quero? — Ela adota um tom agudo, feminino. — Bem, vejamos. Quero os príncipes de joelhos e implorando por suas vidas. Quero a sua cabeça linda em uma estaca para que eu possa admirar a sua beleza até ela apodrecer. E, ah, sim. Quero a *porra* da espada de Keldarion.

Minha respiração falha. Ela é completamente insana. O que os príncipes fizeram… O que *eu* fiz a ela?

Ezryn balança a cabeça e olha para os cavaleiros com ar de súplica.

— Vocês são os homens mais leais de Kairyn! Por que o traíram para servir ao Inferior?

Rouxinol reage com um rosnado.

— A sua ignorância está ficando irritante. — Ela se aproxima de Ezryn e o encara. — Acha mesmo que seu irmão o perdoou por tê-lo banido e mandado para o mosteiro anos atrás? Devia ter lhe dado uma morte honrosa. Em vez disso, preferiu escondê-lo. Eu dei a Kairyn um objetivo, um lar. Poder. — Seus olhos brilham. — E você acabou de lhe dar a Bênção da Primavera. Espero que a sua honra tenha valido o Reino da Primavera.

Pela primeira vez desde que o capacete foi removido, Ez perde o controle. Sua expressão passa de feérica a feroz, os lábios se retraem, a testa enruga.

— Mentira! — Ele avança sobre ela, segura o seu pescoço e a joga no chão. — Eu vou te matar! — urra, jogando todo o peso do corpo sobre a mulher. Vejo os olhos dela arregalados de medo.

Um lampejo de metal precede o momento em que o Cavaleiro de Bronze bate com a lança no corpo de Ezryn. Ele cai de cima dela e rola no chão. O Cavaleiro Safira salta sobre ele, cerra os punhos e lhe desfere um soco no rosto. O Cavaleiro Turquesa pisa com força na mão de Ezryn.

Rugidos ferozes brotam de Dayton e Kel quando eles avançam correndo, mas é tarde demais. Tossindo, Rouxinol olha para mim.

Os espinhos se retorcem, entrando mais fundo na carne, rasgando a pele e alcançando o músculo. Contra a minha vontade, grito.

— Mais um passo e eu a furo como se fosse um porco — Rouxinol avisa.

Kel e Dayton param e olham para mim e Ezryn. Sinto a dor rasgando o meu peito enquanto os cavaleiros o espancam.

— Parem! — grito, buscando desesperadamente a minha magia ou qualquer outra coisa, mas sinto tudo muito distante. — Parem!

Nunca pensei que tanto ódio pudesse ser transmitido apenas com o olhar, mas Rouxinol consegue. Ela estende a mão. Os cavaleiros param, recuando.

Ezryn é uma massa ensanguentada. Está deitado de bruços, com o rosto na terra. As roupas são trapos, a pele está arruinada. Seu cabelo escuro está tão encharcado de sangue que gruda no rosto.

— Chega disso. — Rouxinol massageia o pescoço. — Aceite, Ezryn. Seu irmão teve a visão de um novo mundo. Um mundo no qual ele não é só o substituto, o menino do mosteiro. Na verdade, aquele seu velho colar agora pertence a ele. E, com o colar, ele tem o Martelo de Esperança.

Ezryn não fala nada. Não fosse pelo vínculo dentro do meu peito, eu duvidaria de que ele ainda está respirando.

Preciso fazer alguma coisa. Os espinhos que me prendem... são diferentes dos de Caspian? Os dele sempre atenderam ao meu comando sem muita dificuldade. Tenho certeza de que posso fazer a mesma coisa com os de Rouxinol.

Fecho os olhos e me projeto para fora da consciência, tentando enviar os meus ramos para os espinhos dela. Minha magia encontra uma barreira. Faço um esforço maior, mas é como tentar empurrar uma rocha. Minha magia e a de Caspian se alinhavam tão perfeitamente que conseguíamos fluir um para dentro do outro, mas aqui eu encontro um dique.

Kel dá um passo à frente.

— A Rainha deu a Espada da Proteção ao Inverno. Ela foi passada de um Alto Governante a outro durante séculos. Você não se atreveria a desafiar uma ordem da Rainha.

Rouxinol ri.

— Ah, eu me atreveria, sim. E seria ainda mais atrevida. Mas tudo bem, Keldarion. Se tem tanta certeza de que essa espada lhe pertence, use-a. Ataque-me com ela e me mate, herói poderoso.

— Cuidado, Kel — Dayton murmura.

Mas Kel nunca foi cuidadoso. Com um urro, ele saca a espada da bainha e avança.

Depois, grita. Uma dor elétrica percorre o meu corpo e eu me contorço, o que faz os espinhos me ferirem ainda mais. Kel cai no chão e a espada desliza na terra. Ele segura o próprio pulso. Linhas de magia do mal brotam de sua palma e sobem pelo antebraço.

Rouxinol se aproxima e pisa no cabo da espada.

— Irritante, não é mesmo? Não possuir a insígnia da Rainha! Fica complicado empunhar as armas. A menos que você seja como os meus queridos cavaleiros aqui. Eles nunca se preocuparam muito com os seus rostinhos bonitos.

Como se respondessem às palavras de Rouxinol, o Cavaleiro de Bronze e o Cavaleiro Turquesa tiram o capacete. Minha reação é de choque.

Não são mais rostos feéricos, mas faces atormentadas, desfiguradas. Veias escuras pulsam sob pele podre, bombeando sangue para os olhos profundamente vermelhos. Pedaços de osso atravessam a pele, visíveis à luz da manhã. É como se a pele tivesse se tornado justa demais; dentes, olhos e tendões salientes como nunca vi.

— É horrível o que acontece quando você empunha essas armas sem a insígnia. Mas, felizmente, agora temos quatro delas — Rouxinol comenta com leveza.

Kal rasteja na direção dela.

— Não me importo com o que aconteça comigo. Não pode tomar a minha espada.

Um chiado irritado brota da garganta dela.

— Estou cansada desse seu heroísmo! Chega. Ainda não entendeu, Keldarion? *Eu estou no controle.* — Um espinho brota do canteiro de espinheiros e encontra a minha garganta. Cada movimento que faço para engolir o enterra mais fundo na jugular. — Faça o que eu mando ou ela sangrará agora. E, acredite, isso vai ser um prazer *do caralho* para mim.

— Kel, pare. — Dayton levanta as mãos. — Faça o que ela diz.

Rouxinol se aproxima de Dayton, deslizando uma mão pelo seu peito nu.

— Garoto esperto. Cadê a sua amiguinha do Outono? Não que faça diferença. Temos tudo que precisamos dele. — Ela se vira e olha para o Cavaleiro de Bronze.

Dayton só rosna.

Rouxinol estala os dedos, e o Cavaleiro Safira se adianta e pega a Espada da Proteção, que cintila sob a luz irregular que passa por entre as árvores.

— Agora, podemos usar quatro das cinco armas! E nem foi tão difícil. — Seus olhos azuis se voltam para mim. — Só mais uma.

— Você já pegou a minha espada. Solte Rosalina — diz Kel.

Posso sentir o ódio de Rouxinol como sinto a penetração dos espinhos. Ela não vai me soltar. Controlo as minhas reações, faço o coração retomar o ritmo, devolvo o foco à mente. Os dela podem ser diferentes dos de Caspian, mas eu *consigo* controlar os espinhos. Só preciso de um pouco mais de tempo.

Rouxinol cruza os braços.

— Às vezes, faço um jogo em que tento adivinhar qual de vocês é o mais burro. É muito difícil. Vocês são muito competitivos. Porém, tenho que dizer: hoje, a vitória é sua, Keldarion. E isso não é pouca coisa, se considerarmos que o idiota da Primavera entregou a Bênção de mão beijada para o homem que conspirava para roubar o seu trono.

Ezryn não se mexe. O sangue ao seu redor formou uma grande poça. Se ele não receber atendimento médico bem depressa, vai morrer. Lágrimas brotam nos meus olhos, mas mantenho a respiração controlada. Tenho que decidir o que fazer para nos livrar dessa situação.

— Você sempre fala demais, não é, amorzinho? — Dayton provoca. — Devia escrever um diário, em vez de ficar enchendo o nosso saco com esses monólogos.

Os olhos azuis se voltam para ele.

— E você devia se esforçar para não parecer um parasita relaxado. Talvez assim encontrasse um amor predestinado. — Dayton dá um passo para trás. — Toquei no ponto fraco? — Ela ri, depois olha para os cavaleiros. — Amarrem todos eles.

— Nós lhe demos o que você queria! — grita Kel.

— Você não tem ideia do que eu quero.

Dayton e Kel se entreolham, enquanto o Cavaleiro Safira solta duas algemas de aço do cinto e caminha na direção deles.

Rouxinol acena com a mão magra.

— Resistam e ela morre, e tudo mais…

O Cavaleiro Safira obriga Kel e Dayton a se ajoelharem; depois, algema as mãos de ambos atrás das costas. Seu capacete se inclina na direção do corpo ensanguentado e destruído de Ezryn.

— E quanto ao Príncipe da Primavera?

— Deixe-o para os lobos. Já tive problemas demais com Kairyn na última vez. — Ela aponta para os Cavaleiros de Bronze e Safira. — Levem esses dois para Kairyn, com recomendações de sua avezinha. Eu vou ao mosteiro. — Ela se aproxima de mim com passos saltitantes. Sinto um arrepio e projeto a minha magia para os espinheiros, tentando encontrar alguma coisa que sirva de combustível. — Quero me divertir um pouco com o meu novo bichinho de estimação.

Depois disso, só escuto os gritos de Dayton e Kel, enquanto sou levada para baixo da terra por espinhos além do meu controle.

PARTE 5

VINGANÇA

91

Ezryn

A escuridão está diminuindo.

Não... não. Tenho que me apegar às sombras.

Sem elas, a dor vem. As lembranças. Vozes circulam nos limites da minha consciência.

— Onde está aquela pomada?

— Está comigo. Fiz o cataplasma como você disse.

— Ótimo, ótimo. Agora me passe o odre, meu bem. Obrigado.

A luz brilha e tremula nas franjas da minha visão. Essas vozes são conhecidas.

— Acho que ele está acordando.

— Você está bem, amigão. Vai sentir uma dorzinha na testa enquanto eu faço a sutura. Não se mexa.

— Os batimentos cardíacos estão mais fortes, não estão?

— A respiração também.

— Aguente firme, Príncipe Ezryn!

Quem... Quem poderia dizer esse nome sem repulsa? Quem ainda suporta olhar para mim? O meu pai não, nem meu irmão, tampouco o meu povo. E, depois da vergonha que lhe causei, muito menos a minha predestinada.

Minha predestinada.

Ela se foi.

Abro os olhos.

Três rostos borrados dançam na minha frente. Pisco até recuperar o foco.

Eldy. Marigold. Astrid.

Não só a minha visão retorna, mas também a dor lancinante na cabeça, nas orelhas, no ombro, na perna, nas costelas. Cada parte de mim dói e parece estar em carne viva. Depois, voltam as lembranças. Luvas blindadas e botas castigando meus ossos. Armas divinas nas mãos de ladrões.

Eu devia estar morto.

Faço um esforço para me sentar. Os três reagem: mãos em minhas costas, sons de desaprovação.

Não há tempo para isso.

— Permaneça deitado — diz Astrid. — Estava em péssimo estado quando o encontramos.

Levo a mão à testa e sinto os pontos. Eldy sempre teve a mão firme com agulha e linha. Depois, toco as orelhas.

A pele está áspera e quente. Cauterizada. Outro truque de cura do mordomo-chefe.

Minha honra — meu capacete — não foi suficiente para Kairyn. Ele teve que me mutilar também.

— Como me encontraram? — pergunto com voz pastosa.

— Não ficaríamos na cidade sem você. — Marigold cruza os braços. — Menos ainda com o menininho tirano comandando o espetáculo.

— Onde estamos? — Seguro o ombro de Eldy e me apoio nele para ficar em pé. Astrid grita assustada e corre para o outro lado, ajudando-me a encontrar o equilíbrio.

Meus pensamentos ganham um pouco mais de nitidez quando olho em volta. Não reconheço o lugar; um território vazio, estéril. Grama morta e murcha sobre solo seco. Uma cachoeira estrondosa deságua em um lago obscuro, e um salgueiro branco permanece como um sentinela no meio da clareira...

— Eu fiz isso — sussurro.

— Deite-se, querido — Marigold fala com tom doce. — Você passou por muita coisa.

Eldy olha para o chão.

— Não sabíamos para onde levá-lo. Toda Primavera está sob a vigilância de Kairyn. Príncipe Daytonales e Príncipe Keldarion foram feitos prisioneiros. Não há nenhuma notícia sobre a localização do Príncipe Farron.

Minha voz sai baixa, controlada.

— Onde ela está?

A troca de olhares entre eles é tudo de que necessito para saber.

Eles a levaram. A bruxa e os cavaleiros. *Eles a tiraram de mim.*

Eu me afasto do grupo.

Marigold corre atrás de mim.

— Aonde pensa que vai?

— Salvá-la.

— Senhor, ainda está ferido!

Meus músculos estão contundidos e a pele foi rasgada, mas ainda tenho ar nos pulmões e um coração que pulsa. Nem me dou ao trabalho de olhar para eles quando por fim eu me equilibro e saio andando.

— Vocês três cuidaram bem de mim. Têm a minha gratidão.

Agora, é Eldy quem se coloca em meu caminho. Seu olhar é vago, sua expressão é de dor. Ele foi o conselheiro mais leal de meu pai durante todos esses anos, um mentor para mim enquanto eu crescia. Sempre foi mais família do que empregado e agora está parado na minha frente em uma atitude de desafio.

— Ezryn, você não tem nem sequer uma arma.

— Eu dou um jeito. — Passo por ele.

Sua voz é sincera, honesta:

— Você não tem mais a Bênção.

A lembrança rasga o meu corpo, como se fosse um dedo cutucando essa parte vazia de mim.

Idiota, burro, crédulo. Kairyn ri dentro da minha cabeça. *Você sempre teve que ser perfeito, não é? O filho perfeito. O líder perfeito. O irmão perfeito. Sua suposta honra o fez desistir da única coisa que poderia salvá-la.*

O rosto de Rosalina aparece na minha cabeça. Sua expressão horrorizada quando caminhei para o palanque. O ar desafiante quando pulou na minha frente e enfrentou meu irmão.

Quando ela olhou para mim pela primeira vez — olhou de verdade — na clareira. Pela primeira vez na vida, fui visto. Uma testemunha sagrada. Meu amor predestinado, nosso vínculo forjado pelas estrelas...

Eles a *pegaram.*

Meus passos ecoam quando me dirijo ao salgueiro. Sinto alguma coisa estalando dentro de mim, todas as barreiras que construí estão desmoronando.

Aceitei quando ele desrespeitou o banimento.

Aceitei a sua punição no palanque.

Concedi a ele a regência.

Concedi a ele a Bênção da Primavera.

Porque acreditei que fazia o melhor para o Reino da Primavera.

Porque esse era o melhor caminho.

Mas Kairyn estava trabalhando com o Inferior. Kairyn não apenas me traiu; ele traiu o nosso reino.

Nós dois traímos o reino. Não mereço misericórdia pelo que fiz.

Por que ele mereceria?

Tentei salvar Primavera. Tentei ajudar o meu irmão.

Agora, arruinarei tudo até o chão, se for preciso.

Mate todos eles, diz Kairyn.

Paro diante do salgueiro. Foi aqui que o primeiro sangue consagrado foi derramado. Pelas minhas mãos. A espada de minha mãe brilha no tronco onde foi enterrada.

Seguro o cabo com as mãos.

Ouço vozes atrás de mim, gritando para eu ir mais devagar. Ignoro-as todas. Agora, só escuto uma voz.

Mate todos eles.

Mas não é mais a voz de Kairyn. E, de um jeito distante, percebo…

Nunca foi a voz dele.

Sempre foi a minha.

Eu sempre fui o demônio.

Com toda a força que resta em mim, puxo a espada. O tronco da árvore grita quando a lâmina se solta.

Eu a seguro contra a luz, examino a lâmina. Continua afiada.

Mate todos eles.

Por Rosalina, é isso que vou fazer.

Por Rosalina, vou fazer qualquer coisa.

92

Rosalina

Uma dor aguda pulsa na minha cabeça e minha boca está seca como algodão. Abro os olhos e tento me orientar. A luz atravessa o vitral de uma sala redonda e brilha como um arco-íris. A Torre Alta de Castelárvore?

Não. Aqui, não há tantos espinheiros, só alguns espalhados pelo chão. Ramos oleosos, iridescentes. Os espinhos de Rouxinol.

Lentamente, recupero a visão. Estou na torre mais alta do mosteiro, aquela à qual Kairyn havia me trazido.

— Ah, finalmente decidiu se juntar a nós? — gorjeia uma voz melodiosa. — Pensei que tivesse apagado de vez.

— Onde estão os príncipes? — resmungo. Não estou contida, apenas deitada em um banco estreito de madeira.

Rouxinol não responde. Está ocupada, organizando jarros de vidro, cálices e vasos de flores em um parapeito da janela. Ela cantarola sozinha, um som abafado pela máscara.

É aqui que as armas da Rainha ficam guardadas, mas só resta uma: o arco de ouro rosa.

Há dois soldados na frente do elevador. Na última vez que estive aqui, ouvi alguém os chamar de Guarda da Rainha. Sérios, carregam lanças nas das costas.

Ao lado deles, vejo um membro do Pentaconclave de Kairyn. Sua armadura turquesa brilha e ele retorce as mãos no cabo do tridente. Vejo em seu pescoço uma corrente com uma concha do mar.

— Isso é de Dayton, seu filho da puta de merda! — rosno, tentando me levantar. — O que fez com ele?

Rouxinol se vira, suspirando. Faz um movimento com o pulso e espinheiros me cercam. Tento assumir o controle mais uma vez, mas a sensação não é a mesma de antes, quando ela me bloqueava.

Agora, não sinto nada.

Tento usar o fogo, mas não restou em mim nem uma fagulha de magia. É como se eu fosse humana outra vez.

— Temos todas as armas e quase todas as insígnias da Rainha — Rouxinol conta arrogante. — Estamos cada vez mais perto do nosso objetivo.

Ela olha para o centro da sala, onde está o arco.

Você não está usando todas as armas. As rosas no arco são muito parecidas com a rosa do meu colar, mas Caspian não deixou a minha rosa de pedra da lua junto com as outras insígnias. A rosa também é uma insígnia?

Não importa. Preciso sair daqui. Tento acessar meus vínculos predestinados, grito para eles. *Kel! Ezryn! Farron!* Mas até meus pensamentos parecem aprisionados.

Rouxinol dá mais uma gargalhada espalhafatosa. Ela balança um cálice de vidro quase vazio, com algumas gotas de um líquido preto girando no fundo.

— Esta foi uma descoberta muito importante para mim, uma de várias que vivi recentemente. Quando isso circula na sua corrente sanguínea, elimina todos os traços de magia, espinhos e vínculos predestinados. Agora, você não é muito diferente de uma humana comum.

Por isso ela não precisou me acorrentar.

— Onde estão os príncipes?

— É só com isso que está preocupada? — Ela faz um biquinho debochado. — Não consegue nem elogiar as minhas maravilhosas realizações. — Rouxinol aponta para a janela com um gesto floreado, exibindo todos os frascos, vidros e vasos de flores no parapeito.

— Não me importo... — começo, mas paro. Se ela quer me contar como drenou a minha magia, sou toda ouvidos. Uma flor roxa atrai a minha atenção. — Foi você quem me envenenou junto com Ezryn perto do salgueiro.

Ela afaga a flor com delicadeza.

— Queria que fosse uma criação minha, mas não é. Essa belezinha botânica é uma mistura da magia de Kairyn com os experimentos pervertidos de Quellos. Uma flor cujo pólen provoca alucinações baseadas nos seus piores pesadelos. Há que concordar, é muito eficiente.

A lembrança dos gritos de Ezryn provoca um arrepio em minhas costas. O maldito Perth Quellos, trabalhando com o Inferior. Ele finalmente encontrou um lugar onde a sua mente desprezível é apreciada. Preciso fazer Rouxinol continuar falando.

— Quellos também descobriu um jeito de roubar a minha magia?

— Não dê todos os créditos para aquele careca fracote. Sim, sua pequena estufa de horrores cultiva essas belezinhas, mas eu preparei a poção. — Ela pega uma flor preta e a leva ao nariz coberto pela máscara. — Perfeitamente segura, mas quando se encontra a química certa... sua faísca de magia torna-se não mais do que cinzas.

— Está usando a beleza de Primavera contra o próprio povo do reino — digo.

— Primavera estava apodrecendo, de qualquer modo. — Ela pega o vaso e desliza a mão pelo buquê de botões. — Minha mãe nunca reconheceu o valor das minhas poções. Diz que são uma perda de tempo. Mas veja o que Kairyn, Quellos e eu fizemos. Flores roxas que provocam pesadelos, flores pretas que suprimem a magia. E as estrelas do espetáculo são essas belas flores vermelhas.

Paro e penso. Já vi aquelas flores. Elas estão por toda Florendel. Estavam até no meu quarto.

— O que elas fazem?

Rouxinol sorri ao olhar para a flor vermelha.

— Quando desabrocham, elas liberam um pólen que transforma a mente em um espaço vazio e a liga a um hospedeiro escolhido por mim. Alguns conseguem resistir aos efeitos no início, mas, com o tempo, todos vão sucumbir.

Não me surpreende que a água tenha sido a cura para os meus pesadelos no Lago Sylvanita e na ocasião em que fomos ao alto da montanha. Eu precisava limpar o nariz do pólen tóxico. Olho em volta, procurando uma garrafa ou jarra. Talvez a água cure a supressão da minha magia...

Mas não. Ela disse que a flor preta era usada no preparo de uma poção que eu ingeri. Preciso de um antídoto. E de mais informação.

— Quem é o hospedeiro?

Cheia de orgulho, Rouxinol olha para mim.

— Essa flor especial transforma a pessoa em um simbionte do Alto Príncipe Kairyn.

O choque é inevitável. Foi ele quem mandou a acólita levar as flores ao meu quarto.

— Kairyn estava tentando me matar o tempo todo...

— Bom, ele não tem colhões para matar o irmão — ela retruca, amarga. — Mas tirar o capacete e cortar as orelhas foi bem legal, não foi? E, como você continua viva, posso tê-la só para mim.

Não, não, isso não é bom. Tem de haver um jeito de impedir tudo isso. Deve haver alguma coisa que possa me tirar daqui.

— Então, é só isso? Você não cultivou nenhuma flor com magia boa? — Adoto o tom mais sarcástico de que sou capaz. — E a flor amarela?

Rouxinol tira uma do buquê e ri.

— Ah, ela está longe de ser boa, como você pode imaginar. Porém, não libera uma lufada súbita de pólen nem é usada no preparo de alguma poção. No caso dessa, você tem que macerar as pétalas e misturá-las na comida ou no chá. Não tem gosto. Então, lentamente, a sua mente enfraquece, e os músculos também. A pessoa vira um fiapo. Acha que está ficando doente, mas na verdade está ficando... melhor. — Um brilho transtornado ilumina os seus olhos. — Ela pode transformar um simples rato em uma fera monstruosa de espinhos e dentes ou um feérico em... Bem, não sabemos ainda. Mas logo vamos descobrir.

— Você é um monstro — acuso.

— Minha mãe sempre diz isso.

O medo faz o meu corpo todo tremer.

— Onde estão os príncipes?

Ela deixa o vaso sobre o parapeito.

— Vivos, se é com isso que está preocupada. Quanto a Ezryn, deixei-o livre para vagar por aí e morrer da maneira vergonhosa que achar melhor. Um pedido idiota do irmão dele.

— Kairyn é um traidor de merda!

Ela me encara, furiosa. Os espinheiros me apertam, os espinhos penetram a carne.

— E é só por causa dele que aquele seu predestinado ainda está vivo. Devia ser mais agradecida. Por mim, o antigo Alto Príncipe da Primavera já estaria morto.

Sustento o seu olhar com a mesma fúria, recusando-me a lhe mostrar a minha dor. Ela suspira e afrouxa um pouco os ramos de espinheiro.

— Os Altos Príncipes do Verão e do Inverno estão aprisionados na Fortaleza Jardim do Martelo. Ou você está perguntando sobre o meu irmão? Não seria interessante, se estivesse? De qualquer maneira, sim, ele está vivo. Mais ou menos.

O pânico me invade e minha mente grita: *Caspian! Caspian?* Mas não tenho resposta.

— Onde ele está?

— Ele foi um menino muito malcomportado — ela ronrona. — Deixou que você e todos aqueles príncipes escapassem, além de ter mentido para nossa mãe.

— Ele salvou a porcaria da sua vida e assumiu a culpa por aquele rato monstruoso que você libertou.

— Nesse caso, ele se esqueceu de todas as coisas que me ensinou sobre sobreviver no Inferior. A culpa é sua. Está transformando o meu irmão em um molenga.

— Como se eu tivesse alguma influência sobre o Príncipe dos Espinhos...

— Você não tem mesmo a menor ideia, não é? — Seus olhos se estreitam até ficarem parecidos com os de um gato. Ela não se parece muito com Caspian, mas os maneirismos, a inclinação da cabeça e até a cadência da fala são assustadoramente similares. — Bem, ele está sendo castigado. Não se preocupe. Por mais doloroso que seja, está acostumado.

Horrores passam pela minha cabeça quando penso no que Sira pode estar fazendo com ele no Inferior. Mas ela não o mataria, não é? Não o próprio filho.

— Minha mãe está muito interessada em você, *Lady de Castelárvore.* Meu irmão me fez prometer que não contaria nenhum dos seus segredos para ela, mas quem sabe? Talvez eu conte. Afinal, ele me deixou sem os meus Cavaleiros do Medo. Além disso, tenho uma curiosidade: sabe por que consegue criar espinhos?

Eu a encaro. O modo como ela fez a pergunta; como se *ela* soubesse a resposta e eu, não. Caspian também sabe. O que ele disse em sua festa de aniversário, quando perguntei sobre o poder compartilhado, volta à minha mente: *Dom ou legado, a magia é a mesma, não concorda?* Então, exibiu um bracelete dourado incrustado com rosas.

— Como consegue controlar os espinhos?

Ela inclina a cabeça e responde:

— Do mesmo jeito que você.

Os espinhos dela me soltam e massageio os braços arranhados.

— O que quer de mim?

— Kairyn disse que você usa um colar com uma rosa de pedra da lua, mas tudo que Cas tirou de você foi isto. — Ela pega embaixo da armadura um colar de folha dourada. O colar que ganhei de Farron.

— Isso é meu — rosno.

Ela balança a cabeça e o guarda.

— É bonitinho, embora não seja mágico. A única coisa que me interessa saber é onde está a pedra da lua. A que pertencia à sua mãe.

Só vão tomá-lo de você de novo, Caspian me disse. Ele estava certo. Mas é claro que não vou contar para ela. *Mentir*. Tenho que mentir para ela.

Rouxinol se aproxima de repente.

— Você estava com o colar na noite do jubileu. Onde ele está agora?

— Talvez eu não o tivesse perdido se você não tivesse atiçado um rato gigante para cima de mim! — A raiva vem fácil.

Ela endireita o corpo.

— Perdeu, então? Hum... Bem, há um jeito de encontrarmos artefatos mágicos ou alguma outra porcaria qualquer. Mas nunca se sabe.

— Sou vinculada aos Altos Príncipes do Outono e do Inverno. Manter--me presa aqui só vai...

— Sem o colar, você não tem nenhuma utilidade para mim — ela me interrompe. — Mas a minha mãe está curiosa sobre você, especialmente depois daquela sua demonstração espinhosa no Inferior. E porque Caspian se esforçou muito para esconder isso dela. Sabe por que ele se interessa tanto por *você*?

— Não sei — minto.

— Não importa. — Ela volta às poções. — Minha mãe quer que eu a entregue para ela no Inferior.

Olho pela janela e por cima do Monte Lumidor para Florendel. Rouxinol pensa que sou inútil sem a minha magia, mas ela não sabe que cheguei ao Vale Feérico como humana. Lutei contra goblins, protegi os príncipes e corri por um campo de batalha como humana. Isso é uma coisa que conheço bem.

E essa humana vai fugir e encontrar os seus príncipes.

— Se me querem no Inferior, por que me trouxe para cá?

Ela se vira.

— Porque estou me preparando para dizer à minha mãe que você morreu em consequência dos seus ferimentos antes que eu pudesse entregá-la para ela.

— Mas eu não estou ferida.

Nesse momento, o Cavaleiro Turquesa me golpeia com o seu tridente.

93

Keldarion

Aquele filho da mãe está com a porra da minha espada. A Espada da Proteção descansa na bainha às costas de um dos membros do Pentaconclave de Kairyn, com o cabo de gelo cintilando ao sol. É estranho ter desprezado uma coisa por tanto tempo e agora desejá-la com todas as fibras do meu ser. Ela sempre esteve ao alcance do meu braço, mas nunca a peguei.

Não. Caspian teve de entregá-la para mim. Depois, ele pegou a minha insígnia e servos do Inferior roubaram a minha espada. Foi tudo parte de um plano? Só as estrelas sabem onde ele está agora.

— O que mais esse tirano tem a dizer? — Dayton resmunga, acorrentado ao meu lado. Eles algemaram nossos pulsos e tornozelos com aço Primavera e depois nos fizeram beber uma poção horrorosa. Então, os últimos resquícios da minha magia desapareceram. Não consigo sentir nem o vínculo com Rosalina.

Mas vamos nos reencontrar. Ela é forte. É necessário muito mais do que um Rouxinol para acabar com ela.

Volto a minha atenção para Dayton e sigo a direção do seu olhar. Kairyn parece disposto a nos levar de volta ao palanque no pátio aberto ao público, pois está reunindo mais uma vez o povo de Florendel. Vasos com grandes flores vermelhas, ainda em botão, decoram tudo por ali, desde o pátio até as casas próximas.

Kairyn trouxe também o seu pai, Thalionor. O príncipe idoso, amarrotado em uma cadeira e atendido por acólitas, é muito diferente do líder forte e poderoso das minhas lembranças.

Dois homens do Pentaconclave de Kairyn o ladeiam. Um carrega a minha Espada da Proteção; o outro, a Lança de Coragem. Nossos colares impedem que os cavaleiros continuem a passar pelo processo de decomposição.

Uma grande multidão já se reuniu. As pessoas falam baixo, murmurando sobre a imagem de dois Altos Príncipes acorrentados.

— A notícia vai se espalhar — sussurro para Dayton. — Nossos reinos e o Outono saberão da traição e mandarão reforços. Não é possível que ele ache que poderá nos manter aqui.

Dayton assente, ainda estudando desesperadamente a plateia. A manhã se aproxima do fim. Só posso esperar que Kairyn nos mande de volta à cela antes do anoitecer. Não consigo invocar o lobo com essa maldita poção nas veias, mas tenho certeza de que a maldição da Feiticeira é mais forte do que ela. Talvez seja melhor que ele continue com o discurso até o entardecer?

E se o povo de Primavera assistir à nossa transformação em feras? Não importa, se isso me aproximar da possibilidade de salvar Rosalina e Ezryn...

Onde ele está agora? Impotente, desarmado, sozinho. *Ele está procurando por Rosa.* Sei disso no fundo do coração. *Ele está à procura da nossa predestinada.*

— Povo de Primavera! — Kairyn começa, silenciando a multidão com sua voz estrondosa. — Testemunhamos hoje uma grande tragédia: a traição do meu irmão, o príncipe que jurou protegê-los.

— A única traição foi a sua — Dayton resmunga.

— Mas em Primavera somos forjados a ferro e fogo!

Um clamor se levanta, e identifico o desespero no semblante daquelas pessoas, a necessidade apavorada de acreditar que tudo vai ficar bem. Alguns rostos, no entanto, são totalmente vazios, isentos de qualquer emoção.

Kairyn caminha sobre a plataforma.

— A despeito dessa tragédia, construirei para todos nós um futuro melhor, mais seguro. Vamos dar início a uma nova era para Primavera. Um começo glorioso para goblins e feéricos!

Meu sangue congela.

— O quê?

No fim da rua, os enormes portões de Florendel se abrem, revelando centenas de goblins enfileirados, marchando em perfeita formação. Guardas de Primavera os acompanham dos dois lados, montando cavalos.

Um cântico se eleva dos goblins, e o som lembra a batida metálica de um tambor:

— Kairyn. Kairyn. Kairyn.

— Essa porra toda é uma loucura — Dayton grunhe, e sua voz quase se perde em meio ao cântico e aos gritos da multidão.

Alguns cidadãos permanecem chocados, mal conseguindo sair do caminho do exército que se aproxima. Outros começam a verbalizar alguns protestos. Feéricos correm para o palanque.

— Você enlouqueceu — digo ao Novo Príncipe. — Seu povo jamais aceitará isso.

Eles podem ter aceitado com relutância o banimento de Ezryn, mas trabalhar com os monstros que saqueiam suas cidades e seus povoados há centenas de anos? Kairyn realmente perdeu o juízo.

Em resposta, ele abre os braços com as palmas voltadas para o céu, e a magia vibra como eletricidade estática. Viro a cabeça de um lado para o outro e vejo todos os botões vermelhos que decoram telhados, postes de iluminação e toldos desabrocharem. O pólen das flores é capturado pelo vento e recai sobre a multidão.

A comoção cede. Olho aterrorizado para um feérico que, antes com o punho cerrado de ódio, agora abaixa a mão e adota uma expressão distante. Todos recuam e abrem espaço para os goblins que se aproximam.

— Povo de Primavera — Kairyn continua —, temos que nos unir para derrotar nossos verdadeiros inimigos... os Altos Príncipes, que se esconderam no castelo enquanto todos nós sofríamos!

— Eu esperava que você nos ajudasse a enfrentar as forças do Inferior — berro —, não que se aliasse a elas!

Dayton aperta os olhos e projeta o corpo para a frente com tanta violência que uma pequena rachadura aparece nas algemas de metal.

— Farron!

Olho para a multidão. Não há dúvida, é ele. Mas Farron se juntou ao cântico daquelas pessoas. Um grito que agora une goblins e o povo de Primavera.

— Kairyn! Kairyn! Kairyn!

— São as flores. Quem aspira o pólen sucumbe ao controle de Kairyn — murmuro. — Farron deve ter aspirado um pouco quando seguíamos Ezryn pelas ruas.

Dayton solta um suspiro angustiado. O cabelo dourado cai sobre os olhos azuis.

— Fare...

Os goblins agora estão entre os feéricos, e seus gritos são tão altos que fazem o palanque tremer. Uma espiral de pólen paira sobre a cabeça de Dayton.

— Não respire… — começo, mas sinto uma doçura peculiar na língua. Minha mente se transfere para aquele espaço estranho entre o sono e a vigília, minha boca se abre por conta própria.

— Kairyn! — entoo. — Kairyn! Kairyn!

94

Ezryn

Meus movimentos são estranhos. Tudo parece solto, livre demais. Passei a vida inteira limitado pelo metal, mas fui despido peça por peça. Libertado. Meus dedos apertam o cabo da espada de minha mãe. No reflexo na ponta da lâmina, brilha o ponto mais alto do mosteiro. É lá que ela está.

— Senhor... — Eldy toca o meu ombro com a mão trêmula. — O Exército da Rainha é leal a Kairyn, os soldados foram treinados desde o nascimento. Não vão deixá-lo passar. E sem a Bênção...

— Não resta nenhuma magia dentro de mim. — Alguns feéricos têm magias mais fracas, mas Kairyn drenou até isso. — Não preciso de magia para conseguir o que quero.

Os lábios de Eldy tremem. Seus olhos buscam o mosteiro e depois se voltam para mim.

— Não só os soldados vivem lá; há os Acólitos Dourados também. A lealdade deles pode ser questionável, mas o Reino da Primavera sempre os protegeu. Como seu príncipe...

Passo por ele e dou o primeiro passo na direção do mosteiro.

— Não sou o Príncipe da Primavera. Não mais.

95

Rosalina

O tridente sai da minha barriga banhado em sangue, vermelho como uma rosa. Por um momento, não acredito que seja meu, porque não sinto dor, só o choque.

Rouxinol pretende realmente me matar.

Cambaleio para trás. Há três buracos no meu vestido, e meu sangue escorre pelo tecido rasgado.

A risada dela ecoa pela sala, rompendo o encantamento que me dominava. A dor chega aguda e profunda, como se a pele pegasse fogo. Dois homens do Exército da Rainha permanecem à frente do elevador. Vou achar outro caminho, então. Grito, atravesso a sala com passos trôpegos e abro a porta, deparando-me com duas fileiras de homens e mulheres em armaduras.

Mais traidores do Exército da Rainha.

— Não perca tempo tentando fugir — diz Rouxinol. — Nosso exército ocupa a totalidade da torre.

Meu desespero se intensifica quando examino as minhas mãos inúteis, cobertas de sangue. A constatação me atinge como um golpe físico: a magia ainda está em mim, mas aprisionada por aquela flor detestável.

Ela me puxa de volta pelos cabelos e me joga contra uma parede. Com um toque ameaçador, desliza a ponta de sua adaga pelo meu braço, deixando um fino rastro vermelho.

Lágrimas saltam dos meus olhos. Impotente. É assim que ela me deixou.

— Por favor — soluço. — Pense no que sua mãe vai fazer se descobrir... — Se eu ficar aqui, morro. Por menos que eu queira ver Sira outra vez, quem sabe, se ela me levar ao Inferior...

Caspian, me ajude. Por favor, me ajude.

— Cale a boca! Você não sabe nada sobre a minha mãe! — Rouxinol empurra a lâmina contra a minha carne, rasgando o músculo.

Eu grito e me contorço, dominada por uma dor lancinante. Meus joelhos cedem, e ela me deixa cair no chão.

— Acha que consegue lidar com a minha mãe? — Rouxinol chuta o meu estômago e eu me encolho. Sem ar para gritar, tudo que faço é arfar, tentando desesperadamente levar ar aos pulmões. — O que sabe sobre mães, aliás? Você nem sequer tem uma.

Ela recua, furiosa, e dá um soco na parede, antes de andar pela sala. As outras silhuetas turvas — o Cavaleiro Turquesa e os dois guardas — olham diretamente para mim.

Devagar, eu me apoio sobre as mãos e os joelhos. Meu corpo protesta, o sangue escorre em uma corrente constante. Se não fechar esse ferimento logo, vou desmaiar.

— Não há saída para você. Por que se esforça para levantar? — ela questiona.

— Porque tenho algo por que lutar. Tenho alguém por quem lutar.

Em meio aos pulsos de dor, penso neles. Kel, Ezryn, Dayton e Farron. Penso em Castelárvore e em meus amigos. Meu pai. Até no Príncipe dos Espinhos. Depois, no Vale Feérico, um lugar ao qual pertenço, finalmente. E vale a pena lutar por tudo isso.

Lágrimas lavam o meu rosto. Vale a pena morrer por isso.

Rouxinol se ajoelha na minha frente, segura o meu queixo e aproxima a adaga do meu pescoço.

— Por que estou brincando com você? Um gato com um rato. Você não vale a pena. — Ela me estuda como alguém estuda o próprio reflexo no espelho. Suas mãos tremem.

— Por... por que está lutando? — sussurro. — Pelo menos isso... A minha morte pode ajudá-la nessa conquista?

Ela arregala os olhos azuis. Essa cor... Algo doloroso se contrai em meu peito.

— Sua morte vai sufocar os meus pesadelos — ela fala baixinho. — Sua morte vai me trazer paz, finalmente.

O metal frio pressiona o meu pescoço com mais força, mas não fecho os olhos; eu os mantenho cravados nos dela.

— Espero que consiga pelo menos isso.

Lágrimas inundam os seus olhos, e a mão que segura a faca treme.

— Ele *não* está certo. Eu consigo...

Ela deixa a faca cair. E, então, estamos nos encarando.

Um barulho alto ecoa de um lado da sala.

Rouxinol se levanta depressa e me solta no chão. As portas do elevador se abrem e revelam um membro do Exército da Rainha. Ele se apoia na parede e está com o corpo coberto de sangue. Rouxinol troca sussurros apressados com o guarda, depois se vira.

— Você, comigo — ela diz para o Cavaleiro Turquesa, antes de olhar para os outros dois guardas. — Não a deixem fugir. E não toquem nela até eu voltar.

Então, entra no elevador e se vai.

É um alívio perceber que terei um breve intervalo. Rapidamente, rasgo a bainha do vestido e amarro o tecido em torno da cintura, estancando o sangue.

Minha mente está confusa, resultado do pânico e da poção de supressão da magia. Olho para a estação improvisada. Ela não teria aqui um antídoto, teria? E, se tivesse, como vou saber qual é? Eu poderia me envenenar tentando encontrar a cura. Água me ajudou com as outras flores, mas não há água aqui. Além disso, a água limpou o pólen do meu nariz, mas Rouxinol me obrigou a ingerir o seu veneno.

Não posso passar pela porta, não com os soldados do lado de fora. A janela? Devo pular? Posso me transformar em um pássaro, como fiz com Eldy? Porém, se eu não consigo nem acessar a minha magia elementar, duvido que consiga mobilizar aquele poder desconhecido.

Finalmente, olho para o arco no centro da sala. Se alguém o tocasse, queimaria instantaneamente, à diferença da lenta decomposição provocada pelas outras armas. Foi o que Kairyn me disse. Como é mesmo o nome disso?

O Arco de Esp...

Mãos grandes seguram o meu braço ensanguentado e o puxam. Um dos guardas começa a me arrastar pelo chão.

— Rouxinol disse para ninguém tocar nela — alerta o seu companheiro.

O guarda que me agarrou me joga sobre a mesa de pedra onde antes uma das armas era exibida. Meus ouvidos apitam com a força do impacto. Suas mãos empurram meus ombros com tanta força que mal consigo me mover.

— Não pretendo matá-la. — Ele inclina a cabeça. Sua armadura imunda está coberta de terra e fuligem. O guarda olha para mim e sorri. — Já quebrei um juramento de honra.

— O quê? — Meu sangue gela nas veias. — Por... por favor. Não.

O outro guarda olha para nós. Estou deitada de costas, com seu companheiro em cima de mim. E não faz nada.

— Mesmo coberta de sangue, você é bonita. — Ele lambe os lábios rachados e inclina a cabeça. Mechas de cabelo grudento caem sobre a testa. — Mal posso esperar para ver esse sangue tingir a sua pele de rosa.

Tomada pela raiva, grito e esperneio. Bato os joelhos na armadura e sinto a dor do impacto, mas não paro. A reação não faz diferença; o guarda continua me segurando. Então, mostro os dentes e cuspo em seu rosto.

Ele abre a boca, mas é o outro guarda que grita:

— Sua vadia de merda! — A dor explode em meu rosto quando ele me bate.

Perco o fôlego, minha visão fica turva e sinto a umidade morna do sangue no nariz. Quatro mãos me cobrem. Mãos nojentas, lascivas. Ouço ruídos de partes de armaduras caindo no chão. O barulho do vestido sendo rasgado e de dedos violentos segurando as minhas pernas.

Grito novamente. Um grito tão cheio de terror que mal reconheço a minha voz.

96

Ezryn

Empurro as grandes portas de metal do mosteiro. Um dos guardas do Exército da Rainha está ali, vestido com armadura de couro e uma lança pendurada nas costas. Ele abre a boca, mas não dou tempo para as palavras saírem.

Passo a espada em seu pescoço e entro no prédio, enquanto ele se afoga no próprio sangue. O hall de entrada conta com mais três soldados, que nem sequer empunham as armas.

Meneio a cabeça com ar desapontado e ataco, acertando dois deles na região atrás dos joelhos. Um cai no mesmo instante, mas o outro cambaleia rumo ao elevador. Avanço rapidamente contra o terceiro, que empunha sua lança. Ele se desequilibra com a força da investida e desfere um golpe errado, então enfio a espada na brecha da armadura para perfurar um rim.

Ele cai.

O barulho de metal coincide com o som do elevador, que leva o soldado ensanguentado para cima. Seu olhar quase sem vida encontra o meu. Ele só adiou o inevitável. Não estou surpreso nem desapontado. Vou começar de baixo e destruir cada centímetro desse lugar desgraçado até pegá-la de volta.

De qualquer maneira, eu não teria usado o elevador.

Ela está aqui, mas o vínculo é fraco, como se uma parte dela não atendesse ao meu chamado. Terei de verificar cada andar, purgar cada piso.

Subo o primeiro degrau da escada do monastério, ainda com a espada suja de sangue. É bobagem limpá-la agora.

Ouço gritos, e mais quatro homens do Exército da Rainha descem a escada empunhando lanças. Há confiança no rosto deles. Acreditam que, por estarem em posição mais elevada, levam alguma vantagem e que sou fraco sem a minha magia.

Enganam-se.

O som da investida dá lugar a um grito quando ataco o primeiro. A largura da escada os obriga a descer em fila única. Jogo o soldado por cima do ombro e ele rola degraus abaixo. Quando chega ao fim da escada, seu pescoço já está quebrado.

O segundo guarda é dominado pelo horror por uma fração de segundo, mas eu não me abalo. Suas entranhas transbordam da barriga antes mesmo de ele fechar a boca. O terceiro se vira para fugir, e é mais fácil matá-lo pelas costas.

O andar de cima é um longo corredor onde mais soldados me esperam, mas eles ouviram os gritos dos outros homens, e o medo os deixa mais lentos.

Minha respiração quase nem se altera quando subo ao andar seguinte. Esse é uma passagem estreita com uma única porta de madeira. Ouço vozes abafadas atrás dela, gritos de terror. Segurando a espada com firmeza, empurro a porta e entro.

Acólitos encolhidos entre vassouras e espanadores. Um, não mais que uma criança, agarra-se a uma mulher feérica e fecha os olhos, como se antecipasse o golpe.

— Vão embora — ordeno. Eles tremem como um campo de trigo ao vento. — Agora!

Apavorados, correm escada abaixo, passando por cima de sangue e corpos desfigurados.

Não olho para trás.

O Exército da Rainha ocupa o andar seguinte e a sala além do corredor. Esses soldados sabem quem eu sou. A notícia se espalhou, e ecos dos gritos de "matricida" e "traidor do credo" me alcançam pelo ar. Ecos que se silenciam quando as gargantas são cortadas.

Subo com ferimentos apenas superficiais. Olho por uma janela e calculo que já ultrapassei mais da metade da subida.

O Exército da Rainha pode ter sido treinado para lutar desde o nascimento, mas nenhum desses soldados jamais esteve em combate. Algum deles já matou alguém? Entendem a força necessária para enterrar uma lâmina na carne de outro homem? Já fizeram um movimento errado e a ponta da espada ficou emperrada entre duas costelas?

Andar após andar, eles caem sob a minha espada, e eu sigo focado na missão. Não sinto a dor nos músculos nem a respiração ofegante. Deixo os acólitos passarem, mas os soldados nunca concluem um ataque. Não os que foram corrompidos por Kairyn. *O que fez para cooptar a lealdade deles, irmão?*

Corpos cobrem cada andar, o sangue escorrendo pela escada como um rio rubro.

Kairyn acha que me enfraqueceu ao me privar da Bênção? Não! Ele me libertou.

Afastei-me da minha magia depois da morte de nossa mãe; aprendi a lutar sem ela. A espada é a única arma de que preciso. Não preciso nem da fera, embora ela não seja diferente de mim. Destroçar goblins com presas e garras é surpreendentemente semelhante a desossar feéricos com aço.

Estou quase no alto do mosteiro, e o vínculo em meu peito é tão nebuloso quanto antes. Mas é claro que foi para cá que eles a trouxeram.

O corredor é largo, e sei que ela está atrás da porta. Rosalina está muito perto.

Mas o lugar está apinhado de soldados do Exército da Rainha. E Kairyn deixou os melhores para o final. Armaduras blindadas cobrem peitos e pernas, capacetes protegem cabeças. Cada um deles empunha um escudo e uma lança.

— Temos ordens para entregá-lo com vida, caso se renda incondicionalmente. — Um deles avança, e vejo o reflexo da luz de uma tocha em seu capacete. Tento imaginar a expressão do rosto embaixo dele, escondido nas sombras.

Ele agora pode ver o meu claramente. Todos podem. E, a julgar pelas lanças tremendo em suas mãos, sabem que não vou me render.

Giro a espada sobre a grande arandela com a tocha e deixo o fogo lamber o metal.

— Acham que subi até aqui para cair de joelhos agora?

Kairyn deixou os melhores aqui, para proteger o seu passarinho e o seu troféu. Mas ele sabia que eu viria buscá-la.

Kairyn, seu covarde, não foi capaz nem de me matar pessoalmente. Precisa de um exército para fazer isso.

Ou para tentar fazer isso.

— Nesse caso, não temos escolha — diz o soldado. Vinte contra um. Bom para mim.

Ou deveria ser.

Ouço o som do metal enquanto eles se asseguram da minha decisão, mas deixo a lâmina no fogo. Mantenho-a ali até o último segundo, permitindo que o calor a envolva.

O vento afaga um lado da minha orelha mutilada quando o soldado descreve um arco com a sua lança. Avanço e enfio a espada quente através da armadura. Ela é macia como carne nua. Quando a removo, ele cai no chão com um estrondo de metal inútil.

Os outros me cercam, mas giro a espada em um círculo amplo, espalhando faíscas a cada contato da lâmina com o aço.

Uma lança acerta o meu ombro. Eu me viro e enfio a espada na abertura da armadura do soldado, entre a cabeça e o peito. Depois, salto para longe, arranco a lança do ombro e a uso contra outro soldado que se aproxima.

Um a um, eles caem aos meus pés. Restam dois, e a minha lâmina ainda está quente.

Tremendo, um dos soldados avança. Corto o aço sem dificuldade, e ele cai aos meus pés.

— Você é uma criatura diabólica, maligna — o último grita. Sua lança treme muito. — O sangue que você derramou manchará a sua vida para sempre.

O dele é o próximo a respingar no chão. Então, tudo mergulha em um silêncio sinistro, exceto por sua respiração arfante.

Fico parado ao lado dele.

— Monstro. Você é um monstro — ele gorgoleja.

— Não. — Enfio a espada através do peitoral da armadura. — Sou uma fera.

97

Rosalina

Não, não, não. Por favor, não. Isso não. Luto desesperadamente contra o guarda, esperneando enquanto ele abre as minhas pernas à força. Mas ele é muito forte. Perdi muito sangue, estou atordoada. O outro guarda que me bateu abaixa as calças. Eu me debato, sinto a garganta arder de tanto gritar.

O outro me segura pelos braços, mas é o movimento sutil da sua cabeça que percebo primeiro. O murmúrio surpreso e entrecortado.

Um homem entrou na sala. Ele não usa armadura e seu rosto está sujo de sangue. Mas seus olhos são como brasas e estão cravados em mim. Ele deixa a espada cair.

Ezryn. Meus lábios formam a palavra que não consigo dizer. A mente tenta desesperadamente o chamar por meio do vínculo nebuloso.

Ele se move antes mesmo de os soldados me soltarem. Segura um deles pelo pescoço e o arrasta até o apoio de pedra sobre o qual está o arco. Bate com a cabeça do homem na pedra. Bate com força suficiente para quebrar o crânio. Com força suficiente para espalhar sangue e massa cinzenta por toda a sala. Com força suficiente para matá-lo com um só golpe.

Mas ele não para por aí. Ele bate a cabeça do homem de novo, de novo e de novo, até não sobrar nada além de carne destroçada sob os seus dedos.

O guarda que me agrediu me solta, cambaleia sobre um dos arbustos iridescentes de Rouxinol e vomita.

Ezryn larga o guarda mutilado no chão e recupera a espada. Seus olhos são iluminados por uma fúria terrível.

Ouço o rangido de metal e olho para o elevador. Rouxinol e o cavaleiro armado com o tridente voltaram.

Seu olhar recai primeiro sobre o guarda com as calças arriadas e depois se volta para mim, deitada sobre a mesa de pedra. Ela tira uma adaga da cintura e a arremessa com precisão mortal.

— Ezryn! Cuidado! — eu grito e me levanto, desesperada, enquanto abaixo o vestido.

Mas a adaga não foi arremessada contra Ezryn. Ela acerta a cabeça do guarda, que desaba no chão. Rouxinol se aproxima para recuperar a faca.

— Homens são mesmo criaturas nojentas, não são? — Ela balança a cabeça. — Lamentável. Mas prometo que a sua morte será rápida.

Ela saca outra adaga e a arremessa. Um lampejo prateado, e Ezryn salta à minha frente para desviá-la com a espada.

— Vai tentar me matar também? — Ela debocha com a mão na cintura. — Metade do mosteiro já morreu. Você já cuidou disso.

Eu me equilibro, agarrada às costas da camisa de Ezryn. Preciso do contato com ele.

Rouxinol parece pensar por um instante.

— Kai não vai gostar se eu te matar, mas nada vai me impedir de concluir a minha vingança. Nem você, Príncipe de Sangue.

Com um aceno, Rouxinol ordena que o Cavaleiro Turquesa ataque. Ele impulsiona o tridente contra Ezryn, que intercepta o golpe e empurra o adversário para o lado, mas isso me deixa exposta a Rouxinol. Ela inclina a cabeça e o seu capuz escorrega ligeiramente. Vejo sob a sua orelha pontuda a pétala branca de uma flor. Uma gota-de-estrela.

Estranho. Não esperava que vestisse qualquer coisa que não fosse absolutamente prática. Ela se aproxima de mim sem se abalar.

Desesperada, apanho a lança de um dos soldados caídos, corro na direção dela e a atiro. Ela dá um passo para o lado e desvia com facilidade, mas o movimento me coloca bem ao seu lado.

— Pensou mesmo que isso serviria para alguma coisa? — ela pergunta.

— Não, mas acho que isso, sim. — Enfio a mão embaixo do capuz e pego a flor branca. Depois, eu a enfio inteira na boca.

Porque já vi essa flor antes. Eu a vi presa na armadura de Kairyn e dos homens de seu Pentaconclave. Vi os acólitos que trabalham na fortaleza usarem essa flor atrás da orelha. Até Eldy usou uma delas por algum tempo.

Esse é o antídoto.

Por isso os seguidores de Kairyn estavam sempre com uma dessas flores. Ele não queria correr o risco de um servidor leal ser corrompido pela magia tóxica.

O botão branco anula a magia. Cheirar a flor tem esse efeito, pelo menos. Quando subi a montanha em transe, recuperei parte da lucidez ao passar por um canteiro delas.

Mas não posso só cheirar a flor: a poção que ela me deu está no meu organismo.

Engulo as pétalas. *Ou isso me mata, ou…*

— Pare! — Rouxinol grita e saca uma faca curta, avançando para me atacar com ela.

Ou isso vai nos salvar.

É tarde demais para Rouxinol.

Minha magia está de volta.

Sinto os seus espinhos iridescentes espalhados pela sala. Ela não espera o meu ataque, então eu me apodero deles com facilidade, levantando-os à minha volta como um escudo. Sua faca emperra no espinheiro, e isso me dá um momento precioso para pensar.

Olho rapidamente para Ezryn e vejo que ele está se defendendo do Cavaleiro Turquesa, apesar da arma divina.

Preciso chegar até ele. Então, posso tentar usar os espinheiros de Rouxinol para nos carregar para fora daqui.

Um ramo se enrosca no meu tornozelo e me puxa, fazendo com que eu caia no chão.

— Quem brinca com espinhos acaba espetado — avisa Rouxinol.

— Vale para você também. — Estendo as mãos e controlo dois espinheiros. Os ramos se retorcem e a atacam, acertando a sua barriga.

Ezryn sufoca um grito quando as pontas do tridente rasgam o seu ombro. Ele gira e bate com a lâmina no cavaleiro. A armadura turquesa cintila à luz fraca quando a espada de Ezryn encontra o peitoral sem causar dano algum. Rangendo os dentes, ele recua cuidadosamente.

O Cavaleiro Turquesa ri, depois gira o tridente até a arma se iluminar e o cheiro de água do mar invadir o ambiente.

Preciso me concentrar em minha luta, mas não consigo deixar de olhar para Ez. Puxo os espinhos que seguram o meu tornozelo, afrouxo a pressão e escapo da aproximação de Rouxinol.

Com uma força imensa, o Cavaleiro Turquesa ataca e atinge a lateral da cabeça de Ezryn com o cabo do tridente. Ele cambaleia para trás e se segura no pedestal do arco para não cair.

— Cuidado! Não toque nisso! — grito.

Ezryn olha para a arma radiante e afasta a mão rapidamente.

Rouxinol solta a adaga e corre para mim. Agarrando o meu cabelo, tenta arranhar o meu rosto.

— Magia não será suficiente para salvá-la. Você não é especial. Você é mole! Fraca!

Eu a seguro pelos pulsos e vejo Ezryn pular para longe do golpe do tridente. Sem a Bênção, ele não vai conseguir…

Ezryn rola no chão e se levanta na frente do pedestal, onde sua silhueta é contornada pelo brilho etéreo do arco. O Cavaleiro Turquesa avança, apontando os dentes ensanguentados do tridente para o peito de Ezryn.

Mas meu predestinado se joga no chão, ergue uma perna e faz o gigantesco cavaleiro tropeçar. Com um estrondo da armadura turquesa, o cavaleiro é projetado para a frente e o tridente escapa. Suas mãos nuas procuram um apoio…

E agarram o Arco de Radiância.

Uma luz ofuscante envolve o Cavaleiro Turquesa, o seu corpo convulsiona. Um grito lancinante ecoa pela sala. Sua armadura racha, depois implode como uma concha vazia. O capacete rola pelo chão e vai parar diante de Rouxinol. O que sobra é uma casca sem vida, e Ezryn se levanta ofegante, vitorioso.

Rouxinol se afasta de mim e pega o capacete. Seus lábios se retraem.

— Ah, você vai pagar por isso.

Espinhos irrompem da pedra, atingindo Ezryn e o levantando do chão. A espada prateada cai de sua mão.

— Ezryn! — grito, estendendo a mão para tentar controlar os espinhos.

— Hoje não! — Rouxinol me encara e sou atingida por uma onda de poder. — Esses espinhos são *meus*. Se quiser brincar, faça os seus.

Não consigo! Tento me concentrar, mas não sei nem o que estou buscando. Ela está certa. Essa magia é dela, e não consigo acessá-la se ela não deixar.

A raiva se espalha pelo meu peito e chamas explodem das minhas mãos. Com um movimento do pulso, ela projeta contra mim um grande espinho oleoso, e sou jogada sobre a mesa de pedra no centro da sala. Meus ouvidos apitam, a visão fica turva. As cores da janela de vitral rodopiam em meu braço, pintando um arco-íris tremulante na pele.

Ezryn se debate contra a prisão de espinhos.

— Ah, Príncipe de Sangue — ela ronrona —, uma torre de soldados, um membro do Pentaconclave e tudo isso por nada, porque você nunca passaria por mim.

Ezryn rosna, seus olhos ardendo em chamas.

— Só falta decidir uma coisa. — Seus olhos azuis se voltam para mim. — Qual dos dois eu mato primeiro?

Eu me apoio sobre as mãos e os joelhos. Preciso ajudá-lo. Mas como? Não consigo controlar os espinhos dela. Minha magia voltou, mas não chega nem perto de ser poderosa como a dela. Apesar de sentir o corpo todo tremendo por causa dos ferimentos, só me mantenho consciente graças à adrenalina. Adrenalina e ódio.

— Ah, não faça essa carinha triste, Princesa — ela debocha. — É só você criar aquelas rosinhas douradas. Ou esse é só mais um conto de fadas, como o da Feiticeira e as suas feras da Sarça?

— Isso não é lenda — retruco.

O ar vibra com a força da magia quando Ezryn se transforma: em um minuto, é homem; no outro, um grande lobo preto. Suas presas se expandem e ele tenta acertar Rouxinol com a pata enorme. Ela pula para trás, mas não com a rapidez necessária, e ele ataca o seu braço.

— Não sou tão fácil de eliminar quanto os seus goblins, besta! — O mosteiro treme com a intensidade de sua ira. A janela de vitral atrás dela explode, lançando cacos de vidro pelos ares. Espinhos emergem da pedra e cobrem toda a sala.

É como estar em Castelárvore, entre espinhos e feras.

Seus espinhos iridescentes capturam o imenso lobo preto. Lágrimas escorrem pelo meu rosto quando vejo o lobo se debater e ganir, os espinhos enormes penetrando sua carne. Cerro os punhos, e uma luz tremula sobre o nó dos meus dedos.

A Luz do Arco de Radiância que brilha ao meu lado. A arma da Rainha.

Você tem tudo de que precisa bem aqui. As palavras de Caspian passam pela minha cabeça e eu levo a mão ao coração, imitando o seu movimento.

Lentamente, eu me levanto sem desviar o olhar do arco luminoso.

Rouxinol inclina a cabeça.

— Essa arma não pertence a você, *humana*.

Mas pertence, sim. Não é a magia dos espinhos que acesso, mas a das rosas, como as que a Rainha plantou em seu reino. A magia da mudança de objeto em elemento ou de feérico em animal. E a magia dos reinos.

Há vinte e cinco anos, minha mãe partiu. Há vinte e cinco anos, a Feiticeira esteve em Castelárvore.

Ou a Rainha disfarçada voltou a Castelárvore.

Palavras e imagens brincam nos corredores silenciosos da minha memória; momentos antes insignificantes e isolados agora convergem, formando uma tapeçaria tão clara quanto aquela pendurada neste mosteiro.

A Rainha era fascinada por humanos.

Essa magia dentro de mim não é mera coincidência.

É o meu legado.

Você me acolheu em sua casa, Cas. Você me chamou de Princesa porque sabia. Você sempre soube quem eu era.

Estendo a mão para o arco.

— Rosalina, não! — grita Ezryn.

— Se tocar nisso sem a insígnia da Rainha, queimará até a morte! — Rouxinol avisa.

— Não preciso da insígnia — respondo, apanhando o arco. — Eu tenho o sangue da Rainha.

Uma onda de poder me invade e me ilumina por dentro. O arco ondula e se transforma, ramos dourados cintilam ao longo do cajado. Ao segurá-lo, a minha pele se acende e brilha em tons dourados e alvos.

Rouxinol congela. Vejo o horror dominar os seus traços. Choque e reverência se misturam nos olhos do lobo.

Um fio de ouro cintilante aparece quando ponho a mão para trás e uma flecha de luz estelar descansa na mira. O arco pode ser mágico, mas a pontaria é minha.

E aponto para o coração de Rouxinol.

— Você não precisa da insígnia — ela diz, com os olhos arregalados. — Me dá esse arco.

Sinto a tentação de atender ao pedido, só para vê-la queimar.

Ajusto a mira e a flecha voa para os espinhos, que murcham com a explosão de luz dourada, depois estremecem e se tornam poeira preta. O lobo cai no chão.

— Vá embora — digo, produzindo outra flecha e apontando para ela.

— Por que pouparia a minha vida? — Rouxinol murmura, quase encolhida diante da luz do arco.

Por Caspian e pelo afeto que ele nutre pela irmã. Por outra razão que não consigo identificar. Pelo simples fato de não querer mais sangue em minhas mãos. Mas respondo apenas puxando a flecha mais para trás.

Ela sibila, e um emaranhado de novos espinheiros começa a se levantar. Permito que eles se elevem apenas o suficiente para envolvê-la e levá-la de volta ao Inferior.

Assim que ela desaparece, toda a energia deixa o meu corpo e o arco cai. Eu caio.

Braços me amparam, e caio contra a pele nua de Ezryn. Desabamos juntos no chão.

— Ez… — falo com voz fraca.

— Estou aqui — ele murmura. — Estou aqui, minha Rainha.

98

Rosalina

Ezryn me segura com firmeza. Trêmula, deslizo os dedos pelos seus braços nus; depois, toco o seu rosto; o rosto que é novo e conhecido ao mesmo tempo. Há sangue seco em suas bochechas, no nariz, no pescoço.

Eu também estou coberta de sangue.

Sinto a pele diferente, diferente até de quando me transformei em feérica. A luminosidade não desapareceu por completo. Ponho as mãos na barriga, onde os garfos do tridente perfuraram a pele.

Está cicatrizada.

Levanto a cabeça. Ezryn me imobiliza com o marrom profundo dos seus olhos. Meu coração disparado se recusa a acalmar no peito.

— Como soube que eu estava aqui?

A mão grande segura o meu rosto.

— Eu sempre vou encontrá-la.

O vínculo se ilumina entre nós, quente e acolhedor.

— Como me encontrou?

— Não há nada, *nada* que possa me manter longe de você. Nem sangue, nem lâmina, nem julgamento. Eu arrancaria meus ossos das garras da morte e ofereceria outros mil em meu lugar, se você me esperasse no fim de tudo isso.

Uma urgência desesperada nasce dentro de mim, um fogo que ainda não foi apagado. Como se pudesse sentir as chamas também, ele me beija com paixão e segura o meu cabelo. Eu me arrasto para cima dele. Ezryn ainda está nu, depois da transformação de lobo para homem. Caímos no chão de pedra coberto de sangue, corpos e espinhos.

— Nada vai tirá-la de mim — ele grunhe. Seus olhos escurecem, e ele me despe rapidamente do vestido rasgado. Preciso sentir suas mãos em mim, preciso delas substituindo cada toque indesejado.

Arranho o seu peito com as unhas, seguindo a linha escura de pelos até o V entre os ossos do quadril. Agarro o seu pau e o levo à entrada da minha vagina, para dentro de mim. O som que escapa de mim é quase animalesco.

— Rosalina. — Ele se levanta, mas me mantém em seu colo enquanto morde de leve o meu pescoço. O contato dos dentes com a pele sensível me faz gritar e aumentar a velocidade dos movimentos e a intensidade do contato.

Nossas bocas se encontram molhadas, famintas. Mordo seu lábio, e o calor em mim cresce, cresce e cresce.

Há um fogo em mim que não pode ser apagado.

Ezryn nos gira e me deita no chão com delicadeza, mas essa é a única coisa gentil que ocorre entre nós. Suas mãos agarram o meu quadril e o levantam, então ele me penetra com força.

Não precisamos de palavras; a paixão não declarada é vívida entre nós. Isso é completamente visceral. Ele me beija quando começamos a nos mover. Suas estocadas são extensivas e poderosas. Uma posse selvagem, ilimitada.

O pulsar de nossos corpos é rítmico. O prazer de meu predestinado bloqueia todo o resto. Isso é tudo de que preciso agora. Ele.

Sem reduzir o ritmo, ele toca o meu clitóris e o acaricia. Um som gutural e lânguido irrompe de mim, e o agarro pelos cabelos. Preciso dele mais perto, mais perto, mais perto.

— Ezryn, eu… Oh, meu Deus, eu…

Ele cobre a minha boca com a mão e eu mordo a palma. Ele ainda não terminou.

Ezryn mete mais fundo, mais forte, e a mão se afasta do meu rosto para descer pelos seios e segurar meus quadris. Os dedos me apertam e ele mete de novo, de novo e de novo. Perco todo o senso de mim, torno-me nada além de uma coisa selvagem. Lágrimas lavam o meu rosto. Eu me agarro a ele com tudo que tenho.

Preciso me transformar nele. Preciso gritar o medo, a confusão, o poder que irradia de mim.

Ele inclina a cabeça, flexiona os músculos poderosos do pescoço, balança os cabelos castanhos. E não consigo mais conter essa onda. Sinto a explosão próxima dentro de mim.

Os meus músculos internos se contraem, depois pulsam em uma onda de calor abrasador que pressiona o seu pau latejante.

— Rosalina. — Ele geme meu nome quando sente que pulso em torno dele. Depois, penetra-me com força e encontra alívio. Eu grito quando sinto o seu calor me preencher.

Seu peso desaba sobre mim. Eu o abraço e juro que nunca mais o soltarei.

Eu não queria usar o vestido rasgado, por isso peguei uma camisola que encontrei em um armário. Ezryn, cujas roupas também foram rasgadas, usa a camisa branca de mangas longas e a calça dourada dos acólitos.

— Como estão os seus ferimentos? — ele pergunta.

— Vou ficar bem. O arco me curou — sussurro. Antes que ele possa se afastar, seguro o seu rosto entre as mãos. Suas orelhas estão vermelhas e sensíveis, ainda em carne viva onde antes ficavam as pontas. Mas não há nada que possamos fazer quanto a isso agora. — Você é meu predestinado, e eu te *amo.* Nós nos vinculamos de novo, mas sua maldição não foi quebrada.

Ele fica em silêncio por um momento. A maldição quase havia sido neutralizada no Lago Sylvanita. A corrente de magia, o poder irrestrito do Alto Príncipe da Primavera... Tudo se assemelhava demais à lembrança de quando ele recebeu a Bênção. Meu coração dói quando imagino a dor e a tristeza que ele deve ter sentido.

Agora que transmitiu a sua Bênção, no entanto, ele não deveria ter que se preocupar com a sobrecarga de poder.

E, mesmo assim, a maldição persiste.

Ezryn se vira para o outro lado.

— Não mereço me livrar da maldição.

Talvez não seja só a magia da Feiticeira que deva ser satisfeita.

A magia da minha mãe, penso.

Um arrepio me envolve como um manto quando olho para o Arco de Radiância caído no chão. Meu pai sempre descreveu a minha mãe como uma pessoa compassiva. Então, por que ela lançaria uma maldição sobre os príncipes, pondo o Vale Feérico em risco? E a maior de todas as questões: *Onde você está agora?* Por que ela não voltou para mim e para o meu pai?

Penduro o arco nas costas. Ezryn está em pé ao lado do corpo do Cavaleiro Turquesa, com a insígnia do Príncipe de Verão na mão. Ele se aproxima de mim e a pendura no meu pescoço.

— Para ficar protegida até que a devolvamos a Dayton.

Seguro a concha e assinto. Meus olhos lacrimejam quando penso nos outros príncipes.

— Você também consegue senti-los? Kel e Farron? — pergunto.

— Sim. Eles estão vivos.

O pensamento me conforta. Olho para o tridente no chão.

— Não podemos deixar isso aqui.

— Não. O inimigo não pode se apoderar dessas armas.

— É pesado demais para o carregarmos por aí.

Quando eu toco o tridente, porém, ele se transforma em um raio de luz e se esconde no colar.

Ezryn se ajoelha ao meu lado.

— As insígnias e as armas estão interligadas. Em tempos de guerra, isso garantia que os escolhidos da Rainha pudessem se proteger.

— Mas Kel sempre manteve a Espada da Proteção embaixo da cama. — Um esconderijo bem idiota, se pensarmos que eu, bêbada, e um bando de goblins conseguimos encontrá-la.

Ezryn respira fundo.

— Temos que encontrar os outros.

Pegamos o elevador. Ele sacode e começa a descer.

— Mantenha os olhos nas montanhas.

Engulo em seco ao mirar a cordilheira distante. Mesmo de costas, no entanto, ainda sinto o cheiro. *Príncipe de Sangue.* Foi assim que Rouxinol o chamou. Quantos morreram para ele conseguir me salvar?

Eu faria a mesma coisa para salvá-lo. Para salvar qualquer um deles.

Quando o elevador dá um solavanco e chega ao andar térreo do mosteiro, percebo que talvez tenha que fazer mesmo.

99

Dayton

— Dayton! Day, por favor, acorde.

Uma imagem gira na minha frente, e nem sequer me surpreendo totalmente com ela. Cabelo castanho solto, aquele rosto em forma de coração.

— Rosa?

— Por favor, não temos muito tempo — diz Rosa. Seus olhos brilham como chamas azuis. — Respire fundo.

Faço o que ela diz e a confusão mental diminui. *Os olhos de Rosa não são azuis.*

Sinto a mão em meu rosto. É áspera.

— Finalmente — ela diz. Não é Rosalina. É Wrenley. Um manto azul cobre as suas vestes de acólita, brancas e douradas.

— O... quê?

Ela toca os meus lábios com um dedo. Lentamente, examino o meu entorno. Estou em uma jaula de aço, de frente para o Salão de Vernaleão, a sala do trono da Fortaleza Jardim do Martelo. Reina um silêncio sinistro, quebrado apenas pela respiração profunda do Príncipe Thalionor, largado em uma cadeira ao lado do trono. O regente parece péssimo; seu corpo treme.

Kel está em outra cela ao nosso lado, completamente imóvel e com um olhar vazio.

Estrelas, era assim que eu estava?

— São as flores vermelhas — Wrenley fala devagar. — Elas fazem outras pessoas concordarem com tudo que o Alto Príncipe diz.

— Transforma as pessoas em cascas vazias. É isso — retruco em voz baixa. — Como você escapou do efeito?

Ela toca a orelha pontuda, atrás da qual há uma flor branca, e imito o movimento, descobrindo que ela pôs outra atrás da minha orelha.

— Kairyn disse para usarmos a flor quando saíssemos do mosteiro — ela explica. — Pensamos que fosse um símbolo, mas percebi que o pólen da flor vermelha não nos afetava. E, se você mastigar uma pétala, ela restaura a sua magia.

Faço o que ela diz, mas não há qualquer magia em mim. Permanecerei vazio até voltar a Castelárvore. Trêmula, ela tira uma chave do cinto.

— Peguei de um guarda que estava dormindo.

A fechadura se abre com um estalo e ela segura a minha mão para me levar para trás dos pilares de pedra.

— Alguns acólitos estão fugindo do mosteiro e deixando Florendel, mas não pude ir embora sem você.

Sinto um vazio no peito.

— Você está tremendo.

As mãos dela agarram a minha camisa e lágrimas inundam os seus olhos azuis.

— Eu... eu estava no mosteiro e... E *ele* chegou.

Ela cai sobre o meu peito e eu a abraço instintivamente.

— Quem chegou? Kairyn?

— Não... — Sua voz é baixa, quase vazia. — Ezryn.

— Por que ele... — Então eu me lembro. Rouxinol disse que traria Rosalina para cá.

— Não sei. Ódio por ter sido banido? Por perder a sua magia? — Seu lábio treme. — Ele matou todos eles, até o último que encontrou em seu caminho. Foi uma carnificina. Até mulheres e crianças... Escapei por pouco.

— Não. — Balanço a cabeça. — Ezryn não faria isso. Ele... — Paro de falar. Sempre houve uma escuridão no Príncipe da Primavera, algo que vislumbrei na fúria do seu lobo. Mas perder o seu credo ou a sua magia... E se aconteceu alguma coisa com Rosalina? — Ele não faria isso. — Mas falta convicção em minha voz.

O medo é visível em seu rosto; há sangue seco em uma das faces.

— Temos que ir. Depressa, antes que eles voltem.

— Não posso sair daqui sem Kel.

Ela continua segurando o meu braço.

— Não tenho outra flor. Ele se tornaria perigoso se o tirássemos daqui.

Olho para a cela, para o inexpressivo Príncipe do Inverno dentro dela.

— Kairyn não irá matá-lo — Wrenley insiste. — Ele é importante demais.

— Não. — Puxo o braço e me solto. — Não vou me separar de mais ninguém da minha família.

Pego a flor de trás da orelha dela e a rompo ao meio. Ponho metade embaixo do nariz dele, depois enfio uma pétala entre os seus lábios.

— Vamos, grandão, acorde.

Wrenley agarra as costas da minha camisa.

— Há movimento no corredor. Precisamos ir embora. Deixe-o aí!

Também escuto o barulho da armadura e aquela voz profunda, autoritária. O novo Alto Príncipe da Primavera está de volta.

— Respire, Kel — murmuro, praticamente enfiando a flor em seu nariz. — Vá para perto da porta.

Wrenley me obedece. Não quero pôr a garota em um risco ainda maior, especialmente depois de ela ter enfrentado tantas coisas, mas não perderei mais ninguém hoje.

As vozes ficam mais altas. Kel pisca, arfa, e o véu nebuloso desaparece de seus olhos. Wrenley abre a porta, e eu seguro Kel quando ele cai para a frente.

— Não tenho tempo para explicar. Venha comigo. — Passo um braço dele sobre meus ombros e saímos da cela a passos trôpegos.

— Por ali, atrás da tapeçaria. A saída dos criados — diz Wrenley.

Entramos na pequena passagem de pedra quando as portas da sala do trono são abertas. Minha vontade de ver a cara do desgraçado do novo Alto Príncipe da Primavera é a mesma de enfiar o pau em carvão em brasa, por isso deixo a tapeçaria voltar ao lugar.

Wrenley nos guia por corredores cheios de curvas até chegarmos a uma pequena viela no exterior da fortaleza. Pela posição do sol, é quase meio-dia. Explico rapidamente a ação das flores para Keldarion.

— É por isso que ele está conseguindo fazer tudo isso. — Kel aponta para a rua principal, onde goblins marcham junto dos cidadãos de Primavera.

— A capital inteira está infestada dessas flores — aviso.

— E Rosalina? Você a viu? — pergunta Keldarion.

— Não. Acordei um momento antes de você. Mas acho que Ez está com problemas — murmuro, sem mencionar detalhes sobre os assassinatos até que possamos confirmá-los. — Rouxinol levou Rosa. Ela mencionou alguma coisa sobre ir para a Terra da Rainha.

Kel massageia o peito, distraído.

— Sim, ela está em Primavera. Posso sentir.

— Temos que ir. Há um caminho escondido para fora da cidade — Wrenley diz, desesperada.

— Não posso sair de Florendel — digo. — Não sem Fare. Ele está no meio do povo. Só precisamos levar uma dessas lindas flores brancas para ele.

— Vou seguir meu vínculo até Rosalina — diz Keldarion. — Ache Farron, e nos encontramos no campo de flores nos arredores de Florendel.

Assinto.

— De lá, podemos seguir pelo Passo do Equinócio e atravessar as montanhas para o Verão. Minha irmã vai nos ajudar.

Keldarion segura meu antebraço e o sacode.

— Te vejo lá, irmão.

— Traga-a de volta — respondo, antes de ele se afastar. — Agora, vamos procurar aquela folhinha de Outono.

— É perigoso demais. Precisamos fugir — diz Wrenley. — Ele pode estar em *qualquer lugar*.

— Nesse caso, vou olhar em *todos os lugares* — retruco irritado. — Ou todos saímos desta capital, ou nenhum de nós o fará.

100

Rosalina

Estamos contornando uma grande rocha na montanha quando o vejo. Saio correndo imediatamente.

— Kel!

Ele acelera o passo; corre, corre ainda mais, e o vento sopra em seus cabelos brancos. Mais abaixo, ainda na montanha, vejo as silhuetas de Astrid, Marigold e Eldy. Eles vieram me procurar.

Lágrimas inundam os meus olhos, e de repente Kel está na minha frente. Ele é rápido!

— Rosalina. — Seus braços me envolvem e me tiram do chão.

Enterro o rosto em seu pescoço.

— Que bom que você está bem.

Sinto uma presença atrás de mim e Kel me põe no chão.

— Ez.

Ezryn se mantém perfeitamente ereto, e o olhar de Kel é intenso. Percebo que é a primeira vez que Keldarion consegue olhar de verdade para o rosto do melhor amigo. De fato olhar para ele.

Em seguida, Kel se aproxima e, com uma das mãos, toca o rosto de Ezryn — que, apesar de reagir ao contato, não se afasta.

— Ezryn, os funcionários vêm vindo — aviso em voz baixa. — Quer cobrir o rosto?

Ezryn franze a testa.

— O credo agora não significa nada para mim.

As palavras são definitivas e deixam um vazio dentro de mim.

— Dayton e Farron? — pergunto a Kel.

— A acólita que está sempre se metendo em tudo apareceu e nos libertou. Dayton e ela estão procurando por Farron na cidade. Ele está vivo, mas hipnotizado pelas flores.

Wrenley, então. Ela gosta de Dayton de verdade. Mordo o lábio inferior.

— Sim, Rouxinol explicou o que fazem todas as suas flores encantadas. Vejo que encontrou as brancas. — As pétalas estão presas atrás da orelha de Kel. Aponto para a bolsinha de pano pendurada em meus ombros. — Colhemos algumas no topo do monastério, só por precaução.

— Que bom — diz Keldarion. — Vamos encontrá-los no campo de flores nos arredores de Florendel. De lá, seguiremos pela estrada para o Verão, já que estamos sem as nossas insígnias.

Levo a mão ao pescoço.

— Estou com a de Dayton.

Kel assente.

— Isso vai ajudar.

Seria ótimo se eu conseguisse invocar os meus espinhos, mas esse poder parece estar além do meu alcance. Consegui invocá-los três vezes: primeiro, no Inferior; depois, quando lutava com Lucas; e, por fim, quando salvava Dayton. Mas não consigo encontrar a chave para manter esse poder.

— Você viu o meu pai? — pergunta Ezryn.

Sua voz sai áspera e rouca, como se quase nem se lembrasse de como falar, como se só soubesse existir nos momentos de pura adrenalina: em batalha ou me fodendo no chão coberto de sangue.

Precisamos chegar a algum lugar seguro, penso, *então poderemos descansar. E ele vai se recuperar.*

— Ele está no Salão de Vernaleão — Keldarion responde. — Ezryn, ele não parece bem.

— Não posso abandoná-lo com o meu irmão.

— Então, não vamos sair de Primavera sem ele — decido.

Keldarion ergue uma sobrancelha.

— É perigoso demais entrar naquela cidade cheia de goblins e depois invadir a fortaleza.

Ponho as mãos na cintura.

— Você já sabe que não vou ficar para trás.

Sua mão áspera segura o meu rosto e toca as minhas orelhas.

— Eu sei, Rosa.

— Milady! — A voz aguda lá embaixo me faz virar. Vejo Astrid, Marigold e Eldy subindo a montanha.

Corro ao encontro deles e mergulho em uma confusão de abraços.

— Estou muito feliz por ver vocês todos!

— Consegui enviar a sua carta antes do julgamento — diz Astrid. — O Outono vai cuidar bem do seu pai. Eu sei disso.

Suspiro aliviada. Se não posso estar com meu pai agora, não há lugar melhor para ele do que junto da família de Farron.

— Obrigada.

Eldy olha para Ezryn.

— Senhor, estou ao seu inteiro dispor. Traidor do credo ou não, uma infestação tomou conta de Florendel. Não vou descansar até que tenha recuperado o seu lugar de direito.

Ezryn cerra os punhos.

— Não sou um príncipe — ele resmunga. — E não preciso de criados.

Eldy toca o ombro de Ezryn.

— Então, que tal um amigo?

Ezryn se afasta.

Keldarion segura o meu braço e me puxa para perto sem desviar o olhar de Ezryn.

— Ele não está bem. O que aconteceu lá?

— Alguma coisa se partiu dentro dele quando descobriu que Kairyn estava trabalhando com o Inferior — sussurro de volta. — Ele achava que estava fazendo o que era melhor para o reino, e que isso traria a redenção de que sempre precisou. Descobrir que foi tudo por nada…

— Ezryn está contendo as emoções há anos. Alguma coisa se soltou.

Seguro o braço de meu predestinado.

— Kel, ele massacrou o mosteiro para me encontrar. E se essa parte dele se soltar de novo?

— Eu o faço parar. — Keldarion me puxa para perto e beija o topo da minha cabeça. — Vamos trazê-lo de volta, Rosa. Cuidar de Ezryn agora é nossa missão.

Suspiro e dou um passo na direção de Eldy, enquanto tiro o arco das minhas costas.

— Ezryn pode abdicar de seu principado, mas eu sou uma princesa. — Uma nova confiança surge em minha voz. — E seria um prazer tê-lo comigo, Eldor do Reino da Primavera.

— Esse arco… — Keldarion murmura.

Deslizo os dedos pela empunhadura dourada e a luz tremula sob o meu toque.

— Acredito que a minha mãe tenha sido a Rainha — revelo.

— Majestade! — Eldy se ajoelha, e os cabelos grisalhos caem emoldurado o seu rosto.

Astrid e Marigold olham para mim com o mesmo espanto, depois também se agacham.

Keldarion olha para Ezryn e para mim com um sorriso no rosto.

— Princesa.

— Você sabia? — pergunto.

Ele meneia a cabeça.

— Não, mas não me surpreende. Você sempre foi a mais forte de todos nós.

— Queria que houvesse um jeito de levar todos vocês de volta a Castelárvore em segurança — falo para Astrid, Marigold e Eldy. — Não há como saber o que vai acontecer quando nos aventurarmos em Florendel. Se alguma coisa der errado, alguém vai precisar avisar o restante dos funcionários sobre o que aconteceu em Primavera e preveni-los, porque Kairyn pode aparecer por lá a qualquer momento.

— Bem, há uma coisa que posso tentar — diz Eldy. Ele fecha os olhos e se concentra. Uma centelha de magia ilumina o ar, e de repente o homem é substituído por um pequeno pássaro.

— Ainda consegue fazer isso? — reajo, chocada.

— Sim, senhora — o passarinho pia.

— Castelárvore não é longe — Keldarion opina. — Ele pode chegar lá antes do anoitecer.

Olho para Astrid e Marigold.

— Lá vocês estarão mais seguras do que aqui. Não há ninguém melhor para comandar os funcionários do que vocês duas. Concordam em ir com ele também?

Astrid segura as minhas mãos.

— Desde o momento em que o Príncipe Ezryn me designou para servi-la, Princesa Rosalina, eu soube que possuía algo especial. Você me tratou com bondade mesmo quando não tinha motivo para isso, lutou bravamente por nós. Acima de tudo, tornou-se minha amiga. Confio em você.

— Eu também confio, garotinha — Marigold sorri. — E não vou deixar aquele cérebro de passarinho ficar voando pela Sarça sem ninguém para cuidar das penas do seu rabo.

Fecho os olhos e me concentro na sensação das mãos de Astrid nas minhas. Quando transformei Eldy em pássaro, foi instintivo; um esforço desesperado de sobrevivência. Mas, dessa vez, é mais lento, mais focado.

A magia surge em mim como uma onda, fazendo a pele formigar. Deixo que ela me preencha até não haver mais espaço, depois abro um canal de transmissão dos meus dedos para Astrid, deixando que a magia passe de mim para ela.

Sinto um choque, algo como a mordida de uma serpente, e seguro as suas mãos com mais força.

Já há magia nela.

Magia poderosa.

Mas é uma magia que conheço com intimidade, como aprender um idioma novo em um segundo. Essa é a maldição de minha mãe entrelaçada em seu ser.

Entendo que não seria sensato tentar quebrar a maldição desse jeito. Em vez disso, deixo minha magia passar pelas frestas e se acomodar nos espaços vazios. Não muito, só o suficiente para uma transformação.

E, depois que encontro os espaços, é surpreendentemente fácil. Vejo a forma da magia de minha mãe, os meandros da mudança.

Preciso apenas acrescentar uma camada.

Minha testa e a área acima da boca estão cobertas de suor. *Quase lá...* Projeto um último jato de poder para Astrid e sinto uma centelha brilhante. A luz brilha por trás das minhas pálpebras fechadas.

Chocada, abro os olhos e vejo uma ave branca batendo as asas na minha frente.

— Você conseguiu! — Astrid gorjeia feliz.

Meu rosto é iluminado por um sorriso quando me viro rapidamente para Marigold. Uma estranha tristeza me invade quando sinto sua maldição ainda lá dentro. Um tormento que poderia nem existir mais, se tivéssemos quebrado a maldição de Ezryn.

A mudança de Marigold acontece ainda mais depressa, e logo ela se torna um pássaro semelhante a Eldy, porém maior, batendo as asas douradas ao lado dos outros dois.

— Quando chegarem a Castelárvore, orientem os funcionários e comecem a fortificação — digo. — Recolham todo alimento que puderem das hortas, fechem as janelas com madeira e pregos, e separem as armas.

— É claro, Princesa — responde Astrid. — Mas por quê?

Keldarion passa um braço ao redor de minha cintura.

— Rosalina tem razão. O que Kairyn começou não pode ficar sem resposta. A guerra está chegando ao Vale Feérico.

101

Keldarion

— Pelos sete reinos, o que é isso? — murmuro encolhido atrás de Ezryn, que nos guia através da passagem secreta na montanha, embaixo da Fortaleza do Jardim do Martelo. Rosalina está logo atrás de mim, segurando o arco que se encaixa com perfeição em sua mão. *Princesa.*

Mas ela não foi a primeira pessoa a chamar a si mesma por esse título. *O que sabe sobre ela, Cas?*

— Esse é o projeto do meu irmão — Ezryn sussurra, interrompendo os meus pensamentos.

Uma aeronave formidável descansa, silenciosa e ameaçadora. Seu exterior de madeira escura exala uma aura de elegância hostil. As velas pretas e foscas, que parecem as asas abertas de um morcego colossal, estão dobradas, projetando uma presença imponente no espaço pouco iluminado.

— Fiquem perto das paredes — Ezryn avisa. — Estamos quase chegando.

Sei que esse caminho pela caverna é um dos poucos que levam ao interior da fortaleza sem atravessar a cidade, mas agora quase me arrependo de não termos nos arriscado na superfície. Esse buraco está infestado de goblins e soldados do Exército da Rainha. Felizmente, todos se concentram na nave, puxando cordas e embarcando caixotes.

Consegui escapar da cidade me misturando aos cidadãos atordoados, mas Ezryn nunca vai passar pelos guardas. Não só as orelhas agora o identificam como o príncipe banido, mas os olhos… Alguma coisa se acendeu dentro dele, algo que não acho que ele possa apagar, nem se quisesse.

Ficamos nas sombras e nos movemos com cuidado atrás de uma fileira de pedras até Ezryn encontrar a porta secreta. Seus dedos ágeis detectam a saliência na parede e ele abre a porta, revelando uma escada.

É estranho ver a sua expressão enquanto ele trabalha. Seu semblante parece mais impassível do que o capacete.

— Pegamos o meu pai e voltamos pelo mesmo caminho, sem distrações — ele ordena.

Rosa assente.

— Certo. Dayton já deve ter encontrado Farron a essa altura. Eles provavelmente estão esperando por nós.

Subo o primeiro degrau da escada e estendo a mão para Rosalina. Seu toque me dá força. Por mais que eu preferisse que ela estivesse em qualquer outro lugar, sei que não há nenhum local perfeitamente seguro no Vale Feérico.

Apesar de toda a minha resistência, de toda a negação, agora sei que essa é a verdade.

Ficamos mais seguros quando estamos juntos.

Ezryn fecha a porta e subimos a escada. Ele parece um estranho nas vestes brancas e douradas dos acólitos, com a flor atrás da orelha mutilada. A mesma flor que Rosalina e eu usamos para nos proteger. A escada termina em um mezanino baixo com um alçapão. Eu o abro e passo a cabeça, deparando-me com uma sala escura. Com cuidado, subo pelo alçapão e estendo os braços para Rosalina. Seu arco projeta uma luminosidade suave.

— Já estive aqui antes — ela diz, olhando em volta. — Quando Ezryn enfrentou o irmão, Dayton, Astrid, Marigold, Eldy e eu nos escondemos aqui para olhar. Dá para ver a sala do trono daqui. — Ela me puxa para uma cobertura de tela, tão fina que se pode enxergar através dela.

Sim, é a sala do trono que se abre diante de nós. Está coberta de plantas: vasos enormes de flores vermelhas e ramos verdejantes. Pelo menos não há ninguém aqui, exceto…

— Meu pai — Ezryn sussurra.

Príncipe Thalionor está sentado em uma cadeira de madeira ao lado do trono. Controlo a minha reação de espanto. Quando o vimos hoje pela manhã, sua saúde parecia abalada, mas agora…

Ele se balança para a frente e para trás, arranhando com os dedos os capacetes de metal que compõem o trono. Sua armadura está desajustada, com o peitoral deslocado e uma ombreira caída. É como se o velho feérico tivesse crescido. O cabelo comprido e gorduroso escapa por baixo do capacete. Pus amarelo escorre pelo vão do capacete e desce pelo protetor de pescoço.

Falo em voz baixa e firme:

— Temos que ser cuidadosos. Ele é vigiado, certamente…

Antes mesmo de eu concluir a frase, Ezryn rasga a tela da porta e corre para a sala do trono.

— Inferno de príncipes feéricos — Rosa resmunga antes de sair correndo.

Engulo a frustração e vou atrás deles.

Os passos de Ezryn ecoam pelo salão e ele se aproxima do Príncipe Thalionor.

— Pai! — Ele o segura pelos ombros para tentar levantá-lo.

— Argh! — o velho feérico grita e ataca. As unhas compridas encontram a camisa rasgada de Ezryn e deixam marcas em seu peito.

Ez recua.

— Pai, sou eu. Seu filho. Precisa vir conosco. Entende?

Um som rouco escapa da garganta de Thalionor, que estremece e cai sentado na cadeira.

— Eu não o provocaria, se fosse você.

A voz parece brotar de um canto da sala do trono. Passos pesados ecoam em uma cadência firme. Meu corpo todo enrijece, e eu me viro para as portas duplas na entrada do Salão de Vernaleão.

Kairyn entra acompanhado por dois cavaleiros vestidos com armaduras brilhantes: uma safira, outra cor de bronze.

Sufoco um rugido. É o Cavaleiro Safira com a minha espada. *Minha espada.*

Kairyn aplaude lentamente. O som ecoa pelo salão.

— Olhe só para você, Ezryn. Sempre o filho perfeito. Poderia ter escapado vivo. Em vez disso, teve que voltar para buscar o nosso querido pai. — Ele toca um objeto de madeira em seu pescoço: o colar de Ezryn. Uma luz cintilante atravessa a sua mão antes de materializar-se em um enorme martelo de guerra. É tão grande que talvez duas mãos fossem necessárias para segurá-lo, mas Kairyn o sustenta sem esforço. — Acho que eu não entendo a sua dedicação, porque o nosso pai nunca nem sequer *olhou* para mim quando você estava por perto.

— Não vou deixar que continue com isso, Kairyn — Ezryn avisa. — Você pegou o meu trono, a minha Bênção, a minha dignidade. Mas não vou abandonar nosso pai ao seu tormento.

Kairyn para e olha para o chão. Sua voz soa mais aguda, alterada.

— Eu *tentei* salvar a sua vida. De novo, de novo e *de novo*. Lutei para deixá-lo viver, e é assim que me recompensa? Voltando constantemente para a teia? Não posso mais fazer isso. — Kairyn levanta a cabeça. — Desta vez, vou ter que te matar.

Dou um passo e me coloco na frente de Ezryn, canalizando raios de magia para as minhas mãos. Elas brilham com um verniz gelado.

— Experimente.

Kairyn joga a cabeça para trás e ri.

— Não é lindo? Keldarion aqui para salvá-lo. De novo. Ele sempre foi o irmão que você quis de verdade, não foi, Ez? Eu sempre fui uma reles decepção para você, para nosso pai, nossa mãe.

Com um movimento súbito, Kairyn levanta o enorme martelo de guerra e bate com ele no chão. Uma fissura sobe pela parede e para bem na nossa frente.

O espaço escuro onde os olhos de Kairyn estariam brilha.

— Está orgulhoso de mim agora, irmão?

A tensão se espalha pela sala. Sei aonde isso vai levar.

— Rosa, o seu arco pode resolver essa situação rapidamente — cochicho. — Ezryn, temos que lhe dar cobertura e proteção. Quando tiver que disparar, Rosa, você pega...

Mas não consigo terminar.

Ezryn dá um passo à frente. E outro. Depois, arrasta a espada no chão. O ruído do metal ecoa pela sala do trono.

— Chega de conversa mole. — Sua voz é baixa, mas retumbante. — Vou pegar de volta o que é meu.

— A Bênção? — Kairyn debocha. — Você não...

Ezryn solta um urro que parece sacudir o salão e ataca.

102

Dayton

Nunca pensei que haveria um dia em que goblins vagassem pelas ruas de Florendel. Com os capuzes sobre o rosto e os olhos voltados à frente, Wrenley e eu passamos despercebidos por eles, fingindo que somos cidadãos hipnotizados.

Os goblins parecem lúcidos, como se o pólen daquelas bizarras flores vermelhas só afetasse os feéricos. E, apesar dos esforços de Kairyn para plantá-las em todos os cantos da cidade, elas ainda não afetaram todo mundo.

Wrenley teve que me segurar quando um padeiro saiu de sua loja correndo, tentando bater na cabeça de um goblin com um rolo de abrir massa. Guardas da Primavera leais a Kairyn, seguidos por uma horda de monstros barulhentos, levaram-no sabe-se lá para onde.

Eu queria ajudar o homem, mas me tornaria inútil para Fare se fosse capturado.

Entramos em outra rua estreita, e Wrenley se aproxima de mim. Sua bravura é notável, devo admitir. Ela ficou para me ajudar em vez de fugir.

Não fosse por ela… *Rosa e Ezryn teriam vindo nos salvar.* Mas não sei nem se eles estão bem.

Estamos no mercado, mas ninguém compra nada. Ninguém vende. Comerciantes organizam as suas barracas, pegando e soltando produtos em um padrão rítmico.

— Como Kairyn vai governar uma cidade de fantasmas? — resmungo.

— Ele deve ter um plano — diz Wrenley. — Não acredito que os efeitos do pólen durem para sempre. Quando eles passarem…

— Os soldados e os goblins estarão posicionados. E o seu novo reinado será absoluto. — Inspiro profundamente. — Uma reação do povo será quase impossível.

— Ele é mais astuto do que você pensa.

Eu a agarro e a empurro contra uma parede.

— Se eu não soubesse da verdade, diria que você ainda é leal a ele. O que acabou de dizer foi terrivelmente parecido com um elogio.

Ela franze a testa.

— Eu o conheço bem do mosteiro. Por isso, estou lhe dizendo que não deve subestimá-lo.

Solto Wrenley antes que os goblins testemunhem a minha explosão. Ela salvou a minha vida.

Olho em volta. Meu coração congela por um segundo quando encontro um par de olhos dourados e ligeiramente vidrados.

— Fare. — Ele vaga pelo mercado como um espectro. Dou um passo em sua direção.

— O que está fazendo? — Wrenley sussurra, puxando-me de volta para trás da parede. — Não pode simplesmente pegar Farron; chamaria muita atenção.

— Não vou deixá-lo aqui desse jeito!

— Primeiro, temos que desfazer o transe — ela diz. — A gota-de-estrela funciona. Ou água, se houver o suficiente para limpar as vias aéreas.

— E se o atirássemos naquela fonte? — Aponto para o centro da praça.

— Há goblins por todos os lados. Eles nos verão.

— Não se preocupe. — Pisco para ela. — Eu sempre tenho um plano, e você vai me ajudar com esse.

Pego a mão de Wrenley e a levo para a fonte. Nós dois nos sentamos na beirada. Há outros cidadãos atordoados de Primavera ali em volta; é fácil passar despercebido. No centro da fonte, a água jorra de uma escultura de borboletas de pedra. Durante todo o tempo, mantenho o olhar fixo em Farron para não o perder na multidão.

— O que está fazendo? — Wrenley cochicha para mim.

— Tive a maravilhosa ideia de lançar uma grande onda de água em cima de todo mundo — respondo, inclinando-me para ela, a fim de que ninguém mais me ouvisse, e aproximando a boca de sua orelha. — O único problema é que toda a minha magia foi drenada para salvar a vida da minha garota. Até me reabastecer em Castelárvore, continuarei seco como um osso.

— Sua garota? Pensei que ela fosse predestinada do Príncipe Farron.

Engulo em seco. Wrenley não está errada.

— Por isso, é você quem vai fazer essa água jorrar.

Ela arregala os olhos.

— Mas… eu não tenho nenhuma magia. Não conseguiria.

Seus dedos tremem em minha mão, e percebo que ainda não a soltei. Mas ela tampouco me soltou. Sua palma é mais calejada que a de Rosalina, a mão é menor que a de Farron. No entanto... não posso negar que é reconfortante poder segurar a mão de alguém neste momento, estar conectado a uma pessoa em um lugar tão perigoso.

— Seu pai é do Reino do Verão, não é? Todos os filhos do Verão têm uma conexão com o mar. — Lentamente, levo a minha mão e a dela para dentro da fonte. — Está sentindo?

Ela dá uma risadinha.

— Sinto água.

A fonte é de água fria da montanha. Não remete a *Verão*, não tem o sal e as ondas. Mas, a cada momento de hesitação, Farron se afasta um pouco mais de nós. Não posso perdê-lo de novo.

Rosa não teria dificuldade para detectar as similaridades entre a água salgada e a água doce. Não, ela se movimenta sem esforço entre todos nós. Parecia tão à vontade aqui em Primavera quanto estava no Reino do Outono. Mas não posso continuar pensando em Rosalina; preciso me concentrar em Wrenley.

— A magia flui em todos do Vale Feérico, assim como o fazem rios, lagos e mares. Você está conectada a tudo isso.

Ela meneia a cabeça e vejo a tristeza em seus olhos.

— Não desse jeito.

— Tente pensar em alguma lembrança sua que envolva água. Os Acólitos Dourados não têm nenhum hino sobre um lago? — Ela me encara de um jeito que me faz rir. — Colabore, Wren.

— Meu irmão me ensinou a nadar — ela sussurra. — A água do rio era tão fria que eu protestava e me arrepiava toda vez que ele me levava até a beirada. Depois que eu entrava, porém, sempre me divertia. Ele jogava pedras coloridas e me fazia mergulhar para ir buscá-las.

— Meus irmãos também me ensinaram a nadar — conto. — Mas o que eles achavam mais divertido era me jogar no meio das ondas e ver quanto tempo eu demorava para voltar à superfície. E eu sempre dava o troco, pois conseguia ficar um minuto inteiro a mais que Dâmocles embaixo d'água sem respirar.

É muito raro eu pensar em Dâmocles e Decimus desse jeito. Uma lembrança que não seja maculada por sangue. Embora não haja magia dentro de mim, uma pequena parte cintila quando penso naquelas ondas, na praia e na areia.

De olhos fechados, giro nossas mãos na água.

— Sinta como ela flui entre os seus dedos. Molde a água dentro da sua cabeça, deixe-a tomar forma. Depois, Wrenley, solte-a de uma vez.

Um enorme gêiser explode da fonte, cobrindo de água os cidadãos mais próximos, além de nós dois. Gritos e caos são a consequência imediata.

— Você conseguiu! — grito, torcendo para que a minha voz se perca na cacofonia.

Wrenley sorri, um sorriso que eu nunca tinha visto, mas que, por alguma razão, é familiar para mim. Depois, solta uma gargalhada.

— Não acredito que fiz isso. Como eu consegui?

— A julgar pelo tamanho da onda, há mais do que um *pouquinho* de magia dentro de você.

Seu cabelo molhado cai sobre a testa, e a expressão transmite tanta alegria que quase odeio interrompê-la. Mas, infelizmente, esse sorriso não combina com o olhar aturdido da maioria dos cidadãos de Primavera.

— Venha. — Seguro o seu braço e a ajudo a ficar em pé. — Vamos pegar Farron.

A multidão está frenética. Feéricos gritam quando a água interrompe a hipnose. Goblins e soldados tentam intervir.

Vejo Farron no meio da confusão e o seguro pelo braço. Infelizmente, a água não o alcançou e ele continua atordoado.

— Por aqui! — Wrenley acena para mim de uma viela. Levo Farron para lá.

Na breve segurança das sombras, eu o giro com o coração apertado.

— Seu idiota do caralho. Ficou curioso e chegou perto demais das flores, não é? Droga. — Eu o beijo, mas é como beijar uma estátua.

— Isso não vai dar certo. — Wrenley rompe ao meio a flor que levava nos cabelos e segura uma parte embaixo do nariz dele.

Farron respira fundo e pisca, desorientado.

— D... Day? O que é...

— Achei mesmo que tinha sentido cheiro de Alto Príncipe.

Há dois goblins na entrada da viela, armados com espadas curtas e escudos.

Farron se coloca na minha frente, chamas dançam na ponta de seus dedos.

— Sua magia só vai atrair mais deles — Wrenley avisa. — Temos que correr.

— Estamos encurralados aqui, meu amor — respondo. Sem magia, sem espadas. Tento pensar em um jeito de convencer os goblins a saírem na mão comigo, mas então alguma coisa passa voando na frente do meu rosto.

Um dardo disparado por arco acerta a cabeça do primeiro goblin. O segundo só tem tempo de olhar na direção de onde o tiro partira, antes de ser atingido no olho por outro dardo.

Tilla está abaixada em cima de um telhado, com o arco na mão e o cabelo escuro dançando ao vento. Ela pendura a arma no ombro e joga uma corda para nós.

— Por aqui.

Farron é o primeiro a escalar a parede, e aceno para Wrenley subir depois dele.

— Não sei se consigo. — Os dedos dela tremem quando tocam a corda, Seus olhos buscam, nervosos, os goblins mortos, cujo sangue preto se espalha pelas pedras da rua. — Não tenho a sua coragem.

— Ficou maluca? — Toco seu ombro. — Você *salvou* Keldarion, você *me* salvou. Além do mais, trabalhava para Kairyn. Se isso não é ter coragem, não sei o que é. Venha, segure-se no meu pescoço. Eu te puxo para cima.

Ela assente e escalamos a parede rapidamente.

— Tilla! — Abro os braços para abraçá-la. — Nunca pensei que ficaria feliz ao vê-la.

Ela sorri, debochada, e dá um passo para o lado.

— É recíproco, Príncipe do Verão. Venham comigo.

Saltamos de telhado em telhado, rápidos como sombras. Daqui de cima é fácil ver que Florendel está em péssimo estado. Há goblins, guardas da Primavera e membros da patrulha do Exército da Rainha por todos os lados. Feéricos vagam em transe, e os que estão lúcidos são detidos.

Tilla aponta silenciosamente para uma parede de pedra ao longo da base da montanha, no limite da cidade. Quando ela toca a pedra com a mão aberta, a parede ondula e ela a atravessa.

Uma ilusão.

Entramos e somos recepcionados por uma densa onda de calor. Vemos paredes vermelhas e uma ponte estreita, de onde se avista a Forja Fortaleza do Dragão.

Não há trabalhadores nem depósitos de espadas ou metal, como na última vez que estivemos aqui.

— Meio vazio — comento.

Tilla olha para trás.

— As forças de Kairyn invadiram o local logo depois do banimento de Ezryn. Levaram tudo: as armas, o metal. Mataram todos que tentaram impedir o saque.

Um rosnado vibra no meu peito. Passamos por cima da ponte e entramos em outro túnel estreito.

— Tenho ajudado quem não foi afetado pelas flores e quer fugir da cidade — Tilla continua. — E tento libertar os que foram afetados. Água e aquela flor branca são os únicos antídotos. Ou limpam o pólen das vias aéreas, ou o neutralizam. Estamos nos reunindo nos túneis das montanhas.

— Para onde vocês vão? — pergunta Wrenley.

— Não sei. A ideia de abandonar a minha cidade me mata, mas não há como lutar contra isso.

Farron e eu trocamos um olhar. *Vão para Castelárvore.* Essa deveria ser a resposta. Por que outra razão a Rainha o teria feito tão amplo e grandioso? Por que estabelecer estradas saindo de cada capital em direção ao castelo? Só que agora essas estradas foram tomadas por espinheiros e goblins. E, mesmo que as pessoas conseguissem chegar lá, o que encontrariam? Paredes cobertas de espinhos e noites amaldiçoadas? O novo Alto Príncipe?

Falhamos com nosso povo.

Falhamos feio com nosso povo.

— Mande-os para o Verão — decido apressadamente. — Eu te ajudo a guiar essa gente toda até lá.

Tilla olha para mim com uma expressão quase de pena.

— Há algo que você precisa ver.

Ela nos leva até outro local, e eu sinto um sopro de ar fresco. Há uma pequena abertura curvada na rocha.

Ela gesticula, indicando que eu devo olhar através dela.

Lá fora, posso enxergar além das paredes da Fortaleza Jardim do Martelo, além da Floresta Pradopuro e dos campos de flores onde eu pretendia encontrar Kel. Consigo ver o início do Passo do Equinócio, que corta as montanhas entre Primavera e Verão. Antes dele, porém, há fileiras e fileiras de tropas. Elas empunham a bandeira da Primavera, mas não há apenas os soldados de Kairyn ou do Exército da Rainha no acampamento; há tropas de goblins, forças do Inferior.

Kairyn está preparando isso há muito tempo. E, a julgar pela direção do seu avanço, ele não pretende tomar apenas Primavera.

Não.

Seu próximo alvo é o Reino do Verão.

103
Rosalina

Kairyn levanta o Martelo de Esperança bem a tempo de bloquear a espada de Ezryn.

Kel se coloca na minha frente.

— Levante o arco, Rosa.

Obedeço e vejo as minhas mãos trêmulas na empunhadura.

O Cavaleiro Safira e o Cavaleiro de Bronze avançam imediatamente para Ez, defendendo o seu senhor.

— Para trás! Ele é meu! — Kairyn grita, afastando o martelo da lâmina de Ez para usá-lo em mais um ataque. Ezryn salta para trás, evitando o golpe, e ataca.

Os cavaleiros recuam, trôpegos, antes de olharem para Kel e para mim. Kel une as mãos; uma luz fria e azulada irradia entre elas.

— Muito bem, então. Vocês dois são meus.

Os cavaleiros correm. Meu coração explode no peito quando levanto o arco. Sei o que fazer. Já fiz isso antes, na torre. Se não conseguir, eles matam o meu predestinado.

Uma flecha luminosa aparece quando puxo a corda, mas os cavaleiros estão muito perto de Ezryn. Ele e Kairyn voam pelo Salão de Vernaleão, descrevendo movimentos rápidos demais para que eu possa acompanhar. Se eu errar…

— Agora, Rosa! — grita Kel.

Fecho os olhos, grito e disparo a flecha. A primeira coisa que penso é que Dayton sentiria vergonha de mim. *Mantenha sempre os olhos abertos.* A segunda é que errei feio; a flecha radiante se choca contra o outro lado da sala do trono, explodindo uma parte da pedra. Os cavaleiros trocam um olhar rápido e retomam o ataque.

E estão quase em cima de nós. Kel avança, movendo as mãos com tanta velocidade que não consigo acompanhar. Ele está desarmado, mas *é* uma arma. Uma linha de estacas de gelo muito afiadas brota do chão e o Cavaleiro de Bronze é capturado. Depois, um borrifo de facas de gelo se projeta na direção do Cavaleiro Safira, mas ele as atinge com a sua espada e as atira ao chão.

Uma lança destrói as estacas, e o Cavaleiro de Bronze ataca pelo lado direito de Kel, que bloqueia o ataque com um escudo de gelo feito às pressas, o qual se estilhaça instantaneamente. Agora, o adversário empunha a Espada da Proteção, mas Ezryn espalha uma camada de gelo no chão, desequilibrando os cavaleiros. Esquerda, direita, esquerda, direita; Kel bloqueia um ataque depois do outro.

Levanto o arco novamente.

— Por favor, por favor.

Mas todos se movem depressa demais. Só fui capaz de atingir alvos estáticos. Como vou acertar alguém que não para de correr, de se esquivar e de ser jogado para longe por explosões de gelo?

No fundo da sala do trono, Ez e Kai se movem em sincronia; cada golpe de espada ou martelo é bloqueado pelo outro. Os movimentos de Ezryn são carregados de fúria e agonia. Eles estão muito próximos, eu nunca conseguiria acertar Kairyn sem que a explosão radial também atingisse Ez.

Kel precisa da minha ajuda. Mesmo depois de perder a espada, ele ainda se defende. Por enquanto. Uma rajada de ar gelado atordoa o Cavaleiro de Bronze por um momento. Kel se volta para o outro.

Dessa vez não penso muito. Levanto o arco, puxo a corda, solto o ar. Disparo.

Uma flecha radiante voa e aterrissa antes do alvo, aos pés do Cavaleiro de Bronze. Ela, porém, cria uma explosão de luz, que arremessa o cavaleiro contra um pilar de pedra.

Contenho o ímpeto de pular de alegria. Até porque, nem teria sido adequado: o cavaleiro se levanta cambaleante, sem o capacete, exibindo o rosto emaciado. Seus olhos saltados me encontram.

Ai, caralho.

Kel está lutando contra o Cavaleiro Safira, uma lança de gelo contra a Espada da Proteção. Rachaduras aparecem na arma encantada. Eu me viro e corro, buscando proteção atrás de um pilar. Seguro o arco contra o peito e tento controlar a respiração.

Olho ao redor, protegida atrás da coluna. Imensas fissuras se formaram no chão, resultado das pancadas do martelo de Kairyn. Ez consegue se esquivar de cada golpe e luta com a espada, tentando achar uma abertura. Volto para trás da pilastra e me preparo para olhar para o lado de Kel.

Assim que me viro, dou de cara com a horrível imagem do Cavaleiro de Bronze. Seus olhos vazios e os dentes à mostra estão bem à minha frente. Grito e caio para trás. O cavaleiro ergue a lança acima da cabeça e a impulsiona para baixo.

Rolo. A ponta afiada afunda na pedra onde eu estava caída. Rolo de novo e consigo me levantar enquanto ele arranca a lança do chão. Com um grito, bato com o arco no peitoral de sua armadura. O metal racha e derrete, revelando a pele marcada do cavaleiro. Se eu conseguir tocar a sua pele, talvez ele exploda como o Cavaleiro Turquesa explodiu no mosteiro...

Mas não tenho tempo para pensar. O cavaleiro olha para o peitoral derretido, depois olha para mim e sorri. Eu corro.

Kel recua em direção ao trono, jogando enormes blocos de gelo entre si e o Cavaleiro Safira. Todos os blocos são destroçados pela Espada da Proteção nas mãos do cavaleiro. O gelo de Kel faz a espada brilhar em uma luminosidade branca e azul. O Cavaleiro Safira gira a lâmina na mão, admirando o brilho. Depois a levanta no ar. Adagas de gelo negro brotam do chão e voam na direção de Kel.

Ergo o arco e disparo. A flecha encontra o gelo negro e cria uma explosão de água e luz. Corro para Kel, que me puxa contra o corpo.

Os cavaleiros se entreolham, depois começam a andar em nossa direção.

Um gorgolejo atrás de mim atrai a minha atenção. O pai de Ezryn se contorce ao lado do trono, arranhando o capacete, o pescoço. Ramos envolvem os seus pulsos. A armadura se rompeu em alguns lugares, e a pele visível embaixo dela está salpicada de bolhas de pus. *O que está acontecendo com ele?*

Olho para Kel.

— Não precisamos matar esses caras. Só temos que tirar Ez e o pai dele daqui.

Kel responde em voz baixa.

— Tirar Ezryn daqui é a pior parte.

Nesse momento, Ez recua diante dos violentos golpes do martelo de Kai. Kairyn usa uma pesada armadura preta e detém a Bênção da Primavera. Ezryn só tem a sua espada. Não é uma luta que possamos vencer.

Respiro fundo.

— Tenho uma ideia.

Os dois cavaleiros estão quase em cima de nós.

— Estou ouvindo — diz Kel.

— Você empurra os dois para a parede do fundo — digo e saio correndo — enquanto eu trago Ez para perto de nós.

Sem fazer perguntas, Kel salta para a frente e estende as mãos. Uma rajada invernal explode de suas palmas, uma tempestade de estilhaços de gelo e ventos congelantes. Os cavaleiros cambaleiam, caem, deslizam pela sala do trono e se chocam contra a rocha. Kel ruge, e vejo seu rosto se contorcer com o impacto do imenso poder.

Concentro toda a minha atenção em Ezryn. Meu predestinado, que parece tão distante de mim, embora esteja apenas do outro lado da sala. *Ezryn. Volte para mim.*

Ele se vira. Olha. Abaixa e se esquiva de um movimento do martelo.

Volte para mim! Agora!

Uma expressão confusa passa pelo seu rosto, mas ele escapa do irmão e corre para nós.

Levanto o arco. Espero um segundo. Dois. Ezryn chega ao meio do Salão de Vernaleão. Kel e eu estamos na frente; Kairyn e seus cavaleiros, ainda no fundo. Olho para a enorme fissura que Kairyn criou no chão com seu martelo e disparo.

A luz que explode por toda a sala do trono quase nos cega. Pedras irrompem em uma chuva gigantesca. Fragmentos acertam os meus ombros, o peito. A poeira domina o ar.

Quando ela se dissipa, porém, um buraco sobre a caverna lá embaixo se abriu entre nós e eles.

Tusso, procurando meus predestinados em meio ao ar poeirento. Kel cambaleia para a frente e segura o meu braço. Ele aponta para Ez, que está caído com o rosto enfiado nos destroços. Corremos para lá e o seguramos pelos braços, cada um de um lado.

Ez balança a cabeça; parece desorientado.

— Depressa — diz Kel. — Vamos pegar o seu pai e sair daqui.

Alguma coisa se acende nos olhos de Ez. Ou ganha vida. Ele se solta de nossas mãos e olha para trás, para o outro lado da fissura, onde o seu irmão anda de um lado para o outro como um leão raivoso.

— Vai fugir, então? — Kairyn grita. — Claro que vai. Eu sinto no peito. A Bênção da Primavera está aliviada porque finalmente o detentor é digno dela.

— Não lhe dê ouvidos. Não caia na provocação — Kel pede em voz baixa.

Sinto as emoções como se fossem minhas: a ira de Ezryn, a sua vergonha. Kairyn é o catalisador de muitas perdas profundas — de sua honra, sua dignidade, sua magia. E só há um jeito de Ezryn recuperar tudo isso.

Matando o irmão.

Não há nada que possamos dizer.

Ezryn salta sobre a fissura.

104

Ezryn

Nem me dou ao trabalho de verificar a profundidade da fissura antes de saltar. Ou consigo, ou morro.

Vou matar o meu irmão ou vou morrer.

Meus ossos vibram quando caio do outro lado. Kairyn recua um passo, chocado por eu ter tentado o salto. Em seguida, levanta o martelo.

— Vamos acabar com isso, então.

Ele desfere um golpe, mas não contra mim. O martelo de guerra colide com um dos pilares de pedra, e rachaduras sobem por um dos lados. Ele grita e move o martelo outra vez. O pilar range e desaba para a frente, atravessando a linha da fissura. Uma ponte. Ele aponta para Kel e Rosa.

— Matem os dois!

Seus cavaleiros não hesitam. Passam por cima do pilar caído e atravessam com cuidado para o outro lado.

Uma raiva como nunca senti invade o meu corpo. Kairyn tirou *tudo* de mim. Fui humilhado, desgraçado, privado da consideração do meu próprio povo. Meu nome foi manchado na história.

Porque confiei nele.

Confiei em minha *família*.

E, pior do que tudo isso, suas atitudes quase mataram Rosalina. Não permitirei que ele machuque alguém outra vez.

Vou me cobrir de sangue para que ele não possa derramar nem mais uma gota.

Ele bloqueia o meu primeiro golpe com o martelo. Giro e tento atacá-lo pelas costas. Sou rápido demais, e dessa vez ele não consegue executar o bloqueio, mas sua armadura é feita de metal da melhor qualidade. A espada tilinta nele. Sinto o meu corpo leve demais, coberto apenas por trapos, mas preciso tirar proveito disso.

Kairyn grita e gira, movendo o martelo em um grande arco. Eu me atiro para a frente, rolo pelos escombros e salto para o alto. Enfio a ponta da espada de minha mãe na brecha entre o ombro e o peitoral da armadura. Ele ruge e cambaleia para trás. Não é um golpe mortal, mas o martelo é pesado.

Kairyn passa a mão enluvada no ferimento e, quando a remove, vê que os dedos estão sujos de sangue.

— Agora, sim. Demorou para acontecer. Deve ter sido difícil esconder durante todo esse tempo.

— Era isso o que queria? — devolvo. — Corromper-me?

— Você fez isso a si mesmo.

Não, não. Ele fez isso comigo. Ele me fez seguir esse caminho...

Kairyn anda arrastando o martelo.

— Isso sempre esteve dentro de você. A ira. A inveja. O ódio. Foi você quem removeu o seu capacete. Foi você quem profanou a clareira. Você matou nossa mãe.

— Não! — Ataco com a espada, e ele a bloqueia com a proteção de braço, gemendo.

— Não? Olhe só para você. Não importa o que tenha que fazer, o que tenha que sacrificar, desde que me mate. — O capacete de coruja balança. — Sacrificaria até a sua predestinada.

Do outro lado da fissura, Rosa e Kel estão de costas um para o outro, encurralados pelos dois membros do Pentaconclave. Kel os mantém afastados com escudos de gelo, mas cada um que cria é mais fraco do que o anterior. Rosa segura o arco, mas não consegue usá-lo com alvos tão próximos. Vejo o medo estampado em seu rosto.

Afasto-me de Kairyn a passos hesitantes. Eu os deixei sozinhos... As pessoas que eu mais amo no mundo.

— Não somos diferentes, irmão — Kairyn diz. — Talvez jamais tenhamos atingido todo o nosso potencial. Existe um mundo fora deste aqui, um lugar onde homens como nós não precisam esconder a própria natureza, onde não precisamos nos envergonhar. — Ele estende a mão. — Venha comigo. Seja *meu* regente. Você e eu temos poder para governar muito mais do que Primavera. Podemos derrotar os meus novos senhores. Depois disso, todo o Vale Feérico estará sob o nosso controle.

Lentamente, eu me viro para encará-lo.

— Eu não sou como você.

A respiração dele fica mais pesada.

— Logo você enxergará também. Nós dois fomos abandonados.

Usando todo o poder que me resta, passo por Kairyn e salto sobre o pilar. Meus passos são firmes quando corro pela ponte estreita e chego à área diante do trono.

Com um grito, ergo a espada, pronto para atacar os cavaleiros...

Mas meu pé é puxado de baixo de mim.

— Como ousa se voltar contra mim quando está diante da morte? — O urro ecoa por toda a sala. Sou jogado para cima pelo ramo de musgo enrolado em minha perna. Kairyn se move abaixo de mim, envolvido por cipós cobertos de terra pantanosa que carregam o seu corpo acima da fissura.

A magia estala no ar. *A Bênção da Primavera.*

— Você sempre me odiou. Admita! Diga a verdade! — ele esbraveja. Os ramos se movem e me atiram ao chão. O impacto me deixa sem ar nos pulmões.

Tento arrancar o ramo que prende a minha perna, mas sou jogado para cima antes de conseguir fazer um movimento. Outra chicotada do ramo, e sou lançado contra um pilar diferente. Alguma coisa estala em minhas costelas. Dessa vez, não sei se vou recuperar o fôlego.

— O que mais eu fiz, além de admirá-lo? Era tão desesperado pelo amor dos nossos pais que não suportaria se eu também tivesse um pouco também? Você os impediu de me amar?

Crash. Sou jogado no chão. A espada voa da minha mão e desliza para longe.

Imagens e luz giram diante dos meus olhos. A sala do trono desaparece, substituída por verde. Então, Kairyn está na minha frente.

Plantas musgosas se enrolam umas nas outras, crescendo às minhas costas, subindo, formando uma cúpula ao redor de nós dois. Ele nos isolou em uma câmera de folhas e musgo.

Uma umidade morna escorre no meu rosto. Começo a me levantar...

Kairyn se aproxima e derruba o martelo no meu peito. O ar que me restava vai embora. A dor se espalha pelas minhas costelas, pela minha coluna. A pressão esmagadora é diferente de qualquer outra aflição que eu já tenha sentido.

— E agora temos que chegar a isto. — O capacete de coruja se inclina para um lado. — O fim.

Quero dizer a ele que não precisava ser assim, mas não é só o peso no peito que me impede.

É a percepção de que o Ezryn que ofereceria perdão morreu.

O Ezryn que acreditava em misericórdia se foi.

Então, tem que ser assim. Eu. Ou ele ou eu.

Kairyn faz um movimento estranho. Leva as mãos ao capacete e o retira.

Meu irmão balança a cabeça, sacudindo os longos cabelos pretos. Seus olhos escuros buscam os meus.

Eu me lembro deles.

Eu me lembro deles, iluminados enquanto ele corria por Pradopuro perseguindo vaga-lumes. Eu me lembro deles, olhando para mim quando folheávamos livros de história em nosso quarto. Eu me lembro deles, olhando para mim com medo e admiração quando pus o meu primeiro capacete, e nunca mais vi o seu rosto com os olhos descobertos.

Até agora.

Os lábios de Kairyn tremem, sua voz falha.

— Escolheria a morte em vez de ficar ao meu lado?

Luto contra a falta de ar, o peso enorme no peito.

— Eu não estaria ao seu lado, irmão, mas ajoelhado a seus pés. E isso é algo que não posso fazer. Não depois do que você fez.

Seus traços ficam mais duros.

— Então, você vai morrer.

Fecho os olhos. Por alguma razão, ver o rosto do meu irmão pela última vez me trouxe paz. Só espero que Kel e Rosa encontrem um jeito de sair daqui. E que haja paz para eles.

Minha pétala. Sinto muito.

Kairyn segura o cabo do martelo. Até a menor pressão extra em meu peito me faz gemer.

— Olhe para mim enquanto acabo com a sua vida.

Ele pressiona o martelo.

A primeira costela se quebra com um *crac*. Não consigo nem gritar; todo o ar desapareceu dos meus pulmões. O semblante de Kairyn é sereno enquanto ele pressiona... e continua pressionando.

— Está tudo bem — ele murmura enquanto me mata. — Olhe para mim. Psiu, psiu. Olhe para mim. Está tudo bem.

Meu peito afunda. A agonia viaja das minhas costelas para a ponta dos dedos, para as pernas, o crânio. O rosto de Kairyn desaparece em explosões de escuridão.

E agora eu sei que é para sempre.

Vou morrer.

E espero que ela saiba... Espero que ela saiba quanto a amei.

Ouço o som de fibras vegetais esgarçando, e alguma coisa lampeja diante dos meus olhos. Luto para dissipar a escuridão e ver o que é.

Outro ruído parecido e o mesmo lampejo, agora do outro lado. Viro a cabeça.

Um espinho. Um espinho roxo.

Outro espinheiro irrompe do chão, e mais um, espinhos que rompem a cúpula. Kairyn solta o martelo e põe o capacete depressa, olhando em volta.

— O que está acontecendo?

Reconheço esses espinhos. Eles são como um lar.

Um enorme espinheiro emerge e racha o chão de pedra, batendo no peito de Kairyn, que é jogado para trás e cai. Então, é como se a Sarça inteira aparecesse para destruir a redoma de Kairyn. Um dos ramos envolve o cabo do martelo e o puxa.

Inspiro com dificuldade, e o alívio me invade quando a pressão é removida. Faço um esforço para me levantar. Estou com uma costela quebrada, no mínimo; talvez duas, e mais algumas trincadas.

Olho para o enorme espinheiro. Flutuando acima dele, sustentado por ramos espinhosos, vejo Caspian.

De braços cruzados, com um sorriso no rosto.

Sua aparência é péssima. A pele é de uma palidez fantasmagórica. Uma gosma preta escorre do nariz e da boca. E, apesar de haver hematomas e manchas escuras em torno de seus olhos, a expressão desafiante de sempre ainda se mantém.

Caspian. O Príncipe dos Espinhos. Meu inimigo.

Salvou a minha vida.

Os ramos espinhosos trazem Caspian ao chão. Ele se aproxima de mim com um andar relaxado, como se fosse a um jantar elegante.

— Oi, Ezryn. Adorei o novo visual. Você não é horroroso. Que delícia.

Olho para ele, depois para o meu irmão, caído sobre uma pilha de escombros, e para Kel e Rosa, que ainda enfrentam os cavaleiros.

Então, um grito sufocado brota do trono. Meu pai cai para a frente e rola a escada.

Dou as costas para Caspian e, sem pensar duas vezes, corro para o meu pai com toda a velocidade que o meu corpo castigado permite. Ele está caído de bruços ao pé da escada, convulsionando.

Eu me ajoelho ao lado dele e olho para Caspian.

— Não entendo por que fez o que fez, mas... obrigado. Consegue nos tirar daqui?

Caspian não está olhando para mim, tampouco para Kel ou Rosalina. Ele está olhando para o meu pai.

— Caspian! — grito.

— Ezryn — ele diz em voz baixa e solene. — Você precisa se afastar...

Balanço a cabeça e olho para o meu pai. Seu corpo todo se contorce. Ele precisa de ajuda. Precisa de um curandeiro. Precisa...

Um ramo de espinheiro brota da mão de Caspian.

E entra diretamente no coração do meu pai.

105

Rosalina

Tudo está acontecendo rápido demais: os borrifos do escudo de gelo de Keldarion, que mal consegue se defender da espada e da lança; os espinhos brotando do chão; Caspian aparecendo — Caspian! Caspian! Caspian! —; e o grito de Ezryn, uma mistura de raiva e tristeza, quando o Príncipe dos Espinhos crava um ramo pontiagudo no coração de Thalionor.

Ezryn segura o corpo sem vida e boquiaberto do pai. Gritos sufocados embalam os movimentos que ele faz ao sacudir o velho feérico. Ez põe uma das mãos sobre a ferida aberta, de onde jorra o sangue do coração, mas até eu posso ver que Thalionor já se foi.

Do outro da sala, vejo Kairyn se erguendo cambaleante.

Como pôde? Penso, olhando para Caspian. Ele tropeça. Nunca o vi assim. Tão fraco. Tão doente.

Caspian começa a tossir. Uma tosse tão forte que seu corpo todo treme. Um rastro de secreção irrompe da boca e cai no chão. Os espinhos roxos começam a murchar e morrer.

Busco refúgio atrás de Keldarion e sinto o coração bater forte. Os cavaleiros não interromperam o ataque inclemente, e Kel mal consegue se defender. Caspian está muito fraco. Ele acabou de matar o Príncipe Thalionor. E Ez…

Ez solta o corpo do pai. Fica em pé e dá alguns passos com as costas rígidas, sobre as quais a espada descansa. Ele a empunha. Olha para Caspian.

— Você matou o meu pai — diz lentamente. — Agora, vai morrer.

Caspian suspira.

— Eu já sabia.

Parem! Mas nenhum dos dois reage ao meu grito em pensamento.

Uma grande sombra nos envolve, trazendo o cheiro de pântano e lodo. Plantas sobem pelos pilares, espalham-se pelo chão, pelo teto, correm para Kairyn. Elas envolvem seus membros e seu peito; ele cresce uns três metros, depois mais cinco, e mais plantas criam pernas gigantescas e o erguem no ar. Musgos e ramos cobrem os seus braços, formando dois longos chicotes.

Kairyn inclina o imenso corpo botânico para trás e urra, um som que lembra o de uma árvore caindo.

— Vocês todos vão pagar! — grita, estendendo um grande braço de planta que derruba o Cavaleiro Safira e o Cavaleiro de Bronze. Em seguida, ele se volta para mim e Kel, envolvendo-nos em seus ramos com tanta força que derrubo o arco, que cai no chão com um barulho alto. Somos levados para o alto, muito acima do trono.

Com o outro braço, ele faz a mesma coisa com Ez e Cas: enrola-os em ramos de planta e os ergue no ar. O aroma úmido de vegetação podre invade o meu nariz.

— Vocês são como ervas daninhas teimosas desde que os conheci — Kairyn grunhe. — Eu arranco, mas vocês sempre crescem de novo.

As plantas nos apertam com mais força e eu grito. Kel tenta se libertar, mas suas mãos estão presas.

— Especialmente *você* — ele continua, puxando Caspian para mais perto. — Não sabe o que é lealdade? Nem por sua irmã?

Caspian lambe os lábios e os cobre de preto.

— Se existe alguém que gosta do caos, esse alguém é meu Passarinho.

Kairyn solta outro urro enfurecido.

— Eu vou me vingar!

Meus ossos estalam sob a pressão dos ramos. Kel range os dentes ao meu lado, e a dor ilumina os seus olhos azuis.

Do outro lado, Caspian e Ezryn são espremidos com cada vez mais força. Eles gritam, lutando contra a pressão.

Isso não pode acabar assim. Não quero encontrar o meu fim ao lado de Keldarion, quando mal conseguimos começar. Não posso perder Ezryn, quando ele mais precisa de mim para encontrá-lo. Não vou partir antes de dizer a Dayton o que ele significa para mim nem antes de revelar a Farron como me curei por causa do seu amor.

Olho para Caspian. Também não desistirei dele.

Fecho os olhos.

— Rosa — Kel murmura. — Sinto muito. Por tudo. Por ter escondido a verdade. Pensei que a estivesse protegendo, mas, em vez disso, só...

— Kel — respondo séria —, você não tem ideia de quanto tempo esperei por esse pedido de desculpas. E ainda preciso ouvir tudo, até o fim. De preferência, com você de joelhos. Mas, por enquanto, *cale a boca.*

Porque o que busco não está do lado de fora, em meus predestinados ou em meu arco.

Está dentro de mim.

É quem eu sou, quem eu sempre fui. O sangue que corre em minhas veias. Um amor eterno que carrego desde que nasci.

A magia da minha mãe pode ter criado Castelárvore e nosso lar pode estar desaparecendo, mas a magia dela também flui em mim.

Dessa vez, não é uma erupção de fogo. Não é uma força ou um poder que corre dentro de mim. É um alívio.

Eu desabrocho.

Filha humana de George e Anya O'Connell. Filha feérica da Rainha Aurélia — a Feiticeira que amaldiçoou os Altos Príncipes.

Não preciso dos espinhos de Caspian ou de Rouxinol.

Eles vivem em mim.

Eu sou a Rosa Dourada.

Minha magia desabrocha em mim como o vento soprando em um campo de flores. Espinhos dourados racham a pedra e se espalham pela sala do trono. Rosas desabrocham com eles, cintilantes de esperança. Meus espinhos se lançam na direção de Kairyn e rasgam os seus membros de musgo e vegetação podre.

— O que é isso? Saia de cima de mim! — ele grita. Seu controle sobre os ramos que nos prendem enfraquece.

Meus espinhos são como uma extensão do meu corpo; respondem às minhas intenções e aos meus comandos. Ergo uma mão, disparo um espinho para o céu e rompo as plantas que nos aprisionam. Kel e eu caímos no chão, mas ele me abraça e absorve o impacto da queda.

Ele se ergue e balança a cabeça.

— Tem razão. O pedido de desculpas pode esperar.

Eu me levanto e corro. Os espinhos se movem ao meu lado como monstros do mar, submergindo e emergindo das ondas. Levanto a mão novamente, e os espinhos rompem as amarras de Ez e Caspian.

Antes que eles caiam, porém, eu os envolvo com meus espinhos dourados.

— Me solte! — grita Ezryn.

Caspian apenas sorri.

— Garota esperta.

Movo a mão para o lado e meus espinhos envolvem Keldarion.

— O que está fazendo, Rosa? — ele grita.

Depois, abaixo as mãos com as palmas voltadas para o chão. As plantas afundam na terra, levando Kel, Ez e Caspian. Meus espinhos conhecem o caminho, porque meu coração conhece o caminho.

Ele sempre vai me levar para casa. Para Castelárvore.

Dou um passo para trás e vejo o Cavaleiro Safira e o Cavaleiro de Bronze correndo em minha direção.

— Foi divertido — digo, enquanto os espinhos dourados envolvem as minhas pernas. Minha vez de ir para casa.

Sou totalmente envolvida pelos ramos. *Para Castelárvore*, digo a eles. Sinto a força da gravidade quando sou puxada para baixo.

PAM!

A dor é como o estalo de um raio. Caio no chão duro e os espinhos se retraem.

PAM!

Outra explosão de dor. Pisco depressa, tentando entender o que aconteceu. E então eu vejo.

Kairyn empunhando o imenso martelo, batendo com força em minhas rosas. Sua arma divina brilha e se ilumina.

Com uma grande mão enluvada, ele arranca uma rosa, que se contorce no centro da palma, perdendo o brilho. Desenvolve-se em uma planta completamente distinta.

As botas pesadas caminham estrondosas em minha direção. Apoio as mãos na pedra e tento recuar me arrastando, mas ele me segura pelo ombro e me empurra para o chão. Agora, está em cima de mim, e seu capacete é o de uma ave de rapina.

— Perdi todos eles, mas você é o que realmente importa. — Ele olha para o chão e o seu capacete é iluminado por um brilho radiante. — Você e esse arco.

Então, o novo Alto Príncipe da Primavera aproxima sua flor letal do meu nariz. Inalo o aroma doce, enjoativo, e minha cabeça é tomada pela névoa. Pelo menos Keldarion, Ezryn e Caspian estão em segurança.

106

Farron

Os túneis sob Florendel são vastos e complexos, além de aquecidos pelo fogo que arde nas forjas e da rocha derretida nas profundezas. Temos sorte; conseguimos evitar guardas e goblins.

Quando Tilla finalmente abre a porta que leva à pequena trilha para fora da cidade, o sol escaldante encontra a minha cabeça dolorida. Deve ser fim de tarde. O dia amanhecia quando tudo ficou nebuloso — eu me lembro de examinar as estranhas flores vermelhas quando seguíamos Ezryn para fora da cidade. Depois, de repente, Day estava ali, bem na minha frente. *Ele me encontrou.*

— Obrigado, Tilla — Day agradece quando saímos para a luz. — Não sei o que teríamos feito sem você.

— Para que servem os amigos? — ela sorri, acanhada. — Agora, temos de decidir o que fazer com a nossa gente.

Coço o queixo.

— Por que não levamos os refugiados para o Inverno? O caminho é mais longo do que para o Verão, mas evitaremos aquele exército.

— A rota é perigosa — Wrenley opina — e estreita. Se Primavera fosse atrás de vocês, sofreriam uma emboscada e ficariam presos entre montanhas e gelo.

— Conseguiríamos atravessar as passagens nas montanhas antes de Kairyn notar o nosso sumiço — diz Tilla. — Além do mais, as forças dele estão concentradas no Verão.

Dayton fica sério. Sei que a imagem do exército montando acampamento antes da passagem que leva ao seu reino deve estar fresca em sua memória. Afago a sua mão.

— Somos mais rápidos do que qualquer exército. Vamos chegar ao Verão antes deles e alertar sua irmã. De lá, pegamos um cavalo e seguimos para o Outono. Nosso povo não vai abandonar o Verão.

Ele assente. Levo a mão ao meu colar, mas ele não está lá, é claro. Estamos fugindo da Fortaleza Jardim do Martelo apenas com as roupas do corpo e a minha mochila de sempre. Felizmente, dentro dela está o livro que Caspian queria. Tenho a sensação de que vou precisar dele antes do fim disso tudo para cumprir a promessa que fiz ao Príncipe dos Espinhos. A promessa de encontrar um jeito de torná-lo humano.

Dayton põe a mão sobre o ombro de Tilla.

— Logo vamos nos encontrar com Keldarion. Vou pedir a ele que os encontre na estrada e os conduza até o Inverno.

Ela assente.

— Obrigada. A maioria de nós consegue se defender por conta própria, mas temos idosos, crianças e feridos. Não vou deixar mais ninguém para trás.

— Você mudou, Tilla — Dayton comenta em voz baixa. — Ou eu sempre estive errado sobre você.

Ela fica em silêncio por um momento, tentando avaliar se o Príncipe do Verão fala sério, o que é inédito. Mas eu sei que sim.

— Por muito tempo, estive enganada sobre mim mesma — diz Tilla. — E acredito, Daytonales, que você entende o que eu digo, porque também mudou.

Ao se despedir, Tilla nos entrega uma pequena bolsa com suprimentos: rações, odres e algumas adagas. Agradecemos e, em silêncio, começamos a nos afastar da muralha da cidade, caminhando junto à linha das árvores até que, finalmente, o campo de flores se torna visível. Wrenley insistiu em vir conosco, em vez de fugir com Tilla e os outros.

O sol ilumina as conchas no pescoço de Dayton. Por um momento, é quase como se ele não tivesse perdido a insígnia.

— Não acredito que conseguiu manter a maior parte do seu colar — comento.

Seu rosto enrubesce.

— Não consigo tê-lo por inteiro, Fare. Mas posso guardar o colar.

Meu coração dispara. *Mas e se eu quiser tê-lo por inteiro?*

— Acha que eles já chegaram? — Dayton pergunta, puxando Wrenley para cima de uma grande pedra.

Busco a resposta no vínculo dentro de mim, tentando encontrar Rosalina. Ela está em Primavera, mas se move para trás, não para a frente. Mais cedo, senti grandes ondas das emoções que ela experimentava. Medo. Tristeza. Poder. Tudo em mim grita para ir atrás dela, mas isso só atrairia mais atenção para nós. E precisamos escapar. Tenho que confiar que seus outros predestinados a trarão de volta para mim. Meneio a cabeça.

— Ainda não, mas Kel e Ezryn estão com ela. Posso senti-los.

Ao ouvir o nome de Ezryn, Wrenley fica tensa e avança com passos mais rápidos. Estranho.

Dayton me ajuda a terminar de subir a encosta, e o campo de flores finalmente está diante de nós.

— Conseguimos — suspira Wrenley, sentindo o perfume de castanhas trazido pelo vento. — E as flores nos dão as boas-vindas. Vejam! É sinal de boa sorte ver as Luzes do Destino.

Adiante, flutuando em meio às flores, vejo os pequeninos globos azuis dos fogos-fátuos. Se um deles caísse sobre o peito de Rosalina agora, ela contaria três vínculos predestinados: o meu, o de Kel e o de Ezryn. Sinto meu peito apertado e evito olhar para Dayton.

— Vamos — ele diz. — Podemos nos abrigar entre aquelas árvores. De lá, poderemos ver quando eles chegarem.

Assinto e o sigo.

Uma dor lancinante atravessa o meu corpo e caio de joelhos, gritando. É como se fosse consumido por um fogo de desespero e perda.

— Rosalina!

Dayton surge ao meu lado em um instante, tocando as minhas costas.

— Fare? O que foi? O que aconteceu?

Levo a mão ao peito, como se assim pudesse manter o coração inteiro. Olho para Florendel.

— É Rosa. Ela está sofrendo. Não sinto mais Kel nem Ez. Ela está sozinha.

107

Keldarion

Rosas e ramos dourados tremulam à minha volta e caio com um impacto violento em meio aos espinheiros conhecidos do hall de entrada de Castelárvore. Caspian e Ezryn caem ao meu lado, mas sei imediatamente que ela não está aqui.

Urrando, corro para a porta do castelo. Agarro a maçaneta, giro o seletor para a porta da Primavera e a puxo.

A porta não abre.

É claro. O novo Alto Príncipe não se conectou com a magia de Castelárvore. O caminho está fechado. Pois bem, vou encontrar outro...

Meus pensamentos se dispersam quando uma sensação estranha arrepia a minha nuca, como se sombras rastejassem pelo meu corpo.

Eu me viro. Caspian está ajoelhado no chão, quase incapaz de sustentar o próprio peso, com uma secreção preta escorrendo pelo rosto. E Ezryn — Ezryn, meu melhor amigo, meu irmão — está debruçado sobre ele com a espada em punho, pronto para o golpe.

O tempo parece passar mais devagar. Encontro o olhar de Caspian e só encontro resignação. Um adeus.

Um fim para isso tudo.

Suaves raios de luz entram pela janela aberta. É engraçado como os espinheiros se curvam em torno do parapeito para deixar o sol entrar. Uma luz que agora se reflete nos seus olhos escuros.

Estalo os dedos e uma lâmina de gelo se forma em minha mão. É a minha rendição. Eu me rendo à escolha que sempre soube que acabaria fazendo.

108

Ezryn

Este momento passou pela minha cabeça mil vezes. Finalmente, vou abrir caminho na escuridão e purgar a podridão do solo. Não sabia que emoção correria em minhas veias quando a hora chegasse, mas, com o Príncipe dos Espinhos indefeso diante de mim, a sensação é de pura liberdade.

Isso é justiça pelo tormento que ele impôs a Keldarion e por ter traído o Vale, além de libertar Rosalina. É um presente que darei a todos nós. Ele não se move, só fecha os olhos quando a minha espada procura o seu pescoço.

Um choque de aço ecoa pelo castelo e um tremor percorre o meu corpo quando a lâmina em minha mão encontra outra. Keldarion está na minha frente, com o cabelo branco emoldurando o rosto, mas vejo seus olhos com a clareza suficiente para identificar um desespero selvagem.

Rosnando, empurro a sua lâmina de aço.

— Deixe-me fazer isso por você, irmão. Deixe-me libertá-lo e à sua predestinada desse acordo cruel. Deixe-me *ajudá-lo*. — E, com toda a força que tenho, empurro novamente a espada, tentando fazê-la ceder. Tentando fazer com que *ele* ceda.

Ele não cede.

— Não — Keldarion responde com um grunhido. Com os pés plantados no chão, ele resiste a mim com uma força que destruiria um homem comum.

Mas ele não olha para trás, não vê o olhar de Caspian buscando o meu. Um sorriso ardiloso, provocativo. A resignação que vi antes naquele olhar era encenação. *Ele sabia que Kel o salvaria.*

Grunhindo, desisto do duelo e recuo.

— Ignorante! Prefere se manter alheio às maquinações e às artimanhas dele, como sempre. Chega, Keldarion. Isso precisa acabar.

Keldarion meneia a cabeça, e vejo em sua expressão uma mistura conhecida de tristeza e tormento.

— Não posso.

— Ele *matou* o meu pai, liderou o cerco ao Outono e controla a sua magia. Você nunca poderá estar com Rosalina de verdade enquanto ele tiver sangue correndo nas veias. — Ando em círculos, procurando uma abertura entre Kel e Caspian. — Quer que eu abra caminho sobre você para executar a minha vingança?

Keldarion olha para baixo, para a própria espada, depois para mim.

— Você vai fazer o que achar necessário. E eu também.

Minha fúria é tão grande que a tristeza profunda é quase bem-vinda. Clareia a mente. Torna o objetivo mais nítido. Acreditei um dia que sem o meu credo eu estaria perdido.

Mas a verdade é que é o contrário.

Estou livre agora para enxergar o mundo como ele realmente é, para ver as pessoas como realmente são.

E vou fazer o que tiver que fazer para libertá-la.

Abaixo a espada.

— Embora não tenha havido impacto da lâmina, você cortou a nossa irmandade. Acabou.

— Ezryn... — Keldarion tenta se aproximar.

— Você fez a sua escolha, Alto Príncipe do Inverno. E eu fiz a minha. — Olho para Caspian, que se contorce no chão. — Já para você, Príncipe dos Espinhos, eu faço uma promessa. Decidi-me pela sua morte e irei reivindicá-la. Na próxima vez, não terei misericórdia com nada que se coloque no meu caminho.

— Espere — Keldarion reage. — E Rosalina?

— Vou resgatá-la sozinho. — Eu me viro para a porta principal, para a Sarça. — Adeus, Keldarion. Você não me verá mais em Castelárvore.

109

Keldarion

A batida da porta ecoa por Castelárvore. Já vi Ezryn partir muitas vezes. E muitas vezes me perguntei se ele voltaria.

Ele sempre voltou.

Dessa vez, todavia, vai ser diferente.

Até o ar ao meu redor parece me oprimir com o seu peso. Caio de joelhos com um baque ressoante; a espada de gelo se solta da minha mão e se estilhaça.

Um profundo sentimento de perda me preenche. Por meu irmão, por Rosalina, por estar tão profundamente encurralado nesta casca fraca e moribunda que é Castelárvore.

Sinto o puxão na camisa quando Caspian se levanta à minha frente. Seus olhos estreitos me estudam, e ele limpa a boca com a manga da camisa.

— Kel... — fala devagar. Não respondo. Não consigo. — Keldarion... — ele murmura, segurando a minha nuca. Inclina-se para mim e me encara com aqueles olhos cor de violeta.

Um sorriso repuxa os cantos dos lábios cheios quando ele se aproxima, encostando a boca na minha.

Fazia décadas que ele não me beijava, mas é como se o tempo simplesmente desaparecesse. A maciez do cabelo quando seguro a sua nuca, a urgência feroz das suas mãos nos meus ombros e a dança passional dos nossos corpos se buscando — cada sensação, cada toque acende uma fogueira de desejo que desafia os longos anos passados.

Ele me beija como na noite em que fizemos o acordo, com desespero e sussurros de uma promessa sombria. O acordo que ainda aperta o meu pulso, porque não consigo extinguir o meu amor por ele.

Esse amor que custou o meu irmão, o meu reino, mas talvez não tenha custado Rosalina.

— Não se desespere, Kel. — Caspian ri, aproximando a boca do meu ouvido. — Ninguém vai tirar sua predestinada de você, exceto eu.

110

Dayton

Queria saber que porra de entidade cósmica enfureci, porque não temos sossego nunca.

Vamos, Fare — digo, segurando o seu corpo trêmulo. Gotas de suor cobrem a sua testa, os dedos tentam agarrar o chão. — Onde ela está?

Ele ergue a cabeça bruscamente e começa a correr pelo campo de flores. Galhos se quebram sob nossos pés; os globos azuis flutuam para longe.

— Aonde ele vai? — Wrenley grita. Seu manto tremula ao vento.

— Não sei — respondo no mesmo tom.

Um tremor sacode o chão, e juro que vejo toda a cordilheira se mover. Fumaça verde fluorescente flutua sobre uma área além das muralhas de Florendel. Então, uma imensa silhueta escura emerge das nuvens.

— Aquela porra é um…

— Um navio voador — Wrenley me interrompe com os olhos arregalados.

As velas pretas e o casco cortam o ar. As janelas brilham com aquela mesma estranha magia verde que infectou o reino de Farron. A magia que Caspian usou para salvar nossa pele.

Farron levanta um dedo trêmulo e aponta para o céu.

— Ali — ele diz. — Ela está *lá*.

Seguro o seu ombro e o viro quando a sombra do navio passa por cima de nós.

— Vamos buscá-la, Farron. Aquele navio está a caminho do Verão. Não vou deixar que ninguém faça mal ao meu reino. E não vou deixar ninguém fazer mal a ela. Você me conhece, Fare. Sabe disso.

— Eu te amo — ele sussurra. — E Rosa também te ama.

Ele sorri com tristeza e se inclina para mim. De repente para, e seus traços são iluminados por uma luz dourada intensa e brilhante, que tinge seu cabelo de cobre. A luz… Ela sai do meu peito e brilha como o sol.

A luz de um vínculo predestinado.

Lentamente, eu me viro e sigo a linha brilhante e real para encontrar a sua origem.

Wrenley está no meio do campo de flores, com os cabelos castanhos dançando ao vento. Um dos fogos-fátuos tocou o seu peito, fazendo o seu vínculo despertar a luz que a conduz diretamente ao seu predestinado.

E, como uma flecha de ouro, a luz atinge o meio do meu peito.

— Dayton — diz Wrenley —, somos predestinados.

111

Rosalina

Sinto a boca seca e as juntas doloridas. Uma dor latejante castiga as minhas têmporas. Uma luz vermelha e tênue penetra minha visão turva. Pisco, tentando recuperar o foco. A última coisa de que me lembro…

Mandei Keldarion, Ez e Caspian para Castelárvore. Não tenho ideia de onde estão Dayton e Farron. Quanto a mim…

Kairyn me capturou.

Balanço a cabeça e olho em volta. Meus braços estão presos por duas enormes algemas de aço, que, por sua vez, estão acorrentadas a um mastro. Estou em uma pequena sala de madeira, e uma janela deixa entrar uma luz vermelha e suave.

Minhas pernas tremem, mas me forço a ficar em pé e olhar para fora.

O céu se estende até onde a vista alcança, e vejo nuvens passando a uma velocidade incrível.

Estou *voando*.

Este deve ser o navio de Kairyn. Para onde ele vai me levar?

Meu estômago se contrai quando tento olhar para baixo. Um oceano cintilante se estende sob nós, com ondas quebrando em penhascos de rocha branca. Reconheço a rocha calcária de uma noite fatídica, meses atrás.

O Reino do Verão.

Sinto as emoções irrompendo: pânico, terror. Porém, fecho os olhos e respiro profundamente. Mais do que nunca, preciso ser forte.

Eles pegaram o meu arco, mas nunca poderão pegar o meu coração.

Acima de tudo, sei que vou escapar. Meus amigos contam comigo. Não vou abandonar o povo de Castelárvore às correntes de sua maldição, não vou abandonar o meu pai à infelicidade de ter uma filha perdida.

Minha mãe está em algum lugar por aí, em um dos reinos. Vou encontrá-la, esteja onde estiver.

O Vale Feérico não é só o meu lar; é o meu legado. Não permitirei que ele sucumba.

E, mais do que tudo, sei que vou destruir este navio, eliminar todo o exército de Kairyn com espinhos e maldições, e arrancar o próprio Inferior das profundezas para poder voltar aos meus príncipes.

A Primavera pode estar perdida, mas a minha esperança não está.

É hora de o Vale Feérico ter uma Rainha outra vez.

112

Rainha Aurélia

O menino está chegando. Conheço bem os seus passos quase silenciosos. Seus gritos foram particularmente altos, desta vez. Sempre posso ouvi-los através dos cristais. Sira se encarrega de preencher a minha cela com os sons mais aflitivos. Fazia poucos dias desde que ele sofrera a última tortura. O que ele fez dessa vez?

Ele não olha para mim — raramente olha —, só se encosta na parede de cristal verde que serve de fronteira da minha prisão e se senta. Seu cabelo está espalhado sobre a pedra fria brilhante. Algumas gotas de sangue pingam dos ferimentos em suas costas. Ele está sem camisa. Seria doloroso vestir qualquer coisa antes de tudo isso cicatrizar.

Eu me ajoelho, espero ele falar. Uma onda de tontura me domina. Apoio a mão na parede para me equilibrar e fecho os dedos em torno de alguns dos inúmeros cristais verdes que brilham ao longo da parede de pedra.

Os cristais que ela usa para drenar o meu poder lentamente, gota a gota. Tudo de uma vez arruinaria o seu plano, afinal.

— Ele adoeceu — o garoto diz secamente.

Meu coração fica apertado. Não deixo a emoção transparecer no rosto.

— Quê?

— Seu marido.

— Como?

Ele se vira um pouco, só para mostrar que está revirando os olhos.

— Bem, talvez seja o que acontece quando se associa a força vital de alguém a uma árvore moribunda.

— Crie mais espinhos! — ordeno.

— Não vai adiantar. Eles mantêm a estrutura intacta, mas não devolvem a magia. A Sarça já forneceu toda vida que era capaz de fornecer. Meus espinhos estão amaldiçoados. Eu sabia disso desde que era criança, quando você me deu esse poder idiota.

Ele gira o pulso, onde o bracelete da rosa dourada balança.

— Os espinhos ajudaram Castelárvore.

— Não vão ajudar por muito mais tempo. E, se Castelárvore morrer, o seu marido também morre. — Ele olha para mim. Tento não revelar o choque causado pela extensão dos ferimentos. Mesmo com a sua magia, vai demorar um bocado para tudo isso cicatrizar. — Mas por que fez isso, afinal?

— Eu não seria capaz de vê-lo morrer — explico.

— Por que não o transformou em feérico? — o garoto sussurra.

— Não tenho esse poder. — Tivemos essa conversa antes. O menino está de mau humor, é evidente. Tenho certeza de que ele logo vai chegar ao ponto, ao que realmente quer de mim. O que sempre está buscando.

— Você é a *Rainha* — ele rosna. — Transformou-se em humana.

— Castelárvore é a fonte de toda a magia do Vale. É eterno. Ele também deveria ser — murmuro. — Além do mais, eu não me tornei *humana*. Eu... Ah, deixa para lá. Acho que somos dois tontos quando se trata de magia e amor.

O garoto segura o próprio pulso, cobrindo o bracelete gelado do acordo. Eu o desafio com o olhar a repetir o pedido. Algo que eu não faria nem se a mãe dele não tivesse me aprisionado.

Vejo algo na bolsa que Caspian deixou cair ao seu lado. É um caderno com capa de couro, cujos cantos sujos de sangue sugerem que ele o segurava quando...

Quando foi castigado.

— Dessa vez foi o chicote? — pergunto.

— Ela deixou Shrowgar me punir — o rapaz responde com amargura. — E ele não gosta muito de mim.

— O que você fez dessa vez?

— Destruí um navio voador. Mas, no fim, foi perda de tempo. Não consegui encontrar o que procurava.

O livro cai aberto, e faço um esforço para ler as seguintes palavras escritas em boa caligrafia:

Coisas que me fazem sorrir.

1. Dançar uma bela música

2. Roupas bonitas

3. Jogos de tabuleiro competitivos

4. ~~O irritante~~ Keldarion

5. Rosalina, Rosalina, Rosalina

A última linha foi escrita com letra diferente, mais firme e mais elegante. Encosto o dedo no cristal, como se pudesse traçar o contorno das letras. Ele fecha o livro com o pé e olha para mim com uma sobrancelha erguida.

— Você é sempre muito xereta.

Fico em pé e cruzo os braços. Vejo o meu reflexo no cristal: cabelo sujo e vestido velho, pés descalços. Não é à toa que esse homem — ainda uma criança aos meus olhos anciãos — não me respeita por quem eu sou.

— Não há nenhuma distração aqui embaixo. Por que não oferece uma flauta aos goblins e montam uma banda para me divertir?

Ele ri baixinho, e ondas escuras caem sobre os seus olhos.

Engulo em seco.

— Ela... Ela te deu isso?

— Sim.

Ele inclina a cabeça e vejo uma rosa de pedra da lua pendurada no seu pescoço.

— E o meu colar? — pergunto lentamente. — Ela te deu também?

Com os dedos sujos de sangue, ele toca a pedra de leve.

— Não. Eu roubei para garantir que estaria seguro.

— Caspian... — digo, odiando a vulnerabilidade em minha voz. Mas as visitas dele são muito infrequentes, e eu preciso saber. — Por favor, me responda. As minhas... filhas estão vivas?

Ele me encara. Perguntas como essa aumentam o risco de sua presença aqui. Depois, o rapaz solta um longo suspiro.

— Por mais que o mundo tente, elas sempre conseguem escapar. E Rosa... Bem, ela encontrou o seu arco.

Pensar nisso me enche de orgulho e medo. Não consigo deixar de me lembrar dela como um pacotinho no berço à luz da lareira, com cachinhos castanhos e orelhas redondas. Se ela empunha o Arco de Radiância...

A expressão do garoto é de grande aflição.

— O que está escondendo de mim? Por que foi castigado?

— Eles a pegaram. Servidores do Inferior estão com ela.

Meu sangue vira gelo, e preciso de toda a força que me resta para continuar em pé.

— Eu falhei... — Ele pisca transtornado, surpreso. Fracasso não é algo comum para ele. — Não sou suficientemente poderoso.

— Talvez não sozinho.

Ele se levanta.

— Não comece com isso de novo. Não vou trabalhar com você. Não trabalho com ninguém. E não vou trair a minha mãe.

Apoio a mão na barreira de cristal.

— Sei de tudo que fez pelas minhas filhas. Tudo que tem feito por Castelárvore e pelos reinos…

A raiva modifica os seus traços.

— Não fiz nada disso por você, pelos reinos ou por sua árvore idiota. Devia ter me amaldiçoado quando amaldiçoou os outros.

— De qualquer maneira, de uma coisa eu sei, de uma coisa eu tenho certeza. — Ele levanta a cabeça e, relutante, põe a mão na frente da minha, do outro lado. Ofereço um sorriso triste. — Sei que nunca vai deixar que algum mal aconteça a Rosalina. Caspian, você sempre foi um predestinado digno para minha filha.

Agradecimentos

Uau, aqui estamos, no fim da terceira aventura de Rosalina! Com certeza, essa é a história mais sombria até agora, e precisamos admitir que nos divertimos muito enquanto a escrevíamos. Se você ficou com o coração partido, console-se com a certeza de que nossos príncipes e Rosa são muito resilientes e vão voltar tocando o terror no Livro 4!

Se está praguejando contra nós agora, vamos deixar mais alguns nomes para acrescentar à lista, porque este livro não teria sido possível sem o incrível amor, apoio e paciência das pessoas relacionadas a seguir.

Primeiramente, obrigada a Susan Velazquez Colmant, supermulher e agente extraordinária. Você deve ser uma feérica disfarçada, porque sabe fazer mágica. Não poderíamos imaginar uma defensora mais dedicada de nossas histórias. Obrigada por nos ajudar a transformar o Reino da Primavera no mundo mágico que é.

Ao restante da equipe JABberwocky, com menções especiais a Christina e Valentina; obrigada por sempre nos apoiarem. Temos muita sorte de trabalhar com uma equipe tão maravilhosa.

A Stevie Finegan, mulher-maravilha e agente extraordinária. Trabalhar com você tem sido um sonho, e somos muito gratas por tê-la ao nosso lado!

À nossa nova pessoa favorita no mundo inteiro, nossa editora, Ajebowale Roberts. Conhecê-la mudou nossa vida! Não há ninguém além de você a quem confiemos Rosa com tanta tranquilidade, e estamos muito animadas para continuar criando magia com você. Obrigada por amar Rosa e suas feras tanto quanto nós.

Para HarperVoyager e Magpie: mágicos, criadores de maravilhas e tecelões de feitiços. Vocês abrigaram a mais incrível comunidade de amantes dos livros. Estamos muito orgulhosas e gratas por fazer parte de sua equipe. Obrigada por representarem nossas histórias de uma forma tão linda.

Às nossas cobaias, sujeitos de testes, mas, mais importante, nossos amigos, que nos ajudaram a moldar a jornada de Ezryn e fazer dela algo de que temos tanto orgulho: Anne, Beate, Camille, Carlie, Jamie, Katie, Kaylee, Khepri, Lindsay, Natasha, Olivia, Renee, Sarah, Tatjana, Taylor C. e Taylor G. Obrigada por rirem e chorarem conosco. Nós os amamos muito.

Uma enorme, profunda e entusiasmada gratidão à comunidade literária. Nós escrevemos as palavras, mas vocês fazem a magia. Seu entusiasmo literalmente fez os sonhos destas duas garotas se tornarem realidade. Obrigada, obrigada, obrigada. Um grande agradecimento a Elena, Hailey, Lindsay e Stacey, queridas amigas que tivemos muita sorte de conhecer por meio desta comunidade.

Por fim, um muito obrigado aos amigos e familiares que nos apoiaram desde os momentos mais baixos até os mais altos. À mamãe e ao papai, por sempre acreditarem em nós e por nos incentivarem em todas as fases. Às nossas tias, por seu amor e entusiasmo infinitos. E a Graeme, minha própria tempestade de primavera.

Nós os vemos no verão, queridos leitores.

Sobre as autoras

Elizabeth Helen é o pseudônimo combinado de duas irmãs escritoras, Elizabeth e Helen. Elas escrevem fantasia romântica e adoram criar aventuras encantadoras para seus personagens. Quando não estão escrevendo, é possível encontrá-las afagando seus gatos, explorando sua casa na floresta tropical ou jogando dados em uma partida de *Dungeons & Dragons*. Você pode entrar em contato com elas pelo TikTok, pelo Instagram ou pelo Facebook.